I0681713

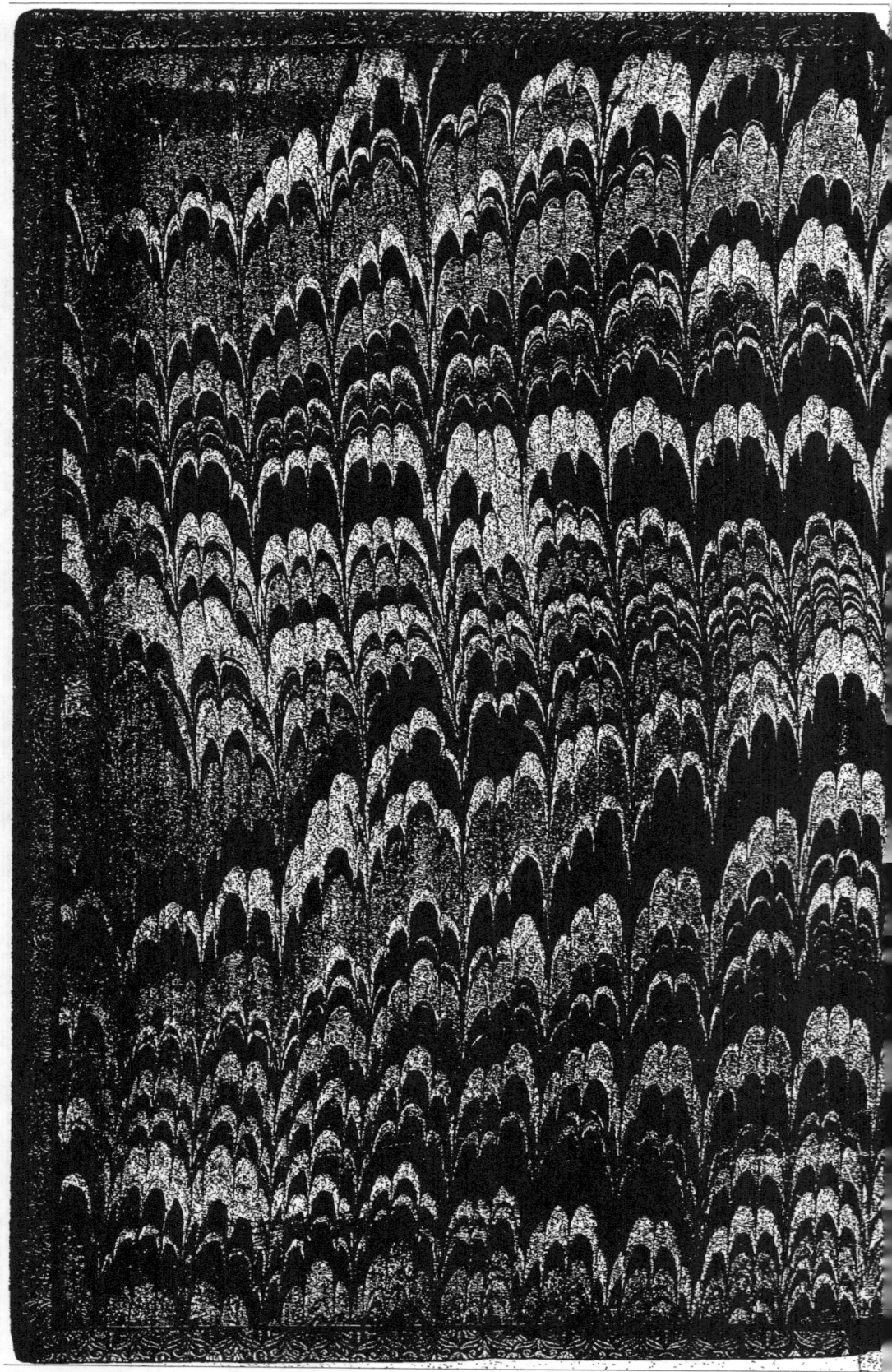

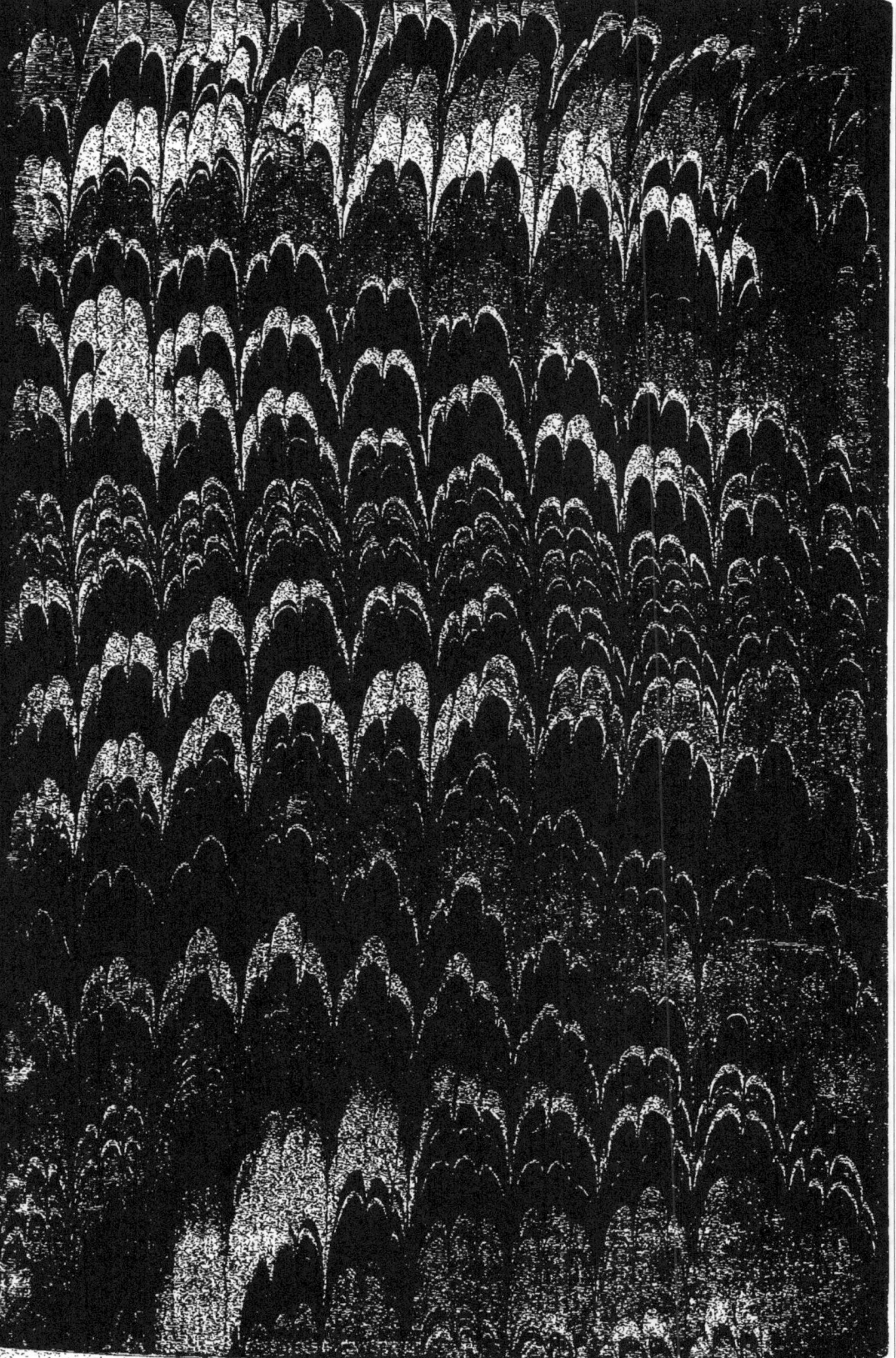

D 5541.
2.

15710.

SERMONS
DU PERE
BOURDALOUË,
de la Compagnie de JESUS.

POUR LE CARESME.

TOME SECOND.

A PARIS,

Chez RIGAUD, Directeur de l'Imprimerie
Royale, ruë de la Harpe.

M. DCCVII.
AVEC PRIVILEGE DU ROY.

SERMONS

CONTENUS DANS CE VOLUME.

ā ij

SERMON

SERMON
POUR LE JEUDY
de la seconde Semaine.

Sur les Richesses.

Factum est autem ut moreretur mendicus, &
portaretur ab Angelis in sinum Abrahæ. Mortuus est autem & dives, & sepultus est in inferno.

*Or il arriva que le pauvre mourut, & qu'il fut
emporté par les Anges dans le sein d'Abraham.
Le riche mourut aussi, & il fut enseveli dans
l'enfer.* En saint Luc, chap. 16.

UN pauvre glorifié dans le Ciel, & un
riche enseveli dans l'enfer ; un pauvre
entre les mains des Anges, & un riche
livré aux démons ; un pauvre dans le sein de la
béatitude, & un riche au milieu des flammes,

Tome II.   . A

n'eſt-ce pas, dit ſaint Auguſtin, un partage bien
ſurprenant , & qui pourroit d'abord deſeſperer
les riches & enfler les pauvres ! Mais non , riches & pauvres, adjouſte ce ſaint Docteur, n'en
tirez pas abſolument cette conſequence. Car s'il
y a des riches dans l'enfer , on y verra pareillement des pauvres ; & s'il y a des pauvres dans
le ciel , tous les riches n'en ſeront pas exclus.
N'en cherchons point ailleurs la preuve que
dans l'Evangile meſme du mauvais riche , &
voyez Lazare qu'il mepriſoit & à qui il refuſoit
juſques aux miettes qui tomboient de ſa table.
C'eſt un pauvre, il eſt vray, & ce pauvre eſt emporté par les Anges ; *Quis ſublatus eſt ab An-*
gelis ! pauper : mais où eſt-il emporté ! dans le
ſein d'Abraham , de ce riche, qui ſelon le temoignage de l'Ecriture, poſſedoit des biens im-
menſes. *Quò ſublatus eſt ? in ſinum Abrahæ.*
Voilà donc tout à la fois dans le ſejour de la
gloire , & un riche & un pauvre : ou pluſtoſt
tous deux riches , & tous deux pauvres ; tous
deux riches de Dieu & des treſors de la grace ;
& tous deux pauvres de cœur & détachez des
biens de la terre : *Ambo Deo divites , ambo ſpi-*
ritu pauperes. Et je vous dis cecy , mes Freres,
conclut ſaint Auguſtin, afin que les pauvres ne
condamnent pas temerairement les riches , &
que les riches ne perdent pas ſi aiſément toute
eſperance. Concluſion admirable , & contre le
deſeſpoir des uns, & contre la preſomption des
autres.

Aug.

Il faut aprés-tout convenir, Chrestiens, que l'opulence est un plus grand obstacle au salut, que la pauvreté; & nous sommes obligez de reconnoistre que le Fils de Dieu a canonisé les pauvres & qu'il a frappé les riches de sa malediction. Nous sçavons en quels termes il s'en est expliqué, & combien de fois il nous a fait entendre qu'il estoit, sinon impossible, au moins trés difficile qu'un riche entrast dans le Royaume du ciel : *Quàm difficilè qui pecunias habent,* *Luc. 18.* *introibunt in regnum Dei !* Or d'où peut venir cette extresme difficulté ! c'est de quoy je vais vous instruire aprés que nous aurons salué Marie, en luy disant, *Ave Maria.*

DE toutes les idées que nous pouvons nous former du monde prophane, du monde perverti & corrompu, du monde reprouvé de Dieu, la plus juste, ce me semble, est celle que nous en donne le bien-aimé Disciple saint Jean, quand il nous dit, que tout ce qu'il y a dans le monde, n'est que concupiscence de la chair, ou concupiscence des yeux, ou orgueil de la vie. *Omne quod in mundo est, concupiscentia est ocu-* *1. Joan. 2.* *lorum, concupiscentia carnis, & superbia vitæ.* Concupiscence des yeux, qui inspirant à l'homme un secret dégoust de ce qu'il a, luy fait desirer & rechercher ce qu'il n'a pas. Orgueil de la vie, qui élevant l'homme au dessus de luy-mesme, luy donne du mépris pour les autres, &

luy fait mefmes oublier Dieu. Concupifcence de
la chair, qui par le charme du plaifir féduifant
la raifon de l'homme, le rend efclave de fes fens.
Voilà, dit faint Auguftin, les trois maladies
contagieufes qui fe font repanduës dans le monde, & qui en ont infecté les plus faines parties.
Concupifcence des yeux, ou envie d'avoir, qui
eft la racine de tous les maux, mais en particulier de l'injuftice. Orgueil de la vie, qui eft l'ennemi de la charité, & qui conduit jufques à
l'impieté. Concupifcence de la chair, d'où naiffent les paffions impures & d'où viennent les
plus honteux excés. Or je trouve, Chreftiens,
que les richeffes, par l'abus que le monde en
fait, fervent de matiere à ces trois malheureu-
fes concupifcences; & que la raifon la plus generale, comme la plus naturelle, pourquoy les
hommes font injuftes, fuperbes, fenfuels, c'eft
qu'ils font riches, ou qu'ils ont la paffion de
l'eftre.

Car pour vous expliquer mon deffein & pour
y mettre quelque ordre, je diftingue avec faint
Chryfoftome, trois chofes dans les richeffes; l'ac-
quifition, la poffeffion, & l'ufage. Surquoy j'a-
vance trois propofitions, qui m'ont paru autant
de veritez inconteftables, & dont il ne tiendra
qu'à vous de tirer de grands fruicts pour la reformation de vos mœurs. Car je dis que l'acqui-
fition des richeffes dans la pratique du monde
eft communément une occafion d'injuftice; ou

si vous voulez, que le desir d'acquerir des richesses, quand il n'est pas reglé par l'esprit chrestien, est une disposition prochaine à l'injustice; & voilà l'effet de la concupiscence des yeux : premiere verité. Je dis que la possession des richesses enfle naturellement une ame vaine, & que rien n'est plus propre à luy inspirer ce que saint Jean appelle orgueil de la vie : seconde verité. Enfin, je dis que c'est le mauvais usage des richesses qui entretient dans un cœur l'amour du plaisir, & qui fomente la concupiscence de la chair : troisiéme & derniere verité. Appliquez-vous, mes chers Auditeurs, à ces trois poincts de morale. L'homme du siecle injuste, parce qu'il veut acquerir les biens de la terre; l'homme du siecle orgueilleux, parce qu'il possede les biens de la terre; l'homme du siecle voluptueux, parce qu'il use mal des biens de la terre. Trois caracteres du riche mondain qui vont partager ce discours. Mais à ces trois maux, quel remede! celuy mesme que negligea le mauvais riche, je veux dire, l'aumosne : car il suffit de bien comprendre l'obligation de l'aumosne, pour estre plus moderé dans le desir des richesses, plus humble dans la possession des richesses, plus saint dans l'usage des richesses. C'est tout le sujet de vostre attention.

IL estoit difficile que saint Jerosme, malgré I. Partie. toute son authorité, évitast la censure des riches

A iij

du fiecle, quand il a dit generalement, & fans nulle modification, que tout homme riche eft ou injufte dans fa perfonne, ou heritier de l'in-juftice & de l'iniquité d'autruy : *Omnis dives aut iniquus eft, aut heres iniqui.* Cette propo-fition a paru dure & odieufe; quelques-uns mef-mes l'ont condamnée comme indifcrette & fauf-fe : mais je doute qu'en la condamnant, ils l'euf-fent approfondie avec des lumieres auffi pures & un fens auffi folide & auffi exact que ce Pere, dont un des caracteres particuliers a efté la fcien-ce & l'ufage du monde. Or plus on entre dans le fecret & dans la connoiffance du monde, plus on demeure perfuadé que ce faint Docteur a dû parler de la forte, & qu'en effet il y a peu de ri-ches innocens, peu dont la confcience doive ef-tre tranquille, peu qui foient exempts de la ma-lediction où il femble que cette propofition les enveloppe. J'en appelle à voftre experience. Parcourez les maifons & les familles diftinguées par les richeffes & par l'abondance des biens : je dis celles, qui fe piquent le plus d'eftre hono-rablement eftablies, celles où il paroift d'ailleurs de la probité & mefmes de la religion : fi vous remontez jufqu'à la fource d'où cette opulence eft venuë, à peine en trouverez-vous où l'on ne découvre dans l'origine & dans le principe, des chofes qui font trembler.

Sans autre recherche, que de ce qui a efté ou de ce qui eft mefmes encore d'une notorieté pu-

Hieron.

blique ; à peine en pourriez-vous marquer, où l'on ne vous fasse voir une succession d'injustice, aussi bien que d'heritage : c'est à dire, où la mauvaise foy d'un pere, n'ait esté, par exemple, le fondement de la fortune d'un fils, où la fripponnerie de l'un n'ait servi à enrichir l'autre, où la violence de celuy-cy n'ait fait l'élevation de celuy-là. Et vous reconnoistrez avec frayeur, que tel qui passe aujourd'huy pour homme équitable & droit, & pour possesseur legitime de ce que ses ancestres luy ont transmis, n'est pas moins chargé devant Dieu de leurs iniquitez & de leurs crimes, qu'il est avantageusement pourveû selon le monde de leurs revenus & de leurs tresors : *Omnis dives aut iniquus est, aut heres iniqui.*

Je sçais, Chrestiens, quelles consequences s'ensuivent de là. Je sçais quels troubles & quels scrupules je repandrois dans les consciences de tout ce qu'il y a de riches qui m'écoutent, si je les obligeois à creuser le fond de cet abysme, & à se faire parties contre eux-mesmes, pour examiner jusqu'où va sur ce poinct leur obligation. Ou plustost, je sçais de quelles erreurs la plusteur des riches se laissent préoccuper, faussement convaincus que de quelque maniere qu'ayent esté autrefois acquis les biens qu'ils possedent aujourd'huy, ce n'est point à eux de faire le procés à la memoire de leurs peres; que d'exiger des enfants une telle discussion, c'est

A iiij

renverfer l'ordre de la focieté ; que les pechez,
s'il y en a eû , font perfonnels , & que malgré
les doutes les plus violents, qui pourroient leur
rendre fufpecte la conduite de ceux à qui ils ont
fuccedé, la bonne foy leur tient lieu d'une prefcription fur laquelle ils ont droit de fe repofer.
Erreurs infoutenables dans les maximes de la
vraye religion , & qui fervent néanmoins de
pretextes à tant de riches du monde pour étouffer tous leurs remords. Mais malheur à eux , fi
prevenus d'une aveugle cupidité qui les féduit,
ils rifquent dans un fujet fi important les interefts de leur falut : & malheur à moy, fi par une
lafche complaifance & pour ne pas troubler leur
fauffe paix , je diffimule icy des veritez , quoy
qu'ameres & fafcheufes, qui les doivent fauver.

Quoyqu'il en foit, Chreftiens, c'eft un oracle prononcé par le Saint Efprit , & verifié par
l'experience de tous les fiecles , que quiconque
veut devenir riche, tombe dans les pieges du démon, & s'engage en mille defirs non feulement
vains, mais pernicieux, qui le precipitent enfin
dans l'abyfme de la perdition & de la damnation éternelle : *Qui volunt divites fieri, incidunt
in tentationem , & in laqueum diaboli, & defi-
deria multa inutilia & nociva quæ mergunt homines in interitum.* Ainfi l'a declaré le grand A-
poftre, dans fa premiere Epiftre à Timothée.
Surquoy faint Chryfoftome examinant en particulier quels font ces defirs, & raifonnant fe-

1. Timot. 6.

lon les principes de la morale & de la foy, obferve que cette deftinée malheureufe & ce caractere d'injuftice & de reprobation attaché aux
richeffes de la terre, vient de trois defordres
dont il eft rare de fe preferver dans le foin d'acquerir. Appliquez-vous, s'il vous plaift, aux
reflexions de ce Pere; elles font également fenfibles & inftructives. Car on veut eftre riche à
quelque prix que ce foit. On veut eftre riche
fans fe prefcrire de bornes; & on veut eftre riche en peu de temps. Trois defirs capables de
pervertir les Saints; trois fources empoifonnées
de toutes les injuftices dont le monde eft rempli. Une fimple expofition va vous en faire connoiftre les funeftes confequences, & vous en decouvrir la malignité.

On veut eftre riche : voilà la fin qu'on fe
propofe, & à laquelle on eft abfolument determiné. Des moyens, on en deliberera dans la fuite : mais le capital eft d'avoir, dit-on, de quoy
fe pouffer dans le monde, de quoy faire quelque figure dans le monde, de quoy maintenir
fon rang dans le monde, de quoy vivre à fon
aife dans le monde; & c'eft ce que l'on envifage
comme le terme de fes defirs. On voudroit bien
y parvenir par des voyes honneftes, & avoir encore, s'il eftoit poffible, l'approbation publique : mais au défaut de ces voyes honneftes, on
eft fecrettement difpofé à en prendre d'autres,
& à ne rien excepter pour venir à bout de fes

pretentions. *O cives, cives, quærenda pecunia primùm eſt. Virtus poſt nummos.* C'eſt ce que diſoit le Satyrique de Rome, reprochant à ſes concitoyens la dépravation de leurs mœurs; & pourquoy, reprend ſaint Auguſtin, n'écoute-rons-nous pas ces Sages du paganiſme, quand il s'agit de regler les noſtres! O ames vénales & in-tereſſées, s'écrioit ce Payen, voicy l'indigne le-çon que vous fait continuellement voſtre avari-ce, & que vous n'avez pas honte de ſuivre. La vertu aprés le bien; mais le bien avant toutes choſes. Quand nous en aurons, dites-vous, nous penſerons à l'étude de la ſageſſe; mais prefera-blement à la ſageſſe, il faut travailler à s'enri-chir: ſans cela, la ſageſſe meſme eſt mepriſée & paſſe pour folie. C'eſt ainſi que vous raiſonnez, & toute voſtre philoſophie ſe réduit à cette damnable concluſion: *Rem, ſi poſſis, rectè: ſi non, quocumque modo, rem.* Faiſons noſtre for-tune, augmentons nos revenus, amaſſons du bien: du bien; ſi nous le pouvons, legitime-ment; ſi non, du bien à quelque condition que ce puiſſe eſtre, & aux dépens de tout le reſte, du bien. Ainſi leur faiſoit-il remarquer la cor-ruption de leurs cœurs; & ma douleur eſt que ces paroles priſes dans toute leur énergie, con-viennent encore aujourd'huy à un million de chreſtiens, qui ſemblent n'avoir point d'autre religion que celle-là: *Rem, ſi poſſis, rectè; ſi non, quocumque modo, rem.* On ne laiſſe pas de sentir une repugnance secrette à se servir de moyens honteux ; mais avec cette repugnance que l'honneur inspire, & dont on ne se peut défaire, on a encore plus d'aspreté & plus d'avidité : & il arrive ce qu'adjouste saint Chrysostome, que le desir de la fin l'emporte sur l'injustice du moyen : *Si non, quocumque modo, rem.*

Or supposons un homme dans cette disposition : que ne fera-t-il pas, & qui l'arrestera! quelle conscience ne fera-t-il pas en estat de se former! à quelle tentation ne se trouvera-t-il pas livré! le scrupule de l'usure l'inquiétera-t-il! le nom de confidence & de simonie l'étonnera-t-il! manquera-t-il d'addresse pour déguiser & pour pallier le vol! sera-t-il en peine de chercher des raisons specieuses, pour authoriser la concussion & la violence! s'il est en charge & en dignité, rougira-t-il des émolumens sordides qu'il tire & qui décrient son ministere! s'il est juge, balancera-t-il à vendre la justice! s'il est dans le negoce & dans le trafic, se fera-t-il un crime de la fraude & du parjure! si le bien d'un pupille luy est confié, craindra-t-il de le ménager à son profit! s'il manie les deniers publics, comptera-t-il pour péculat tout ce qui s'y commet d'abus! Non, mes chers Auditeurs, rien de tout cela ne sera capable de le retenir, ni souvent mesmes de le troubler. Du moment qu'il veut s'enrichir, il n'y aura rien qu'il n'entreprenne, rien qu'il ne presume luy estre dû, rien qu'il ne se croye

permis. S'il eſt foible & timide, il ſera fourbe
& trompeur : s'il eſt puiſſant & hardi, il ſera dur
& impitoyable. Dominé par cette paſſion, il n'é-
pargnera ni le prophane ni le ſacré : il prendra
juſques ſur les Autels. Le patrimoine des pauvres deviendra le ſien : & s'il luy reſte encore
quelque conſcience, il trouvera des Docteurs
pour le raſſeûrer, ou pluſtoſt il s'en fera. Il leur
cachera le fond des choſes ; il ne s'expliquera
qu'à demi, & par ſes artifices & ſes detours il
en extorquera des deciſions favorables, & les
rendra malgré eux garands de ſon iniquité. Que
le public s'en ſcandaliſe, il aura un conſeil dont
il ſe tiendra ſeûr. Du moins quoy qu'on en puiſſe dire, il parviendra à ſes fins. Il veut eſtre riche, & il le veut abſolument : *Rem, rem, quo-*
cumque modo, rem.

    Non ſeulement il le veut eſtre, mais il le veut
eſtre ſans ſe preſcrire de bornes : autre deſir auſſi dangereux qu'il eſt déraiſonnable & inſenſé.
Car où ſont aujourd'huy les riches, qui reglant
leur cupidité par une ſage moderation, mettent
un poinct à leur fortune ! Où ſont les riches qui
contens de ce qui ſuffit, & portant leurs penſées
plus haut, diſent, c'eſt aſſez de biens ſur la terre ; il faut ſe pourvoir de ces treſors celeſtes que
ni le ver, ni la roüille ne conſume point ! En vain
on leur repreſente que ſe borner de la ſorte, c'eſt
la marque la plus certaine d'un eſprit ſolide &
judicieux. En vain on leur fait voir la folie d'un

homme, qui n'ayant que des befoins limitez à
des defirs immenfes & infinis ; femblable à celuy dont parloit encore le mefme autheur prophane, qui n'ayant affaire que d'un verre d'eau
voudroit le puifer dans un grand fleuve, & non
pas dans une fontaine. Envain leur dit-on avec
l'Ecclefiafte, que cette ardeur d'amaffer & d'accumuler, n'eft que vanité & affliction d'efprit ;
que dans la cupidité mefme, comme en toute
autre chofe, il doit y avoir une fin ; & qu'un des
chaftimens de Dieu les plus vifibles fur les riches avares, c'eft que pour eftre dans l'opulence
ils n'en craignent pas moins la pauvreté, & que
plus ils ont acquis, plus ils veulent acquerir. Envain leur remonftre-t-on qu'entaffant toûjours
biens fur biens, ils n'en font dans le monde, ni
plus aimez, ni plus eftimez, ni plus honorez ;
que la mefure neceffaire une fois remplie, ils
n'en vivent pas du refte plus agreablement ni
plus doucement ; & que tout l'effet de ces grandes richeffes eft de leur attirer l'envie, l'indignation, la haine publique : tout cela ne les touche point. Brûlez d'une avare convoitife, ils fe
repondent fecrettement, que tout eft neceffaire
dans le monde ; que rien, à le bien prendre, ne
fuffit, qu'on n'en peut jamais trop avoir, que
les hommes ne vallent & ne font comptez que
fur le pied de ce qu'ils ont, qu'il eft doux de
cueillir en pleine moiffon ; qu'il ne convient
qu'à une ame timide, ou à une confcience foi-

ble, de fixer fes defirs. Maximes qui les endur-
ciffent, & dont ils fe laiffent tellement prevenir
que rien ne les peut détromper. Or figurez-vous
quelles injuftices cette paffion effrenée traifne à-
prés foy. Imaginez-vous de quelles vexations,
de quelles oppreffions, de quelles concuffions
elle doit eftre accompagnée.

De là vient que les Prophetes animez de l'Efprit de Dieu, prononçoient de fi terribles ana-
thefmes contre cette faim devorante. *Væ vobis
qui conjungitis domum ad domum, & agrum
agro copulatis : numquid habitabitis vos foli in
medio terræ !* Eft-il rien de plus fort & de plus
éloquent que ces paroles ! Malheur à vous, qui
joignez maifon à maifon, héritage à héritage :
malheur à vous dont le voifinage pour cela mefme eft redouté, & qui des fonds les plus medio-
cres, par vos odieufes acquifitions, trouvez le
fecret de faire de grands & d'amples domaines :
pretendez-vous donc habiter feuls au milieu de
la terre ! Mais pourquoy, dit un riche, ne me fera-t-il pas permis d'accroiftre mon fonds ; &
pourquoy payant bien ce que j'acquiers, & ne
faifant tort à perfonne, n'auray-je pas droit de
m'étendre ! Encore une fois, malheur à vous,
Væ vobis. Malheur, parce que vouloir toûjours
s'étendre & ne nuire à perfonne, ce font communément dans la pratique deux volontez con-
tradictoires. Malheur, parce que ces accroiffe-
mens ont prefque toûjours efté & feront pref-

Ifa. 5.

que toûjours injuftes , finon envers celuy dont vous achetez l'heritage , au moins envers ceux aux dépens de qui vous le payez. *Væ qui mul-* Habac. 2. *tiplicat non fua.* Malheur à l'homme qui veut fans ceffe multiplier fes revenus , parce qu'en multipliant le fien , il y mefle infailliblement celuy du prochain. *Væ qui congregat avaritiam* Ibidem. *domui fuæ, ut fit in excelfo nidus ejus.* Malheur à l'homme qui n'écoutant que fon ambition & fon avarice, forme toûjours de nouveaux projets , & conçoit de hautes idées pour l'aggrandiffement de fa maifon : pourquoy ! admirez l'expreffion du Saint Efprit ; *Quia lapis de* Ibidem. *pariete clamabit,* parce que les pierres mefmes dont cette maifon eft baftie, crieront vengeance , & que le bois employé à la conftruire rendra temoignage contre luy, *Et lignum quod in-* Ibidem. *ter juncturas ædificiorum eft, refpondebit.*

Enfin , on veut eftre riche en peu de temps ; & parce qu'il n'y a que certains eftats , que certaines conditions & certains emplois, ou par des voyes courtes & abregées, on puiffe le devenir ; contre tous les principes & toutes les regles de la prudence chreftienne, on ambitionne ces eftats, on recherche ces conditions, on fe procure ces emplois. S'enrichir par une longue épargne ou par un travail affidu, c'eftoit l'ancienne route que l'on fuivoit dans la fimplicité des premiers fiecles : mais de nos jours on a decouvert des chemins raccourcis & bien plus commodes. Une

commiſſion qu'on exerce, un avis qu'on donne, un parti où l'on entre, mille autres moyens
que vous connoiſſez, voilà ce que l'empreſſement & l'impatience d'avoir a mis en uſage. En
effet, c'eſt par là qu'on fait des progrés ſurpre-
nans; par là qu'on voit fructifier au centuple
ſon talent & ſon induſtrie ; par là qu'en peu
d'années, qu'en peu de mois, on ſe trouve comme transfiguré, & que de la pouſſiere où l'on
rampoit, on s'éleve juſques ſur le pinacle.

Or il eſt de la foy, Chreſtiens, que quiconque cherche à s'enrichir promptement, ne gar-
Prov. 28. dera pas ſon innocence : *Qui feſtinat ditari, non
erit innocens.* C'eſt le Saint Eſprit meſme qui
l'aſſeûre ; & quand il ne le diroit pas, la preuve
en eſt évidente. Car il eſt incomprehenſible, par
exemple, qu'avec des profits & des appointemens reglez, on faſſe tout à coup des fortunes
ſemblables à celles dont nous parlons; & que
ne prenant, ſelon le précepte de Jean-Baptiſte,
que ce qui eſt deû, l'on arrive à une opulence,
dont le faiſte & le comble paroiſt preſque auſſi-
toſt que les fondemens. Il faut donc que la mauvaiſe foy, pour ne pas dire la fourberie, ſoit venuë au ſecours, & qu'elle ait donné des aiſles à
la cupidité, pour luy faire prendre un vol ſi
prompt & ſi rapide.

Cela va, me direz-vous, à damner bien des
gens d'honneur : & moy je reponds, premierement, qu'il faudroit d'abord examiner qui ſont
ces

ces gens d'honneur, & en quel sens on les appelle gens d'honneur ; secondement, qu'il ne m'appartient pas de damner personne, mais qu'il est du devoir de mon ministere de vous développer les sacrez oracles de la parole divine. Si ce que vous appellez gens d'honneur y trouvent leur condamnation, c'est à eux à y prendre garde ; mais quoyqu'il en soit, c'est une verité incontestable : *Qui festinat ditari non erit innocens :* quand on s'empresse de s'enrichir, on n'est point sans crime, au jugement mesmes du monde ; comment le seroit-on à celuy de Dieu ! *Provet. 28.*

Cependant, mes chers Auditeurs, telle est l'obstination du siecle. Pour estre riche en peu de temps, on abandonne l'innocence, on renonce à la probité, on se dépouille mesmes de l'humanité, on devore la substance du pauvre, on ruine la veuve & l'orphelin ; & souvent aprés cela, par une grossiere hypocrisie, on devient, ou plustost on se fait devot : comme si la devotion & la reforme survenant à l'injustice, sans la reparer, couvroient tout & sanctifioient tout. Faut-il s'étonner que le Fils de Dieu envisageant tous ces desordres, ait reprouvé les richesses dans son Evangile, & qu'il ne les ait plus simplement appellé richesses, mais richesses d'iniquité, *Mammona iniquitatis !* Faut-il demander pourquoy le Sage éclairé des lumieres de l'esprit de Dieu, cherchoit par tout un homme juste, qui n'eust point couru aprés l'or & l'argent ! pourquoy il *Luc. 16.*

Tome II. B

le regardoit comme un homme de miracles, voulant faire son éloge, & le canonisant dés cette vie : *Quis est hic, & laudabimus eum ; fecit enim mirabilia in vita sua.* Mais, reprend saint Augustin, s'il est rare de trouver un homme assez juste, pour ne s'estre jamais laissé prendre à l'éclat de l'or & de l'argent ; combien plus doit-il estre, je ne dis pas difficile, mais impossible, qu'un homme se laisse prendre à l'éclat de l'or & de l'argent, & qu'il se maintienne dans l'estat de juste ! Voulez-vous, Homme du siecle, moderer cet injuste desir ! comprenez l'obligation de l'aumosne. Comprenez, dis-je, que plus vous aurez, plus vous serez obligé de donner & de repandre ; qu'il faudra que vos aumosnes croissent à proportion de vos revenus, & que c'est sur cette proportion que vous serez jugé. Ainsi raisonnoit saint Bernard dans une de ses lettres. Car, disoit ce Pere, ou vous estes riche & vous avez du superflu, & alors ce superflu n'est pas pour vous, mais pour les pauvres ; ou vous estes dans une fortune mediocre, & alors que vous importe de chercher ce que vous ne pouvez garder ! *Dignatio tua, aut dives est, & debet facere quod præceptum est ; aut adhuc tenuis, & non debet quærere quod erogatura est.* Quiconque sera bien convaincu de cette importante verité, craindra plustost d'acquerir des biens, qu'il ne les desirera. Acquisition des richesses, occasion d'injustice, vous l'avez veû.

Eccli. 3 1.

Bernard.

Poſſeſſion des richeſſes, ſource d'orgueil ; c'eſt
ce que vous allez voir dans la ſeconde partie.

CE n'eſt pas ſans raiſon que l'Apoſtre écrivant à ſon diſciple Timothée, & luy apprenant
à former les mœurs des premiers fidelles, parmi les autres maximes qu'il eſtabliſſoit, & dont
il vouloit qu'ils fuſſent inſtruits, luy recommandoit particulierement d'ordonner aux riches de
ce monde de n'eſtre point orgueilleux : *Diviti-* 1. Tim. 6.
bus hujus ſæculi præcipe ſublimè non ſapere.
Comme s'il luy euſt dit, ſelon l'explication de
ſaint Chryſoſtome : rien de plus dangereux
pour un chreſtien que la poſſeſſion des riches-
ſes ; & pluſt au ciel que la pauvreté Evangelique
fuſt le partage de tous ceux qui profeſſent l'E-
vangile. Mais ſi par un ordre d'enhaut & par la
diſpoſition de la providence, il arrive qu'il y ait
des riches parmi nous ; au moins parlez leur en
homme de Dieu : & bien loin de les flatter ſur
le bonheur de leur eſtat, obligez-les à s'humilier & à trembler, dans la veüë des malheurs
qui les menacent & qu'ils ont à prevenir. Il ſçavoit, adjouſte ſaint Auguſtin, que l'eſprit du
chriſtianiſme eſt eſſentiellement oppoſé à l'eſprit d'orgueil ; & d'ailleurs il n'ignoroit pas que
l'eſprit d'orgueil, ſans un miracle, eſt comme
inſeparable des richeſſes. C'eſt pour cela qu'il
employoit avec tant de zéle l'authorité que Dieu
luy avoit donnée, pour ſoumettre les riches du

fiecle à cette fainte & divine loy, de n'avoir jamais des penfées trop hautes , & de ne pas abufer de leur condition au mepris de leur religion : *Divitibus hujus fæculi præcipe fublimè
non fapere.*

En effet, Chreftiens , les richeffes infpirent
naturellement, fur tout à un cœur vain & plein
de luy-mefme, deux fentimens d'orgueil. Le
premier à l'égard des hommes, au deffus de qui
il croit avoir droit de s'élever ; le fecond à l'é-
gard de Dieu, qu'il ne connoift plus qu'à demi,
& dont il femble qu'il ait fecoüé le joug. Orgueil envers les hommes , que nous appellons
fuffifance & fierté. Orgueil envers Dieu , qui
dégenere en libertinage & en impieté. L'un &
l'autre , fuite fi naturelle de l'abondance & de
la poffeffion des biens, qu'il n'y a que la grace de Jefus-Chrift , qui puiffe nous en preferver.

Orgueil envers les hommes : car il fuffit d'eftre riche, pour tirer, quoy qu'injuftement, toutes ces confequences avantageufes : qu'on n'a
plus befoin de perfonne ; qu'on doit tenir tout
le monde dans la dependance ; qu'on peut fans
obftacle & fans contradiction fe rendre delicat,
imperieux , bizarre ; qu'on eft au deffus de la
cenfure, & comme en pouvoir de faire impunément toutes chofes ; qu'on eft feûr de l'approbation & de la loüange , ou pour mieux dire
de l'adulation & de la flaterie ; que fans merite

on a ce qui tient lieu de tout merite. Conſequences dont ſe laiſſent infatüer , non ſeulement les eſprits populaires & bornez , mais les
ſages meſmes & ceux qui du reſte auroient de
la ſolidité. En ſorte que les uns & les autres é-
bloüis de l'éclat qui les environne & enyvrez de
leur fortune, ſe diſent à eux-meſmes auſſi bien
que le Phariſien : *Non ſum ſicut ceteri homi-* Luc. 18.
num ; je ne ſuis pas comme le reſte des hommes , & le reſte des hommes n'eſt pas comme
moy. Reprenons, Chreſtiens, & mettons tout
cecy dans un nouveau jour.

N'avoir beſoin de perſonne, premier effet de
l'opulence , & diſpoſition prochaine & infaillible à mepriſer tout le monde. Dans l'independance où ſe trouve le riche mondain , & dans
l'eſtat où le met ſa fortune , de ſe pouvoir paſſer
du ſecours d'autruy, de l'amitié d'autruy, des
graces d'autruy, il ne conſidere plus que luy-
meſme , & il ne vit plus que pour luy-meſme.
Affabilité, douceur, patience, déference, ce ſont
des noms qu'il ne connoiſt point , parce qu'ils
expriment des vertus, dont il ne fait aucun uſage , & ſans leſquelles il a de quoy ſe ſoutenir.
Qu'ay-je affaire de celuy-cy, & que me reviendra-t-il d'avoir des égards pour celuy-là ! Enflé
qu'il eſt de ce ſentiment, il ne ſçait ce que c'eſt que
de ceder , que de s'abbaiſſer, que de plier, dans
des occaſions néanmoins où la charité & la raiſon le demandent. Et comme l'amour propre

est le seul ressort qui le fait agir, n'estant jamais humble par indigence & par necessité, il ne l'est jamais par devoir & par pieté.

Voir tout le monde dans la dependance, c'est à dire, se voir recherché de tout le monde, redouté de tout le monde, obéi de tout le monde, autre effet de la richesse, & qu'y a-t-il de plus propre à entretenir la presomption d'une ame superbe ? On sçait bien que l'humiliation d'un riche, s'il vouloit se rendre justice, seroit de penser quels sont ces serviteurs & ces amis pretendus dont il se glorifie. Amis, serviteurs que le seul interest conduit, & qui s'attachant à sa fortune, n'ont souvent qu'un fonds de mepris & qu'une secrette haine pour sa personne. Mais l'orgueil ingenieux à se tromper, ne laisse pas de profiter de cela mesme, se faisant, sinon une douceur, au moins une gloire, d'avoir sous ce nom d'amis beaucoup de mercenaires & beaucoup d'esclaves. S'il n'a pas de quoy se faire aimer, il a de quoy se faire craindre; & soit qu'on l'aime, ou qu'on le haïsse, c'est toûjours un sujet de complaisance pour luy de voir qu'on est interessé à le menager. Delà vient, dit le plus sage des hommes, Salomon, (morale admirable, & dont nous faisons à toute heure l'épreuve sensible) delà vient que le riche, par là mesme qu'il est riche, pretend avoir un titre pour devenir facheux, de difficile abord, d'humeur inégale, chagrin quand il luy plaist, impatient,

colere ; un titre pour rebuter les uns, pour cho-
quer les autres, pour estre à tous insupportable.
S'il estoit pauvre, il n'auroit dans la bouche que
des supplications & des priéres, ce sont les termes de l'Ecriture : mais parce qu'il est à son ai-
se, & qu'il a du bien, il ne parle qu'avec hauteur, & il ne repond qu'avec dureté : *Cum ob-* **Prov. 28.**
secrationibus loquetur pauper ; dives effabitur
rigidè.

Estre en pouvoir de tout entreprendre & de
tout faire avec impunité, troisiéme effet de l'a-
bondance pour quiconque sçait s'en prevaloir.
Car où voit-on des riches, disoit Salvien, de-
plorant les abus de son siecle, & ne le puis-je
pas dire comme luy ! où voit-on des riches passer par la rigueur des loix ! dans quel tribunal
les punit-on ! quelle justice contre eux obtient-
on, ou espere-t-on ! quelle integrité ne corrom-
pent-ils pas ! quels arrests si justes & si severes
n'éludent-ils pas ! de quel mauvais pas, pour
user de l'expression commune, un riche criminel & scelerat ne se tire-t-il pas hautement &
teste levée ; & de quel crime si noir ne trouve-
t-il pas moyen de se laver ! Les loix sont pour
les miserables, adjoustoit le mesme Pere ; les
chastimens, pour ceux à qui la pauvreté en pourroit déja tenir lieu : mais pour les riches, il n'y
a qu'indulgence, que connivence, que tolerance. L'équité la plus inflexible & le droit le plus
rigoureux se tournent pour eux en faveur. Or

B iiij

voilà, reprend le Prophete Royal, ce qui les rend fiers & insolens. Ils ne sentent jamais la pointe de la correction, & ils ne sont point chastiez comme les autres hommes. On ne les reprend point, on ne les confond point, on né les condamne point, & c'est pour cela que l'orgueil se saisit d'eux & les remplit : *In laboribus hominum non sunt, & cum hominibus non flagellabuntur ; ideò tenuit eos superbia.*

Psalm. 72.

Et comment ne seroient-ils pas au dessus de la censure, puisque c'est assez qu'ils soient riches, pour avoir, quoyqu'ils fassent, des approbateurs! Voulez-vous sçavoir un des grands privileges des richesses ! le voicy, & vous l'allez apprendre de l'Ecclesiastique. Le pauvre parle avec sagesse, & à peine le souffre-t-on : le riche parle mal à propos, & on l'écoute avec respect ; & ce qu'il avance imprudemment, est élevé jusques aux nuës par les loüanges qu'on luy donne : *Dives loquutus est, & omnes tacuerunt, & verbum illius usque ad nubes perducent.* Ses défauts sont des perfections, ses erreurs des lumieres : on loüe, dit ailleurs le Saint Esprit, jusques aux desirs de son cœur, c'est à dire jusques à ses passions, jusques à ses emportemens. Ce que l'on blasme dans les autres, est dans luy matiere d'éloge & sujet de benediction : *Quoniam laudatur peccator in desideriis animæ suæ, & & iniquus benedicitur.* Le texte Hébraïque porte, *Et dives benedicitur.* Or qui pourroit resis-

Eccli. 13.

Psalm. 9.

ter à un air auffi contagieux , que celuy de la
flatterie, quand on le refpire fans ceffe ! A force
d'entendre que l'on eft parfait, on fe croit parfait ; & à force de le croire , on devient , fans
mefmes l'appercevoir, orgueilleux & vain. Pour
peu fenfé que fuft le riche , il renonceroit à ce
faux privilege : mais l'adulation qui le perd, en
luy oftant l'humilité , luy ofte mefmes le bon
fens, & luy fait preferer le menfonge à la plus
folide de toutes les veritez, qui eft la connoiffance de foy-mefme.

Enfin quiconque eft riche, eft éminemment
toutes chofes, & fans merite il a tout merite. Il
eft noble fans naiffance, fçavant fans étude, bra-
ve fans valeur ; il a la qualité, la probité, la prudence, l'habileté. Sans autre diftinction que l'or
& l'argent qu'il poffede, il parvient aux honneurs. Par là il regne & il domine : par là il eft
chéri des grands, & adoré des petits : par là il
n'y a point d'alliance où il ne pretende, point de
rival fur qui il ne l'emporte. En un mot, par là
il n'eft exclus de rien & fe fait ouverture à tout.
Ne feroit-ce pas une efpece de prodige, s'il fçavoit alors fe garentir de l'orgueil & fe tenir dans
les bornes d'un modeftie chreftienne !

Cependant-il n'en demeure pas là. L'orgueil
envers les hommes eft un degré pour s'élever
jufques au mépris de Dieu ; & la poffeffion des
richeffes, qui devroit eftre pour le riche un fujet de reconnoiffance envers Dieu de qui il les

a reçeuës, par la corruption de son cœur, le fait
tomber dans une espece d'idolastrie & d'irreligion. Je n'exaggere point quand je dis une espece d'idolastrie. Saint Paul qui pensoit & qui
parloit juste, à force d'employer ce terme, en
a fait sur la matiere que je traite, un terme non
seulement propre, mais consacré. Jamais cet A-
postre de Jesus-Christ, dans le denombrement
des pechez, ne specifie l'avarice, qu'il n'adjous-

Colos. 3.

te pour la distinguer, *Quæ est simulacrorum ser-*
vitus, qui est un vray culte d'idoles. Et pourquoy! parce qu'il estoit persuadé, dit saint Chrysostome, que l'argent est le Dieu du riche. Oüy
son Dieu, puisqu'il l'adore; son Dieu, puisqu'il
espere en luy; son Dieu, puisqu'il luy fait des
sacrifices; son Dieu, puisqu'il l'aime souverainement & par dessus tout. Ce n'est donc pas sans
raison que la possession des biens de la terre, je
dis à l'égard d'un avare, qui en est possedé luy-
mesme, est appellée par saint Paul une idolastrie, *Simulacrorum servitus*. Idolastrie de tous
les temps, idolastrie de toutes les nations & de
tous les peuples, idolastrie la plus aveugle & la
plus opiniastre que Jesus-Christ ait eû à combattre & à détruire dans son avénement au monde. Or que fait l'idolastrie dans un esprit! vous
le sçavez, Chrestiens: elle y ruine l'empire de
Dieu; elle y suscite une divinité étrangere qu'elle oppose à Dieu, qu'elle éleve au dessus de Dieu,
qu'elle fait asseoir sur le throsne de Dieu. Ou-

trage qui paſſe la revolte, & qui va meſmes au
delà de l'apoſtaſie & juſques à l'inſulte.

Voilà, mes chers Auditeurs, ce que le Prophete Ozée a voulu nous faire comprendre dans
ce fameux paſſage du douziéme chapitre de ſa
prophetie : remarquez cecy ; c'eſt un des plus
beaux traits de l'Écriture. Ce Prophete avoit
cent fois preſché aux Juifs l'obligation de per-
ſeverer dans la foy de leurs peres; & cent fois les
Juifs avoient mepriſé ſes remonſtrances. Mais
un jour qu'il leur reprochoit leur infidelité envers le Dieu d'Iſraël, le croiriez-vous ! un homme de la tribu d'Ephraïm luy repondit avec audace, qu'il n'avoit que faire du Dieu d'Iſraël ;
qu'il en avoit choiſi un autre plus à ſon gré, un
autre dont le culte eſtoit plus conforme à ſes
inclinations, & que ce nouveau Dieu c'eſtoit
ſon argent ; qu'il ſeroit deformais ſa divinité,
& que puiſqu'il le rendoit heureux, il ne vou-
loit plus reconnoiſtre que luy : *Et dixit unus de*   Oſée. 12.
Ephraïm : Verumtamen dives effectus ſum ; inve-
ni idolum mihi. Peſez bien le ſens de ces paroles.
Je ſuis devenu riche, & dans mes richeſſes j'ay
trouvé une idole pour moy. Comme s'il euſt
dit : Prophete, vous avez beau tonner ; vous
avez beau me menacer de la colere de voſtre
Dieu. Je ne vous écoute plus. Ce Dieu dont
vous me parlez, n'eſt plus le mien. Je me ſuis
défait de luy. Je ne l'invoque plus qu'en apparence. Je ne le craints, ni ne l'aime plus. Depuis

que la fortune m'a donné de quoy avoir un
Dieu vifible qui m'appartient & qui n'appartient qu'à moy feul , je renonce à tout autre
Dieu pour m'attacher à celuy-là. Parlez à ceux
qui croient au Dieu d'Abraham ; ils vous obéi-
ront : mais pour moy je m'en tiens à mon idole :
*Verumtamen dives effectus fum ; inveni idolum
mihi.* Ah ! Chreftiens, combien de fois ce fcandale s'eft-il renouvellé dans le chriftianifme !
Tandis que les Predicateurs font tous leurs efforts, pour perfuader aux fidelles les veritez E-
vangeliques, combien de riches s'élevent fecretement contre eux ? Quoyqu'ils ne s'en expliquent pas comme cet impie & cet apoftat, quel
mépris des maximes de Dieu ne leur fait pas concevoir l'avarice qui les domine ; & s'ils ofoient
produire leurs penfées, avec quel orgueil ne di-
roient-ils pas comme ce malheureux : *Dives effectus fum ; inveni idolum mihi.* Non non, n'ef-
perez pas de nous convertir par voftre zéle.
Quand vous parleriez le langage des Prophetes, vous n'y reüffirez jamais. Nous fommes riches & dans la profperité : avec cela tous vos
difcours feront inutiles. Vous nous prefchez un
Dieu, & nous en fervons un autre. Le voftre eft
le Dieu de la fainteté & des vertus ; & le noftre eft le Dieu des richeffes & de l'opulence.
Vous dites que ces deux divinitez ne peuvent
s'accorder enfemble ; & voilà pourquoy nous
vous declarons que vous ne gagnerez rien fur

nous , parce que nous fommes determinez à
fuivre celle que le monde adore & dont il dépend.

Ainfi, dis-je, s'exprimeroient tant de riches,
s'ils vouloient nous decouvrir leurs fentimens :
mais fans qu'ils nous les decouvrent, leur conduite nous en repond & nous fait affez connoiftre les veritables difpofitions de leur cœur. Parlons naturellement & fans figure. Qu'eft- ce
qu'un riche dans l'ufage du fiecle ! ne vous of-
fenfez pas de ma propofition : plus vous l'exami-
nerez, & plus elle vous paroiftra vraye. Qu'eft-
ce qu'un riche enflé de fa fortune ! un homme,
ou abfolument fans religion , ou qui n'a que la
furface de la religion, ou qui n'a que trés peu de
religion. Un homme pour qui il femble que la
loy de Dieu ne foit pas faite ; un homme qui ne
fçait ce que c'eft que de fe contraindre , pour
s'affujettir aux obfervances de l'Eglife ; un homme qui fans autre raifon que parce qu'il eft riche , fe difpenfe de tout ce qu'il luy plaift ; un
homme qui ne fe foumet à la penitence, qu'autant qu'elle ne luy eft point incommode ; un
homme pour qui les miniftres mefmes de Jefus-Chrift, ont non feulement des égards, mais
de la crainte ; un homme qui jufques dans le tribunal de la confeffion où il paroift en pofture
de coupable, veut qu'on le refpecte & qu'on le
diftingue ; un homme qui accommode le culte
de Dieu à fes erreurs & à fes goufts, au lieu de

regler ſes gouſts, & de corriger ſes erreurs par
la pureté du culte de Dieu. Et tout cela fondé
ſur ſon eſtat d'opulence qui l'enorgueillit.

Je ne pretends pas que tous les riches ſoient
de ce caractere : à Dieu ne plaiſe que je leur faſſe cette injure, ou pluſtoſt que je la faſſe à la providence. Dieu dans toutes les conditions, parmi les riches auſſi bien que parmi les pauvres,
à ſes predeſtinez & ſes eſlûs. Mais je dis que la
poſſeſſion des richeſſes, ſans une humilité héroïque qui luy ſerve de ſouverain preſervatif,
conduit-là & aboutit-là : & n'eſt-ce pas aſſez
pour ſaiſir de frayeur les riches meſmes les plus
chreſtiens ! Que le pauvre, concluoit le Saint
Eſprit (inſtruction divine, & que je vous prie
de vous appliquer, puiſqu'elle eſt ſeule capable
de remedier au deſordre que je viens de combattre) que le pauvre ſe glorifie de ſa veritable
& ſolide élevation ; & que le riche au contraire
s'humilie, & faſſe gloire de ſon humilité ; *Glo-
rietur frater humilis in exaltatione ſua, & dives in humilitate ſua.* Voilà, riches du ſiecle, ce
que vous devez aimer, & ce que vous devez pratiquer. Voilà, ſi vous eſtes du nombre des eſlûs
de Dieu, ce qui vous doit ſanctifier, & ce qui
vous doit ſauver, ſçavoir l'humilité de cœur :
Et dives in humilitate ſua. Vous m'en demandez un motif touchant & tiré de voſtre condition meſme ! le voicy dans les paroles ſuivan-
tes : *Quoniam velut flos fœni tranſibit ;* parce

Jacob. 1.

Ibidem.

que de mesmes que la plus belle fleur se séche
& se flétrit ; ainsi le riche avec toute sa splen-
deur passera, & passera bientost : *Ita & dives in*   Ibidem.
itineribus suis marcescet. Et je puis adjouster :
parce que ces richesses que vous possedez, ne
sont pas proprement à vous ; parce que vous
n'en estes par rapport à Dieu, que les deposi-
taires & les dispensateurs ; parce que vous devez luy en rendre compte un jour ; parce qu'en
vertu de l'obligation indispensable de l'aumosne vous en estes redevables aux pauvres. Si le
riche de nostre Evangile eust esté prevenu de
ces sentimens, il eust bien regardé Lazare d'un
autre œil, il l'eust respecté, il l'eust écouté, il
l'eust soulagé. Achevons ; & aprés avoir veû
comment l'acquisition des richesses est une occasion d'injustice, comment la possession des richesses est une source d'orgueil ; voyons comment l'usage des richesses est un principe de corruption, c'est la troisiéme partie.

A bien considerer tous les traits sous lesquels   III. Partie.
le Fils de Dieu nous represente aujourd'huy le
mauvais riche, il y auroit presque de quoy s'é-
tonner d'abord, que Jesus-Christ l'ait si hautement reprouvé, & qu'il ait prononcé contre luy
un jugement si rigoureux. Car enfin quels crimes luy impute-t-on, pour en tirer cette affreuse consequence, *Mortuus est dives, & se-*   Luc. 16.
pultus est in inferno : le riche mourut, & il fut

enſeveli dans l'enfer. Qu'avoit-il fait pour eſtre
condamné au feu éternel ! Il ſe faiſoit honneur
de ſon bien : quoy de plus raiſonnable ! il eſtoit
veſtu de lin & de pourpre : ſa condition ne le
demandoit-elle pas ! il ſe traittoit tous les jours
magnifiquement : ſans cela que luy euſt-il ſervi
d'eſtre riche & dans l'opulence ! C'eſt ainſi que
le monde en juge ; mais c'eſt en quoy le jugement du monde eſt corrompu, puiſqu'il eſt oppoſé à celuy de la verité éternelle, qui dans un
mot refute mille erreurs groſſieres , dont les
eſprits mondains ſe laiſſent prevenir touchant
l'employ des richeſſes ; & par là meſme eſtablit
une loy auſſi équitable que ſevere, ſelon laquelle les riches du ſiecle doivent dés maintenant
ſe juger eux-meſmes, s'ils ne veulent pas eſtre
jugez de Dieu.

En effet , pour vous expliquer ma penſée,
& pour juſtifier cet arreſt de reprobation porté
contre le riche de l'Evangile , quoyque les ar-
reſts du Seigneur , comme parle le Prophete
Royal, n'ayent pas beſoin de nos juſtifications,
& qu'ils ſe juſtifient aſſez par eux-meſmes, *Ju-*
Pſalm. 18. *dicia Domini vera , juſtificata in ſemetipſa:*
c'eſt une grande illuſion de croire, que dés-là
qu'on eſt riche, l'on ait droit de vivre plus ſom-
ptueuſement, plus voluptueuſement, plus graſ-
ſement; & que le luxe , la depenſe , la bonne
chere doivent croiſtre à proportion des biens.
Si je conſultois ſur ce poinct la morale du paganiſme,

ganifme, peut-eftre me fourniroit-elle de quoy
faire rougir & de quoy confondre bien des
chreftiens, qui malgré leur relafchement, fe piquent encore d'eftre fpirituels & parfaits dans
leur religion : car en cela, comme en beaucoup
d'autres matieres, les payens dont nous deplo-
rons l'aveuglement & l'infidelité, nous ont appris noftre devoir. Ils ont crû que pour eftre riche, on n'en devoit pas eftre moins reglé, moins
chafte, moins abftinent, moins detaché des commoditez de la vie ; & que d'ufer des biens pour
choyer fon corps, pour fatisfaire fes fens, pour
vivre dans la molleffe & dans le plaifir, c'eftoit
un defordre que la feule raifon de l'homme condamnoit.

Je ne me refuferay rien, dites-vous, parce
que j'ay de grands revenus, & une fortune qui
fuffiroit aux Princes & aux Souverains. Ainfi
parle un riche prodigue dans fon abondance.
Hé bien, luy répond le Satyrique Romain, &
cette réponfe n'eft-elle pas digne du chriftianifme ! n'avez-vous rien de meilleur à quoy
employer ce que vous avez de trop ! n'y a-t-il
point de pauvres qui gémiffent ! les temples
font-ils décemment & religieufement entrete-
nus ! pourquoy faut-il que tant de miferables
foient abandonnez ! pourquoy les maifons confacrées à la charité publique ont-elles peine à
fubfifter, pendant que vous eftes dans les delices ! ferez-vous donc le feul qui vous reffenti-

Tome II. C

rez de voſtre proſperité ! n'y aura-t-il que vous
qui en joüirez, & qui ſerez à voſtre aiſe ? Voilà comment raiſonnoient des infidelles. Mais
la morale de l'Evangile va bien encore plus
loin. Car elle nous apprend que plus un chreſtien eſt riche, plus il doit eſtre penitent ; c'eſt-
à-dire, plus il doit ſe retrancher les douceurs
de la vie ; & que ces grandes maximes de renoncement, de dépouillement, de detache-
ment, de crucifiement, ſi neceſſaires au ſalut,
ſont beaucoup plus pour luy que pour le pauvre. Pourquoy ? par trois excellentes raiſons
qu'en apporte ſaint Chryſoſtome. Comprenez-
les. Premierement, dit ce ſaint Docteur, parce
que le riche eſt beaucoup plus expoſé que le
pauvre à la corruption des ſens ; & que ſes richeſſes le mettant en eſtat de pouvoir tout ce
qu'il veut, elles le mettent dans une tentation
continuelle de vouloir tout ce qu'il ne doit pas.
Il eſt donc juſte, que pour ſe garantir de ce danger, il ſoit toûjours en guerre contre luy meſme ; & que regardant ſa propre chair comme
ſon plus redoutable ennemi, bien loin de luy
fournir de quoy irriter ſes appetits, il luy refuſe meſmes ce qui peut ſeulement les entretenir.
Or il a beſoin pour cela, & d'une mortification
ſalutaire, & d'une pauvreté de cœur qui le dé-
gage, autant qu'il eſt poſſible, de toute affection terreſtre. Secondement, parce qu'eſtant
riche, il eſt communément plus chargé d'offen-

ces , & plus redevable à la justice de Dieu ; par
consequent plus obligé à ces satisfactions penibles & mortifiantes, à quoy nous engage la qualité de coupables , & que Dieu , comme vengeur des crimes , exige de ceux qui les ont
commis. Or vivant dans le plaisir, accomplira-
t-il un devoir si indispensable ? Le jeusne , la
cendre, le cilice, selon la regle du Saint Esprit ,
doivent estre le partage des riches pecheurs; &
ce sont les riches pecheurs qui usent des mets
les plus delicats , qui se parent des vestemens
les plus magnifiques. Comment soutenir devant Dieu une telle contradiction ! Il faut donc
que le riche oublie ce qu'il est ; ou plustost, que
se souvenant de ce qu'il a esté, & des innom-
brables desordres où il est tombé , il cesse de vivre en riche , pour vivre en pecheur converti.
Enfin, poursuit saint Chrysostome, & cecy n'est
qu'un éclaircissement de la seconde raison, parce que le riche trouve dans sa condition des obstacles presque invincibles à la penitence , qui
neanmoins est la seule voye par où il puisse retourner à Dieu & se sauver : *Nisi pœnitentiam
egeritis , omnes similiter peribitis ;* si vous ne
faites penitence, vous périrez tous, disoit le sauveur du monde. Or vous, mon cher Auditeur,
qui goustez au milieu de vos biens & dans le
monde tout ce que le monde a de plus doux,
quelqu'universelle & quelque severe que soit
cette loy , vous la violez sans cesse & en tout.

Le pauvre par une heureuse necessité, est éloigné de tout ce qui pourroit le corrompre. Le
pauvre pour peu qu'il corresponde à la grace
de son estat, conserve donc aisément l'innocence de son cœur. Le pauvre, s'il peche par
fragilité trouve dans sa pauvreté mesme le remede de son peché, c'est-à-dire une espece de
penitence, d'autant plus seûre qu'elle est moins
de son choix, & d'autant plus satisfactoire qu'elle est plus opposée à toutes les inclinations de la
nature. Mais vous dont la benediction, aussi
bien que celle d'Esaü, est dans la graisse de la
terre, quelque heureux que vous soyez dans l'i-
dée du siecle, vous n'avez aucun de ces avantages. Vous estes plus dangereusement tenté,
plus infailliblement vaincu, plus difficilement
guéri : plus dangereusement tenté par l'esprit
impur, plus infailliblement vaincu par la passion, plus difficilement guéri de vos habitudes
criminelles. Il n'y auroit donc qu'un dégage-
ment héroique, tel que vous le prescrit saint
Paul, & qui consiste à user de vos richesses
comme n'en usant pas, lequel pust vous preserver de tous ces malheurs.

　　Mais si cela est, à quoy me servira mon bien!
Ah, mon Frere, répond saint Chrysostome, es-
tes-vous encore assez aveugle, pour croire que
Dieu qui a reglé toutes choses, ait abandonné
ce bien à vostre discretion ; & qu'il ait pretendu vous le donner, pour le dissiper à vostre gré

& selon les caprices de voſtre eſprit! Non non, ni ſa bonté, ni ſa ſageſſe, n'ont pû former ce deſſein. Voſtre bien vous ſervira pour mille autres biens plus importans & plus eſſentiels à quoy vous le devez rapporter. Il vous ſervira pour honorer Dieu, pour exercer la charité envers vos freres, pour en faire, comme dit l'Ecriture, le prix de la redemption de voſtre ame. Mais vous eſt-il meſmes permis de penſer, que vous l'ayez reçeû, pour fomenter voſtre libertinage & voſtre impenitence! Tel eſt neanmoins l'abus qui regne aujourd'huy dans le monde & dans le monde chreſtien. Parce qu'on eſt riche, on veut avoir, je ne dis pas ſuffiſamment, mais abondamment, mais avec ſuperfluité, avec profuſion, toutes les aiſes de la vie. Et parce qu'il eſt impoſſible, parmi les aiſes de la vie, de conſerver la pureté des mœurs, delà vient un débordement & une corruption generale.

Je ne parle point de ce qui s'entreprend & qui s'execute par là de plus ſcandaleux. Car à Dieu ne plaiſe que je veuille icy réveler ces abominations, que l'eſprit de Dieu faiſoit voir au Prophete, lorſqu'aprés luy avoir ordonné de percer la muraille & de penetrer dans les demeures les plus ſecrettes des enfans d'Iſraël, il luy decouvroit ce qui s'y paſſoit de plus infame: *Fili hominis, fode parietem, & videbis abominationes peſſimas.* A Dieu ne plaiſe que je vous conduiſe, quoyque ſeulement en eſprit,

Ezech. 8.

dans les maisons de tant de riches voluptueux, dont cette ville est remplie ; & que tirant le rideau, je fasse paroistre comme sur la scene, toutes les impuretez qui s'y commettent, & que je pourrois justement appeller les abominations de cette capitale : *Ingredere, & vide abominationes pessimas, quas isti faciunt hic.* Quelque precaution que je pusse prendre pour vous les representer, vostre pudeur en souffriroit. Je ne parle point des concubinages, dont l'argent prodigué est le soutien ; des adulteres, dont il est l'attrait ; de mille autres pechez abominables, dont il est la récompense. Car, dit saint Jerosme, c'est l'argent qui séduit la simplicité des vierges, qui ébranle la constance des veuves, qui souille les mariages les plus honorables. C'est par les folles depenses où l'argent se consume, que l'on persuade qu'on aime, & qu'on sçait malheureusement se faire aimer ; qu'on est recherché des plus fiéres, qu'on l'on triomphe mesmes des prudes & des spirituelles. C'est par là que subsistent ces damnables commerces, qui dans les familles les mieux establies, causent tous les jours de si funestes divisions & de si tristes renversemens. On demande à quoy cet homme s'est ruiné, & l'on en est surpris. Mais voicy d'où sa ruine est venuë, & d'où elle a dû venir. Une debauche secrette qu'il entretenoit ; une passion à laquelle il a tout sacrifié, & pour laquelle il s'est piqué de n'épargner rien : voilà ce qui a épui-

Ibid.

sé ces revenus si clairs & si amples. La convoitise de la chair , cette sangsuë, selon la parole
de Salomon, qui crie toûjours, apporte, apporte , & qui ne dit jamais , c'est assez ; voilà ce qui
dissipe les biens de la pluspart des riches. Encore si l'on n'y employoit que les biens ordinaires, peut-estre m'en consolerois-je : mais ce
que nous appellons par respect les biens de l'E-
glise , ces biens qui de droit naturel & de droit
divin sont des biens sacrez, depuis que la pieté des fidelles les a léguez à Jesus-Christ dans
la personne de ses Ministres ; voilà à quoy ils
sont prostituez. Combien de fois , ô opprobre
de nostre Religion ! combien de fois le revenu
d'un benefice a-t-il esté le prix d'une chasteté
d'abord disputée, & enfin venduë à l'incontinence sacrilege d'un libertin , engagé par sa
profession dans les fonctions les plus augustes
du sacerdoce ! Je ne sçais si le Prophete auroit
pû encherir sur ce que je dis, ni s'il avoit veû
de plus grandes abominations : *Vade, & adhuc conversus videbis abominationes majores
his.* Mais laissons ces horreurs, & arrestons-
nous à ce que la coustume & l'esprit du siecle
ont rendu, non seulement supportable , mais
loüable , quoy-qu'essentiellement opposé aux
loix de l'Evangile & de la raison. Parce qu'on a
du bien , on en veut joüir sans restriction, &
dans toute l'étenduë des desirs qu'un attachement infini à soy-mesme & à sa personne peut

Ibid.

C iiij

infpirer. On veut que le fruit des richeffes foit tout ce qui peut contribuer à une vie commode, pour ne pas dire delicieufe : meubles curieux, équipages propres, nombre de domeftiques, table bien fervie, divertiffemens agreables, logemens fuperbes, politeffe & luxe partout. Luxe, adjoufte faint Jerofme, qui infulte aux fouffrances de Jefus-Chrift, auffi bien qu'à la mifere des pauvres : luxe, à qui Dieu dans l'Ecriture a donné fa malediction, quand il difoit par la bouche d'un autre Prophete : *Et percutiam domum hiemalem cum domo æftiva, & peribunt domus eburneæ, & difperdam habitatores de domo voluptatis.* Je détruiray ces maifons de plaifance, ces appartemens d'hyver & d'efté; ces édifices, qui femblent n'eftre conftruits que pour y faire habiter la volupté mefme: je les renverferay, & je déchargeray ma colere fur ceux qui y vivent comme enfevelis dans une molle oifiveté & dans un profond repos.

Tel eft, à proportion des biens que chacun poffede, l'ufage qu'en fait l'amour propre, quand il n'eft pas combattu ni reglé par la mortification chreftienne. Or j'ay dit, & il n'y a perfonne qui n'en convienne d'abord avec moy, que tant que les chofes feront dans ce defordre, il ne faut pas efperer que la chair foit jamais fujette à l'efprit, ni l'efprit à Dieu. *Incraffatus eft dilectus, & recalcitravit,* paroles admirables de Moyfe: *incraffatus, impinguatus, dilatatus, dereliquit*

Amos 1. & 3.

Deuter. 32.

Deum factorem suum, & recessit à Deo salutari suo. Ce peuple autrefois chéri, s'est engraissé des biens qui luy avoient esté confiez ; & ensuite il est devenu rebelle. A mesure qu'il s'est rempli, qu'il s'est bien nourri, qu'il a vescu dans l'abondance, il a quitté Dieu l'autheur de son estre & de son salut. Et ne peut-on pas dire aussi que presque tous les riches sont des hommes corrompus, ou plustost, perdus par l'intemperance des passions charnelles qui les dominent : pourquoy ! parce qu'ils ont tous les moyens de l'estre, & qu'ils n'usent de leurs richesses, que pour assouvir leurs brutales cupiditez. Victimes reservées à la colere de Dieu, & engraissées de ses propres biens ! Combien en voyez vous d'autres dans le monde ! combien en voyez vous qui dans l'opulence s'étudient à mater leur corps & à le réduire en servitude ! un riche continent ou penitent, n'est-ce pas une espece de miracle !

Pleurez donc, mes Freres, concluoit l'Apostre saint Jacques, en parlant aux riches du siecle, pleurez, poussez de hauts cris dans la veûë de tant de perils qui vous environnent, & des calamitez qui doivent fondre sur vous : *Agite* *Jacob. 5.* *nunc, divites ; plorate ululantes in miseriis vestris, quæ advenient vobis.* Maintenant vous vivez dans le faste & dans le luxe, dans la mollesse & dans le plaisir ; mais le temps viendra où vos biens vous seront enlevez, & où vous vous trouverez devant Dieu dans la derniere disette : *Di-*

Ibidem.

vitia veſtræ putrefactæ ſunt. La roüille qui rongera voſtre or & voſtre argent, portera temoignage contre vous ; & vous fera ſouvenir ; mais
trop tard, mais à voſtre confuſion, mais à voſtre deſeſpoir, qu'il ne falloit pas mettre voſtre

Ibidem.

confiance dans des richeſſes periſſables. *Aurum
& argentum veſtrum æruginavit ; & ærugo eorum in teſtimonium vobis erit.* Vous amaſſez de
grands tréſors ; mais aprés avoir eſté pour vous
ſur la terre des tréſors d'iniquité, ce feront au
jugement de Dieu des tréſors de colere & de

Ibid.

vengeance : *Theſauriſaſtis vobis iram in noviſ-
ſimis diebus.*

Cependant voulez-vous en faire des tréſors
de juſtice & de ſainteté ? aprés les avoir legitimement acquis, partagez-les avec les pauvres.
Cherchez-les ces pauvres, dans les priſons, dans
les hoſpitaux, en tant de maiſons particulieres,
diſons mieux, dans ces triſtes & ſombres retraites où ils languiſſent. Allez eſtre témoins de leurs
miſeres ; & vous n'aurez jamais l'ame aſſez dure
pour leur refuſer voſtre ſecours. Il y auroit là
une inhumanité, une cruauté, dont je ne vous
puis croire capables. Voſtre cœur s'attendrira
pour eux, vos mains s'ouvriront en leur faveur,
& ils vous ſerviront d'avocats & de protecteurs
auprés de Dieu. Voilà le fruict ſolide que vous
pouvez tirer de vos biens ; voilà le ſaint employ
que vous en devez faire. Craignez le ſort du
mauvais riche ; profitez de ſon exemple & de

mon conseil. Et vous, pauvres, apprenez à vous consoler dans vostre pauvreté. Apprenez à l'estimer, puisqu'elle vous met à couvert des dangers & du malheur des riches. Toute necessaire qu'elle est, faites-en une pauvreté volontaire, en l'acceptant avec soumission, & en la supportant avec patience. Car que vous serviroit-il d'estre pauvres, si vous brûliez au mesme temps du feu de l'avarice! *Quid tibi prodest si eges facultate,* **Aug.** *& ardes cupiditate?* Que vous serviroit d'estre dépourveûs de biens, si vous aviez le cœur plein de desirs! Heureux les pauvres, mais les pauvres de cœur, les pauvres degagez de toute affection aux richesses de la terre. Telle est la pauvreté que Jesus-Christ canonise dans son Evangile, & qui convient à tous les estats. C'est ainsi que nous pouvons tous estre pauvres en ce monde, & meriter les biens immortels de l'autre, que je vous souhaite &c.

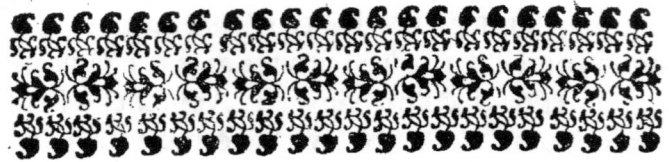

SERMON

POUR LE VENDREDY

de la seconde Semaine.

Sur l'Enfer.

Mortuus est autem & dives, & sepultus est in inferno.

Or le Riche mourut aussi , & il fut enseveli dans l'Enfer. En saint Luc , chap. 16.

SIRE,

C'Est le triste sort d'un riche du monde dont il estoit parlé dans l'Evangile d'hier, & je ne fais pas difficulté de le reprendre aujourd'huy, ce mesme Evangile, pour en tirer un des plus terribles, mais des plus importans sujets que puissent traiter les Predicateurs dans la chaire de verité. Il mourut ce riche, ce mondain, comblé de biens dans la vie, & comblé mesmes d'honneurs aprés la mort : car il est à croire qu'on luy fit de magnifiques funerailles, qu'on porta fon corps en pompe & en céremonie, qu'on luy érigea un fuperbe maufolée; & peut-eftre, tout pecheur qu'il avoit efté, fe trouva-t-il encore des orateurs pour faire publiquement fon éloge & pour luy donner la gloire des plus grandes vertus. Mais le malheur pour luy & le fouverain malheur, c'eft qu'au mefme temps que les hommes l'honoroient fur la terre, on luy rendoit ailleurs juftice; & que fon ame portée devant le tribunal de Dieu, y reçeût l'arreft de fa condamnation & fut tout à coup comme enfevelie dans l'enfer. Affreufe image de ce qui n'arrive que trop communément aux riches & aux grands du fiecle! *Mortuus eft autem & di-* *ves, & fepultus eft in inferno.* Que ne puis-je, Chreftiens, en vous reprefentant toute l'horreur de cette damnation éternelle, vous apprendre à la craindre & à l'éviter! Prefcher l'enfer à la cour, c'eft un devoir du miniftere Evangelique; & à Dieu ne plaife que par une fauffe prudence, ou par un lafche affujettiffement au gouft depravé de fes auditeurs, le predicateur paffe une matiere fi effentielle, & ce poinct fondamental de noftre religion. Mais auffi doit il prendre garde en l'annonçant, à qui il l'annonce & à qui il parle. Aux peuples, cette verité peut eftre propofée fous des figures fenfibles: étangs de feu, gouffres embrazez, fpectres hideux, grincemens de dents. Mais à vous, mes chers Audi-

Luc. 16.

teurs, qui, quoyque mondains & charnels, estés dans un autre sens les spirituels & les sages du monde, elle doit estre expliquée dans la simplicité de la foy ; en sorte qu'on vous en donne une intelligence exacte & capable de vous édifier. C'est ce que je vais faire dans ce discours aprés que nous aurons salué Marie : *Ave Maria.*

C'Estoit une question que Dieu faisoit autrefois à Job, si jamais les portes de la mort luy avoient esté ouvertes, & s'il avoit veû ces prisons tenebreuses où les ames criminelles doivent éternellement subir les rigoureux chastimens de sa justice ; *Numquid apertæ suut tibi portæ mortis, & ostia tenebrosa vidisti ?* Peut-estre ce saint homme, tout éclairé qu'il estoit, ne put-il repondre à cette demande. Car l'Ecriture nous apprend que Jesus-Christ seul devoit ouvrir ces portes de l'enfer & de la mort, & c'est ainsi qu'il s'en est declaré luy-mesme dans l'Apocalypse, en nous disant qu'il a dans les mains les clefs de la mort & de l'enfer : *Ego habeo claves mortis & inferni.* Mais depuis que cet homme-Dieu nous a apporté ces clefs mysterieuses, depuis qu'il nous a fait l'ouverture de ces lieux de tenebres, & que par les divins oracles de son Evangile il nous a revelé tout ce qui se passe dans la triste demeure des damnez, il ne tient qu'à nous d'en avoir une connoissance parfaite.

Job. 38.

Apoc. 1.

Si donc maintenant Dieu nous demandoit à nous-mesmes : *Numquid apertæ sunt tibi portæ mortis, & ostia tenebrosa vidisti?* Avez-vous veû cet abysme où je tiens les impies enfermez, pour exercer sur eux toutes mes vengeances ? nous serions inexcusables de ne luy pas repondre : Oüy, Seigneur, je l'ay veû, je l'ay consideré, j'en ay fait le sujet de mes plus serieuses reflexions, & j'en ay tiré toutes les lumieres qui peuvent servir à la conduite de ma vie. C'est ce que je veux encore aujourd'huy, Chrestiens, vous remettre devant les yeux pour l'édification de vos ames. Je veux vous faire voir ce que c'est que l'enfer, en quoy consistent les tourmens de l'enfer, quelles sont les proprietez essentielles des tourmens de l'enfer : & parce que ce sujet est infini, je me borne à la pensée du Pape Innocent troisiéme dans son excellent traité du mépris du monde, où il nous dit que les reprouvez souffrent en trois manieres differentes, sçavoir par le souvenir du passé, par la douleur du present & par desespoir d'obtenir jamais grace dans l'avenir : *Hic vermis tripliciter lacerans, affliget memoriâ, torquebit angustiâ, ferâ turbabit pœnitentiâ.* Le souvenir du passé les déchire, la douleur du present les accable, la veûë de l'avenir les desespere. En trois mots voilà le partage de ce discours. Estat malheureux du reprouvé, que le passé déchire par les plus mortels regrets, que le present accable par la

Innocent. Pap.

plus cruelle douleur, que l'avenir défolé par le plus affreux defefpoir. Eft-il un fujet plus digne de voftre attention!

I. PARTIE. C'Eft le fouvenir du paffé qui doit faire la premiere peine des ames reprouvées : fouvenir qui les tourmentera vivement, qui les tourmentera éternellement, qui les tourmentera fans interruption & fans relafche, qui les tourmentera fans partage & fans divifion, qui les tourmentera en toutes les manieres que la juftice d'un Dieu aidée de fa toute-puiffance eft capable de luy fuggerer ; mais ce qu'il y a de plus déplorable, qui n'aura point d'autre effet en les tourmentant que de les faire fouffrir & de les tourmenter. Voilà, Chreftiens, la premiere idée que je conçois de l'eftat d'une ame dans l'enfer & de fa reprobation. *Fili, recordare, quia recepifti bona in vitâ tuâ.* Souvenez-vous, mon fils, dit Abraham au riche malheureux, que vous avez eû les biens de la vie ; mais fouvenez-vous au mefme temps de l'abus que vous en avez fait. Deux veûës, reprend faint Chryfoftome, bien affligeantes pour un damné. La veûë des biens dont il aura fait un criminel ufage, & la veûë des maux qu'il aura commis. L'une & l'autre fuivant le deffein de Jefus-Chrift également neceffaire pour arrefter les emportemens de nos paffions & pour nous affermir dans les voyes de la fageffe chreftienne.

Luc. 16.

Pre-

Premiere veûë qui tourmentera le reprouvé :
les biens de la terre qu'il poſſedoit , & dont il
faiſoit le pretendu bonheur de ſa vie ; mais qui
par le plus triſte changement feront ſon ſupplice , & luy cauſeront les plus mortels regrets. Ce
ne ſera pas de les avoir perdus ; car quelque attachement qu'il y ait eû , il ne ſera pas en eſtat
d'en eſtre touché , & il n'en reconnoiſtra que
trop la vanité & le néant : mais de les avoir aimez preferablement à ſon ſalut éternel, mais de
s'en eſtre ſervi contre Dieu , mais de les avoir
employez à ſe perdre ſoy-meſme. Ah ! dira ce
riche dechiré du plus cruel & du plus vif repentir ; car c'eſt ainſi que le Saint Eſprit fait parler
les reprouvez dans l'Ecriture : ſi j'avois menagé ſelon Dieu ces biens de fortune ; ſi confor-
mément aux loix du chriſtianiſme & aux obligations de mon eſtat, j'en avois aſſiſté les pauvres ; ſi par un zéle de religion & de charité, je
les avois partagez entre Jeſus-Chriſt & moy ; ſi
les regardant comme des talens dont je n'avois
que la ſimple adminiſtration , je les avois fait
profiter en les appliquant aux œuvres de miſericorde & de pieté ; ſi comme un diſpenſateur fidelle, j'en avois rapporté le fruict au ſervice & à
la gloire du maiſtre de qui je les tenois, & qui me
les avoit confiez : ces biens dont la mort m'a de-
poüillé, ſeroient maintenant pour moy un tréſor
de merites & un fonds de bonheur pour l'éternité. Les hommes m'en loüeroient ſur la terre,

Tome II. .D

& Dieu m'en recompenseroit dans le ciel. Mais parce qu'un defir infatiable d'amaffer & d'avoir, me les a fait retenir impitoyablement malgré les miferes de tant de pauvres, à qui je n'en ay point fait part; mais parce qu'un luxe immoderé & fans autre regle que l'efprit du monde, me les a fait prodiguer en des depenfes vaines & fuperfluës; mais parce qu'un affujettiffement honteux à mes fens me les a fait confumer en des excés & en des intemperances criminelles; mais parce qu'une deteftable ambition de me pouffer & de m'élever, ou une paffion aveugle d'enrichir des enfants & des héritiers qui font aujourd'huy des libertins & peut-eftre des ingrats, me les a fait rechercher contre toutes les loix de la juftice & aux dépends de ma confcience, il faut que ces mefmes biens où je mettois toute mon efperance & toute ma felicité, deviennent mes propres bourreaux.

Penfée d'autant plus défolante, que faifant enfuite la plus trifte comparaifon, il fe retracera l'idée de ce fouverain bien qu'il aura perdu, & pourquoy! pour des biens periffables & paffagers. Cette conviction fenfible qui luy reftera & qui luy fera toûjours prefente, qu'il a perdu fon vray bien, fon unique bien, pour de faux biens & mefmes de faux biens dans l'eftime des hommes, pour un vain intereft qui l'a aveuglé, pour un honneur chimerique & imaginaire dont il s'eft entefté, pour un plaifir fenfuel &

brutal à quoy il s'eſt abandonné ; le dépit mortel
qu'il en concevra contre luy-meſme, & qui luy
fera dire avec bien plus de ſujet qu'au fils de
Saül, *Guſtans guſtavi paululum mellis , & ecce*   1. *Reg.* 14.
morior, pour quelques douceurs que j'ay gouſ-
tées , pour quelques plaiſirs que ma raiſon me
diſputoit , & dont ma conſcience m'a preſque
oſté par ſes reproches tout le ſentiment, je me
vois condamné à boire le calice de la colere de
Dieu ; ce calice de fiel & d'amertume, ce calice
qu'il a detrempé dans le jour de ſa fureur & qu'il
reſerve à ſes ennemis : tout cela encore une fois
fera naiſtre dans ſon ame ce ver interieur qui le
rongera : *Recordare quia recepiſti bona in vitâ*   Luc. 16.
tuâ ? Ainſi nous nous ſervons dans la vie des
biens de Dieu contre Dieu ; & Dieu à ſon tour
s'en ſervira contre nous : & comme nous en faiſons les inſtrumens de noſtre malice pour l'offenſer, il en fera, dit ſaint Grégoire, les inſtrumens
de ſa juſtice pour nous punir. Et cela comment !
toûjours par la penſée & le ſouvenir : *Recor-*
dare.

Mais ſi l'abus des dons naturels & des biens
de la terre doit faire dans l'ame du pecheur une
impreſſion ſi violente, que ſera-ce de l'abus des
graces & des dons ſurnaturels, qui peſé au poids
du ſanctuaire de Dieu & par rapport à la damnation, aura des conſequences encore bien plus
funeſtes. Car qui peut dire quelle ſera la déſo-
lation d'un reprouvé, lorſqu'il ſe repreſentera à

luy-mesme (or il se le representera toûjours)
combien de secours, combien de moyens de salut il se sera rendus inutiles , combien de lumieres il aura étouffées , combien d'inspirations il
aura rejettées , combien de Sacremens il aura
negligez ou prophanez ; à combien d'instructions , à combien de remonstrances il se sera
endurci ; à combien d'exemples il aurā esté insensible , soit par une force d'esprit pretenduë
dont il se piquoit dans son impieté, soit par une
lascheté & une delicatesse qu'il ne s'est jamais ef-
forcé de vaincre. Ah ! si j'avois seulement esté
fidelle à une partie de ces graces dont Dieu me
prevenoit ; si j'avois , pour suivre la voix qui
m'appelloit & qui m'appelloit si souvent , qui
m'appelloit si fortement , renoncé à l'esclavage
du monde & de la chair, je me serois sanctifié,
j'aurois part à l'héritage des enfants de Dieu, je
possederois avec eux le mesme Royaume : mais
parce que je les ay reçûës envain ces graces si pre-
cieuses, parce que je les ay reçûës avec indifference & sans aucun retour , parce que je les ay me-
prisées, parce que je les ay mesmes combattuës &
que par mon obstination elles ne m'ont pas attiré
ni converti à Dieu , elles s'élevent contre moy
pour me persecuter & pour venger Dieu. Au lieu
de ces saintes tristesses, au lieu de ces saints remords, au lieu de ces contritions salutaires & vi-
vifiantes , qu'elles devoient exciter dans mon
cœur , elles me causent à present des remords ,

mais des remords qui me déchirent ; elles me
caufent des triftefles, mais des triftefles qui m'accablent ; elles me caufent des repentirs, mais des
repentirs qui me percent, qui me tranfportent,
qui vont jufques à la fureur, jufques à la rage :
Recordare.

Or puifque Dieu fera fervir jufques à fes graces pour tourmenter le pecheur, jugez de là ce
qu'il aura à fouffrir ce pecheur reprouvé, du fouvenir & de la veüë de fes crimes, dont la proprieté la plus naturelle eft de devenir le fupplice de ceux mefmes qui les ont commis. Non
non, dit faint Chryfoftome, il ne faudra point
de démons, point de fpectres pour faire de l'enfer un lieu de tourment. Ce que chacun y apportera de crimes, voilà les démons aux quels il
fera livré. Ces impuretez abominables, ces injuftices énormes, ces prophanations des chofes
faintes, ces mépris declarez de Dieu, ces haines
inveterées contre le prochain, ces perfidies & ces
trahifons, ces artifices de l'hypocrifie, ces fcandales de l'athéifme, ces emportemens de la vengeance, ces raffinemens de la medifance, ces
noires impoftures de la calomnie, tant d'autres
iniquitez dont je ne puis faire le dénombrement,
ce font là les monftres qui inveftiront le reprouvé, qui l'affiegeront, qui le faifiront des plus vives frayeurs.

Et il n'eft pas abfolument neceffaire d'eftre
chreftien pour eftre perfuadé de ce que je dis,

D iij

puifque les payens eux-mefmes l'ont reconnu
& qu'ils en ont fait la matiere de leurs fables.
Or ce que nous appellons leurs fables, comme
remarque fort bien faint Auguftin, n'eftoit au
fond rien autre chofe que les myfteres les plus
fublimes de leur Theologie, & les principes les
mieux eftablis de leur morale. Ils ne les propo-
foient aux peuples que fous des fictions ; mais
ces fictions renfermoient la mefme verité que la
foy nous enfeigne : & malgré le libertinage des
athées, qui vivent aujourd'huy parmi nous, ces
infidelles du paganifme nous rendent un temoignage tout conforme à celuy des Prophetes &
des Apoftres, fçavoir qu'il y a un enfer, & qu'une
des grandes peines de l'enfer fera d'avoir peché
& de s'eftre foüillé de crimes dans la vie : *Recordare.*

    Mais ces crimes ne feront plus : il eft vray, re-
prend faint Bernard, ils ne feront plus dans la
realité de leur eftre, mais ils feront encore dans
la penfée & dans le fouvenir. Or c'eft par le fouvenir & par la penfée qu'ils feront fouffrir une

Bernard.

ame reprouvée de Dieu. *Tranfierunt à manu; fed
non tranfierunt à mente.* Ils ne feront plus, adjoufte ce Pere, mais ils auront efté, & il ne fera
plus au pouvoir ni du pecheur, ni de Dieu mefme, qu'ils n'ayent pas efté. Or ils ne tourmentent ni dans l'enfer, ni fur la terre que parce
qu'ils ont efté; & de là vient qu'ils tourmentent
lors mefmes qu'ils ne font plus, ou pluftoft qu'ils

ne commencent à tourmenter que quand ils ne
font plus. Et parce que n'eftre plus & avoir efté,
font deux termes infinis qui égaleront l'éternité
de Dieu, & qui fubfifteront dans leur maniere
de fubfifter, autant que Dieu fera Dieu, ces crimes qui ont efté, & qui ne feront plus, auront, s'il
m'eft permis de parler ainfi, une activité éternelle dans l'enfer pour tourmenter le reprouvé. Ils
ne l'ont contenté qu'un moment, pendant qu'il
les commettoit ; & ils le tourmenteront éternellement, quand il ne les commettra plus : pourquoy ! belle raifon de faint Auguftin ; parce que
chaque chofe, dit-il, agit felon l'étenduë de fa
durée. Or le prefent qui fait le plaifir du pecheur,
combien eft-il prefent ! un inftant, & rien davantage ; & voilà pourquoy le pecheur l'a fi peu
goufté : au lieu que le paffé qui le tourmentera,
fera toûjours paffé, & que comme paffé n'ayant
point de fin, il faudra par une neceffité indifpenfable qu'il fe faffe toûjours fentir. *In æter-*   *Bernard.*
num ergò neceffe eft cruciet, conclut admirablement faint Bernard, *Quod in æternum te feciffe memineris.* Voyez, pourfuit-il, ce qui arrive tous les jours à une ame innocente, lorfque
par une fragilité malheureufe elle vient à oublier
Dieu, & à s'oublier elle-mefme. Cette femme
avoit de l'honneur, elle avoit aimé jufques-là
fon devoir ; mais enfin une pourfuite opiniaftre
l'a fait fuccomber : quel repentir, quelle douleur,
quelle confufion de fa lafcheté, quelle horreur

de fon crime! Elle voudroit le pouvoir rachepter. aux dépends de mille vies; & fi la chofe eftoit encore au poinct d'en deliberer, il n'y auroit point de mort qu'elle n'acceptaft, pluftoft que de donner un fi criminel & un fi honteux confentement. Mais il n'y a plus de retour; & toûjours il fera vray qu'elle s'eft abandonnée à l'infamie & à l'opprobre du peché. Voilà ce qui produit & ce qui entretient dans elle ce fonds d'amertume, qu'elle porte quelquefois jufqu'au tombeau. Voyez ce qui arrive à un homme emporté, lorfque dans l'ardeur de fa paffion il commet une action noire, un homicide, un affaffinat. A peine a-t-il fait le coup, que fon efprit fe trouble, que fon fens s'égare, qu'il n'a plus de paix, prefque plus de raifon. Que ne feroit-il pas, que ne donneroit-il pas, que ne feroit-il pas preft d'endurer pour eftre encore à commettre ce qu'il a commis, & ce qu'il n'eft plus en eftat de reparer! Or ce n'eft là qu'une figure & qu'une ombre de l'enfer. Parce que d'avoir peché fera quelque chofe d'éternel, il faudra par une dure, mais jufte loy, que le tourment le foit auffi; & que l'ame foit malheureufe pour jamais, parce qu'elle ne ceffera jamais de fe fouvenir qu'elle a efté un moment coupable : *Nam etfi facere in tempore fuit, fed feciffe in æternum manet.* Qui feroit bien penetré de cette penfée, de quel œil envifageroit-il le peché, & qu'épargneroit-il pour s'en préferver!

Bernard.

Adjouftez que les crimes de la vie & tant de
defordres fe prefenteront tous à la fois aux yeux
du reprouvé, & tous à la fois le tourmenteront.
Il ne les a commis que par intervalles & par fucceffion, aujourd'huy l'un, demain l'autre; s'il y
a donc fenti quelque douceur, ce n'a efté que
par parties: mais dans fon tourment, il n'y aura ni
fucceffion ni partage; Dieu le ramaffera tout èn-
tier dans chaque inftant; & ces crimes, qui con-
fiderez comme prefens, fe trouvent difperfez
dans une longue fuite de jours, de mois, d'années, fe réuniront tous dans le paffé, parce qu'il
fera vray en mefme temps de dire qu'ils font tous
paffez. Ainfi tous par une vertu indivifible, ils
concourreront à l'effet malheureux de la damnation. Or imaginez-vous ce qu'ils feront tous
enfemble, puifqu'un feul fuffiroit pour former
l'enfer. Ah, Chreftiens, ne vous rebutez pas de la
fuppofition que je vais faire: peut-eftre bleffera-
t-elle la delicateffe de vos efprits; mais plûft à
Dieu, que par là mefme elle puft vous infpirer
une fainte horreur de la corruption de vos cœurs.
Si l'on venoit à remüer une eau bourbeufe &
dormante, & qu'expofant devant vous toutes les
immondices qu'elle renferme, on vous forcaft à
en foutenir toûjours la veûë, ce feroit pour vous
non pas un fpectacle, mais un fupplice, mais un
martyre auffi rigoureux qu'humiliant. Or telle,
& bien plus infoutenable encore, eft la peine
que Dieu referve dans l'enfer à une ame, par

exemple, senfuellê & impudique. Il luy sera voir
du mesme coup d'œil tout ce qu'il y a eû dans
elle, par la concupifcence de la chair, de plus
sale & de plus infect. Confentemens secrets, defirs criminels, esperances conçeûës, occafions
cherchées, commerces fcandaleux, entretiens lafcifs, libertez, regards, diffolutions, molleffes,
il luy rendra tout cela prefent; & la fixant à cet
objet, dont rien ne pourra plus la detourner,
regarde, luy dira-t-il à chaque moment de l'é-
ternité, voilà les fuites de ton incontinence, voilà ce qu'a produit ton cœur.

    Que concevez-vous de plus intolerable que
ce mónftrueux amas d'impuretez! Jugez-en parce que nous éprouvons dans ces reveûës plus
generales & plus exactes de nos confciences.
Quelle honte quand tout à coup cette innombrable multitude de pechez fe developpe devant
nos yeux! Mais fi cette honte toute furnaturelle
& toute divine qu'elle eft, fi cette honte lors mefmes qu'elle eft l'effet de la grace, lors mefmes
qu'elle eft le principe de noftre reconciliation a-
vec Dieu, nous tient lieu néanmoins de peine,
& d'une peine que nous cherchons tant à éviter,
que fera-ce de la honte des reprouvez & du fentiment qu'ils en auront! Ah! Seigneur, s'écrioit
David, dans la ferveur de fa penitence, je ne puis
plus vivre, & je fuis hors de moy-mefme, quand
je confidere mes iniquitez, & que je les vois mul-
tipliées à l'infini : j'en fuis émeû jufques dans la

moëlle de mes os; *Non est pax ossibus meis à fa-* Psalm. 37.
cie peccatorum meorum. C'estoit un Roy, Chrestiens, & un Roy dans la prosperité, un Roy élevé au plus haut poinct de la felicité humaine : cependant il estoit troublé, il estoit saisi, il estoit
consterné à la veûë de cette affreuse scéne qui luy
retraçoit ses égaremens & ses desordres. Con-
cluez donc quel sera l'estat d'une ame qui enlevée de la terre & d'ailleurs bannie du sejour de
sa béatitude celeste, se trouvera comme toute re-
cueillie dans le souvenir de son peché; aura in-
cessamment cette pensée, j'ay peché; se dira in-
cessamment à elle-mesme, j'ay peché; & y pen-
sera, & se le dira, sans jamais le pouvoir détruire
ce peché qu'elle haïra, qu'elle abhorrera comme la source irremediable de son malheur.

Et voilà nostre leçon, Chrestiens. Le mauvais
riche souhaita que ses freres encore vivants sur la
terre, pussent au moins profiter de son exemple.
Dieu ne le voulut pas. Peut-estre s'estoient-ils
rendus indignes de cette grace, & peut-estre un
des grands chastimens que Dieu exerça sur eux,
fut de ne leur pas faire sçavoir le funeste estat de
leur frere dans l'enfer. Mais ce que Dieu ne leur
accorda pas, il nous l'accorde aujourd'huy : il
veut que l'exemple de ce reprouvé nous instrui-
se, que sa folie, pour ainsi dire, fasse nostre prudence, & que le regret qu'il ressent du passé, nous
serve à reformer & à sanctifier le present & l'a-
venir. Il est vray que Dieu ne nous envoye pour

cela, ni Lazare, ni aucun des morts, parce qu'il
pretend que sa parole écrite dans son Evangile &
annoncée par ses ministres, doit estre plus convaincante & plus infaillible pour nous, que le
rapport de Lazare & celuy de tous les morts.

Nous nous figurons quelquefois que la refurrection d'un mort & la parole d'une ame re-
venuë de l'enfer, seroit d'un grand poids pour
faire impression sur nos esprits & pour nous convertir. Abus, Chrestiens ; & puisque nous n'é-
coutons ni Moyse, ni les Prophetes, c'est-à-dire, ni la parole de Jesus-Christ, ni celle de ses
predicateurs, nous trouverions bien encore des
raisons pour contester & pour rejetter tout autre temoignage : outre qu'il n'est pas de la providence de Dieu, d'user de ces moyens extraordinaires, tandis que nous en avons d'autres qui
peuvent suffire. C'est delà, dit saint Augustin,
que Dieu n'a jamais fait de miracles pour confondre l'athéisme ; parce que l'athéisme est plus
que suffisamment confondu par la voix de toute
la nature. Ainsi il se contente pour nostre instruction de nous donner l'exemple du riche reprouvé. Mais que faisons-nous, mes chers Auditeurs ! appliquez-vous, s'il vous plaist, à cette
morale ! Bien loin de profiter de cet exemple,
nous ne profitons pas mesmes de nostre propre
experience. Car dés cette vie nous avons une experience sensible du repentir des damnez, &
quelle est-elle ! le trouble & le remords du pe-

ché dés que nous l'avons commis. Trouble, remords, image tout à la fois & peine de l'enfer. Car qu'est-ce que ce remords du peché, cette honte que l'on en conçoit, ce reproche que l'on se fait à soy-mesme & malgré soy-mesme, cette peine à souffrir qu'on nous le fasse d'ailleurs, qu'est-ce que cela ! sinon une voix secrette qui nous dit qu'il y a un enfer, & que déja nous le portons en quelque sorte au dedans de nous mesmes. Mais voicy nostre desordre, Chrestiens : pour pecher plus librement & plus impunément, nous taschons à nous défaire peu à peu de cet enfer anticipé, & si j'ose m'exprimer ainsi, de cet enfer temporel qui tourmente nos consciences, mais qui pourroit estre pour nous un enfer salutaire en nous préservant de l'enfer éternel. C'est-à-dire que nous étouffons en nous le remords du peché, qui selon saint Chrysostome est comme une derniere grace dans l'ordre de la predestination & du salut : & parce que ce remords est inseparable de l'idée d'un Dieu, de l'idée d'une providence, de l'idée d'une vie immortelle ; je veux dire, parce qu'il est impossible de croire un Dieu, de croire une providence, de croire une vie immortelle, & de ne pas sentir ce remords, pour nous affranchir de ce remords nous taschons à nous aveugler sur ces poincts capitaux de la Religion ; du moins nous taschons à en douter & à ne les croire qu'à demi. Car il en faudroit venir-là pour trouver la paix dans le peché : mais nous avons beau faire des efforts, nous avons beau raisonner & dispu-ter, ce ver du peché ne meurt pas pour cela , & dés cette vie mesme nous n'aurons jamais l'avan-tage de nous en estre absolument delivrez. Il y aura toûjours des heures & des temps où il re-viendra tout de nouveau nous piquer : ce sera au milieu de nos plaisirs & dans les momens les plus doux en apparence. Des millions d'autres plus determinez & plus impies que vous, en ont fait mille fois & en font tous les jours la triste é-preuve. Que dis-je! les Souverains mesmes & les Monarques de la terre ne peuvent l'anéantir. Ils se deffendent de tout, mais ils ne scauroient se deffendre d'eux-mesmes, & leur peché monte a-vec eux jusques sur le Trosne pour les persecuter.

Deplorable condition, mes Freres, que cel-le du pecheur ; puisqu'en quelque estat qu'il se trouve, soit dans le terme de la reprobation a-prés la mort , soit dans la voye qui y conduit pendant la vie, son peché est par tout pour luy un enfer inévitable. Mais quel remede! je vous l'ay dit, c'est de bien menager dés à present ce remords du peché dont le mauvais riche ne peut plus faire un bon usage : car c'est de ce re-mords , si nous le voulons , que dépend nostre conversion. Que fais-je donc, Chrestiens, si je suis fidelle à la grace! au lieu d'étouffer ce re-mords du peché, comme l'impie & le libertin, je le réveille au contraire, je l'excite en moy par

de frequentes & de folides reflexions. Ce que
feront éternellement les damnez par une neceffité rigoureufe, en confiderant toûjours malgré
eux les fuites funeftes de leur peché, je le fais par
une fage precaution. Je repaffe tous les jours devant Dieu dans l'amertume de mon cœur, comme le faint Roy Ezechias, le nombre de mes années : *Recogitabo tibi annos meos in amaritudi-* Ifa. 38.
ne animæ meæ. Je dis à Dieu : ah ! Seigneur,
fi mon peché me fait maintenant tant de peine,
que feroit-ce dans l'enfer ! Je ne me contente
pas de cela : je demande à Dieu ce remords comme une des graces les plus fpeciales qu'il puiffe
donner à fes eflûs, quand la paffion les a precipi-
tez dans l'abifme du peché. Je le prie de me reprendre, non pas dans fa colere, mais felon cet
efprit de mifericorde, qui n'eft pas feulement
le confolateur, mais le cenfeur du monde, &
qui comme cenfeur en devient le reformateur ;
Arguet mundum de peccato. Je vais encore plus Joan. 16.
avant : j'anticipe ce remords : je raifonne avec
moy mefme, & je me demande ; quel fruit tireray-je de ce peché! quand je l'auray commis, vou-
dray-je l'avoir fait, & que m'en reftera-t-il autre chofe, que le remords & la confufion ? pourquoy donc faire maintenant ce qu'alors je voudray n'avoir jamais fait! C'eft ainfi que je m'inftruits, que je m'encourage à tenir ferme contre
les tentations du monde & de la chair, à refifter
dans les occafions les plus dangereufes & dans

les momens les plus critiques, à ne ménager rien
pour me garantir de cette affreuse damnation
où le reprouvé n'a pas seulement à souffrir du
passé par le plus mortel regret, mais du present
par le supplice le plus douloureux. C'est la seconde partie.

II. Partie.

Pſalm. 54.

UN des souhaits de saint Bernard, & ce qu'il
demandoit avec plus d'ardeur, expliquant ces
paroles du Prophete, *Descendant in infernum
viventes,* c'estoit que les pecheurs descendissent
en esprit & par la pensée dans l'enfer ; ne dou-
tant pas que la veûe de cet affreux sejour & des
tourmens qu'on y endure, ne dust faire la plus
vive impression sur leurs cœurs, & convaincu
qu'il n'y avoit point de moyen plus asseûré pour
ne pas tomber après la mort dans ce lieu de miseres, que d'y descendre souvent par la reflexion
Bern. pendant la vie : *Descendant in infernum viventes,
ne descendant morientes.* Mais pour l'entier accomplissement du souhait de saint Bernard, il
faudroit, Chrestiens, que nous y pussions descendre avec les mesmes connoissances, & s'il estoit
possible, avec la mesme experience que les damnez, afin d'en pouvoir juger comme eux, & d'en
tirer au mesme temps des consequences qui leur
sont desormais inutiles, mais qui nous peuvent
estre encore si salutaires. Car de descendre en esprit dans l'enfer avec des lumieres aussi foibles
que les nostres, avec une imagination aussi dis-
sipée

sipée que la noftre, fur tout avec une infenfibilité pour les chofes de Dieu auffi prodigieufe
que la noftre ; c'eft prefque faire fans fruict, ce
que faint Bernard fe propofoit, comme un des
remedes les plus efficaces pour nous ramener de
nos égaremens, & nous corriger de nos defordres. Ah, dit faint Auguftin, qui pourroit maintenant comprendre ce que comprend un damné ! qui pourroit avoir dans une profonde meditation les mefmes idées qu'il a de fon eftat prefent au milieu des flammes ! Tafchons de les a-
voir, Chreftiens ; & puifque ce n'eft pas encore
affez pour nous de defcendre fpirituellement
dans l'enfer, entrons dans les fentimens d'une
ame reprouvée, fubftituons fes lumieres aux
noftres, & reconnoiffons combien c'eft une chofe terrible que de tomber entre les mains du
Dieu vivant : *Horrendum eft incidere in manus* Hebr. 10.
Dei viventis. Que fait-elle cette ame malheureufe, ou en quel eftat eft-elle ! elle fe voit feparée de Dieu, elle fe voit au milieu d'un feu dont
elle eft la trifte victime. Double peine : l'une &
l'autre parfaitement reprefentée par Jefus-Chrift
dans le riche de l'Evangile. Elle fe voit feparée de
Dieu, voilà l'effentiel & comme le fonds de fa reprobation. *Elevans autem oculos fuos cùm effet* Luc. 16.
in tormentis, vidit Abraham à longè, & Lazarum
in finu ejus. Ce riche, dit le Sauveur du monde,
du lieu de fon tourment levant les yeux, apper-
çeût de loin Abraham & Lazare dans fon fein.
Tome II. E

Il se voyoit ce saint Patriarche dans un éloignement infini, *A longè*, & c'est ce qui le désoloit. Il
s'en voyoit separé par un cahos, c'est à dire par
une vaste distance : tellement qu'entre Abraham
& luy, il ne pouvoit plus y avoir nulle commu-
nication, *Magnum chaos inter vos & nos firma-*
tum est, & c'est ce qui le desesperoit. Or s'il se
voyoit si loin d'Abraham, il se voyoit encore,
dit saint Ambroise, bien plus éloigné de Dieu :
Si Abraham à longè, quantò longiùs à Deo;
& cette separation de Dieu estoit bien encore un
autre supplice pour luy.

Car qu'est-ce que d'estre separé de Dieu ! Ah !
Chrestiens, quelle parole ! la comprenez-vous !
Separé de Dieu, c'est à dire privé absolument de
Dieu. Separé de Dieu, c'est à dire condamné à
n'avoir plus de Dieu, si ce n'est un Dieu ennemi,
un Dieu vengeur. Separé de Dieu, c'est à dire
décheû de tout droit à l'éternelle possession du
premier de tous les estres, du plus excellent de
tous les estres, du souverain estre qui est Dieu.
Peine, dit saint Bernard, qui ne se peut mesurer
que par l'infinité de Dieu, puisque cette peine
est la privation de Dieu mesme, & par consequent qu'elle est grande à proportion que Dieu
est grand : *Hæc enim tanta pœna, quantus ille.*
Ainsi, comme Dieu disoit à un juste dans l'Ecriture, *Ero merces tua magna nimis*, c'est moy-
mesme qui seray ta recompense ; & je la seray en
me donnant à toy, parce que je n'ay rien de plus

Ibidem.

Ambros.

Bern.

Genes. 15.

grand ni de meilleur à te donner que moy-mefme : il pourra dire à un reprouvé , c'eſt moy-
meſme qui ſeray ton ſupplice ; & je le ſeray en
t'éloignant de moy, car je n'ay rien dans les tréſors de ma colere de plus formidable que cet é-
loignement & cette entiere ſeparation de moy-
meſme. En effet, Chreſtiens, ces trois penſées
que le reprouvé aura toûjours preſentes , Dieu
n'eſt plus à moy, & je ne ſuis plus à luy ; Dieu
n'eſt plus pour moy, & je ne ſuis plus pour luy ;
Dieu n'eſt plus dans moy ni avec moy, & je ne
ſuis plus dans luy ni avec luy : ces trois affligeantes penſées ne ſeront elles pas capables de faire ſon enfer ? Or c'eſt ce qui ſe verifiera , ce qui
s'accomplira dans autant de creatures que Dieu
en reprouvera. Du moment que Dieu pronon-
cera à une ame ce redoutable arreſt , retirez-
vous , il ſe dépoüillera , pour ainſi dire , de tous
ſes droits ſur elle , hors ceux que la neceſſité de ſon domaine ne luy permettra pas d'alié-
ner ; & cette ame , ſi je puis encore parler de
la ſorte , perdra elle-meſme tous ſes droits ſur
Dieu. Ame , non ſeulement indigne de le poſſeder , mais indigne meſmes de luy appartenir.
Dieu la répudiera , ſouffrez cette expreſſion ,
& elle répudiera Dieu ; & dans ce divorce mu-
tuel, elle trouvera la conſommation de ſon malheur. Dés cette vie ce terrible myſtere de la
perte d'un Dieu, commence déja dans la perſonne des pecheurs : Dieu & l'ame par le pe-

ché se separent, & se separent jusqu'à se renoncer l'un l'autre. *Voca nomen ejus, non populus meus.*
Prophete, disoit Dieu, n'appelle plus ce peuple mon peuple : il a cessé de l'estre ; & la qualité que tu dois desormais luy donner, c'est qu'il ne l'est plus : *Voca nomen ejus non populus meus.* Voilà son nom & le caractere qu'il portera ; car dés qu'il m'a oublié pour suivre des Dieux étrangers, il m'a renoncé comme son Dieu & je le renonce pour mon peuple : *Quia vos non populus meus, & ego non ero vester.*

Osée. 1.

Et ce langage est si ordinaire à Dieu dans les saints livres, que quand les Israëlites par une monstrueuse idolastrie eurent sacrifié au veau d'or dans le desert, Dieu émeû de colere & irrité contre eux, n'en parla plus à Moyse que dans ces termes : *Vade, descende, peccavit populus tuus ;* va, Moyse, descends de la montagne, & tu verras le crime que ton peuple a commis. Prenez garde, Chrestiens, Dieu les appelle le peuple de Moyse, & non le sien ; comme si ce peuple n'eust plus esté à luy, ni luy à eux, depuis qu'ils estoient tombez dans l'infidelité. Mais ces paroles, dit S. Chrysostome, qui ne sont, pour ainsi dire, que comminatoires dans cette vie, & qui tout au plus n'ont qu'une partie de leur effet, puisqu'elles n'ostent pas à une ame l'esperance ni les moyens de reparer la perte qu'elle a faite, s'accompliront entierement & à la lettre dans un reprouvé. Plus d'alliance entre Dieu & luy, plus d'union : com-

Exod. 19.

me ſi Dieu luy diſoit, ton libertinage t'a fait ſouhaiter de n'avoir point de Dieu, tu n'en auras jamais : tu n'as pas voulu connoiſtre ton Dieu,
tu ne le verras & tu ne le connoiſtras jamais : tu
ne t'es pas mis en peine de chercher Dieu, quand
tu le pouvois trouver ; tu le chercheras & tu ne
le trouveras jamais ; & ce qui faiſoit ton impieté, c'eſt ce qui fera déſormais ta peine : quand
Dieu vouloit eſtre à toy, tu luy as dit inſolem-
ment que tu ne voulois point eſtre à luy ; maintenant que tu voudrois eſtre à luy , il te declare
pour jamais qu'il ne veut plus eſtre à toy. Or le
quel des deux eſt le plus déſolant pour une ame,
ou que Dieu ne ſoit plus à elle ou qu'elle ne ſoit
plus à Dieu !

Mais je me trompe, Chreſtiens : toute reprouvée qu'elle eſt , elle ſera encore à Dieu ,
& Dieu à elle. Dieu luy ſera encore inſepara-
blement uni, & elle à Dieu : mais c'eſt cela meſme qui doit faire ſon malheur. Si elle pouvoit
eſtre tout à fait privée , tout à fait ſeparée de
Dieu, elle ne ſeroit malheureuſe qu'à demi. Le
comble de ſa miſere ſera d'en eſtre privée d'une
façon & de ne l'eſtre pas de l'autre, d'en eſtre ſeparée d'une façon & inſeparable de l'autre : privée de Dieu en tant que Dieu eſtoit l'objet de ſa
felicité , & penetrée de Dieu en tant que Dieu
ſera le ſujet éternel de ſes plus violents tranſports ; c'eſt ce qui la conſternera. Dieu la renon-
cera en qualité de pere , en qualité d'époux , en

E iij

qualité de protecteur, en qualité de derniere fin;
c'est à dire, dans toutes les qualitez qui le rendent bien-faisant, doux & aimable : & il s'attachera à elle en qualité de juge, en qualité d'ennemi, en qualité de vengeur, en qualité de perfecuteur; c'est à dire, felon toutes les qualitez qui
le rendent, tout Dieu qu'il est, non feulement
fevere & redoutable, mais dur & impitoyable.
De là donc cette ame fera doublement malheureufe : malheureufe d'avoir encore un Dieu,
malheureufe de n'en avoir plus; d'avoir encore un Dieu conjuré, declaré, armé contre elle,
& de n'avoir plus de Dieu favorable, propice
& mifericordieux pour elle; d'avoir encore un
Dieu pour exciter fa haine & fes plus mortelles
averfions, & de n'en avoir plus pour contenter
fes defirs & fes plus ardentes inclinations. Car
ce fera là fon grand fupplice, de fentir éternellement que Dieu l'avoit créée pour luy-mefme, &
qu'elle ne pouvoit eftre heureufe qu'en luy &
que par luy; & de ne recevoir éternellement de
Dieu que des rebuts & des mépris, de ne trouver
éternellement entre Dieu & elle qu'une infurmontable oppofition. Elle eftimera Dieu malgré elle & elle aura une inclination naturelle
pour luy, & cependant elle le haïra : elle l'eftimera tel qu'elle ne le poffedera jamais, & elle le
haïra tel qu'elle l'aura toûjours prefent. Or ce
conflict d'eftime & de haine, de defir & d'aver-
fion, d'éloignement & de pourfuite à l'égard du

mefme objet, c'eft, Chreftiens, ce que nous appellons l'enfer.

Aprés cela je voudrois envain m'étendre fur les peines fenfibles dont cette feparation de Dieu doit eftre accompagnée, & dont les Predicateurs ont mille fois tafché, mais inutilement, de vous faire comprendre l'horreur. Envain je voudrois vous reprefenter ce feu, qui d'une maniere non moins veritable qu'elle eft furprenante, exercera fur les efprits & fur les corps toute fon activité, ainfi que parle faint Auguftin, *Miris fed veris modis ;* ce feu qui force encore maintenant le mauvais riche à pouffer ce cri lamentable, *Crucior in hac flamma ,* & furquoy il n'y a point de reprouvé qui ne puiffe dire avec bien plus de raifon que Job : *Mirabiliter me crucias.* Ah ! Seigneur, faut-il que vous faffiez mefmes des miracles pour me tourmenter, & que forçant les loix de la nature vous donniez à un eftre materiel, pour en faire l'inftrument de voftre vengeance, la vertu d'agir fur une fubftance fpirituelle ! Si je vous difois , Chreftiens, que tout ce qu'il y a dans le monde & tout ce que noftre imagination fe peut figurer de plus affreux, que tout ce que la cruauté des tyrans a jamais fçeû inventer, que tout ce que la patience des martyrs a efté capable d'endurer, que tout cela n'eft pas l'ombre de ce feu; c'eft à dire, que les douleurs les plus aiguës, que les fupplices les plus lents, que les tortures, les

Aug.

Luc. 16.

Job. 10.

E iiij

gefnes, les genres de mort les plus inoüis, com-
parez à ce feu, ne meritent pas mefmes le nom
de tourmens, *Quæcumque homines patiuntur in*
hac vita, in comparatione hujus ignis, non par-
va fed nulla funt ; je ne vous dirois rien que ce
qu'a dit faint Auguftin dont j'ay emprunté ces
paroles. Je ne vous dirois rien que ce qu'a dit
faint Jerofme fur cette terrible menace de Dieu à
fon peuple : *Stillabit furor meus fuper locum if-*
tum. Je feray degouter ma fureur fur la terre :
car, reprend ce Pere, que fera-ce donc quand il
répandra dans l'enfer toutes les pluyes de fa colere & qu'il la fera tomber comme un torrent! *Si*
tanta eft ftilla, quid erit de totis imbribus ? Je
ne vous dirois rien que ce qu'a dit Pierre Da-
mien, au fujet de ces fleaux dont l'Egypte fut
affligée. Car felon la belle remarque de ce fçavant Cardinal, ce n'eftoit encore alors que le
doigt de Dieu qui frappoit les Egyptiens, *Di-*
gitus Dei eft hic : mais ce fera le bras mefme de
Dieu & tout fon bras qui frappera les reprouvez,
Totâ divinitatis dexterâ percutiuntur. Je ne
vous dirois rien que ce qu'ont dit tous les autres
comme eux ; & leur authorité, fur tout une authorité fi conftante & fi unanime, quand nous
n'aurions point d'autre preuve, devroit bien
nous fuffire pour renoncer à tout ce que le libertinage du monde oppofe, ou prétend oppofer à
une verité fi folidement eftablie.

Mais je laiffe tout cela, Chreftiens, pour fai-

Aug.

2. Paral. 34.

Hieron.

Exod. 8.

Petr. Dam.

re avec vous une reflexion dont je pourrois me
promettre les plus grands effets , fi elle entroit
une fois dans vos efprits. Voilà ce que la foy
nous enfeigne : un feu éternel , une éternelle
feparation de Dieu, voilà ce que toutes les Ecritures nous annoncent. Ce qui m'étonne , & ce
qui feroit capable de me troubler, fi les mefmes
Ecritures ne m'en découvroient le myftere, c'eft
qu'une verité fi touchante nous touche fi peu ;
& que parmi ceux à qui je parle, il y en ait peut-
eftre qui jamais n'en ont encore efté bien touchez. Ce qui m'étonne , c'eft qu'eftant fi delicats , fi amateurs de nous-mefmes, fi fenfibles à
la douleur, ce feu que la colere de Dieu allume
pour punir nos crimes, ne faffe fur nous que les
plus foibles impreffions. Ce qui m'étonne, c'eft
que ne pouvant ignorer que la perte de Dieu eft
noftre fouverain mal, & que cette perte de Dieu,
irreparable dans l'enfer, dépend de la perte volontaire que nous en faifons dans cette vie, nous
confentions tous les jours librement à le perdre,
que nous le perdions fans inquiétude, fans chagrin; que nous le perdions mefmes fouvent avec
joye, & que de toutes les pertes que nous faifons
dans le monde, celle-la nous foit la plus indiffe-
rente. Ce qui m'étonne, c'eft que la mefme foy
qui nous dit qu'il y a un enfer où l'on brûle, &
où l'on eft privé de Dieu, nous dit encore qu'un
feul peché nous expofe à l'un & à l'autre, que
Dieu n'a point de moindre vengeance pour le

punir que l'un & l'autre, & que le peché néanmoins & le peché le plus mortel foit traité parmi nous de jeuneffe, de fragilité excufable, &
fouvent mefmes de jeu, de galanterie, de bel efprit & de belle humeur. Eft-ce ftupidité, eft-ce
inadvertance, eft-ce fureur, eft-ce enchantement! Croyons-nous ce poinct fondamental du
chriftianifme ; ne le croyons-nous pas ! fi nous
le croyons, où eft noftre fageffe ! fi nous ne le
croyons pas, où eft noftre religion ? Je dis plus :
fi nous ne le croyons pas , que croyons nous
donc, puifqu'il n'eft rien de plus croyable, rien
de plus formellement revelé par la parole divine, rien de plus folidement fondé dans la raifon
humaine, rien dont la créance foit plus neceffaire pour tenir les hommes dans le devoir, rien fur
quoy le doute leur foit plus pernicieux, puifqu'il les porte à tous les defordres. Mais pour ne
le pas croire, ou pour ne le croire qu'imparfaite-
ment, en fommes-nous plus à couvert ! aurons
nous bien devant Dieu de quoy nous juftifier;
en luy difant, je ne le croyois pas ! fauverons-
nous par là les confequences de la chofe ; & fi elle fe trouve vraye, quoyque nous ne l'ayons pas
crûe, où en ferons nous ! Eft-ce raifonner en
hommes, que de rifquer fur un tel fujet ! que
ne faifons-nous pas tous les jours pour éviter un
mal incertain , par la raifon feule de fon incertitude ! avons-nous fait un pacte avec l'enfer,
comme ces pecheurs dont parle le Prophete; ou

avons nous une demonstration & une évidence
parfaite qu'il n'y ait point d'enfer! Ce que les impies alleguent pour le combattre, est-il comparable à ce qu'establit la foy! sommes-nous donc
sages de quitter le parti de la foy, & n'est-il pas
non seulement le plus seûr, mais le plus plausible,
mais le plus raisonnable! Quelle peine plus naturelle pour une ame revoltée contre Dieu, que
la perte de Dieu! quel chastiment plus juste pour
une ame sensuelle & addonnée à d'infames plaisirs & défendus par la loy de Dieu, que le feu!
Quoyque ce tourment du feu, qui est le mal de la
créature, soit en luy mesme si affreux, a-t-il rien
qui approche de la grieveté du peché qui est le
mal du créateur! & n'est-il pas de l'ordre que le
mal du créateur soit vengé par celuy de la créature!

Ah! Chrestiens, c'est là-dessus qu'il faut aujourd'huy nous determiner & nous declarer.
David disoit à Dieu : Seigneur, c'est par le feu
que vous m'avez éprouvé ; & ce feu de vostre
justice m'estant appliqué par vostre misericorde,
m'a tellement purifié, qu'il ne s'est plus trouvé
en moy d'iniquité : *Igne me examinasti, & non* Psalm. 16.
est inventa in me iniquitas. Entrons dans ce sentiment, Chrestiens, & expliquant ces paroles
du feu de l'enfer, meditons les bien. Avant que
Dieu nous punisse par ce feu, ou plustost de peur
que Dieu ne nous punisse par ce feu, éprou-
vons-nous par ce feu nous-mesmes, examinons-

nous nous-mefmes, afin de pouvoir dire à Dieu, *Igne me examinafti, & non eft inventa in me iniquitas.* Que le feu de l'enfer, dit faint Auguftin, nous ferve à exciter dans nous un autre feu, & à y éteindre encore un troifiéme feu, c'eft à dire, qu'il excite dans nous le feu de la charité, & qu'il y éteigne le feu de la cupidité. Quand l'efprit impur allume dans nos cœurs le feu de la concupifcence, interrogeons-nous nous-mefmes ; demandons-nous à nous-mefmes, comme ce Solitaire du defert attaqué d'une violente tentation : Hé bien, chair de peché, chair voluptueufe & immortifiée, pourras-tu fupporter l'ardeur de ces flammes, à quoy tu feras condamnée pour tes plaifirs criminels ! Il n'y a point de paffion dont cette penfée ne triomphe. Auffi que n'ont pas fait les Saints, prémunis & fortifiez de cette reflexion ! Ils ont, pour ufer de l'expreffion de faint Paul, arrefté toute la violence du feu : *Extinxerunt impetum ignis.* Je veux dire, qu'au milieu des fcandales du monde où leur condition les tenoit engagez, ils fe font maintenus dans l'innocence ; que malgré la corruption du monde, ils fe font confervez purs & fans tache ; que la contagion du mauvais exemple n'a pû rien fur eux, & cela parce qu'ils avoient en veûë ce feu dévorant dont ils eftoient menacez, & qu'ils vouloient éviter : *Igne me examinafti.* Ne feroit-il pas étrange qu'il fuft moins actif pour nous, & qu'ayant fait de fi

Hebr. 11

grands miracles dans les Saints, il n'euſt pas la vertu de conſerver noſtre cœur & d'en reprimer les deſirs!

Quand nous aurons une fois ſurmonté le feu de la cupidité, il ne nous ſera pas difficile avec la grace d'allumer dans nos ames le feu de la charité, ce feu ſacré que Jeſus-Chriſt nous a apporté du ciel, & qu'il eſt venu repandre ſur la terre, *Ignem veni mittere in terram ;* ce feu dont *Luc. 12.* il ſouhaite ſi ardemment que nous brûlions tous, *Et quid volo niſi ut accendatur ;* ce feu de *Ibid.* l'amour divin, que nous ne pouvons guéres, imparfaits & interreſſez que nous ſommes, entretenir dans cette vie, ſi le feu de l'enfer par une crainte ſalutaire ne ſert à le conſerver.

Craignons l'un, mes chers Auditeurs, pour nous diſpoſer à l'autre. Rempliſſons-nous de celuy-cy, pour nous garantir de celuy-la. Demandons ſouvent à Dieu qu'il nous embraze du feu de ſon amour, afin que nous ne reſſentions jamais le feu de ſa juſtice. En un mot, que l'enfer meſme par un merveilleux effet nous devienne un préſervatif contre l'enfer. Il me reſte à vous faire voir le malheur du reprouvé par rapport à l'avenir dans le deſeſpoir où il eſt d'obtenir jamais grace. C'eſt la derniere partie.

C'Eſt un inſtinct naturel à tous ceux qui ſouf- III. Partie. frent, de chercher dans l'avenir la conſolation & le remede du preſent. Comme nous voulons

toûjours eſtre heureux & que c'eſt une inclination neceſſaire, elle ſe ſoutient, ou pluſtoſt elle
nous ſoutient en quelque ſorte nous-meſmes au
milieu des plus grands maux. Nous nous faiſons un charme de noſtre eſperance, & ce charme adoucit la douleur qui nous preſſe. Quoyque ſouvent il n'y ait rien dans le futur qui nous
doive eſtre favorable, nous ne laiſſons pas d'y
enviſager cent choſes que nous nous figurons
& qui ne ſeront jamais; mais qu'il ſuffit de nous
figurer comme pouvant eſtre un jour, pour y
trouver de quoy repaiſtre noſtre imagination.
L'incertitude meſme de l'avenir nous eſt utile,
puiſqu'elle nous donne droit d'eſperer non ſeulement ce que nous eſperons & ce que nous attendons, mais ce que nous n'eſperons & n'attendons pas. Il n'en eſt pas ainſi des reprouvez
dans l'enfer. Un reprouvé ſouffre, je ne dis pas
ſans eſperance, ce ſeroit trop peu, mais dans un
deſeſpoir actuel & perpetuel. Ce qui n'eſt pas
encore luy ſert de ſupplice, & le rend plus malheureux que ce qui eſt : ou pluſtoſt, ce qui eſt le
tourmente non ſeulement parce qu'il eſt, mais
parce qu'il ſera toûjours; en ſorte que l'avenir eſt
pour le preſent un ſurcroiſt de peine, qui l'aigrit,
qui y met le comble, & qui fait le caractere propre de la reprobation, puiſque ſelon la penſée du
Docteur Angelique, l'enfer n'eſt proprement
enfer que par la veûë & le ſentiment de l'avenir.

Voicy donc ce qui accable l'ame reprou-

vée dans l'enfer, & ce que vous n'avez peut-ê-
tre jamais bien conçeû : c'eſt qu'elle deſeſpere
d'obtenir jamais de Dieu aucune grace, quand
elle le prieroit toute l'éternité ; c'eſt qu'elle deſeſpere de fléchir jamais Dieu par la penitence,
quand elle deteſteroit ſon peché toute l'éternité ; c'eſt qu'elle deſeſpere, non ſeulement d'acquitter, mais de diminuer jamais ſes dettes devant Dieu par ſes ſouffrances, quoyqu'elle doive ſouffrir toute l'éternité. Trois reſſources im-
manquables dans la vie, mais abſolument inutiles à un reprouvé, la priére, la penitence, la
ſouffrance. Nous en avons la preuve dans le
mauvais riche. Que fait-il ! il prie. Que deman-
de-t-il ! il conjure Abraham de luy accorder
pour toute grace une goutte d'eau, mais cette
goutte d'eau luy eſt refuſée. Tous les interpretes conviennent qu'il y a de la parabole & de la
figure dans cette circonſtance ; & que l'intention
de Jeſus-Chriſt eſt de nous faire entendre par
là, que dans l'enfer il n'y a plus de grace à eſperer ni de redemption ; *Quia in inferno nulla* offic. def.
eſt redemptio : que de cet océan de miſericorde
& de bonté qui eſt Dieu, il ne découlera jamais
ſur ces créatures infortunées une ſeule goutte
pour les ſoulager, comme jamais il ne découlera ſur elles une ſeule goutte du ſang du Re-
dempteur pour les ſauver ; pourquoy ! parce que
ce n'eſt plus le temps des miſericordes & du ſalut. Envain donc le reprouvé s'écriera-t-il éter-

nellement comme le riche de l'Evangile, non plus en s'addreſſant à Abraham, mais à Dieu meſme : *Miſerere mei ;* Ah ! ciel, un peu de relaſche, un peu de compaſſion pour moy : Dieu endurci contre ſes cris, éternellement luy repondra, mais dans toute la rigueur de la lettre, ce qu'il repondoit à ſon peuple : *Quid clamas ſuper contritione tuâ !* Que ſervent ces plaintes & ces lugubres accens ! ils frappent mon oreille, mais ils ne vont point juſques à mon cœur : *Inſanabilis dolor tuus ;* il n'y a plus de remede ni de retour ; & ſi vous en voulez ſçavoir la raiſon, elle eſt dans vous-meſme : *Propter multitudinem iniquitatis tuæ & propter dura peccata tua feci hæc tibi ;* c'eſt que vous-meſme vous avez eſté ſi long-temps inſenſible à ma voix, c'eſt que vous-meſme vous m'avez laiſſé mille fois appeller ſans vouloir m'entendre, c'eſt que vous-meſme vous vous eſtes ſi outrageuſement, ſi opiniaſtrément, ſi conſtamment obſtiné contre moy, *Propter dura peccata tua.* Ainſi s'accomplira cette parole de l'Evangile, que Dieu n'écoute point les pecheurs : mais quels pecheurs ! non pas les pecheurs de la vie ; car dans la vie ils ſont toûjours en eſtat de toucher le cœur de Dieu : non pas les pecheurs penitens ; car la penitence de la vie eſt toûjours toute-puiſſante auprés de Dieu : mais les pecheurs impenitens à la mort & conſommez dans leur peché, mais les pecheurs de l'enfer.

Que

Luc. 16.

Jerem. 30.

Que dis-je, & dans l'enfer mefme n'y a-t-il pas une penitence ! Oüy, Chreftiens, & c'eft là que la fageffe nous reprefente les pecheurs preffez de douleur, pouffant des foupirs, verfant des torrens de larmes. Ah ! ce ne font pas ces effets de la penitence qui leur manquent, mais le principe qui la fanctifie. C'eft à dire, & voicy en deux mots tout le myftere de cette éternelle reprobation, c'eft à dire, qu'éternellement ils gémiront, qu'éternellement ils pleureront, qu'éternellement ils feront penitence, mais une penitence forcée, une penitence de démons & de defefperez. Or une telle penitence, dit faint Auguftin, n'effacera jamais le peché : par confequent le peché fubfiftera toûjours; & tant que le peché fubfiftera, ils feront toûjours également redevables à la juftice de Dieu, & expofez à fes vengeances. C'eft ce qu'Abraham du haut de la gloire exprime au mauvais riche par ce ca- *Luc. 16.* hos infurmontable qui les fepare; *Magnum cahos inter nos & vos firmatum eft :* en forte que de ce fejour bienheureux où repofe Abraham, on ne peut plus tomber dans ce lieu de tourmens où fouffre le riche ; & que de ce lieu de tourmens où le riche fouffre, on ne peut plus monter à ce bienheureux fejour où Abraham goufte un repos inalterable : pourquoy ! parce que dans l'un on ne peut plus perdre la grace, & que dans l'autre on ne peut plus reparer le peché : *Ut qui volunt hinc tranfire ad vos, non pof-* *Ibid.*

Tome II.   F

Sint, neque inde huc transmeare.

Mais quoy ! toûjours souffrir, & par de si longues & de si cruelles souffrances ne rien acquitter ; cela se peut-il comprendre ! comprenez-le, mes chers Auditeurs, ou ne le comprenez pas ; la chose n'en est pas moins vraye, & ce n'en est pas moins un article de vostre foy. Origéne en voulut douter, & d'autres comme luy réduisirent l'éternité malheureuse à un certain nombre de siecles. Car, disoient-ils, pour soutenir leur erreur, il n'est ni de la bonté ni de la justice de Dieu, de punir toûjours des creatures qu'il a formées, & d'exiger pour les pechez de la vie, d'une vie si courte, une satisfaction qui ne finira jamais. C'est ainsi qu'ils raisonnoient : mais moy de leurs principes mesmes je tire avec Tertullien & saint Augustin une consequence toute contraire. Car Dieu est bon : qui ne le sçait pas ! mais cette bonté, reprend Tertullien, n'est pas seulement en Dieu misericorde, elle est encore sainteté. Or une sainteté toûjours subsistante est toûjours ennemie du peché, & par une suite necessaire, elle doit toûjours haïr le peché, toûjours poursuivre le peché, toûjours punir le peché, si le peché dure toûjours. Donc puisqu'il n'y a rien dans l'enfer qui abolisse & qui détruise le peché, il n'y aura jamais rien qui en arreste le chastiment. Dites le mesme de la justice. Depuis tant de siecles le mauvais riche se desespere au milieu des flammes, où il fut enseveli, &

s'écrie en se desesperant : *Crucior in hac flam-* Luc. 16.
ma : mais ce qu'il disoit il y a tant de siecles, il
le dit encore & toûjours il le dira, parce qu'il le
ressent encore & que toûjours il le ressentira.
Oüy, cette parole foudroyante & atterrante,
Nunc autem cruciaris , maintenant vous estes Ibid.
tourmenté, il l'entendra toûjours. Maintenant,
nunc : que ce maintenant a d'étenduë , puisqu'il embrasse l'éternité toute entiere ! *nunc* ,
maintenant ; c'est-à-dire aujourd'huy, & toûjours ; c'est-à-dire demain, & toûjours ; c'est-à-
dire dans une année, dans un siecle , dans des
millions de siecles, & toûjours encore au delà. Or concevez s'il est possible , quelle impression fait sur une ame reprouvée un si affreux
desespoir.

De vous donner une idée juste de cette é-
ternité, c'est ce que n'entreprends pas, & qui
le pourroit ! Plus on creuse dans cet abysme,
plus on se confond , plus on se perd. Usez ,
tant qu'il vous plaira, de figures & de comparaisons : sans tant de comparaisons & de figures, je m'en tiens à la foy ; & saisi d'une frayeur
salutaire, je me prosterne devant cette redoutable justice qu'il est encore temps de fléchir en
nostre faveur , mais que rien ne peut toucher
aprés la mort. Ah ! Seigneur, si jamais, & pour
mes Auditeurs & pour moy , j'ay formé des
vœux à vostre Autel, voicy le plus sincere & le
plus ardent : c'est, mon Dieu, que vostre grace

nous éclaire, & qu'elle diffipe en nous éclairant,
le charme qui nous aveugle. Tant de fois vous
m'avez envoyé dans cette Cour pour y annoncer vos divines veritez ; mais de toutes vos veritez, quelle autre dût plus exciter mon zéle ! J'y
vois des mondains occupez du monde, poffedez du monde, enchantez du monde. Je les vois
enyvrez de leur grandeur, idolaftres de leur fortune, amateurs d'eux-mefmes & efclaves de
leurs fens. Je les vois défolez, confternez, comme foudroyez, au moindre revers qui trouble
leurs projets ambitieux & qui déconcerte leurs
intrigues criminelles. Mais fur l'éternité, nulle
inquiétude, nulle attention : foit prétenduë force d'efprit & impieté, foit confiance préfomptueufe & temerité, foit oubli, negligence, a-
veuglement, quoyque ce foit, ils vivent en paix
& fans allarmes. Cent fois on leur a reprefenté
l'horreur d'une éternelle damnation : mais ils
nous écoutent, comme les enfants de Lot, dont
il eft parlé dans l'Ecriture, écouterent leur pere, qui de la part de Dieu vint les menacer d'un
incendie general. Il femble que ce foit un jeu
Genef. 19.   pour eux : *Vifus eft eis quafi ludens loqui.*
Dans la jufte indignation qui nous anime, ne
pourrions-nous pas, à l'exemple de vos Prophetes, vous preffer enfin, Seigneur, de vous
faire connoiftre, & de faire éclater fur eux vo-
tre juftice ! mais, mon Dieu, nous nous fou-
venons que s'ils tombent une fois dans les

mains de cette justice inexorable , rien ne les
en pourra retirer ; que s'ils se damnent une fois,
ou s'ils vous obligent une fois à les damner ,
c'est pour toûjours, & voilà ce qui réveille toute nostre compassion. Nous sçavons d'ailleurs
que ce sont des ames pretieuses, que ce sont des
ames rachetées de vostre sang , que ce sont des
ames appellées à vostre gloire : seront elles éternellement perdûës pour vous, ô mon Dieu, &
serez-vous éternellement perdu pour elles! C'est
à quoy , mes chers Auditeurs, vous ne pouvez
trop penser ; & si vous n'y pensez pas maintenant, quand y penserez-vous ! Sera-ce au triste
moment que vous commencerez à ressentir l'ardeur de ces flammes dévorantes ! mais que vous
servira d'y penser alors ; & n'est-ce pas au contraire dans cette pensée que vous trouverez, non
plus vostre salut, mais vostre tourment ! O éternité ! pensée salutaire dans la vie, mais pensée
desesperante dans l'enfer. Si nous ne voulons
pas, Chrestiens, qu'elle soit le sujet de nostre desespoir , faisons en le motif de nostre penitence.
Au lieu de nous exposer à des peines éternelles
pour une felicité temporelle, tachons à meriter
par des peines temporelles une felicité éternelle
que je vous souhaite &c.

SERMON
POUR LE DIMANCHE
de la troisiéme Semaine.

Sur l'Impureté.

Cum immundus spiritus exierit ab homine, ambulat per loca arida, quærens requiem & non invenit. Tunc dicit : Revertar in domum meam undè exivi. Et veniens invenit eam vacantem, scopis mundatam, & ornatam. Tunc vadit, & assumit septem alios spiritus secùm nequiores se, & intrantes habitant ibi.

Lorsque l'esprit impur est sorti d'un homme, il va par des lieux arides cherchant du repos, & il n'en trouve point. Alors il dit : Je retourneray dans ma maison d'où je suis sorti : & à son retour, il la trouve vuide, baliée, & ornée. Il part aussitost, & il va prendre avec soy sept autres esprits encore plus mechants que luy ; ils rentrent dans cette maison, & ils y habitent. En saint Matth. chap. 12.

SIRE,

C'Est une doctrine communément receüë & fondée sur l'Ecriture mesme, qu'il y a des démons de plusieurs especes ; & cette difference, remarque saint Gregoire Pape, vient des differentes especes de pechez où ces esprits de tenebres ont coustume de nous porter. Il y a des démons d'orgueil, il y a des démons de vengeance, il y a des démons de jalousie & d'envie, il y a des démons de mensonge, d'illusion & d'erreur ; & tous ont leur caractere particulier, aussi bien que leurs fonctions propres. Celuy qui nous est aujourd'huy representé dans l'Evangile, est le démon d'impureté : cet esprit immonde, dont l'exercice est de souiller les ames purifiées par la grace de Jesus-Christ ; & toutes spirituelles qu'elles sont, de les rendre toutes charnelles, en les infectant de la contagion de leurs corps : *Cum immundus spiritus exierit ab homine.* Or le fils de Dieu veut qu'entre tous les autres démons, nous ayions particulierement horreur de celuy-cy, & c'est pour cela qu'il entreprend luy-mesme de nous le faire connoistre. C'est donc, mes chers Auditeurs, de cet esprit impur que je dois aujourd'huy vous parler ; & il est important de vous en decouvrir la malignité, puisque le mesme saint Gregoire nous asseûre que ce démon, ou plustost que le vice qu'il entretient dans nos cœurs, est la cause la plus generale de la damnation des hommes, & que c'est luy qui tous les jours fait périr tant de pecheurs : *Hoc maximè vitio periclitatur genus humanum.* Je vous en donneray une idée dont

Matth. 12.

Greg.

F iiij

vous ne pourrez tirer d'autre confequence, que
de le detefter, & de vous en préferver. Car en
traitant cette matiere, je me fouviendray toûjours que la parole du Seigneur, dont je fuis le
miniftre quoyqu'indigne, doit eftre une parole chafte, plus épurée que l'argent qui paffe par
le feu & qu'on éprouve jufques à fept fois : *Elo-*
quia Domini eloquia cafta, argentum igne exa-
minatum, probatum terræ, purgatum feptuplum.
Plaife à Dieu que vos cœurs auffi purs que cette
divine parole, foient difpofez à en profiter : c'eft
la grace que je vais demander d'abord au Saint
Efprit par l'interceffion de la Reine des Vierges,
Ave Maria.

Pfalm. 11.

S Aint Thomas parlant du caractere que nous
impriment certains Sacremens de la loy de grace, luy donne deux qualitez, en quoy il fait con-
fifter toute fon effence. C'eft, dit-il, & un figne
fpirituel, & une puiffance fpirituelle, *Signacu-*
lum & poteftas. Un figne fpirituel, pour reprefenter dans nous les effets invifibles du Sacrement; & une puiffance fpirituelle, pour nous
rendre capables d'opérer les actions propres du
Sacrement. Telle eft la doctrine de cet Ange de
l'école. Or je dis, Chreftiens, permettez-moy
de faire cette comparaifon, que l'impureté a pareillement fon caractere, mais un caractere de
reprobation, & qu'en cela cet abominable peché eft une parfaite image de l'enfer. C'eft ce que

S. Thom.

j'entreprends de vous monſtrer dans ce diſcours;
& pour en faire d'abord le partage, je trouve
que ce caractere de reprobation que nous decouvrons dans l'impureté, quoyqu'infiniment oppoſé au caractere des Sacremens inſtituez par Jeſus-Chriſt, ne laiſſe pas de luy reſſembler en
deux manieres : je veux dire, en ce qu'il a tout
à la fois, & la vertu de repreſenter, & la vertu
d'opérer ce qu'il repreſente. Car je pretends
qu'il repreſente dans l'homme l'eſtat de la reprobation future; voilà ſa premiere proprieté :
& j'adjouſte, ſi je puis m'exprimer de la ſorte,
qu'il opére dans l'homme cette meſme reprobation, en le conduiſant à l'impenitence finale;
c'en eſt la ſeconde proprieté. En deux mots,
impureté ſigne de la reprobation, & principe de
la reprobation. Signe viſible de la reprobation,
parce que rien ne nous repreſente mieux dés
cette vie l'eſtat des reprouvez aprés la mort :
vous le verrez dans la premiere partie. Principe
efficace de la reprobation, parce que rien ne
nous expoſe à un danger plus certain de tomber dans l'eſtat des reprouvez aprés la mort : je
vous le feray voir dans la ſeconde partie. Ce ſujet eſt d'une grande étenduë, mais d'une extreſme conſequence. Je ne diray rien qui ne ſoit
pour vous une leçon ſalutaire & qui ne merite
toutes vos reflexions.

Quatre choſes, Chreſtiens, que nous mar- I. Partie.

que l'Ecriture , expriment parfaitement l'estat
d'une ame reprouvée dans l'enfer. Les tenebres
& l'obscurité au milieu d'un feu dévorant :
Mittite eum in tenebras exteriores. La confusion & le desordre dans le sejour de toutes les
miseres : *Terram miseriæ, ubi nullus ordo, sed
sempiternus horror inhabitat.* L'esclavage & la
servitude du démon : *Exeat condemnatus, &
diabolus stet à dextris ejus.* Enfin , le ver immortel d'une conscience cruellement & continuellement dechirée : *Vermis eorum non mori-
tur.* Voilà l'idée sensible que le Saint Esprit a
prétendu nous donner d'une parfaite reprobation. Or c'est ce que nous trouvons dés cette vie
mesme dans l'impureté. Car il n'y a point de
peché, ni qui jette l'homme dans un plus profond aveuglement d'esprit, ni qui l'engage dans
des desordres plus funestes, ni qui le captive davantage sous l'empire du démon , ni qui forme
dans son cœur un ver de conscience plus insupportable & plus piquant ; & tout cela par une
vertu qui luy est propre. D'où je conclus, que ce
peché est donc un signe manifeste de l'estat malheureux de la reprobation ; en voicy la preuve,
appliquez-vous.

Non, il n'y a point de peché qui jette l'homme dans un aveuglement plus profond ; & saint
Chrysostome en apporte une raison bien évidente : parce que ce peché , dit-il , est un attachement dereglé & mesmes un assujettissement

Matth. 25.

Job. 10.

Psalm. 108.

Marc. 9.

honteux de l'esprit à la chair, & que par là il
rend, pour ainsi dire, l'esprit tout charnel. D'où
vient que saint Paul en parlant d'un impudique, ne l'appelle plus absolument homme, mais
homme charnel, *Animalis homo.* Or de prétendre qu'un homme charnel puisse avoir des connoissances raisonnables, c'est vouloir que la chair
soit esprit : & voilà pourquoy l'Apostre conclut,
qu'un homme possedé de cette passion, quelque intelligent qu'il paroisse d'ailleurs, ne connoist plus les choses de Dieu, parce qu'elles ne
sont plus de son ressort : *Animalis homo non per-*   *1. Cor. 11.*
cipit ea quæ sunt Dei.

En effet, Chrestiens, prenez garde à cette reflexion de saint Bernard, qui me semble également solide & ingenieuse : quand l'homme se
laisse emporter à l'ambition, c'est un homme
qui peche, mais qui peche en Ange, pourquoy?
parce que l'ambition est un peché tout spirituel,
& par consequent propre des Anges. Quand il
succombe à l'avarice & à la tentation de l'interest, c'est un homme qui peche, mais qui peche
en homme, parce que l'avarice est un deregle-
ment de la convoitise qui ne convient qu'à
l'homme. Mais quand il s'abandonne aux sales
desirs de la chair, il peche, & il peche en beste,
parce qu'il suit le mouvement d'une passion
prédominante dans les bestes. Or s'il peche en
beste, il n'a donc plus ces lumieres de l'esprit
qui le distinguent des bestes, & qui le font agir

en homme : il est donc réduit à l'ignominie
de Nabuchodonosor, il est degradé de sa condition, il est mesmes au dessous de la condition des bestes, puisqu'entre les bestes & luy,
il n'y a plus d'autre difference, sinon qu'il est
criminel dans son emportement, ce que les bestes ne peuvent estre : *Homo cum in honore esset,*
non intellexit : comparatus est jumentis insipien-
tibus, & similis factus est illis. C'est le raisonnement de saint Bernard ; & l'experience le justifie
tous les jours. Car nous voyons ces hommes esclaves de leur sensualité, au moment que la passion les sollicite, fermer les yeux à toutes les
considerations divines & humaines, ne convenir plus des choses dont ils estoient auparavant
persuadez, ne croire plus ce qu'ils croyoient,
ne craindre plus rien de ce qu'ils craignoient,
n'estre plus capables de remonstrances, agir sans
regle & sans conduite, devenir brutaux & in-
sensez : tant ce peché a de pouvoir & de force
pour les aveugler. Venons au detail ; & c'est icy
que je vous prie de m'écouter. Ils perdent sur
tout trois connoissances ; la connoissance d'eux-
mesmes, la connoissance de leur propre peché,
& la connoissance de Dieu. Est-il un aveuglement plus déplorable & plus affreux !

Ils perdent la connoissance de ce qu'ils sont,
dit saint Augustin, parce que dans cet estat de
libertinage ils cessent d'estre ce qu'ils estoient.
A quoy j'adjouste en renversant la proposition,

Psalm. 48.

ils ceffent d'eftre ce qu'ils eftoient , parce que
dans cet eftat de libertinage ils perdent la connoiffance de ce qu'ils font. Ces deux penfées re-
viennent au mefme principe. En voulez-vous
un des plus illuftres, mais au mefme temps des
plus terribles exemples ! Je le tire de l'Ecriture.
Par où commença la diffolution de ces deux
vieillards qui attenterent à la chafteté de la ver-
tueufe Sufanne, & qui furent fi hautement con-
fondus par le Prophete Daniel ! Le texte facré
nous l'apprend : *Everterunt fenfum fuum, & de-* **Dan. 13.**
clinaverunt oculos fuos, ut non viderent cælum: ils
perdirent le fens, & ils détournerent leurs yeux
pour ne point voir le ciel. Car avec quel front
l'auroient-ils pû voir, & en venir jufqu'à cet
excés ! des magiftrats, des juges, des hommes
venerables dans la Synagogue par leur age, &
qui devoient fervir de modelles au peuple. Ah !
Chreftiens, ils ne l'auroient jamais fait, & le
feul fouvenir des qualitez dont ils eftoient re-
veftus, les auroit tenus dans le refpect. Il fallut
donc qu'ils s'oubliaffent eux-mefmes, avant que
de fe refoudre à une telle declaration : & parce
que la confcience ne peut eftre féduite ni corrompuë, tandis qu'elle a des yeux, il fallut l'a-
veugler abfolument, afin qu'elle ne fuft plus en
eftat de fe revolter. Ce qu'il y a d'étonnant, c'eft
qu'ils euffent pû de la forte & en fi peu de temps
effacer de leur efprit toute la connoiffance d'eux-
mefmes. Mais, reprend faint Chryfoftome, com-

me la lumiere est d'une nature à se repandre en un moment dans l'immensité des airs, & qu'elle en dissipe tout à coup toutes les tenebres : ainsi dans un instant le peché que je combats, ce peché grossier & charnel, couvre, pour user de cette figure, une ame des plus noires ombres, & obscurcit toutes les veüës de la raison & de la foy.

C'est de là, remarque Clement Alexandrin, que les Poëtes qui furent les Theologiens du paganisme, lorsqu'ils décrivoient les pratiques honteuses & les infames commerces de leurs fausses divinitez, ne les representoient jamais dans leur forme naturelle, mais toûjours déguisées & souvent metamorphosées en bestes. Pourquoy cela? Nous les blasmons, dit ce Pere, d'avoir ainsi deshonoré leur religion, & outragé la majesté de leurs Dieux : mais à le bien prendre, ils en jugeoient mieux que nous. Car ils vouloient nous dire par là, que ces Dieux prétendus n'avoient pû se porter à de telles extremitez, sans se méconnoistre ; & qu'en devenant adulteres, non seulement ils s'estoient dépouillez de l'estre divin, mais qu'ils avoient mesmes renoncé à l'estre de l'homme.

Et en effet, n'est-il pas surprenant de voir jusques à quel poinct ce peché abrutit les hommes ! car il n'y a point d'interest qu'on ne méprise, point d'honneur qu'on ne foule aux pieds, point de dignité qu'on ne prostituë, point de

fortune qu'on ne rifque, point d'amitié qu'on
ne viole, point de reputation qu'on n'expofe,
point de miniftere qu'on ne prophane, point
de devoir qu'on ne trahiffe pour fatisfaire fa paffion. Un pere oublie ce qu'il doit à fes enfants,
& ne fe met plus en peine de les ruiner par fes
debauches ; un juge ce qu'il doit au public, &
ne fait plus fcrupule de facrifier le bon droit à
fes plaifirs ; un ami ce qu'il doit à fon ami, &
ne compte plus pour rien d'abufer de l'accés
qu'il a dans une maifon pour la deshonorer ;
un preftre ce qu'il doit à Jefus-Chrift, & ne
craint plus de fcandalifer fon facerdoce par des
actions abominables; une femme ce qu'elle doit
à fon mary, & ne fe fouvient plus de la foy
qu'elle luy a jurée ; une fille ce qu'elle fe doit à
elle-mefme, & ne rougit plus de perdre fa plus
belle fleur & de fe rendre un fujet d'opprobre.
Si dans chacun de ces eftats, on faifoit cette reflexion : qui fuis-je, & à quoy vais-je m'engager ! il n'y a point d'ame, pour abandonnée
qu'elle puiffe eftre à la violence de fes defirs,
que les feules raifons humaines ne fuffent capables de contenir. Mais on a les yeux bandez ; &
tandis que cette paffion domine, on ne fçait, ni
ce qu'on eft, ni ce qu'on n'eft pas, parce que le
démon d'impureté nous aveugle & nous ofte
d'abord la premiere de toutes les veûës qui eft
la veûë de nous-mefmes.

Je dis plus : ce mefme démon n'ofte pas feule-

ment à l'homme la connoissance de ce qu'il est,
mais la connoissance de ce qu'il fait, c'est à dire,
de son propre peché, & ne luy en laisse qu'autant
qu'il faut pour le rendre coupable devant Dieu.
Surquoy saint Chrysostome fait une observation
bien judicieuse, & nous découvre une espece de
prodige, qui se passe tous les jours dans nos esprits, mais dont il y a bien de l'apparence que
nous ne nous appercevons pas : le voicy. Dans les
regles communes, c'est par l'experience que nous
parvenons à la connoissance des choses : ce que
nous n'avons jamais experimenté, à peine le connoissons nous ; mais à mesure que nous le prati-
quons, que nous l'éprouvons, il se montre à
nous & nous apprenons à le connoistre. Voilà
l'ordre de la nature. Mais dans le peché dont je
parle, il arrive tout le contraire : car nous ne le
connoissons jamais mieux, que quand nous n'en
avons nul usage ; & nous n'en perdons la connoissance, qu'autant que nous nous licentions à
le commettre. C'est ce que j'appelle prodige.
Est-il rien de plus vray, & rien de plus ordinaire! Car voyez, mes Freres, dit saint Chrysostome, quels sont les sentimens d'une ame pure &
innocente : elle regarde l'impureté comme un
monstre, elle s'en préserve comme d'une peste
& d'une contagion mortelle, elle en fuit les occasions, elle en deteste les intrigues, elle en condamne les moindres libertez, parce qu'elle est
prevenuë que c'est le plus dangereux écueil de

son

son salut. D'où luy vient cette prévention ? de la nature, c'est à dire de Dieu mesme, lequel a imprimé l'horreur de ce vice dans les esprits de tous les hommes sans en excepter les payens. L'homme donc encore chaste & dans la premiere integrité de ses mœurs, a une veritable idée de ce peché. Il ne l'a jamais commis, & c'est pour cela qu'il le connoist parfaitement. Mais qu'il s'y laisse entraisner, bientost cette connoissance s'affoiblira, bientost cette idée s'effacera : aprés quelques chûtes les pechez les plus monstrueux ne luy paroistront plus si griefs : des actes il passera à l'habitude, de l'habitude à l'endurcissement, de l'endurcissement au scandale & du scandale à la derniere impudence. Il n'envisagera plus sa passion que comme une foiblesse pardonnable à l'humanité, il n'en aura plus aucun remords, il ne la traitera plus que de galanterie, il s'en glorifiera, il s'en applaudira, il en triomphera. Car ce sont là, dit Guillaume de Paris, dans son admirable traité sur cette matiere, les progrés de l'impureté.

Mais l'auroit-on jamais crû, si le débordement du siecle ne nous le monstroit pas, qu'il dust y avoir des hommes dans le monde & dans le monde chrestien, d'un sens assez perverti, pour qualifier de simple galanterie un crime de cette consequence ! Si les payens, si les idolastres s'en estoient expliquez de la sorte, le scandale de nostre religion seroit de tenir ce langage aprés eux & comme eux. Mais que les plus diſſolus d'entre les payens & les idolaſtres, ayent eû ſur ce poinct plus de modeſtie que nous : qu'on voye des hommes faire profeſſion de l'Evangile, & cependant ne garder nulles meſures, n'avoir ni honneſteté ni pudeur dans leurs expreſſions, mettre au nombre de leurs conqueſtes les engagemens les plus criminels, en tirer avantage, ſe vanter hautement de ce qu'ils font & ſouvent meſmes de ce qu'ils ne font pas : ah ! mes Freres, diſoit ſaint Chryſoſtome, c'eſt un aveuglement pire que celuy des démons.

Mais qu'eſt ce de voir des femmes dans le chriſtianiſme s'accoutumer à de ſemblables diſcours, en faire un divertiſſement & un jeu, en aimer la raillerie & les équivoques, ſe plaire à les entendre, ou ne temoigner là-deſſus qu'une fauſſe repugnance, & d'un air, qui bien loin d'arreſter la licence, ne ſert qu'à la rendre encore plus hardie & qu'à l'exciter ! Car je ne parle pas ſeulement icy, Femmes chreſtiennes, de ces derniers deſordres dont le ſeul honneur du monde vous fait abſtenir, & à l'égard deſquels on peut dire que Dieu doit peu compter vos victoires, puiſque ſi vous remportez des victoires, c'eſt moins pour luy que pour vous-meſmes. Je parle de ces autres deſordres, moins odieux, ce ſemble, mais qui ſont toûjours autant de crimes ; & qui toutes irreprehenſibles que vous vous flattez d'eſtre ſelon le monde, ne fourniffent à Dieu que trop de matiere pour vous damner. Je parle de ces converfations libertines, d'où naiffent tant de maux, & qui portent à une ame de fi mortelles atteintes. Je parle de ces entretiens fecrets & familiers, mais dont la familiarité mefme & le fecret font de fi puiffants attraits aux plus funeftes attachements. Je parle de ces amitiez prétenduës honneftes, mais dont la tendreffe eft le poifon le plus fubtil & le plus prefent, pour infecter les cœurs & pour les corrompre. Je parle de ces commerces affidus de vifites, de lettres, de parties, que faint Jerofme appelloit fi bien les derniers indices d'une chafteté mourante, *Morituræ virginitatis indicia.* Je parle de ces artifices de la vanité humaine employez à relever les agrémens d'une beauté pernicieufe. Je parle de cette deteftable ambition d'avoir des adorateurs, au préjudice du fouverain Maiftre, à qui feul tout culte & tout hommage appartient. Je parle de ces douceurs vrayes ou fauffes, temoignées à un homme mondain, dont on entretient par là les criminelles efperances pour eftre un jour refponfable de fes iniquitez les plus fecrettes. Je parle de ces habillemens immodeftes, que ni la coutume ni la mode n'authoriferont jamais, parce que ni la mode ni la coutume ne feront jamais de prefcription contre le droit divin. Ce ne font là, dites-vous, que des bagatelles : mais la queftion eft de fçavoir fi Dieu en jugera comme

Hieron.

G ij

vous, & fi vous mefmes lorfqu'il faudra comparoiftre devant fon tribunal, vous n'en jugerez
pas autrement. Vous prétendez que ce font des
chofes indifferentes ; & moy je foutiens que ce
font autant de crimes : vous prétendez que pour
vivre dans les regles, il faut vivre de la forte ; &
moy je foutiens que vivre de la forte c'eft violer toutes les regles de la Religion que vous pro-
feffez. Et parce que cette conduite ne peut s'accorder avec la connoiffance d'un Dieu (car le
moyen de connoiftre Dieu & de ne pas connoiftre ce qui l'offenfe) de l'oubli de foy-mefme &
de l'ignorance de fon peché, l'homme fenfuel
tombe dans l'ignorance & l'oubli de Dieu, &
voilà le fond de l'abifme où le plonge l'impureté.

C'eft de là, difoit le fçavant Pic de la Mirande,
que de tout temps tous les athées ont efté d'u-
ne notorieté publique des hommes corrompus
par les paffions charnelles ; l'athéifme, remarque ce grand perfonnage, n'eftant pas ce qui
conduit à l'impudicité, mais l'impudicité eftant
la voye ordinaire qui conduit à l'athéifme. C'eft
de là que tous les impudiques par profeffion &
par eftat, font communément des efprits gaftez
& libertins en matiere de créance, qu'ils fe
préoccupent aifément contre la religion, qu'ils
aiment à en difputer, à y trouver des difficultez,
à ne pas fçavoir ce qui les réfout ; & qu'à peine
verra-t-on mefmes une femme du grand mon-

de & dans la débauche , qui ne faſſe l'eſprit fort
& qui ne ſe pique de raiſonner ſur les veritez du
chriſtianiſme. Pourquoy ! parce qu'elle voudroit bien ſe perſuader en raiſonnant, qu'il n'y
a point de Dieu , ſuivant ce beau mot de ſaint
Auguſtin , que perſonne ne doute qu'il y en
ait un , ſinon ceux à qui il ſeroit expedient qu'il
n'y en euſt point. C'eſt de là que les progrés de
l'impieté ſuivent preſque toûjours les progrés
du vice , & qu'au contraire le retour de l'impieté à la foy ne commence preſque jamais dans
une ame que par le retour du vice à la vertu ,
c'eſt à dire , que lorſque le feu des deſirs impurs
vient à s'amortir & à s'éteindre. La raiſon encore une fois eſt bien naturelle : car le voluptueux
ſe trouvant dans une eſpece d'impuiſſance de
croire & de ſe ſatisfaire , la veûe d'un Dieu le
troublant dans ſon plaiſir , & ſon plaiſir eſtant
contredit ſans ceſſe par la veûe d'un Dieu , il
prend enfin le parti de renoncer à l'un, pour ſe
maintenir dans la poſſeſſion de l'autre ; & de ne
plus croire ce Dieu, qu'il regarde comme l'ennemi irreconciliable de ſon plaiſir & de ſon deſordre.

C'eſt ainſi que le plus ſage des Princes, Salomon , cet homme comblé de tous les dons
du ciel, cet homme qui depuis le cédre juſqu'à
l'hyſope n'ignoroit rien de tout ce qu'il y avoit
dans le monde dont il eſtoit l'oracle, en méconn-
nut l'autheur. Il n'eut plus de peine à ſe proſter-

ner devant des idoles de pierre, depuis qu'il eut adoré des idoles de chair, & il perdit les plus belles lumieres de son esprit dés qu'il eut donné son cœur à d'infames créatures.

Saint Augustin fait une reflexion bien ingenieuse touchant la difference du vray Dieu & des faux Dieux du paganisme, ou pour mieux dire, touchant l'aveuglement des payens à l'égard de leurs faux dieux & nostre aveuglement à l'égard du vray Dieu que nous adorons. Cecy convient parfaitement à mon sujet. Car en quoy, demande ce saint Docteur, a consisté l'aveuglement du paganisme ! le voici : c'est que les hommes dans le paganisme ayant fait eux-mesmes leurs Dieux, ils les ont faits selon leur caprice, & tels qu'ils les ont voulu : & parce qu'ils craignoient que ces prétendus Dieux ne fussent des juges trop severes & qu'ils ne condamnassent avec trop de rigueur les dereglemens de leur vie, ils en ont fait des Dieux passionnez, des Dieux coleres & emportez, des Dieux sujets aux mesmes crimes que nous, afin que chacun les pust commettre sans honte & mesmes avec honneur. Voilà jusqu'où la passion parmi les nations payennes a porté l'aveuglement : mais le Dieu des chrestiens, poursuit ce Pere, est bien d'une autre condition : car n'ayant pas esté fait par les mains des hommes, les hommes avec tous leurs artifices n'ont pû l'accommoder à leurs sentimens; & luy mesme ne s'estant pas fait ce qu'il eft, mais eftant faint par la neceffité de fon eftre, il eftoit incapable de fe conformer à leurs inclinations corrompües. Que fait donc l'impudique! Le connoiffant tel, & defefperant de le pouvoir changer, il le defavoüe pour fon Dieu ; & au lieu de donner dans les erreurs de l'idolaftrie & de la fuperftition, il s'abandonne à l'irreligion : c'eft à dire, au lieu d'attribuer à Dieu des chofes indignes de Dieu, comme ceux qui prefentoient de l'encens à un Jupiter inceftueux, il efface de fon efprit toutes les idées de la divinité. Mais ce Dieu qui par effence eft la pureté mefme, & qui ne peut en rien fe démentir, aime mieux que les hommes ne le connoiffent point, que de le connoiftre pour un Dieu fauteur de leurs paffions honteufes. Non non, dit-il dans l'Ecriture, je ne feray plus voftre Dieu, & je me feray mefmes une gloire de ceffer de l'eftre. Vous affecterez de ne me plus connoiftre, & j'affecteray de n'eftre plus connu de vous, puifque dans l'eftat d'abomination où le peché vous a réduits, la connoiffance que vous auriez encore de moy, ne feroit qu'un furcroift d'outrage à ma fainteté : mais auffi fouvenez-vous que cet oubli doit mettre le comble à voftre malice, & qu'il en fera dés cette vie mefme la plus terrible punition.

En effet, Chreftiens, y a-t-il rien de fi affreux dans les tenebres l'enfer que cet aveuglement! L'enfer a des tenebres, il eft vray ; mais la mef-

G iiij

me foy qui me l'enfeigne, m'apprend d'ailleurs que ce ne font que des tenebres exterieures, *Mittite eum in tenebras exteriores :* au lieu que les tenebres d'une aveugle concupifcence font des tenebres renfermées, & pour ainfi dire, concentrées dans l'homme, & auffi intimes à l'homme que l'homme l'eft à luy-mefme. Les démons font dans le fejour des ombres & de l'obfcurité ; mais ils font eux mefmes remplis de clarté : car ils ne comprirent jamais mieux, ni ce que c'eft que Dieu, dont ils reffentent la main vengereffe ; ni ce que c'eft que le peché, dont ils portent la peine éternelle ; ni ce qu'ils font eux-mefmes, & pour quelle fin ils avoient efté créez. Ils font donc exterieurement inveftis de tenebres ; mais interieurement pénetrez de lumieres : & l'impudique au contraire eft invefti de lumieres, & penetré de tenebres. Il a hors de luy toutes les lumieres de la foy qu'il n'aurait qu'à confulter, & qui luy feroient voir la dignité de fon ame fanctifiée par le facrement de Jefus-Chrift, l'opprobre du peché qui la deshonore & qui la fouille, l'excellence de Dieu à qui il doit fe foumettre & contre qui il fe revolte : mais au dedans ce n'eft qu'une fombre nuit, & voilà pourquoy il ne voit rien. Ne faut-il donc pas conclure qu'il eft encore dans de plus épaiffes tenebres que les reprouvez-mefmes !

Allons plus loin. Le defordre qui regne dans l'enfer, regne-t-il également dans l'impureté !

Matth. 22.

Egalement, Chreſtiens, & d'autant plus que le
deſordre de l'enfer eſt neceſſairement accompagné d'un ordre ſuperieur, que la juſtice divine y a eſtabli, puiſque dans la doctrine des Peres, l'enfer, tout enfer qu'il eſt, eſt le lieu deſti-
tiné par la providence, où Dieu comme créateur de l'univers rappelle toutes choſes à l'ordre ; puniſſant ce qui eſt puniſſable, & tirant de
ſes créatures rebelles les ſatisfactions qui luy
ſont dûes : au lieu que le deſordre de l'impureté
eſt ſimplement un deſordre, & rien de plus.
De vous expliquer dans toute ſon étenduë la
nature de ce deſordre, ce ſeroit un diſcours infini. Saint Auguſtin le fait conſiſter en ce que
l'eſprit de l'homme, qui par un droit de ſuperiorité naturelle doit gouverner & régir le
corps, ſe laiſſe au contraire gouverner luy-meſme par les ſens. Ce qui n'arrive pas, dit-il, dans
les autres vices, ni dans les autres paſſions, où
l'eſprit au moins, s'il eſt vaincu, n'eſt vaincu que
par ſoy-meſme, au lieu qu'il eſt icy vaincu par
la chair. Ce ſont les termes de ce ſaint Docteur :
In aliis quippe affectibus, animus à ſe ipſo vin-   *Aug.*
citur ; hìc autem pudet animum ſibi reſiſti à
corpore, quod ei inferiore natura ſubjectum eſt.
Mais cette penſée eſt trop ſpirituelle pour exprimer le deſordre d'un peché auſſi groſſier que
celuy-là. Saint Chryſoſtome nous en donne u-
ne idée plus ſenſible, lorſqu'il nous dit que le
deſordre de l'impureté dans l'homme eſt de

porter l'homme à des excés, où la fenfualité mefme des beftes ne fe porte pas. Car il eft certain que l'homme faifant fervir fa raifon, j'entends fa raifon dépravée, à fa concupifcence, a inventé pour fe fatisfaire des crimes que la feule concupifcence ne luy auroit jamais infpirez; & que comme il n'y a que l'homme entre les animaux capable d'eftre chafte par vertu & au deffus des loix de la nature, auffi n'y a-t-il que l'homme capable d'eftre vicieux & emporté au delà des bornes de la nature mefme. Ainfi faint Chryfoftome le declaroit-il, dans l'exemple de ces villes abominables dont il eft parléau livre de la Genefe, & fur qui Dieu fit éclater l'ardeur de fa colere. Villes infortunées, dont l'execrable peché en a perverti tant d'autres! car combien Dieu n'en voit-il pas d'auffi criminelles, peut-eftre jufques au milieu du chriftianifme; & s'il ne les punit pas en faifant pleuvoir fur elles le fouffre & le feu, combien de vengeances fecrettes, mais encore plus terribles, n'exerce-t-il pas tous les jours fur ceux qui renouvellent de pareilles abominations! N'eft-ce pas ce que nous veut faire entendre faint Paul, quand il nous les reprefenteabandonnez de Dieu & livrez aux paffions les plus honteufes: & quoyque l'Apoftre n'ait pas fait difficulté de s'en expliquer ouvertement, oferois-je, tout miniftre que je fuis de l'Evangile, ufer ici des mefmes expreffions! Je craindrois que toutes confacrées qu'elles font,

elles ne bleſſaſſent voſtre pudeur ; & pluſt à Dieu
que le démon de la chair ne vous euſt jamais ouvert les yeux pour comprendre ce que je ne
puis dire, & qu'il fuſt toûjours dangereux d'en
parler, de peur d'apprendre aux chreſtiens ce
qu'ils ignorent. Car malheur à moy, ſi ſous pretexte de confondre les pecheurs, je ſcandaliſois
jamais une ame ſimple & innocente. Mais diſons la verité, Chreſtiens : où eſt aujourd'huy
l'innocence & la ſimplicité ! Si l'on ne fait pas
tout le mal, on veut le pouvoir & le ſcavoir faire. Vous diriez que la nature ne ſoit pas aſſez cor-
rompüe, & qu'il faille y adjouſter l'eſtude, pour
ſe faire une ſcience de ſes deſordres meſmes. Pa-
roiſt-il un livre diabolique qui révele ces myſteres d'iniquité, c'eſt celuy que l'on recherche,
celuy que l'on dévore avec tout l'empreſſement
d'une avide curioſité. Que l'imagination en ſoit
infectée, qu'il faſſe des impreſſions mortelles
dans le cœur, que le venin qu'il inſpire aille juſqu'à la partie de l'ame la plus ſaine, qui eſt la raiſ-
ſon, il n'importe ; c'eſt le livre du temps qu'il
faut avoir leû, & cela ſans égard au peril qui s'y
rencontre : comme ſi l'on eſtoit ſeûr de la grace,
& qu'on euſt fait un pacte avec Dieu pour avoir
droit de s'expoſer ſans préſomption aux occaſions les plus prochaines. Car celle-cy, je dis cette curioſité de ſcavoir ce qui doit faire horreur
à penſer, eſt une de ces tentations que nulle excuſe ne juſtifie, & dont cependant avec toute la

prétendüe réforme dont on se pique, on ne peut presque gagner sur soy de se faire un poinct de conscience.

Mais achevons, s'il est possible, de développer ce que j'appelle desordre de l'impureté. Tertullien semble l'avoir conceû d'une maniere plus figurée, & par consequent plus propre à un discours qui n'a pour but que vostre édification. C'est dans le livre de la chasteté, où j'avoüe que ce grand homme emporté par la force de son génie, parloit déja en heretique, mais en heretique, remarquent ses commentateurs, qui ne l'estoit au moins que par un excés de zéle, & dont on ne peut nier que les erreurs n'ayent esté meslées des plus saintes & des plus solides veritez. Il dit donc, & c'est une de ces veritez, que l'esprit impur a comme une liaison necessaire avec tous les vices, & que tous les vices sont, pour ainsi dire, à ses gages & à sa solde, toûjours prests à le servir pour le succés de ses detestables entreprises. C'est pour luy, par exemple, que l'homicide répand le sang humain, pour luy que la perfidie prépare des poisons, pour luy que la calomnie est ingenieuse à inventer, pour luy que l'injustice est toutepuissante quand il s'a-git de solliciter, pour luy que l'avarice épargne, pour luy que la prodigalité dissipe, pour luy que le parjure trompe, pour luy que le sacrilege attente sur ce qu'il y a de plus saint. Voilà, di-soit Tertullien, la pompe infernale que je m'i-

magine voir, quand je confidere les demarches
de cette dangereufe paffion, *Pompam quandam* Tert.
atque fuggeftum afpicio mæchiæ. L'impudicité
eft à la tefte de tout cela, & tout cela luy fait ef-
corte. Penfée qui s'accorde parfaitement avec
celle du Fils de Dieu, lorfqu'il nous reprefente
dans l'Evangile l'efprit impur accompagné de
fept autres efprits, ou auffi mechans, ou encore
plus mechans que luy ; puifqu'il eft certain que
le démon d'impureté eft prefque toûjours fuivi
du démon de vengeance, du démon de difcor-
de ; du démon d'impieté, du démon d'injuftice, du démon de medifance, du démon de prodigalité, du démon d'effronterie & de licence :
& combien pourrois - je en joindre d'autres !
mais arreftons-nous à ceux-là, pour verifier
mefmes à la lettre la parole de Jefus-Chrift, *&*
affumit feptem alios fpiritus fecùm nequiores fe.

Parlons fans figure. Avoüons que ce peché
eft en effet le grand defordre du monde, puifqu'il attire aprés foy tous les autres defordres.
Je dis que c'eft pour luy que fe répand le fang
humain ; écoutez - moy. D'où font venües les
guerres les plus cruelles & les plus fatales aux
peuples, fi non d'une paffion d'amour ! une femme enlevée par un infenfé fut l'étincelle qui ex-
cita les plus violens incendies, & qui confuma
les nations entieres. Parce qu'un homme eftoit
impudique, il fallut que des milliers d'hommes
periffent par le fer & par le feu. Mais ne remon-

tons point fi haut pour avoir des preuves de cette verité : noftre fiecle, ce fiecle fi malheureux, a
bien de quoy nous en convaincre, & Dieu n'a
permis qu'il engendraft des monftres que pour
nous forcer à en convenir. Nous les avons veûs
avec effroy, & tant d'evenemens tragiques nous
ont appris plus que nous ne voulions, ce qu'un
commerce criminel peut produire, non plus dans
les Eftats, mais dans les familles & dans les familles les plus honorables. L'empoifonnement
eftoit parmi nous un crime inoüi ; l'enfer pour
l'intereft de cette paffion l'a rendu commun. On
fçait, difoit le Poëte, ce que peut une femme ir-
ritée ; mais on ne fçavoit pas jufqu'à quel excés
pouvoit aller fa colere, & c'eft ce que Dieu a
voulu que nous connuffions. En effet, ne vous
fiez point à une libertine, dominée par l'efprit
de débauche : fi vous traverfez fes deffeins, il n'y
aura rien qu'elle n'entreprenne contre vous ; les
liens les plus facrez de la nature ne l'arrefteront
pas ; elle vous trahira, elle vous facrifiera, elle vous immolera. C'eft par l'homicide, pourfuivoit Tertullien, que le concubinage fe foutient, que l'adultere fe delivre de l'importuni-
té d'un rival, que l'incontinence du fexe étouffe
fa honte en étouffant le fruit de fon peché.

Je dis que c'eft pour ce peché qu'on devient
prophanateur. L'auroit-on crû, fi la mefme
providence n'avoit fait éclater de nos jours ce
que la pofterité ne pourra lire fans en frémir ;

auroit-on crû, dis-je, que le facrilege euft dû
eftre l'affaifonnement d'une brutale paffion! que
la prophanation des chofes faintes euft dû entrer
dans les diffolutions d'un libertinage effrené!
que ce qu'il y a de plus venerable dans la Religion, euft efté employé à ce qu'il y a de plus corrompu dans la débauche, & que l'homme fuivant la prédiction d'Ifaye euft fait fervir fon
Dieu mefme à fes plus infames voluptez! *Ve-*   *Ifa.* 43.
rumtamen fervire me fecifti in peccatis tuis, &
laborem mihi præbuifti in iniquitatibus tuis. Difons des chofes moins affreufes, & que celles là
demeurent, s'il eft poffible, enfevelies dans un
éternel oubli. Je dis que c'eft l'efprit impur qui
entretient les diffentions & les querelles d'une
ville, d'un quartier. Vous le fçavez : trois ou
quatre femmes decriées & celebres par l'hiftoi-
re de leur vie, en font prefque immanquablement toute l'intrigue ; & de là naiffent les ini-
mitiez de ceux qui les frequentent , de là les
emportemens de ceux qui s'en croyent méprî-
fez, de là les haines irréconciliables entre el-
les-mefmes, de là les difcordes domeftiques,
les furies d'un mary à qui cette playe une fois
ouverte ne laiffe plus que des aigreurs & le reffentiment le plus profond & le plus amer. Je
dis que c'eft l'impureté qui rend la calomnie
ingenieufe à former des accufations, & à fubor-
ner des témoins : la memoire n'en eft que trop
recente. Du moins n'eft-ce pas de cette fource

empoifonnée que viennent les plus fanglantes
railleries, les medifances atroces, les libelles injurieux & diffamatoires, mille autres attentats
contre la reputation du prochain & contre la
charité! Je dis que c'eſt cette paſſion qui rend
l'injuſtice toutepuiſſante dans les follicitations;
& l'uſage que vous avez du monde vous per-
met-il d'en douter! On ſçait que ce Magiſtrat eſt
gouverné par cette femme, & l'on ſçait bien au
meſme temps le moyen d'intereſſer cette femme & de la gagner; c'eſt aſſez : car avec cela, il
n'y a point de bon droit qui ne ſuccombe, point
de chicane qui ne réuſſiſſe, point de violence &
de ſupercherie qui ne l'emporte. Combien de juges ont eſté pervertis par le ſacrifice d'une chaſ-
teté livrée & abandonnée; & pour combien de
malheureuſes, la neceſſité de ſolliciter un juge
impudique n'a-t-elle pas eſté un piége & une
tentation! Je dis que c'eſt ce vice qui déſole les
maiſons, & qui en diſſipe tous les biens : n'en a-
vez vous pas veû cent exemples! heureux, ſi
vous n'en avez pas fait l'épreuve, ou par voſtre
propre peché, ou par le peché d'autruy. Le deſordre ancien & commun eſtoit de voir avec
compaſſion un inſenſé ſous le nom d'amant prodigue, & prodigue juſqu'à l'extravagance, contenter l'avarice, & entretenir le luxe d'une
mondaine qu'il idolaſtroit : mais le deſordre du
temps, eſt de voir au contraire une femme
perduë d'honneur auſſi bien que de conſcience,

par

par un renverſement autrefois inoüi, faire les
avances & les frais, s'épuiſer, s'endetter, ſe ruiner, pour un mondain à qui elle eſt aſſervie,
dont elle eſſuye tous les caprices, qui n'a pour
elle que des hauteurs & qui ordonne de tout
chez elle en maiſtre. L'indignité eſt que ce deſordre s'eſtablit de telle ſorte, qu'on s'y accoutume; le domeſtique s'y fait, on obéit à cet é-
tranger, ſes ordres ſont reſpectez & ſuivis, parce qu'on s'apperçoit de l'aſcendant que ſon crime luy donne : tandis que celle-cy ne gardant
plus de meſures, & libre du reſpect humain dont
elle a ſecoüé le joug, ſe fait une vanité de ne ménager rien, & un plaiſir de ſacrifier tout, pour
ſe piquer du ridicule avantage & de la folle
gloire de bien aimer.

Né vous offenſez pas, Meſdames, & quand
il y auroit de l'imprudence à pouſſer trop loin
ces reproches, ſouffrez qu'à l'exemple de ſaint
Paul, je vous conjure de la ſupporter : *Utinam* 2. Cor. 11.
ſuſtineretis modicum quid inſipientiæ meæ, ſed
& ſupportate me. Dieu témoin de mes inten-
tions, ſçait avec quel reſpect pour vos perſonnes, & avec quel zéle pour voſtre ſalut, je parle
aujourd'huy : mais Dieu a ſes veûës ; & il faut
eſperer que ſa parole ne ſera pas toûjours ſans
effet. C'eſt de vous, Meſdames, le ſçavez-vous,
& jamais y avez-vous bien penſé devant Dieu !
c'eſt de vous que dépend la ſainteté & la reformation du chriſtianiſme ; & ſi vous eſtiez toutes

Tome II.   . H

auſſi chreſtiennes que vous devez l'eſtre, le monde par une bienheureuſe neceſſité deviendroit chreſtien. Le deſordre qui m'afflige, eſt que l'on pretend maintenant & peut-eſtre avec juſtice, vous rendre reponſables de ce débordement de mœurs que nous voyons croiſtre de jour en jour ; & que l'on n'en accuſe plus ſimplement vos laſchetez, vos complaiſances, vos foibleſſes, mais qu'on l'impute à vos artifices & à la dépravation de vos cœurs. N'eſt-il pas étonnant qu'au lieu de cette modeſtie & de cette regularité que Dieu vous avoit donnée en partage, & que le vice meſme reſpectoit en vous, il y en ait parmi vous d'aſſez endurcies, pour affecter de ſe diſtinguer par un enjoüiement & une liberté, à quoy tant d'ames ſe laiſſent prendre comme à l'appas le plus corrupteur ! L'excés du deſordre, c'eſt que toutes les bienſéances qui ſervoient autrefois de rempart à la pureté, ſoient aujourd'huy bannies comme incommodes. Cent choſes qui paſſoient pour ſcandaleuſes, & qui auroient ſuffi pour rendre ſuſpecte la vertu meſme, ne ſont plus de nulle conſequence. La coutume & le bel air du monde les authoriſe, tandis que le démon d'impureté ne ſçait que trop s'en prévaloir. Le comble du deſordre, c'eſt que les devoirs, je dis les devoirs les plus generaux & les plus inviolables chez les payens meſmes, ſoient maintenant des ſujets de riſée. Un mary ſenſible au deshonneur de ſa maiſon eſt le perſonnage que l'on joüe ſur

le théatre, une femme adroite à le tromper eſt
l'héroïne que l'on y produit : des ſpectacles où
l'impudence léve le maſque , & qui corrom-
pent plus de cœurs que jamais les Predicateurs
de l'Evangile n'en convertiront, ſont ceux aux
quels on applaudit. Aſſujettiſſement, dépendance, attachement à ſa condition, tout cela eſt
repreſenté comme une eſpece de tyrannie, dont
le ſçavoir-faire doit affranchir. C'eſt ce qu'on ne
ſe laſſe point d'entendre ; & tel qui par ſa triſte
deſtinée y a le plus d'intereſt, eſt le premier à
s'en divertir. Imaginez-vous d'ailleurs un mary,
qui pourveû par le don de Dieu , d'une femme
prudente & accomplie, ne laiſſe pas de s'enteſ-
ter d'une paſſion bizarre ; aime par obſtination
ce qui ſouvent n'eſt point aimable, & ne peut
aimer par raiſon ce qui merite tout ſon amour ;
ne ſe rebutte de ce qui luy eſt permis que parce
qu'il luy eſt permis, & ne s'attache avec ardeur
à ce qui luy eſt défendu, que parce qu'il luy eſt
défendu ; traite avec dureté & avec rigueur ce
qui devroit eſtre l'objet de ſa tendreſſe, & adore opiniaſtrément ce qui eſt la cauſe viſible de
tous ſes malheurs. Voilà ce que j'appelle deſordres ; & combien encore y en a-t-il d'autres que
je paſſe, & que je ne puis marquer !

Cependant à l'aveuglement & au deſordre ,
l'impureté adjouſte encore l'eſclavage , troiſiéme trait de reſſemblance dans l'impudique avec
l'eſtat des reprouvez dans l'enfer. Car il n'y a

point de peché qui rende l'homme plus esclave
du démon. Dans les autres pechez, dit saint
Gregoire Pape, l'esprit de tenebres nous attaque comme un ennemi, il nous sollicite comme un tentateur, il nous surprend comme un
séducteur ; mais dans celuy-cy, il nous domine
comme un tyran. S'il nous corrompt, poursuit
ce Pere, par une autre passion, malgré sa victoire il est toûjours dans la défiance, il craint toûjours quelque changement & que la grace ne
luy arrache sa proye : mais s'il nous a fait tomber
dans une impureté, s'il nous a engagez dans un
commerce criminel, c'est alors le fort armé de
l'Evangile ; il tient une ame dans ses filets, il est
seûr de sa conqueste & il s'en croit paisible possesseur, *In pace sunt ea quæ possidet.* Pour-
Luc. 11. quoy, demande saint Augustin, suscitoit-il dans
les premiers siecles de l'Eglise tant de persecutions contre les chrestiens ! Ah ! repond ce saint
Docteur, c'est que les chrestiens vivoient dans
une entiere pureté de mœurs, c'est qu'ils estoient
chastes par estat & par consequent affranchis de
la domination du peché. Comme donc le démon ne pouvoit s'en rendre maistre par l'amour
du plaisir, il taschoit à les vaincre par l'horreur
des supplices : mais depuis qu'il a trouvé moyen
de s'introduire dans le christianisme par les voluptez sensuelles, toutes les persecutions ont cessé. Car cette voye luy a paru bien plus courte &
plus asseûrée. En exerçant sa cruauté contre les

Martyrs, il tourmentoit les corps ; mais les ames estoient perduës pour luy : au lieu que l'impureté luy assujettit, sans effusion de sang, & les ames & les corps. Et je puis bien dire icy ce que disoit saint Hilaire à l'Empereur Constance, lorsque par des flatteries dangereuses il tentoit & il ébranloit les fidelles : Plust à Dieu que nous eussions vescu au temps des persecuteurs ! nous devons beaucoup aux premiers Césars, puisque c'est par eux que nous avons triomphé de l'enfer : *Plus crudelitati debemus, quia diabolum vicimus.* Mais maintenant nous combattons avec un ennemi d'autant plus à craindre qu'il le paroist moins. Il ne déchire pas la chair, mais il la flatte : *Non dorsa cædit, sed membra palpat.* En nous persecutant il nous donneroit la vie ; mais il nous chatoüille pour nous donner la mort : *Non proscribit ad vitam, sed titillat in mortem.* En nous confinant dans une prison il nous donneroit la liberté ; mais il nous retient dans son palais pour nous réduire en servitude : *Non tradit carceri in libertatem, sed intra palatium retinet in servitutem.*

Hilar.

Idem.

Idem.

Idem.

    Ainsi parloit ce saint Evesque. Et voilà le triste estat où saint Augustin gémit si long-temps, & sur quoy il se faisoit de si sensibles reproches. Ce grand homme avant sa conversion, sans estre encore touché des puissants motifs qui dans la suite le ramenerent à son devoir, soupiroit néanmoins de se voir esclave de sa passion. Il ne vouloit pas encore eftre à Dieu ; mais au moins euft-il voulu eftre à luy-mefme. Hé quoy, Auguftin, fe difoit-il, feras-tu donc toûjours maiftrifé par une aveugle concupifcence & dominé par les fens! demeureras-tu toûjours plongé dans d'infames plaifirs ! aprés avoir goufté les délices de l'efprit, fuivras-tu toûjours les appetits du corps ! Encore, fi tu confervois quelque empire fur ta cupidité! mais que la chair te gouverne, que dans les plus nobles exercices de ton ame elle vienne te gourmander par un fentiment brutal, qu'elle ne te donne aucune tréve, ni aucun relafche, & que tu fois toûjours preft à luy obéir : ah ! c'eft porter dans toy-mefme un enfer, puifque c'eft y porter un démon qui fans ceffe te fait éprouver fa plus imperieufe & fa plus cruelle tyrannie.

Delà naift le ver de la confcience & le trouble : quatriéme & dernier rapport de l'impudique avec les reprouvez au milieu des flammes qui les brûlent. Car l'homme fenfuel & voluptueux veut fe fatisfaire, & cherche un certain repos, qu'il croit fe pouvoir procurer en fuivant fes defirs criminels ; mais par un ordre tout contraire de la providence, c'eft en fuivant fes defirs criminels qu'il perd le repos & qu'il fe met dans l'impuiffance de le trouver : *Quærens requiem, & non invenit.* D'où pourroit-il l'efperer ! du cofté de Dieu, fon créateur & le juge de fes actions & de fa vie ! du cofté de la créa-

Matth. 12.

ture dont il est adorateur, de cet objet malheureux de son attachement & de sa passion ! Or
l'un & l'autre, s'il raisonne bien, & mesmes
quand il raisonneroit mal, luy devient une source d'inquiétudes, de chagrins, de remords, de
desespoirs : encore un moment de reflexion, &
je conclus cette premiere partie.

Trouble du costé de Dieu, que l'impudique
envisage comme le juge de ses actions & de sa
vie. Car prenez garde, s'il vous plaist : tout peché, par la raison generale qu'il est peché, met
entre Dieu & le pecheur, tant qu'il est pecheur,
une division, une guerre irreconciliable. Par
consequent, il est impossible que le pecheur, du
moment qu'il se revolte contre Dieu, ne perde
pas la paix : *Quis restitit ei, & pacem habuit!* Job. 9.
Mais il faut avoüer que cela mesme convient encore singulierement & plus proprement au peché de la chair : pourquoy ! saint Chrysostome
nous en donne la raison, & l'experience la confirme. Parce qu'il n'y a point de peché, dit ce
Pere, que l'homme soit d'abord plus determiné à se reprocher, point de peché où il luy soit
plus difficile de se flatter & de se former une
fausse conscience, point de peché dont la confusion & la honte luy soit plus naturelle, & où le
pretexte de l'erreur & de l'ignorance ait moins
de lieu : donc point de peché que le remords
suive de plus prés, & qui de sa nature soit plus
incompatible avec le repos & la tranquillité de

H iiij

l'ame : *Quærens requiem, & non invenit.*

Dans les autres pechez, adjoufte faint Chry-foftome, à force de fe préoccuper, on croit, en pechant mefmes, avoir raifon; & parlà on s'affran-chit au moins du trouble prefent que caufe le pe-ché, quand il eft commis avec une conviction a-ctuelle de fa malice. Ainfi la haine, ainfi l'ambi-tion, l'avarice portent-elles tous les jours l'hom-me à des excés qui le rendent criminel devant Dieu, mais qui dans luy-mefme ne l'empefchent pas de joüir d'un calme profond. Comme ce font des pechez plus interieurs, l'amour propre fçait non feulement les déguifer, mais les juftifier, jufqu'à les faire paroiftre honneftes: & de là fou-vent on eft rempli d'orgueil, on fait tort au pro-chain, on bleffe la charité & la juftice fans aucun fcrupule; pourquoy ? parce qu'on n'en convient pas avec foy-mefme, & qu'il eft rare qu'en tout cela on fe juge dans la rigueur. Tel eft, dit faint Chryfoftome, le caractere des pechez de l'efprit.

Il n'y a que le peché de la chair, où l'homme pour peu qu'il ait de religion, ne trouvant nul-le défenfe & nulle excufe, eft obligé malgré luy de fe condamner. Car ce peché eft trop groffier, pour fervir de fujet aux illufions d'une confcien-ce erronée; & l'ame par un refte d'integrité que ce peché ne détruit pas dans l'inftant qu'elle y tombe, eft forcée de fe reconnoiftre coupable, de prononcer elle-mefme fon arreft, & com-

mence déja à l'executer par les horreurs d'une
reprobation éternelle dont elle est saisie. A peine donc l'impudique a-t-il gousté le fruict de
son incontinence, qu'il en éprouve l'amertume.
A peine a-t-il accordé à ses sens ce que la loy de
Dieu luy défend, qu'il demeure interdit, confus, livré comme Caïn à son propre peché qui
devient son supplice & son tourment. Il semble
que le premier rayon de la foy qui l'éclaire, aille à luy en decouvrir l'énormité & la difformi-
té, pour luy en oster le plaisir. Tandis qu'il croit
un Dieu vengeur des crimes, voilà son estat :
Quærens requiem, & non invenit.

Je sçais & je l'ay dit qu'à mesure qu'il se déregle, il voudroit bien secoüer le joug de cette
foy qui l'importune ; & qu'un des effets les plus
naturels de la cupidité qui l'aveugle, est d'as-
foiblir dans son esprit la créance des veritez qui
le troublent, & qui en le troublant le contiennent dans le devoir. Mais s'il se delivre par là
du trouble salutaire de la penitence, ce n'est que
pour tomber dans un autre encore plus triste &
plus affreux ; je dis celuy d'un esprit emporté
par la passion & chancellant dans la religion.
Car ou le démon de l'impureté qui le possede,
l'a rendu absolument infidelle, ou non : c'est à
dire, ou malgré son desordre, il a encore quelque respect pour les oracles de la parole de Dieu,
ou il n'en a plus : or s'il en a, comment peut-il
les écouter & ne pas trembler ! & s'il n'en a plus,

quelle affeûrance du refte peut-il avoir en n'é-
coutant que luy-mefme!

En effet, s'il cesse d'eftre chreftien, dans quelle autre mifere ne tombe-t-il pas; expofé non
plus aux allarmes que luy caufe fa foy, mais aux
incertitudes cruelles où le jette fon infidelité
mefme! Car cette infidelité ne l'affeûrant de rien,
& luy faifant hazarder tout, de quel fecours
luy peut-elle eftre pour trouver la paix! au défaut de la foy qu'il a rejettée, quels temoignages
fon ame, cette ame naturellement chreftienne,
ne porte-t-elle pas contre luy, pour le décon-
certer, pour le défoler jufques dans fon libertinage! quels combats, quels retours fecrets n'a-
t-il pas à foutenir! quelles difficultez à furmonter! quels doutes à réfoudre! & dans ces agita-
tions & ces embarras, où eft le pretendu bonheur qu'il fe promettoit! *Quærens requiem, &*
non invenit.

Trouble encore plus fenfible du cofté de
l'objet qu'il adore: ne le voyons-nous pas tous
les jours; & en faudroit-il davantage que ce que
nous voyons, pour apprendre à nous préferver
d'une pareille maladie! Soit qu'on la confidere
dans fa naiffance, foit qu'on la fuive dans fon
progrés, foit qu'on en juge par l'iffüe, n'eft-elle pas de tous les maux fans exception le plus inquiet! Dans fa naiffance: car quel tourment, par
exemple, eft comparable à celuy d'un efprit bleffé qui aime & qui s'apperçoit qu'il n'eft pas aimé;

qui veut plaire, & qui pour cela mefme déplaift;
qui conçoit des defirs ardens, & qui ne trouve
que des froideurs ; qui s'épuife en fervices & en
foins, & qui n'eft payé que de rebuts ! Cette paffion ridicule & bizarre, mais opiniaftre, quelque force qu'il ait d'ailleurs, n'eft-ce pas ce qui
le deffeche, ce qui le mine, ce qui le fait mife-
rablement & inutilement languir ; & de quelque bon fens que Dieu l'ait pourveû, n'eft-ce
pas ce qui l'infatuë, ce qui pouffe fa raifon à
bout, ce qui le met dans l'impuiffance de s'en
aider ! En forte que tout perfuadé & tout convaincu qu'il eft de fa folie, il ne peut la vaincre
ni s'en défaire : d'autant plus malheureufement
enforcelé, pour ainfi dire, qu'il ne l'eft qu'à fes
dépends, tandis que les autres peu touchez de ce
qu'il endure, ou en raillent, ou en ont pitié.

Voilà, fi l'on ne repond pas à fa paffion,
quelle eft fa déplorable deftinée. Mais quand
on y repondroit, quelles inquiétudes & quelles craintes qu'on n'y reponde pas également,
qu'on n'y reponde pas fincerement, qu'on n'y
reponde pas conftamment ! Qu'on n'y reponde
pas également : car où trouver un retour parfait; & lors mefmes qu'il fe trouve, où font ceux
qui pour leur repos veulent s'en tenir affeûrez !
en aimant, eft-on jamais content de la perfonne qu'on aime ! Qu'on n'y reponde pas fincerement : car dans ce commerce d'amitiez mon-
daines, & par confequent impures, combien

de fausses apparences ! combien de dissimula-
tions ! combien de tromperies, de rufes, sur
tout quand l'ambition ou l'interest engagent
l'une à joüer tel perfonnage ! & pour peu que
l'autre foit éclairé, combien de foupçons juftes
& legitimes, mais affligeants & defolants, doivent luy déchirer l'ame & le confumer !

Je dis plus, & dans la fuite de cette mefme
paffion que ne faut-il pas effuyer ! Ou celle dont
on a fait fon idole, eft vaine & indifcrette, ou
elle eft fiére & orgueilleufe, ou elle eft capri-
cieufe & inégale, ou elle eft legere & incon-
ftante. Or à quelles épreuves, à quelles baffef-
fes, à quelles miferes n'eft-on pas alors réduit !
Que la paffion, comme il arrive prefque immanquablement, fe tourne en jaloufie, quel enfer ! Dieu peut-il mieux fe venger d'un impudique, qu'en le laiffant venir là. Du moment que
la jaloufie s'eft emparée de fon cœur, luy faut-il
un autre bourreau que luy-mefme, pour le mettre à la torture & à la gefne ! que de veilles qui le
fatiguent, qui l'accablent ! que de triftes & d'affreufes nuits, toûjours occupé qu'il eft à combattre des phantofmes, & à fe remplir de fiel & de
venin contre des rivaux peut-eftre imaginaires !
Mais fi fa curiofité luy decouvre en effet ce qu'il
craignoit de voir, quoyqu'il le cherchaft avec
tant d'empreffement & tant de vigilance, quels
dépits & quelles fureurs ! & quelle image plus
naturelle pourrois-je vous en donner que les

pleurs des damnez & leurs grincemens de dents! *Fletus & ſtridor dentium.* Enfin, quelle iſſüe *Matth. 8.* & quel denoüement ordinaire ont ces criminelles intrigues ! La ſeule veûë de l'avenir n'eſt-elle pas un peine continuelle & toûjours preſente, quand on ſe dit à ſoy-meſme & qu'on ſe le dit avec aſſeûrance : cette paſſion finira; & le ſuccés le moins faſcheux que j'en puis attendre, c'eſt qu'elle finira par quelque choſe de deſagreable; c'eſt à dire, qu'elle s'uſera & ſe changera en dégouſt : mais ce que j'en dois plus craindre, c'eſt qu'elle finira peut-eſtre par quelque choſe de douloureux, par une infidelité qui me deſeſperera, par une ingratitude qui me conſternera, par un mépris qui m'outragera, par une ignominie qui me comblera de confuſion, qui me mettra hors d'eſtat de paroiſtre dans le monde dont je ſeray la fable; qui m'en bannira pour jamais : c'eſt qu'elle finira ſans moy & malgré moy, avant que de finir en moy; & qu'elle ne ſubſiſtera dans moy, que pour me rendre la vie inſupportable, & pour me faire gouſter par avance toutes les horreurs de la mort. Ah ! mon Dieu, nous ne le comprenions pas, mais il eſt vray, que vous ne chaſtiez jamais plus rigoureuſement le pecheur, qu'en le livrant à ſes appetits dereglez. Il croit y trouver ſa felicité, & il y trouve une reprobation anticipée. Achevons. Impureté ſigne de la reprobation, ç'a eſté la premiere partie. Impureté, principe de la reprobation, c'eſt la ſeconde.

POur parler le langage des Peres, & pour réduire aux principes de la Theologie la seconde
proposition que j'ay avancée, opérer la reprobation dans une ame, c'est la conduire à l'impenitence finale, puisqu'il est évident que l'impenitence finale est la disposition la plus prochaine à la reprobation, ou plustost le commencement de la reprobation mesme. En effet, dit
saint Augustin, les pecheurs ne sont reprouvez,
que parce qu'ils ne sont plus dans la voye, ni en
estat de faire penitence : s'ils y pouvoient rentrer, ou que dans le lieu mesme de leur tourment ils pussent encore estre touchez d'un sentiment de conversion, l'enfer ne seroit plus enfer pour eux, & ils cesseroient d'estre reprouvez:
mais ils le sont & le seront toûjours, parce qu'il
n'y a plus pour eux de retour, & qu'une impenitence consommée a mis, pour ainsi dire, le
dernier sceau à leur damnation. S'il y a donc un
peché, dont la vertu particuliere & spécifique
soit d'engager le pecheur dans cette malheureuse impenitence, c'est ce que j'appelle non plus
un signe, mais un principe de reprobation.

Tel est le peché d'impureté : pourquoy ! parce qu'entre les pechez qui precipitent l'homme dans l'abisme de perdition, il n'y en a aucun qui semble plus éloigné de la penitence
chrestienne & qui par consequent dans le cours
de la providence soit plus irremissible. Je dis,

Chreſtiens, irremiſſible non pas dans le ſens que l'a entendu Tertullien, lorſqu'il pretendoit que ce peché eſtoit ſans remede ; que l'Egliſe n'avoit reçeû pour l'abolir aucun pouvoir, & que tout impudique devoit eſtre abandonné à la rigueur des jugemens de Dieu, exclus de toute reconciliation, & viſiblement reprouvé par une ſeparation entiere & ſans reſſource, du corps de Jeſus-Chriſt. Car l'entendre de la ſorte, c'eſtoit une erreur, & cette erreur pour la diſtinguer de la verité que je preſche, conſiſtoit en deux poincts. Premiérement, en ce que Tertullien vouloit que l'impureté fuſt d'elle-meſme & abſolument irremiſſible ; ce que je n'ay garde de penſer : mais je dis ſeulement que c'eſt un peché trés difficile à guérir ; de ſorte que les remedes meſmes inſtituez par le Fils de Dieu, & commis à la diſpenſation de l'Egliſe, quoyqu'ils le puiſſent effacer, ne l'effacent néanmoins qu'aſſez rarement, parce que mille obſtacles preſque invincibles en arreſtent l'effet ſalutaire. Secondement, la penſée de Tertullien eſtoit que l'impenitence habituelle dont l'impureté eſt ſuivie, ne dépendoit point de la volonté du pecheur : car ſelon ſes maximes, quand le pecheur auroit fait les derniers efforts & donné les preuves les plus ſenſibles d'une penitence parfaite, l'Egliſe n'y devoit point avoir égard, pour le reſtablir dans l'uſage des divins myſteres & dans la communion des fidelles : autre article que condamne l'Eglife, & que je condamne avec elle, reconnoiffant que fi le plus emporté & le plus fcandaleux des hommes fe convertiffoit à Dieu de bonne foy, qu'il en donnaft des marques folides, qu'il juftifiaft fa contrition par la regularité de fa vie, l'Eglife alors en luy impofant les fatisfactions legitimes, auroit droit de l'admettre à la penitence, & de luy accorder la grace qu'il auroit demandée avec gemiffemens & avec larmes. Mais j'adjoufte au mefme temps que par les defordres de fon habitude criminelle, l'homme fe fait, pour ainfi parler, à luy-mefme un eftat d'impenitence, & d'une impenitence volontaire, d'une impenitence à laquelle il ne veut pas renoncer, dont il entretient la caufe & qui luy endurcit le cœur d'autant plus dangereufement, qu'elle luy eft agreable & qu'elle luy plaift.

Voilà, dis-je, en quoy la verité que j'eftablis eft differente de l'hérefie de Tertullien. Hérefie, où je vous prie, en paffant, de remarquer avec moy deux chofes importantes, & qui peuvent eftre pour vous d'une grande édification : fçavoir, le principe d'où elle procedoit, & le fondement fur lequel on l'appuyoit. D'où procedoit cette hérefie? appliquez-vous à cecy : d'une fainte horreur dont l'Eglife eftoit prévenuë contre le peché que je combats ; mais horreur que Tertullien outra, pour ufer de ce terme, en déferant trop à fes lumieres & à fon fens. Car voicy comment

ment il raisonna : l'Evangile m'asseûre qu'il y a
des pechez monstrueux, qui ne se pardonnent
ni dans le siecle present ni dans le siecle à venir.
Rien de plus monstrueux dans un chrestien que
le déreglement d'une chair sensuelle & impure. Par consequent il faut que l'impureté soit
un de ces pechez irremissibles dont parle le Saint
Esprit. Il se trompoit dans la premiere proposition, ne la prenant pas au sens orthodoxe qui la
modifie : mais pour la seconde il ne supposoit
rien qui ne fust universellement reçeû ; & nous
jugeons assez de là, que l'impureté estoit donc
alors regardée comme un crime bien énorme,
puisqu'il se trouvoit mesmes des hommes sça-
vans & zélez qui ne pouvoient consentir que la
penitence la plus juste & la plus complette fust
suffisante pour l'expier. De plus, on juge de cette héresie combien à l'égard de ce crime la discipline de l'Eglise estoit rigoureuse & avec quelle severité l'on procedoit contre les impudiques.
Car il falloit bien que cela fust ainsi, puisque la
constitution du Pape Zephirin, qui promettoit
grace aux simples fornicateurs, souffrez ce terme, quelque prudente qu'elle fust, ne laissa pas
de partager les esprits, de déplaire à plusieurs &
d'en revolter quelques-uns, entre lesquels Tertullien se declara le plus hautement. J'apprends,
disoit-il dans la chaleur de cette controverse,
que le souverain Pontife, l'Evesque des Eves-
ques, a publié une Ordonnance, mais décisive

Tome II. . I

& absoluë, en vertu de la quelle les fornicateurs aprés les exercices ordinaires d'une penitence laborieuse peuvent esperer une entiere remission:

Tertull.

Audio edictum, & quidem peremptorium : Pontifex scilicet maximus, Episcopus Episcoporum, dicit : ego fornicationis delicta pænitentiâ functis dimitto. Ensuite il s'écrie: O indignité, ô prévarication, ô abus, qui ouvre la porte à toutes sortes de licences! Prenez garde, Chrestiens: cette conduite le scandalisa, & il aima mieux se separer du corps de l'Eglise en l'accusant de relaschement, que de souscrire à cette Ordonnance & de l'approuver. Il falloit donc que la simple fornication eust esté jusques-là sujette à de grandes peines. Mais encore sur quoy Tertullien se fondoit-il pour porter les choses à cet excés, & pour traiter d'irremissible le peché selon le monde le plus pardonnable ! Sur des raisons, Chrestiens, toutes essentielles, quoyqu'il soit vray qu'il en abusa. Par exemple, il ne pouvoit souffrir qu'un chrestien apportast pour excuse de son desordre la foiblesse de la chair. Ah ! mon Frere, reprenoit-il, ne me dites pas que la chair a esté foible en vous : elle n'a esté que trop forte, puisqu'elle l'a emporté sur l'esprit : *Nulla enim*

Idem.

tam fortis est caro, quam quæ spiritum elisit. Hé quoy, adjoustoit-il, nous refusons la grace de la penitence à celuy qui a succombé dans la persecution ; & nous l'accorderons à celuy qui dans la paix succombe à sa passion ! Nous ne

pardonnons pas à une chair que le supplice a
effrayée, & nous pardonnerons à celle qu'un
faux plaisir a corrompuë ! Non non, poursui-
voit-il, il y auroit en cela de l'injustice : car une
chûte libre & volontaire merite bien moins de
compassion, qu'une lascheté involontaire & forcée. Or l'apostasie d'un chrestien par la crainte
de la mort, toute criminelle qu'elle est, est l'effet d'une violence étrangere ; au lieu que le desordre de l'impudique vient d'une pure infidelité. Le chrestien lasche & deserteur de sa religion peut alleguer pour sa défense la cruauté des bourreaux ; mais le sensuel & le voluptueux ne peut s'en prendre qu'à luy-mesme.
Et qui des deux à vostre avis fait un plus grand
outrage à Jesus-Christ, ou celuy qui l'abandonne dans les tourmens, ou celuy qui le renonce
dans les delices ! ou celuy qui souffre & qui gémit en luy manquant de foy, ou celuy qui luy
manque de foy pour se contenter & se satisfaire?
Tous ces sentimens de Tertullien sont grands
sans doute & élevez : mais voicy sa raison principe ; écoutez-la, s'il vous plaist : c'est que la
chair de l'homme ayant esté adoptée, annoblie,
sanctifiée par l'incarnation divine, le peché qui
la deshonore & qui la souille, ne devoit plus
seulement passer pour un crime, mais pour un
monstre. Car enfin, continuoit-il au mesme endroit, que la chair se soit licentiée, & qu'elle se
soit mesmes perduë avant Jesus-Christ, on peut

dire qu'elle n'eſtoit pas encore digne des dons
du ſalut, & qu'elle n'eſtoit pas encore formée
aux pratiques de la ſainteté. Mais depuis que le
Verbe de Dieu a contracté avec elle la plus in-
time alliance en ſe faiſant luy-meſme chair,

Joan. 1.

Et verbum caro factum eſt : ah ! mes Freres, concluoit Tertullien, faiſons eſtat que cette chair a
comme changé de nature, & qu'elle n'eſt plus

Tertull.

ce qu'elle eſtoit : *Exinde caro quæcumque alia
jam res eſt.* Pourquoy donc voudrions-nous la
juſtifier, parce qu'elle nous paroiſt avoir de fra-

Idem.

gile, *Quid ergo illam nunc de priſtino excuſas!*
Que l'impureté ait eſté remiſſible dans la loy
ancienne, c'eſtoit un temps où l'homme ne portoit pas encore la qualité de membre de Jeſus-
Chriſt, & où noſtre chair n'avoit pas l'honneur
d'eſtre incorporée à la ſienne : mais depuis qu'elle luy eſt unie perſonnellement, depuis qu'elle
a eſté lavée par le bapteſme & dans le ſang de
l'Agneau, depuis qu'elle eſt devenuë le ſujet des
plus excellentes operations de la grace, il eſt
juſte, ou que vous la conſerviez vous-meſmes,
ou que vous ſoyez éternellement reprouvez de
Dieu.

　　C'eſtoit ainſi que raiſonnoit ce défenſeur de
la pureté, mais aprés tout défenſeur trop obſtiné
& trop ardent. C'eſtoit ainſi qu'il frappoit l'impudique d'un anatheſme éternel : & moy,
Chreſtiens, ſans aller ſi loin, j'ay dit & je le dis
que l'impureté n'exclud point encore abſolu-

ment & dés maintenant le pecheur de la misericorde divine ; mais j'adjouste qu'il s'en exclud
luy mesme par un attachement opiniastre à son
peché. En voulez-vous les preuves ! je les reduits
à trois. Car il est vray qu'il n'est point de peché
qui rende le pecheur plus sujet à la rechute, point
de peché qui expose plus le pecheur à la tentation du desespoir, point de peché qui tienne le
pecheur plus étroitement lié par l'habitude. Encore un moment d'attention, & je finis.

Point de peché qui rende le pecheur plus sujet à la rechute. Ecoutez là dessus ce que se dit à
luy-mesme dans nostre Evangile l'esprit impur:
Revertar in domum unde exivi, je retourneray   *Matth. 12.*
dans ma maison d'où je suis sorti : car quoyque
je l'aye quittée, par la facilité que je trouve à y
rentrer dés que je le veux, elle ne laisse pas d'estre à moy ; & quand je la quitte, je ne la quitte que pour un temps, sans cesser pour cela d'en
estre le maistre : j'y retourneray, *Revertar,* & j'y
reprendray tous les avantages que j'y avois : je
la trouveray nettoyée & parée, mais je la souil-
leray tout de nouveau, & le dernier estat de cet-
te ame sera pire que le premier, *Et fiunt novissi-*   *Ibidem.*
ma hominis illius pejora prioribus. Vous reconnoissez vous, Chrestiens, & cette peinture n'est-
elle pas une expression naturelle de ce qui se passe dans vous ! Si vous estes possedez de ce démon de la chair, ne sont-ce pas là les malheureuses épreuves que vous faites tous les jours de

fon pouvoir & de voftre foibleffe ! Aprés que
vous l'avez chaffé en vous convertiffant à Dieu,
n'eft-ce pas ainfi qu'il revient , & que comptant fur voftre fragilité , il n'a qu'à employer le
charme trompeur d'une volupté paffagere pour
vous pervertir ! Quelque foin que vous ayiez
de purifier vos confciences, de les orner & de
les parer, n'eft-ce pas ainfi qu'il commence
tout de nouveau à les corrompre & à les infecter ! Voftre eftat alors n'eft-il pas encore plus
mortel qu'il ne l'eftoit ! n'en devenez-vous
pas encore plus efclaves de la fenfualité, encore plus incapables de vous moderer, encore
plus emportez dans les occafions , encore plus
lafches & plus changeants dans vos refolutions !
Ah ! mes Freres, permettez-moy de vous le
dire avec douleur , voilà ce qui fait gémir les
pafteurs de vos ames & ceux qui doivent en repondre. Quand vous avez recours à nous dans
le facré tribunal, voilà ce qui nous rend vos confeffions fufpectes , ce qui nous empefche de
faire fond fur vos ferveurs : voilà ce qui nous
oblige comme difpenfateurs des myfteres de
Dieu, à prendre avec vous tant de précautions,
à ne vous en pas croire fur voftre parole, à nous
défier de vos foupirs & de vos larmes , à vous
fufpendre la grace du Sacrement, & aprés bien
des délais à ne vous l'accorder qu'avec peine :
voilà ce qui nous met dans la neceffité de nous
dépouiller mefmes quelquefois de ces entrailles

de mifericorde que demanderoit noftre fonction, & de nous endurcir contre vous, en refufant abfolument de vous délier & de vous ab-
foudre.

Point de peché qui expofe plus le pecheur à
la tentation du defefpoir. C'eft faint Paul qui
nous l'apprend : *Defperantes, femetipfos tradi-* Ephef. 4.
derunt impudicitiæ. Je vous conjure, mes Freres,
difoit-il aux Ephefiens, de ne plus vivre comme ces pecheurs qui perdant toute efperance,
s'abandonnent à toutes fortes de diffolutions,
In operationem immunditiæ omnis. Car l'effet le Ibidem.
plus ordinaire de l'impureté eft de ruiner dans
une ame tout l'édifice de la grace, & d'en renverfer jufques au fondement, qui eft l'efperance
chreftienne. Mais encore, demande faint Chryfoftome, de quoy l'impudique defefpere-t-il, &
de qui defefpere-t-il? Il defefpere, reprend ce faint
Docteur, de fa converfion, il defefpere de fa perfeverance, il defefpere du pardon de fes crimes ;
& quand on luy promettroit le pardon de fes crimes, il defefpere de fa volonté propre ; il defefpere de Dieu, & il defefpere de luy-mefme. Eft-
il de plus triftes & de plus défolantes extremitez? Il defefpere de fa converfion : car le moyen,
fe dit-il à luy-mefme, ou pluftoft luy fait dire
l'efprit impur, le moyen que je rompe mes chaif-
nes, le moyen que je m'arrache du cœur une
paffion qui fait toute la douceur de ma vie, le
moyen que je renonce de bonne foy à ce que

I iiij

j'aime encore de meilleure foy ! si je disois que
je le veux, ne mentirois-je pas au Saint Esprit !
& si je n'ay pas la force de m'y resoudre & de le
vouloir, ne suis-je pas le plus infortuné des
hommes & le plus delaissé de Dieu ! Supposé
mesmes sa conversion, il desespere de sa perseverance : car que puis-je attendre de moy,
poursuit-il, après tant de legeretez & de changemens ! Quand je diray aujourd'huy à Dieu
que je veux sortir de ma misere, & que la reso-
lution que j'en ay formée sera éternelle, pour le
dire & pour le penser, seray-je plus en estat de
l'executer ! N'ay-je pas dit cent fois la mesme
chose, & cent fois après l'avoir dit, ne me suis-
je pas trouvé le mesme que j'estois ! Pourquoy
pretendre que ce que je diray maintenant sera
plus solide ! & pourquoy me flatter que je ne seray plus ce roseau agité du vent, qui céde & qui
plie dés qu'il est ébranlé par le moindre souffle !
En le voulant ainsi, en m'y engageant change-
ray-je de naturel, auray-je une autre trempe
d'esprit, seray-je pourveû de plus grands secours, me fournira-t-on des remedes plus pre-
sens & plus efficaces que ceux mesmes que j'ay
si souvent rendus inutiles ! Enfin, il desespere
tout à la fois, & de Dieu & de luy-mesme : de
Dieu, parce que c'est un Dieu de sainteté qui ne
peut approuver ni souffrir le mal ; de luy-mesme, parce qu'estant tout charnel, & vendu comme dit saint Paul, au peché, *Venumdatus sub*

Rom. 7.

peccato, il ne peut presque plus desormais aimer le bien : de Dieu, parce qu'il a si souvent abusé de sa misericorde & de sa patience ; de luy-mesme, parce qu'il a les plus sensibles convictions de son instabilité & de son inconstance : de Dieu & de luy-mesme, parce qu'il voit entre Dieu & luy des oppositions infinies, qu'il ne croit pas pouvoir surmonter, & qui luy font prendre le parti de se livrer aux desirs de son cœur : *Des-* Ephes. 4. *perantes, semetipsos tradiderunt impudicitiæ.*

Aussi, Chrestiens, est-il vray que nul autre peché ne tient le pecheur si étroitement lié par l'habitude. Tout y contribuë : les occasions de ce peché beaucoup plus frequentes, la facilité de commettre ce peché beaucoup plus grande, le penchant naturel vers ce peché beaucoup plus violent, les impressions que laisse ce peché beaucoup plus fortes. Ne cherchons point tant de raisons ; mais tenons-nous-en à la seule experience. Je vous le demande, mes chers Auditeurs, combien voit-on d'impudiques dans le monde, je dis d'impudiques par estat, qui se convertissent ! En connoissez-vous beaucoup dans qui la grace ait operé ce changement ! Je trouve bien, disoit autrefois saint Chrysostome, & j'ay plus droit encore de le dire aujourd'huy, je trouve bien des ames pures qui se sont tout à fait preservées de la contagion du peché. Il y en a eû de tout temps, & il y en aura toûjours pour l'édification de l'Eglise & pour la gloire de Jesus-

Chrift. Je vois dans le chriftianifme des focie-
tez d'hommes crucifiez au monde & à la chair,
qui fur la terre femblent vivre comme les Anges
du ciel : j'y vois des affemblées de vierges, qui
felon l'expreffion de faint Jean , ont blanchi
leurs veftemens dans le fang de l'Agneau : j'y
vois des femmes pleines de vertu, des veuves d'u-
ne reputation & d'une vie irreprochable. Mais
des chreftiens chaftes & reglez aprés avoir vefcu dans le defordre ; mais des hommes autrefois
lafcifs & voluptueux, qui ayent ceffé de l'eftre ;
mais des ames libertines & diffoluës qui recou-
vrent le don de la pudeur aprés l'avoir perdu par
l'incontinence : ah ! mes Freres, reprenoit faint
Chryfoftome , c'eft ce que je cherche dans le
monde, mais affez inutilement ; & c'eft ce qui
me fait douter, fi lorfqu'il s'agit de ce crime là
penitence n'eft pas encore plus rare que l'innocence, & s'il n'eft pas plus facile de ne tomber
point du tout que de fe relever aprés fa chute.
Je fçais , mes chers Auditeurs, que l'un & l'autre eft poffible à Dieu ; je fçais que l'Ecriture &
la tradition ne laiffent pas de nous en fournir de
celebres exemples : mais comment vous les propofe - t - on ! comme des prodiges de la grace,
comme des faits extraordinaires & finguliers ;
un Auguftin, une Magdelaine, quelques autres
fpecialement effûs pour eftre des vafes de mifericorde, mais dont le petit nombre eft cent fois
plus capable de vous faire trembler que de vous
donner de la préfomption.

Cependant, me direz-vous, on voit ces hommes efclaves de la chair fe prefenter avec douleur au Sacrement de la penitence. Avec douleur, Chreftiens ! Ah quelle douleur ! car pour vous en decouvrir l'abus ordinaire, fi vous l'ignorez, ils fe prefentent, dit le Chancelier Gerfon, à ce Sacrement de la penitence, bien plus communément pour eftre condamnez de Dieu que pour eftre abfous de fes miniftres: ils s'y prefentent, mais avec des circonftances qui font bien connoistre que leur deffein n'eft pas de déraciner le mal. Car pourquoy ces craintes, ces referves en s'accufant! pourquoy ces vains ménagemens d'une prudence toute humaine! pourquoy ces changemens de confeffeurs! pourquoy mefmes ce choix affecté des moins feveres & des plus commodes! le grand fecret pour un chreftien en qui ce peché prédomine, eft de fe mettre fous la conduite d'un homme de Dieu, intelligent, exact, zelé; mais c'eft ce qu'ils ne veulent pas. Enfin, ils s'y prefentent faifant treve avec leur paffion, & ne rompant jamais avec elle. Car obfervez-les dans la fuite, & vous verrez fi j'ay raifon de me défier de leur penitence. Ils deteftent, ce femble, leur peché; mais ils ne ceffent pas pour cela d'en aimer l'objet & d'en entretenir les occafions. Ils fe défont d'un engagement, mais ce n'eft que pour en former un autre. La frequentation de cette perfonne leur devenant mefmes nuifible felon le monde, ils s'en éloi-

gnent; mais ils prennent parti ailleurs: au défaut
de celle-cy, ils trouveront celle-la. Je dis plus:
au défaut de tout le reste, ils se trouveront toûjours eux-mesmes , & ce sera assez. Ainsi ils
changent de sujets, mais ils ne changent pas de
sentimens; & malgré leur douleur prétenduë,
leur peché subsistera toûjours. Quand donc feront-ils une vraye penitence ! Dans cette vie !
ils ne s'y determinent jamais. Dans l'autre ! elle y est inutile & sans effet. A la mort ! c'est alors
le peché qui les quitte, & non pas eux qui quittent le peché. Les voilà donc sans penitence &
dans le temps & dans l'éternité, & par consequent dans un estat de reprobation. Or qui les
réduit en cet estat ! l'impureté. Mais si cela est,
il s'ensuit donc que le monde est plein de reprouvez puisqu'il est plein de voluptueux &
d'impudiques ? A cela, mon cher Auditeur, je
n'ay pour toute reponse que deux paroles à
vous dire, mais qui sont d'une authorité si vé-
nerable & au mesme temps d'une décision si
expresse qu'elles ne souffrent nulle replique.

　　La premiere de saint Paul : que les impudiques ne feront jamais les heritiers du Royaume
de Dieu; *Neque fornicarii, neque adulteri, neque molles. ... regnum Dei possidebunt.* La seconde de Jesus-Christ mesme : que nous sommes
tous appellez au Royaume de Dieu, mais qu'il
y en a peu d'eslûs; *Multi vocati, pauci electi.*
Or comparant entre elles ces deux grandes ve-

2. Cor. 6.

Matth. 22.

ritez, quelque independantes qu'elles semblent
estre d'abord l'une de l'autre, j'y decouvre un
enchaisnement admirable : car quand je m'ima-
gine d'une part beaucoup d'appellez & peu d'eslûs, & que de l'autre je vois tant d'ames sensuelles & si peu de chastes, je n'ay plus de peine à
voir la liaison de la parole du Sauveur du monde avec celle de l'Apostre, & je ne cherche point
d'autre dénoüement de ce terrible mystere de
la predestination & de la reprobation des hommes. Le seul partage que font dans le monde
l'incontinence & la chasteté, suffit pour nous le
faire comprendre. Car s'il y avoit beaucoup d'a-
mes pures, ou si beaucoup d'impudiques se con-
vertissoient, je ne pourrois presque plus me persuader qu'il y eust si peu d'eslûs. Au contraire,
s'il estoit vray qu'il y eust beaucoup d'eslûs, malgré le petit nombre d'ames pures, ou le nombre
encore plus petit d'impudiques convertis, il faudroit dire que les impudiques auront donc place dans le Royaume de Dieu. Mais un nombre
infini de voluptueux & d'impudiques, & d'ailleurs nul impudique reçeû dans l'heritage celeste, voilà ce qui verifie & ce qui me fait parfaitement entendre l'oracle du Fils de Dieu,
plusieurs d'appellez, peu d'eslûs. *Multi vocati,*
pauci electi.

   C'est à vous, mes chers Auditeurs, à y prendre garde, tandis qu'il est encore temps pour
vous. Car il est temps encore aprés tout, & à

Dieu ne plaise que je vous renvoye sans esperance. En vous proposant des veritez si terribles,
mon dessein n'a esté que de vous les rendre salutaires. Si j'ay dit que l'impureté est de tous les
pechez celuy qui rend le pecheur plus sujet à la
rechute, ce n'est que pour vous engager à une
plus exacte pratique de la vigilance chrestienne.
Si j'ay dit qu'il n'y a point de peché qui expose
plus le pecheur à la tentation du desespoir, ce
n'est que pour vous élever audessus de vous-mesmes & pour vous porter à implorer le secours
de Dieu avec plus d'ardeur & plus de confiance.
Si j'ay dit que nul autre peché ne tient le pecheur plus étroitement lié par l'habitude, ce n'est
que pour vous inspirer des sentimens plus hé-
roïques, & pour vous déterminer à faire de plus
genereux efforts. Vostre salut les demande, &
Dieu les attend de vous : mais pour cela, mon
Dieu, nous avons besoin de vostre grace, d'une
grace prevenante, d'une grace victorieuse & toute-puissante. Grace que je demanderay sans cesse:
elle est pretieuse, & j'en connois le prix ; mais
toute pretieuse qu'elle est, je puis l'obtenir, &
Dieu ne la refusera point à ma priére. Grace à
la quelle je ne mettray nul obstacle ; ce n'est pas
assez : à la quelle je me disposeray, & par où !
par la fuite des occasions, par la mortification
de mes sens, par la frequente confession, par la
lecture des bons livres, par d'utiles entretiens
avec un directeur sage & zelé, par les aumosnes,

par les facrifices, par tous les moyens que la Religion me fournit. Grace à laquelle je repon-
dray fidellement & fans me tromper, promptement & fans héfiter, pleinement & fans rien
réferver. Grace que je n'expoferay jamais; car
l'expofer, ce feroit vouloir la perdre. Mais auffi, mon Dieu, grace avec laquelle je me pro-
mettray une fainte perfeverance, jufqu'à ce que
j'arrive à la gloire où nous conduife, &c.

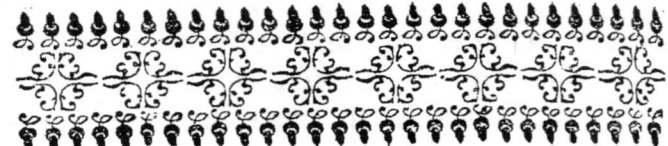

SERMON
POUR LE LUNDY
de la troisiéme Semaine.

Sur le Zéle.

Dixit Jesus Pharisæis : Utique dicetis mihi hanc
similitudinem : Medice, cura teipsum.

Jesus-Christ dit aux Pharisiens : Sans doute que
vous m'appliquerez ce proverbe : Medecin,
guérissez-vous vous-mesme, En saint Luc,
chap. 4.

CE ne fut point par une simple conjecture
de la disposition des Pharisiens & de la malignité de leurs cœurs à son égard, que le Fils de
Dieu leur parla de la sorte : ce fut, dit saint
Chrysostome, par un esprit de prophetie, & par
une veûë anticipée de ce qui luy devoit arriver
dans sa passion, puisqu'en effet les Pharisiens le
voyant sur la croix, luy reprocherent qu'il avoit
sauvé les autres, & qu'il ne pouvoit se sauver
luy-mesme. Reproche que ce divin Sauveur
avoit

avoit bien preveû qu'on luy feroit un jour ;
mais à quoy par avance repondoient bien les
miracles qu'il opéroit dans la Judée & dans
la Galilée : reproche qui ne luy pouvoit eftre
fait que par un efprit d'infidelité ; & reproche
enfin qui fe détruifoit de luy-mefme, puifqu'il
n'avoit point d'autre fondement que l'envie &
l'opiniaftreté des Pharifiens. Mais ne pouvons-
nous pas dire, qu'autant que ce reproche eftoit
foible contre Jefus-Chrift, autant auroit-il de
force contre nous fi nous voulions aujourd'huy
nous l'appliquer, ou s'il falloit nous en défendre ! C'eft ce qui m'engage, mes chers Auditeurs, à prendre pour fujet de ce difcours, ce
qui contient en effet tout le myftere de noftre
Evangile, fçavoir cette parabole autrefois en
ufage parmi les Juifs, *Medice, cura teipfum :*
Medecin, guériffez-vous vous-mefme. C'eft ce
qui me donne lieu de vous dire dans les mefmes termes, du moins dans le mefme fens :
Chreftiens, penfez à vous-mefmes, corrigez-
vous vous-mefmes, n'ayez point tant de zéle
pour les autres, que vous n'en ayiez encore plus
pour vous-mefmes ; ou pluftoft, mefurez le zéle que vous avez pour les autres, fur le zéle que
vous devez avoir pour vous-mefmes ; & de celuy-cy tirez des confequences pour celuy-la.
Telle eft la folide leçon que je viens vous faire,
aprés que nous aurons demandé le fecours du
ciel par l'interceffion de Marie, *Ave Maria.*

Tome II.   . K

IL n'eſt rien de plus ſublime, ni meſmes de plus héroïque dans l'ordre des vertus chreſtiennes que le zéle du ſalut & de la perfection du prochain. Car ce zéle dans la penſée du Docteur Angelique ſaint Thomas, eſt une expreſſion de l'amour divin : c'eſt ce que la charité a de plus pur & de plus exquis ; c'eſt ce qui a fait le caractere des hommes apoſtoliques ; c'eſt le don qu'ont eû les Prophetes , & l'eſprit qui anime les Predicateurs de l'Evangile ; enfin, c'eſt dans cette vie le couronnement & la conſommation de la ſainteté. Auſſi quand l'Ecriture parle des Apoſtres , elle nous les repreſente comme de brillantes étoilles dans le firmament de l'Egliſe; c'eſt à dire, comme des lumieres en qui Dieu ſe plaiſt à faire éclater toutes les richeſſes de ſa grace. Cependant, Chreſtiens, quelque excellence & quelque prérogative que je decouvre dans ce zéle de la perfection des autres, il m'eſt évident, & voicy tout mon deſſein, qu'il doit eſtre ſoutenu & authoriſé, qu'il doit eſtre épuré & reglé , qu'il doit eſtre adouci & moderé par le zéle de noſtre perfection propre. Soutenu & authoriſé, parce que ſans cela il eſt vain & ſans effet ; épuré & reglé, parce que ſans cela il eſt défectueux & faux; adouci & moderé, parce que ſans cela il eſt odieux & rebutant.

Taſchez, s'il vous plaiſt , Chreſtiens , à bien entrer dans ces trois penſées. Rien de plus grand

que le zéle du falut & de la perfection du prochain ; mais ce zéle tout grand qu'il eft, en le regardant du cofté de Dieu qui l'infpire, peut eftre
à le prendre du cofté de l'homme qui le pratique,
foible dans fon fujet, vitieux dans fa fubftance,
extrefme dans fon action. Il peut eftre foible
dans fon fujet, parce qu'on ne penfe pas avant
toutes chofes à l'appuyer fur un folide fondement. Il peut eftre vitieux dans fa fubftance,
parce qu'on n'a pas foin d'en faire un jufte difcernement. Il peut eftre extrefme dans fon action, parce qu'on n'y mefle pas ce qui en doit
faire le fage adouciffement. Or d'où dépend ce
fondement folide qui doit foutenir noftre zéle,
ce jufte difcernement qui doit regler noftre zéle, ce fage adouciffement qui doit moderer
noftre zéle ! du foin que nous apporterons à
nous corriger d'abord nous-mefmes & à nous
perfectionner. Car c'eft ce zéle de nous-mefmes
& pour nous-mefmes, qui authorifera noftre
zéle pour le prochain, qui rectifiera noftre zéle pour le prochain, enfin qui adoucira noftre
zéle pour le prochain. Voilà en trois mots les
trois parties de ce difcours.

C'Eft par nous-mefmes, Chreftiens, que doit I. PARTIE.
commencer ce zéle de correction & de reforme,
que la veûë des interefts de Dieu a coutume de
nous infpirer : & cette maxime eft fondée fur
l'ordre effentiel de la charité, qui veut qu'en ma-

tiere de falut & de tout ce qui fe rapporte au falut, nous nous aimions, fans exception, nous-
mefmes préferablement à tout autre. Car l'a-
mour propre, dit faint Ambroife, qui eft condamné comme vitieux & comme injufte dans
tout le refte, devient en ce feul poinct, non feulement honnefte & raifonnable, mais d'une obligation & d'un devoir indifpenfable. En effet, je
dois aimer le falut de mon prochain plus que mes
biens, plus que ma fanté, plus que mon honneur, plus que ma vie ; mais il ne m'eft pas mefmes permis de l'aimer autant que mon falut propre, & que ma perfection felon Dieu : & s'il eftoit en mon pouvoir de convertir tout le monde en me pervertiffant, ou de le reformer en me
déreglant, je devrois abandonner la converfion
& la reformation de tout le monde ; perfuadé
que Dieu ne voudroit pas alors que le monde
fuft converti ni reformé par moy, puifqu'il ne le
pourroit eftre qu'au préjudice de cette charité
perfonnelle que je me dois à moy-mefme, &
en vertu de laquelle Dieu veut que je m'applique premiérement à moy-mefme & que je luy
reponde de moy-mefme.

C'eft ainfi que raifonne faint Auguftin, &
aprés luy le Docteur Angelique faint Thomas.
Or que s'enfuit-il delà ! ce que j'ay dit d'abord,
Chreftiens : fçavoir, que tout zéle de la perfection des autres, qui ne fuppofe pas un zéle fincere de fe perfectionner foy-mefme, quelque

droite intention d'ailleurs qui le faſſe agir, eſt
un zéle peu ſenſé, un zéle mal ordonné, un zéle meſme chimerique & faux ; & par conſequent
un zéle ſans authorité du coſté de celuy qui l'e-
xerce , & ſans effet de la part de ceux envers
qui on l'exerce. Pourquoy un zéle ſans authorité du coſté de celuy qui l'exerce ! Saint Gregoire Pape en apporte la raiſon : parce qu'il n'y
a que le bon exemple que l'on donne, & le temoignage qu'on ſe rend d'avoir commencé par
ſoy-meſme, qui puiſſe authoriſer une entrepri-
ſe auſſi delicate que celle de reformer les autres;
& que du moment que le zéle n'eſt pas ſoutenu d'une regularité au moins égale à celle qu'il
exige du prochain & dont il veut faire une loy
au prochain, il n'a plus meſmes cette bienſéance
qui luy ſeroit neceſſaire pour ſe declarer & pour
agir. Je m'explique. Vous vous inquiétez de
mille choſes, que vous pretendez eſtre autant
d'abus, & à quoy l'on convient avec vous qu'il
ſeroit bon d'apporter remede : mais on vous dit
au meſme temps que cette inquiétude vous ſied
mal, tandis que tout ce qu'il y a dans vous-meſme de blaſmable & ſouvent d'inſupportable, ne
trouble en rien voſtre tranquillité. Vous eſtes
touché des injuſtices & des deſordres qui re-
gnent dans noſtre ſiecle, & l'on ne peut pas déſ-
avoüer qu'il n'y en ait de trés grands & en trés
grand nombre : mais d'ailleurs on vous répond
que vous avez mauvaiſe grace de parler ſi haut,

K iij

& de déclamer avec tant de chaleur contre des
desordres étrangers, tandis que vous prenez si
peu garde à certains desordres visibles qu'on remarque dans voftre perfonne, & que vous y
pourriez remarquer. Vous donnez des avis falutaires, & peut-eftre eû égard aux fujets & aux
circonftances, ces avis font-ils bien fondez: mais
quelque bien fondez qu'ils puiffent eftre, on ne
comprend pas avec quelle affeûrance vous ofez
les donner à celuy-cy ou à celle-la, & les donner fi exactement, & les donner fi rigoureufement, en ne vous les donnant jamais à vous-
mefme. Car on a toûjours droit de s'étonner
que des défauts dont Dieu ne vous a point fait
refponfable, & qu'il ne tient pas à vous de corriger, excitent tant vos murmures & vos plaintes, lorfque les voftres dont vous devriez eftre
encore plus en peine, & dont Dieu vous demandera compte, ne font fur vous nulle impreffion.
Ordonnez dans vous la charité, felon le précepte & l'expreffion du Saint Efprit; c'eft à dire,
advertiffez-vous vous-mefme, reprenez-vous
vous-mefme, fcandalifez-vous de vous-mefme,
& puis vous ferez reçeû à reprendre & à cenfu-
rer les autres. Sans cela, non feulement voftre
zéle n'a rien que de foible, mais il devient mefmes en quelque forte méprifable, puifqu'il porte avec foy fa refutation, & qu'il n'y a qu'à l'oppofer à luy-mefme pour le faire taire & pour le
confondre.

C'eſt l'excellente leçon que vouloit nous faire le Fils de Dieu dans l'Evangile, par cette eſpece de parabole dont il ſe ſervoit : *Quid autem* Luc. 6. *vides feſtucam in oculo fratris tui ; & trabem quæ in oculo tuo eſt, non conſideras ?* Pourquoy voyez-vous une paille dans l'œil de voſtre frere, vous qui dans le voſtre n'appercevez pas une poutre ! & comment pouvez-vous dire à voſtre frere, mon frere ſouffrez que je vous oſte cette paille qui vous incommode, lorſque vous avez vous-meſme une poutre qui vous aveugle ? Comme ſi le Sauveur du monde euſt dit à ce prétendu zelé, c'eſt la reflexion de ſaint Chryſoſtome, qui revient à ma penſée, comme s'il luy euſt dit qu'un tel zéle ne luy convenoit pas ; & que ce langage de charité, qui dans tout autre auroit eſté loüable, ne pouvoit eſtre qu'un reproche contre luy. Comme s'il luy euſt dit, que quelque ſenſibles que fuſſent les imperfections de ſon frere, ce n'eſtoit point à luy à les remarquer & à les voir, *Quid autem vides ?* que s'il avoit des lumieres, il devoit les ménager pour luy-meſme, & eſtablir pour principe que juſqu'à ce qu'il fuſt parvenu à la connoiſſance de luy-meſme, c'eſtoit une préſomption de vouloir connoiſtre les autres & les juger.

Morale que ce divin maiſtre enſeignoit encore bien mieux dans la pratique, lorſqu'il trouvoit mauvais, par exemple, que les Phariſiens entrepriſſent d'accuſer devant luy cette femme

K iiij

furprife en adultere, & qu'ils s'ingéraffent à en
pourfuivre la punition. Pourquoy cela, demande faint Jerofme ! le crime de cette femme n'eftoit-il pas conftant & averé ! la loy de Moyfe
n'ordonnoit-elle pas expreffément qu'elle fuft
lapidée ! Il eft vray ; mais il paroiffoit indigne à
Jefus-Chrift, que des hommes auffi criminels
que les Pharifiens, & qui remplis d'une fauffe
idée de leur fainteté, ne penfoient à rien moins
qu'à punir dans eux-mefmes ce qu'ils condamnoient avec tant de feverité dans le prochain,
s'érigeaffent en cenfeurs publics, témoignaffent
tant d'ardeur pour l'obfervation de la loy, fe fiffent parties contre les pecheurs : voilà ce que le
Sauveur du monde ne pouvoit fupporter ; &
c'eft pourquoy il leur répondit, que celuy d'entre eux qui fe trouvoit fans peché, jettaft donc
la premiere pierre ; leur marquant ainfi qu'il n'y
avoit que celuy-la feul à qui il puft eftre permis de le faire, & que les autres avoient affez
dans leurs propres fcandales de quoy s'occuper,
pour ne pas tourner toutes leurs penfées & tout
leur zéle contre les fcandales d'autruy. Argument plaufible & convaincant, dont ces fages
du Judaïfme fe fentirent fi vivement preffez,
que felon le rapport de l'Evangelifte, ils fe retirerent fans rien dire ; *Et audientes unus poft
unum exibant incipientes à fenioribus.*

Joan. 8.

Mais avoüons-le, mes chers Auditeurs, &
déplorons icy la mifere humaine. Examinons

bien tous les traits de ce tableau , & nous reconnoiſtrons que c'eſt le noſtre. Car qu'y a-t-il de
plus commun dans le chriſtianiſme, que l'illuſion de ce zéle phariſaïque, qui conſiſte à eſtre
éclairé pour les autres, regulier pour les autres,
fervent pour les autres, & pour ſoy-meſme ſans
exactitude, ſans attention, ſans reflexion ! Que
voit-on maintenant dans le monde ? vous le ſçavez : des gens qui voudroient reſtablir l'ordre
par tout ailleurs que dans leurs perſonnes &
dans leur conduite ; des laïques corrompus &
peut-eſtre impies, qui preſchent ſans ceſſe le devoir aux Eccleſiaſtiques ; des ſeculiers mondains
& voluptueux, qui ne parlent que de reforme
pour les Religieux ; des hommes de robbe pleins
d'injuſtices, qui invectivent contre le libertinage
de la Cour ; des courtiſans libertins, qui décla-
ment contre les injuſtices des hommes de robbe ; des particuliers d'une conduite dereglée ,
qui cherchent des moyens pour remettre ou
pour maintenir la regle dans l'Eſtat, mais à qui
l'on pourroit bien dire ce que Jeſus-Chriſt di-
ſoit à ces femmes de Jeruſalem : *Nolite flere ſu-*   *Luc. 23.*
per me, ſed ſuper vos ipſas flete ; ne pleurez point
ſur moy, mais ſur vous-meſmes.

   En effet, on s'afflige & on gémit , on ſe plaint
que le monde ſe pervertit tous les jours , qu'il
n'y a plus de religion, que les intereſts de Dieu
ſont abandonnez ; & l'on ne gémit pas ſur les
relaſchemens où l'on tombe & où l'on s'entre-

tient, fur la mauvaife éducation qu'on donne à
fes enfants, fur les debauches qu'on tolere dans
fes domeftiques. Saint Paul avoit peine à comprendre comment celuy qui n'a pas foin de fa
maifon, pouvoit avoir le zéle de l'Eglife de
Dieu, *Quomodò Ecclefiæ Dei diligentiam ha-*
bebit ? Mais ce que faint Paul ne comprenoit
pas, on le comprend bien aujourd'huy, puifqu'on a trouvé le fecret d'allier ces deux chofes ; & que malgré la corruption des familles
chreftiennes, caufée par la negligence de ceux
qui les gouvernent, il eft pourtant vray que jamais l'Eglife n'eut tant de reformateurs, fans
miffion, fans titre, fans caractere, qui fe croient
néanmoins fufcitez & authorifez de Dieu.

Je fçais, mes chers Auditeurs, que les Saints
ont eû ce fentiment de zéle ; mais pluft au ciel
qu'on vouluft s'en tenir aux exemples des Saints!
il n'en faudroit pas davantage pour nous porter
à un prompt amendement, & pour nous eftablir dans une folide humilité. Je fçais que David difoit à Dieu : *Tabefcere me fecit zelus*
meus, quia obliti funt verba tua inimici mei. Ah!
Seigneur, mon zéle m'a deffeché, quand j'ay
veû jufqu'à quel poinct vos ennemis vous ou-
blioient : mais je fçais auffi qu'il ne parloit de la
forte, qu'après s'eftre reproché mille fois de l'a-
voir oublié luy-mefme, qu'après en avoir fait
une rigoureufe penitence, qu'après avoir hautement & pleinement reparé un oubli fi crimi-

1. Tim. 3.

Pfalm. 118.

nel. Faifons ce qu'il a fait, & nous aurons droit
de dire ce qu'il a dit. Je fçais quels vœux & quels
fouhaits formoit faint Bernard, quand il defi-
roit avec tant de paffion de revoir l'Eglife dans
fon ancien luftre & dans fa premiere pureté :
Quis mihi det, ut videam Ecclefiam Dei ficut Bern.
in diebus antiquis ? mais autant que je fuis édi-
fié du fouhait de faint Bernard, autant fuis-je
furpris & confus de voir fouvent tenir ce langage à un mondain, connu pour avoir peu de religion, ou à une mondaine remplie d'orgueil
& idolaftre d'elle-mefme; & j'en reviens pour
l'un & pour l'autre à la maxime de l'Evangile,
Cura te ipfum : c'eft bien à vous qu'il appartient
de parler en ces termes : allez, guériffez vos
playes qui font vifibles & mortelles, & ne vous
ingérez point à vouloir guérir celles que la malignité d'un efprit chagrin vous fait peut-eftre
appercevoir là où il n'y en a point. Demeurez
dans vous-mefme, vous y trouverez plus que
fuffifamment à quoy employer, & mefmes à
quoy épuifer ce fonds de zéle qui vous rend fi
vif & fi ardent. Que l'Eglife foit reformée ; j'y
confens : mais elle ne le doit point eftre par
vous, tandis que vous ferez ce que vous eftes.
Vous aurez beau porter des loix : dés que ces
loix viendront de vous qui n'en gardez aucune,
elles ne ferviront qu'à voftre confufion, puifque rien ne paroift plus digne de mépris qu'un
zéle actif & empreffé dans un homme dont les
actions démentent les paroles.

De là, zéle fans effet de la part de ceux envers qui on l'exerce, & voicy pourquoy : car comme nous n'aimons pas à eftre corrigez, & que naturellement toute reforme qui nous vient d'ailleurs que de nous-mefmes, par la feule raifon qu'elle vient d'ailleurs, nous bleffe & nous revolte, nous nous attachons volontiers à examiner quiconque fous une apparence de zéle & de charité veut prendre l'afcendant fur nous; & nous croyons bien nous en défendre, quand nous remarquons dans luy certains foibles qu'il ne remarque pas luy-mefme, & fur quoy il ne fe fait pas juftice. Par là nous éludons toutes fes remonftrances, par là nous fçavons luy fermer la bouche; par là, bien loin de l'écouter, nous devenons fiers, & indociles; par là, nous penfons avoir droit de luy repondre ce que repondit Jétro à Moyfe : *Stulto labore confumeris:* vous travaillez envain, & vous prenez une peine bien inutile. La plus groffiere des erreurs eft de penfer que l'on vous croira, lorfqu'il paroift par voftre conduite, que vous ne vous croyez pas vous-mefme, que l'on fuivra vos confeils quand vous eftes le premier dans la pratique à les abandonner. C'eft baftir d'une main, tandis que l'on détruit de l'autre : ce que l'Ecriture traite de folie. De là vient que ceux qui dans le monde & par office font chargez de repondre des autres & de les corriger, ont une double obligation, mais une obligation, dit faint Au-

Exod. 18.

guftin, auffi terrible devant Dieu qu'elle eft indifpenfable, de s'appliquer avant toutes chofes
à leur perfection propre, pour fe rendre capa-
blés de remplir les devoirs que la providence
leur a impofez. De là vient que le grand Apoftre parlant des Preftres & des miniftres de l'E-
glife, veut pour premiere qualité que ce foient
des hommes irreprehenfibles, *Oportet irrepre-* 1. *Tim.* 3.
henfibiles effe : pourquoy ! afin que les peuples,
pour fe parer de leur cenfure, ne puiffent pas
leur dire : *Medice, cura teipfum :* vous eftes
medecin des ames, mais foyez d'abord medecin
de la voftre. Reproche qui leur ofte toute liberté de parler, & toute authorité dans l'exercice
de leur miniftere. Reproche, fi je puis ufer de
cette figure d'Ifaye, qui les tient comme des
chiens müets dans la maifon de Dieu. Reproche, qui les met dans la neceffité de fouffrir le
vice & de craindre les vitieux ; de tolerer celuy-cy, & de ne pas pouffer celuy-la. Reproche enfin, qui de tout temps a énervé & qui é-
nerve encore plus que jamais la difcipline & le
bon ordre, dont ils devroient eftre le foutien,
mais dont il faudroit pour cela qu'ils fuffent les
modelles.

Non pas aprés tout, Chreftiens, qu'on ne
duft mefmes leur obéir & profiter de leurs leçons, quand il paroiftroit encore dans eux plus
de foibleffes, & qu'ils feroient moins reglez; puifque leur caractere eft indépendant du merite de

leur vie, & que felon Jefus-Chrift, du moment
qu'ils font affis dans la chaire de Moyfe, il faut
recevoir avec refpect ce qu'ils enfeignent fans
prendre garde à ce qu'ils font : mais parce que
le commun des hommes n'eft, ni affez fpirituel,
ni affez équitable, pour faire cette précifion, on
juge communément de l'un par l'autre ; & en
méprifant ce qu'ils font, on s'accoutume à méprifer ce qu'ils enfeignent. Or fi le plus faint
miniftere n'eft pas là-deffus à l'épreuve de la
malignité du monde, que fera-ce de toutes les
autres conditions! Ah, Chreftiens, que ne peut
point un homme tel que le concevoit faint Paul,
un homme irreprehenfible ! il n'y a point de
mal qu'il ne puiffe arrefter, point de bien qu'il
ne foit en eftat de procurer. S'il eft dans une
charge, avec quelle force ne parlera-t-il pas,
quand il faudra s'oppofer à des fcandales! s'il eft
à la tefte d'une famille, quel empire n'y pren-
dra-t-il pas pour y faire fleurir la pieté! s'il a des
enfants à élever, de quel poids ne feront pas auprés d'eux fes advertiffemens & fes confeils, &
avec quelle docilité ne les recevront-ils pas!
Mais qu'un pere debauché ou violent, faffe à
fon fils des leçons de moderation & de regularité, quel fruict en peut-il efperer ! Qu'une mere évaporée & mondaine prefche à fa fille la modeftie & la fuite du monde, quel fuccés en peut
elle attendre! Donnez, Seigneur, donnez à voftre Eglife des miniftres pour la gouverner, &

à voftre peuple des guides pour le conduire : mais des miniftres qui fçachent fe gouverner eux-mefmes, mais des guides qui apprennent à fe conduire eux-mefmes : car c'eft ainfi que le foin de noftre propre perfection doit authorifer noftre zéle, & qu'il le doit encore regler, comme nous l'allons voir dans la feconde partie.

IL y a, dit faint Jerofme, des vertus d'une na-ture fi équivoque & fi douteufe, que la premie-re regle pour les pratiquer feûrement, eft de s'en défier. Tel eft le zéle de la perfection du pro-chain. Dieu nous en fait une vertu, & une ver-tu neceffaire en mille rencontres : mais parce que ce zéle eft fujet à dégenerer & à fe corrom-pre, Dieu veut qu'en le pratiquant, nous l'exa-minions, & que noftre foin principal foit de le rectifier : de le rectifier, dis-je, & par rapport à noftre raifon, & par rapport à noftre cœur; par rapport à noftre raifon, parce qu'il fe peut faire que ce ne fe foit pas un zéle felon la fcience, ainfi que nous l'apprend faint Paul, *Æmulatio-nem Dei habent, fed non fecundùm fcientiam ;* par rapport à noftre cœur, parce qu'il arrive fou-vent que ce n'eft pas un zéle felon la charité. Or par où le rectifierons-nous en l'une & en l'autre maniere? je dis que ce fera par le zéle de noftre perfection propre ; & voilà, Chreftiens, la fe-conde leçon que je tire de cette parole de nof-tre Evangile, *Cura teipfum.* Tafchons à en bien penetrer le fens.

II. PARTIE.

Rom. 10.

Nous avons du zéle pour les autres ; & souvent il se trouve que ce zéle, bien loin d'estre un zéle selon la science, par une malheureuse contagion que luy communiquent les qualitez de nostre esprit, est un zéle erronée, un zéle bizarre, un zéle borné & limité : autant de caracteres qui le falsifient, & qui nous obligent par consequent à en faire un serieux examen, pour le bien connoistre & pour ne nous y pas laisser surprendre. Permettez moy d'en venir à un détail, qui developpera toute ma pensée. Combien d'heretiques dans la suite des siecles ont entrepris de reformer l'Eglise, & d'en retrancher, soit pour le dogme, soit pour la discipline, des erreurs & des abus imaginaires ! Peut-estre quelques uns agissoient-ils avec une espece de bonne foy : peut-estre se flattoient-ils d'avoir receû grace pour cela, & peut-estre en effet y estoient-ils poussez par un certain mouvement de zéle : mais zéle erronée, qui procedant de l'esprit de schisme, ne pouvoit estre que pour la destruction & nullement pour l'edification. Si ceux que ce zéle animoit, avoient eû au mesme temps un autre zéle, je veux dire, celuy de leur propre sanctification ; si d'abord ils eussent fait un retour sur eux, pour reformer leur orgueil, pour reformer leur presomption, pour reformer leur singularité, pour reformer leur entestement & leur opiniastreté, sources funestes & ordinaires des heresies, la raison leur eust dit, ou ils se feroient

roient dit à eux-mesmes : il n'est pas juste que mon sentiment particulier soit la décision & la regle des choses ; mais il est juste au contraire que je le soumette à l'autorité de celle qui a Jesus-Christ pour chef & le Saint Esprit pour maistre. En matiere de Religion, le parti de l'obeissance & de l'unité est le seul parti qu'il y ait à prendre ; & quand hors de là je ferois des miracles, non seulement ces miracles me devroient estre suspects, mais je les devrois regarder comme des illusions. Ils auroient pensé, ils auroient parlé de la sorte, & le zéle de leur reformation personnelle eust servi de correctif au prétendu zéle d'une reformation generale, qui les trompoit. Mais parce que cette attention sur euxmesmes leur manquoit, qu'arrivoit-il, Chretiens ! ce que vous sçavez : en voulant retrancher des abus, ils remplissoient le monde d'erreurs ; en ne s'appliquant jamais à guérir ces maladies internes qui corrompoient peu à peu le fonds de leur religion, ils se pervertissoient, ils se précipitoient en aveugles dans l'abisme de perdition & ils y entraisnoient les autres avec eux. Voilà ce que j'appelle un zéle erronée.

Zéle bizarre : suivez-moy toûjours, & reconnoissez aujourd'huy les égaremens de l'homme dans la recherche mesme du bien : zéle bizarre, qui sans avoir appris à se gouverner par le bon sens, voudroit neanmoins estre reçeû à gouverner souverainement le monde ; & qui plein

Tome II.   . L

de ſes idées vaines & quelquefois extravagantes, au lieu de travailler à les redreſſer, prétend
à ſon gré & ſelon l'extravagance de ſes idées
donner la loy par tout & reformer tout. Or combien d'exemples dans le ſiecle où nous vivons,
n'en avons-nous pas ! Laiſſez agir des gens pouſ-
ſez & conduits par cet eſprit, & vous verrez
quels beaux effets aura leur zéle. Il n'y aura point
d'eſtats qu'ils ne renverſent, point de devoirs
qu'ils ne confondent, point de ſocietez qu'ils ne
diviſent, point de maiſons qu'ils ne troublent.
Au lieu de proportionner leur zéle aux conditions des hommes, ils meſureront les conditions
des hommes par leur zéle. Au lieu de s'accommoder aux génies & aux talens, ils voudront
accommoder tous les talens & tous les génies à
leurs humeurs & à leurs veûes. Ils ſeront ſeveres
où il faut eſtre doux, & laſches où il faudroit
eſtre ſeveres. Ils conſeilleront plus qu'on ne peut,
& ne demanderont pas ce que l'on doit : ils porteront à des excés de perfection, incompatibles
avec les poincts d'obligation. L'un engagera à
des retraites imprudentes & hors de ſaiſon, l'autre à des éclats inſoutenables & meſmes ſcandaleux : celuy-cy, d'un homme du monde bien
intentionné fera un viſionnaire ; celuy-la, d'une
femme vertueuſe une devote enteſtée : pourquoy ! parce que tout cela n'a pour principe
qu'un zéle mal entendu, & que le premier agent
qui donne aux autres l'impreſſion ne s'eſt pas

étudié d'abord à se regler soy-mesme. Le remede seroit donc de se précautionner contre soy-
mesme, *Cura teipsum*, & de faire les reflexions
suivantes : Je passe pour singulier, & je le suis en
effet. J'ay toûjours des sentimens écartez & opposez aux sentimens communs. Or dans la conduite du prochain dois-je tant déferer à mes lumieres ; & la prudence ne veut-elle pas que je
m'attache à ce qui est generalement approuvé,
& que je me départe de ce que je vois contredit par une certaine raison universelle ! C'est
ainsi que le zéle pourroit devenir discret &
sage : mais bien loin de se faire une si utile leçon, on se fait de ses bizarreries une espece de
merite ; & parce qu'on a l'esprit tourné autrement que le reste des hommes, on se croit au
dessus de tous les autres hommes, sans considerer qu'il est bien plus probable qu'on est d'autant plus au dessous, qu'on pense moins y estre.

De là zéle borné & limité : ce que l'on a jugé
bon & saint, on veut qu'il soit bon & saint pour
tout le monde ; & si tout le monde n'en passe par
là, on est determiné à condamner tout le monde
& à croire tout le monde perdu. Hors du plan
de reforme qu'on a conceû, tout paroist égarement, tout paroist desordre & relaschement.
Mais Dieu, le souverain maistre, a-t-il donc traité avec vous, pour ne distribuer ses dons & ses
graces que selon vos projets ! n'a-t-il point dans
les trésors de sa sagesse d'autres idées du bien,

que celles que vous propofez! nous appelle-t-il tous au mefme genre de perfection! nous conduit-il tous par le mefme chemin! eft-ce à vous feul qu'il a revelé fes voyes! eft-ce de vous feul qu'il veut fe fervir pour l'accompliffement de fes deffeins! & qui eftes-vous enfin, pour entreprendre, fi je puis ainfi parler, de raccourcir fa providence, & pour vouloir luy prefcrire des bornes! Il auroit fallu de bonne heure vous élever l'efprit, *Cura teipfum :* il auroit fallu vous faire une plus grande ame, une ame capable de tout bien, capable au moins d'eftimer le bien par tout où il eft & de quelque part qu'il vienne, Il auroit fallu vous appliquer ces paroles de l'Apoftre aux Corinthiens : *Eandem autem habentes remunerationem.... dilatamini & vos ;* ayez, mes Freres, les uns pour les autres un zéle moins étroit & moins refferré. Alors on ne vous verroit plus tant fatiguer le monde de vos avis ; on ne vous entendroit plus tant déclamer contre ceux qui prennent d'autres routes que les voftres, & vous ne feriez plus tant d'efforts pour les amener, ou de gré, ou de force, à voftre poinct.

2. Cor. 6.

Cependant aprés avoir rectifié le zéle par rapport à l'efprit, il refte à le regler & à l'épurer par rapport au cœur ; & c'eft icy que noftre amour propre triomphe, & qu'il met en œuvre tous fes artifices & toutes fes rufes. Car de croire que tout zéle pour la perfection du prochain, foit un zéle infpiré de Dieu, abus, Chreftiens : fi

cela eſtoit, il ne ſeroit ni ſi prompt, ni ſi naturel ; il ne ſeroit pas ſi aiſé de l'avoir, il en couſ-
teroit davantage pour le ſoutenir , & l'on ne
verroit pas les plus imparfaits & ſouvent meſmes
les plus libertins s'en faire honneur. Mais l'illuſion eſt, de confondre les choſes, & de prendre pour vray zéle ce qui eſt paſſion & pure paſſion : je veux dire, de prendre pour zéle ce qui
eſt chagrin , de prendre pour zéle ce qui eſt inquiétude, de prendre pour zéle ce qui eſt intrigue, de prendre pour zéle ce qui eſt envie, de
prendre pour zéle ce qui eſt ambition & intereſt : car tout cela , quoyqu'infiniment éloigné
d'un zéle chreſtien , ne laiſſe pas de l'imiter &
d'en avoir toutes les apparences. Ainſi l'envie
ſemble-t-elle déplorer dans le prochain des défauts qu'elle ſe plaiſt à y remarquer. Ainſi l'ambition ſous pretexte de reſtablir ou de maintenir
l'ordre, cherche-t-elle à dominer. Ainſi l'eſprit
d'intrigue trouve-t-il par là mille occaſions de ſe
produire & de s'ingerer. Ainſi la vivacité d'une
ame naturellement inquiéte la porte-t-elle à ſortir hors d'elle-meſme, pour s'attacher aux imperfections du prochain & pour y trouver des ſujets ſur quoy s'exercer. Ainſi la mélancolie prend-
elle le nom de zéle, pour avoir droit de conteſter & de condamner. Mais tout cela, adjouſte ſaint Gregoire Pape, n'eſt point ce zéle de
Dieu qu'avoit ſaint Paul, quand il diſoit aux
Corinthiens : *Æmulor enim vos Dei æmulatio-* 2. *Cor. 11.*

ne. C'eſt le zéle de l'homme, & de l'homme paſ-
ſionné, de l'homme aveugle & corrompu. Or
ſans le zéle de Dieu, celuy de l'homme n'eſt
qu'un phantoſme, & pour parler avec l'Ecriture, une idole de zéle, *Idolum ʒeli :* c'eſt l'expreſſion du Prophete Ezechiel ; & vous ſçavez
ce que dit l'Apoſtre ſaint Jacques, que la paſſion de l'homme, c'eſt à dire le zéle de l'homme n'accomplit jamais la juſtice de Dieu.

Ezech 8.

   Mais qu'un homme de bonne heure ſe ſoit
étudié luy-meſme, pour connoiſtre les plus ſecrets mouvemens de ſon cœur; que par de ſaintes violences il ſe ſoit rendu maiſtre de ſes inclinations & de ſes antipathies, de ſes deſirs & de
ſes averſions; qu'il ait appris à reprimer ſa cupidité, à borner ſon ambition, à étouffer ſes reſ-
ſentimens, à moderer ſes coleres, à calmer ſes
inquiétudes : alors il ſera en eſtat de diſtinguer
quel eſprit l'anime dans ſon zéle, & de le réduire aux termes de la raiſon & de l'équité. Sans
autre pierre de touche que ſes propres reflexions,
il démeſlera au travers des plus belles couleurs
dont ſe pare le faux zéle, la malignité de l'envie,
l'aigreur de l'animoſité & de la haine, les emportemens de la vengeance, les artifices de l'intrigue, les pretentions de l'intereſt, les ſaillies
& les impetuoſitez du naturel. Il ſçaura quand
il faudra parler, & quand il faudra ſe taire. Il ne
cherchera point à guérir un mal, peut-eſtre aſſez leger, par un autre mal beaucoup plus grand;

à corriger un defordre, peut-eftre affez peu fenfible, par un autre defordre beaucoup plus criminel; je veux dire, par une medifance atroce,
ou par un éclat fcandaleux. Il ne s'attachera
point opiniaftrément, fous une apparence de
zéle, à butter certaines perfonnes qui ne luy
plaifent pas, à les décrier & à les détruire, pluftoft que d'autres qu'il aime & à qui il paffe tout.
Dés qu'il aura quelque fujet de craindre que fes
veûës ne foient pas affez épurées & qu'il n'y entre de la paffion, il prendra le parti de l'humilité & du filence; perfuadé qu'il vaut mieux aprés
tout rifquer la perfection de fon frere que la
fienne propre. Ah! mon Dieu, qu'eft-ce que
l'homme, & combien eft-il fujet à s'égarer, lors
mefmes qu'il femble tenir les voyes les plus droites & pratiquer les plus belles vertus! Quoyqu'il en foit, Chreftiens, il ne fuffit pas d'autori-
fer noftre zéle pour la perfection du prochain &
de le regler, il faut encore l'adoucir, & c'eft à
quoy nous fervira le zéle de noftre perfection
particuliere, comme je vais l'expliquer dans la
troifiéme partie.

SI dans la conduite de la vie nous eftions toûjours auffi difpofez, ou à faire grace aux autres
qu'à nous la faire à nous-mefmes, ou à nous
faire juftice à nous-mefmes qu'à la faire aux autres, il feroit inutile, dit faint Chryfoftome, de
chercher dans la morale chreftienne de quoy

III. Partie.

tempérer la ferveur de noftre zéle à l'égard du
prochain, puifqu'il eft conftant qu'elle n'exce-
deroit jamais les termes d'une jufte moderation.
Mais parce que l'iniquité de l'homme luy donne un penchant tout contraire, & que fon naturel le porte, quand il le laiffe agir, à n'eftre in-
dulgent que pour foy, & à referver pour les autres toute fa feverité, le zéle le plus fincere & le
plus pur a befoin d'un tempérament, qui fans
affoiblir fa vertu, rende fon action plus fupportable, & qui en corrige les excés fans en alterer
le principe. Ainfi le Sauveur du monde réprima-
ma-t-il le zéle de deux difciples qui s'intereffe-
rent pour fon honneur, & qui indignez de l'outrage qu'il avoit reçeû, luy demandoient qu'il
fift defcendre le feu du ciel fur les Samaritains.
Zéle Apoftolique, reprend faint Ambroife,
mais dont la rigueur devoit eftre adoucie par
l'onction de cette admirable parole, *Nefcitis*
cujus fpiritus eftis, vous ne fçavez pas fous quelle loy vous vivez, & quel en eft l'efprit. Ainfi
dans la doctrine de faint Paul, le zéle mefme de
la converfion des pecheurs, qui devroit eftre,
ce femble, le plus ardent & le plus libre, veut-
il néanmoins des ménagemens fages, & fi neceffaires que fans cela, tout divin qu'il eft, il deviendroit non feulement inefficace, mais into-
lerable & odieux. Ainfi de tout temps les hommes Apoftoliques, dans la pourfuite des plus
faintes entreprifes, ont-ils crû, fi j'ofe parler ain-

Luc. 9.

fi , devoir humanifer leur zéle , pour luy donner cet attrait & cette grace dont ils eftoient perfuadez que dépendoit fa force. Il eft donc queftion de trouver le correctif, mais le correctif infaillible & feûr , de tous les mouvemens trop
vifs & trop impetueux du zéle , quoyque veritable , dont on fe fent animé pour les autres ;
& je dis encore que c'eft le zéle qu'on doit avoir
pour foy-mefme : en voicy la raifon, qui comprend dans un feul poinct les plus excellentes
inftructions.

C'eft que tout homme zelé pour foy-mefme, quelque bien qu'il fe propofe & qu'il envifage hors de foy, a toûjours en veûë cette grande maxime , de ne rifquer jamais la charité , &
d'abandonner pluftoft tout le refte que d'expofer cette vertu , qu'il regarde comme le fondement & la bafe de tout ce qu'il pretend édifier.
Il dit fur tout & par tout avec l'Apoftre : quand
je parlerois le langage des Anges , quand je ferois des miracles dans le monde , fi je n'ay la
charité je ne fuis rien. Or la charité a toutes les
qualitez, qui doivent faire dans une ame cet admirable tempérament que nous cherchons ; &
il eft impoffible que le zéle dégenere dans aucune des extremitez à quoy il eft fujet , tandis
que la charité le dirige. Car prenez garde, Chreftiens : le zéle dont on fe fent émeû à l'égard du
prochain , quand il abonde , eft naturellement
impatient, precipité, aigre, imperieux, défiant,

incredule, facile à s'offencer & à se piquer : voilà ses défauts, ou pour mieux dire ses excez.
Mais par des caracteres bien opposez & bien re-
marquables, la charité, selon saint Paul, est patiente, humble, simple, sans fard, sans aigreur,
ne s'emportant jamais, ne s'élevant jamais, se re-
joüissant du bien, croyant peu le mal : ensor-
te que nous y trouvons tous les adoucissemens
qui doivent perfectionner nostre zéle. E'tudions
tous ces traits, mes chers Auditeurs, & ne negligeons pas des regles aussi essentielles & aussi
importantes que celles-là.

Le zéle, je dis le zéle de la perfection d'autruy,
est naturellement impatient. Car on en voudroit
voir d'abord le succez : on voudroit qu'au moment qu'on a parlé, la face du monde changeast,
qu'il n'y eust plus d'abus, plus de desordres dés
qu'on les a condamnez : & parce qu'on n'y voit
pas les choses sitost disposées, non seulement on
se rebute, mais on en conçoit de la peine contre
les personnes, mais on en témoigne du dépit,
mais on éclate & on s'emporte, pourquoy ! parce
qu'on ne sçait pas conserver la charité, cette charité patiente, & qu'on ne l'appelle pas à son conseil. Or voulez-vous, mon Frere, disoit saint
Augustin, estre plus moderé & plus patient dans
vostre zéle ! considerez l'éternité de Dieu : *Vis
esse longanimis ! vide æternitatem Dei.* Car, à
le bien prendre, vostre zéle n'est inquiet & em-
pressé, que parce que vostre vie est courte ; &

Aug.

cette impatience que vous faites paroiftre quand
on ne fe corrige pas auffi promptement que
vous le voulez, eft mefme une marque du fentiment que vous avez de la brieveté de vos jours.
Mais Dieu dont la durée eft éternelle, a un zéle paifible & tranquille : comme tous les temps
font à luy, ce qu'il ne fait pas dans un temps,
il le fait dans l'autre ; ce qu'il n'obtient pas aujourd'huy , il fe referve à l'obtenir demain ;
& fa patience à fupporter le mal, bien loin d'eftre un foible qui l'humili, eft un attribut dont
il fe fait honneur. Entrez donc dans la penfée
de cette fainte éternité, fi vous voulez que voftre zéle ait le calme de cette divine tranquillité : *Vis effe longanimis ? vide æternitatem
Dei.* C'eftoit le raifonnement de ce faint Docteur : mais fans remonter jufqu'à l'éternité de
Dieu, j'ay bien pluftoft fait de me rabbattre fur
moy-mefme , & de me dire : à quoy bon ces
inquiétudes & ces empreffemens ? eft - ce ainfi
qu'agit la charité, ou eft-ce ainfi que le Dieu
de la charité en ufe à mon égard ? fi fon zéle
pour moy s'eftoit laffé en tant de rencontres &
fur tant de fujets, où en ferois-je ? pourquoy
mon zéle pour les autres auroit-il moins de conftance ? Dieu m'a attendu des années entieres,
& le moindre retardement me pouffe à bout.
J'ay refifté aux zéle de Dieu, & je ne puis fouffrir qu'on refifte au mien : eft-il rien de plus injufte ! Et voilà, Chreftiens, fur quoy faint Paul

fondoit ce poinct de morale ſi paradoxe dans la ſpeculation, & ſi vray dans la pratique, quand il diſoit qu'encore que le zéle ſoit prompt & ardent, la charité eſt patiente, & que c'eſt à la patience de la charité d'arreſter la promptitude & l'ardeur du zéle : *Charitas patiens eſt.*

1. Cor. 13.

Comme noſtre zéle eſt impatient, par une ſuite neceſſaire il devient chagrin, faſcheux, mortifiant, plein d'amertume, toûjours ſur le ton de l'invective & du reproche; enſorte qu'il ſemble qu'on ſe faſſe un plaiſir d'attriſter le prochain en le reformant, au lieu de le conſoler en luy inſpirant de la confiance & en l'encourageant. Car vous ſçavez combien ce caractere de zéle eſt ordinaire, & quelle peine les ames ſouvent les mieux intentionnées & les plus droites ont à s'en défendre. De dire, Chreſtiens, que le zéle du Sauveur des hommes n'a point eſté de cette nature : qu'au contraire, c'eſt par un zéle de douceur qu'il a fait profeſſion de les gagner & qu'il les a en effet gagnez ; que quelque ardeur qu'euſt cet homme-Dieu pour les intereſts de ſon pere, quelque horreur qu'il euſt des ſcandales qui ſe commettoient dans le monde, quelque auſterité de mœurs & de vie qu'il prétendiſt eſtablir (trois choſes infiniment capables d'exciter le feu divin qui le brûloit & de l'enflammer,) rien néanmoins de tout cela n'a aigri ſon zéle : mais que de là meſme il a tiré des raiſons pour l'adoucir ; ſçachant fort bien qu'une loy

auffi fevere que fon Evangile, ne reformeroit jamais le monde qu'autant que la douceur de fa
conduite la rendroit aimable ; que l'horreur
qu'il avoit des fcandales, feparée de cette douceur, iroit à exterminer les fcandaleux & non
pas les fcandales mefmes ; & que l'ardeur dont
il eftoit animé pour les interefts de fon pere celefte, feroit un feu dévorant qui confumeroit &
qui ne purifieroit pas. De dire encore que c'eft
par cette douceur, que fon zéle a efté tout-puiffant, qu'il a fléchi les cœurs de bronze, qu'il a
attiré les Publicains, qu'il a fanctifié les peche-
reffes, qu'il a operé les plus grands miracles de
converfion : qu'au refte il n'eft pas croyable que
noftre zéle doive réuffir par d'autres voyes que
le fien, ni que noftre feverité foit plus efficace
ou plus heureufe : de parler, dis-je, de la forte, &
de vous propofer ce modelle, ce feroit une efpece
de demonftration, dont il n'y a perfonne qui ne
duft eftre touché. Mais laiffant toute autre preuve, j'aime mieux en revenir toûjours au mefme
principe, qui dans fa fimplicité a quelque chofe & de plus fenfible & de plus pénetrant. Car
enfin, mon Frere, puis-je dire à tout homme
zelé pour les autres jufqu'à l'excés, confultez-
vous vous-mefme, & foyez vous-mefme voftre
juge. Dans quelque difpofition que vous foyez
à profiter du zéle des autres pour voftre avance-
ment & pour voftre perfection, vous voulez
qu'on vous ménage, vous pretendez qu'on ait

pour vous des condescendances & des égards;
vous ne vous accommodez pas de cette exactitude rigoureuse & pharisaïque qui ne garde aucune mesure ; vous ne pouvez supporter que
l'on vous traite avec hauteur ; s'il s'agit de vous
faire une remonstrance , & de vous donner un
avis , vous croyez avoir droit d'exiger qu'on
prenne vostre temps , qu'on entre dans vostre
esprit , qu'on étudie vostre humeur ; si l'on en
use d'une autre maniere , bien loin de vous ramener à l'ordre, on vous révolte. N'est-il donc
pas juste que vous vous imposiez la mesme loy!
vous demandez que l'on compatisse à vos foi-

Matth. 18. blesses; pouvez donc vous dispenser de compa-
tir aux foiblesses de vostre prochain! *Nonne er-*
gò oportuit & te misereri conservi tui , concluoit
nostre divin maistre , aprés nous avoir proposé
la parabole de ce debiteur, qui ne voulut pas remettre une dette qu'on luy avoit remise! Est-il
raisonnable que pour guérir les playes de vos
freres, vous n'employiez que le vin, tout pur &
tout aigre qu'il peut estre, & que vostre delicatesse aille au mesme temps à vouloir pour vostre guérison , qu'on ne verse que l'huile sur vos
blessures! Ne faut-il pas que vostre douceur, selon la belle regle du grand Evesque de Genè-
ve, soit le premier appareil des playes dont vous
entreprenez la cure! Or si cette regle convient
par tout & à l'égard de toute sorte de sujets,
beaucoup plus, dit S. Gregoire Pape, convient

elle à l'égard de ceux qui dominez par de longues habitudes & après avoir vefcu dans de
grands defordres, forment enfin la genereufe re-
folution de quitter leurs premiers engagemens
& de retourner à Dieu. Comme ils font plus
foibles, ils ont plus befoin d'eftre aidez, d'eftre
foutenus, d'eftre encouragez. Non pas qu'il faille manquer de fermeté : mais il y a une fermeté fage, une fermeté qui fçait s'infinuer, qui fçait
fe faire aimer, & faire aimer à ceux-mefmes que
l'on corrige la falutaire correction qu'ils reçoi-
vent. Si vous les rebutez par un zéle dur & impitoyable, vous leur donnerez horreur du remede, vous les éloignerez du Sacrement, ils fe
replongeront dans le mefme abyfme, dans les
mefmes defordres, ils abandonneront tout. Ah !
combien de pecheurs touchez de Dieu, auroient
confommé l'ouvrage de leur converfion, s'ils
eftoient tombez entre les mains d'un miniftre
plus patient & plus compatiffant ! mais parce que
celuy qu'ils ont rencontré, les a contriftez, les a
chagrinez, les a defefperez, plus de penitence
pour eux pendant la vie & peut-eftre plus de penitence mefmes à la mort.

Je fçais que cette charité qu'infpire le vray
zéle & qui luy eft fi propre, demande bien des
ménagemens & bien des reflexions. Je fçais que
pour ne fe pas échapper quelquefois, il faut
bien s'étudier foy-mefme & eftre bien maiftre
de foy-mefme. Mais, mon cher Auditeur, de

Matth. 18.

quoy s'agit-il ! il s'agit de gagner voftre frere à Dieu, *Lucratus eris fratrem tuum.* Il s'agit de le retirer de la voye de perdition, & de le ramener dans les voyes de Dieu. Le laifferez-vous périr pour ne vouloir pas vous faire à vous-mefme quelque violence, aprés qu'il en a coufté à Jefus-Chrift tout fon fang pour le fauver! Allumez, Seigneur, allumez dans nos cœurs ce feu divin, ce faint zéle dont brûloit voftre Prophete, que dis-je! dont vous avez brûlé vous-mefme fur la terre. Rendez-nous fenfibles aux interefts de voftre gloire, fenfibles aux interefts du prochain, fenfibles à nos propres interefts; & nous n'épargnerons rien pour des ames qui vous doivent éternellement glorifier, pour des ames avec qui nous devons eftre éternellement unis dans le ciel, pour des ames dont la fanctification & le falut, aprés avoir efté le fujet de nos foins, deviendra le gage de noftre felicité éternelle, où nous conduife &c.

SERMON

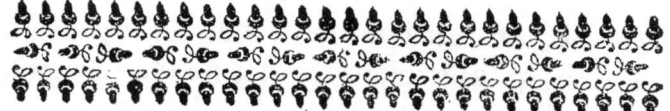

SERMON
POUR LE MÉCREDY
de la troisiéme Semaine.

Sur la parfaite observation de la Loy.

Accesserunt ad Jesum ab Jerosolymis Scribæ &
Pharisæi, dicentes : Quare discipuli tui transf-
grediuntur traditionem seniorum ? Ipse autem
respondens, ait illis : Quare & vos transgredi-
mini mandatum Dei propter traditionem ves-
tram ?

Des Docteurs & des Pharisiens venus de Jerusa-
lem s'addresserent à Jesus-Christ, & luy di-
rent: Pourquoy vos Disciples violent-ils les tra-
ditions des anciens ? Mais il leur répondit :
Pourquoy vous-mesmes violez-vous le comman-
dement de Dieu pour suivre vostre tradition ?
En saint Matthieu. chap. 15.

MADAME,   La Reine.

C'Estoit un des caractères de la fausse devotion, ou si vous voulez, de l'hypocrisie des Pha-
Tome II.   . M

rifiens, de s'attacher fcrupuleufement aux traditions qu'ils avoient reçeûës de leurs peres, &
de violer au mefme temps fans fcrupule les plus
importantes obligations de la loy de Dieu. Ils
payoient jufqu'à la dixme des plus petites her-
bes ; mais ils manquoient de charité pour le prochain. Ils obfervoient le Sabbath avec une exactitude qui alloit prefque jufqu'à la fuperftition;
mais ils ne craignoient point le jour mefme du
Sabbath de commettre des injuftices. Ils repre-
noient les Apoftres de ne laver pas leurs mains
avant le repas : mais ils contrevenoient eux-mefmes au commandement de Dieu le plus indifpenfable, qui eft d'honorer fon pere & fa mere,
puifqu'ils apprenoient aux enfants à les traiter a-
vec dureté, & par une fauffe religion, ou pluftoft
par une ingratitude digne de tous les chaftimens du ciel, à les abandonner dans le befoin
& à leur refufer les fecours dont ils leur eftoient
redevables : tel eftoit, dis-je, le defordre de ces
fages du Judaïfme. Que fait aujourd'huy le
Sauveur du monde! Condamne-t-il abfolument
cette regularité qu'ils faifoient paroiftre à obferver toutes les traditions des anciens & toutes les
céremonies qui leur eftoient prefcrites ! Non,
Chreftiens : fouverain Legiflateur il vouloit que
toute la loy fuft accomplie jufques à un poinct:
mais par une conduite pleine d'équité & de fageffe, il loüe dans fes ennemis mefmes ce qu'il
y a de loüable, & il blafme feulement ce qu'il

y a de criminel & de vicieux. Il approuve ce
qu'ils font, & il leur reproche ce qu'ils ne font
pas. En comparant deux fortes de devoirs, dont
les uns ont pour objet les poincts de la loy les
plus effentiels, & les autres regardent les articles
les moins neceffaires, il leur fait entendre qu'il
faut d'abord pratiquer ceux-là, & ne pas enfuite ômettre ceux-cy : *Hæc oportuit facere, &* *Matth. 23.*
illa non omittere. Par où, mes Freres, il nous
apprend à nous préferver nous-mefmes d'un
defordre tout oppofé à celuy des Pharifiens,
mais affez commun dans le monde, je dis dans
le monde chreftien. Car le defordre des Pharifiens eftoit de s'attacher aux petites chofes,
& de negliger les grandes ; & le noftre eft de
nous borner quelquefois tellement aux grandes, que nous croyons pouvoir impunément
méprifer les petites. Mais moy je prétends qu'il
y a entre les unes & les autres une telle liaifon,
que de manquer volontairement & habituellement aux moindres devoirs, c'eft s'expofer à
violer bientoft & en mille rencontres les plus
grands préceptes, & ce que la loy nous ordonne fous de plus griéves peines. Voilà le fujet que
j'entreprends de traiter dans ce difcours ; & en
le traitant, Madame, quelle confolation pour
moy de parler à une Reine, ou devant une
Reine, qui fur le Throfne & malgré tous les
dangers de la Cour, fçait fi bien rendre à Dieu
ce qui luy eft dû ; qui fidelle à la loy & à tou-

te la loy, va bien encore dans la pratique audelà de la loy; en un mot, qui par la plus rare
& la plus merveilleuse alliance, reünit dans son
auguste personne tout l'éclat de la grandeur humaine, & tout le merite de la sainteté chrestienne ! Ce n'est donc point icy pour vous, Madame, une morale trop sublime & nouvelle : mais
sans que ce soit une morale nouvelle, ni trop
relevée pour Vostre Majesté, elle y trouvera
toûjours de quoy animer de plus en plus la ferveur de sa pieté. Salüons d'abord Marie, & luy
disons, *Ave Maria.*

JE dis, Chrestiens, qu'il est infiniment dangereux de negliger dans la voye du salut les petites choses; & qu'en tout ce qui touche la religion & la conscience, il n'y a rien de si leger,
qui ne merite nos soins, & qui ne demande
une fidelité parfaite & une entiere soumission.
Je fonde cette importante maxime sur deux
principes; l'un est l'orgueil de l'homme, & l'autre est son aveuglement. L'homme de luy-mesme est orgueilleux, & que fait en luy son orgueil ! il le porte à l'indépendance, & luy donne un penchant secret à s'émanciper & à s'affranchir de la loy. Ce n'est pas assez : outre que
l'homme est orgueilleux, il est aveugle; & que
fait en luy son aveuglement ! il l'empesche de
bien connoistre toute l'étenduë de ses devoirs
& de bien discerner ce qu'il y a de plus ou de

moins essentiel dans la loy. De là je forme deux
propositions qui contiennent tout le fonds de
ce discours, & qui en feront le partage. Car je
pretends qu'un préservatif necessaire pour reprimer l'orgueil de nostre cœur, c'est de l'assujettir aux moindres obligations de la loy : vous le
verrez dans la premiere partie. J'adjouste que
nous ne pouvons mieux corriger les erreurs
de nostre esprit, ou en prevenir les suites funestes, que par une obéissance exacte aux plus petits devoirs de la loy : je vous le monstreray dans
la seconde partie. Rendez-vous attentifs à l'une
& à l'autre : & quoyque cette matiere n'ait pas
peut-estre d'abord de quoy frapper vos esprits,
vous en comprendrez néanmoins bientost toute la consequence.

A remonter jusqu'à la source de la corruption I. PARTIE.
de l'homme, il est évident, Chrestiens, que le
premier de tous les desordres, c'est l'orgueil ; &
que le premier effet de l'orgueil, c'est l'amour
de l'indépendance & de la liberté. Voilà le vice
capital & prédominant de nostre nature : d'où
il arrive que nous avons tant de peine à nous
assujettir, que toute authorité superieure nous
est onéreuse, que le commandement & la loy
nous tient lieu de joug, & que nostre inclination nous porte toûjours à le secoüer quand elle n'est pas reglée par la raison. Ce vice nous est
si naturel, qu'il ne faut pas mesmes l'imputer au

M iij

peché d'origine comme à sa caufe, puifqu'il eft vray, que jufques dans l'eftat d'innocence le premier homme non feulement y fut fujet, mais y fuccomba, & que ce bienheureux eftat qui l'exemptoit de toute autre foibleffe, ne l'exempta pas de celle-cy; je veux dire, de cet orgueil fecret qui le pouffa à s'émanciper de l'obéiffance duë à fon Souverain, & à fon Dieu. Car comme remarque faint Ambroife, l'homme n'eft pas tombé dans ce defordre d'aimer la liberté & l'indépendance, parce qu'il a defobéi à Dieu; mais il a defobéi à Dieu, parce qu'il eftoit fujet à ce defordre : & l'on ne peut pas dire que fon orgueil foit une fuite de fon peché, puifque l'Ecriture nous apprend au contraire que fon peché a efté l'effet de fon orgueil. Il eft donc certain que l'orgueil nous donne de luymefme un penchant à nous licentier, & à nous affranchir des loix qui nous font impofées. Or quoyque cela foit ainfi, il y a néanmoins des loix d'une authorité fi venerable, & d'une obligation fi bien fondée dans les principes mefmes de la raifon, que quelque paffion que nous ayions pour la liberté, nous ne pouvons prefque nous départir de l'attachement refpectueux & de la foumiffion qu'elles exigent de nous : & ces loix font celles de la religion & de la confcience; de la religion qui nous lie à Dieu, car c'eft de là qu'elle a pris fon nom; & de la confcience qui nous affujettit à nous-mefmes. Oüy, tout en-

nemi qu'eſt l'homme de la dependance, il a de
la peine à ne pas aimer ces deux loix, parce qu'il
les enviſage comme les deux ſources de ſon bonheur & de ſon ſalut éternel. Tandis qu'il eſt encore dans l'integrité & dans la pureté des mœurs,
rien de plus ſouple qu'il l'eſt à la loy interieure
de ſa conſcience ; rien de plus attaché ni de plus
ſoumis au culte de la religion. Cependant il ne
laiſſe pas d'ailleurs d'avoir toûjours dans luy-
meſme le fonds de cette pernicieuſe liberté, ou
pluſtoſt de ce pernicieux libertinage, qui ne
peut ſupporter la geſne & la contrainte ; & lors
meſmes que nous propoſons de nous captiver
ſous l'empire de la religion & de la conſcience,
l'orgueil de noſtre eſprit nous ſuſcite une autre
loy directement oppoſée, comme dit ſaint Paul,
à toutes les loix de Dieu. Loy qui conſiſte à ne
reconnoiſtre pour loy que ce qui nous plaiſt ; à
n'écouter la conſcience, qu'autant qu'elle nous
flatte ; à n'avoir plus de déference pour la religion, qu'autant qu'elle ſe trouve conforme à
nos veûës ; c'eſt à dire, à nous faire les arbitres
de l'une & de l'autre, & à vivre en effet ſelon noſtre caprice & ſelon les deſirs de noſtre
cœur.

Voilà donc comme une eſpece de combat
dans l'homme entre ſon orgueil & ſa raiſon ; ſa
raiſon qui veut qu'il ſe ſoumette, & ſon orgueil
qui ne le veut pas ; ſa raiſon qui luy apprend à
ſe laiſſer conduire & gouverner ſur tout dans les

M iiij

chofes de Dieu, & fon orgueil qui luy perfuade
de n'en croire que luy-mefme ; fa raifon qui authorife la religion & la confcience comme ayant
droit de fouveraineté fur luy , & fon orgueil
qui fe revolte contre cette fouveraineté. Qui
l'emporte des deux ! ni l'un ni l'autre, Chreftiens, fi nous avons égard aux commencemens.
Pourquoy ? parce que d'abord ils font prefque
l'un & l'autre de force égale : le refpect de la
confcience & de la religion eftant affez fort pour
foutenir quelque temps contre l'amour dereglé
de l'indépendance & de la liberté ; & l'amour
de l'indépendance & de la liberté eftant trop
violent, pour eftre jamais entierement détruit
par le refpect de la religion & de la confcience.
Mais voicy ce qui arrive, quand l'homme commence à quitter Dieu, & que Dieu commence
à fe retirer de l'homme ; c'eft que dans la pratique de ces deux devoirs qui touchent la religion
& la confcience, il obferve les grandes chofes
avec quelque fidelité, & qu'il ne fe fait plus une
regle de garder les petites. Il a toûjours, ou il
femble toûjours avoir de la veneration pour
ce qui luy paroift effentiel : mais il y a d'autres
poincts moins importans fur lefquels il fe relafche fans fcrupule ; & fi vous voulez fçavoir la
raifon de cette difference, elle eft claire, dit faint
Gregoire Pape. Car elle eft fondée fur ce que les
grandes chofes, en ce qui regarde la confcience
& la religion, portent avec elles un caractere fi

viſible & ſi éclatant de l'authorité divine, qu'il
retient l'homme dans l'ordre : au lieu que les petites, où ce caractere eſt moins remarquable, le
rebutent par la ſujettion qu'elles demandent.
Que fait-il donc ! il ſe réduit aux premieres ;
mais celles-cy, il les abandonne. Pour ne pas
devenir libertin, il veut eſtre regulier dans les
unes ; & pour ne ſe pas rendre trop dépendant,
il s'accouſtume à mépriſer les autres. Tel eſt le
principe du deſordre de l'homme. Et cet eſtat
quoyque bien contraire aux deſſeins de Dieu,
quoyqu'infiniment éloigné de la perfection
chreſtienne, quoyque trés dangereux pour le
ſalut, ne ſeroit pas aprés tout par luy-meſme un
eſtat de damnation, ſi l'on en demeuroit-là.
Mäis voicy le progrez : c'eſt ſaint Bernard qui
l'a obſervé, & qui a pris ſoin de nous en developper le myſtere dans ſon excellent ouvrage
des degrez de l'humilité & de l'orgueil. Vous
me demandez, dit-il, mes Freres, ce que fait
dans l'homme cette liberté préſomptueuſe qui
le porte à negliger certaines obligations de conſcience moins rigoureuſes & moins étroites ! &
moy je vous réponds qu'elle produit en luy les
plus funeſtes effets. Car je dis qu'elle luy fait
perdre inſenſiblement le reſpect & l'obéiſſance
qu'il doit à Dieu. Je dis qu'elle étouffe peu à peu
dans luy la crainte des jugemens de Dieu. Je
dis qu'elle le rend hardi à tout entreprendre
contre la loy de Dieu. Je dis qu'aprés luy avoir

fait contracter l'habitude des petits pechez, &
luy en avoir osté la honte, elle luy donne bientost, selon l'Ecriture, un front de prostituée
pour les plus grands crimes, *Frons meretricis*
facta est tibi; & que ces transgressions, quoyque
legeres, sont autant de bréches fatales par où le
démon entre dans son cœur.

Jerem. 3.

En effet, adjouste saint Bernard, je l'ay reconnu, & l'experience me l'a appris, que de
mesmes qu'un juste qui marche avec ferveur
dans la voye de Dieu, aprés en avoir essuyé toutes les petites difficultez, se joüe des plus grandes qu'il croyoit auparavant insurmontables;
aussi un pecheur qui suit le cours & les mouvemens de sa passion, à force de franchir le pas
dans les moindres occasions, en vient enfin jusqu'au poinct de ne trouver plus rien qui l'arreste dans la voye de l'iniquité : *Et quemadmodum*
justus, ascensis his gradibus, corde alacri currit
ad vitam; sic iisdem descensis impius jam abs-
que labore festinat ad mortem. Voyez-vous, dit
ce Pere, comment le juste & le pecheur, quoyque par differens principes, acquiérent cette liberté, l'un pour la vie & l'autre pour la mort!
La charité donne des aisles à l'homme juste,
& la cupidité en donne au pecheur : *Illum pro-*
clivem charitas, illum cupiditas facit. Le juste
ne ressent pas sa peine, parce qu'il est animé de l'a-
mour de Dieu; & le pecheur est insensible à la
sienne, parce qu'il est dans l'endurcissement: *In*

Bern.

Idem.

Idem.

uno amor , in altero stupor laborem non sentit.
Dans l'homme juste, c'est l'abondance de la grace, & dans le pecheur c'est le comble du peché
qui exclut les remords & la crainte : *In illo per-*   Idem.
fecta virtus , in isto consummata iniquitas foras
mittit timorem. Tous deux s'avancent dans le
chemin ou du vice ou de la vertu , & s'y avancent de telle sorte qu'ils n'en sont pas mesmes
fatiguez.

Mais avant que le pecheur en soit venu-
là, n'a-t-il rien à souffrir ! Ah , mes Freres, reprend saint Bernard , il y en a qui souffrent, &
qui sont-ils ! Ce sont ceux qui voudroient tenir
le milieu ; c'est à dire, certaines ames imparfaites
qui voudroient secoüer le joug de la conscience & de la religion dans les petites choses , &
qui ne voudroient pas le rompre dans les grandes : *Medii sunt qui fatigantur & angustiantur.*   Idem.
Car ceux-là, dit-il, souffrent de tous les costez :
& du costé de la grace à la quelle ils resistent,
& du costé de leur passion qu'ils ne satisfont pas
pleinement : la grace les trouble , & la passion
les irrite : la grace leur reproche d'avoir fait telles demarches, & la passion au contraire de n'estre pas encore allé plus avant : la grace leur dit,
falloit-il mépriser Dieu pour si peu de chose !
& la passion, falloit-il ne se satisfaire qu'à demi !
Ainsi ils demeurent tout à la fois exposez à la peine interieure de l'une & de l'autre, ou si vous
voulez, ils goustent tout à la fois & les amertu-

mes du vice & celles de la vertu, fans en goufter la douceur. Mais prenez garde, pourfuit
faint Bernard, bientoft la paffion & l'amour de
la liberté prévaut: car cet eftat de violence ne
peut pas durer; & il faut, ou que de la negligence des petites chofes l'homme paffe jufqu'au
mépris des grandes, ou qu'il rentre dans l'ordre dont il s'eft écarté & qui eft celuy d'une entiere foumiffion à Dieu. Et parce qu'en matiere
de peché le retour eft auffi difficile que le progrez eft naturel, pour un pecheur qui revient
de cette licence préfomptueufe, il y en a cent
autres qu'elle conduit à la perdition; & c'eft
pourquoy faint Bernard en fait un degré d'orgueil fi dangereux pour le falut. En effet, écoutez bien s'il vous plaift, mes chers Auditeurs, ce
que je vais vous dire, de là font venus prefque
tous les fcandales & tous les defordres qui ont
éclaté dans le monde; de là les grands attentats de l'héréfie & les prodigieux égaremens de
l'impieté; de là les affreux relafchemens de la
difcipline de l'Eglife; de là la décadence des ordres les plus religieux & les plus fervents; de là
la ruine d'une infinité d'ames chreftiennes qui
fe font perduës, & qui fe perdent encore tous
les jours. Le voulez-vous voir dans une induction également fenfible & touchante! fuivez-
moy.

   J'ay dit les grands attentats de l'héréfie. Car
de quoy eftoit-il queftion, quand Luther cet

homme né pour la defolation du Royaume de
Jefus-Chrift, commença à répandre le venin de
fon erreur ! de quoy s'agiffoit-il ! à peine le fçait-
on : tant la chofe, ce femble, importoit peu. Il
trouvoit dans les indulgences, ou pour mieux
dire, dans l'application & dans la conceffion
des indulgences certains abus qui le choquoient:
il auroit voulu en retrancher l'excés & en rectifier l'ufage. Eftoit-ce donc là des poincts fi
effentiels dans la religion ? Non, Chreftiens:
mais de quelque nature qu'ils fuffent, la déci-
fion ne luy en appartenoit pas : il n'en devoit
point eftre l'arbitre, ni le juge. Cependant il le
prétendit, & fur cet article il ofa traiter de fuper-
ftitieufe la pratique commune des fidelles. Où
le mena ce premier pas ! vous le fçavez; jufqu'à
combattre les plus inviolables maximes de la foy
orthodoxe. C'eftoit peu de chofe que la matiere qui s'agitoit; mais ce fut affez pour le rendre
hardi à innover. De l'ufage de l'indulgence il en
vint à la fubftance mefme, qu'il rejetta. Et parce que la foy de l'indulgence avoit du rapport
& de la liaifon avec celle du Purgatoire; aprés
avoir decrié l'indulgence, il n'héfita plus à attaquer la créance du Purgatoire. La foy du Purgatoire eftoit le fondement de la priére pour les
morts; il abolit la priére pour les morts. Cette
priére fe trouvoit authorifée par les liturgies &
par le facrifice de la Meffe; il renonça au facrifice de la Meffe, non fans peine, il eft vray, mais

enfin il y renonça. Cela l'engageoit dans le myſtere de la ſatisfaction de Jeſus-Chriſt, du merite des bonnes œuvres, de la juſtification des hommes : il ne reſpecta rien ; ſatisfaction, merite, bonnes œuvres, il dogmatiſa ſur tout. Ladeſſus l'Egliſe s'éleve contre luy ; il ne connoiſt plus d'autre Egliſe, que celle des predeſtinez qui eſt inviſible. Le ſouverain Pontiſe le declare anatheſme, & il declare luy-meſme le ſouverain Pontiſe Antechriſt. On luy oppoſe les livres de l'Ecriture ; il deſavoüe pour livres de l'Ecriture tous ceux qui luy ſont contraires. On le preſſe au moins par ceux qu'il reçoit, & il s'obſtine à n'en recevoir point dont il ne ſoit luy-meſme l'interprete pour en determiner le ſens. On convoque des aſſemblées & des Conciles ; mais il proteſte contre les Conciles, & il ne veut pour regle que l'eſprit interieur qui le gouverne. Voilà le dernier emportement de l'héreſie. Penſoit-il en venir là ? non : il confeſſa luy-meſme cent fois qu'il eſtoit allé plus loin qu'il ne vouloit, & il s'étonnoit le premier des progrés de ſa ſecte & de ſes erreurs. Mais il n'en devoit pas eſtre ſurpris, puiſque le caractere de l'eſprit de l'homme eſt de ſe licentier toûjours quand il a pris une fois l'eſſort. Ce ſeul poinct de l'indulgence fut comme un levain, *Modicum fermentum ;* mais un levain, qui venant à s'enfler par l'orgueil de cet héreſiarque, corrompit en peu de temps, ſelon l'expreſſion de l'Evangile, tou-

1. Cor. 5.

te la masse, & fit de ce Catholique, de ce Religieux un Apostat.

J'ay dit les prodigieux égaremens de l'impieté. Voyez, mes Freres, ces libertins de profession dont le monde est rempli, qui prenant pour force d'esprit l'endurcissement de leur cœur, font gloire de n'avoir plus ni foy ni loy. Ne croyez pas que cet estat d'irreligion où ils vivent, se soit formé tout à coup, ni qu'ils ayent d'abord effacé de leur esprit ces notions generales de l'existence & de la providence d'un Dieu : c'est ce qui ne peut estre, & ce qui ne fut jamais. En effet, leur libertinage, je dis libertinage de créance, commence d'abord, par où ! que sçais-je ! par quelques railleries qu'ils font de certaines devotions populaires : cela leur semble leger, & peut-estre est-il tel qu'il leur paroist. Mais laissez croistre ce petit grain ; bien-tost ils ne craignent point de censurer les devotions reçeües & approuvées de toute l'Eglise : c'est quelque chose de plus. Ensuite ils étendent leur censure jusqu'à nos plus saintes ceremonies : témerité encore plus grande. Delà ils passent au mépris des sacremens : autre degré de presomption. Ce mépris est suivi d'une revolte secrete & interieure contre nos mysteres mesmes : disposition prochaine à l'extinction de la foy. Enfin, ils ne considerent plus la Religion que comme une police exterieure, necessaire pour contenir les peuples : maxime pleine d'abomination. Cela joint aux reflexions qu'ils font fur les évenemens du monde, les fait douter s'il y a une providence : furcroift d'aveuglement, dont Dieu les punit. Ne fçachant plus s'il y a une providence, ils ne fçavent pas trop, ni s'il y a un Dieu, ni s'ils ont une ame fpirituelle capable de le poffeder, parce que tout cela leur devient incertain : dernier comble de l'impieté. Or remontez au principe du mal, & tafchez à le decouvrir; ce n'eft rien, ou prefque rien : mais voftre Prophete l'a dit, Seigneur, & il eft vray, que l'infolence de ceux qui fe retirent de vous va toûjours croiffant : *Superbia eorum qui te oderunt afcendit femper.*

Pfalm. 73.

Eft-ce ainfi qu'il en va à l'égard des mœurs! oüy, Chreftiens, & plus mefmés à l'égard des mœurs, qu'à l'égard de la foy. Car, comme dit faint Ambroife, les loix qui nous obligent à bien vivre, nous tenant encore plus dans la dependance que celles qui nous obligent à croire, nous avons plus de penchant à les violer. Tant de relafchemens que nous déplorons, d'où ont-ils pris leur origine, demandoit faint Bernard! finon de la liberté demefurée, avec laquelle les chreftiens lafches & les mondains n'ecoutant que leur amour propre & leur orgueil, ont negligé premierement les petites obfervances, & puis fe font peu à peu déchargez des grandes. Ces relafchemens fe font-ils jamais introduits par un foulevement fubit & general des fidelles, & par une rebellion formée de leur part

contre

contre les saintes loix que l'Eglise leur prescrivoit! Non, répond saint Bernard : mais ils ont toûjours commencé par des exemptions en apparence respectueuses, que chacun sous divers prétextes a voulu s'accorder au préjudice du droit commun, prétendant qu'en telle & telle circonstance la loy n'estoit pas faite pour luy, & se souciant peu des consequences que son mauvais exemple devoit produire dans les autres. D'où vient que le monde chrestien s'est veû quelquefois avec étonnement plongé dans l'abysme d'un desordre universel, sans qu'on pust dire ni quand ni comment il y estoit tombé ; si ce n'est, ajouste le mesme Pere, parce qu'il y estoit tombé par degrez, & par des chûtes presque insensibles ? Dépravation énorme dans ses accroissemens, mais si imperceptible dans sa naissance, qu'à peine l'a-t-on pû remarquer. Pourquoy tant de synodes, & tant de conciles assemblez pour la réformation, non pas de la foy, mais de la discipline qui s'affoiblit & qui dégenere toûjours ! n'estoit-ce pas pour réfrener cette licence si funeste & si contagieuse, qui se glisse aussi bien dans le christianisme & dans les ordres les plus saints, que dans les societez les plus prophanes! Et pourquoy l'Eglise malgré le soin continuel qu'elle a apporté à reformer ses enfants & à se reformer elle-mesme, a-t-elle neanmoins esté comme forcée de consentir à l'abolition de ces loix si salutaires & si sages, qui furent autre-

Tome II. N

fois en vigueur, & qui n'ont ceffé d'y eftre que
parce que l'abondance de l'iniquité a prévalu!
n'eft-ce pas par de legeres tranfgreffions que ce
changement a commencé! ce n'eft pas affez.
Pourquoy faint Bernard écrivant à un grand
Pape, fe plaignoit-il hautement d'une efpece de
corruption dont il rejettoit en partie le blafme
fur la Cour Romaine, & qui confiftoit à accorder trop aifément toutes fortes de difpenfes!
N'en apportoit-il pas la raifon, fçavoir que cette facilité des prélats & des fuperieurs à difpen-
fer, augmentoit de plus en plus l'inclination
violente qu'ont les hommes à s'émanciper! Hé
quoy, Saint Pere, luy difoit-il avec un zéle
refpectueux, mais tout évangelique, falloit-il
donc faire des loix, s'il devoit y avoir tant d'e-
xemptions & tant de difpenfes! ne fçavez-vous
pas que vous avez des hommes à conduire, c'eft
à dire des créatures ennemies de l'affujettiffement, & qu'il faut à leur égard, non point de la
tolerance & de la molleffe pour relafcher, mais
de la force & du courage pour leur refifter! &
ne voyez-vous pas jufqu'à quel poinct s'eft accrû
cet abus des difpenfes : en forte qu'après les avoir
autrefois reçeües comme des graces, on les exige maintenant comme des dettes; & qu'au lieu
qu'elles ne fe donnoient que pour des fujets importans, on les obtient aujourd'huy pour les
raifons les plus vaines & les plus frivoles! Quoy
donc, pourfuivoit-il, vous défend-on par là de

dispenser! non, mais de diffiper. *Quid ergo, in-* Bernard.
quis? prohibes dispensare? non, sed dissipare. Là
où la necessité aura lieu, la dispense est excusable;
là où l'interest public & la gloire de Dieu se
trouveront engagez, elle est loüable : mais hors
de la necessité & de l'utilité commune, ce n'est
plus une dispense, mais une dissipation : *Ubi* Idem.
neutrum, jam non dispensatio, sed dissipatio
crudelis est. Dissipation cruelle : pourquoy! parce qu'elle damne également, & le superieur qui
dispense, & l'inferieur qui est dispensé ; parce
qu'elle fomente dans les esprits cet amour de
l'indépendance, qui des plus petites fautes conduit aux plus grands desordres.

Que seroit-ce maintenant si j'examinois en
détail d'où vient la reprobation particuliere de
tant d'ames qui périssent, & qui suivant le cours
du monde s'égarent de la voye du salut! n'est-
ce pas ordinairement des moindres pechez! Car
voit-on des justes se pervertir dans un moment!
voit-on des pecheurs commencer à se declarer
par les derniers scandales! Non, disoit S. Gregoire Pape, il n'en va pas ainsi. Il y a un apprentissage
pour le vice aussi bien que pour la vertu. Quelque disposition que nous ayions au mal, il faut
mesmes livrer des combats, avant que d'estre
tout à fait méchant. C'est par la vanité, adjouste
ce saint Docteur, & retenez bien cette parole,
elle est belle, c'est par la vanité que nous parvenons à l'iniquité ; & nous y parvenons infail-

liblement, lorſque noſtre volonté accouſtumée
à de petits pechez n'eſt plus touchée de l'horreur des crimes : tellement que par cette habitude, dont elle s'eſt en quelque façon nourrie &
fortifiée, elle acquiert enfin dans ſa malice, je
ne dis pas ſeulement de la tranquillité, je ne dis
pas ſeulement de l'impunité, mais de l'authorité : *A vanitate ad iniquitatem mens noſtra du-*

Greg.

citur, ſi aſſueta malis levibus graviora non per-
horreſcat, & ad quandam authoritatem nequi-
tiæ per culpas nutrita perveniat. Rien de plus
vray, Chreſtiens, ni de plus ſolide que la penſée
de ce Pere. Car c'eſt, par exemple, la vanité d'u-
ne converſation trop libre qui ſera la ſource de
la damnation de ce jeune homme. C'eſt la vanité des habits & des ajuſtemens qui ſervira d'en-
trée au démon pour ſeduire & pour perdre cette femme. C'eſt la vaine curioſité de lire tel livre, qui entamera l'innocence de celuy-cy. C'eſt
une vaine complaiſance pour le monde qui deviendra la ruine de celle - la. Je m'explique.

Vous voulez eſtre veſtuë comme les autres, &
en cela vous ne comptez pour rien de vous affranchir d'une certaine regularité à quoy vous
réduit le chriſtianiſme ; voilà la vanité : mais cette vanité vous rendra idolaſtre de vous-meſme,
mais cette vanité vous inſpirera des deſirs de plaire auſſi funeſtes que criminels, mais cette vanité fera périr avec vous je ne ſçais combien d'a-
mes creées pour Dieu & rachetées du ſang d'un

Dieu ; voilà l'iniquité : *A vanitate ad iniquita-tem.* Vous voulez vous satisfaire en lisant ce li-vre prophane & dangereux, & sur cela vous étouffez les remords de vostre conscience ; voi-là la vanité : mais ce livre vous fera perdre le goust de la pieté, mais ce livre vous remplira l'esprit de folles imaginations & mesmes des plus sales idées du vice, mais ce livre fera naistre dans vostre cœur des tentations aux quelles vous ne resisterez pas ; voilà l'iniquité : *A vani-tate ad iniquitatem.* Il vous plaist d'entretenir encore quelque commerce avec cette person-ne, de luy écrire, de la voir, de converser avec elle, & vous estes seûr de vous-mesme comme si tout cela estoit innocent ; voilà la vanité : mais ce reste de commerce rallumera bien-tost le feu que la grace de la penitence avoit éteint & fera revivre toute la passion ; voilà l'iniquité : *A vani-tate ad iniquitatem.* D'abord ce n'est qu'enjoüe-ment, que galanterie, que belle humeur ; & c'est ce que saint Gregoire appelle vanité : mais delà s'ensuit ce que Guillaume de Paris appelle les troupes & les legions du démon de la chair ; *Exercitus & acies carnis.* C'est à dire, de là les premiers sentimens du peché, de là les consen-temens criminels aux desirs du peché, de là les actions honteuses qui mettent le comble au pe-ché, de là les attachemens opiniastres à l'habi-tude du peché, delà les pretenduës justifications dont on s'authorise dans l'estat du peché, de là

N iij

la gloire impie & fcandaleufe que l'on tire ou que l'on veut tirer du peché, de là l'infolence avec laquelle on foutient le peché. Car tout cela, Chreftiens, a une liaifon & un enchaifnement neceffaire : & dire, j'iray jufques là & je ne pafferay pas outre ; je me permettray telle chofe & je ne m'accorderay rien davantage, c'eft n'avoir pas les premiers principes de la connoiffance de foy-mefme : pourquoy ? parce que la regle eft infaillible, que de la vanité nous allons à l'iniquité ; *A vanitate ad iniquitatem.*

C'eft à quoy, mon cher Auditeur, vous ne pouvez trop prendre garde, & ce qui demande toute voftre étude & tous vos foins. Je n'ignore pas qu'une obfervation parfaite de la loy, je dis de toute la loy & des moindres devoirs qu'elle nous impofe, a fes peines, & qu'il faut fçavoir pour cela prendre fur foy-mefme en bien des rencontres & fe contraindre : mais l'Evangile ne nous enfeigne point une autre voye du falut

Matth: 7. que la voye étroite : *Arcta via eft quæ ducit ad vitam.* Et voilà pourquoy le Sauveur du monde nous a tant avertis de nous faire violence à nous-mefmes, parce que le Royaume des cieux ne

Matth. 11. s'emporte que par la violence : *Regnum cælorum vim patitur, & violenti rapiunt illud.* Voilà pourquoy il nous a tant exhortez à faire effort : *Contendite.* De croire que la porte du ciel s'élargiffe, ou qu'elle fe retreciffe à voftre gré, c'eft une erreur, dit faint Chryfoftome, puifque saint Jean dans son apocalypse nous declare qu'elle est de bronze & d'airain. Et en effet prenez telles libertez qu'il vous plaira, accordez-vous à vous-mesmes tels privileges que vous voudrez, jamais la loy de Dieu ne changera, ni ne pliera ; & tous les adoucissemens dont vous userez, ne la feront pas relascher d'un seul poinct de sa severité. Au contraire, plus vous entreprendrez sur elle, plus vous tascherez à vous la rendre favorable, & plus elle deviendra redoutable pour vous : car alors bien loin de vous favoriser, elle s'élevera contre vous & elle vous condamnera. Or cela supposé, comment devons-nous agir, si nous sommes sages ? comment devons-nous raisonner ? n'est-ce pas de la sorte ? Le chemin du salut est étroit ; il faut donc que je resserre aussi ma conscience : car il n'y a point de danger pour moy de me restraindre dans les bornes de mon devoir ; mais je dois tout craindre, si je viens jamais à les franchir. Je ne puis estre trop soumis à Dieu ; mais je cours risque de me perdre, si je ne le suis pas assez : & cet esprit d'indépendance qui pourroit peut-estre me réussir en traitant avec les hommes, ne sçauroit m'attirer de la part de Dieu que le souverain malheur. Ah ! Chrestiens, on cherchoit autrefois des remedes efficaces pour bannir les scrupules du monde ; & moy par un sentiment bien opposé, je voudrois que ce qui s'appelle le monde fust aujourd'huy rempli de scrupules. Oüy,

N iiij

pluſt au ciel que tant d'ames libertines fuſſent converties en ſcrupuleuſes! Dieu y trouveroit ſa gloire, & elles y trouveroient leur ſeûreté. Ce feroit en elles une foibleſſe, mais dont il ſeroit bien plus aiſé de les guérir; que de la malheureuſe préſomption qui les rend ſi hardies à transgreſſer la loy. Il ne s'agit icy que de petites choſes; j'en conviens: mais parce que nous ſommes ſuperbes, c'eſt une premiere raiſon pour eſtre en garde, juſques dans ces petites choſes, contre nous-meſmes. A quoy j'adjouſte que nous ſommes aveugles & peu éclairez; ſeconde raiſon qui va faire le ſujet de la ſeconde partie.

II. Partie. POur peu que nous prenions ſoin de nous étudier nous-meſmes, nous reconnoiſtrons bientoſt que l'ignorance & l'aveuglement font les appanages du peché. L'experience ne nous l'apprend que trop. Mais puiſque nous marchons dans les tenebres, conclut admirablement ſaint Auguſtin, il faut donc que nous meſurions tous nos pas, & que noſtre circonſpection ſupplée au défaut de nos lumieres. Or elle n'y peut ſuppléer qu'en nous faiſant obſerver inviolablement cette maxime, d'eſtre exacts & religieux juſques dans les plus petites choſes. Voilà, dit ce grand Docteur, le correctif neceſſaire de noſtre ignorance, en ce qui regarde la conduite du ſalut. Je conſidere, adjouſte-t-il, ces tenebres de l'eſ

prit humain en deux manieres bien differentes :
en tant que ce sont les peines du peché, & qu'elles
ont rapport à la justice de Dieu; & en tant qu'elles nous sont volontaires, & qu'elles viennent
de la malignité de nostre cœur. Comme peines
du peché, je les déplore ; comme effets de nostre volonté, je les deteste : mais dans l'une &
dans l'autre veûë, elles me causent de saintes
frayeurs; & aprés avoir bien examiné, je ne trouve point d'autre voye pour en éviter les suites
funestes, que d'estre fidelle à Dieu dans les plus
legeres obligations & dans l'accomplissement
des moindres devoirs. Sans cela il est impossible
que je ne m'égare, & que je ne tombe dans des a-
bysmes, d'où peut-estre je ne me retireray jamais.

Ce sentiment n'est-il pas bien raisonnable,
& n'est-ce pas celuy que nous devons prendre !
Rien, mes chers Auditeurs, où les hommes
soient plus sujets à se tromper & plus exposez
à l'erreur, qu'en ce qui regarde la conscience &
la religion. Ecoutez la raison qu'en apporte saint
Gregoire Pape ; elle est remarquable, & digne
de luy : c'est dans ses morales sur Job. Un objet,
dit ce grand Pape, pour estre veû clairement &
distinctement, doit estre à l'égard de l'œil qui
le voit, dans une juste distance; c'est à dire, qu'il
n'en doit estre ni trop proche, ni trop éloigné :
car dans une trop grande proximité il empesche
son action, & dans un trop grand éloignement
il épuise sa vertu : en sorte que l'œil tout clair-

voyant qu'il eſt, ne peut appercevoir les choſes
les plus viſibles , quand elles ſont par rapport à
luy dans l'une ou dans l'autre de ces ſituations!
Il en eſt de meſmes de noſtre eſprit & de ſes connoiſſances : & voilà dit ſaint Gregoire Pape , ce
qui nous rend aveugles dans les devoirs de la
conſcience & de la religion. Car les matieres de
la religion ſont infiniment élevées audeſſus de
nous, & c'eſt pour cela que nous les perdons de
veûë , parce qu'elles ſont , pour ainſi dire , hors
de la ſphére & de l'activité de noſtre eſprit; &
celles de la conſcience ſont au dedans de nous-
meſmes : car qu'eſt-ce que la conſcience , dit
ſaint Bernard, dans le traité qu'il en a fait, ſinon
la ſcience de ſoy-meſme ! *Conſcientia quaſi ſui*
ipſius ſcientia. Comme donc il arrive que l'œil
deſtiné à voir tout ce qui eſt hors de luy, ne ſe
voit point néanmoins luy-meſme ; ainſi l'eſprit
de l'homme eſt-il pénetrant , ſubtil , plein, ſi
j'oſe employer ce terme, de ſagacité pour tout
le reſte , hors pour la conſcience qui eſt ſon œil
& par où il doit ſe connoiſtre.

Mais que s'enſuit-il de là! ah! Chreſtiens, vous
prevenez déja ma penſée, & plaiſe au ciel qu'elle
vous ſerve de regle dans la pratique : c'eſt que
l'homme eſtant aveugle dans ces deux choſes, je
dis en ce qui regarde la religion & la conſcience,
il eſt inévitable pour luy de s'y tromper, s'il n'apporte un ſoin extreſme à ſe préſerver des illuſions
où ſon aveuglement le peut conduire : de s'y

Bernard.

tromper, dis-je, ne perdez pas la reflexion qu'adjouste saint Bernard, non pas en supposant pour
grandes les fautes qui sont legeres de leur nature, car il est rare que son erreur le méne-là ; mais
en supposant pour legeres celles qui sont en effet
importantes : illusion qui luy est trés ordinaire.
C'est à dire, qu'il est sujet à traiter de bagatelles en matiere de conscience & de religion, des
choses où la religion néanmoins & la conscience se trouvent notablement interessées ; à ne
compter pour rien ce qui devant Dieu doit estre
censé pour beaucoup ; à juger pardonnable &
veniel, ce qui de soy-mesme est criminel & mortel ; à diminuer par de fausses opinions la rigueur
des plus étroites obligations : car tout cela ce
sont autant d'effets de l'aveuglement de l'homme. Et parce que cet aveuglement ne le justifie
pas ; parce que c'est un aveuglement, ou affecté
par malice, ou formé par neglicence, ou fomen-
té par passion, qu'arrive-t-il encore ! ce que nous
éprouvons tous les jours : que pour connoistre
mal les petites choses, l'homme est exposé à
manquer dans les plus essentielles ; que suivant
les erreurs dont il se prévient sur ces fautes prétenduës legeres, il luy est aisé de commettre de
veritables crimes ; & que pensant ne faire qu'un
pas dont les suites sont peu à craindre, il court
risque de se precipiter & de se perdre, s'il ne
s'impose cette loy, d'avoir pour Dieu une fidelité entiere & de ne rien negliger jusqu'aux

plus menuës pratiques. Car cette loy bien ob-
fervée le met à couvert de tout, & fait, pour parler de la forte, qu'il peut eftre aveugle en affeûrance; puifqu'il eft certain, que tant qu'il s'attachera à cette maxime, quand il feroit du refte
rempli d'erreurs, quand fon efprit feroit obfcur-
ci des plus épaiffes tenebres, il ne s'égarera jamais, & que toûjours il marchera auffi droit
que s'il avoit pour fe conduire toutes les lumieres d'une fouveraine prudence : pourquoy ! parce que la loy qu'il s'eft prefcrite, luy fervira de
guide; & voilà le fecond principe fur lequel j'ay
fondé ma propofition, que dans ce qui touche
la religion & la confcience, il eft d'une impor-
tance extrefme de fe refferrer toûjours, pluftoft
que de fe licentier en aucune maniere & de fe relafcher.

En effet ne l'avons-nous pas veû, & ne le
voyons-nous pas encore, que le relafchement
fur certains poincts eftimez peu neceffaires, eft
un des pieges les plus dangereux pour nous furprendre & pour nous faire tomber dans les plus
grands defordres ? En voulez-vous des exemples par rapport à la Religion ? Souvenez-vous,
mes chers Auditeurs, de ce qui eft rapporté par
faint Auguftin dans un de fes traitez fur S. Jean,
& de la fameufe difpute émeuë entre un Manichéen & un Catholique au fujet d'une mouche qui par hazard fervit d'occafion à la plus celebre des controverfes qui partageoient alors les

esprits. Est-il croyable, disoit au Catholique le Manichéen, qu'un si petit insecte & d'ailleurs si importun à l'homme ait esté crée de Dieu? Non, luy répondit celuy-cy avec simplicité, je ne le puis croire. Prenez-garde, dit saint Augustin; il estoit catholique de profession, bien intentionné pour la vraye créance, & fort éloigné de cet esprit superbe & présomptueux qui conduit au libertinage & à l'impieté: mais il estoit ignorant, & il ne concevoit pas que la production d'une mouche fust quelque chose dont son adversaire pust se prévaloir & prendre avantage sur luy. Que fit le Manichéen? on vous l'a dit cent fois: de la mouche il luy persuada d'accorder le mesme pour l'abeille, de l'abeille il le poussa jusqu'à l'oiseau, de l'oiseau à la brebis, de la brebis à l'élephant, enfin il luy fit avoüer que Dieu n'estoit pas le créateur de l'homme. D'où proceda une si grossiere erreur? de l'aveuglement d'esprit qui séduisant le Catholique, luy fit negliger & compter pour peu ce qui néanmoins estoit un poinct fondamental.

En faut-il un exemple encore plus sensible & plus connu? De l'héresie Manichéenne passons à l'héresie Arrienne; & voyez sur quoy rouloit en ces premiers temps le Schisme du monde chrestien. Il se réduisoit tout à un seul mot: sçavoir, si le Verbe devoit estre appellé consubstantiel, c'est à dire de mesme substance que son Pere, comme le vouloient les défenseurs de la verité; ou

s'il eftoit feulement femblable en fubftance à
fon Pere, comme le foutenoient les partifans
d'Arrius. Cette queftion, remarque faint Hilaire, fans parler des Schifmatiques, partageoit
mefmes entr'eux les Orthodoxes; les uns pre-
tendant que c'eftoit peu de chofe, & les autres
en faifant un article capital. Pourquoy, difoient
les premiers, tant de chaleur & tant de bruit!
Que ce foit *confubftantiel* qui l'emporte, ou *fem-*
blable en fubftance, une difference fi legere doit-
elle troubler le repos de l'Eglife! Eft-il jufte
qu'un fi petit fujet caufe une divifion fi univer-
felle; & que pour une fyllabe, pour une lettre
dont on ne convient pas, plus de la moitié du
monde foit retranchée de la communion des fidelles! C'eft ainfi qu'ils parloient avec un zéle
aveugle & indifcret; & parce qu'ils ne connoiffoient pas affez ce myftere de la divinité du Verbe, en negligeant une fyllabe dont il s'agiffoit,
ils ruinoient le fondement de la Religion chreftienne. Au lieu que faint Athanafe & les vrays
fidelles avec luy, mieux inftruits & plus éclairez, vouloient qu'on facrifiaft tout pour ce feul
mot *confubftantiel,* prefts à mourir eux-mefmes, & à le maintenir par l'effufion de leur fang;
tant ils le jugerent neceffaire pour conferver la
pureté de la Religion Catholique. N'eft-ce pas
ainfi qu'en mille rencontres, lorfque l'Eglife
ufant de fon authorité, a voulu décider & regler des poincts de foy, fes ennemis pour élu-

der des décisions oppofées à leurs fentimens &
aux quelles ils refufoient de fe foumettre, les
traitoient de queftions vaines & inutiles! Je ne
dis point combien cette conduite répugne à
l'humilité de la foy & à la prudence Evangelique : c'eft affez que vous compreniez par là l'o-
bligation indifpenfable que nous avons de refpecter jufques aux plus petites chofes, par tout
où la religion eft meffée, puifqu'il eft vray que
noftre ignorance nous expofe à de fi funeftes é-
garemens.

Que n'ay-je le temps pour la perfection de ce
difcours d'appliquer aux mœurs & à la confcience, ce que j'ay dit de la foy & de la religion !
Que ne puis-je produire icy certains genres de
pechez, toûjours griefs en quelque fujet que ce
foit dés qu'ils font volontaires, mais que l'ignorance nous fait mettre fouvent au nombre des
petits pechez! Combien en pourrois-je compter
d'autres dont nous mefurons la grieveté, ou la
legereté, non fuivant ce qu'ils font en effet dans
les conjonctures prefentes, mais felon nos idées
& les defirs de noftre cœur ! Seneque difoit un
beau mot, que nous n'eftimons grands certains
dons de la fortune, & certains eftabliffemens du
monde, que parce que nous fommes petits :
Ideò magna æftimamus, quia parvi fumus. Mais *Senec.*
icy au contraire il y a mille chofes qui ne nous
paroiffent petites, que parce que noftre aveuglement eft grand. Ce n'eft point une fimple re-

flexion que je fais , c'eſt une regle que je vous
propoſe, & une regle neceſſaire dans la conduite de la vie. Oüy, Chreſtiens, je dis qu'il y a certains genres de pechez où nous nous trompons
toûjours, quand nous les ſuppoſons legers, parce qu'ils ne ſont jamais tels dans l'idée de Dieu.
Ainſi cet abominable peché, ce peché honteux
que ſaint Paul nous défend de nommer, eſt-il
toûjours mortel & toûjours un ſujet de damnation dés qu'il eſt accompagné d'un conſente-
ment libre. Opinion conſtante, & ſi authoriſée
parmi les Theologiens, que ce ne ſeroit pas ſeulement une temerité de la contredire, mais un
ſcandale. Dans l'impureté , dit le ſçavant Guillaume de Paris , rien de leger , rien de veniel.
Cependant qui le ſçait ! qui de vous en eſt perſuadé ! qui de vous a pris ſoin de s'en inſtruire !
combien y a-t-il la-deſſus d'erreurs répanduës
dans le monde ! & par une ſuite neceſſaire, combien de crimes ſe commettent tous les jours
dans la fauſſe & malheureuſe prévention que ce
ne ſont point des fautes qui attirent la haine de
Dieu ! J'adjouſte, qu'il y a d'autres pechez, tantoſt griefs , tantoſt legers ; mais dont nous ne
meſurons la malice que ſelon les divers intereſts
qui nous gouvernent. Avons-nous fait au prochain l'injure la plus atroce ! ce n'eſt rien à nous
en croire : mais nous a-t-il offenſez ! la moindre
injure que nous en avons reçeüë, eſt un monſtre à nos yeux. Jamais l'aggreſſeur a-t-il recon-
                                               uu

nu tout le tort qu'il a , & jamais l'offenfé eft-il
convenu du peu de tort qu'on luy a fait ! l'un
l'augmente, l'autre le diminuë, chacun comme
l'amour propre & fa paffion l'infpirent. Jufqùes
dans le tribunal de la penitence, où nous pré-
tendons agir avec Dieu de bonne foy, combien
de railleries & de medifances , combien de paroles piquantes que l'on compte pour des bagatelles , & fur quoy l'on ne daigne pas mefmes
s'expliquer ! Eft-ce qu'elles font toutes en effet
de ce caractere, & qu'il n'y en ait prefque aucune qui puiffe nous caufer de juftes remords ! Eft-
ce que nous voulons mentir au Saint Efprit, &
les diffimuler malgré les remords de la confcience ! Non , Chreftiens : mais c'eft que nous fommes aveugles, & que noftre aveuglement nous
empefche de les appercevoir & d'en eftre touchez.

Quel remede, mes chers Auditeurs, & quel
parti prendre pour fe garentir des fuites d'un
aveuglement fi pernicieux ! Ah ! Seigneur ,
vous me l'avez appris : c'eft de me contenir dans
les bornes d'une exacte & entiere foumiffion à
voftre loy ; c'eft de ne me permettre quoyque
ce foit qui puiffe en quelque forte bleffer voftre loy ; c'eft de n'affecter jamais une fauffe liberté , qui fi fouvent, lors mefmes que je l'i-
gnorois, & parce que je l'ignorois, m'a rendu
prévaricateur de voftre loy. Voilà le moyen ,
ô mon Dieu , dont vous m'avez pourveû &

Tome II. .O

que je dois mettre en œuvre. Sans cela ma perte eſt inévitable. Car il faudroit pour me garentir des chûtes fatales dont je ſuis menacé, ou
que mon aveuglement ceſſaſt, ou qu'une étude
conſtante & aſſiduë de mes devoirs ſuppléaſt
aux lumieres qui me manquent. De n'eſtre plus
aveugle, ni expoſé aux erreurs de mon eſprit,
c'eſt ce que je ne puis eſperer : car eſtant pecheur, telle eſt ma triſte deſtinée ; & comme il
ne dépend pas de moy d'eſtre exempt de toutes
les foibleſſes de la concupiſcence, auſſi ne puis-
je eſtre dans cette vie abſolument degagé des
tenebres de l'ignorance, puiſque c'eſt une peine
de mon peché. De combattre cette ignorance par
des reflexions continuelles ſur le nombre & la
qualité de mes devoirs, il eſt vray que je le puis :
mais le feray-je toûjours ! & quand je le ferois,
auray-je toûjours aſſez de lumieres pour y reüſ-
ſir, c'eſt à dire, pour connoiſtre clairement & diſ-
tinctement ce qui eſt d'une obligation rigoureuſe, & ce qui ne l'eſt pas ! & quand enfin je le
connoiſtrois, auray-je toûjours aſſez de force
& aſſez de reſolution pour agir ſelon mes connoiſſances ! Ah ! Seigneur, il eſt bien plus court
& bien plus ſeûr de m'interdire tout peché, de
quelque nature qu'il puiſſe eſtre. Outre que j'auray l'avantage d'en eſtre plus agreable à vos
yeux, outre que je me feray un merite de vivre
dans un plus parfait attachement à vos volontez, outre que ce ſera une conſolation pour moy

de penfer que je fuis du nombre de vos fidelles
ferviteurs, ou que je tafche au moins à vous fervir comme eux ; motif à quoy je dois eftre plus
fenfible qu'à toutes les recompenfes que je pourrois attendre de vous : je n'auray plus befoin
quand il s'agira de voftre loy, de l'examiner de
fi prés, ni de chercher tant d'éclairciffemens &
d'aller à tant de confeils, qui fouvent me flat-
tent au lieu de m'inftruire, ou qui m'embaraf-
fent au lieu de me calmer. Cette exactitude, cette regularité dans les plus petites chofes me tiendra lieu de tout le refte. Avec cela je pourray
compter fur vous & fur moy-mefme : fur vous,
parce que vous vous eftes engagé à combler de
vos graces une ame qui vous donne tout fans
referve ; fur moy-mefme, parce que j'auray le
plus affeûré préfervatif contre ma fragilité naturelle & contre le penchant de mon cœur.

Heureux, mes Freres, fi vous entrez dans
ces fentimens ! Meditez bien cette maxime de
faint Bernard, que ce feroit un miracle, fi celuy qui fe permet tout ce qui luy eft permis, ne
fe laiffoit pas emporter à ce qui luy eft défendu.
Souvenez-vous de cet oracle du Saint Efprit,
que quiconque méprife les petites chofes, tombe peu à peu, & mefmes fans y prendre garde,
dans les grandes. N'oubliez jamais que vous eftes foibles, & que vous ne pouvez mieux vous
précautionner contre le peché, qu'en évitant
jufqu'à l'ombre mefme du peché. Enfin, met-

O ij

tez-vous en eſtat d'entendre de la bouche de Jeſus-Chriſt cette conſolante parole : venez, bon ſerviteur ; parce que vous m'avez eſté fidel--le en peu de choſe , prenez poſſeſſion de mon Royaume celeſte, & gouſtez y une felicité éter-nelle. Puiſſions-nous tous y parvenir, Chreſtiens : c'eſt ce que je vous ſouhaite &c.

SERMON
POUR LE JEUDY
de la troisiéme Semaine.

Sur la Religion & la probité.

Omnes qui habebant infirmos variis languori-
bus, ducebant illos ad Jesum. At ille singu-
lis manus imponens, curabat eos. Exibant
autem dæmonia à multis, clamantia, & dicentia : Quia tu es filius Dei. Et increpans non
sinebat ea loqui, quia sciebant ipsum esse
Christum.

Tous ceux qui avoient des malades de diverses
maladies, les amenoient à Jesus, & il les gué-
rissoit tous en les touchant. Or les démons sor-
toient de plusieurs possedez, criant & disant :
Vous estes le Fils de Dieu. Mais il les re-
prenoit, & ne leur permettoit pas de parler,
parce qu'ils sçavoient qu'il estoit le Messie. En
saint Luc, chap. 4.

C'Est le temoignage que rendent au Sauveur du monde dans nostre Evangile ces

O iij

esprits de tenebres à qui il faisoit sentir son souverain pouvoir en les chassant des corps, & dont il estoit venu sur la terre renverser l'injuste domination. Temoignage certain, puisqu'ils sçavoient & qu'ils avoient appris par de si sensibles épreuves ce qu'il estoit : *Quia sciebant ipsum esse Christum.* Temoignage public, puisqu'ils le disoient & qu'ils le faisoient si hautement entendre : *Clamantia, & dicentia, quia tu es Filius Dei.* Temoignage d'autant plus glorieux au Fils de Dieu, que c'estoient ses ennemis mesmes qui reconnoissoient sa toutepuissante vertu, & qui publioient sa divinité: *Exibant autem dæmonia.* Mais temoignage que cet homme-Dieu méprise & qu'il rejette, parce que ce n'estoit aprés tout qu'un temoignage forcé, & qu'il ne partoit pas d'un vray sentiment de Religion : *Et increpans non sinebat ea loqui.* Car s'ils obéissoient à ses ordres en sortant des possedez, c'est qu'ils ne pouvoient resister à sa parole ; & tandis qu'ils l'honoroient d'une part, ou qu'ils sembloient l'honorer en l'appellant Fils de Dieu, ils le blasphesmoient de l'autre & ils le renonçoient, en s'opposant de toutes leurs forces à l'establissement de sa loy. Envain donc, mes Freres, pour en venir à nous-mesmes, adorons-nous Dieu, ou prétendons-nous l'adorer, si nous ne l'adorons en esprit & en verité. Envain luy rendons-nous un culte apparent, si dans la pratique nous démentons

Luc. 4.

Ibidem.

Ibidem.

Ibidem.

par nos mœurs ce que nous confeſſons de bouche. Envain ſommes-nous chreſtiens, ou nous
diſons-nous chreſtiens, ſi nous ne le ſommes
que de nom, & ſi nous n'en devenons pas plus fidelles à nos devoirs. Et quand je dis nos devoirs,
je n'entends pas ſeulement certains devoirs de
Religion, mais les devoirs les plus communs de
la ſocieté & les plus ordinaires dans l'uſage de
la vie & dans le commerce du monde. C'eſt de
là meſme auſſi que je tire le ſujet de ce diſcours;
& prenant la matiere en general, je veux vous
faire voir le rapport neceſſaire qu'il y a entre la
Religion & la probité: je veux vous donner une
parfaite idée de l'une & de l'autre, en vous
monſtrant la dépendance mutuelle qu'elles ont
l'une de l'autre. Puiſſiez-vous ſur ce plan regler
deſormais toute la conduite de voſtre vie! C'eſt
pour cela que j'implore le ſecours du Ciel, &
que je m'addreſſe à Marie en luy diſant, *Ave*
Maria.

A Voir de la probité ſelon le monde, & avoir
de la Religion, ce ſont deux choſes qu'on a de
tout temps diſtinguées; & qui ſont en effet trés
differentes, ſoit qu'on les conſidere dans leurs
principes, ſoit qu'on en juge par leurs objets,
ſoit qu'on ait égard aux fins qu'elles ſe propoſent.
Car la probité ſelon le monde ſemble n'eſtre
tout au plus qu'un effet de la raiſon, & la religion eſt le grand ouvrage de la grace. La probi-

té felon le monde eft bornée à quelques devoirs
de focieté qu'elle regle entre les hommes, & la
religion eft occupée aux plus faints exercices du
culte de Dieu. La probité felon le monde n'envifage rien que de mortel & de periffable, & la
religion porte fes veûës & fes efperances jufques
dans l'éternité. Cependant j'ofe avancer une
propofition dont quelques-uns ne compren-
dront pas d'abord toute la verité, mais dont
j'efpere que la fuite de ce difcours les convain-
cra : car je pretends que la probité & la religion, toutes differentes & quelquefois mefmes
toutes oppofées qu'elles paroiffent, ont néanmoins entre elles une liaifon trés étroite ; jufques-là qu'à les prendre dans toute l'étenduë
qu'elles doivent avoir, on peut dire abfolument
qu'elles font infeparables. Pourquoy ! concevez,
s'il vous plaift, ces deux penfées : parce qu'il eft
impoffible qu'un homme qui n'a point de religion, ait une veritable probité ; & qu'il n'eft pas
plus poffible qu'un homme qui n'a pas le fonds
d'une vraye probité, ait une folide religion. Ces
deux maximes ont befoin d'éclairciffement ;
mais l'éclairciffement que je vais leur donner, en
doit eftre la preuve. Point de probité fans religion, c'eft la premiere partie : point de religion
fans probité, c'eft la feconde. Mais la probité
avec la religion ou la religion avec la probité,
voilà ce qui fait felon Dieu & felon le monde
l'homme de bien, & ce que j'ay prefentement
à developper.

JE l'ay dit, Chrestiens, & il faut que le monde malgré luy le reconnoisse, que sans la vertu de religion qui nous assujettit à Dieu & à son culte, il n'y a point de veritable probité parmi les hommes. Voicy les raisons sur quoy je fonde cette importante maxime. Premiérement, parce qu'il n'y a que la religion, qui puisse estre une regle certaine, un principe universel & un fondement solide de tous les devoirs qui font ce caractere de probité dont je parle. Secondement, parce que tout autre motif que celuy de la religion, n'est point à l'épreuve de certaines tentations delicates, où la vraye probité se trouve sans cesse exposée. Enfin parce que quiconque a secoüé le joug de la religion, n'a plus de peine à s'émanciper de toutes les autres loix qui pouvoient le retenir dans l'ordre, ni à se défaire de tous les engagemens qu'il a dans la societé humaine & sans lesquels la probité ne peut subsister. Je vais vous faire entendre ces trois pensées.

Je dis que la religion est le seul principe sur quoy tous les devoirs qui font la vraye probité, peuvent estre seûrement establis. C'est la doctrine du Docteur Angelique saint Thomas dans sa Seconde seconde question quatrevingt-uniéme. Car la religion, dit il, dans la proprieté mesme du terme, n'est rien autre chose qu'un lien qui nous tient attachez & sujets à Dieu comme au premier estre. Or

dans Dieu, adjoufte ce faint Docteur, font reü-
nis comme dans leur centre , tous les devoirs
& toutes les obligations qui lient les hommes
entre eux par le commerce d'une étroite focieté.
Il eft donc impoffible d'eftre lié à Dieu par un
culte de religion , fans avoir en mefme temps
avec le prochain toutes les autres liaifons de charité & de juftice, qui font mefmes felon l'idée
du monde , ce qui s'appelle l'homme d'honneur. Ainfi, Chreftiens, quand Dieu nous commande de l'adorer & de ne fervir que luy feul,

Deuter. 6. *Dominum Deum tuum adorabis & illi foli fer-
vies ;* bien loin que cette reftriction, luy feul,
excluë aucun des devoirs de la vie civile, elle
les embraffe tous ; bien loin qu'elle les affoi-
bliffe , elle les affermit tous ; bien loin qu'elle
préjudicie à ce que les hommes font en poffeffion d'exiger les uns des autres, elle le maintient
dans toute fa force & elle l'authorife dans toute
fon étenduë. Car en vertu de la loy que j'ay re-
çeûë & que je me fuis faite, de fervir un Dieu;
je rends à chacun par une confequence neceffaire ce qui luy eft dû, l'honneur à qui appartient l'honneur, le tribut à qui je dois le tribut;
je fuis fidelle à mon Roy, obéiffant à mes fuperieurs , refpectueux envers les grands , modefte envers mes égaux , charitable à l'égard
des pauvres; j'ay du zéle pour mes amis, de l'é-
quité pour mes ennemis, de la moderation pour
moy-mefme : pourquoy ! parce que dans Dieu

feul je trouve ce qui m'oblige à tout cela, mais
d'une maniere qui ne peut eftre qu'en Dieu &
qui ne fe trouve point hors de Dieu.

En effet, je confidere en Dieu tous ces devoirs comme autant de dépendances du culte fupreſme dont je luy fuis redevable , & par
confequent comme autant de poincts de conſcience effentiels à mon falut. Or cette veûë de
confcience & de falut eft la grande regle qui
fait que je me foumets , que je me captive ; que
j'ufe , s'il eft befoin , de feverité & de rigueur
contre moy-mefme, pour me réduire à la pratique de toutes ces obligations. Et voilà, Chreftiens , la fainte & divine morale que Tertullien
propofoit aux infidelles & aux payens pour leur
faire comprendre la pureté de noftre religion ,
& pour effacer les fauffes idées qu'ils en avoient.
Il leur faifoit voir que bien loin qu'ils en duf-
fent former aucun foupçon, ni avoir aucun om-
brage , ils la devoient regarder comme une religion utile à la feûreté & au bien commun. Car
c'eft, leur remonftroit-il, cette religion qui nous
apprend à faire tous les jours des vœux à noftre
Dieu pour la profperité de vos Céfars, lors mefmes qu'ils nous perfecutent; & à offrir pour eux
le facrifice de nos Autels, au mefme temps qu'ils
facrifient le fang de nos freres à la rigueur de
leurs édits. C'eft cette religion qui nous apprend
à fervir dans vos armées avec une fidelité fans
exemple , puifque vous eftes obligez de recon-

noiſtre que vous n'avez point de meilleurs ſol-
dats que les chreſtiens. C'eſt cette religion qui
nous apprend à payer exactement & ſans fraude les tributs & les impoſts publics, juſques-là
que les bureaux de vos receptes, (c'eſt l'expreſſion de Tertullien,) rendent graces de ce qu'il
y a des chreſtiens au monde, parce que les chreſtiens s'acquittent de ce devoir par principe de
conſcience & de pieté : *Hinc eſt quod vectigalia*

veſtra gratias chriſtianis agunt, utpote debitum
ex fide pendentibus. Ces paroles ſont admirables. Et en effet, ſi dans un Eſtat toutes choſes
ſe traitoient ſelon les loix du chriſtianiſme ; ſi
les peuples y obéiſſoient en chreſtiens, & ſi ceux
qui les gouvernent les gouvernoient en chreſtiens ; ſi la juſtice y eſtoit renduë, ſi l'on y exerçoit le commerce, ſi les emplois & les charges s'y
adminiſtroient ſelon la conduite toute pure &
l'inſpiration de l'eſprit chreſtien, quel ordre n'y
verroit-on pas & quelle paix ? marque évidente,
dit ſaint Auguſtin, non ſeulement de la verité,
mais de la neceſſité de noſtre religion. Et c'eſt encore par là qu'entre les differentes ſectes de la religion chreſtienne, le parti catholique qui eſt le
parti de la verité, s'eſt de tout temps diſtingué
du parti de l'erreur. Car pourquoy, par exemple,
les héreſies ont-elles toûjours fait naiſtre les deſordres ; & pourquoy ont elles ſuſcité dans tous
les lieux où elles ſe ſont élevées, la revolte des
ſujets contre les puiſſances legitimes, ſinon, dit

le sçavant Pic de la Mirande, parce qu'il est impossible de dégenerer de la vraye religion sans
dégenerer de la vraye probité ? Or quel est le
premier devoir de la probité, si ce n'est de se soumettre à l'authorité !

Il faut donc considerer la religion dans le
cœur de l'homme, comme le premier mobile
dans l'univers. Prenez garde, s'il vous plaist,
Chrestiens : ce ciel que nous appellons premier mobile, a une vertu si puissante, qu'il
fait rouler avec soy tous les autres cieux, qu'il
répand ses influences jusques dans le sein de la
terre, & qu'il entretient par son action & par
son mouvement toute l'harmonie du monde.
Si ce premier mobile s'arrestoit, disent les Philosophes, toute la nature seroit dans le trouble
& dans la confusion. De mesmes, quand le
principe de la religion vient une fois à estre détruit ou alteré dans un esprit, il n'y faut plus
chercher de regle ni de conduite ; plus d'honnesteté de mœurs, du moins constante & generale : remarquez biences deux termes, constante & generale, qui comprennent tout. Car
sur quoy seroit fondée cette honnesteté ! sur les
seules veûës de la raison ! ah ! Chrestiens, vous estes trop éclairez & trop bien instruits du merite
des choses, pour croire que la raison seule, dans
l'estat où elle est réduite, c'est à dire, corrompuë
par le peché, affoiblie par les passions, sujette
comme elle est à se prévenir & à s'aveugler, puis-

ſe maintenir l'homme dans une innocence entiere & irreprochable. Vous avez trop de penetration, pour ne pas voir les ſcandales qui arriveroient, ſi les devoirs de la ſocieté humaine
dépendoient uniquement de l'idée que chacun
s'en forme ; & l'horrible renverſement qui s'en-
ſuivroit, ſi chacun ſelon ſon caprice & ſelon ſon
ſens ſe faiſoit l'arbitre de ce qu'il peut, de ce
qu'il doit, de ce qui luy appartient, de ce qui
luy eſt permis : en ſorte que ſa raiſon luy tinſt
lieu d'un tribunal ſouverain audeſſus du quel il
n'en reconnuſt point d'autre & dont il n'y euſt
aucun appel. Je ne veux que vous-meſmes pour
en juger. Cette raiſon ſans religion, combien
d'injuſtices n'authoriſeroit-elle pas ! combien
de trahiſons & de fourberies ne trouveroit-elle
pas moyen de juſtifier ! à combien de crimes ne
donneroit-elle pas le nom de vertu !

C'eſt pour cela, dit S. Chryſoſtome, cecy eſt
remarquable, c'eſt pour cela que dans les affaires
du monde les plus importantes, dans les traitez
d'alliance & de paix, dans les premieres charges
d'un Eſtat, dans l'adminiſtration meſme de la
juſtice ordinaire, on exige des ſerments, qui ſont
des proteſtations publiques & ſolemnelles de religion : pourquoy ? parce que ſans le ſçeau de la
religion, on ne croit pas pouvoir s'aſſeûrer de
la raiſon des hommes; & parce que les hommes
meſmes qui connoiſſent fort bien le foible de
leur raiſon, ſe défient toûjours les uns des au-

tres, à moins que cette raison qu'ils ont pour suspecte, n'ait, pour ainsi dire, une caution superieure & un garand qui est la religion. Car qu'est-ce en effet que le serment & le jurement dans la doctrine des Theologiens, sinon une espece de caution que nous fournit la religion mesme, pour pouvoir répondre aux autres de nostre raison? Or cela s'est pratiqué generalement dans toutes les nations & dans tous les siecles. Autre preuve, dit S. Chrysostome, pour confondre le libertinage, & pour détruire cette prétenduë suffisance de la raison, dont l'impieté se glorifie. Aussi, Chrestiens, consultez vostre propre experience; y a-t-il personne de vous qui voulust que sa vie & sa fortune fussent entre les mains d'un homme sans religion? Quelques lumieres qu'il ait, quelque raison qu'il fasse paroistre, dés-là que je sçais qu'il n'a point de Dieu, ne m'estimerois-je pas malheureux qu'il fust le maistre de mes interests; & n'éviteray-je pas toûjours, autant qu'il est en moy, d'avoir aucun engagement avec luy? Au contraire si je suis convaincu que celuy avec qui je traitte, a de la foy & de la conscience, je ne craints rien; & un athée, tout athée qu'il est, se confiera plustost à un homme qui croit un Dieu, qu'à un libertin & un impie comme luy. Providence adorable, c'est ainsi que vous éclattez jusques dans l'impieté, & que malgré nous nous concevons de l'horreur pour l'irreligion, qui non seulement se contredit & se condamne, mais s'abhorre elle-mesme.

Vous me direz qu'independamment de toute religion, il y a un certain amour de la justice que la nature nous a inspiré, & qui suffit au moins pour former un caractere d'honneste homme selon le monde. Je sçais, Chrestiens, que cela se dit, & que c'est le pretexte specieux dont le libertinage le plus raffiné se sert, pour conserver encore quelque reste d'estime & de bonne opinion parmi les hommes. Mais c'est un pretexte qui n'a jamais trompé que les simples, & dont il est aisé d'appercevoir l'illusion. Car sans examiner quel seroit cet amour de la justice abandonné à la discretion de la bonne ou mauvaise foy de chaque particulier, je vous demande, Chrestiens, où l'on trouveroit dans le monde des hommes qui se piquassent d'un grand zéle pour la justice, s'ils estoient une fois persuadez qu'il n'y a, ni Dieu, ni religion ! Y en auroit-il beaucoup! un ambitieux, un sensuel, un avare seroit-il beaucoup touché de cette idée de justice separée de la connoissance de Dieu ; & ces honnestes gens prétendus du monde comment en useroient-ils ! Car enfin s'il n'y avoit point de religion , & que je n'eusse plus devant les yeux ce premier estre qui me régit & qui me gouverne, je me regarderois moy-mesme comme ma fin; & par un déreglement de raison , qui deviendroit néanmoins alors comme raisonnable , je rapporterois tout à moy : mon interest, mon plai-

plaifir, ma fatisfaction, ma gloire feroient mes
divinitez; & je prétendrois avoir droit de leur
facrifier toutes chofes : pourquoy ! parce que je
ne verrois plus rien au deffus de moy, ni hors
de moy, de meilleur que moy. Et n'eft-ce pas
ainfi que vivent les athées, qui n'ont plus nulle
créance de la divinité, fe fubftituant en quelque forte à la place de Dieu, & n'agiffant que
pour eux-mefmes, parce qu'ils n'ont point d'autre Dieu qu'eux-mefmes! Or dítes-moy s'il peut
y avoir avec cela quelque probité ! le moyen
qu'un homme préoccupé de cette maxime euft
de la charité pour le prochain ! le moyen qu'il
puft fe faire une vertu d'obéir & de dépendre,
& qu'il fe foumift autrement que par contrainte & par baffeffe de cœur !

Et c'eft icy, Chreftiens, que je dois vous faire
remarquer non pas l'impieté, mais l'extravagance de cette politique malheureufe dont un faux
fage de ces derniers fiecles s'eft glorifié d'eftre
l'autheur. Politique qui ne reçoit de religion,
qu'autant qu'il en faut pour bien faire fon perfonnage felon le monde, & qui n'en retient que
l'apparence & la figure pour garder précifement
les bienféances de fon eftat. Car fans entreprendre de refuter une maxime fi deteftable ; fans
m'arrefter à la penfée de Guillaume de Paris,
qu'une religion feinte & hypocrite eft dans un
fens pire que l'irreligion mefme; fans dire qu'elle eft plus dangereufe que ne feroit un atheif-

Tome II. ,P

me declaré, parce qu'on se défie moins d'elle &
qu'elle peut servir à cacher toutes sortes de crimes ; sans vous faire observer, que c'est parmi
les peuples où cette doctrine s'est repanduë, que
les plus noires perfidies ont esté plus communes,
& Dieu veuille que bientost il n'en soit pas ainsi de nous ; sans parler des desordres qui s'en-
suivroient, si les peuples n'avoient de religion
qu'autant que leurs interests le demandent : desordres qui monstrent bien jusqu'où va l'égarement des hommes quand ils se détachent une
fois de Dieu, & combien ce que dit saint Paul
est vray, que Dieu les livre à un sens reprouvé : sans, dis-je, insister la-dessus, il me suffit,
Chrestiens, que cette damnable politique, en
raisonnant contre Dieu, se détruise par elle-
mesme & par son propre raisonnement. Car toute impie qu'elle est, elle reconnoist au moins la
necessité d'une religion apparente, pour contenir les peuples dans le devoir ; & par là mesme
elle convient que la raison seule n'est pas capable d'entretenir dans le monde cette probité qui
le doit regler : d'où je conclus moy la necessité
d'une vraye religion ; pourquoy ! parce que la
vraye probité ne peut pas estre fondée sur le
mensonge. Si donc il faut une religion, & s'ils
sont eux-mesmes forcez de l'avoüer, ils en doivent consequemment admettre une vraye, à
moins qu'ils ne veuillent faire de l'univers ce
que Jesus-Christ reprochoit aux Juifs qu'ils

avoient fait du temple de Dieu, c'eſt à dire une caverne de voleurs.

Allons encore plus avant. J'ay dit, Chreſtiens, qu'il n'y avoit que le motif de la religion, qui fuſt à l'épreuve de certaines tentations delicates, aux quelles le devoir & la probité ſe trouvent ſans ceſſe expoſez. Je m'explique, & ſuivez-moy. J'appelle tentations delicates, celles qui attaquent le cœur par ce qu'il a de plus ſenſible, qui oppoſent un intereſt puiſſant à l'integrité d'une conſcience foible, & qui mettent la raiſon en compromis avec une forte paſſion. Tentation delicate, par exemple, lorſqu'il ne dépend pour avoir l'approbation & l'eſtime du monde, que d'embraſſer le parti de l'injuſtice, & qu'en tenant ferme pour la verité on s'attire le mépris & la haine. Tentation delicate, quand pour agir en homme de bien, il faut reſiſter à l'authorité & au credit, & riſquer meſmes ſa fortune & toutes ſes eſperances. Tentation delicate, quand on voit entre ſes mains un profit conſiderable mais injuſte, & qu'en donnant à telle affaire une fauſſe couleur, ou en prenant certaines meſures, on la peut faire réuſſir à ſon avantage. Tentation delicate, lorſqu'aux dépends d'un miſerable ou d'un inconnu, on peut ſervir un ami; ou que pour perdre un ennemi, on n'a qu'à s'écouter un peu plus, & qu'à ſuivre les ſentimens de ſon cœur. Tentation delicate, lorſque franchiſſant un pas hors des bornes de cet-

P ij

te raison severe & scrupuleuse qui nous arreste,
on se met en estat d'estre tout & de parvenir à
tout. En un mot, tentation delicate, lorsqu'on
se trouve en pouvoir de faire le mal, sans en
craindre les consequences, ou parce que l'on
est audessus des jugemens du monde & de la
censure, ou parce que la corruption estant si
generale on se promet d'avoir des approbateurs
& des flatteurs jusques dans le crime. N'est-ce
pas là & en mille autres conjonctures, que nous
voyons la raison la plus droite, à ce qu'il paroist,
succomber néanmoins à la tentation, si elle n'est
soutenuë par la religion ! Car il est aisé, comme
remarque saint Ambroise, de trouver dans le
monde des hommes religieux sur leur devoir,
quand leur devoir n'est combattu par nul interest contraire. C'est alors qu'on parle hautement, qu'on prononce des oracles, qu'on se declare pour la vertu & la probité; & je conçois
bien que cette probité peut estre un fruict de la
raison humaine : mais de voir des hommes d'u-
ne probité & d'une vertu qui se soutienne sans
exception contre tout interest ; des hommes
d'honneur quand il en doit tout couster pour
l'estre; des hommes équitables contre eux-mesmes, & aussi determinez à faire aux autres justice d'eux-mesmes qu'à ne se la pas faire à eux-
mesmes des autres; ah ! Chrestiens, c'est une espece de miracle où la religion doit venir au secours de la raison, & sans ce miracle point de
probité.

De là vient que dans le siecle où nous vivons, pardonnez-moy cette reflexion, que je fais non par un esprit de critique, mais par un sentiment de zéle; de là vient que dans nostre siecle on se laisse aller à tant de desordres dont auroient rougi les payens mesmes. De là vient que presque tous les estats sont aujourd'huy décriez, & qu'on ne s'étonne plus de voir des juges gouvernez par celuy-cy ou gagnez par celle-la. De là vient qu'un homme parfaitement irreprochable dans le maniement des deniers publics & qui sort les mains pleinement nettes de certains emplois, est presque maintenant pour nous un prodige. Le diray-je! de là vient qu'une femme vrayement fidelle commence à devenir bien rare dans le monde; que dans les conditions les plus honorables il y a tant de pratiques & de menées, tant d'artifices & de detours, à qui je n'oserois par respect pour cet auditoire donner le nom qui leur convient, mais que la voix, ou si vous voulez, que l'indignation publique traite tous les jours de fripponneries. De là vient que le sacerdoce, tout spirituel & tout saint qu'il est, est souvent prophané par des commerces & des negoces, non seulement criminels & défendus de Dieu, mais sordides mesmes selon l'opinion commune; enfin, que le vray caractere de l'honneur est presque effacé par tout. Pourquoy cela! je vous l'ay dit: parce que dans la pluspart des estats & des conditions de la vie il y a peu

de religion. Car encore une fois, comment voulez vous que cette femme, que ce juge, que cet
homme d'affaires en telles rencontres où je puis
me les figurer, ne foient pas emportez par la
paffion qui les domine, fi chacun d'eux n'a quelque chofe qui l'éleve audeffus de ce milieu fi
jufte & fi précis de la raifon ! Or c'eft ce que fait
la religion, qui dans la veuë de Dieu non feulement nous empefche d'attenter fur le bien d'autruy, mais nous fait mefmes abandonner le noftre ; qui non feulement triomphe de l'ambition,
mais nous porte encore à l'abbaiffement & à l'humiliation ; qui non feulement réprime les defirs
criminels de la chair, mais nous détache mefmes des commoditez & des aifes de la vie : c'eft
à dire, qui faifant faire à l'homme audelà de ce
que la raifon luy commande, le rend victorieux
de tout ce que la tentation luy peut fuggerer.

   Et voilà, Chreftiens, ce que nous avons veû
dans la perfonne de Jefus-Chrift. Le démon
luy monftrant tous les royaumes de la terre, luy
promit de l'en rendre maiftre, s'il vouloit fe profterner feulement une fois devant luy. C'eftoit
une tentation bien forte : mais que fit le Sauveur ! il fe fervit de la religion contre une attaque fi dangereufe ; & fans autre défenfe que celle-cy, *Scriptum eft, Dominum Deum tuum ado-*
rabis, il eft écrit, vous adorerez le Seigneur voftre Dieu, il confondit fon ennemi. Il ne luy
dit point tout ce que la philofophie & le mon-

Matth. 4.

de auroient pû repondre à la propofition que luy faifoit cet efprit tentateur : car de quel fecours peut eftre la morale & la Philofophie, quand il s'agit d'un royaume & mefmes de plufieurs ! mais parce que le Royaume du Fils de Dieu n'eftoit pas de ce monde, il l'arrefta par ces paroles, *Dominum Deum tuum adorabis ;* & par là il triompha de luy, *Tunc reliquit eum diabolus.* Ayons de la religion, chreftiens ; il n'y a point d'intereft, point de tentation que nous ne puiffions aifément furmonter : n'en ayons pas, il n'y a point de tentation, point d'intereft qui ne nous furmonte. Or fi cette maxime eft abfolument & generalement vraye de tout homme qui n'a point de religion, beaucoup plus l'eft-elle d'un deferteur de la foy, lequel aprés avoir eû autrefois de la religion, n'en a plus maintenant, mais a fecoüé le joug, & dans fa revolte a dit auffi bien que l'infidelle Jerufalem *Non ferviam.* Car que ne peut-on pas craindre d'un homme, qui s'eft défait de la crainte de fon Dieu ; & de quoy n'eft-il pas capable, puifqu'il a efté capable mefmes de s'élever contre le tout-puiffant ! fi le refpect dû à ce premier eftre, n'a pû le retenir, qui l'arreftera ! que ne méprifera-t-il pas, aprés avoir méprifé ce que tous les autres réverent ! & quelle confcience ne fe formera-t-il pas, aprés avoir pû s'en former une qui femble l'affranchir du plus inviolable de tous les devoirs qui eft le culte de fon createur !

Ibidem.

P iiij

De là, & c'eſt la troiſiéme raiſon que j'ay ad-
jouſtée, de là plus de loix ſi ſacrées qu'il ne foule aux pieds, plus d'engagemens ſi étroits à
quoy il ne renonce. Engagemens de dépendance : il ſe ſoulevera, ſi l'occaſion le permet, contre les puiſſances les plus legitimes. Engagemens de juſtice : il ne reſpectera ni l'innocence
ni le bon droit ; & s'il eſt neceſſaire, il ſacrifie-
ra le foible & le pauvre. Engagemens de fidelité : il ira, ſans héſiter, à la face du Magiſtrat &
devant les Autels dementir ſa parole & ſe parju-
rer. Engagemens du ſang & de la nature : il
vendra, s'il le faut, amis, parens, freres, & pere meſme. Belle leçon pour vous, Roys de la
terre, qui vous apprend que rien n'eſt plus pernicieux dans la Cour d'un Prince, que ces hommes ſans religion. Belle leçon, Grands du monde, qui vous apprend à éloigner de vous l'impieté & l'impie. Belle leçon, Maiſtres du ſiecle,
qui vous apprend à ne ſouffrir point auprés de
vous des domeſtiques libertins. Belle leçon pour
nous, mes chers Auditeurs, & pour nous tous,
qui nous apprend à n'avoir jamais de liaiſon
avec des gens ſuſpects en matiere de créance,
& à ne compter pas plus ſur eux que ſur leur
foy ! Si le libertin oſe paroiſtre devant nous, s'il
oſe en noſtre preſence tenir des diſcours ſcandaleux, ne le ménageons en rien ; mais ſoyons
auſſi courageux à luy reſiſter, à le décrediter,
à défendre le Dieu que nous adorons, qu'il eſt

hardi & infolent à l'attaquer. Honorons noftre religion ; honorons la par tout & en tout ,
dans fes myfteres , dans fon facrifice , dans fes
facremens , dans fes céremonies , dans fes obfervances. Tandis qu'elle fubfiftera dans nous,
Dieu fera avec nous ; ou fi le peché nous le
fait perdre , nous aurons toûjours une voye
pour le retrouver. La religion jufques dans
noftre peché , nous parlera , nous rappellera ,
nous tracera le chemin & nous ramenera. Mais
fi nous laiffons éteindre cette lumiere , où fera
noftre reffource ! marchant dans les tenebres ,
& dans les plus profondes tenebres , quelles
chûtes ne ferons-nous pas! en quels abyfmes ne
nous précipiterons-nous pas ! fous une vaine
monftre de probité , à quelle corruption de
mœurs & à quels excez ne nous porterons-
nous pas ! Point de probité fans religion , mais
auffi point de religion fans probité , c'eft la feconde partie.

COmme il y a une efpece d'hypocrifie dont II. Partie.
l'effet eft de tromper les autres, auffi y en a-t-il
une bien plus fubtile & plus deliée qui confifte
à fe tromper foy-mefme en matiere de religion :
& quoyque la premiere femble avoir plus de
malignité , puifqu'elle abufe de ce qu'il y a de
plus faint qui eft le culte de Dieu, pour nous faire paroiftre aux yeux des hommes ce que nous
ne fommes pas ; il faut néanmoins reconnoif-

tre que la seconde est plus dangereuse dans un
sens, puisqu'elle ruine le principe fondamental
de toute la conduite de l'homme, qui est la
juste connoissance des choses, en nous donnant
une fausse idée de la religion, & une idée souvent plus difficile à corriger que l'irreligion mesme. C'est cette seconde espece d'hypocrisie que
j'attaque presentement, & que je réduits à un
certain genre de chrestiens, dont ma seule proposition vous marque le caractere; & qui sans
un dessein premedité d'imposer au public, sont
eux-mesmes dans l'erreur, se flattant qu'ils
ont de la religion, & cependant n'ayant pas ce
fonds de probité, d'integrité, de sincerité que le
monde mesme exige de ceux qui veulent vivre selon ses loix & avec honneur. Car il n'y en
a que trop dans cette illusion, & ce sont là ceux
à qui je parle. Je pretends qu'une religion sans
probité, je dis sans probité dans le sens que le
libertinage mesme & le paganisme l'entendent,
c'est à dire, sans une conduite irreprochable devant les hommes, & sans une exacte regulari-
ré à remplir tous les devoirs de la vie civile, n'est
qu'un phantosme de religion & qu'un scandale de religion : qu'un phantosme de religion,
par ce que le fonds de la vraye religion luy manque ; qu'un scandale de religion, par ce qu'elle
ne sert qu'à deshonorer la vraye religion. Deux
veritez terribles pour tant de faux chrestiens :
j'expose l'une & l'autre en peu de paroles.

Non, mes chers Auditeurs, ce n'eſt qu'un phantoſme de religion qu'une religion ſans probité : ainſi l'Ecriture le declare-t-elle dans un poinct particulier, mais dont la deciſion juſte & ſolide, quoyque d'abord elle ſemble outrée, peut s'étendre à tous les autres. Le voicy. *Si* Jac. 1. *quis putat ſe religioſum eſſe, non refrænans lin-* *guam ſuam, ſed ſeducens cor ſuum, hujus vana* *eſt religio ;* ce ſont les paroles de ſaint Jacques dans ſon Epiſtre canonique : mes Freres, diſoit ce grand Apoſtre, ſi quelqu'un de vous croit avoir de la religion, & que néanmoins il ne réprime pas ſa langue & qu'il luy donne toute liberté de parler, qu'il ſçache que ſa religion eſt vaine. Prenez garde, Chreſtiens : il ne dit pas ; ſi quelqu'un de vous ſe licentie en quelques rencontres à parler contre le prochain ; car cela peut quelquefois arriver par foibleſſe, par imprudence, par emportement, lors meſmes qu'on a de la religion : mais l'Apoſtre dit, ſi quelqu'un de vous ne mettant jamais un frein à ſa langue, ſe fait une habitude de railler l'un, de mépriſer l'autre, de cenſurer celuy-cy, de décrier celuy-là, & qu'il croye pouvoir accorder cette licence effrenée avec la vraye religion, c'eſt un aveugle qui s'égare : & quoyque peut-eſtre il ne s'en eſtime, ni moins ſpirituel, ni moins parfait ; quoyque peut-eſtre il ſe faſſe de ſes mediſances meſmes un poinct de religion & de pieté, comme ſi c'eſtoit un zéle chreſtien qui l'in-

spiraſt, je ſoutiens moy, & je conclus qu'il n'a
qu'une religion imaginaire : *Hujus vana eſt re-*
ligio. Quelle conſequence, reprend S. Chryſoſtome ! n'eſtoit-ce pas aſſez de dire que cet
homme en ne retenant pas ſa langue, offenſe la
religion, qu'il bleſſe la charité, qu'il engage ſa
conſcience, & qu'il ſe rend criminel devant
Dieu ! non : mais prenant la choſe dans ſa ſource, l'Apoſtre prononce abſolument que c'eſt un
homme ſans religion; *Hujus vana eſt religio.*

Or, Chreſtiens, comprenez toute la force de
ce raiſonnement : s'il eſt de la foy qu'une pareille erreur, une erreur pratique touchant les
ſaillies & les libertez d'une langue mediſante &
ſans retenuë ſuffit pour détruire dans nous l'eſprit de la religion, que ſera-ce de ces deſordres
eſſentiels qui détruiſent entierement la probité
dans le commerce des hommes, & que certains
hommes prétendroient néanmoins pouvoir accommoder avec la religion ! Que ſera-ce de ces
duplicitez accompagnées de mille proteſtations
d'amitié & de bonne foy ! Que ſera-ce de ces
avarices ſordides, & couvertes d'un voile de de-
ſintereſſement dont on ſe pare! Que ſera-ce de ces
animoſitez profondes & inveterées, ſi contraires à la charité & à la paix, mais à qui l'on donne une fauſſe couleur de juſtice ! Que ſera-ce de
ces excés, de ces emportemens, de ces duretez
envers le prochain que l'on juſtifie par une intention prétenduë droite ! Que ſera-ce de ces

fraudes, de ces chicanes, de ces vexations qui
ruinent non feulement des familles, mais des
villes, mais des provinces entieres ! Que fera-ce
de mille autres defordres qui ne font que trop
connus, & qui rompent tous les liens de la focieté humaine ! tout cela eft-il compatible avec
une religion toute fainte, avec une religion toute parfaite, avec une religion toute divine ! Le
feroit-il mefmes avec le paganifme ! Hé quoy,
Seigneur, un payen euft crû par là renoncer à la
religion qu'il profeffoit : avec de telles pratiques
on l'euft, parmi des payens, traité d'anathef-
me; & dans un fi monftrueux déreglement de
mœurs, nous nous flatterons d'eftre chreftiens !

Remontons au principe. Vous me demandez pourquoy la religion a une dépendance fi
neceffaire de la probité; & moy je vous reponds,
que c'eft par un ordre eftabli de Dieu, & que
Dieu luy-mefme en quelque forte ne peut pas
changer. Car comme la grace fuppofe la nature, & que la foy eft entée, pour ainfi dire, fur
la raifon, auffi la religion a-t-elle pour bafe la
probité. Détruifez la nature, il n'y a plus de grace; pervertiffez la raifon, il n'y a plus de foy; &
oftez de la focieté des hommes ce que nous appellons probité, il n'y a plus de religion. En effet, la Religion, dit faint Jerofme, veut un
fujet digne d'elle & digne de Dieu. Elle nous
perfectionne en nous élevant à Dieu; mais elle fuppofe dans nous, ou pluftoft, elle com-

mence dans nous une certaine perfection, qui
nous rend tels que nous devons eftre à l'égard
des hommes ; & fi nous n'avons ces qualitez &
ces difpofitions, Dieu ne peut agréer noftre culte, ni s'en tenir honoré : car ce qui n'eft pas
mefmes bon devant les hommes, comment le
feroit-il devant Dieu, dont le jugement eft bien
encore audeffus du jugement des hommes! Eftre jufte, eftre fidelle, eftre defintereffé, eftre
fans reproche dans l'eftime du monde, ou du
moins le vouloir eftre, travailler à l'eftre, &
pour foutenir, pour fanctifier toutes ces vertus
avoir de la religion & eftre chreftien, voilà l'ordre invariable, & au quel il faut que la religion
fe conforme. Mais que faifons-nous! nous ren-
verfons cet ordre, & par l'illufion la plus deplorable nous nous formons de grandes idées
de religion & de chriftianifme qui ne fe trouvent appuyées fur rien, parce qu'en mefme
temps nous negligeons les premiers devoirs de
la fidelité & de la juftice : c'eft à dire que nous
bâtiffons fans fondement, ou pour m'exprimer
avec faint Paul, que nous bâtiffons fur un fondement de paille. Nous voulons conftruire un
édifice de pierres pretieufes ; mais nous paroif-
fons devant Dieu femblables à cette ftatuë de
Nabuchodonofor dont parle le Prophete Daniel. Elle avoit la tefte d'or & les pieds de terre.
Cette tefte d'or reprefente la religion, & ces
pieds de terre nos actions. Or qu'eft-ce que ce-

la, sinon un phantosme & une chimere! car une chimere dans la signification mesme du terme, marque un composé d'especes differentes, qui n'ont ensemble nulle liaison & nul rapport : un visage d'homme avec un corps de beste. C'est ainsi que les fables l'ont figurée ; & ce qui est impossible dans la nature, n'est-ce pas ce que nous voyons & ce que nous déplorons dans la conduite de la plusfpart des chrestiens! Combien peuvent dire comme saint Bernard, mais avec tout un autre sujet que saint Bernard : je suis la chimere de mon siecle, ou plustost, la chimere du christianisme. J'honore Dieu, mais j'offence les hommes. J'ay des sentimens de pieté, mais je parle, j'agis en mille occasions avec moins de droiture & moins de raison que les plus impies. J'ay du zéle pour certaines œuvres d'éclat & de surérogation, & je n'en ay point pour des œuvres de necessité & d'obligation. Je suis éloquent sur la discipline de l'Eglise & sur la severité de l'Evangile ; & toute ma vie se passe à former des partis, à noüer des intrigues, à repandre des calomnies, à déchirer l'un, à détruire l'autre : chimere de religion. Il faut que la religion, la vraye religion, commence par les devoirs generaux d'équité, de charité, de reconnoissance, de soumission & d'obéissance, parce que c'est ainsi dit l'Apostre saint Jacques que l'on se défend de la malignité & de la contagion du siecle, & que c'est en quoy consiste la religion pu-

re & fans tache : *Religio munda & immacula-*
ta hæc eſt immaculatum ſe cuſtodire ab hoc ſæ-
culo.

Sans cette probité ſincere & reconnuë, non
ſeulement phantoſme de religion, mais ſcandale de religion. Je m'explique. J'appelle ſcandale de religion, ce qui expoſe la religion au mépris & à la cenſure : j'appelle ſcandale de religion, ce qui luy oſte le credit & l'authorité
qu'elle doit avoir dans les eſprits : j'appelle ſcandale de religion, ce qui donne au libertinage
une eſpece de ſuperiorité & d'aſcendant ſur elle. Or n'eſt-ce pas là ce que fait la conduite d'un
chreſtien ſans probité ! Si le chriſtianiſme peut
devenir mépriſable, par où le deviendra-t-il
plus naturellement que par là ! Je ſçais que nous
ne manquons pas de reponſes pour faire taire
le monde. Je ſçais qu'il faut bien diſtinguer la
religion, & ceux qui la profeſſent ; qu'il ne faut
pas confondre la ſainteté qui luy eſt propre &
qu'elle ne perd jamais, avec nos deſordres qu'elle eſt la premiere à condamner & à nous reprocher. Mais le monde eſt-il aſſez équitable pour
faire ce diſcernement ! eſt-il aſſez bien diſpoſé
pour le vouloir ! ne cherche-t-il pas au contraire des prétextes contre elle ! & pour peu qu'ils
authoriſent ſon impieté, ne ſe fait-il pas un plaiſir de les relever & de les exaggerer ! Quand
donc on voit des chreſtiens, infidelles dans leurs
paroles, intereſſez dans leurs veûës, inflexibles
dans

dans leurs coleres, impitoyables dans leurs vengeances, fans moderation dans leurs excés, fans
pudeur dans leurs débauches, diffimulez, artificieux, fourbes & imposteurs, qu'en peut penfer le libertinage, & qu'en pense-t-il en effet!
N'en tire-t-il pas avantage, & n'eft-ce pas un
triomphe pour luy? Allez alors luy vanter l'excellence de la loy de Dieu : que n'aura-t-il pas,
ou que ne croira-t-il pas avoir à luy oppofer?
il la traitera, ou d'hypocrifie & de jeu, ou de
fpeculation impraticable : d'hypocrifie & de
jeu, puis qu'avec de fi belles leçons, avec de fi
hautes maximes, elle ne rend pas meilleurs
ceux qui l'embraffent : de fpeculation impraticable, puifqu'en faifant mefmes profeffion de la
fuivre, on n'en obferve pas les regles, & qu'on
n'en accomplit pas les devoirs. Il raifonnera
mal, j'en conviens; mais enfin il raifonnera de
la forte : & voilà les impreffions que feront fur
fon efprit les exemples qu'il aura devant fes
yeux. Car c'eft à ces exemples qu'il s'attachera,
c'eft fur ces exemples qu'il s'appuyera, c'eft par
ces exemples qu'il jugera. Que ne dit-on pas
tous les jours de la devotion! vous le fçavez :
que pour eftre devot par eftat, on n'en eft fouvent que plus deguifé, que plus vindicatif, que
plus fafcheux aux autres, que plus amateur de
foy-mefme. On le dit, & pourquoy! parce
qu'on voit en effet des devots, j'entends de
prétendus devots, trompeurs, des devots ul-

Tome II.   Q

cerez & envenimez les uns contre les autres,
des devots aigres, chagrins, bizarres, des devots senfuels & delicats. Or ce qu'on dit en particulier de la devotion, on le dira en general
de la religion.

Ainfi, mes Freres, s'il nous refte encore quelque zéle pour noftre religion, vivons d'une maniere, non feulement qui luy faffe honneur,
mais qui la faffe aimer de ceux-mefmes qui luy
pourroient eftre les plus oppofez. Or je vous en
ay appris le moyen. Qu'ils voyent en nous de
la probité, c'eft-ce qui les édifiera. Nos devotions, nos ferveurs, nos penitences, tout cela
eft faint ; mais à peine en feront-ils touchez:
leurs veûës ne vont point encore jufques-là,
& ils attendent que nous les attirions par quelque chofe de plus proportionné à leurs idées &
à l'imperfection de leur eftat. Soyons bienfaifants, doux, affables, prévenants, humbles dans
nos penfées, integres dans nos fentimens, modeftes dans la fortune, patiens dans l'adverfité,
fans détours, fans artifices, fans oftentation,
fans hauteur : alors aidez de la grace nous les
gagnerons, nous les convertirons, nous les fanctifierons & nous nous fanctifierons nous-mefmes avec eux. Tel eft, Seigneur, le temoignage que vous demandez de nous. Les Martyrs
pour la mefme religion que nous profeffons,
ont verfé leur fang & donné leur vie. Nous devons eftre dans la mefme difpofition de vous fa-

crifier tout; mais nous ne nous trouvons plus
dans les mefmes occafions. Ah ! mon Dieu ,
quelle honte pour un chreftien de ne pas faire
au moins en partie par l'innocence de fes mœurs,
ce que tant d'autres ont fait par leur inébranlable conftance au milieu des plus rigoureux tourmens! Ce ne fera pas envain, Seigneur, que nous
vous glorifierons, puifque vous avez promis à
ceux qui vous honorent une gloire immortelle, où nous conduife &c.

SERMON
POUR LE VENDREDY
de la troisiéme Semaine.

Sur la Grace.

Respondit Jesus, & dixit ei : Si scires donum Dei.

Jesus-Christ luy répondit : Si vous connoissiez le don de Dieu. En saint Jean, chap. 4.

S IRE,

CE don de Dieu que ne connoissoit pas encore cette femme Samaritaine dont il est parlé dans nostre Evangile, & que le Sauveur des hommes luy fit connoistre, c'est selon tous les Peres de l'Eglise & tous les interpretes de l'Ecriture, la grace mesme de Jesus-Christ. Cette grace sans laquelle nous ne pouvons rien, & avec laquelle nous pouvons tout; cette grace, par où, comme dit l'Apostre, nous sommes tout

ce que nous fommes, fi nous fommes quelque
chofe devant Dieu; cette grace qui nous éclaire, qui nous attire, qui nous perfuade, qui nous
convertit; cette grace qui nous porte au bien ,
& qui nous éloigne du peché; cette grace qui
nous met en eftat de gagner le ciel, & d'y parvenir; cette grace qui opére en nous & avec
nous tout ce que nous faifons pour Dieu, &
qui dans l'ordre du falut, nous donne par fon
efficace, non feulement le pouvoir, mais la volonté & l'action : voilà, dis-je, mes chers Auditeurs, l'excellent don qu'il nous eft fi important à nous-mefmes de bien connoiftre. Don
parfait, qui nous vient d'enhaut, & qui def-
cend du Pere des lumieres. Don audeffus de
tous les dons de la nature, & auprés du quel
faint Paul regardoit comme de la bouë tous les
dons de la fortune. Don des dons, que Jefus-
Chrift feul a pû nous meriter, & que nous recevons de la mifericorde infinie de Dieu.

Cependant par une ignorance groffiere, nous
ne le connoiffons pas, & par une ingratitude encore plus criminelle, nous ne prenons pas foin
de le connoiftre. De là vient que fi fouvent nous
le recevons envain; & que bien loin de nous en
fervir, pour glorifier Dieu, & pour nous fanctifier nous-mefmes, nous en abufons jufqu'à
nous pervertir nous-mefmes & à méprifer Dieu.
Car c'eft pour cela que Jefus-Chrift nous dit
comme à la Samaritaine : *Si fcires donum Dei;* Joan. 4.

Q iij

fi vous connoiffiez le don de Dieu. Tafchons donc aujourd'huy, Chrestiens, à nous en former une jufte idée. Entrons dans ce tréfor immenfe des mifericordes divines. Mefurons-en, s'il eft poffible, & la hauteur & la profondeur : & puifque Marie en a reçeû la plenitude, pour parler utilement de la grace, implorons le fecours du Saint Efprit par l'interceffion de cette Mere de grace, en luy addreffant les paroles de l'Ange, *Ave Maria.*

DIfpofer tout avec douceur, & tout exécuter avec force, ce font les deux excellentes proprietez que l'Ecriture attribuë à la fageffe. Mais il n'y a, dit faint Augustin, que la fageffe de Dieu à qui ces deux proprietez conviennent tout à la fois dans le degré de perfection, qui nous éft exprimé par ces paroles : *Sapientia attingit à fine ufque ad finem fortiter, & difponit omnia fuaviter.* En effet, la fageffe des hommes eftant auffi bornée qu'elle eft, fe trouve fujette à deux defauts tout contraires. Eft-elle douce dans fa conduite ! il eft à craindre qu'elle ne devienne foible dans l'exécution. Eft-elle efficace & ferme dans l'exécution ! il y a danger qu'elle ne foit dure dans fa conduite. Sa douceur, quand elle prédomine, fe tourne en molleffe, & fa force dégenere dans un excés de feverité. Mais il n'appartient qu'à la fageffe de Dieu, de reünir parfaitement ces deux vertus, ce femble, fi op-

Sap. 8.

poſées. Car elle a ſeule l'avantage, non ſeulement de ne ſeparer jamais la douceur de la force, mais de trouver ſa force dans ſa douceur ;
& par un ſecret inconnu à tout autre qu'à elle,
de faire conſiſter ſa force dans ſa douceur meſme. Or ce que l'Ecriture nous dit de la ſageſſe
de Dieu, je puis le dire également de la grace ;
puiſque la grace dont je parle, n'agit en nous
que comme l'inſtrument de cette ſageſſe ſouveraine, qui eſt en Dieu la cauſe principale de
noſtre ſalut.

Et voilà, Chreſtiens, l'idée la plus juſte, que je puiſſe vous donner de la grace de
Jeſus-Chriſt : en voilà les deux caracteres,
douceur & force. Douceur de la grace, dans la
maniere engageante dont elle diſpoſe le pecheur à ſa converſion. Force de la grace, dans
les étonnantes victoires qu'elle remporte ſur
le pecheur au moment de ſa converſion. Or ſans
chercher d'autre preuve, il me ſuffit de vous
propoſer pour exemple de l'un & de l'autre cette femme de noſtre Evangile. Car vous verrez
d'abord quelle fut l'aimable conduite de la grace, pour gagner le cœur de cette pechereſſe.
Vous jugerez enſuite quel fut le merveilleux
pouvoir de la grace, par l'admirable changement
qu'elle opéra dans le cœur de cette pechereſſe.
Attingens à fine uſque ad finem fortiter, & diſ-
ponens omnia ſuaviter. La grace de Jeſus-Chriſt
employant tous les charmes de ſa douceur pour

Q iiij

convertir la Samaritaine : ce fera la premiere partie. La grace de Jefus-Chrift par fon efficace & par fa force convertiffant en effet la Samaritaine, & de l'abyfme du peché où elle eftoit plongée, l'élevant tout à coup au comble de la fainteté : ce fera la feconde partie. L'une & l'autre renferme tout mon deffein, & va faire le partage de ce difcours.

I. PARTIE. IL ne faut pas s'étonner que la grace, qui eft le principe de noftre converfion, ait pour premier caractere la douceur, puifqu'elle procede immediatement du cœur de Dieu, & que c'eft le terme de fon amour le plus pur pour nous. Mais il nous importe de bien fçavoir en quoy confifte cette douceur de la grace, quels en font les traits les plus infinüants, ce qu'elle doit faire en nous, de quelle maniere Dieu veut que nous y repondions ; & c'eft ce que le Saint Efprit a vifiblement entrepris de nous faire connoiftre dans la converfion de cette femme Samaritaine dont il eft aujourd'huy queftion de nous appliquer l'exemple. Car que fait la grace, pour triompher pleinement d'un cœur rebelle & pour le foumettre à Dieu ! Saint Auguftin & les Theologiens aprés luy l'appellent grace victorieufe, & elle l'eft en effet. Mais voicy une conduite bien differente de la conduite ordinaire des conquerants. Pour triompher de nous, elle paroift en quelque forte s'affujettir à nous. Ne vous offencez pas de ce terme, qui ne déroge en rien, comme vous le verrez, ni à la dignité, ni mesmes à l'efficace de la grace, & qui dans ma pensée ne signifie rien autre chose que sa douceur. Elle paroist, dis-je, s'assujettir à nous, comment! Le voicy. Car elle nous attend, jusqu'à nous supporter des années entieres. Elle prend les temps favorables, & par une condescendance que nous ne pouvons assez reconnoistre, elle ménage les occasions pour nous gagner. Quelque interest que nous ayions à la rechercher, elle est toûjours la premiere à nous prévenir. Au lieu de nous arracher par violence ce qu'elle veut obtenir de nous, elle nous le demande; & au lieu de nous le demander avec empire, elle ne l'obtient que par voye de sollicitation & d'invitation. Elle ne nous demande, dit saint Prosper, que pour avoir lieu de nous donner; & elle nous demande peu, pour nous donner beaucoup. Elle s'accommode à nos inclinations, à nos talens, aux qualitez de nostre esprit, & souvent mesmes de la maniere que je l'expliqueray, à nos imperfections & à nos foiblesses. Elle ne nous engage à rien de difficile, où elle ne nous fasse trouver de l'attrait, & dont, malgré nos repugnances, elle n'excite en nous le desir. Elle ne nous oblige à mépriser les biens de la terre, qu'à mesure qu'elle nous en fait voir le néant. Elle ne nous fait entreprendre de grandes choses pour Dieu, qu'en nous imprimant une hau-

te idée de ſes perfections & des recompenſes
qu'il nous promet. Elle ne nous porte à nous renoncer nous-meſmes & à nous haïr nous-meſmes, qu'en nous faiſant convenir par la confeſſion de nos propres deſordres, que ce renoncement eſt au moins juſte & cette haine bien fondée. Car telle eſt, Chreſtiens, la conduite de la
grace ; telle en eſt la douceur : & c'eſt auſſi ce
que nous voyons bien clairement dans les demarches que fait le Sauveur du monde, pour
convertir la Samaritaine. Converſion que Jeſus-Chriſt nous propoſe comme une image ſenſible de ce qui ſe paſſe encore tous les jours entre Dieu & nous par les ſaintes operations de ſa
grace. Ecoutez-moy, & reprenons chaque article par ordre. Vous y trouverez abondamment
de quoy vous inſtruire & de quoy vous édifier.

Je dis que ſouvent la grace attend les pecheurs juſques à laſſer la patience de Dieu.
Voyez Jeſus-Chriſt, la force & la vertu de Dieu
meſme, fatigué néanmoins, épuiſé, aſſis ſur le
bord d'une fontaine. Qu'attend-il ! une ame infidelle qu'il veut ſauver ; une pechereſſe qu'il a
choiſie. Et de quoy eſt-il fatigué ! ſi nous nous
en tenons à la lettre, c'eſt de la longueur du
chemin qu'il a fait, *Fatigatus ex itinere :* mais
comme cet homme-Dieu diſoit dans le meſme
Evangile à ſes Apoſtres, qu'il avoit une viande à
manger bien plus exquiſe que celle qu'ils luy
preſentoient, une viande myſterieuſe & divine

Joan. 4.

qu'ils ne connoiſſoient pas , *Ego cibum habeo* Joan. 4.
manducare quem vos neſcitis ; auſſi éprouvoit-
il alors une toute autre laſſitude que celle qu'il
faiſoit paroiſtre, & cette laſſitude luy venoit ſans
doute d'avoir ſi long-temps ſupporté cette malheureuſe dans le déreglement de ſa vie & dans
l'habitude de ſon crime. Car voilà, dit ſaint Auguſtin, ce qui devoit, tout Dieu qu'il eſtoit, l'a-
voir fatigué, ce qui devoit avoir preſque épuiſé ſa patience. Cependant il ne ſe rebute point ;
& quelque éloignée de Dieu, quelque endur-
cie dans ſon peché que ſoit cette femme, il eſt
reſolu de l'attendre : uſant pour elle, ſi je puis
me ſervir du terme de l'Ecriture, de ces len-
teurs adorables qui arreſtent les coups de ſa juſtice, & qui ſuſpendent ſa colere & ſes vengeances, *Suſtentationes Dei.* C'eſt pour cela qu'il Eccli. 2.
eſt aſſis, & qu'il ſe repoſe, *Fatigatus... ſedebat.* Joan. 4.
Or ce repos d'un Dieu dans les emportemens &
les revoltes de ſa créature, c'eſt ce que j'appelle
la douceur de la grace. Ah, Chreſtiens, combien de pecheurs dans le monde, & peut-eſtre
parmi ceux à qui je parle, ſont actuellement
dans le meſme eſtat que cette femme criminelle
& obſtinée ! c'eſt à dire, combien de pecheurs
opiniaſtres ont laſſé Dieu, ont outragé la bonté de Dieu, ont irrité le courroux de Dieu ; &
à force d'accumuler peché ſur peché , rechûte
ſur rechûte, & d'augmenter par là chaque jour
le poids de leur iniquité , ſont devenus pour

Dieu comme de pefants fardeaux, mais dont
néanmoins, par un effet de fon inépuifable mifericorde, il veut bien attendre le retour ! A juger de Dieu par nous-mefmes, peut-eftre cette
patience feroit elle pour nous un fcandale; peut-
eftre nous viendroit-il dans l'efprit que Dieu
manque de zéle pour fa gloire, & qu'il ne foutient pas affez hautement la fouveraineté de fon
eftre. Mais c'eft en cela mefme, difent les Peres, qu'il la foutient, & qu'il fait éclater fa gloire : car il n'y a que la patience d'un Dieu qui
puiffe aller jufques-là. Celle des hommes qui
n'a pas plus d'étenduë que la petiteffe de leur
cœur, eft bientoft à bout : mais la mefure de la
patience de Dieu, eft la grandeur de Dieu mefme.

    En effet, continuë faint Auguftin, Dieu eft
patient, parce qu'il eft éternel; il eft patient, parce qu'il eft fort; il eft patient, parce qu'il eft
Dieu : *Patiens eft quia æternus eft, quia fortis
eft, quia Deus eft.* Et rien, à le bien prendre,
ne nous marque mieux fa divinité & n'en eft
un temoignage plus invincible, que cette tranquillité furprenante avec laquelle il diffimule &
il tolere les offenfes des hommes. Mais de ce
principe quelle confequence, mes chers Auditeurs, devons-nous tirer ! s'enfuit-il que le pecheur ait droit de differer fa converfion, & de
faire attendre Dieu, parce que Dieu veut bien
l'attendre ! C'eft ainfi qu'ont toûjours raifonné,

Auguft.

& que raifonnent encore les libertins & les mondains ; & c'eft ce faux raifonnement, & cette
damnable prefomption, qui de tout temps les a
confirmez & les confirme tous les jours dans
leur libertinage & dans leurs defordres. Mais
à Dieu ne plaife, Chreftiens, que nous faffions
un tel abus de fes mifericordes ; & quand il s'a-
git de penitence, l'erreur la plus pernicieufe où
nous puiffions tomber , eft de nous attendre
que Dieu nous attendra : pourquoy ! par mille raifons qui ne fouffrent point de replique, &
que vous ne pouvez ignorer fans ignorer au mefme temps les plus effentielles maximes de voftre religion. Ecoutez-les. Parce que fi Dieu nous
attend, c'eft uniquement à fa grace, que nous en
fommes redevables : or il n'eft rien de plus impie, ni rien de plus infenfé, que de compter fur
cette grace, jufqu'à s'en prévaloir contre Dieu
mefme; *An oculus tuus nequam eft, quia ego bo-* Matth. 20.
nus fum ! Parce qu'il y en a plufieurs que Dieu
n'attend pas, & fur qui pour l'exemple des autres
il luy plaift d'exercer fa jufte colere, en les laiffant
mourir dans leur peché; *Ego vado, & quæretis* Joan. 8.
me, & in peccato veftro moriemini. Parce qu'à
l'égard mefmes de ceux que Dieu attend, il y a
un terme, après lequel il ne les attend plus :
Adhuc quadraginta dies, & Ninive fubverte- Jona. 3.
tur. Parce que nous ne pouvons fçavoir jufques
à quand Dieu nous attendra, ni mefmes s'il nous
attendra, & que c'eft le fecret le plus impene-

trable pour nous, & le plus caché : *Quis scit si convertatur, & ignoscat !* Parce que noftre feule prefomption , en nous affeûrant que Dieu nous attendra, fuffit pour l'engager à ne nous attendre pas ; de peur, comme remarque Tertullien, que fa patience qui eft un de fes plus faints attributs, ne fervift à authorifer & à fomenter nos crimes. Tout cela, Chreftiens, autant de veritez inconteftables, qui doivent nous tenir dans un fage temperament de crainte & de confiance. Veritez qui nous laiffent toûjours dans l'efperance d'une grace affez conftante pour nous attendre, mais qui nous empefchent bien de faire fonds fur cette efperance pour vivre dans l'impenitence. Veritez dont le merveilleux enchaifnement nous oblige à ne pas faire attendre Dieu trop long-temps ; perfuadez qu'il nous attend encore, mais du refte qu'il n'eft rien de fi terrible qu'un Dieu dont la patience outrée fe laffe enfin d'attendre un pecheur, ni rien de fi puniffable qu'un pecheur qui volontairement & de plein gré fait attendre un Dieu. Cette morale demanderoit un difcours entier. Je la laiffe & je paffe à un autre poinct.

　　Non feulement le Sauveur du monde attend la Samaritaine , mais par un nouveau trait de douceur que je decouvre dans fa grace, il prend une occafion commode pour traiter avec cette pechereffe ; un lieu feparé du bruit & du tumulte, où il fçait qu'elle doit fe rendre ; un temps

Jona. 3.

convenable à son dessein, où elle vient puiser de
l'eau, & où rien ne pourra interrompre les leçons toutes divines qu'il se prepare à luy faire.
Non pas que Dieu, pour nous communiquer
sa grace, ait besoin de ces menagemens, ni que
la grace de Jesus-Christ dépende absolument
des temps & des occasions, pour produire en
nous son effet, puisqu'au contraire c'est plustost
la grace qui fait ces temps precieux pour le salut, & ces occasions à quoy nostre conversion
est attachée. Mais en cela mesme ne devons
nous pas admirer l'ineffable bonté de nostre
Dieu, qui pour nous attirer à luy & pour nous
sauver, veut bien ménager ainsi les occasions :
qui dans cette veüë se sert avantageusement de
celles que nous luy presentons ; qui luy-mesme
en fait naistre aux quelles nous ne pensons pas ;
qui des évenemens les moins prémeditez, fait
pour nous des coups de providence, & qui me-
ritant d'estre également servi dans tous les lieux
& dans tous les temps, ne dédaigne pas d'attacher sa grace à certains temps & à certains lieux !
Quand nous lisons dans la Genese que Rebec-
ca allant abbreuver ses troupeaux à une fontaine, y rencontra le serviteur d'Abraham, qui luy
annonça son bonheur & le choix que Dieu faisoit d'elle pour estre l'épouse d'Isaac : ou dans
le livre des Roys, que Saül cherchant les asnes-
ses de son pere, trouva le Prophete qui luy declara les veüës de Dieu sur luy, & luy apprit

que le Seigneur l'avoit deftiné pour eftre le
chef de fon peuple & pour regner en Ifraël,
nous béniffons l'aimable conduite de la providence. Mais cette conduite fi aimable, Chreftiens, n'eftoit encore qu'une figure de ce que
Dieu vouloit faire & de ce qu'il fait tous les
jours en faveur de fes eflûs. Car n'eft-ce pas ainfi qu'il leur offre fa grace en de favorables conjonctures ! N'eft-ce pas ainfi, fi j'ofe m'exprimer
de la forte, qu'il leur dreffe de faintes embufches,
dans les occafions que fa fageffe a difpofées pour
leur converfion & pour leur fanctification ! Et
n'eft-ce pas de là que de fçavans Theologiens,
entre lefquels on compte mefmes cet incomparable Docteur de l'Eglife faint Auguftin, ont
fait confifter une partie du myftere de la grace,
je dis de cette grace que nous appellons efficace, en ce qu'elle eft donnée dans l'occafion où
Dieu a préveû qu'elle feroit falutaire : au lieu,
adjouftent-ils, qu'il donne les graces communes indifferemment, c'eft à dire, independamment de ces occafions & des difpofitions particulieres où nous pouvons nous trouver en les
recevant ! Cecy fondé, fur ce que Dieu dit dans
l'Ecriture à l'homme jufte, ou fi vous voulez,
au pecheur converti : *Tempore accepto exau-*
divi te, c'eft dans le temps propre que je vous
ay exaucé; *Et in die falutis adjuvi te,* & c'eft
au jour du falut que je vous ay aidé. Il y a donc,
concluent-ils, & non fans raifon, dans l'ordre
de

1. Cor. 6.

Ibid.

de la predeſtination des hommes, des temps de grace & de faveur, où le ſalut eſt non ſeulement plus poſſible & plus facile, mais plus infaillible & plus ſeûr. Nous le voyons dans la femme Samaritaine. Mais ſi nous y prenons bien garde, ce que nous voyons dans elle, c'eſt ce qui ſe paſſe encore tous les jours dans nous. Car y a-t-il perſonne que Dieu ait autrefois touché & qu'il ait ramené de ſes égaremens, qui n'attribuë en partie ſa converſion à certaines rencontres, & qui ne ſe ſouvienne que ce fut là où Dieu luy ouvrit les yeux & luy parla au cœur? Ainſi l'a reconnu ſaint Auguſtin; & l'aveu qu'il en fait, eſt une eſpece d'hommage, qu'il a cru devoir à la grace. C'eſt dans ſes confeſſions qu'il a pris ſoin luy-meſme de nous marquer juſqu'aux moindres particularitez du combat qu'elle luy livra; le trouble, l'agitation où il ſe trouva, le jardin où il ſe retira, le ſaint ami qui l'y accompagna, l'exemple des ſolitaires qui le confondit, l'endroit de ſaint Paul qu'il lut, & dont il ſe ſentit frappé, quand cette grace toute-puiſſante le transforma dans un homme tout nouveau & le ſoumit enfin à Dieu. Ainſi, dis-je, l'a-t-il publié; & ſi nous faiſions tous une pareille confeſſion de noſtre vie, ne pourrions-nous pas tous par proportion rendre de nous-meſmes un temoignage à peu prés ſemblable!

Quel eſt donc pour nous le poinct capital, & la grande maxime de la ſageſſe chreſtien-

ne ! retenez-la bien, mes chers Auditeurs, &
ne l'oubliez jamais. C'eſt d'obſerver avec ſoin
ces occaſions, & de ne les pas manquer. Car combien de choſes dont vous ne voyez pas les conſequences & qui vous ſemblent venir du hazard, ſont autant de moyens que Dieu a choi-
ſis pour vous retirer du monde, & dont peut-
eſtre il luy a plu de faire dépendre voſtre predeſtination meſme : par exemple, l'engagement
que vous avez avec ce ſerviteur de Dieu, ce livre de pieté que vous gouſtez, ce ſermon édifiant & convainquant que vous entendez, cette
mort ſubite qui vous effraye, cette perte de
biens qui vous afflige, cette diſgrace qui vous
humilie, cette infirmité qui malgré vous vous
réduit à mener une vie plus reglée & vous empeſche de vous porter aux meſmes excés. Si les
deſſeins de Dieu vous eſtoient pleinement connus, & que vous ſcuſſiez avec certitude que
c'eſt à cela qu'il a voulu attacher voſtre ſalut, ne
les ménageriez-vous pas ces occaſions ſi importantes ! Or vous n'en ſçavez que trop, pour y
adorer au moins les conſeils ſecrets de cette providence toute paternelle qui vous gouverne; &
ſi vous n'en ſçavez pas davantage, c'eſt ce qui
vous oblige encore à vivre dans une dependance plus abſoluë de cette grace en qui vous vous
confiez. Mais ſi c'eſt une occaſion de ſalut, me
direz-vous, & que Dieu y ait attaché la grace de
ma converſion, il eſt ſeûr que je me converti-

ray. Je le veux, Chreſtiens : mais il n'eſt pas
moins feûr, que vous ne vous convertirez jamais, ſans un bon uſage de cette grace & de
l'occaſion où elle vous eſt preparée. Car de quelque nature que ſoit cette grace, il eſt de la foy
que ſon effet ne peut eſtre ſeparé de voſtre fidelité ; & de quelque maniere qu'elle agiſſe,
il en faut toûjours revenir aux deux paroles du
Sauveur des hommes, *Vigilate & orate*, veil-   *Matth. 26.*
lez & priez. Priez, parce que vous ne pouvez
rien ſans la grace ; & veillez, parce que la grace
toute-puiſſante qu'elle eſt, ne fait rien ſans vous.
Priez, afin qu'il y ait pour vous un temps &
un jour de ſalut ; & veillez, afin que ce jour de
ſalut ne vous échappe pas. Voilà en deux mots
les deux poincts fixes & tout le précis de la
Theologie d'un chreſtien. Pourſuivons.

J'adjouſte que la grace qui opére noſtre converſion, quelque intereſt que nous ayions à la
rechercher, eſt toûjours la premiere à nous prevenir : & c'eſt dans la doctrine des Peres, ce
qu'elle a de plus eſſentiel. Car ſi je la pouvois
prévenir, des-là elle ne ſeroit plus grace, parce
qu'elle ſuppoſeroit en nous le merite de l'avoir
prévenuë. Je ſçais que nous pouvons, quoyque pecheurs, chercher Dieu par la grace, & le
trouver. Mais, reprend ſaint Bernard, nous ne
chercherions jamais Dieu par la grace, ſi Dieu
par une autre grace ne nous avoit luy-meſme
cherchez : *Niſi enim priùs quæſita, non quæ-*   *Bern.*

reres, ficut nec eligeres nifi electa. Or c'eft ce
qui paroift fenfiblement dans la converfion de
cette femme de Samarie. Le Fils de Dieu n'attend pas qu'elle faffe quelque avance pour venir à luy : il l'aborde, il luy parle, il l'engage,
fans qu'elle y penfe, dans un entretien qui doit
eftre le principe de fon falut. Tel eft le myfté-
re & le prodige tout enfemble de la charité de
mon Dieu, de vouloir bien prevenir luy-mefme des pecheurs, c'eft à dire, de vouloir bien
rechercher luy-mefme de viles créatures ; de
vouloir bien appeller luy-mefme des ames in-
grates & rebelles, des ames criminelles & di-
gnes de toutes fes vengeances, des ames foibles
& inconftantes dont peut-eftre il prévoit les infidelitez & les rechûtes : de les rechercher, dis-
je, & d'aller au devant d'elles, dans un temps
où elles ne penfent point à luy ; je dis plus, dans
un temps où elles s'éloignent de luy, où elles
fe foulevent contre luy, où mefmes elles ont en
quelque forte horreur de luy. Ah ! Seigneur,
puis-je m'écrier icy touché du fentiment de
faint Bernard, & en m'appliquant ce dogme
de noftre religion fi oppofé au Pelagianifme :
ah, Seigneur, eft-il donc vray, que tout aimable que vous eftes, je ne puiffe de moy-
mefme vous aimer, & que ma mifere aille encore jufqu'à ne pouvoir defirer d'eftre aimé de
vous, fi vous n'excitez en moy ce defir ! Eft-il
donc vray que tout Dieu que vous eftes, vous

soyiez dans la neceſſité de faire les premieres
demarches pour me reconcilier avec vous, ou
de m'avoir éternellement pour ennemi ! ne ſe-
roit-ce pas aſſez que vous fuſſiez diſpoſé à me
recevoir ! Mais du moins, ô mon Dieu, puiſque vous voulez bien commencer, ne repon-
dray-je point à voſtre amour ! Adjouſteray-je
à l'impuiſſance malheureuſe de vous prevenir,
le crime impardonnable de ne vous pas ſecon-
der ! Non, Seigneur, & vous me faites trop
bien comprendre ce que je vous dois, pour que
mon cœur demeure dans une ſi mortelle indifference. Puiſqu'il eſt de l'honneur de voſtre grace que ce ſoit elle qui me recherche, je veux
bien me ſoumettre à cette loy. Oüy, mon Dieu,
je veux bien m'humilier dans cette veûë : je
veux bien reconnoiſtre devant vous ma foibleſſe, & me confondre dans la penſée que de moy-
meſme je ne puis faire un pas pour aller à vous ;
& qu'avec toutes vos perfections, je ne puis vous
aimer ſi vous ne m'aimez, & ſi vous ne m'aimez avant que je vous aime. Mais du reſte,
Seigneur, ce ſera pour moy un puiſſant motif
de reconnoiſſance & de fidelité ; & le ſouvenir
de voſtre infinie miſericorde en me recherchant
malgré toute mon indignité, en me prevenant,
en me remettant dans vos voyes, m'attachera
deſormais à vous d'un lien ſi étroit, que la nature, que la paſſion, que le monde avec tous ſes
charmes, que rien, quoyque ce puiſſe eſtre, ne

R iij

le pourra rompre. Tel eft le fruict que l'ame chreftienne doit tirer de ce poinct de foy utilement & folidement medité.

Mais encore comment eft-ce que la grace nous prévient! eft-ce avec authorité & avec empire! non, dit le Prophete Royal, mais par des benedictions de douceur ; *Prævenifti eum in benedictionibus dulcedinis*. Car fi elle nous prévient , c'eft en nous demandant ce qu'elle veut obtenir de nous ; & en cela, remarque faint Profper, confifte la difference de la grace & de la loy : la loy commande , & la grace invite; la loy menace, & la grace attire ; la loy contraint, & la grace engage. Or c'eft ce mélange de la loy & de la grace qui fait tout le myftere de l'aimable & fouveraine domination de Dieu fur nos cœurs. Il ne tenoit qu'au Sauveur du monde d'ufer de tout fon pouvoir , & d'obliger la Samaritaine à luy rendre d'abord & fans replique une obéiffance forcée : mais parce que c'eft fa grace qui agit en elle, il veut qu'elle obéiffe non feulement fans repugnance, mais avec joye & avec amour. Par où donc commence-t-il! Il la prie de l'écouter, & de la croire : *Mulier, crede mihi*. Car quoyque Dieu par l'efficace de fa grace foit maiftre de nos volontez, & qu'il puiffe comme il luy plaift, difpofer de nous, il n'en difpofe néanmoins qu'avec réferve , & fi j'ofe me fervir du terme de l'Ecriture, qu'avec refpect ; c'eft à dire, en nous infpirant, en nous

Pfalm. 20.

Joan. 4.

perfuadant, en nous demandant ce qu'il veut nous faire vouloir : *Tu autem, dominator virtutis, cum magnâ reverentiâ difponis nos.* Je dis plus : quoyque maiftre abfolu, il nous demande peu, pour nous donner beaucoup. Que demande Jefus-Chrift à cette Samaritaine ! un peu d'eau : *Da mihi bibere.* Et pourquoy de l'eau ! pour luy faire naiftre le defir d'une eau bien plus excellente qu'il luy veut donner ; de cette eau falutaire & vivifiante, dont la fource rejaillit jufques dans la vie éternelle : *Fons a- quæ falientis in vitam æternam ;* de cette eau qui doit pour jamais étancher noftre foif, & nous eftablir dans une paix & dans une felicité parfaite : *Qui biberit ex aqua quàm ego dabo ei, non fitiet in æternum.* Belle idée, mes chers Auditeurs, de ce que nous éprouvons tous les jours dans la conduite de la grace. Que demande-t-elle d'abord ! prefque rien. Un peu d'attention fur nous-mefmes, un peu de regle dans nos actions, un peu de difcretion dans nos paroles, un peu d'affujettiffement à nos devoirs. Donnez-moy cela, nous dit Dieu : c'eft bien peu ; mais de ce peu dépendent toutefois les graces les plus abondantes. Et en effet, c'eft fouvent par ce peu, je veux dire, par cette petite victoire remportée fur la paffion, par cette petite violence faite à l'humeur, par ce petit facrifice de l'intereft, par ce petit effort de la charité, par ce petit retranchement d'une vanité mon-

Sap. 12.

Joan. 4.

Ibidem.

Ibidem.

daine que nous nous mettons en eſtat de recevoir la plenitude des dons celeſtes & des miſericordes du Seigneur. C'eſt par là que commencent les grands changemens, les grandes
converſions; & ne ſommes-nous pas bien coupables, ſi nous refuſons à Dieu ce qu'il exige
de nous, quand l'avantage qu'il nous promet
eſt tellement audeſſus de ce qu'il attend!

Diſons néanmoins encore quelque choſe de
plus touchant. Je pretends avec ſaint Chryſoſtome que la grace pour agir avec plus de douceur, s'accommode à nos inclinations, à nos
gouſts, à nos talens, & meſmes en quelque ſorte à nos foibleſſes, à nos imperfections, à nos
défauts. J'en ay la preuve dans cette femme de
noſtre Evangile. Un autre que le Fils de Dieu
qui l'euſt entenduë diſputer & raiſonner ſur les
poincts les plus importans de la religion, l'auroit rebuttée : un autre luy euſt dit, qu'il ne luy
appartenoit pas de penetrer dans ces matieres;
que ces queſtions épineuſes & ſubtiles n'eſtoient
pas de ſon reſſort; & que la grande ſcience d'u-
ne femme devoit eſtre de n'en point trop ſçа-
voir, ou de ne point affecter de paroiſtre en
trop ſçavoir. Car c'eſt la reponſe commune
qu'ont eû de tout temps à eſſuyer les femmes
curieuſes, & qu'on a toûjours fait valoir contre elles. Mais noſtre divin maiſtre n'ignoroit
pas que ce n'eſt point ainſi qu'on les convertit,
& que cette reponſe mortifiante pour elles,

bien loin de les corriger, ne fert qu'à les aigrir
& à les irriter. Que fait-il donc ? Il tient une
conduite toute oppofée. Cette femme eft vaine
& curieufe ; il l'engage par fa curiofité mefme :
elle fe pique d'eftre fçavante ; il ne dédaigne
point de raifonner avec elle fur ce qu'il y a dans
la religion de plus profond & de plus fublime.
En inftruifant les peuples, il fe fervoit de para-
boles, c'eft à dire, de comparaifons fimples &
familieres pour s'accommoder à la groffiereté
de leurs efprits ; mais il n'entretient celle-cy,
toute pecherefle qu'elle eft, que de matieres é-
levées & en des termes proportionnez à la grandeur des fujets dont il veut bien conferer avec
elle ; de la nature de Dieu, de la perfection de
fon eftre, de la pureté de fon culte, de l'adoration en efprit : & par là il la détrompe, fans l'offenfer, des fauffes idées dont elle eftoit prévenuë touchant la divinité & les hommages que
nous luy devons. Or n'eft-ce pas ainfi que la
grace agit, & fur nos efprits, & fur nos cœurs ?
N'eft-ce pas ainfi qu'elle fe conforme à nous, ne
nous fanctifiant prefque jamais (remarquez cecy, je vous prie) ne nous fanctifiant prefque jamais d'une maniere contraire à nos inclinations
naturelles ; mais perfectionnant felon Dieu nos
inclinations naturelles, pour nous fanctifier.
Sommes-nous ardens & agiffants ? elle nous anime d'un faint zéle, & nous porte à la pratique
des bonnes œuvres. Sommes-nous tendres &

affectueux ! elle nous inspire pour Dieu une
tendresse d'amour qui nous fait quelquefois répandre à ses pieds des torrens de larmes. Sommes-nous d'une humeur facile ! elle rectifie cette facilité d'humeur , & la convertit en charité
pour le prochain. Sommes-nous d'un esprit ri-
gide & severe ! elle tourne cette severité en ferveur de penitence. Elle prend , dit l'Apostre
saint Pierre , par rapport à nous autant de differentes formes , qu'elle trouve en nous de dif-
positions differentes : *Multiformis gratiæ Dei.*
Grace qui nous engage à estre saints comme
on voudroit l'estre , si Dieu nous en donnoit
le choix , & que nous n'eussions qu'à en deli-
bérer avec nous-mesmes : afin , dit saint Chrysostome , qu'il ne nous reste nul pretexte , pour
nous dispenser de la suivre , puisqu'elle veut
bien se servir de nostre fonds pour l'accomplissement de ses desseins ; puisqu'il n'y a rien dans
nous qu'elle ne mette en œuvre pour l'ouvrage
de nostre salut ; puisqu'elle ne demande point
d'autre naturel que le nostre, point d'autre com-
plexion que la nostre, point d'autres talens que
les nostres , pour faire de nous ce que Dieu
veut que nous soyions ; enfin , puisque dans un
sens que vous entendez assez , nous pouvons,
en ne cessant point d'estre ce que nous sommes,
devenir par elle tout ce que nous ne sommes
pas.

    Il est vray, Chrestiens , que par cette grace

1. Petr. 4.

Dieu nous oblige à méprifer tout ce que le monde eftime; à renoncer de cœur aux honneurs du
monde, aux plaifirs du monde, aux biens du
monde: mais icy mefmes voyez encore & gouftez combien le Seigneur eft doux: *Guftate &* Pfalm. 33.
videte, quoniam fuavis eft Dominus. Il ne nous
oblige à méprifer le monde, qu'aprés qu'il nous
en a fait connoiftre par fa grace l'illufion; qu'a-
prés nous avoir convaincus que le monde ne
peut jamais nous rendre heureux. Il ne nous
oblige à renoncer au monde, qu'aprés nous a-
voir ofté par fa grace l'eftime & l'amour du
monde. Or il eft aifé de renoncer à ce que l'on
n'eftime & l'on n'aime plus. C'eft la fainte leçon
que Jefus-Chrift fait à la Samaritaine: *Omnis* Joan. 4.
qui biberit ex aqua hac, fitiet iterum; quiconque boira de cette eau, aura encore foif; c'eft
à dire, quiconque aura de l'ambition dans le
monde, quelque grand qu'il puiffe eftre, ne
fera jamais content de ce qu'il eft; quiconque
voudra s'enrichir dans le monde, quelques
biens qu'il poffede, n'en aura jamais affez à fon
gré; quiconque fera efclave de fes fens, quoyqu'il ne leur refufe rien, ne les fatisfera jamais.
Quand je fuis une fois perfuadé de ce principe, je me détache de tout fans peine; & n'en
fommes-nous pas invinciblement perfuadez par
la divine impreffion & les faintes lumieres de
la grace! Il eft vray que cette grace m'oblige
quelquefois à faire pour Dieu des chofes diffici-

les & penibles : mais en mefme temps elle m'y
fait trouver de l'attrait ; & comment ! par la
grandeur des motifs qu'elle me propofe, & par
l'efperance des biens ineftimables qu'elle me

Joan. 4.

promet. *Si fcires donum Dei, & quis eft qui
dicit tibi, da mihi bibere :* fi vous fçaviez, dit le
Sauveur à cette femme, quel eft celuy qui vous
parle : c'eft à dire, fi vous fçaviez, Chreftiens,
ce que c'eft que Dieu ; fi vous fçaviez ce que
Dieu a fait pour vous , & ce qu'il merite de
vous ; fi vous fçaviez ce que vous avez à attendre de Dieu ; fi vous fçaviez les magnifiques recompenfes qu'il réferve aux humbles, qu'il réferve aux pauvres, qu'il réferve à ceux qui fouffrent & qui fe mortifient pour luy : fi vous le
fçaviez, ah ! il n'y auroit rien, à quoy vous ne
fuffiez determinez, & les croix les plus pefantes
vous deviendroient non feulement fupporta-
bles, mais aimables, dans la feule veûë de luy
plaire. Or qui nous apprend tout cela ! la grace
de Jefus-Chrift. Il eft vray que cette grace va,
felon l'Evangile, jufqu'à nous infpirer la haine
de nous-mefmes : mais pour nous l'infpirer cette haine évangelique, elle nous fait convenir
nous-mefmes de noftre baffeffe, de noftre indignité, de noftre corruption, de nos defordres. D'où nous concluons nous-mefmes aifément, que noftre veritable intereft eft de nous
haïr dans cette vie, fi nous voulons nous aimer pour la vie éternelle. Auffi le Fils de Dieu

pour faciliter la penitence à cette pechereſſe de Samarie, luy fait-il faire à elle-meſme la conſeſſion de ſon crime ; & par la honte ſalutaire qu'elle en conçoit, la réduit-il preſque ſans qu'elle l'apperçoive, à la neceſſité de s'accuſer, de ſe condamner, & par conſequent de ſe convertir, puiſque c'eſt dans une ſincere accuſation & dans une parfaite condamnation de ſoy-meſme que conſiſte la vraye converſion.

Telle eſt, Chreſtiens, la conduite de la grace : voilà comment Dieu ſe rend maiſtre de nos cœurs. Ce n'eſt point par la ſouveraineté de ſon empire ; ce n'eſt point par les hautes lumieres de ſon entendement divin, mais par la douceur de la grace & de ſon eſprit. Il a fallu pour gagner le cœur des hommes, que la Majeſté s'abbaiſſaſt, & que dans la perſonne du Sauveur la ſageſſe incréée de Dieu s'humiliaſt. Or à l'exemple de Dieu, c'eſt par là meſme que nous nous inſinüerons dans les ames, & que nous y exercerons un pouvoir d'autant plus abſolu qu'il le paroiſtra moins. Ce ne ſera point par l'authorité, beaucoup moins par l'eſprit de domination ou par l'aſcendant que nous prendrons & que nous affecterons de prendre ; ce ne ſera pas meſmes par l'habileté, ni par la ſuperiorité de genie & d'intelligence, mais par les ſages ménagemens de la charité. Il faut pour engager le prochain & pour le toucher, que nous ſupportions ſes défauts, que nous compa-

tiſſions à ſes foibleſſes , que nous condeſcen-
dions à ſes humeurs, que nous ſoyions ſenſibles
à ſes miſeres, que nous entrions avec zéle dans
ſes beſoins , & que ſuivant la regle & l'expreſſion de ſaint Paul , nous prenions comme eſſûs
de Dieu des entrailles de miſericorde : *Induite*
vos , ſicut electi Dei , viſcera miſericordiæ. Cette inſtruction nous regarde tous ; mais nous en
particulier, mes Freres, nous, dis-je, que Dieu
a ſpecialement appellez au miniſtere de la converſion & de la ſanctification des ames ; nous
qui comme Preſtres du Seigneur ſommes les
diſpenſateurs de ſa grace, & qui devons par
conſequent conformer noſtre conduite à celle
de la grace meſme : c'eſt à nous encore une fois
que cette morale s'addreſſe ; ſouffrez que je
vous l'applique & que je me l'applique à moy-
meſme. Car voilà voſtre modelle & le mien :
c'eſt par la douceur de noſtre zéle que nous
devons toucher les pecheurs ; autrement, nous
n'y reüſſirons jamais. Ayez, ſi vous voulez, toute la ſcience des Docteurs, ayez toute l'éloquence des Prophetes, parlez le langage des Apoſtres, & meſmes des Anges; ſi tout cela n'eſt aſ-
ſaiſonné de la douceur évangelique , vous ne
ferez rien. C'eſt elle qui doit nous preparer les
voyes, & nous faire entrer dans les cœurs. Sans
elle on nous écoutera, & nous viendrons à bout
de tout le reſte; nous inſtruirons, nous convain-
crons , nous confondrons , nous épouvante-

Coloſ. 3.

rons, mais nous ne convertirons pas. Sans elle
nous troublerons les consciences, nous desef-
pererons les foibles, nous revolterons les opiniastres, mais nous ne les attirerons jamais à
Dieu. Le Sauveur du monde ne parut severe
qu'à l'égard des Pharisiens, de ces hypocrites
qui sous un masque de pieté imposoient au peuple & le trompoient ; & par un secret jugement
de Dieu, ce fut à l'égard des Pharisiens que son
zéle demeura sans effet. Je ne dis pas, mes Freres, que nous devions flatter les pecheurs par
de lasches complaisances : vous n'ignorez pas
combien j'ay ce sentiment en horreur. Je ne dis
pas que nous ne devons point obliger les pecheurs à tout ce que l'Evangile a de plus austere, aux rigueurs de la penitence, au crucifiement de la chair, à la mortification de l'esprit :
malheur à moy, si j'en rabattois un seul poinct.
Mais je dis qu'à cette severité qui pourroit seule éloigner les pecheurs, il faut joindre cette
douceur qui les ramene. Je dis qu'il faut proportionner cette severité aux dispositions des
sujets, comme la grace elle-mesme s'y accommode ; & non pas l'appliquer sans discemement
& sans prudence, aux uns trop, aux autres trop
peu, à ceux-cy hors de leur estat, à ceux-la
par dessus leurs forces. Je dis qu'il faut avoir de
saintes addresses, pour faire embrasser cette severité & mesmes pour la faire gouster ; mons-
trant qu'elle est praticable, & ne portant jamais

les chofes à des excés qui donnent lieu aux
mondains de les traiter d'impoffibles. Je ne dis
pas encore une fois qu'il ne faille jamais ufer de
feverité dans la conduite des ames : mais je dis
que ce doit'eftre une feverité difcrette, une feverité qui fe faffe aimer, une feverité qui rende
le joug de Dieu fupportable ; & non point une
feverité Pharifaïque, une feverité fans onction,
une feverité imperieufe, une feverité féche &
rebuttante, une feverité qui ne pourroit convenir qu'à des efclaves, mais qui ne convient nullement aux enfants de Dieu. Pluft au ciel, mes
Freres, que nous fuffions tous bien perfuadez
de cette verité, puifque rien ne contribueroit
davantage à la fanctification du chriftianifme!
Quoyqu'il en foit, voicy, mes chers Auditeurs,
ce qui nous rendra inexcufables au jugement
de Dieu : l'infinie douceur avec laquelle Dieu
nous gouverne. Si les puiffances de la terre
dont nous dépendons, fe comportoient de la
forte envers nous, nous en ferions idolaftres :
Dieu veut nous gagner par fa grace, & nous
luy fommes rebelles ! Il me refte à vous monftrer que cette grace, quoyque douce dans la
maniere dont elle engage le pecheur, n'en a pas
moins de force dans fon action ; & c'eft ce que
vous allez voir dans la fuite de noftre Evangile, qui fera le fujet du fecond poinct.

II. PARTIE. QUelque obfcure que foit noftre foy, fi nous
la

là regardons en elle-mesme & dans ses mysteres,
elle a cependant selon la pensée de tous les Theologiens, une espece d'évidence dans ses motifs ;
je veux dire que ce qu'elle nous révele, est aumoins évidemment croyable, par la qualité des
motifs qui nous obligent à le croire. Or il m'a
toûjours paru, & il me paroist encore qu'un de
ces motifs les plus puissants & les plus convain-
cants, est de voir ce que la grace opére quelquefois en certaines ames, que Dieu, comme
dit le grand Apostre, a predestinées pour en faire des vases de misericorde. Cecy, mes chers Auditeurs, vous édifiera & vous consolera. Quand
les Magiciens de Pharaon virent les étonnants
prodiges que faisoit Moyse dans toute l'Egypte par le seul attouchement de cette baguette
mysterieuse, qui leur donna tant de terreur, ils
confesserent enfin que le doigt de Dieu estoit là ;
c'est à dire, qu'ils y reconnurent le caractere
d'une vertu divine, dont ce Legislateur & ce
Prophete estoit l'instrument : *Et dixerunt ma-* Exod. 8.
lefici ad Pharaonem : Digitus Dei est hic. Et
moy, Chrestiens, quand je n'envisagerois que
la conversion de cette femme Samaritaine, telle qu'elle est rapportée dans l'Evangile, je conclurois sans hésiter, qu'il y a un principe surnaturel qui agit en nous ; que Dieu a de secrets
ressorts pour remüer nos cœurs, & les tourner
comme il luy plaist ; que nous recevons du ciel
des impressions qui ne peuvent venir que de la

grace; & que par les divines operations de cette grace, nostre liberté, sans rien perdre de son
indifference & de ses droits, est parfaitement
soumise à l'empire de Dieu.

Or en quoy consiste le miracle de cette conversion? Le voicy par rapport aux deux puis-
sances de l'ame à qui la grace interieure est immediatement communiquée, sçavoir l'entendement & la volonté; ou si vous voulez, l'esprit
& le cœur. Miracle de la grace dans la victoire
qu'elle remporte sur l'esprit de la Samaritaine.
Miracle de la grace dans le changement qu'elle
fait du cœur de la Samaritaine. Miracle, dis-
je, operé d'une façon toute miraculeuse, & avec
des circonstances, qui ne permettent pas de douter que ce ne soit l'ouvrage de la main toute-
puissante de Dieu : *Digitus Dei est hic.* Ecoutez-moy, Chrestiens, & suppléez par une attention toute nouvelle à la necessité où je me
trouve d'abbreger en peu de paroles ce qui demanderoit un discours entier.

Miracle de la grace & de sa force dans la victoire qu'elle remporte sur l'esprit de la Samaritaine. Suivez le texte sacré, & vous en allez convenir. C'estoit tout ensemble une infidelle & une
héretique, puisque selon la remarque d'Origene, les Samaritains estoient dans le fonds idolastres & adoroient les fausses divinitez de leurs
ancestres, & que néanmoins ils ne laissoient pas
de pratiquer au mesme temps une espece de Ju-

daïfme, mais de Judaïfme corrompu par leurs opinions particulieres : ce qui les divifoit, & par un fchifme declaré les feparoit du refte des juifs : *Non enim coütuntur Judæi Samaritanis.* C'eftoit une héretique vaine & fuffifante, opiniaftre & indocile, preoccupée de fon erreur & determinée à la foutenir, qui fe piquoit de raifonner & d'eftre fubtile en matiere de religion : car tout cela paroift dans l'entretien que Jefus-Chrift eût avec elle. Or vous fçavez l'extrefme difficulté, pour ne pas dire l'impoffibilité morale de réduire un efprit, encore plus l'efprit d'une femme, quand elle eft de ce caractere. Vous fçavez combien il eft rare de voir une femme entestée d'une héresie (je dis entestée; car perfuadée par raifon, à peine le fut-elle jamais) fe mettre en eftat de reconnoiftre la verité, la chercher de bonne foy, & s'y foumettre. Soit que par une malheureufe fatalité l'héresie ait cela de propre, de rendre les cœurs inflexibles & de les endurcir; foit que Dieu par une punition duë à ce peché, qui de tous les pechez eft dans un fens le plus grief & le plus puniffable, ait couftume de repandre dans les efprits d'épaiffes tenebres qui les aveuglent toûjours de plus en plus, & que faint Auguftin appelle pour cela, *Pænales cæcitates :* encore une fois vous fçavez combien ce retour de l'héresie à la foy, de l'orgueil de l'une à l'humilité de l'autre, demande d'efforts ; & combien dans l'ordre mefme de la grace il ap-

Joan. 4.

Aug.

S ij

proche du miracle. Cependant c'eſt ce que la grace opére aujourd'huy, mais par une vertu qui ne peut eſtre que la vertu du Trés-haut. Jeſus-Chriſt convertit cette femme : de Samaritaine qu'elle eſtoit, il la ramene premierement à la pureté du culte juif, & puis il en fait une parfaite chreſtienne. Aprés l'avoir fait renoncer aux ſuperſtitions de ſes Peres & au ſchiſme où elle a eſté élevée ; aprés luy avoir fait condamner les erreurs qu'elle ſoutenoit avec tant d'obſtination & tant de zéle, il luy fait connoiſtre ce qu'il eſt & pourquoy il eſt venu, le ſujet & la fin de ſa miſſion, ſa qualité de Chriſt & de Sauveur, ſa divinité meſme : myſteres naturellement incroyables, & qu'elle ne pouvoit decouvrir qu'à la faveur des plus pures lumieres de la grace qu'il luy communique. Non ſeulement il luy revéle ces poinϲts ſi importants & ſi ſublimes, mais il les luy perſuade, mais il les luy fait gouſter. Quoy qu'elle euſt refuſé d'abord de traiter avec luy, elle l'écoute enfin avec docilité & avec reſpeϲt : quoyque tout ce qui venoit des juifs, luy fuſt odieux, elle veut bien, tout juif qu'il eſt, le reconnoiſtre & l'adorer comme autheur de ſon ſalut : quoyqu'elle ne viſt en luy que les apparences d'un homme, elle proteſte & croit fermement qu'il eſt le Chriſt, vray Fils de Dieu. Ne faut-il pas confeſſer qu'une telle converſion fut l'œuvre du Seigneur, & s'écrier avec David : *Hæc mutatio dexteræ excelſi !*

Pſalm. 78.

Mais en changeant l'esprit de cette Samaritaine, la grace n'agit pas moins puissamment dans son cœur. Car outre qu'elle estoit heretique & obstinée dans sa fausse créance, elle estoit impudique & libertine dans ses mœurs. Pechez, dit saint Chrysostome, qui malgré leur opposition ne laissent pas d'avoir comme une espece d'affinité, puisque l'heresie, à proprement parler, n'est autre chose qu'une corruption de l'esprit, comme l'adultere & l'impudicité est une rebellion de la chair. Or Dieu, adjouste saint Chrysostome, vengeur de l'un & de l'autre, punit & confond souvent l'un par l'autre, en permettant que ces revoltes de l'esprit contre la verité soient communément suivies des plus honteux déreglemens de la sensualité. Et en effet, nous voyons ces ames si presomptueuses & si fieres sur ce qui concerne la religion, n'estre pas ordinairement les plus fermes dans leur devoir ni les plus inébranlables dans la tentation. Telle estoit cette pecheresse de Samarie avec sa prétenduë science & sa vaine subtilité. Elle vivoit dans un concubinage public, dans un concubinage auquel elle s'estoit abandonnée, & dont elle avoit contracté mesmes une longue habitude : *Quinque enim viros habuisti ;* Joan. 4. *& nunc quem habes, non est tuus vir.* Or s'il y a une maladie difficile à guérir, c'est celle-là : s'il y a un démon capable de resister à Dieu & à sa grace, il est évident que c'est cet esprit im-

pur. Mais en cela mefme la grace de Jefus-
Chrift trouve la matiere de fon triomphe. Cette pecherefse, cette proftituée, cette femme efclave des plus fales paffions eft enfin purifiée &
fanctifiée. Il femble que Jefus-Chrift luy ait
donné un autre cœur ; qu'aprés luy avoir arraché ce cœur charnel & corrompu d'où proce-
doient tant de defordres, il ait créé en elle un
cœur nouveau , un cœur épuré non feulement
de toutes les fouillures du peché , mais de toutes les affections de la terre. Ce n'eft plus cette
Samaritaine fcandaleufe , qui s'eftoit fait un
front pour le crime , & qui fervoit aux ames de
démon pour les perdre. C'eft une créature toute nouvelle en Jefus-Chrift , *Nova in Chrifto*
creatura ; une ame transformée en Dieu, & qui
ne refpire plus que l'amour de fon Dieu ; qui
n'a plus rien que de chafte dans fes penfées, que
de modefte dans fes paroles, que de reglé dans
fes actions ; qui par fa conduite exemplaire eft
deformais un modelle de vertu, & qui va repandre par tout l'odeur de fa fainteté. Quel prodige , mes chers Auditeurs , & ne devons-nous
pas toûjours reprendre avec le Prophete : *Hæc*
mutatio dexteræ excelfi !

Mais fi la grace de Jefus-Chrift fait un miracle dans la converfion de cette femme, la maniere miraculeufe dont elle le fait, monftre encore bien quelle eft fa force & fa puiffance. Car
n'eft-il pas étonnant, Chreftiens , que deux

2. *Cor.* 5.

changemens si prodigieux ne coustent au Sauveur du monde qu'un moment! Quand Dieu
agit selon les loix & le cours ordinaire de sa
providence, il garde, ou du moins il paroist garder des mesures ; & dans l'ordre surnaturel,
aussi bien que dans l'ordre naturel, il s'accommode à nostre foiblesse. Car il ne fait pas les
Saints dans un instant; il les sanctifie peu à peu,
& par des progrés quelquefois insensibles il les
conduit de degré en degré jusqu'au terme d'une
sainteté consommée. Mais quand il agit souverainement & en Dieu, il ne s'assujettit point de
la sorte. Il ne prépare point le sujet qui doit servir de fonds à son action. Une parole qu'il pro-
fere, fait sortir des millions d'estres du néant,
étend les cieux, affermit la terre, donne à ce
vaste univers toute sa perfection : *Dixit, & facta* Psalm. 32.
sunt. Ainsi le Fils de Dieu ne dit qu'une parole
à la Samaritaine : *Ego sum,* oüy c'est moy, moy Joan. 4.
qui suis ce Messie que vous attendez ; & tout à
coup la voilà convaincuë, la voilà touchée, la
voilà penetrée des plus saints, mais des plus vifs
& des plus tendres sentimens. Parole, reprend
saint Augustin, plus efficace que celle-mesme
dont Dieu créa le monde. Parole, qui par une
seconde création, mais bien plus admirable que
la premiere, reforma dans le cœur de cette femme l'ouvrage de Dieu que le peché y avoit détruit. Je dis création plus admirable que la premiere, puisque dans la premiere le néant sur le-

quel Dieu travaille , obéit fans contradiction
à fa parole; au lieu que dans celle-cy Dieu tra-
vailloit fur le néant du peché , qui tout néant
qu'il eft , eft capable comme peché de luy refif-
-ter. Mais encore par quelle marque fenfible le
Fils de Dieu s'authorifa-t-il dans l'efprit de la
Samaritaine, & par où trouva-t-il une fi facile &
fi prompte créance ? Le vit-elle en ce moment-
là commander aux tempeftes & à la mer, guérir les aveugles-nez, reffufciter les morts de quatre jours ? Ah, Chreftiens, voicy la merveille,
qui furpaffe toutes les autres. Le monde converti fans miracles, & fans miracles devenu chreftien , fi l'on vouloit ainfi le fuppofer, ce feroit,
difoit faint Auguftin, le plus grand de tous les
miracles ; ce feroit le miracle des miracles, & le
plus convaincant pour un payen qui ne croiroit pas les autres miracles. Or nous le voyons,
mes chers Auditeurs, ce miracle des miracles,
accompli dans cette Samaritaine. Les Pharifiens
& les Docteurs de la loy voyoient tous les jours
les miracles de Jefus-Chrift ; ils en eftoient les
témoins oculaires ; ils parloient à Lazare qu'il
avoit publiquement reffufcité, aux malades qu'il
avoit guéris, & cependant par une obftination
inflexible ils perfiftoient dans leur incredulité.
Mais celle-cy fans miracles, non feulement croit
en luy, mais s'attache à luy, fe donne à luy,
renonce à tout pour luy. D'où vient cela ! de la
toute-puiffance de la grace, qui n'a befoin que

d'elle-mefme pour triompher du cœur de l'homme. Ce n'eſt pas tout. Quand le Fils de Dieu
convertiſſoit les autres pecheurs, ce n'eſtoit qu'a-
prés leur avoir donné pour ſa perſonne , par
quelque ſignalé bienfait , un fonds de confiance & d'eſtime. Pour ſauver leurs ames, il com-
mençoit par guérir leurs corps; & par condeſ-
cendance à leur foibleſſe, il les engageoit à croire ce qu'il eſtoit, en leur faiſant éprouver dans
leurs beſoins ce qu'il pouvoit. Mais parce qu'il
a reſolu de faire paroiſtre dans cette pechereſſe
de Samarie toute la force de la grace , il la convertit purement, je veux dire ſans autre attrait,
ſans autre engagement d'intereſt que celuy de
ſa converſion meſme. Elle ne croit point en luy
comme la femme Cananéenne, parce qu'il a delivré ſa fille du démon, ni comme l'hémorroïſſe
parce qu'il luy a rendu la ſanté : mais elle croit
en luy pour luy ſeul ; elle s'attache à luy ſans autre veuë que l'avantage d'eſtre à luy , & de ne
vivre que pour luy. C'eſt là que je reconnois le
caractere d'une grace victorieuſe & toute-puiſſante : *Hæc mutatio dexteræ excelſi.*

Enfin le miracle de la grace , c'eſt qu'en ſan-
ctifiant cette femme, elle ſanctifia tout le païs
de Samarie, & qu'elle la rendit capable de communiquer aux Samaritains le don de la foy. De
pechereſſe qu'elle eſtoit, dit ſaint Gregoire Pape, elle ſe trouve miraculeuſement transformée
en Apoſtre : *Quæ advenerat peccatrix , rever-* Greg.

titur prædicatrix. Avant que les Apoſtres ayent
paru, elle va annoncer Jeſus-Chriſt à ceux qui
ne le connoiſſent pas; & ſans dérogér à la dignité de ſaint Pierre ni à celle des autres Apoſtres,
on peut dire que la premiere Apoſtre du chriſtianiſme, c'eſt la Samaritaine. En effet, ſon zéle
la preſſe de telle ſorte qu'elle ne peut s'arreſter
un moment: elle laiſſe le vaiſſeau qu'elle avoit
apporté avec elle, elle ne penſe plus à puiſer de
l'eau, elle quitte Jeſus-Chriſt pour Jeſus-Chriſt
meſme, elle rentre dans la ville, elle invite tout
le monde à le venir voir & à l'écouter; aimant
mieux aller travailler pour ſa gloire, que de
gouſter plus long-temps les douceurs de ſon
entretien, & reſſentant déja ces ſaintes ardeurs
& ces divins empreſſemens de l'eſprit de foy,
qui n'eſt jamais content de connoiſtre Dieu, s'il
ne le fait encore connoiſtre autant qu'il le peut
& qu'il le doit.

De tout cecy, quelle concluſion! Ah! Chreſtiens, ne diſons donc plus dans l'eſtat de noſtre peché, que nous ſommes foibles, & que
noſtre foibleſſe eſt un obſtacle inſurmontable
à noſtre converſion: mais diſons avec l'Apoſtre, que ſi nous ſommes foibles par nous-meſmes, nous ſommes tout-puiſſants avec la grace & par la grace: *Omnia poſſum in eo qui
me confortat.* Défions-nous de nous-meſmes,
mais eſperons tout de Dieu. Je ſçais que pour
vous dégager de l'eſclavage où le peché vous

Philip. 4.

tient aſſervis, que pour vous interdire ce commerce, que pour renoncer à cet attachement, que pour étouffer cette inclination, que pour vaincre le monde, il y a des efforts à faire & de grands efforts; qu'il y a des combats à livrer & de rudes combats : mais prenez confiance, puiſque Dieu vous répond de ſa grace, dés que vous la demanderez de bonne foy, & qu'il vous aſſeûre que ſa grace vous ſuffit : *Sufficit tibi* 2. Cor. 12. *gratia mea.* C'eſt dans noſtre infirmité meſme qu'elle fait éclater toute ſa vertu ; & voſtre retour à Dieu, un retour prompt, un retour parfait, ne ſera pas un plus grand miracle pour elle, que le changement merveilleux de cette pechereſſe de l'Evangile : *Nam virtus in infirmitate* Ibidem. *perficitur.* Ce n'eſt pas aſſez : & voicy, mes chers Auditeurs, le poinct de morale par où je finis. Si Dieu par ſa miſericorde vous a tirez de l'abyſme, & s'il vous a fait ſentir l'impreſſion de ſa grace, imitez le zéle de cette Samaritaine. Elle n'eſtoit pas plus capable que vous d'annoncer l'Evangile de l'homme-Dieu : elle n'avoit point de caractere particulier, qui l'y obligeaſt plus que vous : pourquoy ne le ferez vous pas comme elle ! En qualité de chreſtiens, nous devons tous par un engagement indiſpenſable chacun dans l'étenduë de noſtre condition, participer au miniſtere apoſtolique ; & il n'y a point de fidelle, de quelque profeſſion qu'il ſoit, qui ne doive au moins par ſes œuvres, par ſes exem-

ples , par l'édification de sa vie , par ses charitables conseils prescher Jesus-Christ. Un pere le
doit prescher à ses enfants, & se souvenir qu'il est
leur premier Apostre; que c'est à luy, comme pere, de leur inspirer la religion, de leur en donner
la premiere teinture, d'employer tous ses soins
à la conserver dans leurs ames , & que sans cela il ne merite pas le nom de pere , beaucoup
moins celuy de pere chrestien. Un maistre le
doit prescher à ses domestiques , persuadé qu'il
est pire qu'un infidelle s'il neglige un devoir si
necessaire , & que c'est, comme le dit l'Apostre
en termes exprés , renoncer sa foy que de laisser dans sa maison des hommes qui ignorent la
loy de Dieu & qui ne la pratiquent pas : *Deum
negavit , & est infideli deterior.* Mais les pecheurs convertis , sont ceux entre tous les autres, qui doivent estre plus touchez de cet important devoir. Pourquoy ! parce qu'ils y sont
obligez, & par titre de reconnoissance, & par titre de justice , & par charité envers le prochain,
& par interest pour eux-mesmes : parce qu'ils
ne peuvent autrement reparer le scandale de
leur vie passée, ni rendre à Dieu ce qu'ils luy
doivent pour tribut de leur conversion. Si donc
parmi ceux qui m'écoutent, il y en avoit quelqu'un de ce caractere, c'est à dire, autrefois libertin & dans le desordre , mais maintenant
changé par la grace, & resolu à vivre en chrestien : voilà , luy dirois-je , mon cher Frere,

1. Tim. 5.

le modelle que Dieu vous met aujourd'huy
devant les yeux : le zéle de la Samaritaine convertie. Ramenez comme elle à Jesus-Christ autant de pecheurs, que voſtre exemple eſt capable d'en attirer, mais ſur tout ceux qui furent
les complices de vos deſordres. Dites leur avec
David, ce Roy penitent : *Venite, audite, &* Pſalm. 65.
narrabo, omnes qui timetis Deum, quanta fecit
animæ meæ. O vous qui craignez Dieu, ou pluſtoſt qui par ſa loy avez eſté inſtruits à le craindre, venez, écoutez, & je vous raconteray ce
que peut faire la miſericorde du Seigneur, &
ce qu'elle fait. Il ne vous en faudra point d'autre preuve que mon exemple, & je vous diray ce que cette infinie miſericorde a fait pour
moy. J'eſtois dans les meſmes engagemens que
vous, dans les meſmes erreurs que vous, dans
les meſmes excés que vous : mais la grace de
mon Dieu a rompu les liens qui m'attachoient,
a diſſipé les nuages qui m'aveugloient, a éteint
les paſſions qui m'emportoient. Je prenois auſſi bien que vous pour folie tout ce que l'on
me diſoit des veritez éternelles : mais la grace
de mon Dieu m'a détrompé, & m'a convaincu moy-meſme de ma propre folie. Je croyois
comme vous que ce changement eſtoit impoſſible, que jamais je ne pourrois me reſoudre à
ſortir de mes habitudes criminelles, que jamais
je ne pourrois ſoutenir une vie plus retirée &
plus reglée, que ce ſeroit un eſtat triſte, en-

nuyeux, infupportable : mais par la grace de mon Dieu toutes les difficultez fe font applanies, j'ay triomphé de la nature & de l'habitude, je me fuis arraché au monde & à fes enchantemens : au lieu du trouble & de l'ennuy que je craignois, j'ay trouvé le calme & la joye. Et que ne puis-je vous ouvrir mon cœur ! que ne puis-je vous faire connoiftre & vous faire fentir ce qu'il fent, depuis que le peché n'y domine plus, & qu'il commence à joüir d'une fainte liberté ! *Venite, audite, & narrabo quanta fecit animæ meæ.*

Ah ! Chreftiens, que ne peut pas pour la gloire de Dieu une ame bien convertie, & de quelle efficace eft fon temoignage en faveur de la vertu ! La Samaritaine convertit feule prefque tout un païs ; & combien de pecheurs par leur penitence gagneroient des villes entieres, & en reformeroient les abus ! Infpirez-nous ce zéle, Seigneur, infpirez-le à tous mes Auditeurs. Repandez fur eux voftre efprit ; & que touchez de cet efprit de douceur, foutenus de cet efprit de force, ils rentrent dans vos voyes, & y faffent rentrer par leurs exemples ceux qu'ils en ont retirez par leurs fcandales : en forte que nous puiffions tous parvenir un jour à la mefme gloire, où nous conduife &c.

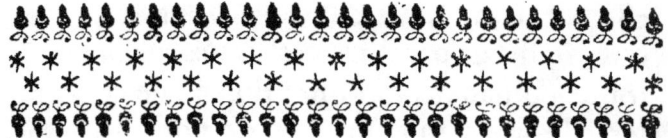

SERMON
POUR LE DIMANCHE

de la quatriéme Semaine.

Sur la Providence.

Cum fublevaffet oculos Jefus, & vidiffet quia multitudo maxima venit ad eum, dicit ad Philippum : Unde ememus panes, ut manducent hi ? Hoc autem dicebat tentans eum ; ipfe enim fciebat quid effet facturus.

Jefus-Chrift levant les yeux, & voyant qu'une grande foule de peuple venoit à luy, dit à Philippe : D'où pourrons-nous acheter affez de pain, pour donner à manger à tout ce peuple ? Or il difoit cecy pour l'éprouver ; car il fçavoit bien ce qu'il alloit faire. En faint Jean, chap. 6

S IRE,

SI ce qu'a dit faint Auguftin eft vray, que les miracles font la voix de Dieu, & qu'autant de

fois qu'il fait paroiftre ces fignes vifibles de fa
toute-puiffance, fon intention eft de nous parler, de nous inftruire, & de nous découvrir
quelque importante verité; il eft aifé de reconnoiftre ce que le Sauveur du monde a voulu
nous faire entendre par ce grand miracle de la
multiplication des pains. Car que voyons-nous
dans ce miracle, & que nous reprefente noftre
Evangile! tout un peuple, qui s'abandonne à
la conduite de Jefus-Chrift; des milliers d'hommes qui fans provifion, fans fubfiftance, quittent
leurs maifons pour le fuivre; un Dieu touché
de compaffion pour eux, un Dieu qui pourvoit
luy-mefme à leurs befoins, un Dieu qui luy-
mefme leur diftribuë fes dons liberalement,
amplement, magnifiquement; & cette nom-
breufe multitude enfin nourrie & raffafiée au
milieu d'une folitude : tout cela ne nous pref-
che-t-il pas hautement la providence divine &
l'obligation indifpenfable de nous repofer fur
fes foins & de nous confier en elle! *Interroge-*
mus, ce font les paroles de faint Auguftin, *ipfa*
Chrifti miracula : habent enim, fi intelligantur,
linguam fuam. Interrogeons les miracles de Jefus-Chrift, écoutons-les, & rendons-nous y
attentifs. Car comme Jefus-Chrift eft fubftan-
tiellement le Verbe de Dieu, il n'y a rien dans
luy qui ne parle, & fes actions mefmes ont pour
nous leur langage & leur expreffion. Or ce que
nous dit en particulier le miracle de ces pains fi

prom-

Aug.

promptement & si abondamment multipliez, c'est qu'il y a une providence qui gouverne le monde; une providence à laquelle nous devons tous nous soumettre, non pas comme le reste des créatures par une soumission de necessité, mais comme des créatures raisonnables par un libre consentement de nostre volonté. Voilà, mes Freres, la voix de Dieu, & ce qu'elle nous apprend. Cependant quelque intelligible & quelque éclatante que soit cette voix, il y a encore des hommes qui ne veulent pas l'entendre. Il y en a qui pour l'avoir entenduë, n'en sont pas plus dociles ni plus soumis. Et c'est pour cela que je joints à cette voix du miracle de Jesus-Christ, celle de la predication, qui fortifiée & soutenuë par la grace interieure que le Saint Esprit repandra dans nos cœurs, y produira, comme je l'espere, tout le fruict que j'attends de ce discours. Addressons-nous à Marie & disons-luy, *Ave Maria.*

DEux choses, selon saint Augustin, sont capables de toucher l'homme & de faire impression sur son cœur, le devoir & l'interest; le devoir, parce qu'il est raisonnable; & l'interest, parce qu'il s'aime luy-mesme. Voilà les deux ressorts qui le font communément agir. Mais il faut, adjouste saint Augustin, que ces deux ressorts soient remüez tout à la fois, pour avoir dans le cœur de l'homme un plein effet. Car

le devoir fans l'intereft eft foible & languiffant,
& l'intereft fans le devoir eft bas & honteux.
L'un & l'autre joints enfemble, ont une vertu
prefque infaillible, & une efficace à laquelle il
eft comme impoffible de refifter. J'entreprends
aujourd'huy, Chreftiens, de vous infpirer une
parfaite foumiffion à la providence de Dieu.
J'entreprends de vous reprefenter l'indifpenfable obligation que nous avons tous, de nous
attacher à cette providence fouveraine, de nous
confier en elle, de nous conformer à fes ordres
& d'en faire la regle de noftre vie. Or pour
vous y engager, je veux vous faire voir le defordre & le malheur de l'homme lorfqu'il refufe à Dieu cette foumiffion : le defordre de l'homme par rapport à fon devoir, & le malheur de
l'homme par rapport à fon intereft : fon defordre infeparable de fon malheur, puifqu'il en eft
évidemment & infailliblement la fource : fon
malheur infeparable de fon defordre, puifque
felon les loix de Dieu, il en eft, comme vous verrez, la jufte punition. En deux mots, rien de
plus criminel que l'homme du fiecle qui ne veut
pas fe foumettre à la providence, c'eft la premiere partie. Rien de plus malheureux que
l'homme du fiecle qui ne veut pas fe conformer
à la conduite de la providence, c'eft la feconde. Mais auffi par deux confequences toutes
contraires, rien de plus fage que l'homme chreftien qui prend pour regle de toutes fes actions

la foy de la providence : rien de plus heureux que l'homme chreſtien, qui fait conſiſter tout ſon appuy dans la foy de la providence. Deux veritez édifiantes & touchantes, qui vont partager ce diſcours.

POur corriger un deſordre il faut d'abord I. PARTIE. s'appliquer à le connoiſtre, & pour le connoiſtre il en faut chercher & découvrir le principe. Je parle icy, Chreſtiens, d'un homme du monde, qui vit dans un profond oubli de Dieu, qui ſemble avoir ſecoüé le joug de Dieu, qui s'eſt fait comme une habitude & un eſtat de ſe rendre indépendant de Dieu ; enfin, qui ſans ſe declarer néanmoins ouvertement, mais par la malheureuſe poſſeſſion où il s'eſt eſtabli d'agir ſelon ſon gré & en libertin, eſt devenu, ſi j'oſe m'exprimer ainſi, un deſerteur, ou ſi vous voulez, un apoſtat de la providence de Dieu : conduite la plus deplorable, mais effet le plus commun de la dépravation du ſiecle. Je veux vous en faire voir le déreglement, & voicy comment je le conçois. Quiconque renonce à la providence & veut ſe ſouſtraire à l'empire de Dieu, ne le peut faire qu'en l'une ou en l'autre de ces deux manieres ; ſçavoir, par un eſprit d'infidelité, parce qu'il ne reconnoiſt pas cette providence & qu'il ne la croit pas ; ou par une ſimple revolte de cœur, parce qu'en la croyant meſmes & en la ſuppoſant il ne veut pas ſe ſou-

T ij

mettre à elle. Or examinons ces deux principes, & voyons dans lequel des deux l'aveuglement de l'impie est plus grossier & plus criminel.

Si c'est par un esprit d'infidelité & parce qu'il ne croit pas la providence, je vous demande quel desordre est comparable à celuy-là : de ne pas croire, ce qui est sans contestation la chose non seulement la plus croyable, mais le fondement de toutes les choses croyables! de ne pas croire ce qu'ont crû les payens les plus sensez par la seule lumiere de la raison; de ne pas croire ce qu'indépendamment de la foy nous éprouvons nous-mesmes sans cesse, ce que nous sentons, ce que nous sommes forcez de confesser en mille rencontres par un temoignage que nous arrachent les premiers mouvemens de la nature : mais sur tout de ne pas croire la plus incontestable verité par les raisons mesmes qui l'establissent & qui seules font plus que suffisantes pour nous en convaincre. Or tel est l'estat du mondain, qui ne veut pas reconnoistre la providence. Suivons cecy de poinct en poinct, & instruisons-nous.

Car le mondain s'aveugle, dit saint Chrysostome, dans la source mesme des lumieres qui est l'estre de Dieu, puisque la premiere & la plus immediate consequence qui se tire de l'estre de Dieu ou de l'existence de Dieu, c'est qu'il y a une providence. D'où il s'ensuit qu'en renonçant à cette providence, ou bien il ne connoist plus de Dieu; affreuſe impieté ! ou bien il ſe fait un Dieu monſtrueux, c'eſt à dire, un Dieu qui n'a nul ſoin de ſes créatures; un Dieu qui ne s'intereſſe, ni à leur conſervation, ni à leur perfection; un Dieu qui n'eſt ni juſte, ni ſage, ni bon, puiſqu'il ne peut rien eſtre de tout cela ſans providence. De là, il ſe réduit, adjouſte ſaint Chryſoſtome, à eſtre plus que payen dans le chriſtianiſme; ou, tout chreſtien qu'il eſt, à prendre parti avec ce qu'il y a eû dans le paganiſme de plus vicieux & de plus corrompu. Car à peine s'eſt-il trouvé des ſectes payennes, qui ayent nié la providence, ou qui en ayent douté, ſinon celles qui par leurs abominables maximes portoient les hommes aux plus infames excés & aux plus ſales voluptez; celles pour qui il eſtoit à ſouhaiter qu'il n'y euſt dans le monde ni Dieu, ni loy, ni chaſtiment, ni recompenſe, ni providence, ni juſtice.

Ce n'eſt pas aſſez : comme le merite de la foy eſt de nous faire eſperer contre l'eſperance meſme, *Contra ſpem in ſpem;* le crime du mondain ſur le ſujet de la providence eſt de ſe rendre incredule & inſenſé contre ſa raiſon meſme. *Rom. 4.* Car enfin le mondain luy-meſme ſuivant le ſeul inſtinct de ſa raiſon, admet ſans l'appercevoir, une providence à laquelle il ne penſe pas. Comment cela ! Je m'explique. Il croit qu'un Eſtat ne peut eſtre bien gouverné que par la ſageſſe & le conſeil d'un Prince. Il croit qu'une maiſon ne

T iij

peut subsister sans la vigilance & l'œconomie
d'un pere de famille. Il croit qu'un vaisseau ne
peut estre bien conduit sans l'attention & l'habileté d'un Pilote : & quand il voit ce vaisseau
voguer en pleine mer, cette famille bien reglée,
ce Royaume dans l'ordre & dans la paix, il conclut, sans hésiter, qu'il y a un esprit, une intelligence qui y préside. Mais il pretend raisonner
tout autrement à l'égard du monde entier ; &
il veut que sans providence , sans prudence,
sans intelligence, par un pur effet du hazard, ce
grand & vaste univers se maintienne dans l'ordre merveilleux où nous le voyons. N'est-ce
pas aller contre ses propres lumieres, & contredire sa raison ! Adjoustez les preuves sensibles &
personnelles que le mondain , sans sortir hors
de luy-mesme , trouve dans luy-mesme ; mais
sur lesquelles son obstination l'aveugle & l'endurcit. Car il n'y a point d'homme qui repas-
sant dans son esprit les années de sa vie , & rap-
pellant le souvenir de tout ce qui luy est arri-
vé, ne doive s'arrester à certains poincts fixes,
je veux dire à certaines conjonctures où il s'est
trouvé, à certains perils d'où il est échappé, à
certains évenemens heureux ou malheureux,
mais extraordinaires & singuliers, qui l'ont surpris & frappé, & qui sont autant de signes visibles d'une providence. Or si cela est vray de tous
les hommes sans exception, beaucoup plus encore l'est-il de ceux qui font quelque figure dans

le monde, de ceux qui ont part aux intrigues du
monde, de ceux qui entrent plus avant dans le
commerce & dans le secret du monde; & plus
enfin de ceux qui vivent dans le centre du monde, qui est la Cour. Car qu'est-ce que le monde, disoit Cassiodore, sinon le grand theatre &
la grande école de la providence, où pour peu
qu'on fasse de reflexion, l'on apprend à tous
momens, qu'il y a dans l'univers une puissance
& une sagesse superieure à celle des hommes
qui se joüe de leurs desseins, qui ordonne de
leurs destinées, qui éleve & qui abbaisse, qui
appauvrit & qui enrichit, qui mortifie & qui
vivifie, qui dispose de tout comme l'arbitre supresme de toutes choses. Il n'y a donc point
d'hommes dans le monde qui selon les regles
ordinaires dussent croire d'une foy plus ferme
la providence, que ceux qui se piquent d'avoir
la science du monde & d'estre les sages du monde : mais par un secret jugement de Dieu, il
n'y en a point qui soyent communément plus
infidelles touchant la providence, & qui semblent plus la méconnoistre. Et comme il n'y aura jamais d'homme sur la terre & qu'il n'y en a
jamais eû, à qui il eust esté moins pardonnable de former quelque doute sur la providence
qu'au Patriarche Joseph, aprés les miracles écla-
tans que Dieu avoit opérez dans sa personne;
aussi ces prétendus sages du monde sont ils plus
coupables en rejettant la providence, de refu-

T iiij

ſer à Dieu l'hommage d'un attribut dans la conª
noiſſance du quel Dieu prend plaiſir, pour ainſi dire, à les élever.

Leur aveuglement va encore plus loin, & il
conſiſte en ce qu'ils ne veulent pas rendre librement
& chreſtiennement à la providence un
aveu qu'ils luy rendent ſouvent par neceſſité,
ou pluſtoſt par emportement de chagrin & de
deſeſpoir. Car prenez garde, Chreſtiens : ce
mondain qui oublie Dieu & la providence,
tandis qu'il eſt dans la proſperité & que tout
luy ſuccede ſelon ſes deſirs; eſt le premier à murmurer
contre cette meſme providence & contre
Dieu, quand il luy ſurvient une diſgrace
qu'il n'avoit pas preveuë : comme ſi c'eſtoit un
ſoulagement pour luy d'avoir à qui s'en prendre
dans ſon malheur, il en accuſe Dieu; & par
la plus étrange contradiction, il l'attribuë à cette
providence meſme qu'il nioit par une fiere &
orgueilleuſe impieté. Or qu'y a-t-il de plus bizarre
que de ne vouloir pas reconnoiſtre une
providence pour luy obéir & pour ſe conformer
à elle, & d'en reconnoiſtre une pour l'outrager !
Voicy quelque choſe encore de plus
ſurprenant : c'eſt que ſouvent le libertin veut
douter de la providence par les raiſons meſmes
qui prouvent invinciblement la providence &
qui ſeules devroient ſuffire pour la luy perſuader.
Car ſur quoy fonde-t-il ſes doutes touchant
la providence d'un Dieu ! ſur ce qu'il voit

le monde rempli de defordres. Et c'eſt pour cela meſme, dit ſaint Chryſoſtome, qu'il doit
conclure neceſſairement qu'il y a une providence. En effet, pourquoy ces defordres dont le
monde eſt plein, ſont-ils des deſordres, & pourquoy luy paroiſſent-ils deſordres, ſinon parce
qu'il ſont contre l'ordre & qu'ils répugnent à
l'ordre ! Or qu'eſt-ce que cet ordre auquel ils
répugnent, ſinon la providence ! Il ſe fait donc
une difficulté de cela meſme qui réſout la difficulté, & il devient infidelle par ce qui devoit affermir ſa foy. Mais s'il y avoit, dit-il, une providence, arriveroit-il dans la ſoſieté des hommes tant de choſes dont les hommes eux-meſmes ſont ſcandaliſez ! Et moy je réponds : mais
de ce que les hommes eux-meſmes en ſont ſcandaliſez, n'eſt-ce pas une preuve authentique de
la providence, qui ne permet pas que ces choſes ſoient authoriſées, & qui veut pour cela que
parmi les hommes elles paſſent & qu'elles ayent
toûjours paſſé pour ſcandaleuſes ! Si les hommes ne ſe ſcandaliſoient plus de rien, c'eſt alors
qu'on pourroit peut-eſtre douter qu'il y euſt
une providence, & que peut-eſtre l'impie pourroit dire dans ſon cœur, qu'il n'y a point de Dieu.
Mais tandis qu'on ſe ſcandaliſe de l'inſolence
du vice, tandis que la cenſure meſme du monde condamne le libertinage, tandis qu'on abhorre l'impieté, tandis que la haine publique s'é-
leve contre l'iniquité, la providence eſt à cou-

vert, & rien de tout cela ne prévaut contre elle.
Or on se scandalisera toûjours de tout cela, parce qu'il y aura toûjours un Dieu & une providence. Il est vray: on commettra dans le monde des crimes honteux, des perfidies noires, des
trahisons lasches. Mais ces crimes ne seront honteux, que parce qu'il y a une providence qui y
attache un caractere de honte & qui nous le fait
voir; ces perfidies ne seront detestées comme perfidies, que parce qu'il y a une providence qui
fait aimer la bonne foy; ces trahisons ne seront
reputées lasches, que parce qu'il y a une providence qui met en credit l'honneur & la probité. On fera des actions dont on rougira, qu'on
se reprochera, qu'on desavoüera: mais ces des-
aveux, ces remords, cette confusion, seront
dans ces actions-là mesmes autant d'argumens
en faveur de la providence. Au contraire, quel
avantage contre elle l'impie ne tireroit-il pas, si
l'on ne les desavoüoit plus, si l'on ne s'en cachoit
plus, si l'on n'en rougissoit plus! Voilà le desordre de celuy qui renonce à la providence par
un esprit d'incredulité.

Mais supposons qu'il le fasse sans préjudice
de sa foy, & par une simple revolte de cœur:
autre desordre encore moins soutenable, de
croire une providence qui préside au gouvernement du monde, & de ne vouloir pas se soumettre à elle, de ne vouloir pas se regler par elle ni agir de concert avec elle; d'estre assez te-

meraire, ou pluftoft affez infenfé, non feulement pour affecter de s'en rendre indépendant,
mais pour prétendre arriver malgré elle aux fins
qu'on fe propofe, & venir à bout de fes entreprifes par d'autres moyens que ceux qu'elle a
marquez. Tel eft néanmoins le defordre où
conduit infenfiblement l'efprit du monde. En
croyant mefmes une providence, on vit dans le
monde comme fi l'on ne la croyoit pas. Car
on croit une providence (appliquez-vous, mon
cher Auditeur, & reconnoiffez-vous icy) on
croit une providence, & toutefois on agit dans
les affaires du monde avec les mefmes inquiétudes, avec les mefmes empreffemens, avec les
mefmes impatiences, avec le mefme oubli de
Dieu dans les fuccés, avec le mefme abbate-
ment dans les afflictions, avec la mefme prefomption dans les entreprifes, que fi cette providence eftoit un nom vuide & qu'elle ne decidaft de
rien, ni n'euft part à rien. En effet, fi la foy de
la providence entroit dans la conduite de noftre
vie autant qu'elle y devroit entrer, c'eft à dire,
fi nous ne perdions jamais cette providence de
veûë, & fi chacun de nous ne fe regardoit que
comme un fujet né pour exécuter fes ordres,
dés-là il n'y auroit rien dans nous que de raifonnable : nous ne ferions, ni paffionnez, ni emportez, ni vains, ni inquiets, ni fiers, ni jaloux, ni
ingrats envers Dieu, ni injuftes envers les hommes : foumis à cette providence, nous aurions

dans le monde des interefts fans attachement, des pretentions fans ambition , des avantages fans orgueil ; nous n'abuferions, ni des biens, ni des maux , & nous conferverions en toutes chofes cette fainte moderation de fentimens & de defirs , qui felon la maxime de faint Paul nous rendroit modeftes dans la profperité & patiens dans l'adverfité. Pourquoy ? parce que tout cela eft effentiellement renfermé dans ce que j'appelle la fubordination ou la foumiffion d'une ame fidelle à la providence de Dieu. Mais parce que l'efprit du monde qui prédomine en nous, nous fait abandonner cette providence, par une fuite inévitable nous tombons en mille defordres. Nous recevons de Dieu des bienfaits fans les reconnoiftre, & des chaftimens fans en profiter. Ce qui devroit nous convertir , nous endurcit; & ce qui devroit nous fanctifier, nous irrite & nous defefpere. Nous nous élevons, où il faudroit nous humilier; & nous nous troublons, où il faudroit bénir Dieu & nous confoler. Des fuccés d'autruy nous nous faifons par envie de honteux chagrins , & des chagrins d'autruy de malignes joyes. Il n'y a pas un mouvement de noftre cœur, qui ne foit, pour ainfi parler, hors de fa place ; & cela, parce que ce n'eft plus du premier mobile, je veux dire de la foy d'une providence que nous recevons l'impreffion. Or dés-là, Seigneur, comment ne ferions-nous pas de toutes vos créatures les plus

criminelles, puifqu'en nous retirant d'une conduite auffi fainte & auffi droite que la voftre, il
ne nous refte plus que des voyes trompeufes &
détournées où nous faifons autant de chûtes que
de pas!

Prenez garde, Chreftiens; & pour bien comprendre la verité que je vous prefche, remarquez que cet homme du fiecle qui fe detache
de la providence, pour ne plus dépendre d'elle, ne le fait, ou que pour vivre au hazard &
pour fuivre en aveugle le cours de la fortune,
dont le torrent entraifne toutes les ames foibles;
ou que pour fe gouverner felon les veûës de la
prudence humaine, dont les fages du monde
prennent le parti. Or je foutiens que l'un & l'autre eft pour Dieu l'outrage le plus fenfible, & il
n'y a perfonne de vous qui n'en doive convenir avec moy. Car de n'avoir plus d'autre principe de fa conduite que la fortune & d'en vouloir fuivre le cours, n'eft-ce pas tomber dans
l'idolaftrie des payens, qui comme l'obferve
faint Auguftin, au lieu d'adorer les confeils de
Dieu dans les évenemens du monde, aimerent
mieux fe faire une divinité bizarre, qu'ils appel-
lerent Fortune, jufqu'à luy ériger des temples,
jufqu'à l'invoquer dans leurs befoins, jufqu'à
luy offrir des facrifices pour l'appaifer, jufqu'à
luy rendre des actions de graces quand ils fup-
pofoient qu'elle leur eftoit favorable. Idolaftrie
dont les fages mefmes du paganifme ne pou-

voient fupporter l'abus. Quelle indignité, difoit un d'entre eux, de voir aujourd'huy la fortune adorée par tout, invoquée par tout, & au
mépris des Dieux mefmes, reverée par tout
comme la divinité du monde! *Quid enim eſt*
quod nunc toto orbe, lociſque omnibus fortuna
invocatur, una cogitatur, una nominatur, una
colitur?

Plin.

　　Et n'eſt-ce pas auffi, Chreſtiens, ce que Dieu
reprochoit aux Ifraëlites, quand il leur difoit
par la bouche d'Ifaye: *Et vos qui dereliquiſtis*
Dominum, & obliti eſtis montem ſanctum meum,
qui ponitis fortunæ menſam, & libatis ſuper eam;
numerabo vos in gladio. Pour vous qui avez mepriſé mon culte, vous qui dreffez un autel à la
fortune, & qui par une apoſtaſie fecrete luy faites dans le fond de vos cœurs des facrifices, ſça-
chez que ma juſtice vengereffe ne vous épar-
gnera pas. Or ce facrilege n'a pas feulement eſté
le crime des juifs, & des payens: on le voit encore au milieu du chriſtianifme, fur tout à la
Cour; & c'en eſt un des plus grands fcandales.
Oüy, mes chers Auditeurs, & vous le ſçavez
mieux que moy: l'idole de la cour, c'eſt la fortune; c'eſt à la cour qu'on l'adore; c'eſt à la cour
qu'on luy facrifie toutes chofes, fon repos, fa
fanté, fa liberté, fa confcience mefme & fon falut; c'eſt à la cour qu'on regle par elle fes amitiez, fes refpects, fes fervices, fes complai-
fances, jufques à fes devoirs. Qu'un homme

Iſa. 65.

foit dans la fortune, c'eft une divinité pour
nous ; fes vices nous deviennent des vertus, fes
paroles des oracles, fes volontez des loix. Ofe-
ray-je le dire ! qu'un démon forti de l'enfer fe
trouvaft dans un haut degré d'élevation & de
faveur, on luy offriroit de l'encens. Mais que ce
mefme homme qu'on idolaftroit, vienne à déchoir & qu'il ne fe trouve plus en place, à peine
le regarde-t-on. Tous ces faux adorateurs dif-
paroiffent, & font les premiers à l'oublier : pourquoy ! parce que cette idole de la fortune qu'on
refpectoit en luy, ne fubfifte plus. Je fçais qu'en
tout cela l'on fe regarde foy-mefme ; mais c'eft
juftement le defordre, de fe regarder & de fe rechercher ailleurs foy-mefme qu'en Dieu & dans
fa providence. Il n'y a pas jufques aux gens de
bien & aux fpirituels, qui ne fe laiffent furprendre à l'éclat d'une fortune mondaine, & qui
n'ayent quelque part à cette idolaftrie. Non pas
aprés tout qu'il foit abfolument défendu de fe
fervir de ceux qui font en credit, pourveû qu'on
les confidere comme les miniftres de la providence : mais alors on ne s'appuye fur eux que
felon les veûës de Dieu ; & l'on ne les employe
pas, ainfi que nous le voyons tous les jours,
pour opprimer l'un, pour fupplanter l'autre,
pour foutenir l'injuftice & pour faire triompher l'iniquité.

Il femble que le parti de ceux qui abandonnent la providence pour fe conduire felon la

prudence humaine, devroit eftre expofé à moins
de defordres; mais c'eft en quoy nous nous trompons. Dans ces partifans de la fortune il y a plus
de temerité; mais dans ces fages du monde il y
a plus d'orgueil. Or rien n'offenfe plus Dieu
que l'orgueil; & n'eft-ce pas icy qu'il paroift é-
videmment ! Car quel orgueil qu'un homme
faifant fond fur foy-mefme, s'affeûrant de foy-
mefme, ne comptant que fur foy-mefme, fe
croye fuffifamment éclairé pour fe gouverner
foy-mefme, & pour avoir droit enfuite de s'ap-
plaudir à foy-mefme de fes avantages, jufques à
dire interieurement comme ces impies dans l'E-
criture: *Manus noftra excelfa, & non Dominus,*
fecit hæc omnia : c'eft moy qui me fuis fait ce
que je fuis; c'eft par mon induftrie & par mon
travail que je fuis parvenu-là : l'eftabliffement
de ma maifon, le fuccés de mes affaires, le rang
que je tiens , tout cela eft l'ouvrage de mes
mains & non de la main du Seigneur. Quel
orgueil, que n'ayant pas affez de lumieres pour
nous paffer en mille conjonctures du confeil des
hommes , nous penfions en avoir affez pour
n'eftre pas obligez de confulter Dieu ! Et afin
de réduire cette verité à quelque efpece particuliere, quel defordre, par exemple, qu'un pere
fuivant les feules maximes de la fageffe mondaine, s'eftime capable de difpofer fouverainement de fes enfants, de determiner leurs vo-
cations, de les engager en tels employs, de leur
pro-

Deuter. 32.

procurer tels benefices, de leur faire prendre
telle ou telle route, sans examiner si ce sont
les voyes de Dieu! A quoy s'expose-t-il par là,
& quelles en sont pour luy, aussi bien que
pour ses enfants, les affreuses consequences;
puisque tout cela, & pour ses enfants, & pour
luy-mesme, a de si étroites liaisons avec le salut! Car enfin du moment que l'homme entreprend de se gouverner indépendamment de
Dieu, il se charge devant Dieu de toutes les
suites. Si elles sont malheureuses, il en prend sur
luy le crime; & comme la prudence humaine,
mesmes la plus raffinée, est sujette à mille erreurs, qui peut dire combien de dettes il accu-
mule les unes sur les autres, dont il faudra rendre compte un jour au souverain juge! Quand
j'ay recours à Dieu, c'est à dire, quand aprés
avoir meûrement deliberé selon l'esprit de ma
religion, & tasché de bonne foy à connoistre
l'ordre de Dieu, je viens à decider & à conclure, je puis alors avoir cette confiance, ou que
je conclus seûrement; ou que si je manque,
Dieu suppléra à mon défaut: que si je m'égare,
Dieu aura d'autres voyes pour me redresser,
& qu'il ne m'imputera pas mon égarement;
pourquoy! parce qu'autant qu'il estoit en moy,
j'ay suivi les regles de la prudence chrestienne,
en le priant de m'éclairer, & usant des moyens
qu'il m'a donnez pour m'instruire de sa volonté. Mais quand je veux moy-mesme me con-

Tome II.   V

duire, je dois repondre de moy-mefme, & en repondre à un Dieu jaloux de fes droits, & qui offenfé de mon orgueil n'eft pas dans la difpofition
de me faire gráce. De là en quels abyfmes vais-
je me precipiter! Car pour demeurer toûjours
dans le mefme exemple, qu'un pere difpofe de
fes enfants felon les idées de cette damnable politique du monde qui luy fert de regle, qu'arrive-t-il! vous le fçavez : pour en élever un, il facrifie tous les autres. Par predilection pour ceux-
cy, il ne fait à ceux-là nulle juftice. Il deftine
à l'Eglife ceux qui pouvoient faire leur devoir
dans le monde, & il engage dans le monde
ceux qui pouvoient utilement fervir l'Eglife :
& parce qu'il eft néanmoins vray que leur deftinée temporelle a un enchaifnement prefque
infaillible avec leur predeftination éternelle, en
penfant les eftablir tous, il les damne tous, &
luy-mefme fe damne avec eux & pour eux.
S'il s'eftoit en pere chreftien addreffé à Dieu, il
fe fuft prefervé de tous ces defordres : mais il
n'en a voulu croire que luy-mefme, & n'en
croyant que luy-mefme il s'eft perdu, il a perdu fes enfants, & s'eft rendu devant Dieu per-
fonnellement refponfable de leur perte & de la
fienne.

Voilà pourquoy le plus fage des hommes
Salomon, faifoit à Dieu cette excellente priére : *Da mihi fedium tuarum affiftricem fapien-*
tiam ; ut mecum fit, & mecum laboret, &

Sap. 9.

sciam quid acceptum sit apud te. Donnez-moy,
Seigneur, cette sagesse qui est assise avec vous
sur vostre throsne, afin qu'elle travaille avec
moy, & que sans me tromper jamais elle m'ap-
prenne comment je dois agir & ce qui vous est
agreable. Priére, mes chers Auditeurs, que nous
devons faire, chacun dans nostre condition, tous
les jours de nostre vie. Priére que Dieu écoutera, parce que ce sera un hommage que nous
rendrons à sa providence. Priére qui sera descendre sur nous les plus abondantes benedictions du ciel, parce qu'en honorant Dieu elle
engagera Dieu à s'interesser pour nous. Sans cela, sans cette soumission à la providence de nostre Dieu, nous ne serons pas seulement les plus
criminels, mais les plus malheureux de tous
les hommes. Vous l'allez voir dans la seconde
partie.

C'Est un sentiment de saint Augustin qui ne II. Partie.
peut estre contesté, & qui me paroist aussi propre à nous imprimer une haute idée de Dieu,
qu'à nous donner une connoissance parfaite de
nous-mesmes, sçavoir, que Dieu ne seroit pas
Dieu, si hors de luy nous pouvions trouver un
bonheur solide; & que la preuve la plus convaincante & la plus sensible qu'il est nostre derniere fin & nostre souveraine beatitude, est
qu'en nous éloignant de luy par le peché nous
devenons malheureux : *Jussisti, Domine, & sic Aug.*

eft, ut omnis animus inordinatus pæna fit ipfi fibi. Vous l'avez ordonné, Seigneur, difoit ce grand homme faifant à Dieu l'humble confef-fion de fes miferes & les déplorant, vous l'a-vez ainfi ordonné, & l'arreft s'exécute tous les jours, que tout efprit qui fe déregle & qui veut fortir des bornes de la fujettion & de la dépen-dance en fe feparant de vous, trouve fa peine dans luy-mefme. Or c'eft là juftement, Chref-tiens, la feconde propofition que j'ay avancée; & c'eft affez de l'avoir conçeûe, pour en ef-tre perfuadé: le plus grand malheur de l'hom-me eft de fe detacher de Dieu, & de vouloir fe fouftraire aux loix de fa providence; pourquoy cela! en voicy les raifons. C'eft qu'en renonçant à cette providence adorable, l'homme demeure, ou fans conduite, ou abandonné à fa propre conduite, fource infaillible de tous les maux. C'eft qu'en quittant Dieu il oblige Dieu pareil-lement à le quitter, & à retirer de luy cette pro-tection paternelle, qui fait felon l'Ecriture tou-te la felicité des juftes fur la terre. C'eft qu'il fe prive par là de la plus douce, ou pluftoft de l'u-nique confolation qu'il peut avoir en certaines adverfitez, où la foy feule de la providence le pourroit foutenir. Enfin, c'eft que ne voulant pas dépendre de Dieu par une foumiffion libre & volontaire, il en dépend malgré luy par une foumiffion forcée; & que refufant de fe capti-ver fous une loy d'amour, il ne peut éviter d'ef-

tre affujetti aux loix les plus dures d'une rigoureufe juftice. Quatre raifons qui demanderoient
autant de difcours pour eftre traitées dans toute
leur étenduë & toute leur force ; mais dont l'expofition fimple & courte fuffira pour vous convaincre & pour vous toucher.

Imaginez-vous donc d'abord , difoit faint
Chryfoftome, un vaiffeau en pleine mer, battu
des vents & des tempeftes, bien équippé néanmoins & bien pourveû de tout le refte , mais
qui n'a ni pilote ni gouvernail : tel eft l'homme
dans le cours du monde, quand il n'a plus Dieu
pour regle de fa conduite. Au défaut de la providence, fur quoy peut-il faire fond, & à quoy
peut-il s'attacher ! S'il trouvoit hors de cette providence quelque chofe de ftable qui l'arreftaft &
qui le fixaft , fon eftat peut-eftre feroit moins
à plaindre : mais il faut qu'il convienne avec
moy, qu'en renonçant à la providence & en fe-
coüant le joug de Dieu , il ne luy refte que l'un
ou l'autre de ces deux partis, je veux dire, ou
de mettre fon appuy dans les hommes, ou d'eftre réduit à n'avoir plus d'autre reffource que
luy-mefme. Or des deux coftez fa condition eft
également deplorable ; & quoyqu'il faffe, il eft
inévitablement & inconteftablement malheureux. Car d'eftre réduit à n'avoir plus d'autre
reffource que luy-mefme, qu'y a-t-il , à le bien
prendre, de plus terrible ; & pour peu que
l'homme fe connoiffe, eft-il rien qui foit plus

capable de le defoler & de le confterner ! Si je
me trouvois feul & fans guide dans une folitude affreufe, expofé à tous les rifques d'un égarement fans retour, je ferois dans des frayeurs
mortelles. Si dans une preffante maladie, je me
voyois abandonné, n'ayant que moy-mefme
pour veiller fur moy, je n'oferois plus compter
fur ma guérifon. Si dans une affaire capitale,
où il s'agiroit pour moy non feulement de ma
fortune, mais de ma vie, tout autre confeil que
le mien me manquoit, je me croirois perdu &
fans efperance. Comment donc au milieu du
monde, de tant d'écueils & de piéges qui m'environnent, de tant de perils qui me menacent, de tant d'ennemis qui me pourfuivent,
de tant d'occafions où je puis périr, fans autre
fecours que moy-mefme pourray-je vivre en
paix & n'eftre pas dans de continuelles allarmes ! Auffi, Chreftiens, ce qui fait tous les jours
le malheur de l'homme, c'eft l'homme mefme
obftiné à ne vouloir dépendre que de luy-mefme. Ce qui rend l'homme malheureux, ce n'eft
point ce qui eft hors de luy, ni ce qui eft audeffus de luy, ni ce qui paroift mefmes plus declaré contre luy ; mais il eft luy-mefme la fource
de fes peines, parce qu'il veut eftre luy-mefme
la regle de fes actions. Et il faut par neceffité
que cela foit ainfi. Car comme, felon l'Ecriture,
les penfées des hommes font incertaines, confufes, timides, fur tout à l'égard de ce qui les tou-

che, *Cogitationes mortalium timidæ :* fi l'hom- *Sap. 9.*
me réduit à luy-mefme, ne fuit que fes propres
veûës, déslors le voilà dans l'inquiétude, dans
l'irrefolution, dans le trouble, ne pouvant plus
s'affeûrer de rien, obligé à fe défier de tout, livré à fes caprices, à fes inégalitez, à fes incon-
ftances, efclave d'une imagination qui le joûe,
fujet aux alterations d'un temperament qui le
domine. Comme il eft rempli de paffions, & de
paffions toutes contraires, il doit s'attendre à en
eftre dechiré ; & s'il fe renferme dans luy-mefme, dés lors le voilà felon les differentes fitua-
tions accablé de trifteffe, faifi de crainte, enve-
nimé de haine, infatué d'amour, devoré d'une
ambition demefurée, deffeché des plus malignes
envies, tranfporté de colere, outré de douleur,
trouvant en luy-mefme non pas un fupplice
mais un enfer.

Je fçais, Chreftiens, qu'il a une raifon fuperieure à tout cela, dont il peut & dont il doit
s'aider : mais fi d'une part elle luy eft de quelque fecours, que ne luy fait-elle pas fouffrir de
l'autre ! A quoy luy fert, dit faint Auguftin, cette raifon non foumife à Dieu & bornée à fes
foibles lumieres, finon à le rendre encore plus
malheureux, à luy decouvrir des biens aux quels
il ne peut parvenir, à luy reprefenter des maux
qu'il ne fçauroit éviter, à exciter en luy des defirs qu'il ne contente jamais, à luy caufer des
repentirs qui le tourmentent toûjours, à luy
V iiij

donner du dégouſt pour ce qu'il a, à luy faire
ſentir la privation de ce qu'il n'a pas, à luy faire appercevoir dans le monde mille injuſtices
qui le deſeſperent & mille indignitez qui le re-
voltent. Il raiſonne ſur tout, mais ſes raiſonne-
mens l'affligent ; il prévoit tout, mais ſes pre-
voyances le tüent ; il affecte d'eſtre prudent &
ſage, mais n'eſt-ce pas de cette prudence meſme & de cette vaine ſageſſe que naiſſent ſes a-
mertumes & ſes chagrins! S'il ſe laiſſoit conduire à Dieu, la ſeule veûë d'une providence occupée à veiller ſur luy fixeroit ſes penſées, bor-
neroit ſa cupidité, adouciroit ſes paſſions, for-
tifieroit ſa raiſon, & dans ce calme de toutes les
puiſſances de ſon ame il ſeroit heureux : mais
parce qu'il veut l'eſtre ſans Dieu & par luy-meſme, il ne trouve hors de Dieu & dans luy-meſme que miſere & affliction d'eſprit.

Que fera-t-il donc! convaincu de ſon inſuf-
friſance & ne voulant pas s'attacher à Dieu, mettra-t-il ſa confiance dans les hommes? Ah! mes
chers Auditeurs, autre miſere encore plus grande. Car, dit le Saint Eſprit, malheur à celuy qui
s'appuye ſur l'homme & ſur un bras de chair:

Jerem. 17. *Maledictus qui confidit in homine, & ponit car-*
nem brachium ſuum. Et en effet, ſans parler du
reſte, à quelle ſervitude cet eſtat n'engage-t-il
pas! quelle baſſeſſe en ſecoüant le joug de Dieu
de s'impoſer le joug de l'homme; c'eſt à dire,
de ne plus vivre qu'au gré de l'homme, de ne

plus subsister que par son credit, de n'avoir plus d'autres volontez que les siennes, de ne plus faire que ce qui luy plaist, d'estre obligé sans cesse à le prevenir, à le ménager, à le flatter; d'estre toûjours en peine, si l'on est dans ses bonnes graces ou si l'on n'y est pas, s'il est content ou s'il ne l'est pas : est-il un esclavage plus ennuyeux & plus fatiguant ! Mais dépendre de Dieu, dont je suis seûr que la providence ne me peut manquer, voilà ce qui fait ma felicité, & ce qui faisoit celle de saint Paul, quand il disoit : *Scio cui credidi*, je sçais à qui j'ay confié mon 2. Tim. dépost. Aucontraire quand je pense qu'au défaut de Dieu sur qui je ne veux pas me reposer, je confie ce dépost, c'est à dire ma destinée & mon sort, à des hommes volages, à des hommes interessez, à des hommes amateurs d'eux-mesmes, qui ne me considerent que pour eux-mesmes, & qui compteront pour rien de m'abandonner dés que je commenceray de leur estre à charge ou que je cesseray de leur estre utile ; ah ! Chrestiens, pour peu que j'aye de sentiment, il faut que j'avoüe qu'il n'est rien de comparable à mon malheur. Et certes, dit saint Chrysostome, si cette providence aimable d'un Dieu pouvoit estre suppléée à nostre égard par la protection des hommes, ce seroit sur tout par celle des Princes, que nous regardons comme les Dieux de la terre, ou par celle de leurs ministres & de leurs favoris qui nous semblent

tout-puiſſants dans le monde. Or ce ſont juſte-
ment-là ceux ſur qui l'Ecriture nous avertit de
ne pas eſtablir noſtre eſperance, à moins que
nous ne voulions baſtir ſur un fondement rui-
neux; *Nolite confidere in principibus.* Et afin
que l'experience nous rendiſt ſenſible ce poinct
de foy, ce ſont ceux dont la faveur opiniaſtrément recherchée & inutilement entretenuë, par
une juſte punition de Dieu, fait tous les jours
plus de miſerables, plus d'hommes trompez,
délaiſſez, ſacrifiez, & par conſequent plus de
témoins de cette grande verité, que dans les enfants des hommes, je dis meſmes ſelon le monde, il n'y a point de ſalut: *In filiis hominum, in
quibus non eſt ſalus.*

 Cependant, Chreſtiens, voicy le comble de
l'aveuglement du ſiecle. Quelque perſuadé que
l'on ſoit d'une verité dont on a tant de preuves
& qu'il nous eſt ſi important de bien comprendre, on s'obſtine à la combattre, & l'on aime
mieux eſtre malheureux en dépendant de la
créature, que d'eſtre heureux en s'aſſujettiſſant
au créateur. Malgré les rigoureuſes épreuves
qu'on fait tous les jours de l'indifference, de la
dureté, de l'inſenſibilité de ces fauſſes divinitez
de la terre, par une eſpece d'enchantemenũ, on
conſent pluſtoſt à ſouffrir & à gémir en comptant ſur elles, qu'a joüir de la liberté par une
ſainte confiance en Dieu. Demandez à ces ado-
teurs de la faveur, à ces partiſans & à ces eſcla-

Pſalm. 145.

Ibidem.

ves du monde ce qui fe paffe en eux ; & voyez
s'il y en a un feul qui ne convienne que fa condition a mille dégoufts , mille deboires, mille mortifications inévitables , & que c'eft une
perpetuelle captivité. N'eft-ce pas ainfi qu'ils
en parlent dans le cours mefme de leurs profperitez ! Mais quand aprés bien des intrigues ,
leur politique vient à échoüer , & que par une
difgrace impreveuë qui les déconcerte & qui
dérange tous leurs deffeins , ils fe voyent oubliez, negligez, méprifez; ah ! mes Freres, s'é-
crie faint Auguftin, c'eft alors qu'ils rendent un
hommage folemnel à cette providence dont ils
n'ont pas voulu dépendre. Et c'eft alors mefmes auffi que Dieu a fon tour , & que par une
efpece d'infulte que luy permet fa juftice & qui
ne bleffe en rien fa mifericorde , il croit avoir
droit de leur repondre avec ces paroles du Deu- *Deut. 32.*
teronome : *Ubi funt Dii eorum in quibus habe-*
bant fiduciam ! Surgant , & opitulentur vobis.
Où font ces Dieux dont vous vous teniez feûrs
& qui devoient vous maintenir ! ces Dieux dont
la protection vous rendoit fi fiers, où font-ils !
Surgant, & in neceffitate vos protegant : qu'ils *Ibidem.*
paroiffent maintenant, & qu'ils viennent vous fecourir. C'eftoient vos Dieux, & vous faifiez plus
de fond fur eux que fur moy : hé bien, addref-
fez-vous donc à eux dans l'extremité où vous
eftes ; & puifque vous les avez fervis comme des
divinitez, qu'ils vous tirent de l'abyfme & qu'ils

vous relevent : *Surgant , & opitulentur vobis.*

De là , Chreftiens, quelle confolation pour
un homme ainfi abandonné de Dieu , aprés
qu'il a luy-mefme abandonné Dieu ! quelle confolation, dis-je, fur tout en certains eftats de la
vie, où la foy feule d'une providence nous peut
foutenir ! Car tandis que cette foy m'éclaire, &
que je fuis bien perfuadé de ce principe, qu'il
y a un Dieu, difpenfateur des biens & des maux,
en forte qu'il ne m'arrive rien que par fon ordre & que pour mon falut & pour fa gloire,
j'ay dans moy un foutien contre tous les accidens. Quelque indocile, quelque revolté mefmes que je fois felon les fentimens naturels, je
ne laiffe pas au moins dans la partie fuperieure
de mon ame & fuivant les veûës que me donne
la foy , de me dire à moy-mefme : j'ay tort de
murmurer & de me plaindre : Dieu l'a ainfi ordonné ; & puifque c'eft fa volonté , je dois m'y
foumettre. Or en me condamnant de la forte,
je me confole, & cette penfée me fortifie : quoyque je ne la goufte pas peut-eftre d'abord, il
fuffit que je l'approuve & que j'y puiffe revenir
quand il me plaira, pour qu'elle me foit une
reffource toûjours prefente dans ma douleur.
Mais quand j'ay une fois effacé de mon efprit
cette idée de la providence, s'il me furvient une
affliction de la nature de celles où la raifon de
l'homme eft à bout, & qui ne peuvent recevoir
de la part du monde aucun foulagement, où

en fuis-je, & que me refte-t-il, finon de boire
tout le calice, & de le boire tout pur, comme
les pecheurs, fans temperament & fans mélan-
ge ! *Verumtamen fæx ejus non eft exinanita :*   Pſalm. 74.
bibent omnes peccatores terræ. Or dans le cours
de la vie & des revolutions qui y font fi ordinaires, il n'eft rien de plus commun que ces fortes d'eftats : & Dieu le permet, Chreftiens, pour
nous convaincre encore plus fenfiblement de la
neceffité où nous fommes de nous attacher à fa
providence ; & pour nous faire voir la difference de ceux qui fe confient en elle, & de ceux
qui refufent de marcher dans fes voyes. Car de
là vient qu'un jufte affligé, perfecuté, & fi vous
voulez opprimé, demeure tranquille, poffede
fon ame dans la patience & dans une paix qui
felon l'Apoftre furpaffe tout fentiment humain,
tire de fes propres maux fa confolation : pourquoy ! parce qu'il envifage dans l'univers une
providence à qui il fe fait un plaifir de fe conformer. *Dominus dedit, Dominus abftulit ; ficut*   Job. 1.
Domino placuit, ita factum eft. C'eft le Seigneur
qui m'avoit donné ces biens, c'eft luy-mefme
qui m'en a dépouillé ; que fon nom foit à jamais
béni. Au lieu que l'impie frappé du coup qui l'atterre, fait, pour ainfi dire, le perfonnage d'un
reprouvé, blafphefmant contre le ciel, trouvant tout odieux fur la terre, accufant fes amis,
plein de fureur contre fes ennemis, fe defefperant & dans fon defefpoir n'ayant pas mefmes

non plus que ce riche de l'enfer, une goutte d'eau, c'eſt à dire, d'onction & de conſolation: pourquoy ? parce que c'eſtoit dans le ſein de la providence qu'il la pouvoit puiſer, & que cette ſource eſt tarie pour luy. Ce qui faiſoit dire à ſaint Chryſoſtome, que quiconque combat la providence, combat ſon bonheur, parce que le grand bonheur de l'homme eſt de croire une providence dans le monde & de luy eſtre ſoumis.

Que dis-je, Chreſtiens ? & le mondain, tout rebelle qu'il eſt, n'eſt-il pas encore ſous le domaine de la providence ? Oüy, il y eſt, & malgré luy il y ſera; mais c'eſt cela meſme qui acheve ſon malheur. Car de deux ſortes de providences que Dieu exerce ſur les hommes, l'une de ſeverité & l'autre de bonté, l'une de juſtice & l'autre de miſericorde, au meſme temps qu'il ſe ſouſtrait à cette providence favorable en qui il devoit chercher ſon repos, il ſe trouve livré à cette providence rigoureuſe qui le pourſuit pour luy faire ſentir ſon empire le plus dominant. Comme ſi Dieu luy diſoit : tu n'as pas voulu te ranger ſous celle-cy, tu ſouffriras de celle-là: car je les ay ſubſtituées l'une à l'autre par une loy éternelle & irrevocable; & dans l'étenduë que je leur ay donnée, rien ne peut eſtre hors de leur reſſort. La providence de mon amour n'a pu t'engager; ce ſera donc deſormais la providence de ma juſtice qui te contiendra, qui te

reprimera ; qui par des vengeances tantoſt ſe-
cretes , tantoſt éclatantes, ſe fera ſentir à toy ;
qui tantoſt par des humiliations, tantoſt par des
afflictions, tantoſt par des proſperitez dont tu ſe-
ras enyvré, tantoſt par des adverſitez dont tu ſe-
ras accablé, tantoſt par des douceurs qui t'em-
poiſonneront le cœur, tantoſt par des amertu-
mes qui t'aigriront, qui te ſouleveront & ne te
corrigeront pas , te réduira malgré toy dans la
dépendance. Et voilà comment Dieu tant de fois
en a uſé envers certains pecheurs de marque.
Voilà comment il a traité un Pharaon, un Na-
buchodonoſor, un Antiochus, & bien d'autres.
Ils n'ont pas voulu le reconnoiſtre comme pere; ils ont eſté forcez à le reconnoiſtre comme
juge. Ils n'ont pas voulu ſervir à glorifier ſa providence aimable & bienfaiſante ; ils ont ſervi à
glorifier ſa providence ſouveraine & toute-puiſſante. *Ponam te in exemplum.* Je feray un exem- *Nahum. 3.*
ple de toy, diſoit-il, par ſon Prophete à un libertin, & c'eſt ce qu'il a fait & ce qu'il fait encore du peuple juif. Miracle ſubſiſtant de la
providence d'un Dieu irrité. Miracle qui ſeul
peut convaincre les eſprits les plus incredules
qu'il y a un premier maiſtre & un Dieu dans le
monde, devant lequel toute créature doit s'humilier & à qui il eſt juſte que tout homme mortel obéiſſe. Si donc, mes Freres, nous avons
quelque égard à noſtre devoir ou à noſtre intereſt, ſoumettons nous à luy & à ſa providence.

Soumettons luy toutes nos entreprises ; & sans
negliger les moyens raisonnables qu'il nous permet d'employer pour les faire reüssir, sans y é-
pargner nos soins, du reste reposons-nous tranquillement & absolument sur luy du succés.
Bénissons-le également, & dans les biens, &
dans les maux : dans les biens, en les recevant
avec reconnoissance ; dans les maux, en les supportant avec patience. Demandons-luy sans cesse que sa volonté s'accomplisse en nous ; qu'elle
s'accomplisse sur la terre, & qu'elle s'accomplisse
dans le ciel ; sur la terre, où il veut nous sanctifier, & dans le ciel où il veut nous couronner.
C'est ce que je vous souhaite &c.

SERMON

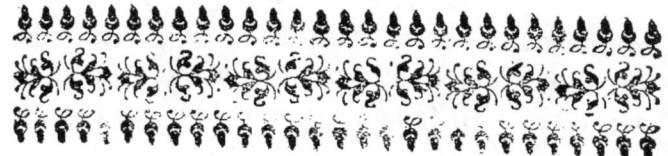

SERMON
POUR LE LUNDY
de la quatriéme Semaine.

Sur le Sacrifice de la Messe.

Recordati sunt verò discipuli ejus, quia scriptum est : Zelus domus tuæ comedit me.

Or les disciples se souvinrent de ce qui est écrit : Le zéle de vostre maison me dévore. En saint Jean, chap. 2.

PUisqu'il s'agissoit de la maison de Dieu, il ne faut pas s'étonner, Chrestiens, que le Sauveur du monde, envoyé pour soutenir les interests & pour venger l'honneur de son Pere, marquast tant de zéle contre ces prophanateurs qu'il chassa du temple de Jerusalem le foüet à la main, & dont il renversa les tables & les marchandises. C'est à ce premier temple que nos Eglises ont succedé; mais avec d'autant plus d'avantage que nous y offrons un sacrifice beaucoup plus pretieux & plus auguste. Car ce qui distingue particulierement les temples, selon la

remarque de faint Augustin , ce qui les confa-
cre & ce qui leur donne un caractere propre de
fainteté , c'est le facrifice. Ils font faints par la
Majesté divine qui les remplit. Ils font faints
par les exercices de religion qu'on y pratique.
Ils font faints par les priéres des fidelles qui s'y
affemblent. Ils font faints par les loüanges de
Dieu qu'on y chante & par les graces qu'il y répand. Mais du reste , reprend faint Augustin,
Dieu fe trouve par tout , Dieu fait des graces
par tout , Dieu peut estre prié , béni , fervi , a-
doré par tout. Il n'y a que le facrifice, j'entends
le facrifice de la loy de grace , qu'il ne foit pas
permis de luy offrir par tout & qu'on ne puisse
luy prefenter que fur fes autels. Quoyqu'il en
foit, Chrestiens, c'est de ce facrifice que je pretends aujourd'huy vous entretenir; c'est, dis-je,
de l'adorable facrifice de la Messe. Je veux vous
apprendre dans quel esprit & avec quels fentimens vous y devez affister. Je veux, autant qu'il
m'est possible , corriger tant d'irreverences &
tant d'abus qui s'y commettent. Ce fujet est
particulier ; mais il a de quoy allumer tout le
zéle des ministres de Jefus – Christ. Car il n'est
pas feulement icy question de la maifon de
Dieu , mais de ce qu'il y a dans la maifon de
Dieu de plus venerable & de plus grand : & en
vous reformant fur ce feul poinct, je retranche-
ray prefque tous les fcandales que nous voyons
dans nos temples, puifqu'il est vray que le facri-

fice en eſt l'occaſion la plus ordinaire. Vous en eſtes témoin, Seigneur; nous en ſommes témoins nous-meſmes : & pour peu que nous ſoyons ſenſibles à voſtre gloire, que devons-nous attaquer avec plus de force & combattre avec plus d'ardeur! J'ay beſoin pour cela de voſtre grace, & je la demande par l'interceſſion de Marie, *Ave Maria.*

NE perdons point de temps, Chreſtiens; & pour en venir d'abord au poinct que je traite, je dis que rien n'eſt plus digne de noſtre attention & de nos reſpects que l'excellent & le trés-ſaint ſacrifice de la Meſſe. Deux raiſons vont vous en convaincre, & feront en deux mots le partage de ce diſcours. Car je conſidere cet adorable ſacrifice en deux manieres & ſous deux rapports, ſçavoir, par rapport à ſon objet & par rapport à ſon ſujet. Or quel en eſt l'objet! Dieu meſme. Et quel en eſt au meſme temps le ſujet! un Dieu. Je m'explique, & cecy va vous faire entendre toute ma penſée. En effet, mes chers Auditeurs, que nous propoſons nous dans le ſacrifice de nos autels! d'honorer Dieu, & voilà comment Dieu meſme en eſt l'objet. Mais pour mieux honorer Dieu dans ce ſacrifice, que luy preſentons-nous! l'homme-Dieu, & c'eſt ainſi qu'un Dieu en eſt le ſujet. De là je forme deux propoſitions que je vous prie de bien mediter, & qui doivent vous ſaiſir d'une ſainte frayeur toutes

X ij

les fois que vous affiftez aux divins myfteres.
Sacrifice de la Meffe, facrifice fouverainement
refpectable, pourquoy! parce que c'eft à Dieu
mefme qu'il eft offert : ce fera la premiere partie. Sacrifice de la Meffe, facrifice fouverainement refpectable, pourquoy! parce que c'eft un
Dieu qui y eft offert : ce fera la feconde. L'une
& l'autre vous inftruira d'une des plus importantes matieres, qui eft le facrifice ; & en vous
infpirant de hautes idées de la grandeur de
Dieu, reveillera dans vos cœurs tous les fentimens de la Religion.

I. PARTIE,   QUe faifons-nous, Chreftiens, quand nous
affiftons aux divins myfteres , & au facrifice de
noftre religion! Ne le confiderons point encore
felon le rapport particulier qu'il a avec la perfonne du Sauveur du monde. Arreftons-nous à
cette qualité generale de facrifice. Qu'eft-ce que
facrifice, & qu'entendons-nous par ces paroles,
affifter au facrifice du Dieu vivant! Ah! Chreftiens, vous ne l'avez peut-eftre jamais compris,
& c'eft néanmoins ce que vous ne pouvez trop
bien comprendre , puifque c'eft un de vos devoirs les plus effentiels. Affifter au facrifice, c'eft
eftre prefent à l'action la plus augufte & la plus
fainte de la religion que nous profeffons ; à une
action, dont la fin prochaine & immediate eft
d'honorer la Majefté de Dieu ; à une action,
qui prife dans fon fonds & dans fa fubftance,

consiste particulierement à humilier la créature devant Dieu ; à une action, qui desormais est
l'unique par où ce culte d'adoration , je dis
d'une adoration supresme, puisse estre exterieurement & authentiquement rendu à Dieu.
C'est, dis-je, y assister en toutes les manieres
qui peuvent nous inspirer le respect & la reverence duë à Dieu : y assister comme témoins ,
y assister comme ministres, y assister comme victimes : comme témoins, pour authoriser le sacrifice par nostre presence ; comme ministres ,
pour le presenter avec le prestre ; comme victimes , disent les Peres , pour y estre immolez
nous-mesmes spirituellement avec la premiere
victime qui est Jesus-Christ. Si donc nous n'accomplissons pas ce devoir avec toute la retenuë
& toute la pieté qu'il demande, ne faut-il pas
conclure que le principe de la foy est ou alteré
ou corrompu dans nos cœurs ! Reprenons chacun de ces articles , & ne perdez pas de si solides instructions.

Oüy, Chrestiens, assister au sacrifice du vray
Dieu , c'est assister à l'action la plus sainte & la
plus auguste de la religion. De là vient que
dans les anciennes Liturgies , le sacrifice estoit
appellé action par excellence ; & c'est ainsi que
nous l'appellons encore aujourd'huy, puisque
suivant l'observation d'un sçavant Cardinal de
nostre siecle , ces mots du sacré canon, *Infra
actionem*, ne signifient rien autre chose qu'*in-*

fra facrificium : comme fi l'Eglife avoit voulu
nous avertir, qu'en effet la grande action de noftre vie, eft le facrifice. Et voilà ce qui de tout
temps a donné aux peuples de fi hautes idées
du facrifice & de tout ce qui le regarde. Voilà ce qui leur a rendu fi venerable la Majefté
des temples, la fainteté des autels, la dignité
des preftres. Sentiment fi univerfel, qu'on peut
le mettre au rang de ceux, où felon la penfée
de Tertullien, il femble que noftre ame foit naturellement chreftienne. Mais de ce principe
quelle confequence ne puis-je pas tirer d'a-
bord contre vous; & comment arrive-t-il que
dans une action où il paroift que la nature nous
ait déja fait à demi chreftiens, la corruption du
libertinage nous faffe tous les jours devenir
payens & moins que raifonnables ! Car enfin,
mon cher Auditeur, vous eftes obligé de reconnoiftre que ce qu'il y a pour vous de plus
divin, & par confequent de plus refpectable,
c'eft le facrifice du Dieu que vous fervez : &
toutefois vous ne craignez pas de vous y prefenter comme fi c'eftoit l'action la moins ferieufe, & qui puft eftre plus impunément negligée :
vous y venez avec une imagination diftraite,
avec des penfées toutes prophanes, avec des
yeux égarez; & vous y demeurez avec froideur,
avec dégouft, & dans des poftures pleines d'in-
décence. Qu'un homme traitaft une affaire temporelle avec auffi peu de reflexion, on le mé-

priferoit. Icy c'eft l'affaire capitale, ou comme parle faint Ambroife, c'eft l'affaire d'eftat qui fe traite entre Dieu & l'Eglife ; & vous n'y donnez nulle attention ; vous n'y avez ni modeftie, ni recueillement ; vous y affiftez par coutume, par céremonie ; vous n'y appliquez ni voftre efprit, ni voftre cœur : n'eft-ce pas outrager Dieu, & l'outrager dans l'action mefme & dans le temps où vous devez fpecialement l'honorer ?

Je dis dans l'action mefme où vous devez fpecialement l'honorer. Cecy eft remarquable. Car qu'eft-ce que le facrifice en le regardant par rapport à Dieu, & quelle en eft la fin ? le facrifice, difent les Theologiens, eft un acte de religion, dont le caractere propre eft d'honorer l'eftre de Dieu. Mais quoy ! toutes nos actions faintes & vertueufes ne fe rapportent-elles pas à cette fin ? il eft vray, Chreftiens ; mais ce rapport n'eft pas le mefme que dans le facrifice. Voicy ma penfée. Dieu eft la fin generale & derniere de toutes nos actions ; c'eft ce qu'elles ont de commun : mais chaque action de pieté a de plus une fin prochaine & particuliere qui la diftingue des autres, & d'où fa perfection dépend. Or je dis que la fin particuliere & immediate qui diftingue le facrifice, eft d'honorer Dieu. Prenez garde : dans tous les autres devoirs on peut prefque dire que l'homme agit pluftoft pour luy-mefme & pour fon intereft, que pour l'intereft de Dieu. Car fi je prie, c'eft pour m'at-

X iiij

tirer les graces de Dieu ; fi je fais penitence, c'eft
pour m'acquiter auprés de la juftice de Dieu ;
fi je pratique de bonnes œuvres, c'eft pour m'enrichir de merites devant Dieu ; fi je participe au
divin Sacrement , c'eft pour me fanctifier en
m'uniffant à Dieu. Mais quand je vais au facrifice, qu'eft-ce que j'envifage? d'honorer Dieu. Voilà le feul objet que je me propfe, & qui doit eftre le terme de mon intention, fi mon intention
eft conforme à la nature de mon action. Or jugez de là ce qu'il faut penfer d'un chreftien, qui
fait fervir à deshonorer Dieu , ce qui doit uniquement fervir à le glorifier ! Qu'a fait Dieu,
en inftituant le facrifice ! Il a dit à l'homme:
voilà l'hommage que je demande & que j'attends de toy. Tu ne fçavois pas encore bien reconnoiftre la fouveraineté de mon domaine, &
je veux moy-mefme te l'enfeigner. C'eft par le
devoir que je te prefcris , & à quoy tu fatisferas
en affiftant au facrifice de mes autels. Cela fuppofé, reprend faint Jerofme, prophaner ce facrifice par des immodefties & par des fcandales ; y venir comme l'on va à un paffe-temps,
à un fpectacle, à une affemblée mondaine ; en
fortir fans y avoir eû nul fentiment, nul fouvenir de Dieu : ah ! mes Freres, c'eft cette efpece d'abomination que le Prophete Daniel avoit
préveuë avec horreur , & qui devoit paroiftre
dans le lieu faint.

Elle va plus loin , & comprenons-en toute

l'indignité. En effet, si la fin particuliere du sacrifice est d'honorer Dieu, en quoy consiste cet
honneur que nous rendons ou que nous devons rendre à Dieu! Ce culte, répond S. Thomas, consiste dans une protestation actuelle que
je fais à Dieu de ma dépendance, dans un a-
veu respectueux de ma misere & de ma bassesse,
dans un exercice, pour ainsi dire, d'anéantisse-
ment, & si je suis pecheur, dans une confession
humble & sincere de mon peché : car tout cela
doit entrer dans le sacrifice consideré de la part
de l'homme ; & voilà pourquoy l'hostie est dé-
truite & consommée, pour marquer que l'homme n'est qu'un néant, & dans l'ordre de la nature, & dans celuy de la grace. En quoy, dit
saint Augustin, paroist l'admirable opposition
qui se rencontre entre l'oraison & le sacrifice.
Car l'oraison en élevant nos esprits à Dieu, nous
éleve audessus de nous-mesmes ; au lieu que le
sacrifice nous rabbaisse audessous de nous-mesmes, en nous anéantissant devant Dieu. Par le
sacrifice, j'honore Dieu, si je puis parler de la
sorte, aux dépends de ce que je suis ; & dans
l'oraison, Dieu par le commerce qu'il veut bien
avoir avec moy, m'honore en quelque maniere aux dépends de ce qu'il est. Quoyqu'il en
soit, mon sacrifice est inseparable de mon humilité ; & comme je ne puis mieux m'humilier
devant Dieu qu'en luy offrant le sacrifice, aussi
ne puis-je autrement avoir part au sacrifice qu'en

m'humiliant devant Dieu. Il n'en eſt pas de meſmes des Anges, adjouſte ſaint Chryſoſtome :
les Anges peuvent eſtre preſens au ſacrifice & s'y
humilier ; mais l'humilité des Anges, quelque
profonde qu'elle puiſſe eſtre, n'eſt point eſſentielle au ſacrifice, comme celle des hommes.
Pourquoy ! parce que le ſacrifice qu'offre l'E-
gliſe, eſtant le ſacrifice des hommes & non des
Anges, il ne dépend point pour eſtre complet,
de l'humilité des Anges, mais de l'humilité des
hommes. De là, Chreſtiens, quel deſordre lorſque des hommes portant ſur le front le caractere de la foy, viennent au ſacrifice du vray Dieu,
non ſeulement ſans cette humilité religieuſe,
mais avec tout l'orgueil du libertinage & de l'impieté ; lorſqu'à peine ils y flechiſſent le genou,
qu'ils y parlent, qu'ils y agiſſent, comme il leur
plaiſt & ſans égard, & que ſur cela meſme ils rejettent avec mépris les ſages remontrances & la
correction charitable des miniſtres du Seigneur!
Mépris qui ne doit point, mes Freres, rallentir
l'ardeur de noſtre zéle, ni nous fermer la bouche par un ſilence timide & laſche, quand le
devoir de noſtre miniſtere nous oblige à nous
expliquer. Car où en ſeroit noſtre religion, ſi
de tels abus y devoient eſtre tolerez! Ah! Chreſtiens, aſſiſter au ſacrifice, c'eſt venir proteſter à
Dieu que nous dépendons de luy, que nous
attendons tout de luy, que nous n'adorons que
luy, que nous ſommes diſpoſez à nous anéantir

pour luy : mais, mon cher Auditeur, pensez-
vous luy dire tout cela, en vous comportant
comme vous faites ; en insultant, si je l'ose dire,
à l'autel, & aux sacrez mysteres qu'on y celebre ;
en y prenant des libertez que je ne craints pas,
puisqu'il s'agit de l'honneur de mon Dieu, de
traiter d'insolences ; en les soutenant jusques
dans le sanctuaire avec une audace & une fierté
qui ne rougit de rien ! Et vous, Femmes chres-
tiennes, est-ce-là ce que vous venez luy temoigner, en vous faisant une si fausse gloire de paroistre dans nos temples avec toutes les marques
de vostre vanité ! Je n'entreprends point de con-
troller par tout ailleurs vos modes & vos cou-
tumes : mais icy je ne puis dissimuler ce qui bles-
se la Majesté divine & le respect qui luy est dû.
Faut-il donc, quand vous entrez dans la maison
de Dieu, que tout le faste du monde vous y accompagne ! Faut-il que l'on vous y distingue par
vostre luxe & par vos delicatesses ; que vous y
affectiez des rangs que l'esprit ambitieux du
siecle y a érigez en de prétendus droits, & que
vous vous y fassiez rendre des services dont vous
sçauriez bien vous passer dans le Palais d'un
Prince de la terre ! Est-ce-là cette humilité si essentielle au sacrifice ! & si la pieté vous y atti-
roit, une pieté solide, ne diriez-vous pas à Dieu :
ah ! Seigneur, je ne suis que trop vaine au milieu du monde, mais du moins seray-je humble & modeste devant vous ; & puisque le sacri-

fice eft le tribut d'humilité que je vous dois, je n'iray point m'y prefenter avec ce luxe que vous reprouvez. Le monde en ufe autrement; mais le monde ne fera pas ma regle : on cenfurera ma conduite, mais il me fuffira que vous l'approuviez. Auffi, difoit Tertullien, parlant à des femmes chreftiennes comme vous, & mefmes plus chreftiennes que vous, pourquoy ces ajuftemens dont vous eftes fi curieufes ! Vous avez renoncé aux pompes du fiecle, vous n'eftes plus des feftes des payens : pourquoy donc vous parer de ces reftes du monde, & les porter au facrifice de voftre Dieu! O prophanation, s'écrioit-il, & puis-je bien m'écrier aprés luy ! Des femmes cherchent à fe monftrer avec des habits magnifiques & brillants, dans un facrifice dont l'effence & la fin principale eft l'humiliation de la créature en prefence de fon créateur. Elles s'y font voir, felon l'expreffion du Prophete Royal,

Pfalm. 143.   auffi ornées, & plus ornées que les autels; *Circumornatæ ut fimilitudo templi.* Elles y employent tout le temps, à quoy ! à s'étudier, à fe contempler, à s'admirer, à recevoir un vain encens & à s'attirer de facrileges adorations, comme fi elles vouloient s'élever audeffus de Dieu mefme.

Donnons jour encore à cette penfée : je ne dis pas feulement que le facrifice eft une proteftation que l'homme fait à Dieu de la dépendance de fon eftre; mais j'adjoufte que c'eft une proteff-

tation publique, une proteſtation ſolemnelle, où
l'homme appelle toutes les créatures en temoignage de ſa ſoumiſſion & de ſa religion. Comme
s'il diſoit : cieux & terre , Anges & hommes,
vous m'en ſerez garants, & me voicy devant vous
pour m'en declarer. Il y a un Dieu que j'adore,
un Dieu ſouverain auteur & à qui ſeul toute la
gloire appartient. C'eſt dans ce ſacrifice & par
ce ſacrifice que je viens hautement reconnoiſtre
ſon abſoluë domination, & m'y ſoumettre. Il n'y
a proprement , Chreſtiens , que le ſacrifice où
l'homme puiſſe parler de la ſorte. Quelque autre exercice de religion que je pratique, ce n'eſt
point là ce qu'il ſignifie , ou du moins ce n'eſt
point là ce qu'il ſignifie authentiquement : le
ſeul ſacrifice eſt l'aveu juridique de ce que je ſuis
& de ce que je dois à Dieu. Mais, mes Freres,
par un renverſement bien deplorable, quel ſujet ne donnons-nous pas aux payens & aux infidelles de nous faire juſques au milieu du plus
ſaint myſtere, la meſme demande, ou pluſtoſt
le meſme reproche que David craignoit tant
d'entendre de la bouche des ennemis du Seigneur : *Ne fortè dicant in gentibus , ubi eſt* Pſalm. 78.
Deus eorum. Car où eſt voſtre Dieu , peuvent
nous dire ces idolaſtres ? vous voulez par cette
céremonie exterieure nous faire juger du culte
interieur que vous luy rendez ; & c'eſt de là
meſmes que nous tirons la plus ſenſible preuve
de voſtre irreligion. Entrez dans nos temples,

& fans entreprendre de nous inftruire, inftrui-
fez-vous vous-mefmes par nous. Voftre Dieu,
dites-vous, eft le vray Dieu ; mais au moins n'en
eftes-vous que de faux adorateurs. Au contraire vous pretendez que nous n'adorons que de
fauffes divinitez : mais au moins devez vous a-
voüier que nous les adorons fincerement & en
efprit. Or fuppofant mefmes vos principes & les
dogmes de voftre foy, lequel des deux croyez
vous le plus criminel, ou d'eftre religieux, comme nous le fommes, en fuivant l'erreur; ou d'eftre des prophanateurs, comme vous l'eftes, en
profeffant la verité ? C'eft de faint Auguftin mefme que j'ay emprunté cette figure, & c'eft là-
deffus qu'il déployoit avec tant d'énergie toute
la force de fon éloquence & de fon zéle.

N'en demeurons pas là, Chreftiens ; mais
pour achever de nous confondre, voyons en
quelles qualitez nous affiftons au divin facrifice.
Comme témoins, difent les Docteurs, comme
miniftres, comme victimes. Comme témoins :
oüy, mes Freres, vous eftes les témoins de ce
qui fe paffe de plus myfterieux & de plus fecret
entre Dieu & les hommes. C'eft dans cette veüë
que l'Eglife vous reçoit à fon facrifice, & qu'elle vous oblige mefmes par un précepte particulier à y comparoiftre. Honneur qu'elle ne fait
pas indifferemment à toutes fortes de fujets ;
puifque le chaftiment le plus fevere qu'elle exerce envers fes enfants rebelles, eft de leur inter-

dire par ses censures le sacrifice qu'elle offre à Dieu. Honneur dont elle exclut mesmes les cathecumenes, quoyque déja initiez dans les mysteres de la foy, parce qu'ils n'ont pas encore le caractere du baptesme. Elle n'y admet que les fidelles, dont la religion luy est connuë, & dont elle veut gratifier la pieté. Mais au mesme temps elle les engage à soutenir cette qualité de témoins par un respect digne de Dieu. Quand Dieu dans l'Ecriture prend à témoin d'une verité les estres insensibles, les cieux en sont ébranlez, *Obstupescite cœli ;* & la terre en est émuë jusques dans ses fondemens, *Commota est,* & *contremuit terra.* Et vous, mon cher Auditeur, témoin vivant du redoutable sacrifice qui s'accomplit sur nos autels, qu'y faites-vous ! Ah, mon Frere, s'écrie saint Jean Patriarche de Jerusalem, n'avez-vous pas entendu le Prestre qui vous sommoit de la part de Dieu de vous rendre attentif ! Ne vous a-t-il pas averti d'élever vostre cœur au ciel, *Sursum corda ;* & n'avez-vous pas répondu, qu'il estoit tourné vers le Seigneur, *Habemus ad Dominum ?* Mais à ce moment là mesme vous estes plus occupé de la terre que jamais ; mais à ce moment là mesme vous ne cherchez, en promenant par tout vos regards, que des objets, ou qui repaissent vostre curiosité, ou qui servent d'amusement à vostre oisiveté. Est-ce pour cela que vous estes appellé à l'autel ! Est-ce-là, Chrestiens, la

Jerem. 2.

2. Reg. 22.

part que vous prenez à un sacrifice dont vous estes non seulement les témoins ; mais les ministres !

Car vous l'estes, mes chers Auditeurs, quelle que soit d'ailleurs vostre condition ; & ce n'est pas sans sujet que saint Pierre relevant la dignité des chrestiens, entre les autres titres qui leur conviennent, leur attribuë celuy du sacerdoce, *Regale sacerdotium ;* puisque tout chrestien doit offrir à Dieu le sacrifice de sa redemption. De là vient que le Prestre en celebrant dans le sanctuaire, n'y fait pas les oblations sacrées comme personne particuliere, mais comme representant tout le peuple assemblé. Car il ne dit pas, j'offre, je supplie, je voüe, je proteste ; mais nous protestons, nous voüons, nous offrons, nous supplions, parce qu'en effet tout le peuple offre & supplie avec luy. Non pas que tous soient pour cela revestus du caractere de l'ordre, comme l'ont avancé quelques heretiques, fondez sur une parole de Tertullien mal entenduë ; mais parce que tous les fidelles, sans porter ce sacré caractere comme le Prestre specialement deputé de Dieu pour presenter le sacrifice, luy sont néanmoins associez dans cette importante fonction. Fonction si sainte, écoutez cecy, que par cette raison là mesme quelques-uns ont prétendu qu'un chrestien en estat de peché, ne pouvoit sans se rendre coupable d'un nouveau peché assister au sacrifice. Je sçais sur

1. Petr. 2.

fur ce poinct ce qu'il faut penfer. Je fçais que c'eft une doctrine erronée & mefmes fcandaleu-fe, puifqu'elle donne atteinte au précepte de l'E-glife, qu'elle favorife le libertinage, & qu'elle of-te enfin au pecheur un des plus puiffants moyens de converfion. Car que peut faire un pecheur de plus falutaire, de plus édifiant, de plus pro-pre à luy attirer les graces du ciel, que de venir comme le Publicain, dans le temple, & d'y of-frir, tout indigne qu'il eft, ce facrifice propi-tiatoire dont une des principales vertus eft d'ap-paifer la colere de Dieu! Qu'eft-ce que les Pro-phetes recommandoient davantage aux pe-cheurs de leur temps, que de fléchir le Seigneur & fa juftice par l'oblation des victimes de l'an-cienne loy! Ce qui fervoit alors à la fanctifica-tion des hommes, ferviroit-il maintenant à leur damnation! C'eft donc une opinion outrée, & que nous devons hautement rejetter : mais en la rejettant, je m'en tiens au principe fur quoy elle eft, difons mieux, fur quoy elle paroift eftablie; & de ce principe inconteftable je tire bien d'au-tres confequences, qui ne doivent pas moins nous faire trembler. Car puifque nous partici-pons au facrifice en qualité de miniftres, ce ne fera point une exaggeration, fi je conclus que tant de crimes qu'on y commet, doivent eftre comptez pour autant de prophanations; qu'un entretien mefmes indifferent, à raifon de fa du-rée, y renferme deux offenfes griéves, l'une

particuliere & d'omiſſion à ces ſaints jours oùle
ſacrifice eſt commandé, l'autre commune & d'ir-
reverence ou de commiſſion à quelque temps
& à quelque jour que ce puiſſe eſtre; que celuy-
la ne ſatisfait point au commandement de l'E-
gliſe, qui ſans nulle vigilance ſur ſoy-meſme,
ſans nul effort pour ſe recueillir dans la plus
grande action du chriſtianiſme, laiſſe impunément & volontairement ſon eſprit ſe diſtraire:
ſi, dis-je, je tire toutes ces conſequences, c'eſt
ſans crainte d'exceder, puiſque je parle aprés
les plus ſenſez & les plus ſçavans Theologiens.

Qui le croiroit, mes Freres! ſouffrez que ſans
inſiſter ſur les autres, je m'attache ſur tout à ce
deſordre que deploroit le Prophete Ezechiel, &
dont il faiſoit une peinture ſi conforme à ce qui
ſe paſſe tous les jours parmi nous: qui le croiroit, ſi tant d'épreuves ne nous l'avoient pas appris & ne nous l'apprenoient pas encore, qu'un
chreſtien choiſi de Dieu pour luy offrir un ſacrifice tout divin & tout adorable, vouluſt faire du temple meſme un lieu de plaiſir & du plus
infame plaiſir; qu'il regardaſt le ſacrifice comme une occaſion favorable à ſon impudicité;
qu'il n'y vinſt que pour y trouver l'objet de ſa
paſſion, que pour l'y voir & pour en eſtre veû,
que pour luy rendre des aſſiduitez, que pour
luy marquer par de criminelles complaiſances
ſon attachement, que pour ſe livrer aux plus ſales deſirs d'un cœur corrompu! C'eſt avec dou-

leur que j'en parle & que je revéle voftre honte ; mais je ferois prévaricateur fi je la diffimu-
lois, & il vaut bien mieux , comme dit faint
Cyprien, decouvrir nos playes pour les guérir,
que de les cacher fans efperance de remede. Ce
n'eft pas d'aujourdhuy que les Peres s'en font
expliquez. Saint Jerofme & faint Chryfoftome
n'y apportoient pas plus d'addouciffement que
moy, quand ils difoient que l'innocence & la
pudicité couroient autant de rifques (ne pou-
voient-ils pas dire plus de rifques) dans les faints
lieux, que dans les places publiques; qu'il eftoit
quelquefois auffi dangereux pour une femme
chreftienne, ou pluftoft pour une femme mondaine, de paroiftre au facrifice que dans les cer-
cles & les affemblées du monde; qu'autrefois on
confacroit les maifons des chreftiens pour en faire des temples à Dieu, mais que dans la fuite
les temples de Dieu eftoient devenus des maifons d'intrigues & de commerces. Ce font leurs
expreffions, que vous entendrez comme il vous
plaira : mais de quelque maniere qu'elles duf-
fent eftre alors entenduës, ce qui me fait gémir,
c'eft qu'elles fe verifient prefque parmi nous
dont toute la rigueur de la lettre; & que la calomnie fufcitée du temps de Tertullien contre
les fidelles, fçavoir que les plus honteux engagemens fe formoient & s'entretenoient à la faveur des autels , *Inter aras lenocinia tractari :* Tert.
que ce reproche, dis-je, qui fut dans ces pre-

miers fiecles une impofture, ne foit dans le noftre qu'une trop jufte accufation.

Avec cela, Chreftiens, eftes-vous en eftat
d'affifter au facrifice en qualité de victimes! eftes-vous en eftat d'y eftre immolez vous-mefmes avec Jefus-Chrift; & n'eft-ce pas ainfi toutefois que vous y devez eftre encore prefens!
Ecoutez la preuve qu'en donne faint Auguftin.
Car, dit ce faint Docteur, Jefus-Chrift & l'E-
glife ne faifant qu'un mefme corps, il eft impoffible que l'un foit immolé fans l'autre. Puifque
cet homme-Dieu eft le chef de tous les fidelles
& que tous les fidelles luy font unis comme fes
membres, il faut qu'en mefme temps qu'il eft
facrifié pour eux, ils le foient pareillement avec
luy; & que par un admirable retour, ce Sauveur
du monde offre à Dieu toute l'Eglife dans fa
perfonne en vertu d'une action où luy-mefme
il eft offert à Dieu par toute l'Eglife : *Cùm au-*
tem fit Chriftus Ecclefiæ caput , & Ecclefia
Chrifti corpus , tam ipfa per ipfum quàm ipfe
per ipfam debet offerri. Theologie divine, &
d'où il s'enfuit que nous ne devons donc aller
au facrifice de noftre Dieu qu'avec le genereux
fentiment de l'Apoftre faint Thomas, je veux
dire, que pour y mourir fpirituellement avec
Jefus-Chrift: *Eamus & nos , & moriamur cum*
eo. Or comment y paroift un chreftien ainfi difpofé! Reprefentez-vous, mes Freres, l'eftat de
ces anciennes victimes qu'on immoloit au Sei-

Aug.

Joan. 11.

gneur, & qu'on mettoit ſur l'Autel : elles eſtoient liées , elles eſtoient privées de l'uſage des
ſens, elles eſtoient bruſlées du feu de l'holocauſ-
te ; voilà voſtre modelle. Comme victimes de ce
ſacrifice non ſanglant que vous preſentez & où
vous eſtes preſentez vous-meſmes ; ſur tout comme victimes ſpirituelles & raiſonnables, ſelon la
parole de ſaint Pierre, *Spirituales hoſtias,* il faut *1. Petr. 2.*
que la religion vous lie, & qu'elle vous tienne re-
ſpectueuſement appliquez au ſaint myſtere. Il
faut qu'elle vous couvre les yeux , & qu'elle les
ferme à tous les objéts de la terre. Il faut qu'elle
vous conſume du feu de la charité. Mais ſi vous
imitez le crime des ſucceſſeurs d'Aaron, ſi comme eux vous portez dans le tabernacle un feu
étranger, ſi c'eſt une habitude vitieuſe qui vous
y conduit & qui vous y retient ; ſi bien loin d'y
captiver vos ſens, vous leur donnez là toute licence : ah ! mon Frere, conclut ſaint Chryſoſtome, vous eſtes toûjours alors une victime,
mais une victime de malediction ; une victime,
non plus de la miſericorde, mais de la colere &
de la vengeance de Dieu.

N'eſt-il pas ſurprenant, Chreſtiens, comme
l'a obſervé le ſçavant Pic de la Mirande, que de
tant de religions qui ſe ſont repanduës dans le
monde & qui y ont ſi long-temps dominé, il
n'y ait eû que la religion de Jeſus-Chriſt dont
les temples ayent eſté prophanez par ſes propres ſujets ! On a bien veû les Romains violer le

temple des juifs ; on a veû les chrestiens briser les idoles du paganisme : mais a-t-on veû des payens s'attaquer eux-mesmes à leurs Dieux, & souiller les sacrifices qu'ils leur offroient ! Pourquoy cette difference ! En voicy, ce me semble, une raison : c'est que l'ennemi de nostre salut ne va point tenter les payens, ni les troubler au milieu de leurs sacrifices, parce que ce sont de faux sacrifices, & qu'il reçoit luy-mesme l'encens qu'on y brusle. Au lieu qu'il employe toutes ses forces pour nous détourner du sacrifice de nos autels, & pour nous en faire perdre le fruict, parce que c'est le vray sacrifice, le grand sacrifice, un sacrifice également glorieux à Dieu & salutaire pour nous. Ainsi, mes Freres, à quelques desordres que soit exposé le sacrifice de nostre religion, n'entrons pour cela en nulle defiance de la religion mesme que nous professons & de la pureté de son culte. Malgré tous nos desordees, elle est toûjours sainte, puisqu'elle les condamne tous. Mais rentrons dans nous-mesmes, confondons nous nous-mesmes : disons-nous à nous-mesmes avec un celebre écrivain de ces derniers siecles, qu'il faut que la religion de Jesus-Christ soit une religion plus qu'humaine, puisqu'elle se soutient toûjours malgré l'irreligion des chrestiens ; & qu'il faut aussi que l'irreligion des chrestiens soit bien obstinée & bien enracinée, puisqu'ils sont si impies parmi tant de sainteté. Sacrifice de la Messe,

sacrifice souverainement & doublement respe-
ctable, parce que c'est à Dieu qu'il est offert, &
que c'est un Dieu qui y est offert. Comme c'est
Dieu mesme qui en est l'objet, c'est encore un
Dieu qui en est le sujet ; vous l'allez voir dans
la seconde partie.

JE trouve la pensée de saint Chrysostome bien **II. Partie.**
juste & bien vraye, quand il dit que les temples
où nous nous assemblons pour adorer Dieu,
sont tout à la fois, & l'ornement le plus auguste, & l'opprobre le plus visible de nostre religion. L'ornement le plus auguste, puisqu'ils
sont tous les jours sanctifiez par le sacrifice d'un
Dieu Sauveur ; & l'opprobre le plus visible,
puisque ce sacrifice, tout divin qu'il est, sert si
souvent, non par luy-mesme, mais par nostre
libertinage, d'occasion aux chrestiens pour deshonorer la maison de Dieu. Ainsi parloit ce saint
Evesque, en gemissant sur les scandales qui se
commettoient au pied des autels & dans le sacrifice de la loy de grace. A quoy j'adjouste la
pensée de Guillaume de Paris, que je vous prie
de remarquer, parce qu'elle me paroist également solide & touchante. Car, dit ce sçavant
homme, quand nous aurions vescu, selon l'expression de saint Paul, sous les élemens du monde, c'est à dire, sous les figures de l'ancienne
loy, & que nous n'aurions point eû d'autres
sacrifices, que ces sacrifices imparfaits dont Dieu

Y iiij

avoit eftabli l'ufage par le miniftere de Moyfe,
il faudroit toûjours y affifter avec crainte & a-
vec tremblement; il faudroit toûjours refpecter
ces chairs mortes, toûjours réverer ces taureaux
égorgez & fanglans, toûjours fe profterner devant ces autels chargez des oblations & des
prémices de la terre. C'eftoient des créatures, il
eft vray : mais ces créatures eftoient les victimes
& les holocauftes du Dieu vivant, & cela feul
les élevoit à un ordre fuperieur & les confacroit.
Auffi, mes Freres, pourfuit le mefme Docteur,
voyez avec quelle reverence Dieu vouloit que
les juifs entraffent dans le fanctuaire pour luy
offrir leurs facrifices & le fang des animaux
qu'ils immoloient. Voyez avec quel foin luy-
mefme il les y difpofoit; combien de préceptes,
combien de céremonies, combien de pratiques;
combien de purifications il leur prefcrivoit! A
peine les livres entiers de l'Ecriture ont-ils fuf-
fi pour leur en tracer les regles, & pour leur faire entendre fur cela fes ordres. Mais admirez
encore plus la conftance & l'inviolable fidelité
de ce peuple, d'ailleurs fi indocile & fi groffier,
à s'acquiter de ce devoir. Dans les plus preffan-
tes extremitez, dans l'embarras & le defordre
des guerres, dans le fiége mefme de Jerufalem,
rien jamais ne les fit manquer à ce culte exte-
rieur, ni à la folemnité de leurs feftes & des facrifices qui leur eftoient ordonnez. Jufques-là,
difoit du temps mefme des Apoftres, un ancien

Auteur, que le General de l'armée Romaine en
parut surpris; & que tout payen, tout ennemi
qu'il estoit, il en fut touché, & ne pût refuser
des éloges à leur zéle & à leur religion. *Stupe-* *Hegesip.*
bat Pompeius acres virorum animos, à quibus in
medio belli furore, sacrorum reverentiæ nihil de-
fuit. Tel estoit le caractere de cette nation. Le
Sauveur du monde leur reprocha tous les autres vices; mais il ne les accusa jamais d'impieté dans les sacrifices qu'ils presentoient à Dieu.
Cependant, Chrestiens, dans leurs sacrifices les
plus solemnels qu'avoient-ils autre chose que
les ombres seulement & que les figures du sacrifice de la loy nouvelle ! Mais c'estoit assez
pour eux, reprend saint Augustin ; c'estoit, dis-
je, assez pour leur rendre venerables jusques à
ces ombres & à ces figures, que ce fussent les
figures & les ombres du grand sacrifice que les
Prophetes leur annonçoient dans la suite des
siecles. C'estoit assez pour les saisir d'une sainte
horreur toutes les fois qu'ils assistoient à l'im-
molation de ces victimes, qui quoyque viles &
abjectes, leur representoient cette victime pure
& pretieuse, cette hostie divine qui devoit estre
immolée pour eux & pour nous. Or qu'eussent-
ils pensé, qu'eussent-ils fait, s'ils eussent veû
comme nous la verité; & que devons-nous penser, que devons-nous faire nous-mesmes ! Sur
cela, mes chers Auditeurs, voicy trois considerations que je me contente de vous proposer,

pluftoft par forme de meditation que de difcours, & par où je finis en me les appliquant à
moy-mefme. Ne les perdez pas.

Premiere confideration. Quand je vais au facrifice que celebre l'Eglife, je vais au facrifice
de la mort d'un Dieu; le mefme qui fut offert
fur le Calvaire, le mefme que Jefus-Chrift con-
fomma fur la croix, le mefme où ce Dieu-homme confentit, pour parler avec l'Apoftre, à eftre détruit & anéanti. Ce n'eft point une fuppofition, c'eft un poinct de foy. J'affifte à un
facrifice dont réellement & fans figure la victime eft le Dieu mefme que je fers & que j'adore. Par confequent, dois-je conclure & de-
vez-vous conclure avec moy, fi par mes refpects
& mes adorations je ne releve pas, autant qu'il
m'eft poffible, les abbaiffemens de ce Dieu Sauveur; fi j'adjoufte aux humiliations de fa croix
qui font icy renouvellées, celles qui luy viennent de mes irreverences & de mes fcandales;
fi le contemplant fur l'Autel mon cœur ne fe
brife pas, comme les pierres fe fendirent au moment qu'il expira; fi cette hoftie mourante ne
fait pas naiftre dans mon ame une componction
auffi vive & auffi religieufe que le fut la douleur du Centenier & celle des juifs qui fe con-
vertirent à fa mort; fi par de fenfibles outrages,
j'infulte encore à fon agonie comme les foldats
& les bourreaux qui l'avoient crucifié: ah! ne
fuis-je pas digne de fes plus rigoureufes ven-

geances, & ne faut-il pas me traiter d'anathef-
me !

Seconde confideration. Pourquoy ce Dieu
de mifericorde s'immole-t-il dans le facrifice de
nos autels ! Pour nous apprendre, difent les Peres, ce que nous ne pouvons apprendre que de
luy; pour nous aider à faire ce que nous ne pouvons faire fans luy & que par luy, je veux dire,
à honorer Dieu autant que Dieu le merite &
qu'il le demande. Car c'eft pour cela, reprend
faint Thomas, qu'il a fallu un fujet d'un prix infini & offert d'une maniere infinie. Or ce fujet
d'un prix infini, c'eft Jefus-Chrift dans le facré
myftere. Ce fujet offert d'une maniere infinie,
c'eft Jefus-Chrift en eftat de victime, en eftat
d'anéantiffement, & facrifié felon la prediction
de Malachie dans tous les temps & dans tous les
lieux du monde. Voilà ce qui eftoit dû à Dieu, &
de quoy l'homme-Dieu eft venu nous inftruire
aux dépends de luy-mefme. Ce facrifice de fon
corps & de fon fang eft la preuve authentique
qu'il nous en donne, & la perpetuelle leçon
qu'il nous en fait. Que nous dit-il donc cet excellent maiftre, autant de fois que nous nous prefentons à fon facrifice ! C'eft là, mes Freres, que
fon fang, ce fang adorable, plus éloquent que
celuy d'Abel, femble nous crier fans ceffe, &
nous faire entendre ce que le mefme Sauveur
difoit aux juifs : *Ego honorifico Patrem.* Vous Joan. 8.
voulez fçavoir ce que je fais icy : j'honore mon

Pere, je glorifie mon Pere, je satisfais à la justice de mon Pere ; je repare les injures qu'il a
reçeûës, & je restablis ses interests ; je fais triompher sa misericorde, éclater sa puissance, connoistre sa sainteté ; je luy rends & à toutes ses
perfections des hommages proportionnez à sa
grandeur. Tel est le dessein qui me fait descendre invisiblement sur cet Autel, qui me fait
prendre entre les mains des Prestres comme une
seconde naissance, qui me fait subir dans le mesme sens comme une seconde mort : *Ego honori-*
fico Patrem. Oüy, Chrestiens, c'est ce qu'il nous
dit ; & si nous ne profitons pas de son exemple,
écoutez ce qu'il adjouste : *Et vos inhonorastis me.*
Mais vous, ne semble-t-il pas que vous preniez
à tasche de détruire par le plus criminel attentat
tout ce que je rends d'honneur à mon pere par
le sacrifice de mon humanité, & n'est-ce pas sur
moy que retombent tous les outrages qu'il reçoit de vous ! J'obscurcis toute ma gloire, & je
m'ensevelis tout vivant en sa presence ; & vous
vous élevez devant luy & contre luy. Je luy
offre dans ma personne un Dieu humilié, un
Dieu soumis & obéissant ; & vous venez étaler
avec ostentation devant ses yeux le faste du monde & le vain éclat d'une pompe humaine. Je luy
presente dans mon corps une chair innocente
& virginale ; & vous cherchez jusques à son Autel de quoy exciter & de quoy nourrir les brutales cupiditez d'une chair criminelle & impure.

Joan. 8.

Je travaille à repandre le feu de son amour, d'un amour tout sacré & exprimé de son sein mesme ; & vous ne pensez jusques dans son temple & à ses pieds, qu'à inspirer par des nuditez immodestes, par des postures indecentes, par des airs libres & sans pudeur, un amour sensuel. J'employe tous les attraits de ma grace à sanctifier les ames & à les luy attacher ; & vous employez tous les artifices & tous les enchantemens de vostre mondanité à les corrompre & à les luy derober. Est-ce ainsi qu'on l'honore ! ou n'est-ce pas ainsi qu'on luy marque le mépris le plus insultant, & que l'on renverse tous mes desseins ! *Et vos in honorastis me.* Mais voulez-vous en effet, Chrestiens, l'honorer, & l'honorer autant par proportion qu'il le doit estre & qu'il l'attend de vous ! Allez, comme Jesus-Christ obscur & caché, vous prosterner devant cette Majesté supresme, & faire à la veûë de ses grandeurs une humble confession de vostre indignité. Allez, comme Jesus-Christ obéissant & soumis à la voix de ses ministres, relever son pouvoir par les sentimens d'une soumission parfaite & par tous les temoignages d'une obéissance entiere & sans reserve. Allez dans un esprit de sacrifice, comme Jesus-Christ immolé, luy presenter les hommages de son Fils, les abbaissemens de son Fils, le sang de son Fils, ses souffrances, sa passion, sa mort, tous ses merites, & vous les appliquer pour estre plus en estat de le glorifier. Allez vous de-

voüer vous-mefmes, vous immoler vous-mefmes, finon par une veritable deftruction de
vous-mefmes, au moins par une mort fpirituelle & par une totale deftruction des defirs déré-
glez de voftre cœur. Ainfi vous l'enfeigne ce
Dieu victime de la gloire d'un Dieu, & en cette qualité mefme de victime voftre modelle :
Ego honorifico Patrem.

Troifiéme confideration. Que fait encore Jefus-Chrift dans ce facrifice ! Achevons, Chreftiens, de nous confondre, & rougiffons de noftre infenfibilité. Non feulement il apprend aux
hommes à honorer Dieu, mais il y traite de leur
reconciliation avec Dieu. Comme mediateur,
il plaide leur caufe & il offre le prix de leur redemption. Il ne fe contente pas de dire qu'il
glorifie fon Pere, *Ego honorifico Patrem ;* mais
s'addreffant à fon Pere mefme & luy monftrant
les fidelles affemblez, il luy dit d'une voix fe-
crette : *Ego pro eis fanctifico meipfum :* c'eft à
dire, fuivant l'explication de faint Jerofme, je
me donne moy-mefme, je me facrifie moy-mefme pour eux. Paroles, adjoufte ce faint Docteur, qui convenoient aux victimes, & dont
pour la premiere fois ce Sauveur des hommes fe
fervit, lorfqu'actuellement il inftituoit cette divine Pafques où il fe confacroit en effet luy-
mefme pour les pecheurs. Mais paroles qu'il re-
pete encore tous les jours & qu'il repetera juf-
ques-à la fin des fiecles, autant de fois qu'on

Joan. 17.

l'offrira fur nos autels : *Ego pro eis fanctifico meipfum.* Oüy , mon Pere , c'eft pour eux que je fuis icy prefent ; c'eft pour tous les hommes en general & en particulier pour mon Eglife; c'eft fpecialement pour ceux que vous voyez dans voftre maifon & auprés de voftre fanctuaire, occupez maintenant, ou devant l'eftre, à ce myftere de falut. Recevez-les , mon Dieu, dans voftre grace : ils font criminels , mais me voicy à leur place pour vous fatisfaire ; & que ne peuvent point reparer les fatisfactions infinies d'un Dieu comme vous ! *Ego pro eis fanctifico meipfum.*

Ah ! mes Freres, reprend faint Bernard, en s'écriant, & réduifant à une figure fenfible cette importante verité, ma caufe eftoit defefperée, & j'eftois perdu : le Souverain juge alloit prononcer contre moy un arreft de mort. Mais le Fils unique du Prince vient à le fçavoir, & que fait-il ! touché de compaffion , il fe fubftituë pour moy, & il veut luy-mefme porter la peine de mon peché. Dans cette veûë il fort de fon Palais, il depofe toutes les marques de fa dignité, il gemit, il prie, il va s'offrir à la juftice de fon Pere. Belle image, Chreftiens , de ce que fait Jefus-Chrift dans le facrifice de fon corps & de fon fang. Toutefois, pourfuit faint Bernard , fans eftre inftruit du peril où je me trouvois expofé, bien loin d'y penfer je m'arreftois à un vain divertiffement. Mais tout à coup j'apperçois mon Roy, je le vois penitent & humilié, je m'approche, j'en demande la raiſon, enfin j'apprends que c'eſt de moy qu'il s'agit & que c'eſt pour moy qu'il s'eſt livré. C'eſt ce que nous voyons ſi ſouvent nous-meſmes, mes chers Auditeurs, ſur cet Autel. Or, conclut le meſme Pere, oſeray-je encore retourner à mes premiers amuſemens ! que dis-je ! oſeray-je encore me faire du ſacrifice de mon Sauveur un amuſement & un jeu ! & ſeray-je aſſez inſenſé pour meſler à ſes gemiſſemens & à ſes larmes des ris prophanes & ſcandaleux !

Bern.

Adhucne ludam & deludam lacrymas ejus ! Penſée touchante que ſaint Jean de Jeruſalem exprimoit en des termes moins figurez, mais non moins énergiques ni moins preſſans. Examinez, diſoit-il, conſiderez ce qui ſe paſſe. C'eſt pour vous que l'Autel eſt dreſſé : *Pro te menſa myſteriis exſtruēta eſt.* C'eſt pour vous que l'Agneau va eſtre immolé : *Pro te Agnus immolatur.* C'eſt pour vous que le Preſtre s'intereſſe, & qu'il ſollicite : *Pro te angitur ſacerdos.* Vous eſtes le coupable dont on ménage la grace, & ce ſacrifice eſt le paēte meſme & le contraēt en vertu duquel elle vous eſt accordée. De là jugez quels ſentimens vous doivent donc occuper dans ce ſacrifice d'expiation. Ne ſont-ce pas ceux d'un pecheur contrit, & d'un pecheur reconnoiſſant ! D'un pecheur contrit : car c'eſt par cette penitence du cœur, par cette contrition du

Joa. jeroſol.

cœur,

cœur, que doit eftre, pour ainfi dire, fcellé &
ratifié le traité de paix qui fe negotie entre Dieu
& vous; & comme l'Apoftre accompliffoit dans
fon corps ce qui manquoit à la paffion de Jefus-Chrift, c'eft par là, felon le mefme langage,
que nous devons accomplir ce qui manque au
facrifice de Jefus-Chrift. D'un pecheur reconnoiffant, au fouvenir & à la veûë des mifericordes infinies d'un Dieu, qui tout offenfé qu'il
eft, tout juge qu'il eft, fe fait luy-mefme, pour
vous racheter, voftre rançon & le gage de voftre falut. David difoit : que rendray-je au Seigneur pour tout ce qu'il m'a donné! *Quid re-* Pfalm. 115.
tribuam Domino ! Je prendray le calice de mon
Sauveur, adjouftoit le mefme Prophete, & j'in-
voqueray le nom de mon Dieu : *Calicem falu-* Ibidem.
taris accipiam, & nomen Domini invocabo. Ce
n'eft pas affez, pourfuivoit encore ce faint Roy,
mais en invoquant le Seigneur je le béniray
mille fois; & fans oublier jamais les graces dont
il m'a comblé, je luy prefenteray fans ceffe le
jufte tribut de mon amour & le facrifice de mes
loüanges, *Laudans invocabo Dominum.* Voi- Ibidem.
là ce qui doit faire chaque jour devant l'Autel
noftre plus commun entretien.

Mais peut-eftre, mes chers Auditeurs, n'eftes vous pas bien perfuadez de la verité & de la
grandeur du divin myftere dont je vous parle.
Peut-eftre une infidelité fecrete eft-elle la fource
de tant de defordres qui s'y commettent. Car il

en faut venir au principe. Quand on vous dit que
ce facrifice eft le renouvellement de la mort de
voftre Dieu, & comme la confommation du
grand ouvrage de voftre falut, peut-eftre avez
vous peine à le comprendre. Or fur cela, fans
entreprendre de vous convaincre, je n'ay qu'un
fimple raifonnement à vous oppofer, & c'eft par
là que je finis. Où vous croyez ce que la foy
nous enfeigne du facrifice de noftre religion,
ou vous ne le croyez pas. Quelque parti que
vous preniez, vous eftes fans excufe. Car fi vous
le croyez ; fi, dis-je, vous croyez que c'eft un facrifice offert au vray Dieu & où le vray Dieu
luy-mefme eft offert, je conclus que vous eftes
donc en quelque forte plus criminels que les
juifs, plus criminels que tant d'heretiques dont
vous avez en horreur les facrileges prophanations. Il eft vray, les juifs ont crucifié, comme
parle faint Paul, le Seigneur de la gloire : mais
en le crucifiant ils ne le connoiffoient pas ; &
s'ils l'euffent connu, dit l'Apoftre, ils n'auroient

1. Cor. 2.   pas porté fur luy leurs mains parricides : *Si enim
cognoviffent, numquam Dominum gloriæ cruci-
fixiffent.* Ils eft vray, les heretiques ont porté le
feu & le fer dans fes temples pour les détruire,
ils ont foüillé fes autels, ils ont brifé fes taber-
nacles, ils l'ont luy-mefme foulé aux pieds :
mais en cela mefme aprés tout ils agiffoient con-
fequemment à leur erreur. Au lieu que par une
contradiction infoutenable, fidelles & infidel-

les tout enſemble, fidelles de créance & de ſpeculation ; infidelles de mœurs & de pratique
vous prophanez ce que vous adorez. Que ſi
d'ailleurs c'eſt abſolument la foy qui vous manque, ſi vous ne croyez pas Jeſus-Chriſt preſent
dans ce que nous appellons ſon ſacrifice, pourquoy donc y aſſiſtez-vous ! Que ne levez-vous
le maſque, & pourquoy vous faites-vous un
devoir de célebrer avec nous nos feſtes, & d'o-
béir à une loy qui ſelon vos fauſſes idées n'eſt
plus un commandement ni une obligation pour
vous ! Ah ! Chreſtiens, à quoy nous reduiſez-
vous ! à douter de voſtre foy, à ſouhaiter que
vous vous retranchiez de la communion des fidelles, que vous vous banniſſiez vous-meſmes
de nos aſſemblées & que vous n'ayiez plus de
part à nos céremonies. Que dis-je ! non, mes
Freres, ce n'eſt point là le ſouhait que je forme. J'attends tout un autre fruict de ce diſcours. Nous irons toûjours à la ſainte montagne ſacrifier au Seigneur ; mais ce ſera deſormais le Seigneur luy-meſme qui nous y attire-
ra. Nous irons nous proſterner devant luy,
nous entretenir avec luy, nous unir à luy. Nous
irons luy preſenter nos hommages, & il les
agréera ; luy offrir nos vœux, & il les écoutera ; luy demander ſes graces, & il les verſera
ſur nous avec abondance. Nous irons réparer
nos ſcandales paſſez, édifier l'Egliſe, nous ſan-

ctifier nous-mesmes. Nous irons noùs laver,
nous purifier dans le sang de cette divine hostie, qui doit estre pour nous le prix de l'éternité
bienheureuse, où vous conduise &c.

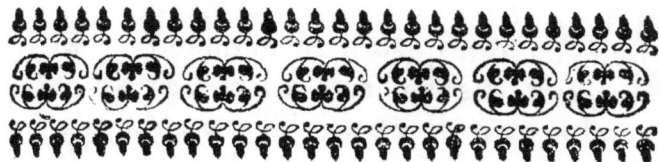

SERMON

POUR LE MÉCREDY

de la quatriéme Semaine.

Sur l'Aveuglement Spirituel.

Præteriens Jesus vidit homïnem cæcum à na-
tivitate.

*Lorsque Jesus passoit, il vit un homme qui es-
toit aveugle dés sa naissance.* En saint Jean,
chap. 9.

S IRE,

C E fut un prodige bien surprenant que celuy qui parut dans le monde & qui est rapport-
té dans l'Ecriture au chapitre dixiéme de l'Exo-
de, quand Moyse disposant à son gré, ou plustost selon l'ordre & le gré de Dieu, des tenebres & de la lumiere, partagea tellement l'Egypte, que tout ce qui estoit habité par les Egyptiens
se trouva couvert d'une obscure & profonde

nuit, en sorte qu'ils ne se distinguoient pas les uns les autres ; au lieu que les Israëlites dans l'étenduë du mesme païs joüissoient d'un jour pur

Exod. 10.

& serain : *Et factæ sunt tenebræ horribiles in universa terra Ægypti ; ubicumque autem habitabant Filii Israël, lux erat.* Mais j'ose dire, Chrestiens, que voicy encore quelque chose de plus prodigieux dans nostre Evangile, où le Saint Esprit nous fait paroistre des hommes aveuglez par le mesme miracle, qui sert à ouvrir les yeux aux aveugles mesmes & à leur rendre l'usage de la veûë. En effet, le Sauveur du monde usant de ce pouvoir absolu, qu'il avoit receû de son Pere & qu'il exerçoit comme Dieu, guérit un pauvre, aveugle depuis sa naissance ; & ce miracle produit tout à la fois deux effets bien opposez. Il éclaire l'aveugle-né, & il aveugle les Pharisiens. Il éclaire l'aveugle-né, en luy faisant connoistre beaucoup plus encore par les yeux de l'esprit que par les yeux du corps, l'auteur de son salut, & en l'engageant à l'adorer & à luy rendre hommage comme à

Joan. 9.

son Dieu : *Et procidens adoravit eum.* Et il aveugle les Pharisiens, en leur servant d'occasion pour s'obstiner davantage dans leur incredulité, & pour refuser plus opiniastrément de se soumettre à la verité connuë. Deux effets en quoy consistoit ce jugement adorable, mais redoutable, dont parloit le Fils de Dieu & pour lequel il avoit esté envoyé. Car je suis venu

dans le monde, difoit-il ; & le jugement que j'y
dois exercer, eft que ceux qui ne voyent pas ver-
ront, & que ceux qui voyent cefferont de voir :
In judicium ego in hunc mundum veni, ut qui non Joan. 9.
vident videant, & qui vident cæci fiant. C'eft à
dire, je fuis venu pour guérir l'aveuglement interieur des ames humbles & dociles, qui cherchent Dieu de bonne foy ; & pour redoubler
au contraire par la fouftraction des dons de la
grace, l'aveuglement de ces ames préfomptueu-
fes & fuperbes que leur orgueil éloigne de Dieu.

Or voicy, Chreftiens, ce jugement accompli. Car l'aveugle de noftre Evangile eftoit un
homme fimple & ignorant, & les Pharifiens
eftoient les fages & les fpirituels du Judaïfme.
Cependant ces fages demeurent dans une infidelité criminelle, & ce pauvre eft rempli des
plus pures lumieres de la foy : ces fpirituels &
ces intelligens deviennent plus aveugles que jamais, & cet aveugle eft tout à coup inftruit &
pénetre ce qu'il y a de plus faint & de plus divin dans la religion ; *Ut qui non vident videant,*
& qui vident cæci fiant. Jugement qui fe renouvelle encore tous les jours au milieu de
nous. Mais fans m'arrefter à ce qu'il a de favorable pour les uns fur qui Dieu répand toutes
les richeffes de fa mifericorde, je veux feulement vous le reprefenter dans ce difcours par
ce qu'il a de terrible & d'effrayant pour les autres fur qui Dieu déploye toute la feverité de

fa juſtice. C'eſt donc, mes chers Auditeurs, de l'aveuglement ſpirituel que je pretends vous en-tretenir ; de cet aveuglement interieur qui va juſques à l'ame, & qui la tient plongée dans les plus groſſieres & les plus funeſtes erreurs ; de cet aveuglement dont ſaint Auguſtin diſoit en s'addreſſant à Dieu : malheur à ces aveugles qui ne vous voyent point, ô mon Dieu, & dont les yeux couverts d'un nuage épais ne decouvrent point vos divines veritez ! *Væ caliginantibus oculis qui te non vident.* Je vais vous en faire connoiſtre les differentes eſpeces, aprés que nous aurons invoqué le Saint Eſprit par l'interceſſion de Marie, *Ave Maria.*

Aug.

IL n'y a point de matiere ſur laquelle l'Ecri-ture ſe ſoit expliquée dans des termes plus dif-ferens & meſmes en apparence plus contraires, que ſur l'aveuglement ſpirituel. Car tantoſt elle l'impute à la malice des hommes, *Excæcavit illos malitia eorum ;* tantoſt à la vengeance de Dieu, *Excæca cor populi hujus ;* tantoſt au dé-mon qu'elle appelle le Dieu du ſiecle, *In qui-bus Deus hujus ſæculi excæcavit mentes inſi-delium.* Quelquefois elle déplore cet aveugle-ment interieur comme malheureux, & d'au-trefois elle le deteſte comme criminel ; quelque-fois elle en fait un ſujet d'excuſe, *Ignoſce illis, neſciunt enim quid faciunt ;* & d'autrefois un ſu-jet de reproche, *Væ vobis duces cæci & duces*

Sap. 2.
Iſai. 6.
2. Cor. 4.
Matth. 15.
Matth. 23.

cæcorum. Or c'eſt la diverſité, ou ſi vous voulez, l'apparente contrarieté de ces expreſſions, qui a fait naiſtre ſur cette matiere tant d'embarras & qui l'a renduë ſi difficile à developper. Cependant pour l'éclaircir autant qu'il m'eſt poſſible, & pour accorder enſemble tous ces textes de l'Ecriture, voicy le deſſein que je me propoſe & que je vous prie de bien comprendre. Je diſtingue avec le Docteur Angelique ſaint Thomas, trois ſortes d'aveuglemens; un aveuglement qui de luy-meſme eſt peché, un aveuglement qui eſt la cauſe du peché, & un aveuglement qui eſt l'effet du peché. Aveuglement peché; c'eſt celuy qui nous eſt marqué dans ces paroles de la ſageſſe : leur propre malice les a aveuglez, *Excæcavit illos malitia eorum*. Aveuglement cauſe du peché; ce fut celuy de ſaint Paul, qui diſoit de luy-meſme : j'ay eſté un blaſphemateur, j'ay eſté un perſecuteur de l'Egliſe; mais du reſte je l'ay eſté par ignorance, *Ignorans feci*. Aveuglement effet du peché; c'eſt celuy dont parloit Iſaïe en demandant à Dieu qu'il aveuglaſt le cœur de ſon peuple, *Excæca cor populi hujus*. Vous verrez le rapport qu'ont à ces trois poincts toutes les queſtions qui regardent l'aveuglement de l'eſprit. Mais auparavant je fonde ſur ces principes de ſaint Thomas trois popoſitions qui me paroiſſent d'une utilité infinie pour l'édification de vos ames, & qui vont partager ce diſcours. Car

Sap. 2.

1. Tim. 1.

Iſai. 6.

je dis que l'aveuglement qui de luy-mefme eft peché , eft de tous les pechez le plus pernicieux & le plus contraire au falut; c'eft la premiere partie. Je dis que l'aveuglement qui eft caufe du peché , eft communément, pour fervir de pretexte au peché , l'excufe la plus frivole & la moins recevable ; c'eft la feconde partie. Je dis que l'aveuglement qui eft l'effet du peché , eft la peine la plus terrible dont Dieu dans cette vie puiffe punir le pecheur ; ce fera la conclufion. Aveuglement comble du peché, vaine excufe du peché; & dans cette vie , derniere vengeance du peché : donnez à ces trois poincts importants toute voftre attention.

I. PARTIE. SOit que nous confultions la foy , foit que nous en jugions par les principes de la droite raifon, il eft certain qu'il y a un aveuglement qui de luy-mefme eft criminel parce qu'il eft volontaire & mefmes affecté. C'eft à dire, qu'il y a un aveuglement , que nous entretenons dans nous, d'où nous ne voulons pas fortir, & que nous preferons fecretement à toutes les lumieres de la verité. Un aveuglement qui fait que le pecheur craint de trop voir, & qu'il évite de connoiftre ou le mal qu'il fait, ou le bien qu'il ne fait pas & qu'il eft interieurement determiné à ne pas faire. Comme s'il difoit : je ne veux pas eftre plus éclairé que je fuis; j'ignore mes obligations, mais je veux bien les ignorer, ou du moins ne les pas approfondir; mon aveuglement me plaiſt, il m'eſt commode; & bien loin d'en eſtre en peine & de vouloir le corriger, je m'en fais un fonds de tranquillité & de paix, dont dépend tout la douceur & tout le bonheur de ma vie. Telle eſt la nature de ce peché. Mais ſe trouve-t-il dans le monde des ames aſſez inſenſées, pour en venir juſques-là ! Oüy, mes chers Auditeurs, le monde en eſt plein; & ce qui marque encore bien plus la corruption du monde, c'eſt que l'on en vient juſques-là ſans paſſer pour inſenſé. Car ſi ce peché eſtoit dans l'opinion des hommes generalement decrié & reconnu pour folie, il ſeroit plus rare & moins contagieux : mais aujourd'huy c'eſt un deſordre commun, que l'eſprit perverti du monde a ſçeû meſmes en quelque façon autoriſer par le nombre & la qualité de ceux qui y ſont engagez.

En effet, Chreſtiens, prenez garde à cette induction, qui va vous developper ma penſée, & qui me ſervira d'abord de preuve. Je dis que cet aveuglement volontaire & affecté eſt le peché des libertins & des prétendus athées, qui dans eux-meſmes & par les ſeules veûës naturelles ont des lumieres plus que ſuffiſantes pour connoiſtre Dieu, & qui par conſequent ne peuvent l'effacer de leur eſprit, ni ceſſer de croire en luy, que parce qu'ils ne veulent pas s'aſſujettir à luy, & qu'à force de l'offenſer ils par-

viennent enfin à l'oublier & en suite à le mé-
connoiſtre. Excellente idée que Tertullien donnoit autrefois de l'Atheiſme , lorſqu'aprés a-
voir demonſtré que Dieu en qualité de premier
eſtre eſt le plus connu de tous les eſtres , il concluoit que le deſordre des impies eſtoit de ne
vouloir pas reconnoiſtre celuy qu'ils ne pouvoient jamais abſolument ignorer : *Et hæc eſt
ſumma delicti nolentium recognoſcere quem ignorare non poſſunt.* Où vous remarquerez que
ce grand homme , bien éloigné de donner dans
les vaines ſubtilitez de certains Theologiens mo-
dernes, ni de raiſonner comme eux , en faiſant
de dangereuſes ſuppoſitions ſur ce qui regarde l'exiſtence & la foy d'un Dieu, n'admettoit
point d'ignorance de Dieu qui ſelon luy ne fuſt
un crime monſtrueux : & cela fondé ſur la parole expreſſe de ſaint Paul, lequel a toûjours
traité d'inexcuſables ceux qu'une temeraire préſomption aveugle juſqu'à douter de la divinité ; *Inviſibilia ejus per ea quæ facta ſunt, intel-
lecta conſpiciuntur , ita ut ſint inexcuſabiles.*
L'inſenſé , dit le Saint Eſprit, a balancé entre
ſa raiſon & ſon cœur : ſa raiſon luy a dit qu'il
y avoit un Dieu, & ſon cœur rebelle luy a dit
qu'il n'y en avoit point ; & parce que ſon cœur
a malheureuſement prévalu ſur ſa raiſon, malgré les veûës de ſa raiſon il a ſuivi le mouvement de ſon cœur, juſqu'à conclure confor-
mément à ſes deſirs qu'il n'y a point de Dieu

Tertull.

Rom. 1.

dans l'univers : *Dixit insipiens in corde suo,* Psalm. 52.
non est Deus. Aveuglement volontaire & affecté, qui dans la societé des hommes fait les libertins de créance & de religion.

Je dis que c'est le peché de certains heretiques de mauvaise foy, qui ne sont tels, que parce qu'ils sont determinez à l'estre. Car il y en a
dont la prévention va jusqu'à ne vouloir pas
mesmes s'instruire, jusqu'à rejetter indifferemment & sans choix tout ce qui seroit capable de
les convaincre, jusqu'à concevoir une secrete a-
version pour la verité, jusqu'à se faire un poinct
de conduite & un principe de ne revenir jamais
de leurs erreurs. Prévention que saint Augustin condamnoit dans les Manichéens, quand il
leur reprochoit qu'ils avoient moins de docilité
pour les sacrez oracles de l'Ecriture & pour la
parole de Dieu, que pour les traditions humaines & pour les livres des prophanes. Aveuglement volontaire & affecté qui fait les schisma-
tiques & les heretiques.

Je dis que c'est le peché des sensuels & des voluptueux, qui pour gouster avec moins de trouble leurs infames plaisirs, ne veulent pas mesmes
entendre parler des veritez éternelles; & ont l'audace de dire à Dieu, ce que le saint homme Job
leur mettoit dans la bouche, pour exprimer le
malheur ou plustost le déreglement de leur conduite : *Et dixerunt Deo : Recede à nobis, scien-* Job. 21.
tiam viarum tuarum nolumus. Ils ont dit à Dieu :

Retirez-vous de nous, Seigneur, & cessez de répandre dans nos esprits cette science, quoyque divine , qui nous decouvre malgré nous les voyes de salut. C'est une science importune ; & dans la possession où nous sommes de vivre au gré de nos passions & de satisfaire nos sens, elle ne feroit que nous inquiéter & que nous allarmer. Reservez pour d'autres ces vives lumieres, qui sont les dons pretieux de vostre grace : nous ne sommes pas encore disposez à les recevoir ; il en couste trop pour les suivre, & mesmes il en cousteroit trop, si nous les avions, pour ne les pas suivre : il vaut mieux pour nostre repos, que nous en soyons privez. Il est vray que la science de vos commandemens & de vostre loy est la science des Saints : mais elle engage à des choses trop penibles & trop contraires à toutes nos inclinations, pour souhaiter mesmes que vous nous l'accordiez. Ce renoncement à soymesme , ce crucifiement de la chair, cette necessité indispensable de la penitence, tout cela, si nous y pensions , nous desoleroit ; & la veüe que nous en aurions, empoisonneroit ce qu'il y a pour nous dans le monde de plus agreable & de plus doux. Nous aimons mieux passer nos jours dans une ignorance profonde , & estre moins instruits, Seigneur, de ce que vous nous commandez, afin de pouvoir joüir sans remords des plaisirs que vous nous défendez. Car c'est ainsi que ces partisans du monde , esclaves de

la paffion & dominez par la fenfualité, s'en expliquent, ou du moins c'eft ainfi qu'ils le penfent. Aveuglement volontaire & affecté qui fait
les charnels & les impudiques.

Je dis que c'eft le peché de certains efprits
pleins d'eux-mefmes, qui par un effet pitoyable
de leur orgueil ne peuvent fupporter la verité,
du moment que la verité les humilie ; qui dés-là
s'opiniaftrent à la fuir, au lieu qu'ils devroient
pour cela mefme la chercher ; qui comme dit S.
Auguftin, aiment cette verité quand elle leur eft
favorable, mais qui la haïffent, qui la rejettent
quand ils en craignent la cenfure : *Amant lucen-* *Aug.*
tem, oderunt redarguentem. Le peché de ceux,
qui poffedez de leur amour propre ne veulent
pas voir leurs defauts, quoyque groffiers, &
ne peuvent fouffrir d'en eftre repris ; qui prennent pour offenfes les plus charitables avis qu'on
leur donne, & les plus falutaires remonftrances
qu'on leur fait ; qui bien loien de les recevoir
comme de bons offices, s'en font des fujets de
reffentiment & d'aigreur, & ne fe tiennent obligez qu'à ceux qui par une fauffe amitié ou par
une lafche complaifance ont foin de leur cacher
tout ce qui les bleffe, de leur diffimuler tout ce
qui les mortifie, quelque vray qu'il puiffe eftre
d'ailleurs & quoyqu'il fuft fi utile & fi neceffaire pour eux de le connoiftre. Le peché de ceux
qui veulent mefmes qu'on leur applaudiffe jufques dans leurs foibleffes, & qu'on les louë,

comme parle l'Ecriture, jufques dans les defirs de leurs ames, c'eft à dire, jufques dans leurs paffions les plus violentes & dans leurs entreprifes les plus injuftes ; qui mettent tout leur bonheur à eftre flattez & trompez; qui comptent le menfonge pour un bienfait, & l'adulation pour une marque de refpect : *Hi nimirùm*, ce font les termes de faint Jerofme dans la belle peinture qu'il nous en a tracée, *gaudent ad circumventionem fuam, & illufionem pro beneficio ponunt.* Aveuglement volontaire & affecté qui fait les incorrigibles.

Hieron.

Enfin, je dis que c'eft le peché d'une infinité de chreftiens, qui par une autre erreur encore plus damnable, ne veulent pas s'éclaircir fur certains faits, fur certains doutes, fur certains troubles de confcience, parce qu'ils fentent bien, pour peu qu'ils fe fondent eux-mefmes, qu'ils ne font pas dans la difpofition d'accomplir des devoirs à quoy cet éclairciffement leur feroit voir qu'ils font obligez. Et voilà ceux que le Prophete avoit en veüë dans le pfeaume trente-cinquiéme, & dont il difoit : *Noluit intelligere ut benè ageret ;* le pecheur n'a pas voulu fçavoir le bien, parce qu'ils ne l'a pas voulu faire. Ainfi un homme auparavant obfcur & inconnu, s'eft pouffé par fes intrigues dans ces emplois, où fans un miracle de la grace il eft prefqu'auffi impoffible de fe fauver qu'il eft facile de s'enrichir en trés peu d'années. On l'a
veü

Pfalm. 35.

veû s'élever de l'extrefme indigence ou d'un
eftat mediocre à une profperité qui fcandalife
le public. Chargé de l'adminiftration du bien
d'autruy, dans le maniement qu'il en a fait, il
n'a eû ni l'exactitude, ni peut-eftre la bonne foy
neceffaire pour ne pas confondre les interefts
du prochain avec les fiens propres. Celuy-cy
dans les fonctions de la magiftrature a cent fois
monftré, aux dépends du foible & du pauvre,
ce qu'il pouvoit en faveur de fes amis. Celuy-la
pourveû dans l'Eglife de benefices, en a joüi &
en a diffipé les revenus, fans avoir égard aux
obligations onereufes qui y eftoient attachées.
Si dans chacun de ces eftats l'on venoit aprés
quelque temps à entrer dans la difcuffion des
chofes, & à pefer tout dans la balance du fanctuaire, il eft évident qu'on y trouveroit bien
des comptes à rendre, bien des injuftices à réparer, bien des reftitutions à faire. Or tout cela
embarrafferoit, & réduiroit à des extremitez
fafcheufes. Que fait-on ! pour s'en ofter l'inquiétude & le fcrupule, on s'en ofte la connoiffance. On s'étourdit là deffus, on prend le parti de n'y point penfer. Faut-il cependant s'acquitter d'un devoir de religion ! Faut-il pour
fatisfaire au précepte de l'Eglife, approcher du
tribunal de la penitence ! on cherche un confeffeur commode, c'eft à dire, un confeffeur peu
habile, ou peu zelé, qui content de voir à fes
pieds l'iniquité couverte des apparences de l'hu-

milité, délie fur la terre ce que Dieu dans le
ciel ne déliera jamais ; & fans rien exiger davantage qu'une confeffion legere & fuperficiel-
le, bénit encore Dieu d'une prétenduë converfion, fur laquelle les Anges de la paix & les
vrais miniftres du Seigneur ne peuvent affez a-
mérement pleurer: Aveuglement qui fait les in-
fenfibles & les endurcis.

Or j'ay adjoufté, & je foutiens que de tous
les pechez dont l'homme eft capable, il n'y en
a point de plus contraire au falut. Pourquoy!
En voicy la raifon qui eft fans replique. Parce que cet aveuglement volontaire exclut la premiere de toutes les graces qui eft la lumiere divine; & par l'exclufion de cette premiere grace,
nous met dans une efpece d'impoffibilité de parvenir à aucune autre grace. C'eft la penfée de
faint Auguftin : d'où il s'enfuit que ce peché ferme, pour ainfi dire, à Dieu la porte de noftre
cœur, & réduit Dieu, tout Dieu qu'il eft, à
moins qu'il n'ufe de fon fouverain empire &
qu'il ne faffe un dernier effort de fa mifericorde, comme dans l'impuiffance de nous fauver.
Ecoutez-moy, & vous en allez convenir. Point
de peché plus contraire au falut que celuy-la.
Car dans tous les principes de la Theologie, la
premiere grace du falut, c'eft la lumiere qui
nous découvre les voyes de Dieu, & qui nous
fait connoiftre nos devoirs. Lumiere abfolument neceffaire, puifque dans l'ordre de la gra-

ce auſſi bien que dans l'ordre de la nature, pour
agir librement il faut connoiſtre, & pour connoiſtre il faut eſtre éclairé de Dieu. Que faiſons-
nous donc quand nous rejettons cette lumiere ! nous détruiſons dans nous-meſmes le fondement du ſalut ; & par l'obſtacle que nous apportons à cette ſeule grace, nous renonçons,
autant qu'il eſt en nous, à toutes les autres graces que Dieu tenoit en reſerve dans les treſors
de ſa miſericorde, & par où il vouloit nous convertir & nous attacher à luy.

Car negliger cette lumiere, beaucoup plus
la craindre & la fuir, c'eſt dire à Dieu que nous
ne voulons pas qu'il nous previenne de ſon a-
mour, que nous ne voulons pas qu'il nous im-
prime la crainte de ſes jugemens, que nous ne
voulons pas meſmes qu'il nous donne de la confiance en luy, que nous ne voulons pas qu'il
touche noſtre cœur & qu'il en faſſe un cœur penitent & contrit : comment cela ? parce que dans
la doctrine de S. Auguſtin, la crainte de Dieu,
l'amour de Dieu, la confiance en Dieu, la haine du peché, ſont autant de graces d'inſpiration
& d'affection, qui ſuppoſent eſſentiellement les
graces de lumiere & de connoiſſance. Du moment donc que nous renonçons par un aveuglement volontaire à cette grace de connoiſſance, nous nous rendons incapables de tous les
autres dons de Dieu, & de tous les ſentimens
qui pouvoient nous ramener à Dieu. Or je vous

demande, si l'on peut rien concevoir de plus
directement opposé au salut ! Prenez garde, s'il
vous plaist : tandis que nous avons ces connoissances qui nous reglent par rapport au salut,
quelques pecheurs du reste que nous soyions,
Dieu agit encore dans nous ; & malgré la corruption de nos mœurs, nous sommes toûjours
en quelque maniere sous l'empire de sa grace.
D'où vient que le Sauveur disoit : marchez pendant que vous avez la lumiere, *Ambulate dum*
lucem habetis. Mais dés que cette lumiere nous
manque, toutes les operations de la grace cessent, & nous pouvons dire que nous cessons
d'estre nous-mesmes dans la voye du salut. Je
dis plus : car non seulement ce peché d'un aveuglement volontaire nous oste la lumiere, mais
il nous oste mesmes le desir d'avoir la lumiere;
non seulement il nous fait sortir de la voye du
salut, mais il nous fait perdre en quelque façon
l'esperance d'y rentrer, puisqu'il est certain que
le premier pas pour rentrer dans la voye du salut, est de la chercher, de l'étudier, de vouloir
l'apprendre. Or c'est à quoy ce peché a une essentielle opposition. Saint Chrysostome nous
en donne la figure & la preuve dans l'exemple
de l'aveugle de Jericho. Cet aveugle eust-il jamais esté guéri par le Fils de Dieu, s'il ne l'avoit
ardemment desiré ! non ; mais il cria, mais il
pressa, mais il importuna, mais il temoigna une
envie extresme de voir : *Domine, ut videam :*

Joan. 12.

Luc. 18.

& c'eſt pour cela que Jeſus-Chriſt luy rendit la
veûë. Nous ne faiſons rien de ſemblable; c'eſt à
dire, nous n'avons pas meſmes ce deſir que Dieu
nous éclaire, & nous ne penſons pas à l'exciter
ni à le demander. Nous ſommes donc dans le
dernier éloignement où nous puiſſions eſtre du
Royaume de Dieu. Je me trompe. Il y a encore
quelque choſe de plus affreux dans ce peché :
& quoy ! c'eſt que ſouvent, bien loin d'avoir
cette volonté ſincere d'eſtre éclairez de Dieu,
nous en avons une toute contraire; & qu'aulieu
de dire à Dieu, Seigneur, que je voye, nous
nous diſons ſecretement à nous-meſmes par un
attachement opiniaſtre à noſtre deſordre, que
je ne voye jamais ce qui me geſne & ce qui ne
ſerviroit qu'à me troubler. Peché que je n'appelle plus ſimple peché, mais ſi j'oſe le dire, une
fureur pareille à celle de l'aſpic, qui ſelon la com-
paraiſon du Saint Eſprit, ſe bouche les oreilles
pour n'entendre pas la voix de l'enchanteur :
Furor illis ſecundùm ſimilitudinem ſerpentis :   Pſalm. 57.
ſicut aſpidis ſurdæ, & obturantis aures ſuas.
Avec cette difference, dit ſaint Bernard, que
quand l'aſpic bouche ſes oreilles, c'eſt pour conſerver ſa vie ; au lieu que quand nous fermons
les yeux à la verité, c'eſt pour noſtre ruine &
pour noſtre mort.

J'ay dit que ce peché ſeul mettoit Dieu dans
une eſpece d'impuiſſance de nous ſauver, & l'o-
bligeoit à nous dire, quoyque dans un autre

fens, ce que Jefus-Chrift dit à l'aveugle dont je viens de vous propofer l'exemple : *Quid tibi vis faciam ?* A quoy m'obliges-tu, pecheur; & dans l'eftat malheureux où je te vois, que veux-tu que je te faffe ! Que je te fauve fans grace ! cela n'eft pas dans mon pouvoir. Que je te donne des graces fans lumiere ! il n'y en eût jamais de la forte. Que par des lumieres forcées je te fanctifie malgré toy ! ce n'eft point l'ordre de ma providence. Que par un miracle fpecial je change pour toy les loix de cette providence ! ma juftice s'y oppofe, & ma mifericorde mefme ne l'exige pas. Il faut donc en m'accommodant à tes difpofitions, que je te laiffe périr ; & par-ce que tu veux t'aveugler, que j'arrefte le cours de mes graces, puifqu'il n'y en a aucune qui te puiffe convertir, tandis que tu perfifteras à ne vouloir pas connoiftre les veritez du falut.

Je fçais, Chreftiens, que Dieu peut indépendamment de nous penetrer nos efprits de fes lumieres. Je fçais qu'il eft de leur effence en tant que ce font des graces, d'eftre produites dans nous fans nous-mefmes, *In nobis fine nobis*, dit S. Auguftin. Je fçais qu'il ne nous eft pas libre de les recevoir ou de ne les pas recevoir, quoyqu'il nous foit libre aprés les avoir reçeûës, d'en bien ou d'en mal ufer. Mais il eft toûjours vray, que quand nous haïffons, quand nous fuyons ces lumieres, nous formons tout l'obftacle à noftre falut qu'une créature de fa part y peut former,

& que pour furmonter cet obftacle il faudroit
que Dieu employaft des graces extraordinaires
& qu'il fift un miracle de fa toute-puiffance.
Or cela me fuffit pour avoir droit de dire que
cette efpece d'aveuglement eft donc de tous les
pechez le plus oppofé à la converfion & au falut de l'homme. Peché, mes chers Auditeurs,
où nous devons tous craindre de tomber, mais
encore plus ceux qui dominez par leurs paffions, fe laiffent emporter au torrent du monde. Et voilà pourquoy je voudrois que tous
ceux qui m'écoutent, fe propofaffent aujourd'-
huy de faire tous les jours à Dieu cette priére,
que faifoit fi fouvent David & qui marquoit fi
bien la droiture de fon cœur : *Revela oculos* Pfalm. 118.
meos; Seigneur, éclairez-moy, & ouvrez-moy les
yeux. *Illumina tenebras meas*; Seigneur, diffi- Pfalm. 17.
pez les tenebres de mon efprit. *Illuftra faciem* Pfal. 30.
tuam fuper fervum tuum; Faites rejaillir l'éclat de
voftre vifage fur voftre ferviteur. Détrompez-
moy des erreurs & des fauffes maximes du fiecle.
Je fuis aveugle, il eft vray: mais aumoins par voftre mifericorde, ô mon Dieu, je ne me plais pas
dans mon aveuglement, puifqu'au contraire je
le déplore & que je l'ay en horreur. Je marche
dans l'obfcurité d'une foy languiffante & impar-
faite: mais au moins je defire vos faintes lumieres,
je vous les demande, je fuis dans l'impatience
de les obtenir, je les prefere à toute la fageffe
mondaine, je veux me difpofer à les recevoir. Et

parce que je fçais que ce n'eſt point dans le bruit
& le tumulte du monde que vous les repandez,
& qu'au contraire c'eſt là qu'elles s'évanoüiſ-
fent, je veux deformais me feparer du monde;
je veux regler mes occupations & mes converfations, & en retrancher le fuperflu; je veux
m'occuper de vous & de moy-meſme, afin que
dans le filence d'une vie tranquille & interieure je puiſſe entendre voſtre voix & profiter de
vos divines inſtructions. Ah! mon Dieu, chan-
gez donc & purifiez mon cœur: *Cor mundum*
crea in me, Deus. Et comme il ne peut eſtre reglé que par les connoiſſances de l'eſprit, renou-
vellez le mien, *Et ſpiritum rectum innova in vif-*
ceribus meis. Donnez-moy cette intelligence qui fait les predeſtinez & les Saints: *Da mi-*
hi intellectum, ut ſciam juſtificationes tuas.
Si je vous la demande, Seigneur, ce n'eſt point
pour me rendre plus habile dans les affaires du
monde, ce n'eſt point pour avoir l'eſtime & l'approbation du monde, ce n'eſt point pour me
diſtinguer & pour m'élever dans le monde: je
feray toûjours aſſez diſtingué, Seigneur, quand
je le feray devant vous & auprés de vous; je feray toûjours aſſez grand, quand je vous crain-
dray. Mais donnez-la-moy pour n'ignorer rien
dans ma condition de tous mes devoirs, pour
fçavoir toutes vos volontez & pour les accomplir. Je puis me paſſer de tout le reſte, & je renonce meſmes abfolument à tout le reſte s'il ne

Pſalm. 50.

Ibidem.

Pſalm. 118.

me conduit-là : *Ut fciam juftificationes tuas.*
C'eſt ainſi , Chreſtiens, que vous vous preferve-
rez de ce premier aveuglement qui de luy-meſme eſt peché : parlons maintenant du fecond
qui eſt la cauſe du peché. C'eſt la feconde partie.

J'Appelle aveuglement cauſé du peché, quand **II. Partie.**
l'homme ne peche , que parce qu'il eſt aveugle ;
& que dans la difpoſition où il fe trouve , il ne
pecheroit pas s'il avoit certaines veûës, qu'il n'a
pas en effet, mais qu'il pourroit & par confequent qu'il devroit avoir. Car il eſt vray de dire
alors que fon aveuglement, ou que fon ignorance eſt la cauſe de fon defordre , puifque fon
ignorance venant à ceffer, fon defordre cefferoit
de mefmes. En fut-il jamais un exemple plus
authentique, & tout enfemble plus terrible, que
le crime des juifs commis dans la perfonne du
Sauveur du monde ! Un Dieu livré à la cruauté
des hommes , un Dieu moqué , outragé, condamné , crucifié , voilà fans doute un peché
dont la feule idée fait horreur , & cependant
un peché dont l'ignorance a eſté le principe. Les
Phariſiens avoient entrepris de perdre Jefus-
Chriſt, mais ils ne fçavoient pas que Jefus-Chriſt
eſtoit le Meſſie & le Fils unique de Dieu. Oüy ,
mes Freres, leur dit faint Pierre, prefchant dans
leur Synagogue, je fçais que vous avez agi en
cela auſſi bien que vos Magiſtrats, par ignoran-

ce ; *Sed & nunc scio quia per ignorantiam feciftis, ficut & principes veftri.* Vous avez opprimé le jufte, vous avez donné la mort à l'auteur mefme de la vie, vous luy avez preferé un voleur public; mais vous l'avez fait parce que vous eftiez dans l'erreur. Jefus-Chrift ne le temoigna-t-il pas luy-mefme, lorfque fur la croix il dit à fon Pere : pardonnez leur, mon Pere, parce qu'ils ne fçavent ce qu'ils font : *Ignofce illis ; nefciunt enim quid faciunt.* Cependant ils commettoient le plus abominable de tous les crimes : mais encore une fois d'où procedoit ce crime fi abominable ! de l'aveuglement où la paffion & la haine les avoit plongez.

Rien de plus commun dans le chriftianifme, que ces ignorances qui font tomber les hommes dans le peché , ou que ces pechez caufez par l'ignorance des hommes. Combien d'injuftices dans le commerce , combien d'ufures, de prefts où la confcience eft bleffée, faute de fçavoir ce que la loy de Dieu permet & ce qu'elle défend ! Si j'en avois efté inftruit , dit-on , je n'aurois eû garde de m'engager dans cette affaire : car à Dieu ne plaife que pour nul intereft du monde , je rifque jamais mon falut ! Vous le penfez de la forte, mon cher Auditeur, & je le veux croire ; mais cependant vous avez fait ce que le Seigneur condamne hautement dans l'Ecriture : d'un argent qui devoit eftre le fecours des pauvres & la matiere de voftre cha-

rité, vous avez retiré un profit injuste; & cette
usure déguisée, palliée tant qu'il vous plaira,
a esté la suite de vostre ignorance. De mesmes,
combien d'aversions, de haines secretes, d'ini-
mitiez mesmes declarées, qui n'ont point d'autre fondement que la prévention & l'erreur?
Voilà, disoit Tertullien, faisant l'apologie des
premiers fidelles, d'où viennent toutes les violences qu'exercent contre nous les payens. Ce
qui les porte à ces extremitez, c'est la haine
qu'ils ont conçeüë pour la Religion chrestienne. Haine fondée sur l'ignorance. Car ils ne haïs-
sent les chrestiens, que parce qu'ils ne les con-
noissent pas; & du moment qu'ils les connois-
sent, ils commencent à les aimer: *Hæc causa* Tertull.
iniquitatis illorum ergà christianos; ubi desinunt
ignorare, cessant odisse. Or de chrestien à chrestien, c'est ce qui arrive encore tous les jours.
Car combien, par exemple, de pechez contre
la charité, combien de discours injurieux & de
medisances, combien mesmes de calomnies
dont l'ignorance est la source! Si l'on s'estoit
bien instruit de la verité des choses, on auroit
parlé sagement, équitablement, charitable-
ment; & rendant justice au prochain, on auroit
par là conservé la paix. Mais parce qu'on s'est
prévenu, parce qu'on ne s'est pas mis en peine
de démesler le vray d'avec le faux; parce que
sur un leger soupçon, ou sur un rapport infidelle, on a cru ce qui n'estoit pas; en un mot,

parce qu'on a ignoré la verité, on a condamné l'innocence, on a bleffé l'honneur & détruit
la reputation de fon frere, on s'eft piqué, on
s'eft aigri, on s'eft emporté, & de là tous les
defordres que l'animofité & la vengeance ont
coutume de produire. On vous l'a dit cent fois,
Femmes chreftiennes, & l'on ne peut trop vous
le redire : en matiere d'impureté, noftre religion condamne mille libertez comme criminelles, qui dans l'eftime commune paffent pour
de fimples vanitez, & pour des legeretez dont
on ne peut croire que Dieu fe tienne fi griéve-
ment offenfé. Si l'on eftoit bien perfuadé que ce
font des pechez & fouvent des pechez mortels,
eft-il croyable que tant de perfonnes élevées
dans la pieté fuffent néanmoins là-deffus fi peu
regulieres, & qu'elles vouluffent expofer ainfi
leur falut ! Non : mais parce que le monde, ou
pour mieux dire, parce que le libertinage du
monde s'eft mis en poffeffion de qualifier tout
cela comme il luy plaift ; fans confulter d'autre
regle, on fe le permet fans fcrupule, & ce font
ces erreurs du monde qui entretiennent dans
les ames le regne de l'efprit impur. Laiffons ce
détail qui feroit infini, & venons au poinct important que j'ay prefentement à developper.

On demande donc, & voicy la grande regle
d'où dépend dans la pratique & dans l'ufage de
la vie le jugement exact que chacun doit faire
de fes actions : on demande fi cet aveuglement

qui eft la caufe du peché, peut toûjours devant
Dieu, noftre fouverain Juge, nous tenir lieu
d'excufe & nous juftifier. Mais fi cela eftoit, répond faint Bernard, Dieu dans l'ancienne loy
auroit-il ordonné des facrifices pour l'expiation
des ignorances de fon peuple ? David dans la
ferveur de fa contrition auroit-il dit à Dieu :
Seigneur, oubliez mes ignorances paffées ; *De-* Pfalm. 25.
licta juventutis meæ, & ignorantias meas ne
memineris. N'auroit-il pas dû dire au contraire :
fouvenez-vous de mes ignorances ; car puifqu'elles me font favorables & qu'elles me doivent fervir d'excufe auprés de vous, il eft de
mon intereft que vous en conferviez la memoire. Eft-ce ainfi qu'il parle ! Non ; mais il dit
à Dieu, oubliez-les, effacez-les de ce livre redoutable que vous produirez contre moy, quand
vous viendrez me juger. Il n'eft donc pas vray,
que l'ignorance foit toûjours une excufe legitime, lorfqu'il eft queftion de peché.

Je vais encore plus loin : car je prétends qu'elle ne l'eft prefque jamais pour la plufpart des
chreftiens. Cecy vous furprendra, mais je l'avance fans héfiter ; & je dis hautement que dans le
fiecle où nous vivons, une des excufes les moins
foutenables eft communément l'ignorance :
pourquoy ! parce que dans le fiecle où nous vivons, il y a trop de lumieres pour pouvoir s'au-
torifer de ce pretexte. *Si non veniffem, & non* Joan. 15.
locutus fuiffem, peccatum non haberent : Si je

n'eſtois pas venu, diſoit le Fils de Dieu, & que je ne leur euſſe point parlé, leur incredulité ſeroit excuſable; mais maintenant que je leur ay annoncé le Royaume de Dieu, & que je ne leur ay rien caché des veritez éternelles, ils n'ont plus d'excuſe dans leur peché : *Nunc autem excuſationem non habent de peccato ſuo.* Appliquons-nous ce reproche que Jeſus-Chriſt faiſoit aux juifs. Si nous vivions au milieu de la Barbarie, dans un ſiecle où la parole de Dieu fuſt auſſi rare qu'elle l'eſtoit, ſelon l'Ecriture, du temps de Samuël; ſi l'on nous avoit deguiſé les veritez de l'Evangile, ſi l'on ne nous les avoit propoſées qu'en énigmes & en figures, ſi l'on n'avoit pas eû ſoin de nous les repreſenter dans toute leur force, peut-eſtre aurions-nous droit de faire fond ſur noſtre ignorance, & nous ſeroit-elle de quelque uſage devant le tribunal de Dieu. Mais dans un Royaume auſſi chreſtien que celuy où Dieu nous a fait naiſtre; mais dans un temps où la parole de Dieu, ce pain d'entendement & de vie, ſelon l'expreſſion du Sage, *Panem vitæ & intellectus;* ſe diſtribuë ſi amplement & ſi ſouvent; mais dans une Cour où ceux qui écoutent cette parole, ſe piquent tant d'eſprit & de penetration, dire, je n'avois pas aſſez de lumieres & j'ay peché par ignorance, c'eſt un abus, Chreſtiens. Une telle excuſe eſt vaine, & n'a point d'autre effet que de nous rendre encore plus criminels. C'eſt ce voile de malice dont ſaint Pier-

Joan. 15.

Eccli. 15.

re nous défend de nous couvrir, en rejettant
fur Dieu ce que nous devons avec confufion
nous imputer à nous-mefmes.

Mais enfin, me direz-vous, malgré cette abondance de lumieres, on ignore encore cent chofes
effentielles au falut, fur tout à l'égard de certains
devoirs. Ah! mes chers Auditeurs, je l'avoüe:
mais c'eft juftement fur quoy je gémis, que dans
un auffi grand jour que celuy où nous fommes, il
y ait encore tant de chofes que nous ne voyons
pas; & qu'au milieu de tant de clartez qui nous
environnent, noftre aveuglement fubfifte. Voilà ce qui me furprend, & ce que je condamne.
Quand les Pharifiens protefterent qu'ils ne connoiffoient pas Jefus-Chrift, & qu'ils ne fçavoient
pas mefmes d'où il eftoit, *Hunc autem nefcimus* Joan. 9.
undè fit; bien loin que cette raifon fermaft la
bouche à l'aveugle-né, elle ne fit qu'allumer
fon zéle: c'eft ce qui paroift bien étonnant, leur
repliqua-t-il, que vous ne fçachiez pas d'où il eft,
& que ce foit pourtant luy qui m'ait ouvert les
yeux: *In hoc mirabile eft, quia vos nefcitis undè* Ibidem.
fit, & aperuit oculos meos. Comme leur difant
qu'aprés un miracle auffi vifible que celuy-la,
ils ne devoient plus chercher d'excufe dans leur
ignorance; parce que ce miracle que Jefus-
Chrift venoit de faire, l'avoit hautement & pleinement refutée. Je dis le mefme de vous & de
moy. Oüy, mes Freres, il eft bien étonnant que
fans y penfer & fans le fçavoir, nous pechions

tous les jours par ignorance, & que Dieu néanmoins ait si abondamment pourveû à nostre instruction, qu'il s'explique à nous par tant de
voix, qu'il nous parle par tant d'organes, qu'il
ait establi tant de ministres pour nous declarer
ses volontez, tant de docteurs pour nous interpreter ses commandemens, tant de guides pour
nous diriger & pour nous conduire : *In hoc mi-*
rabile est ; voilà le prodige, mais le prodige
de nostre iniquité, dont il seroit bien indigne
qu'on osast se prévaloir contre Dieu. C'estoit
une erreur du mauvais riche dans l'enfer, de
croire que ses freres qui vivoient encore sur la
terre & qui menoient une vie aussi corrompuë
que la sienne, pussent s'excuser sur leur ignorance, jusqu'à ce que Lazare ou quelqu'un des
morts leur eust esté envoyé pour leur parler de
la part de Dieu, & pour les instruire du malheureux estat où ils se trouvoient engagez. Non
non, leur répondit Abraham, il n'est pas besoin
que Lazare pour cela sorte du lieu de son repos :
ils ont Moyse & les Prophetes : qu'ils les écoutent : s'ils ne les écoutent pas, il n'y a plus d'i-
gnorance qui les justifie.

Voilà, Chrestiens, comment Dieu nous
traite, quand nostre ignorance nous fait tomber dans le desordre, & que nostre infidelité
présomptueuse & orgueilleuse nous fait souhaiter d'estre instruits par des voyes extraordinaires. *Habent Moysem & Prophetas :* Ils ont
Moyse

Joan. 9.

Luc. 16.

Moyfe & les Prophetes, c'eſt à dire, ils ont ma
loy d'un coſté, & ils ont de l'autre des paſteurs,
des predicateurs, des confeſſeurs, pour leur en
donner l'intelligence : s'ils ne l'accompliſſent
pas, leur ignorance n'eſt plus pour eux une raiſon : *Nunc autem excuſationem non habent de* Joan. 15.
peccato ſuo. Et en effet quand aprés cela nous
pechons par ignorance, nous ſommes non ſeulement coupables, mais inexcuſables ; pourquoy ! obſervez cecy : parce qu'alors nous agiſ-
ſons, ou contre nos propres lumieres, ou du
moins contre nos doutes. Contre nos propres
lumieres : car au milieu des tenebres de noſtre
ignorance, nous ne laiſſons pas d'avoir des lumieres confuſes qui nous ſuffiſent pour éviter
le peché, ſi nous voulions nous en ſervir, & qui
ne nous deviennent inutiles que faute de reflexion. Or nous eſt-il pardonnable de faire ſi
peu de reflexion à l'affaire capitale du ſalut ! s'il
s'agiſſoit d'une affaire temporelle, l'eſprit ne
nous manqueroit pas, & nous ſçaurions bien
trouver des lumieres pour en venir à bout : mais
pour le ſalut nous n'en trouvons point, & je
dis qu'il n'y a pas d'apparence que Dieu ſe contente de cela. Contre nos doutes : car quand
meſmes nous n'aurions pas aſſez de lumieres
pour juger des choſes, nous en avons ſouvent
aſſez pour douter. Or du moment que nous en
avons aſſez pour douter, ſi nous paſſons outre,
nous en avons aſſez pour pecher. Je doute ſi

cette affaire eſt ſelon les regles de la conſcience, & néanmoins je m'y embarque : je ne ſuis
pas moins coupable que ſi je commettois le peché avec une évidence entiere du peché. Je
doute ſi ce bien m'eſt legitimement acquis, &
toutefois ſans nulle recherche je le retiens &
j'en diſpoſe : c'eſt comme ſi je l'enlevois par une
violence ouverte; pourquoy ! parce qu'il ne nous
eſt pas permis d'agir ſur une conſcience douteuſe ; & qu'un doute que je ne veux pas éclaircir, m'empeſche d'eſtre dans la bonne foy, ſans
laquelle il n'y a point d'ignorance qui me puiſſe diſculper. Ainſi raiſonnent les Theologiens.

Ah, Chreſtiens, ſouvenons-nous que la premiere de toutes les obligations eſt de ſçavoir.
Souvenons-nous qu'un peché ne peut jamais
ſervir d'excuſe à un autre peché, & par conſequent qu'il eſt inutile de vouloir juſtifier nos
omiſſions & nos tranſgreſſions par nos ignoran-
rances qui ſont elles-meſmes de veritables pechez. Souvenons-nous qu'on eſt ſouvent plus
criminel devant Dieu, ou auſſi criminel, de dire je ne l'ay pas ſçeû, que de dire je ne l'ay pas
fait. C'eſt ſur ce principe, mes chers Auditeurs,
que nous devons aujourd'huy nous examiner.
Il ne ſuffit pas de nous l'appliquer perſonnellement à nous-meſmes : il faut qu'il s'étende ſur
tous ceux dont Dieu nous a chargez & dont il
nous demandera compte. Car voicy le deſordre : permettez-moy de vous le reprocher.

Vous avez des enfants à élever, & vous les élevez tous les jours dans une ignorance groffiere
des poincts les plus effentiels au falut. Vous leur
apprenez tout le refte, hors à connoiftre Dieu
& à le fervir. Vous leur donnez des maiftres pour
les former felon le monde, & vous ne leur pardonnez pas là-deffus les moindres negligences :
mais s'ils font bien inftruits de leur religion, mais
s'ils ont la crainte de Dieu, mais s'ils s'acquitent
exactement des exercices ordinaires du chriftianifme, c'eft à quoy vous penfez trés peu, & peut-
eftre à quoy vous ne penfez jamais. Vous, Mef-
dames, vous avez de jeunes filles qui vous doivent la naiffance & à qui vous devez l'éducation : qu'elles pechent par ignorance contre les
regles d'une civilité mondaine, vous les repre-
nez avec aigreur ; mais qu'elles pechent par ignorance contre la loy de Dieu, c'eft ce que vous
leur paffez aifément. Vous avez des domeftiques : ils font chreftiens, & à peine fçavent-ils
ce que c'eft que d'eftre chreftien. Ils viennent au
tribunal de la penitence, & à peine fçavent-ils
ce que c'eft que penitence. Ils fe prefentent à nos
Sacremens, & ils y commettent des facrileges.
Leur ignorance les excufe-t-elle ! non ; mais elle vous excufe encore moins qu'eux : car s'ils
font obligez de s'inftruire, vous eftes obligez
de pourvoir à ce qu'ils le foient, & c'eft en partie pour cela que Dieu veut qu'ils dépendent
de vous. Vous me demandez à qui vous les ad-

dreſſerez pour leur enſeigner les élemens du ſalut ! Ne vous offenſez pas de ce que je vais vous
répondre. A qui, dites-vous, les addreſſer ! mais
moy je vous dis : pourquoy ſera-ce à d'autres
qu'à vous-meſmes , puiſque Dieu vous les a
confiez ! croiriez-vous donc vous deshonorer
en faiſant auprés d'eux l'office meſme des Apoſtres ! Mais encore à qui aurez vous recours, ſi
vous n'en voulez pas prendre le ſoin ! à tant de
miniſtres zélez qui ſe tiendront heureux de s'employer à un ſi ſaint miniſtere. Oſeray-je le dire !
à moy-meſme. Oüy à moy, qui me feray une
gloire de cultiver ces ames rachetées du ſang
de Jeſus-Chriſt. D'autres s'appliqueront à vous
conduire vous-meſmes , & vous en trouverez
aſſez. Mais pour ces pauvres auſſi chers à Dieu
que tout ce qu'il y a de grand dans le monde,
je les recevray. Je ſeray leur predicateur, comme je ſuis maintenant le voſtre. Je vous laiſſe-
ray le pouvoir de leur commander, & je me re-
ſerveray la charge ou pluſtoſt l'honneur de leur
faire entendre les ordres du ſouverain maiſtre
à qui nous devons tous obéir , & de leur expliquer ſa loy. Je les tireray de cette ignorance,
qui bien loin d'eſtre & pour vous & pour eux
un titre de juſtification , vous expoſe encore à
tomber dans un troiſiéme aveuglement qui eſt
l'effet du peché & le ſujet de la derniere partie.

III. PARTIE. C'Eſt une verité inconteſtable, que Dieu aveu-

gle quelquefois les hommes : & quand l'aveuglement des hommes entre dans l'ordre des divins decrets, il est de la foy que c'est un effet du
peché, parce que c'est une des peines dont Dieu
punit le peché. Ainsi le Prophete Isaïe le faisoit- *Isai. apud*
il entendre, lorsqu'il disoit en parlant des juifs *Joan. 12.*
infidelles : *Excæcavit Deus oculos eorum;* c'est
Dieu qui les a aveuglez : ce Dieu le centre des
lumieres, ce Dieu dans qui il n'y a point de tenebres, ce Dieu qui éclaire tout homme venant
au monde, c'est luy néanmoins qui les a préci-
pitez dans l'aveuglement où ils font; & leur a-
veuglement est tel, qu'ayant des yeux ils ne
voyent plus, & qu'ayant des cœurs ils ne comprennent rien ni ne font touchez de rien : *Ut* *Ibidem.*
non videant oculis, & non intelligant corde.
Or il est évident qu'Isaïe s'expliquant ainsi, con-
sideroit cet aveuglement comme un mystere de
la justice de Dieu, comme un effet de sa colere,
comme une vengeance du ciel. Il est donc vray
que non seulement Dieu aveugle les pecheurs,
mais qu'il ne les aveugle qu'en consequence &
en haine de leur peché; d'où il s'ensuit que l'a-
veuglement est alors l'effet du peché.

De sçavoir, Chrestiens, de quelle maniere s'accomplit une punition en apparence si
contraire à la sainteté de Dieu, & comment
Dieu qui est la lumiere mesme, peut aveugler une créature raisonnable & intelligente ;
c'est un des secrets de la predestination, ou si

vous voulez, de la reprobation des hommes, que nous devons réverer, mais qu'il ne nous appartient pas de penetrer. A prendre les termes dans toute leur rigueur, on diroit que Dieu par une action réelle & positive opére luy-mefme cet aveuglement interieur ; & je conviens de bonne foy qu'il y a fur ce poinct dans le texte facré des expreffions trés fortes, & qui demandent du difcernement & de la précifion pour ne s'y pas laiffer furprendre. Car quand faint Paul dit par exemple, que Dieu enverra à ceux qui periffent, c'eft à dire aux reprouvez, un efprit d'erreur pour croire au menfonge, *Ideò mittet illis Deus operationem erroris, ut credant mendacio;* qui ne concluroit de là que Dieu agit en effet dans une ame criminelle pour luy infpirer le menfonge, comme il agit dans une ame jufte pour y repandre la lumiere de fa grace ! Et quand nous lifons dans le livre des Roys, que Dieu par un deffein formé fufcita un démon pour féduire Achab, qu'il luy en donna la commiffion expreffe, & qu'au mefme temps il mit un efprit de menfonge dans la bouche des Prophetes en qui cet infortuné Monarque avoit plus de confiance, *Nunc igitur dedit Deus fpiritum mendacii in ore omnium Prophetarum;* prenant la chofe à la lettre, ne diroit-on pas que Dieu par une providence à luy feul connuë, eft la caufe immediate qui produit l'aveuglement du pecheur ! Mais, mes Freres, dit

2. Theff. 2.

3. Reg. 22.

S. Augustin, il n'en va pas ainsi. Dieu l'éternelle
& l'essentielle verité, ne peut jamais estre l'auteur
du mensonge; & tout Dieu qu'il est, il ne peut jamais nous tromper, parce qu'il ne peut jamais
cesser d'estre un Dieu fidelle. S'il nous aveugle,
c'est par voye de privation, & non d'action; c'est
en retirant ses lumieres, & non en nous imprimant l'erreur; c'est en nous abandonnant à nos
propres veûës & aux suggestions des mechants,
& non en nous donnant luy-mesme des veûës
fausses. Car de quelques termes que l'Ecriture
se soit servie, la foy nous oblige à les interpreter
de la sorte. Il y a plus, & j'adjouste que suivant
le sentiment du mesme saint Augustin, dont le
Concile de Trente nous a proposé sur ce poinct
la doctrine pour regle, on doit conclure que
Dieu n'aveugle jamais tellement les hommes
en cette vie, qu'il les laisse dans une privation
entiere & absoluë des lumieres de sa grace.
Pourquoy! parce que les hommes tomberoient
par là dans une impuissance absoluë & entiere
de garder sa loy, & qu'elle leur deviendroit
impraticable. Or c'est une maxime de religion
d'autant plus seûre, qu'elle est necessaire pour ré-
primer le libertinage, que Dieu souverainement juste, souverainement sage, souverainement bon, ne nous demande jamais rien d'impossible : *Impossibilia non jubet,* ce sont les pa- *Aug.*
roles de saint Augustin citées par le Concile,
sed jubendo monet, & facere quod possis, &

Bb iiij

petere quod non possis , & adjuvat ut possis. Il
nous laisse donc toûjours des lumieres suffisantes , sinon pour marcher dans la voye du salut,
au moins pour la chercher ; sinon pour agir, au
moins pour prier ; sinon pour sçavoir, au moins
pour douter. Or il n'en faut pas davantage, Seigneur, pour estre en pouvoir d'accomplir vostre loy , & pour faire que dans vos plus severes
jugemens vous soyez irreprochable si nous ne

Psalm. 50. l'accomplissons pas: *Ut justificeris in sermonibus
tuis , & vincas cum judicaris.* Que fait donc
Dieu pour nous aveugler & pour nous punir!
rien autre chose, Chrestiens, que de s'éloigner
de nous, & de nous livrer à nous-mesmes. C'est
à dire, que Dieu en punition de nos infidelitez
& de nos desordres, ne nous donne plus certaines lumieres qu'il nous donnoit autrefois:
lumieres vives & penetrantes, lumieres de faveur & de choix ; lumieres qui nous detache-
roient du monde & qui nous en decouvriroient
sensiblement la vanité, qui nous feroient gouster Dieu & nous rendroient son joug aimable,
qui dans la penitence la plus austere nous feroient trouver de saintes delices & dans les croix
les plus dures des sources de consolation ; lumieres qui cent fois ont produit des miracles
de penitence dans les pecheurs les plus opiniastres ; en tel & en tel , mon cher Auditeur, dont
vous avez connu les égaremens, & que vous a-
vez veû ensuite touchez de ces victorieuses lu-

mieres, prendre hautement le parti de la pieté:
lumieres dont nous avons nous-mefmes fenti la
vertu, tandis que nous vivions dans l'ordre, &
qui ne fe font éclipfées que parce que le peché
nous a feparez de Dieu. Ce font là, Chreftiens,
les lumieres dont Dieu nous prive quand nous
l'irritons, & c'eft la perte de ces lumieres qui
fait noftre aveuglement.

Or je pretends, & voicy la derniere penfée
avec laquelle je vous renvoye, je pretends que
cet aveuglement ainfi expliqué, eft l'effet le plus
redoutable de la juftice de Dieu vindicative, le
chaftiment le plus rigoureux que Dieu puiffe
exercer fur les pecheurs, celuy qui approche davantage de la reprobation & que l'on peut dire
eftre déja une reprobation anticipée. C'eft pourquoy, remarque S. Chryfoftome, quand Ifaïe
brufflé de zéle pour les interefts de Dieu, fembloit vouloir engager Dieu à punir les impie-
tez de fon peuple, il fe contentoit de luy dire:
Excæca cor populi hujus ; aveuglez, mon Dieu, Ifai. 6.
le cœur de ce peuple. Car il fçavoit que Dieu
dans les trefors de fa juftice, n'a point de vengeance plus terrible que cet aveuglement du
cœur. Vous me demandez en quoy elle furpaffe toutes les autres! En voicy la raifon, Chreftiens, que vous n'avez peut-eftre jamais com-
prife, & qui néanmoins eft une des plus folides
veritez de voftre religion. C'eft que l'aveuglement où Dieu permet que nous tombions en

consequence de nos crimes, est un mal tout pur,
sans aucun meslange de bien. Ecoutez-moy.
Tous les autres maux de la vie, sont, il est vray,
des chastimens du peché, mais ils ne laissent pas
d'estre, si nous le voulons, des moyens de salut; & il n'y en a point, si nous en sçavons bien
user, que nous ne puissions mettre au nombre
des graces, parce qu'au mesme temps que Dieu
nous en fait porter la peine par sa justice, il nous
les rend utiles par sa bonté. Ce sont des maux,
dit saint Chrysostome, qui nous purifient en
nous affligeant, qui nous corrigent, qui nous
servent d'épreuves, qui nous aident à rentrer
dans nous-mesmes, qui nous detachent des objets créés & nous forcent de retourner à Dieu.
Mais l'aveuglement est un mal stérile, dont nous
ne pouvons tirer aucun profit. Il y a, disent les
Theologiens, des peines medicinales; il y en a
de satisfactoires; il y en a de meritoires. De medicinales, pour nous preserver du peché; de satisfactoires, pour l'expier; de meritoires, pour
nous sanctifier : mais dans l'aveuglement, ni
précaution, ni satisfaction, ni sanctification.
Quand Dieu m'envoye des adversitez, une maladie, une humiliation, j'ay toûjours de quoy
me consoler. Car dans ma peine je luy dis : Seigneur, soyez béni; vous me chastiez en pere :
cette maladie dans l'ordre de vostre providence, est pour moy un purgatoire & un exercice
de patience. Trop heureux si j'en fais un tel usa-

ge! J'abufois de ma fanté pour mener une vie
mondaine & diffipée; en me l'oftant, vous m'a-
vez malgré moy feparé du monde : peine me-
dicinale. J'avois horreur de la penitence; vous
me la faites faire par neceffité : peine fatisfactoi-
re. J'eftois lafche dans voftre fervice & negligent dans les devoirs du chriftianifme; mais fi
je ne vous honore pas en agiffant, vous me donnez de quoy vous honorer en fouffrant ; peine
meritoire. Voilà ce qui adoucit mes maux. Mais
quand je tombe dans l'aveuglement, je ne puis
rien penfer de tout cela; pourquoy! c'eft que
par ce genre de peine, je ne fatisfais point à Dieu,
je ne merite rien devant Dieu, je ne deviens pas
meilleur felon Dieu : Dieu me punit, & rien de
plus.

Or en cela, Chreftiens, le chaftiment dont je
parle, reffemble encore à celuy des reprouvez.
Car quel eft pour les reprouvez le comble de la
mifere! c'eft que jamais Dieu ne fera fatisfait de
leurs fouffrances; & que plus ils fouffrent, plus
ils font obftinez dans leur malice. De mefmes,
l'aveuglement, bien loin d'effacer nos pechez, les
augmente; bien loin de foumettre nos cœurs,
les revolte; bien loin d'appaifer Dieu, le cou-
rouce : il a tout le mal de la peine, fans en avoir
aucun effet falutaire. Peine éternelle, adjoufte
faint Chryfoftome, auffi bien que celle des reprouvez. Tous les autres maux, quelque grands
qu'ils foient, ont un terme; l'aveuglement n'en

a point : la mort qui finit tout le reste, au lieu
de le faire cesser, luy donne, pour ainsi parler,
un caractere de perpetuité ; & comme un Saint
en mourant passe, selon l'expression de saint
Paul, de lumiere en lumiere & de clarté en clarté, c'est à dire, de la lumiere de la foy à la lumiere de la gloire, & de la clarté des justes à
2. Cor. 3. celle des bienheureux, *A claritate in clarita-*
tem ; aussi la mort fait-elle passer un mondain
que Dieu reprouve, de tenebres en tenebres
& d'aveuglement en aveuglement, je veux dire,
de l'aveuglement temporel à l'aveuglement é-
ternel, & des tenebres du peché aux tenebres
de l'enfer.

Aprés cela, conclut admirablement S. Augustin, dites que Dieu dés cette vie ne punit pas
specialement les pecheurs & les libertins. Dites
qu'il n'a point pour eux de chastiment, qui dés
cette vie les distingue de ses esleûs, & qu'en toutes choses il les confond avec les gens de bien.
Vous vous trompez, mes Freres, reprend ce
saint Docteur : Dieu juge les mondains dés cette
vie, & dés cette vie il met entre-eux & ses esleûs
une terrible difference, par la differente manie-
August. re dont il les chastie : *Utique est Deus judicans*
eos in terra. Il n'attend pas jusqu'à la fin des siecles
pour separer le bon grain d'avec la paille ; mais
il a dés maintenant une espece de peine qui luy
suffit pour ce triage, & c'est l'aveuglement dans
le peché. Si nous ne l'apprehendons pas, si nous

n'en ayons pas autant d'horreur que de l'enfer
mefme, malheur à nous. Ah ! Seigneur, s'écrioit
le mefme Pere, que vous eftes adorable & impenetrable dans vos jugemens ! mais que vous
l'eftes fur tout dans cette loy fatale qui vous fait
repandre de fi affreufes tenebres fur les hommes,
pour punir les defirs injuftes & déreglez de leurs
cœurs ! *Quàm fecretus es, habitans in excelfis,* *Auguft.*
in filentio : Deus folus & Deus magnus, lege
infatigabili fpargens pænales cœcitates fuper
illicitas cupiditates ! Si ce Dieu vengeur n'a pas
encore exercé fur vous, mes Freres, cette rigoureufe juftice ; s'il n'a pas encore permis que
vous foyez tombez dans ce trifte eftat, ce n'eft
pas peut-eftre que vous ne l'ayiez déja bien me-
rité : mais c'eft qu'il a ufé envers vous d'une plus
grande mifericorde qu'à l'égard de tant d'autres. Cependant, prenez garde que cette bonté
ne fe laffe enfin ; & craignez la patience mefme
d'un Dieu, qui frappe d'autant plus rudement
qu'il a plus long-temps arrefté fes coups. Qui
fçait s'il a refolu d'attendre davantage ! Qui fçait
fi ce ne fera pas aprés le premier peché que
vous allez commettre, qu'il éteindra pour vous
fes lumieres & qu'il vous aveuglera ! Qui ne doit
pas eftre faifi de frayeur, en penfant qu'il y a un
peché que Dieu a marqué comme le dernier terme de fa grace ! je dis de cette grace puiffante
fans laquelle nous ne nous fauverons jamais.
Quel eft-il ce peché ! je ne le puis connoiftre.

Aprés quel nombre de pechez viendra-t-il !
c'eſt ce que j'ignore. De quelle nature, de quelle eſpece eſt-il ! autre myſtere pour moy. Eſt-
ce un peché particulier & extraordinaire ! Eſt-
ce un peché ordinaire & commun ! abyſme où
je ne decouvre rien. Tout ce que je ſçais, ô mon
Dieu, c'eſt que je ne dois rien oublier, rien ménager, pour prevenir le malheur dont vous me
menacez. Heureux que vous m'ayiez fait voir
le danger ! Non moins heureux que vous vou-
liez encore m'aider à en ſortir ! Souverainement
heureux, ſi je marche deſormais à la faveur de
vos divines lumieres, juſqu'à ce que j'arrive à la
gloire où nous conduiſe &c.

SERMON

POUR LE JEUDY

de la quatriéme Semaine.

Sur la preparation à la Mort.

Cùm appropinquaret portæ civitatis, ecce defunctus efferebatur, filius unicus matris suæ : & hæc vidua erat, & turba civitatis multa cum illâ. Quam cum vidisset Dominus, misericordia motus super eam, dixit illi : Noli flere.

Lorsque Jesus-Christ estoit prés de la porte de la ville, on portoit en terre un mort, fils unique d'une femme veuve ; & cette femme estoit accompagnée d'une grande quantité de personnes de la ville. Jesus-Christ l'ayant veûë, il en fut touché, & il luy dit : Ne pleurez point. En saint Luc, chap. 7.

Voilà, Chrestiens, dans un mesme sujet bien des sujets de compassion : une mere qui a perdu son fils, une femme privée par là de la plus douce esperance qui luy restoit, un jeu-

ne homme enlevé dés la fleur de son âge; un
fils unique, seul héritier de sa famille, dechû
tout à coup de toutes ses pretentions; enfin une
foule de monde qui accompagne le corps qu'on
porte en terre, & qui prend part à cette triste céremonie. Il y avoit là sans doute, dit saint Gregoire de Nysse, de quoy toucher le Sauveur des
hommes; & il estoit difficile que le Dieu de charité & de misericorde, ne fust pas émeû d'un appareil si lugubre & d'un spectacle si digne de
pitié. Mais aprés tout, selon la pensée de saint
Chrysostome, un autre objet le touchoit encore bien plus sensiblement. La perte d'un fils, le
deüil d'une mere, la mort d'un héritier, la de-
solation d'une veuve, ce n'estoient que des considerations humaines, trop foibles pour faire
une grande impression sur le cœur d'un Dieu:
mais ce qu'il ne put voir sans douleur, ce fut
l'attachement excessif & tout naturel de cette
mere à la personne de son fils; ce fut l'infidelité de cette femme, qui envisageoit la mort,
non avec les yeux de la foy, mais par les yeux
de la chair; ce fut le malheur de ce jeune homme surpris par un accident impreveû, & mort
sans preparation. Or pour m'attacher à ce dernier article qui me paroist plus essentiel & plus
important, n'est-ce pas ainsi que meurent tous
les jours tant de chrestiens, je veux dire, sans
avoir pensé à la mort, sans s'estre disposez à la
mort; & qu'y a-t-il de plus déplorable que l'estat

tat d'un homme qui se trouve à ce dernier moment lorsqu'il s'y attendoit le moins , & n'a pris
nulles mesures pour un passage dont les suites
sont éternelles? Il est donc d'une extresme consequence , mes chers Auditeurs, de vous apprendre à prévenir un danger si affreux; & c'est pour
cela que je viens vous entretenir aujourd'huy
de la preparation à la mort. Vierge sainte, puissante protectrice des mourants, c'est vous que
nous invoquons à cette heure si critique ; c'est
vostre secours alors que nous implorons : com-
mencez dés maintenant à nous en faire sentir les
effets, & rendez-vous favorable à la priére que
nous vous addressons. *Ave Maria.*

SAint Chrysostome donnant des regles de vie,
& par ces regles de vie voulant disposer une ame
chrestienne à la mort, fait particulierement con-
sister cette preparation en trois choses, sçavoir,
la persuasion de la mort, la vigilance contre la
mort, & la science pratique de la mort. Trois
dispositions qui ont entre elles un enchaisnement necessaire, & qui vont d'abord partager
ce discours : comprenez-en , s'il vous plaist, le
dessein. Pour se preparer à mourir, dit ce saint
Docteur, il faut bien se persuader de la mort :
premiere regle. Il faut sans cesse veiller contre
les surprises de la mort : seconde regle. Enfin il
faut se faire de la vie mesme, soit par la reflexion, soit par la pratique, un exercice con-

tinuel & comme un apprentiffage de la mort:
troifiéme regle. Or quel eft, par rapport à nous,
le fujet de la compaffion du Fils de Dieu ! Le
voicy, mes chers Auditeurs: c'eft que craignant
la mort au poinct que nous la craignons, nous
vivons néanmoins dans une negligence entiere
& dans le plus profond oubli de la mort. Car
nous craignons de mourir ; & cependant quelque certaine & quelque prochaine mefme que
foit la mort, nous ne fommes prefque jamais
perfuadez qu'il faut mourir. Nous craignons de
mourir ; & cependant quelque incertaine d'ailleurs & quelque trompeufe que foit la mort,
nous prenons auffi peu de précaution que fi
nous eftions pleinement inftruits & du temps
& de l'eftat où nous devons mourir. Enfin nous
craignons de mourir ; & cependant malgré l'experience journaliere & fi fenfible que nous a-
vons de la mort, nous n'apprenons jamais dans
l'ufage de la vie à mourir. Ces trois poincts demandent à eftre éclaircis, & c'eft pour cela que
j'ay befoin de voftre attention.

I. Partie.   C'Eft par la perfuafion, que doit commencer
ce grand & faint exercice de la preparation à la
mort. Car, comme dit faint Chryfoftome, il
eft difficile que je me prepare ferieufement à
une chofe, dont je ne fuis pas encore perfuadé:
& quand elle doit avoir des fuites auffi irreparables & auffi terribles, que celles de la mort,

il n'eſt pas plus poſſible, ſi j'en ſuis fortement
perſuadé, que je ne m'applique de tout mon
pouvoir à m'y diſpoſer. Ne regardez donc point,
mes chers Auditeurs, ce que j'ay maintenant à
vous dire comme une propoſition paradoxe,
ou comme une inſtruction du moins inutile ;
& ne me repondez point que la mort eſt tellement certaine, qu'il n'y a rien dont les hommes
ſoient malgré eux plus convaincus. Car je ſoutiens au contraire qu'il n'y a rien ou preſque
rien, dont ils le ſoient moins. Verité qui doit
vous ſurprendre, & que je ne comprendrois pas
moy-meſme, ſi je ne ſçavois pas en quel ſens elle doit eſtre entenduë : mais verité conſtante,
& que je pretends vous rendre ſenſible dans l'ex-
poſition que j'en vais faire.

Il eſt vray, Chreſtiens, nous ſommes vous
& moy perſuadez, qu'il y a un arreſt de mort,
porté dans le tribunal ſouverain de la juſtice de
Dieu contre l'homme pecheur, & que c'eſt un
arreſt irrevocable & ſans appel : *Statutum eſt ho-* Hebr. 9.
minibus ſemel mori. Mais par je ne ſçais quel enchantement de noſtre amour propre nous ou-
blions, ſans y prendre garde, que cet arreſt doit
eſtre executé dans nos perſonnes ; & nous vivons en effet, comme ſi nous eſtions perſuadez
que nous ne devons point mourir. Nous ſçavons bien en general que tous les hommes
mourront ; mais par mille illuſions & mille fauſſes eſperances qui nous joüent, quoyqu'il en

foit du general , nous trouvons toûjours le moyen de nous excepter en particulier. Difons mieux : nous avons bien une évidence & une conviction fpeculative que nous mourrons nous-mefmes ; mais au mefme temps mille erreurs pratiques nous font croire que nous ne mourrons pas. C'eft à dire , nous convenons bien que nous mourrons un jour, & que c'eft une loy rigoureufe qu'il faudra enfin fubir : mais nous nous confolons dans la penfée que ce ne fera pas encore fitoft, que nous avons encore du temps, que noftre heure n'eft pas encore venuë, que nous ne mourrons pas encore de cette maladie ; & cette perfuafion nous empefche d'entrer dans les difpofitions prochaines & neceffaires, où il faudroit nous mettre pour nous preparer à la mort. Car obfervez avec moy, Chreftiens, que ce qui nous difpofe à une bonne mort, n'eft pas de fçavoir en fpeculation qu'il faut mourir ; mais d'eftre actuellement touché & penetré de ce fentiment interieur, je mourray & mon heure approche, je mourray & ce fera dans quelqu'une de ces années que je me promets envain , je mourray & ce fera dans l'âge & de la maniere que j'auray le moins préveûs. Voilà ce qui nous determine à prendre fans delay ces ferventes & genereufes refolutions de reformer noftre vie, pour penfer efficacement & folidement à la mort.

Que fait donc l'ennemi de noftre falut ! Ap-

prenez-le, mes chers Auditeurs : voicy l'artifice
le plus dangereux dont il se sert pour nous entretenir dans l'impenitence. Il nous laisse toutes les
autres pensées de la mort, dont il sçait bien que
nous ne ferons aucun usage, & il nous oste celle qui seule seroit capable de nous convertir.
Je veux dire, qu'il ne nous persuade pas que
nous ne mourrons jamais ; ce seroit une erreur
trop grossiere, & dont il n'a pas mesmes besoin
pour nous perdre : mais il nous persuade que
nous ne mourrons, ni aujourd'huy, ni demain,
ni dans tous les temps où la charité que nous
nous devons à nous-mesmes, nous presseroit
de retourner à Dieu, & cela luy suffit. Car avec
cela ne comptant jamais sur la mort, nous ne
tirons jamais ces consequences salutaires, d'où
dépend nostre conversion. Et c'est ainsi que l'a
entendu saint Chrysostome, expliquant ces paroles de la Genese, *Nequaquam moriemini.* **Genes. 3.**
La remarque de ce Pere est digne de vostre attention. Il dit donc que le démon, cet esprit de
mensonge, employe encore tous les jours pour
nous séduire, la mesme ruse dont il se servit
dans le Paradis terrestre contre nos premiers parens ; & que quand il a entrepris, ou de nous
faire tomber dans le peché, ou de nous éloigner de la penitence, un des moyens les plus
ordinaires par où il y parvient, est de nous sug-
gerer comme au premier homme & à sa femme que nous ne mourrons point : *Nequaquam*

moriemini. Mais comment peut-il nous aveugler de la forte; & quand Dieu ne nous l'auroit
pas dit, quand la raifon ne nous en convaincroit
pas, l'experience feule ne feroit-elle pas plus que
fuffifante pour nous forcer à croire que nous
mourrons ? Quelle apparence que nous puiffions dementir là-deffus, non feulement noftre
foy & noftre raifon , mais l'inconteftable & l'é-
vident temoignage de nos fens ! Peut-eftre à en
juger par là feroit-il moins étonnant que noftre premier Pere euft donné dans un tel piége :
car il n'avoit encore veû nul exemple de la
mort; & l'heureux eftat d'innocence où Dieu
l'avoit créé, le faifoit joüir d'une fanté inalterable & le rendoit mefmes immortel. Ainfi tandis qu'il eftoit dans l'ordre, ne reffentant nulle
foibleffe qui l'avertift de fa mortalité , il pouvoit plus aifément fe laiffer furprendre à la vaine promeffe du tentateur & fe flatter qu'il ne
mourroit pas : *Nequaquam moriemini.* Mais à
nous, Chreftiens, à nous dont les yeux font
continuellement frappez de l'image de la mort;
à nous que la mort, pour ainfi parler, environne de toutes parts; à nous qui la voyons dans les
autres, & qui par nos infirmitez en faifons déja
dans nous-mefmes les triftes épreuves, nous dire , vous ne mourrez point, *Nequaquam moriemini ,* c'eftoit la derniere des tentations par où
le démon fembloit devoir nous attaquer & encore moins nous tromper. C'eft néanmoins cel-

le par où il nous attaque le plus fouvent ; & ce
qu'il y a de plus étrange, c'eft celle qui luy réüf-
fit le mieux. L'artifice eft groffier, je l'avoüe ;
mais noftre aveuglement en eft d'autant plus
déplorable lorfque nous y fommes furpris. Or
nous le fommes à tous momens. Car le démon
qui cherche en tout noftre ruine & qui connoift
noftre foible, n'a qu'à nous prendre par là, en
nous difant, tu ne mourras pas encore de cecy,
nous le croyons. Il n'a qu'à nous faire entendre
que nous fommes jeunes, que rien ne preffe,
que nous aurons le loifir de penfer à nous ; fans
examiner davantage, nous nous en fions à luy,
& dans cette confiance malheureufe nous vivons tranquillement & toûjours dans les mefmes
difpofitions, toûjours dans le mefme defordre
d'une vie mondaine, toûjours dans le mefme
eftat d'une confcience déreglée : pourquoy ! parce que nous ne fommes jamais perfuadez, j'entends d'une perfuafion efficace, qu'il faut mourir.

Il femble que nous foyons mefmes en cela
d'intelligence avec noftre ennemi. Car bien loin
que nous foyons jamais perfuadez de la mort,
nous ne voulons pas l'eftre, nous craignons de
l'eftre, nous éloignons de nous toutes les veüës
qui pourroient nous fervir à l'eftre ; & ces veüës
qui devroient nous fanctifier, ne font communément que nous troubler, que nous défoler, que
nous confterner, quelquefois mefmes que nous

irriter, quand aux approches de la mort on nous
tient le moindre diſcours, & qu'on nous fait la
moindre ouverture touchant le danger où nous
nous trouvons. De là vient ce qu'a ſagement remarqué ſaint Chryſoſtome, que la pluſpart des
hommes meurent ſans croire mourir, & preſque
toûjours avec une aſſeûrance préſomptueuſe de
ne pas mourir. De là vient que ceux-là meſmes
à qui conſtamment & viſiblement il reſte moins
de jours à vivre, ſont toutefois ceux qui travaillent plus pour la vie. Combien en verrez-vous,
qui frappez d'une maladie mortelle, & déja condamnez par le jugement public, forment des
deſſeins, s'engagent dans des entrepriſes, s'inquiétent de mille affaires temporelles, comme
s'ils avoient le plus grand intereſt dans l'avenir !
Combien de vieillards accablez ſous le poids
des années, & n'ayant plus qu'un pas à faire
juſqu'au tombeau, ſont auſſi avides des biens de
la terre que s'ils les devoient poſſeder durant des
ſiecles entiers ! De là vient que les grands du
monde par une fatalité, ſi je l'oſe dire, attachée
à leur condition, ne ſçavent jamais où ils en
ſont, quand ils ſont preſque au moment de la
mort ; & cela parce qu'on eſt prevenu qu'ils ne
le veulent pas ſçavoir. De là vient que chacun
conſpire à les tromper dans des conjonctures où
il ſeroit ſi important de leur ouvrir les yeux. On
les aſſeûre que tout va bien, lorſqu'il eſt évident que tout va mal ; on les félicite d'un leger

fuccés & d'un changement affez favorable en
apparence, mais qui n'eft au fond qu'un dernier
effort de la nature défaillante ; on leur cache a-
droitement & avec foin toutes les marques &
tous les préfages qu'on decouvre en eux d'une
mort certaine; on leur exaggere la force & la vertu des remedes, fans leur parler jamais du fouverain remede qui eft la penitence : on les amufe
de la forte, & par quels motifs ! motifs tout hu-
mains : une femme par un excés de tendreffe, des
enfants par refpect ou par intereft, des étrangers
par complaifance, des domeftiques par crainte ;
tellement qu'ils ignorent toûjours la verité , &
qu'en mourant mefmes, ils fe tiennent encore
feûrs de ne pas mourir.

De là vient que ceux qui par eftat & par un
devoir propre de leur miniftere devroient pourvoir à ce defordre & parler avec moins de referve, ont tant de peine eux-mefmes à s'expliquer ;
qu'ils s'en repofent les uns fur les autres, un medecin fur le confeffeur, & un confeffeur fur le
medecin ; ne voulant ni l'un ni l'autre fe faire
porteurs d'une parole, dont Dieu leur a pourtant
confié l'importante, quoyque dure & fafcheufe
commiffion, & facrifiant à de foibles confiderations le falut d'une ame dont l'éternelle deftinée
dépendoit de leur fidelité. De là viennent , s'il
faut enfin fe declarer, & preffer le malade dans
l'extremité où il eft, de recourir aux Sacremens,
de là, dis-je, tant de précautions, tant de dégui-

femens & de détours. On l'affeûre qu'il n'y a
rien encore à defefperer ; que quand on l'exhor-
te à donner cette marque de religion, ce n'eft
pas qu'on le croye dans un peril qui ne souffre
plus de retardement ; mais qu'il eft bon de fe
prémunir de bonne heure, & de fe mettre l'efprit en repos : c'eft à dire qu'on luy ofte un des
plus puiffants motifs de penitence, & peut-eftre
le feul dont il foit alors capable d'eftre touché,
fçavoir la veûë prochaine du jugement de Dieu.
Ce ne fut point ainfi que fe comporta le Prophete, quand au nom du Seigneur & avec une
fainte liberté, il avertit le Roy de Juda que fa
fin approchoit, & qu'il falloit fe difpofer à par-
tir pour aller rendre compte au fouverain juge:
Difpone domui tuæ : quia morieris tu, & non
vives. Il luy prononça cet arreft fans adouciffement: Vous mourrez, *Morieris.* Il n'eut é-
gard, ni à fa grandeur Royale, ni au trouble où
le jetteroit cette parole de mort : *Morieris tu,*
vous mourrez, Prince, vous en perfonne, vous
tout Monarque & tout abfolu que vous eftes.
Ah ! Chreftiens, où trouve-t-on aujourd'huy
des Prophetes, je ne dis pas pour les Roys &
pour les teftes couronnées, mais mefmes pour
les autres conditions du monde, & fur tout
pour ceux qui dans le monde ont quelque diftinction, foit de la naiffance, foit du rang ! Je
ne m'étonne point que dans des accidens im-
preveûs & finguliers, on meure fans eftre per-

Ifai. 38.

suadé qu'on va mourir. Tel eſt l'affreux chaſtiment de Dieu, & c'eſt en quoy conſiſte cette impenitence malheureuſe dont je vous parlois il y
a quelque temps, lorſque Dieu pour punir le
pecheur permet que la mort le ſurprenne dans
ſon peché. Mais ce n'eſt pas là de quoy il s'agit.
Ce que je ne puis aſſez deplorer ni aſſez condamner, c'eſt que des mourants que Dieu appelle par les voyes les plus communes, que des
mourants à qui la mort laiſſe juſques au dernier
ſoupir le libre exercice de leur raiſon, que des
mourants pour qui la divine juſtice ſe relaſche
de tous ſes droits en s'accommodant à leurs beſoins & leur donnant tout le loiſir de ſe reconnoiſtre, meurent avec cela ſans eſtre perſuadez
de la neceſſité actuelle & de la proximité de la
mort; & que ce défaut de perſuaſion ne ſoit plus
préciſement l'effet d'une vengeance rigoureuſe
du ciel qui les chaſtie, ni d'un évenement ino-
piné qui les deconcerte, mais d'une inſurmontable obſtination qui les aveugle : que ce ſoit
nous-meſmes, pour ainſi dire, qui prenions à
taſche de nous joüer nous-meſmes, de nous ſeduire nous-meſmes; croyant les choſes, non
pas comme elles ſont, mais comme il nous plai-
roit qu'elles fuſſent : voilà ce qui me paroiſt digne non plus de toute ma compaſſion, mais de
toute mon indignation.

Or quel eſt le remede, Chreſtiens? Le voicy, tiré de la doctrine & des maximes de ſaint

Gregoire Pape, qui de tous les Peres de l'Eglise me semble avoir esté sur le sujet que je traite
un des plus éclairez. Premiere maxime : c'est
d'entretenir habituellement dans nous une persuasion generale de la mort, qui rectifie toutes
nos erreurs particulieres; c'est à dire, d'opposer
continuellement à nos asseûrances présomptu-
euses touchant la mort, l'idée vive de la mort;
de rappeller souvent dans nostre esprit cette pensée salutaire, je mourray, & je mourray dans un
de ces momens où je n'auray pas crû devoir
mourir. Ainsi l'oracle mesme de la verité me l'a-
t-il fait connoistre, & malheur à moy si malgré
les termes exprés de l'Evangile, malgré la menace de Jesus-Christ je n'en suis pas encore persuadé. Souvenir de la mort que Moyse recommandoit tant au peuple de Dieu, convaincu
qu'il estoit que cette nation si inconstante & si
indocile demeureroit dans la soumission, tandis qu'elle auroit cet objet present devant les
Deut. 32. yeux : *Utinam saperent & intelligerent, ac no-
vissima providerent !*

Seconde maxime : avoir un ami sincere &
droit, un ami qui sans nous ménager, sans é-
couter les sentimens d'une amitié foible ou in-
teressée, vienne à nous dans le danger, & nous
dise avec le mesme zéle & la mesme force que
le Prophete : mettez ordre à vostre conscience, & au plustost ; car la mort n'est pas loin :
Dispone domui tuæ : morieris enim tu. Exiger

de luy comme le meilleur office que nous en puiſſions attendre, qu'il ne differe point à s'expliquer, & qu'il ne craigne point en s'expliquant de nous contriſter. Luy faire bien comprendre que par là nous jugerons s'il eſt parfaitement à nous, que par là nous le diſtinguerons des faux amis, que par là nous luy ſerons redevables d'une des graces les plus pretieuſes qui eſt la perſuaſion de la mort au temps meſme de la mort. Car voilà ce que nous devons ſouhaiter d'un ami. Tous les autres ſervices hors celuy-là, ou qui ne vont pas là, ſont vains, ſont mepriſables, ſouvent meſmes ſont dangereux. Mais penſer au ſalut d'un mourant, mais prendre ſoin de ſon ame & de ſon éternité, mais le diſpoſer par de ſages conſeils à finir chreſtiennement une vie dont le terme doit eſtre un ſouverain bonheur ou un ſouverain malheur, c'eſt là proprement eſtre ami juſques à la mort. Cherchons-le cet ami fidelle, & où! non point parmi les mondains. S'ils ſont amis (& combien peu meſmes le ſont!) c'eſt ſelon le faux eſprit du monde, c'eſt par rapport aux frivoles avantages du monde, c'eſt pour eſtablir, pour avancer un ami dans le monde. Mais nous le trouverons parmi ce petit nombre d'hommes vertueux & de zélez ſerviteurs que Dieu s'eſt reſervez juſques au milieu du monde & dont la pieté nous eſt connuë. Nous le trouverons parmi les miniſtres de Jeſus-Chriſt : amis d'autant plus ſolides, qu'aprés nous avoir aidez à bien vivre, ils nous aident encore à bien mourir.

Troifiéme maxime : s'affermir contre la crainte de la mort, parce que c'eft la crainte immoderée de la mort qui nous en rend la penfée fi odieufe & la perfuafion fi difficile. Ce qu'on craint, on aime à fe le reprefenter dans un long éloignement, & l'on tafche mefmes à en perdre abfolument la memoire comme fi jamais il ne devoit arriver. Or par où combattre cette crainte ! par les armes de la foy, par les motifs de l'efperance chreftienne, par les faintes ardeurs de la charité divine. Pour cela, fe dire fouvent à foy-mefme dans le fecret du cœur : *Ecce fponfus venit:* Allons mon ame, allons audevant de l'Epoux. Le voilà qui s'avance. Il ne viendra pas, mais il vient déja : *Ecce fponfus venit.* Ce n'eft point pour vous perdre, mais pour vous tirer des miferes de cette vie mortelle, & vous faire entrer en poffeffion de fon Royaume. Ce n'eft point pour vous rejetter de fa prefence, mais pour vous recueillir au contraire dans fon fein, & pour vous unir éternellement à luy : *Ecce fponfus venit.* Langage, il eft vray, trop relevé pour des ames fenfuelles; mais fentiment ordinaire aux faintes ames : veûë confolante, qui les raffeûre, qui les fortifie, qui les anime. Dans cette difpofitions elle fe plaifent à envifager la mort de prés; & plus elles l'envifagent de prés, plus elles fe preparent à la recevoir, plus elles redoublent

Matth. 25.

leurs ſoins, leur activité, leur ſerveur : *Ecce
ſponſus venit, exite obviam ei.* Car à quoy nous
porte cette perſuaſion ! à une ſainte vigilance
contre la mort, qui va faire le ſujet de la ſeconde partie.

QUi le croiroit, Chreſtiens, qu'on puſt trou- **II. PARTIE.**
ver un préſervatif contre la mort, qu'on puſt
malgré ſon incertitude s'aſſeûrer de la mort,
qu'on puſt en quelque ſorte faire changer de caractere à la mort ; & au lieu qu'elle eſt trompeu-
ſe, la rendre fidelle, ou luy oſter au moins le
pouvoir de nous trahir ! Voilà toutefois l'important ſecret que le Sauveur du monde a pris ſoin
de nous apprendre ; & ce ſecret, dit ſaint Chryſoſtome, eſt renfermé dans cette ſeule parole :
veillez, *Vigilate.* Parole à la quelle il ſemble *Matth. 25.*
que le Fils de Dieu ait attaché des benedictions
infinies. Parole dont il a fait la concluſion preſque univerſelle des divins enſeignemens qu'il
nous a donnez ; & parole auſſi dont la pratique
eſt comme le précis & l'abregé de toute la ſageſſe chreſtienne. Car à quoy tend la ſageſſe de l'E-
vangile ! à la grande affaire du ſalut. D'où dépend cette eſſentielle, cette unique affaire ! de la
mort. Et quel moyen plus infaillible & plus neceſſaire pour nous prémunir contre la mort, &
pour nous mettre à couvert de ſes ſurpriſes, que
la vigilance ! *Vigilate.*

En effet, reprend ſaint Bernard, quoyque je

faſſe, les circonſtances particulieres de la mort
ſeront toûjours incertaines pour moy; mais toute incertaine qu'eſt la mort & qu'elle ſera toûjours dans ſes circonſtances, je puis faire enſorte qu'elle ne me ſurprenne jamais. Malgré toutes mes reflexions & toutes les recherches dont
je pourrois uſer pour penetrer dans l'avenir,
j'ignoreray toûjours le temps de ma mort, le
lieu de ma mort, le genre de ma mort : pourquoy ! parce ce ſont des myſteres que le Pere
celeſte a reſervez, non ſeulement à ſa ſouveraine puiſſance, mais à ſa divine preſcience; *Quæ*
Pater poſuit in ſua poteſtate. Mais ſans ſçavoir
le temps de ma mort, je puis vivre à tous les
temps dans une telle attention ſur moy-meſme, qu'il n'y ait jamais une heure où la mort
ne me trouve pas en garde : ſans ſçavoir le lieu
de ma mort, je puis tellement attendre la mort
dans tous les lieux, qu'il n'y en ait jamais un où
je ne ſois pas à couvert de ſes piéges : ſans ſçavoir le genre de ma mort, c'eſt à dire, ſans ſçavoir ſi ce ſera une mort lente ou une mort ſubite, une mort tranquille ou une mort accompagnée de violentes douleurs, une mort qui laiſſe à mon eſprit toute ſa raiſon ou une mort qui
le trouble, je puis prendre de ſi juſtes meſures
que du reſte ce ne ſoit jamais une mort impre-
veûe. Et voilà ce qui fit la difference des vierges ſages dont il eſt parlé dans l'Evangile & des
vierges folles. Les unes n'eſtoient pas plus in-
ſtruites

Act. 1.

ſtruites que les autres du moment où l'Epoux
devoit arriver : mais dans cette incertitude les
unes par precaution tinrent toûjours leurs lampes allumées, au lieu que les autres s'endormi-
rent & laiſſerent pendant leur ſommeil leurs
lampes s'éteindre.

Or c'eſt icy meſmes, Chreſtiens, que nous devons adorer la providence de noſtre Dieu ; c'eſt,
dis-je, dans cette incertitude de la mort, toute
affreuſe qu'elle eſt d'ailleurs, & dans l'effet ſalutaire qu'elle produit. Car c'eſt par là que Dieu
nous rètient dans l'ordre, & qu'il nous oblige
à veiller ſans ceſſe ſur nos actions, à meſurer
tous nos pas, à peſer toutes nos paroles, à purifier toutes nos penſées, à regler tous les deſirs
de noſtre cœur. Si je ſçavois quand je dois mourir, où je dois mourir, comment je dois mourir, peut-eſtre vivrois-je dans un plus grand repos ; mais je vivrois avec moins de dépendance :
au lieu que l'incertitude du temps où je mourray, du lieu où je mourray, de la maniere dont
je mourray, me réduit à l'heureuſe neceſſité d'é-
tudier ſoigneuſement tous mes devoirs, & de
m'appliquer regulierement & conſtamment à
les remplir. Eſtre un moment hors de cette diſpoſition, je veux dire hors de cette vigilance
chreſtienne, c'eſt, dit ſaint Jeroſme, agir contre tous les principes & toutes les lumieres de la
raiſon ; pourquoy ! parce que c'eſt commettre à
un ſeul moment l'éternité toute entiere.

Tome II.   D d

Mais il s'enfuit donc que la pluſpart des hommes, & meſmes des plus clairvoyants & des plus
ſages dans l'opinion des hommes, ne ſont néanmoins que des aveugles & des inſenſez. Ah! mes
Freres, répond S. Chryſoſtome, la conſequence
n'eſt que trop juſte, & l'Ecriture ne nous le dit-
elle pas en termes formels! n'a-t-elle pas ſur ce
poinct condamné hautement de folie la prudence du ſiecle la plus rafinée! Que peut-on penſer
autre choſe, quand on voit des hommes tels qu'à
la honte du chriſtianiſme nous en voyons dans
tous les eſtats : des hommes qui ſe piquent d'eſtre vigilants & habiles ſur tout le reſte, & qui
negligent la ſeule affaire où il faudroit l'eſtre;
des hommes ſi attentifs aux moindres intereſts
de la vie, & qui abandonnent au hazard le capital intereſt dont la mort doit decider; des hommes qui paſſent des mois, des années à regler
des comptes dont ils ſont chargez devant d'autres hommes comme eux, & qui ne penſent jamais à regler ce grand compte dont ils ſont reſponſables à Dieu; des hommes qui ne croyent
jamais avoir pris aſſez de ſeûretez dans la conduite du monde, & qui riſquent tout dans la
conduite du ſalut. Tel eſt néanmoins l'aveuglement de tant de chreſtiens, & plaiſe à Dieu que
ce ne ſoit pas le voſtre. Car ſelon la parole &
l'expreſſion du Fils de Dieu, où eſt aujourd'-
huy le ſerviteur fidelle & prudent, qui veille
pour eſtre toûjours en diſpoſition de recevoir

le maiſtre qu'il attend & dont il craint d'eſtre
ſurpris! *Quis putas eſt fidelis diſpenſator & pru-*
dens ? Parlons ſans figure , & ne parlons meſmes d'abord que de quelques poincts particuliers. Eſt-ce veiller, que de remettre au temps de
la mort à s'acquitter de certains devoirs d'une
obligation également indiſpenſable devant Dieu
& devant les hommes : par exemple , à payer
des dettes qui toûjours groſſiſſent d'une année
à l'autre, & qu'on laiſſe à la bonne ou à la mauvaiſe foy d'un héritier avare qui ſçaura bien par
mille chicanes les conteſter & s'en décharger ;
à faire des reſtitutions aux quelles on auroit dû
pourvoir , & dont on ſe repoſe ſur des enfants
pour qui elles deviendront une nouvelle matiere
de crime & un ſujet de damnation ; à ſatisfaire
des domeſtiques qui ne touchent preſque jamais
rien de leur ſalaire, & qui viennent par leurs re-
preſentations importunes, quoyque juſtes d'ailleurs , interrompre un mourant & le zéle des
miniſtres employez auprés de luy; à diſcuter des
articles embarraſſants ; à éclaircir des difficultez
& des doutes, dont la reſolution dépend de mille circonſtances qu'il faudroit faire connoiſtre
& ſur quoy l'on n'a plus le loiſir de s'expliquer ;
à voir un ennemi , & à ſe reconcilier avec luy ,
quand on ne peut plus luy pardonner de cœur,
parce qu'on a veſcu dans une haine inveterée &
qu'on ne le fait appeller que par je ne ſçais quelle céremonie, pluſtoſt que par religion. Je ne

Luc. 12.

pouffe pas plus loin ce détail ; mais pour dire quelque chofe de plus general & encore de plus effentiel , eft-ce veiller que de pratiquer fi peu de bonnes œuvres , que d'eftre fi peu appliqué aux exercices du chriftianifme , que de commettre fi aifément le peché , que d'y demeurer habituellement , que de n'avoir prefque jamais recours à la penitence , & de s'expofer ainfi à toutes les fuites d'une mort inopinée & reprouvée !

Ah ! mes Freres, prefervons-nous de ce malheur. Craignons la mort, mais ménageons tellement cette crainte qu'elle nous ferve de défenfe contre la mort mefme; & puifque l'avantage le plus folide qui nous en peut revenir, eft de veiller fans relafche, veillons au mefme temps que nous craignons & autant que nous craignons. Remettons-nous fouvent dans l'efprit ces comparaifons familieres, mais convaincantes, dont fe fervoit faint Chryfoftome, pour faire comprendre fenfiblement à fes auditeurs la verité que je vous prefche. Car, difoit ce Pere, on n'attend pas à équipper un vaiffeau quand il eft en pleine mer, battu des flots & de la tempefte, & dans un danger prochain du naufrage. On ne penfe pas à munir une place, quand l'ennemi arrive & qu'il l'inveftit. On ne commence pas à meubler le Palais du Prince, quand le Prince eft à la porte & fur le poinct d'y entrer. Figures naturelles, qui nous font mieux fentir la necefsité d'une vigilance prompte & assiduë, que tous les raisonnemens. Non, non, adjouste S. Gregoire Pape, il ne sera pas temps de se disposer au jugement de Dieu, quand ces signes avant-coureurs de la venuë du Fils de l'homme, paroistront, je ne dis pas dans le ciel ni sur la terre, mais dans nous-mesmes : quand le soleil s'obscurcira, c'est à dire, quand nostre raison sera dans le desordre & dans les tenebres, où la presence & l'horreur de la mort ont coutume de la jetter : quand la lune s'éclipsera, c'est à dire, quand nostre volonté marquée par l'inconstance de cet astre, sera affoiblie & hors d'estat de former aucune résolution : quand les étoiles tomberont du firmament, c'est à dire, quand nos sens seront troublez & que nous en aurons perdu l'usage. Souvenons-nous de l'excellente reflexion de saint Augustin, qui seule bien meditée, vaut tout un discours : que pour mourir chrestiennement, il ne suffit pas lorsque la mort approche, de penser à la mort, ni mesmes de se preparer à la mort, mais qu'il faut y avoir pensé & s'y estre preparé ; pourquoy ! parce que Jesus-Christ dont toutes les paroles sont autant d'oracles & qui sçait renfermer dans un mot les plus profonds mysteres du salut, ne nous a pas dit, preparez-vous alors, mais soyez prests : *Es-* *tote parati.* D'où je tire cette terrible conclusion, qu'il y a un temps où l'on peut se preparer à la mort & estre reprouvé de Dieu. Ainsi

Luc. 12.

D d iij

en arriva-t-il à ces mefmes vierges, j'entends
ces vierges folles, dont je vous ay déja propofé
l'exemple. Elles fe preparerent; elles coururent
chercher de l'huile pour remplir leurs lampes,
mais trop tard : l'époux eftoit entré dans la fal-
le, & elles en trouverent à leur retour la porte
fermée. Combien de mourants que Dieu reprouve lors mefmes qu'ils fe preparent; & dont
l'actuelle preparation, par un jufte jugement du
ciel, n'empefche pas l'éternelle damnation, parce qu'au lieu d'une preparation entiere & con-
fommée, ce n'eft qu'une preparation imparfai-
te & commencée! Ils s'éveillent de leur affoupiffement, ils prennent en main la lampe de la
foy, l'onction de la charité leur manque & ils
s'empreffent, ils s'inquiétent, ils s'agitent : mais
l'époux cependant avance, la mort les enléve, la
porte de la mifericorde leur eft fermée & Dieu
leur declare qu'il ne les connoift plus.

Soyons donc prefts, mes chers Auditeurs, &
toûjours prefts; *Eftote parati:* & que cette preparation ne confifte point feulement en des projets
vagues & fans fruict, à quoy fe termine fouvent
toute la difpofition que nous apportons à la
mort; mais en des actions & des effets, en de fe-
rieux examens, en de frequentes confeffions,
en de ferventes communions, en de faintes retraites, en d'utiles lectures, dans les aumofnes,
dans les priéres, dans tous les exercices de la
pieté chreftienne : car fans cela, tout le refte

n'eſt qu'illuſion. Ne nous fions point à la vigilance des autres ; & dans une affaire où il s'agit
de nous-meſmes, ne comptons, pour y veiller,
que ſur nous-meſmes. Dieu nous a donné des
paſteurs, dit l'Apoſtre ſaint Paul, qui veillent
ſur nous, comme eſtant reſponſables de noſtre
ſalut. Mais aprés tout nous ſommes nos premiers paſteurs, & en bien des rencontres nos
uniques paſteurs ; & toute la vigilance des paſteurs de l'Egliſe ne nous garantira pas des perils
de la mort, ſi elle n'eſt accompagnée & ſoutenuë de la noſtre. S'ils nous refuſent leurs ſoins
& qu'ils nous laiſſent périr, ils rendront compte
à Dieu de noſtre perte ; mais nous n'en ſerons
pas moins perdus. La rigoureuſe juſtice que
Dieu exercera ſur eux pour nous avoir abandonnez, ne diminuera rien de celle qu'il exercera ſur nous pour nous eſtre abandonnez nous-
meſmes. Car ſi Dieu les a menacez, en leur con-
fiant nos ames, de les leur redemander, *San-* Ezech. 33.
guinem autem ejus de manu tua requiram: je puis
bien vous appliquer la meſme menace, & vous
dire de la part de Dieu qu'il vous redemandera
vous-meſmes à vous-meſmes, puiſqu'il vous a
ſpecialement chargez de vous-meſmes : *Ani-*
mam autem tuam de manu tua requiram.

Mais quelle eſt la pratique de cette vigilance
ſi neceſſaire ! Je la réduits à trois poincts, qui
comprennent en abregé toute la morale de l'E-
vangile & qui ſont comme les principes fonda-
D d iiij

mentaux de toute noſtre conduite à l'égard de
la mort. Premierement, ſe tenir toûjours dans
l'eſtat où l'on voudroit mourir ; du moins n'eſtre jamais dans un eſtat où l'on auroit horreur
de mourir : & la raiſon eſt, qu'on peut mourir
par tout & à chaque inſtant. Or prenant cette
regle, & ſans ſortir de cette aſſemblée m'addreſſant à vous, mes chers Auditeurs, ſi je vous demandois, eſtes vous preſts ! qu'auriez-vous à me
répondre ! Mais ce que je ne puis icy vous demander à chacun en particulier, vous pouvez
chacun en particulier vous le demander à vous-
meſmes : voudrois-je mourir dans cette habitude criminelle, & porter au tribunal de Dieu tant
de pechez qu'elle m'a fait commettre, & qu'elle
me fait commettre tous les jours ! voudrois-je
mourir avec ce reſſentiment que je conſerve
dans mon cœur, & qui m'entretient dans une
diviſion dont Dieu eſt offenſé & le monde meſme ſcandaliſé ! voudrois-je mourir redevable au
prochain de telle & telle injuſtice que ma conſcience me reproche, & ſur quoy je ne puis attendre de la part de Dieu nulle remiſſion, tant
que je pourray la reparer & que je ne la repa-
reray pas ! Le voulez-vous en effet, mon cher
Frere ! voulez-vous, dis-je, mourir de la ſorte !
mais ſi vous ne le voulez pas, il faut donc ſortir de cet eſtat & au pluſtoſt. Car vous y pouvez
mourir autant de fois que vous y reſtez de momens, puiſqu'il n'y a pas un moment où vous
ne ſoyez expoſé au coup de la mort.

Secondement, faire toutes ſes actions en veûë de la mort, c'eſt à dire, agir en tout comme l'on voudra l'avoir fait à la mort. Pour cela, ne rien entreprendre, ne rien exécuter, n'arreſter, ne regler rien touchant l'employ de la journée, qu'auparavant & en eſprit on ne ſe ſoit mis au lit de la mort, & qu'on n'ait bien penſé devant Dieu, ce qu'alors on jugera de cette affaire où l'on ſe ſera embarqué, de ce deſſein qu'on aura formé, de ces moyens qu'on aura pris pour y réüſſir; ce qu'on approuvera, ce qu'on blaſmera, ce qui conſolera, ce qui affligera; comment on ſouhaitera de s'eſtre comporté dans cette occaſion, d'avoir parlé dans cette converſation, d'avoir rempli cette charge, cette commiſſion, de s'eſtre acquité de ces exercices de penitence, de charité, de religion. Prevenu de ces idées on n'eſtime rien, on ne veut rien, on ne dit rien, on ne fait rien, qui ne ſoit ſelon la loy de Dieu; & tout ce qu'on eſtime, c'eſt en chreſtien qu'on l'eſtime; tout ce qu'on veut, c'eſt en chreſtien qu'on le veut; tout ce qu'on dit, c'eſt en chreſtien qu'on le dit; tout ce qu'on fait, c'eſt en chreſtien & avec zéle, avec ferveur, qu'on le fait.

Troiſiémement, rentrer ſouvent en ſoy-meſme, s'examiner ſouvent ſoy-meſme pour ſe bien connoiſtre : & qu'eſt-ce que j'appelle ſe bien connoiſtre! c'eſt connoiſtre toutes ſes obligations, tout le bien qu'on doit pratiquer & qu'on ne pratique pas, tout le mal qu'on doit éviter &

qu'on n'évite pas , à quoy l'on doit prendre
garde dans la condition où l'on est, les obstacles qu'on y trouve ou les avantages pour le salut , avec quels progrés on y avance ou à quels
égaremens on y est sujet. Avoir pour cette recherche si solide & si importante des temps marquez dans l'année , dans le mois, dans la semaine. Mediter sur cela , deliberer , former ses re-
solutions, pleurer le passé , asseûrer l'avenir, &
prendre sans cesse une ardeur toute nouvelle.
C'est ainsi que nostre crainte, selon l'expression
du Prophete Royal , devient nostre plus ferme
appuy , parce qu'elle sert à exciter nostre vigilance : *Posuisti firmamentum ejus formidinem.*
Telle estoit la crainte des Saints, & le fruict qu'ils
en retiroient. Tous les jours de leur vie, non
seulement ils envisageoient la mort, non seulement ils veilloient pour se disposer à la mort;
mais ils apprenoient la science de la mort : comment ! en se faisant de la vie mesme comme un
apprentissage & un exercice de la mort, & c'est
ce qui me reste à vous expliquer dans la troisiéme partie.

III. PARTIE. SE faire de la vie mesme comme un apprentissage de la mort, & par cet apprentissage de la
mort apprendre en effet & se former à mourir,
n'est-ce pas non seulement un paradoxe, mais
une contradiction ! Car sans pretendre subtili-
ser dans une matiere aussi solide que celle-cy,

Psalm. 88.

tout apprentiſſage ſuppoſe deux conditions, ſçavoir un frequent exercice de la meſme choſe, &
le pouvoir de la recommencer tout de nouveau
& de la rectifier quand une fois on n'y a pas
réüſſi. Or de ces deux conditions, ni l'une ni
l'autre ne ſe trouve dans la mort, puiſqu'on ne
meurt qu'une fois ; & qu'aprés la mort, ſoit
qu'elle ait eſté ſainte ou criminelle, il n'y a plus
de retour. Ce qui a fait dire à ſaint Auguſtin,
que de toutes les fautes, les plus irreparables
ſont celles que l'on commet à la mort. Cependant, Chreſtiens, c'eſt la maxime de tous les Peres de l'Egliſe qu'on peut apprendre à mourir,
& que cette ſcience eſt la plus éminente de toutes les ſciences aprés la ſcience de Dieu, ſi tou-
téfois elle peut eſtre diſtinguée de la ſcience de
Dieu. Il y a, diſent-ils, un apprentiſſage pour
la mort ; & c'eſt dans cet apprentiſſage, que les
Saints ſe ſont formez : tout leur ſoin pendant
la vie a eſté d'étudier la mort ; & comme il eſt
naturel de faire parfaitement ce que l'on ſçait,
& ce que l'on a meſmes pratiqué par un long u-
ſage, ils ſont morts en ſaints parce qu'ils poſſe-
doient excellemment la ſcience de la mort.

Or il ne tient qu'à nous de les imiter. Car
voicy trois veritez, qui nous regardent auſſi bien
qu'eux, & que nous devons tous nous appliquer à nous meſmes. La premiere : nous mourons tous les jours, ſelon la parole du Saint Eſprit ; il nous eſt donc aiſé d'apprendre à mourir.

La seconde : toutes les créatures qui nous environnent, nous apprennent actuellement, ou pour mieux dire, nous forment à mourir ; nostre ignorance est donc sans excuse si nous ne sçavons pas mourir. La troisiéme : la vie chrestienne à quoy Dieu nous a appellez, est, pour ainsi parler, une continuelle pratique de la mort; nous sommes donc bien coupables de n'estre pas plus versez & plus experimentez dans l'art de la mort. Les consequences sont évidentes, & je vais vous faire convenir des principes.

Non, Chrestiens, il n'est pas vray dans un sens que nous ne mourons qu'une fois. Nous mourons à toute heure ; & à toute heure nous pouvons, je ne dis pas seulement sans crime, mais avec merite, mourir volontairement & librement. En effet, quand Dieu menaça le premier homme qu'il mourroit dés qu'il auroit desobéi, *In quacumque die comederis, morte morieris ;* l'arrest, selon la remarque de saint Irenée, s'exécuta dans Adam au moment qu'il eut violé le précepte du Seigneur. Autrement, adjouste le mesme saint, Dieu auroit esté peu efficace & peu sincere dans le jugement qu'il avoit prononcé. Car il n'avoit pas dit au premier homme, tu mourras un jour, tu mourras dans un certain temps, tu mourras aprés avoir vescu tant d'années & tant de siecles ; mais il luy avoit dit absolument, tu mourras au jour mesme & dans l'instant que tu auras peché : *In quacumque die.*

Genes. 2.

Et c'eft ainfi que la chofe s'accomplit. Deffors
Adam en punition de fa defobéiffance, devint
fujet à toutes fortes d'infirmitez: deffors il fentit
affoiblir fon tempérament ; & fon corps degradé, fi je l'ofe dire, du privilege de l'innocence,
commença à déchoir & par confequent à mourir. Or ce qui fe verifia dans Adam, fe verifie
également dans nous , & les payens mefmes
l'ont bien reconnu. Nous nous trompons, difoit un de leurs fages, & noftre erreur eft d'envifager toûjours la mort comme future : *In hoc*   *Senec.*
fallimur, quòd mortem profpicimus. Bien loin
que cela foit, une grande partie de la mort eft
déja paffée pour nous ; *Magna pars ejus jam*
præteriit : & nous devons faire eftat qu'elle tient
fous fon domaine tout ce qui s'eft écoulé jufques à prefent de noftre vie; *Et quidquid ætatis*
retrò eft, mors tenet. Mais S. Paul l'a dit encore
plus expreffément, & la parole de cet Apoftre
doit eftre icy d'une toute autre authorité. *Quo-*   *1. Cor. 15.*
tidiè morior per veftram gloriam, fratres. Il n'y
a point de jour, mes Freres, écrivoit-il aux Corinthiens, que je ne meure; & la gloire que je
reçois de vous, fait qu'il n'y a point de jour que
je ne meure avec joye & avec plaifir.

Or fuppofé que nous mourions tous les jours,
pouvons-nous dire qu'il eft difficile d'apprendre à mourir ; & puifqu'à tous momens nous
mourons par neceffité, qui nous empefche de
nous accoutumer à mourir par choix & par vo-

lonté! J'avoûe, pourfuit faint Auguftin, enche-
riffant fur cette penfée, que nos yeux font comme enchantez par la veûë des chofes prefentes :
mais s'il y a un charme dans nos yeux, nous en
devons chercher le remede dans nos efprits ; &
le remede eft de bien comprendre, que ce corps
qui nous paroift vivant, eft en effet un corps qui
fe détruit & un corps mourant : *Fafcinatio eft*

Aug.

*in vifu, fed remedium in intellectu : vides vi-
ventem, cogita morientem.* Ces paroles font pleines de force & d'énergie : vous vivez, dit faint
Auguftin, mais le mefme principe qui vous fait
vivre, eft celuy qui vous fait mourir ; & quoyque vos fens vous difent le contraire, c'eft à voftre raifon de les corriger, en vous remonftrant
à vous-mefmes que cette vie qui vous femble
vie n'eft qu'un commencement & un progrés

Idem.

de mort : *Vides viventem, cogita morientem.*

Mais encore, adjoufte S. Auguftin, qui nous
enfeignera à mourir, & à quelle école irons-
nous pour apprendre cette incomparable leçon!
Qui nous l'enfeignera, Chreftiens!toutes les créatures de l'univers, & fur tout celles par qui nous
fubfiftons mefmes & nous vivons. Car ne for-
tons point d'abord hors de nous-mefmes, mes
Freres, dit l'Apoftre : c'eft dans nous-mefmes
que nous trouvons toutes les preuves d'une
mort certaine. Nous n'avons qu'à nous inter-
roger nous-mefmes : tout ce qu'il y a dans nous,
nous dira d'une voix fecrete, mais unanime,

qu'il faut mourir ; & quoyque nous puiſſions
oppoſer en noſtre faveur, nous n'aurons jamais
d'autre réponſe que celle-là : il faut mourir. Tu
es riche & dans l'opulence ; mais il faut mourir. Tu as du credit & de la reputation ; mais il
faut mourir. Tu es jeune & en eſtat de gouſter
les delices de la vie ; mais il faut mourir. Tu es
l'idole du monde ; mais il faut mourir. Voilà le
ſeul langage que nous entendrons ; pourquoy !
parce que Dieu en nous créant a gravé dans le
fond de noſtre eſtre cette réponſe generale que
nous font tous les élemens qui nous compoſent,
& qui en ſe détruiſant les uns les autres nous
détruiſent nous-meſmes avec eux. Ne nous
contentons pas de cela ; mais regardons au tour
de nous : je dis que toutes les créatures qui
nous environnent & qui ſervent à noſtre entretien, non ſeulement nous annoncent la mort,
mais nous forment actuellement & nous exercent à mourir. Comment cela ! en nous quittant, en ſe ſeparant de nous, en ceſſant d'eſtre à
nous : ce qui déja, comme l'obſerve ingenieu-
ſement ſaint Auguſtin, eſt un veritable exercice de la mort. Car à combien de choſes pouvons-nous dire que nous ſommes déja morts,
& que nous mourons ſans ceſſe ! Les plaiſirs de
la jeuneſſe ne ſont plus pour nous, & nous ne
ſommes plus pour eux ; la joye d'hier n'eſt plus
aujourd'huy, & nous ſommes morts pour elle ;
les honneurs qu'on nous a rendus autrefois, ne

font plus rien, & l'oubli qui luy-mefme eft une
efpece de mort, les a anéantis dans la memoire des hommes : & comme ces honneurs & ces
plaifirs nous ont déja quittez, tout le refte, je
ne dis pas nous quittera, mais nous quitte à mefure que nous en ufons. Or n'eft-ce donc pas un
aveuglement bien groffier que le noftre, fi par
tant d'effais & tant d'épreuves de la mort, nous
ne parvenons pas à acquerir la fcience de la
mort ?

Mais le grand & l'effentiel engagement que
nous avons à cette fcience pratique & à cet exercice de la mort, c'eft la profeffion du chriftianifme où Dieu nous a appellez, puifque felon
toutes les regles de l'Ecriture, la vie chreftienne n'eft rien à proprement parler qu'une continuelle mort. Et voilà pourquoy faint Paul qui
comprenoit admirablement cette verité, ne donnoit point aux premiers fidelles d'autre idée de
ce qu'ils eftoient que celle-cy : *Mortui eftis, &*
vita veftra abfcondita eft cum Chrifto in Deo ;
vous eftes morts, & voftre vie eft cachée avec
Jefus-Chrift en Dieu : *Confepulti eftis cum Chri-*
fto per baptifmum in mortem ; vous eftes enfevelis avec Jefus-Chrift par le baptefme, qui eft
pour vous un Sacrement & un myftere de mort :
ce qui fe doit entendre, adjoufte faint Chryfoftome, non pas dans un fens figuré, mais à la
lettre & dans la rigueur des termes. Car à quoy
vont toutes les maximes de la vie chreftienne finon

Colof. 3.

Rom. 6.

non à detacher l'ame du corps, c'est à dire, à la
detacher des plaisirs du corps, à la detacher des
sensualitez du corps, à la detacher de la servitude & de l'esclavage du corps. Or detacher
l'ame du corps qu'est-ce autre chose que luy apprendre à mourir : *Porrò secernere animam à* Chrysost.
corpore, quid aliud est, quàm emori discere ?
Degageons-nous, disoit un payen, de cet attachement honteux, qui assujettit en nous l'esprit
à la chair, & par là nous nous accoutumerons à
mourir : *Disjungamus nos à corporibus, & sic* Senec.
consuescamus mori. Mais ce que les Philosophes
disoient inutilement , quoyque magnifiquement, nostre religion nous fait une loy de l'exécuter saintement & genereusement : car elle
nous detache de nos corps par la mortification ;
& en nous detachant de nos corps, elle nous
fait entrer dans la pratique de cette mort en
quoy consiste le merite de la vie.

Suivons donc, mes chers Auditeurs, le mouvement & l'attrait de son esprit. Detachons-
nous de ce corps que l'Ecriture appelle si souvent corps de peché, & n'attendons pas que la
mort nous en depoüille par force, puisqu'il est
en nostre pouvoir de nous en depoüiller nous-
mesmes par vertu. Une ame qui ne renonce à
son corps que dans l'instant de la mort, est une
ame indigne de Dieu. Vous demandez des pratiques pour bien mourir : en voicy une, sans laquelle j'ose dire que toutes les autres sont vai-

nes & chimeriques. Detachez voſtre ame de
tout ce que vous aimez, hors de Dieu : voilà en
deux mots la ſcience de la mort. Prevenez par
une mortification volontaire les operations violentes & douloureuſes de la mort. La mort vous
oſtera l'uſage des ſens ; faites-les mourir par a-
vance en leur retranchant tout ce qui peut déplaire à Dieu : liberté des paroles, curioſité dés
regards, delicateſſe du gouſt. La mort vous en-
levera vos biens; quittez-les dés maintenant d'eſprit & de cœur. Bien loin d'avoir cette ſoif in-
ſatiable d'amaſſer, d'accumuler treſors ſur treſors, faites-vous ſelon Dieu une ſainte gloire
de les diſtribuer. Bien loin d'envier ce que vous
n'avez pas, donnez ſans peine & avec joye ce
que vous poſſedez. La mort vous ſeparera de
vos amis ; faites de bonne heure avec eux un divorce chreſtien, & renoncez à ces ſocietez libertines, à ces converſations dangereuſes, à ces engagemens tendres, à ces commerces ſuſpects.
Ne reſervez rien, & ſouvenez-vous de la belle
penſée de l'Abbé Rupert, que la mortification
pour faire l'office de la mort & pour en avoir
les qualitez, doit eſtre abſoluë & univerſelle :
que comme on ne dit point qu'un homme ſoit
mort pour avoir perdu ou la parole ou la veûë,
mais que pour cela il faut qu'il ſoit privé de toute action & de tout ſentiment ; auſſi ne dit-on
pas qu'un chreſtien ſoit mortifié pour avoir re-
primé quelqu'un de ſes appetits ſenſuels, s'il ne

les a reprimez tous, & s'il ne les a tous foumis à
Dieu. Quand il vous arrivera des difgraces, des
afflictions, des calamitez, des pertes, dites à
Dieu en vous élevant audeffus de vous-mefmes
par l'efprit de la foy : foyez béni, Seigneur ; autant eft-ce pour moy d'anticipé fur ce qu'il auroit fallu faire à la mort. Ce que vous m'oftez,
elle me l'auroit ofté, & c'eft un tribut que je luy
aurois dû payer : mais m'en voilà heureufement
quitte. J'aurois tenu par là au monde; mais vous
avez rompu mes liens, & par voftre infinie mifericorde vous avez fi bien menagé les chofes, que
pour peu que je réponde à vos deffeins, la mort
n'aura plus rien d'affreux pour moy.

Si vous eftes, mes chers Auditeurs, dans ces
difpofitions, encore une fois rendez-en graces
au ciel : car c'eft eftre preparé à la mort. Et ne
me répondez point qu'une telle vie eft une vie
trifte. Qu'elle le foit, j'y confents ; mais cette
vie trifte eft fuivie d'une mort pleine de confolation, & fur tout d'une mort de predeftiné.
Or une mort fainte eft un avantage que nous
ne pouvons affez prifer ni acheter trop cher. Je
vais plus loin, & je prétends mefmes que tout
compenfé, la vie d'un chreftien mort au monde
& à tout ce qui pourroit l'attacher dans le monde, eft mille fois plus tranquille & par confequent plus heureufe, que celle de ces mondains
fi vifs pour le monde & qui craignent tant d'en
fortir & de le perdre. Cette feule penfée, rien

E e ij

ne m'arrefte & je fuis preft à pàrtir dés qu'il plaira à Dieu de m'appeller , eft pour une ame le plus doux repos & le bonheur le plus folide. Mais vivre de la forte, c'eft ne pas vivre, ou c'eft vivre comme fi l'on ne vivoit pas : ah ! Chreftiens, n'eft-ce pas auffi ce que demandoit l'Apoftre aux premiers fidelles & ce que je dois vous demander à vous-mefmes ! *Reliquum eft ut qui utuntur hoc mundo , tamquam non utantur.* Mes Freres , ufez du monde , comme fi vous n'en ufiez pas; c'eft à dire, vivez, comme fi vous ne viviez pas. Vivez fans aimer la vie, ni tous les biens de la vie. Vivez à Dieu, vivez pour Dieu, vivez en Dieu , afin de vivre éternellement dans la gloire avec Dieu. Je vous le fouhaite &c.

1. Cor. 7.

SERMON
POUR LE VENDREDY
de la quatriéme Semaine.

Sur l'éloignement de Dieu & le retour à Dieu.

Hæc cùm dixiſſet, voce magnâ clamavit : Lazare, veni foràs : & ſtatim prodiit qui fuerat mortuus.

Ayant parlé de la ſorte, il cria à haute voix : Lazare, ſortez : & à l'heure meſme le mort ſortit du tombeau. En ſaint Jean chap. 11.

SIRE,

QUand le Sauveur du monde reſſuſcita la fille du Prince de la Synagogue, il ne prononça pas une parole, & il ſe contenta de luy prendre la main & de la relever : *Tenuit manum ejus,* Matth. 9. *& ſurrexit puella.* Quand il reſſuſcita le fils de la veuve de Naïm, il parla & parla en maiſtre : *Adoleſcens, tibi dico ſurge :* jeune homme, le- Luc. 5.

E e iij

Ibidem.

vez-vous, je vous le commande; & le mort auffitoft luy obéit, *Et refedit qui erat mortuus*. Mais
pour reffufciter Lazare, que fait-il ! non feulement il parle, mais il crie à haute voix, il prie fon
Pere de l'exaucer, il pleure, il fremit, il s'émeut:

Luc. 7.

*Clamavit, lacrymatus eft, infremuit, turbavit
feipfum*. Ne nous étonnons pas, Chreftiens, de
la difference de ces trois refurrections : en voicy
dans la penfée de faint Auguftin tout le myftere. La fille du Prince de la Synagogue venoit
d'expirer ; elle avoit encore, pour ainfi dire,
fon ame fur fes levres : luy rendre la vie, c'eftoit,
ce femble, un miracle facile à Jefus-Chrift ; auffi ne luy en coufta-t-il que de le vouloir. Le
fils de la veuve de Naïm n'eftoit pas feulement
mort, mais fur le poinct d'eftre inhumé ; car on
le portoit en terre, & l'on faifoit actuellement la
céremonie des funerailles : le reffufciter, c'eftoit
l'effet d'un pouvoir plus abfolu ; & voilà pourquoy le Sauveur des hommes ufa de commandement. Mais Lazare eftoit déja dans le tombeau, & il y eftoit depuis quatre jours : faire revivre un mort de quatre jours, ce devoit eftre le
chef-d'œuvre & comme un dernier effort de la
toute-puiffance du Fils de Dieu.

Or toutes ces figures, mes Freres, dit faint
Auguftin, nous marquent de grandes veritez;
& ces refurrections vifibles, fi nous en fçavons
penetrer le fecret, font autant de regles que
Dieu nous propofe pour une autre refurrection

interieure & invisible, mais bien plus importante, qui est la conversion de nos ames. Rendons-nous donc attentifs, pour comprendre
aujourd'huy ce que Dieu veut nous enseigner.
Frappons à la porte afin qu'on nous ouvre : *Om-*   *Aug.*
nia ista innuunt nobis aliquid ; intentos nos vo-
lunt ; ut pulsemus, hortantur. Et pour obtenir
les lumieres du Saint Esprit à qui seul il appartient de nous donner l'intelligence de nostre
Evangile, implorons le secours de la Mere de
Dieu, en luy disant, *Ave Maria.*

IL est évident, Chrestiens, qu'outre la premiere veûë que se proposa Jesus-Christ en res-
suscitant Lazare, & qui fut de donner aux juifs
une preuve éclatante & convaincante de sa divinité, il eut encore dessein de nous marquer
dans toutes les circonstances de ce miracle, les
deplorables suites du peché & les merveilleux
effets de la grace. Les deplorables suites du peché, pour nous en donner de l'horreur ; & les
merveilleux effets de la grace, pour reveiller
nostre confiance & pour exciter en nous le zéle de nostre sanctification. En effet, m'attachant
à mon Evangile, & selon l'interpretation de
saint Augustin, le prenant dans un sens moral,
sans m'écarter en rien du sens historique, j'y
decouvre deux choses trés utiles pour nostre
commune instruction, & qui vont partager ce
discours, sçavoir, l'estat d'un juste qui se perver-

tit, & l'eſtat d'un pecheur qui ſe convertit. L'eſtat d'un juſte qui ſe pervertit, repreſenté dans
la mort de Lazare; & l'eſtat d'un pecheur qui
ſe convertit, figuré dans ſa reſurrection. L'un
& l'autre, comme vous le verrez, ſi naturellement exprimé, que tout ce que nous dirons de
Lazare, ou mourant & mort, ou rentrant dans
la vie & reſſuſcité, vous inſtruira des veritez les
plus eſſentielles qui regardent, ou noſtre éloignement de Dieu, ou noſtre retour à Dieu. Venez donc, juſtes & pecheurs. Venez juſtes, &
reconnoiſſez-vous dans ce tableau, qui ſous la
figure d'un mort, ami de Jeſus-Chriſt, doit
vous faire craindre ſouverainement la mort d'u-
ne ame par le peché. Venez, pecheurs, & con-
templez-vous dans ce meſme tableau, qui ſous
la figure d'un mort de quatre jours reſſuſcité,
doit, ſi vous voulez profiter de la parole que je
vous preſche, vous faire non ſeulement deſirer,
mais eſperer la reſurrection de voſtre ame par
la grace. Venez juſtes, & vous apprendrez quelles demarches conduiſent meſmes les amis de
Dieu à l'eſtat de perdition; ce ſera la premiere
partie. Venez pecheurs, & vous apprendrez par
quelles voyes vous devez marcher pour parvenir à une ſolide & veritable converſion; ce ſera la ſeconde partie. Heureux, ſi je puis engager par là les uns à ne pas déchoir de leur eſtat de juſtice, & les autres à ſortir de l'eſtat de
leur peché.

QUoyque l'homme depuis sa chute ait une
pente naturelle & par consequent une malheureuse facilité à se pervertir, il est néanmoins
vray, & l'experience nous le demonstre, que
dans le cours ordinaire il ne se pervertit jamais
tout à coup, mais par degrez. C'est peu à peu
& d'une maniere souvent imperceptible, que
son desordre va toûjours croissant : & le Saint
Esprit ne pouvoit nous mettre devant les yeux
une plus sensible image de ce funeste progrés,
qu'en nous proposant l'exemple de Lazare. Car
ce n'est pas sans mystere que ce mesme Lazare,
qui par une disposition particuliere de Dieu devoit estre la figure du pecheur, nous est representé par l'Evangeliste en cinq differens estats.
Premierement, comme malade & dans une extresme langueur; *Erat quidam languens Laza-* Joan. 11.
rus. Secondement, comme assoupi & dans un
sommeil léthargique; *Lazarus amicus noster* Ibidem.
dormit. En troisiéme lieu, comme mort &
sans aucun sentiment de vie; *Lazarus mortuus* Ibidem.
est. Ensuite comme enseveli, & mesmes depuis
quatre jours; *Quatriduanus est.* Enfin, comme Ibidem.
infect & sentant déja mauvais ; *Domine, jam* Ibidem.
fœtet. Or quelle idée plus juste peut-on se former du malheur d'une ame, qui séduite par la
passion & entraisnée par le charme du monde,
vient insensiblement à se corrompre; & qui d'a-
bord n'a point d'autre marque de son déregle-

ment qu'une certaine langueur dans le service de Dieu; qui de là tombe dans une espece de léthargie & dans un profond assoupissement sur tout ce qui regarde ses devoirs & l'affaire de son salut; qui bientost aprés perd la vie de la grace par le peché, qui par de frequentes rechutes s'ensevelit, pour ainsi dire, dans l'habitude du crime; & afin que l'application soit entiere, qui corrompuë elle-mesme & dans ses maximes & dans ses mœurs, repand encore au dehors une contagion mortelle & infecte les autres de son mauvais exemple! N'est-ce pas ainsi que s'accomplit tous les jours ce mystere d'iniquité, & que l'on descend sans y prendre garde jusques au fond de l'abysme! Ecoutez-moy, & ne perdez rien d'une moralité aussi chrestienne que celle-la.

Le premier pas qui conduit à la mort, je dis à la mort de l'ame, c'est la langueur: *Erat quidam languens.* Non pas, reprend saint Bernard, & remarquez cecy, non pas cette langueur de charité dont l'Epouse des Cantiques se faisoit un merite auprés de son divin Epoux, quand elle disoit aux filles de Jerusalem: *Adjuro vos, si inveneritis dilectum meum, ut nuntietis ei quia amore langueo;* je vous conjure, si vous trouvez mon bien-aimé, de luy dire que je languis d'amour pour luy. Car languir d'amour pour Dieu, ce n'est point un estat imparfait, puisqu'au contraire c'est la perfection mesme. Non pas encore cette langueur involontaire & d'ari-

Cant. 6.

dité dont se plaignoit David , lorsque touché
du sentiment de sa misere , il disoit à Dieu :
Anima mea sicut terra sine aqua tibi; mon ame,   *Psalm. 142.*
Seigneur, est devant vous comme une terre sé-
che & aride. Car cette secheresse interieure qui
affligeoit le saint Roy, pouvoit estre une épreuve de Dieu, & une épreuve rigoureuse , sans estre un desordre qu'il eust à se reprocher. Quand
donc j'ay dit langueur dans le service de Dieu,
je conçois, & vous devez concevoir avec moy
une langueur d'infidelité; une langueur qu'on
ne peut imputer qu'à soy-mesme, & dont l'effet ordinaire est que peu à peu l'on se relasche
de cette regularité , qui entretenoit la ferveur;
qu'on se rebute de ses devoirs, qu'on s'ennuye
de la devotion , qu'on abandonne la priére ,
qu'on quitte l'usage des Sacremens, qu'on se
degouste de la parole de Dieu, qu'on a horreur
des pratiques de la penitence; que les obligations les plus communes de la religion deviennent pesantes & onereuses; qu'on s'en dispense
aisément, qu'on ne s'en acquite que trés negligemment; en un mot, qu'on ne sert plus Dieu
en esprit, mais comme par céremonie, l'hono-
rant des levres & non du cœur : *Populus hic la-*   *Isai. 29.*
biis me honorat. Car voilà le portrait que saint
Bernard faisoit autrefois de cette langueur spi-
rituelle; & Dieu veuille que nostre experience ne
nous ait jamais fait sentir, ce qu'un sage discer-
nement & l'esprit de Dieu luy en avoient fait
connoistre.

De vous dire, Chrestiens, que cette langueur est un estat injurieux à Dieu, c'est sur quoy il seroit inutile de m'étendre, puisque vous le comprenez assez de vous-mesmes, & que Dieu s'en est si hautement declaré dans l'Ecriture. Car pourquoy dans l'ancienne loy Dieu rejettoit-il expressément les victimes qui paroissoient languissantes lors qu'on les conduisoit au sacrifice pour luy estre immolées, sinon, dit saint Chrysostome, parce que la victime qu'on offroit au Seigneur, representoit l'ame chrestienne, dont la vive & ardente pieté devoit estre le veritable sacrifice de la loy de grace; & qu'en effet rien n'est plus indigne de Dieu, qu'une ame lasche qui n'est plus touchée ni de la veuë de ses perfections, ni de la reconnoissance de ses bienfaits, ni de la terreur de ses jugemens, ni de zéle & d'amour pour luy ! Vous me demandez, disoit-il aux Israëlites, en quoy vous me deshonorez ! & moy je vous réponds : en ce que vous ne me presentez que des hosties méprisables; en ce que vous n'offrez sur mon autel, que ce qu'il y a dans vos troupeaux de malade & de languissant : *Dixistis : In quo despeximus nomen tuum ! Si offeratis claudum & languidum, nonne malum est ?* Or ce que Dieu leur disoit, il nous le dit à nous-mesmes. Pour toutes les choses du monde vous estes vifs & agissants; mais pour moy vous n'avez que de l'indifference & de la froideur. S'il s'agit de vos affaires

Malach. 1.

temporelles, de vos interefts, de voftre fortune, c'eft là que tout voftre feu fe reveille & que
vous redoublez vos foins : mais s'agit-il de ma
gloire ! s'agit-il d'accomplir un devoir chreftien, de m'addreffer une priére, d'affifter au
myftere redoutable de mes autels, d'examiner
le fonds de vos confciences, de mediter ma loy
& de l'obferver, d'écouter ma parole & d'en
profiter ! ce n'eft alors que tiedeur & que negligence. Allez, mondains, allez chercher un Dieu
qui puiffe agréer voftre culte, & qui s'en tienne
honoré : mais de ma part n'attendez que de juftes reproches & de rigoureux chaftimens. Langueur non moins pernicieufe à l'homme qu'elle eft injurieufe à Dieu, & cela comment ! par
mille raifons : parce que c'eft une efpece de maladie que les remedes les plus efficaces peuvent
à peine guérir ; parce que dans la pratique cette
guérifon eft en effet auffi rare, que difficile ; parce qu'on voit bien plus d'impies fe convertir de
bonne foy, que d'ames tiedes reprendre un efprit de ferveur; parce que les confequences de ce
mal font encore plus funeftes que le mal mefme; parce qu'elles font d'autant plus à craindre
qu'on les craint moins, & que fouvent on n'en
voit pas mefmes le peril; parce que fous pretexte
qu'on eft exempt de certains vices groffiers, on
vit dans une fecurité trompeufe; parce que c'eft
enfin pour cela que le Saint Efprit dans l'apoca-
lypfe a dit au tiede ces étonnantes paroles : *Uti-*

nam frigidus esses aut calidus ; plust au ciel que vous fussiez ou tout à fait à Dieu ou tout à fait contre Dieu. Mais cette morale me conduiroit trop loin ; passons à un autre poinct.

De la langueur on tombe dans l'assoupisse-ment ; & le passage de l'une à l'autre est si naturel, que selon le texte sacré, il est mesmes comme infaillible. Dans ce premier estat d'imperfection que je viens de marquer, quelque languissante que fust une ame, encore n'estoit-elle pas entierement ni absolument insensible aux mouvemens de la grace ; encore s'humilioit-elle & gemissoit-elle quelquefois de son relaschement ; encore estoit-elle quelquefois effrayée de cette menace, *Sed quia tepidus es, incipiam te evo-mere ex ore meo,* parce que vous estes tiede, je

commenceray à vous rejetter ; encore pour se garentir de ce malheur, écoutoit-elle de temps en temps la voix de sa conscience ; une predication solide & touchante, une remonstrance vive & forte, une maladie, une disgrace, une affliction, ne laissoient pas d'avoir encore quelque vertu pour la reveiller & pour luy inspirer malgré sa tiedeur de bons desirs. Mais dans l'estat dont je parle & que je déplore, on n'éprouve plus rien de tout cela. Ce qui causoit à l'ame de saintes frayeurs, n'en cause plus ; ce qui produisoit des remords, n'en produit plus ; ce qui excitoit la douleur & la componction, ne se fait plus mesmes sentir ; ce qui donnoit de la confufion, ne fait plus rougir; pourquoy ! parce que l'affoupiffement eft formé. On eft encore quant à l'effentiel, ami de Dieu ; mais on l'eft comme Lazare, dont le Sauveur difoit : *Lazarus amicus noster dormit*. Car de mefmes que le fommeil du corps tient toutes les operations des fens liées & fufpenduës ; auffi dans ce defordre où l'ame fe trouve, il femble qu'on ait des yeux pour ne plus voir , & des oreilles pour ne plus enten-dre : *Ut videntes non videant, & audientes non intelligant.* Luc. **s.**

Et voilà , mes chers Auditeurs, l'eftat mal-heureux où parurent ces trois difciples que Je-fus-Chrift avoit choifis pour l'accompagner au jardin, & pour eftre témoins de fes derniers fenti-mens la veille mefme de fa paffion. Cet adorable Sauveur venoit de les quitter; & en les quittant il les avoit avertis, que l'heure approchoit, où leur fidelité feroit mife à l'épreuve de la plus vio-lente tentation. Il leur avoit reprefenté le dan-ger preffant où ils eftoient, & le fcandale que cauferoit leur lafcheté, s'ils l'abandonnoient. Il les avoit exhortez à fe tenir fur leurs gardes & à veiller, *Vigilate.* Ainfi, dis-je, leur avoit-il par- Matt. 24. &c. lé, pour les préparer au combat : mais au bout de quelques momens il les trouve affoupis & endormis, *Et invenit eos dormientes.* Exemple, Matth. 26. mais exemple terrible, de ce qui nous arrive tous les jours dans la conduite du falut. On s'éton-ne & l'on a raifon de s'étonner que malgré tous

les oracles de la parole de Dieu, qui nous crient
fans ceffe, veillez, tant de chreftiens, fages d'ailleurs felon le monde, s'endorment néanmoins
fur l'effentielle affaire de leur éternité : & n'eft-
il pas en effet comme incomprehenfible qu'un
homme inftruit des principes de fa religion & qui
connoift la neceffité & la difficulté de fe fauver,
qui fe voit environné de precipices & d'écueils;
qui fçait que le monde pour le perdre luy dreffe par tout des embufches, que l'ennemi comme un lion rugiffant tourne au tour de luy pour
le devorer, que la mort l'attend comme un voleur pour le furprendre, qu'il eft à la veille
d'un jugement fans mifericorde & fur le poinct
d'une éternité bienheureufe ou malheureufe
dont il court tous les rifques, puiffe tomber
dans un tel affoupiffement & y demeurer. C'eft
ce que nous ne concevons pas : mais nous n'a-
vons de la peine à le concevoir, que parce que
nous ne remontons pas jufques à la fource &
aux jugemens de Dieu. Car il eft vray que Dieu
s'en mefle, & que cet affoupiffement dont nous
fommes la principale & premiere caufe, eft en
mefme temps un des effets de fa plus fevere juftice. Qui nous l'apprend! Luy-mefme par ces
paroles d'Ifaïe trop expreffes pour en douter, &
trop funeftes pour n'en pas trembler. *Quoniam
mifcuit vobis Dominus fpiritum foporis, clau-
det oculos veftros, & prophetas veftros operiet.*
Parce que le Seigneur a repandu fur vous un
esprit

Ifai. 29.

esprit d'assoupissement; c'est à dire, comme l'explique S. Augustin, parce que touché de vos infidelitez, il a permis que vous soyez tombez dans l'assoupissement, vos yeux seront fermez à la lumiere & aux plus claires veritez, & vous serez sourds à la voix de vos plus zélez Prophetes. Ils vous parleront, & vous ne les entendrez plus; ils vous reprocheront vos desordres, & vous ne les croirez plus. Or cela mesme, reprend saint Chrysostome, ne s'accomplit pas tout à coup. Comme les vierges folles de l'Evangile, d'un assoupissement leger par où leur malheur commença, vinrent enfin à s'endormir tout à fait, *Dormitaverunt omnes, & dormierunt;* de mesmes en est-il d'un mondain qui quitte Dieu, & que Dieu délaisse. L'enchantement du siecle, l'éclat de la prosperité, l'amour du plaisir, la liberté, l'independance, l'impunité, tout cela l'endort peu à peu, jusqu'à le réduire au deplorable estat où l'Ecriture nous represente l'infortuné Jonas, lorsqu'au milieu de la tempeste, tandis que les autres estoient dans l'effroy, il demeuroit seul plongé dans un profond sommeil: *Et dormiebat sopore gravi.* Un predicateur a beau declamer, un confesseur a beau conjurer, exhorter, menacer; aprés avoir bû ce calice d'assoupissement & s'en estre comme enyvré dans le progrés d'une vie mondaine & sensuelle, on ne se reveille plus: *Dormiebat sopore gravi.* Et c'est ainsi, lasche chrestien, que vous

Matth. 25.

Jona. 1.

devenez tous les jours plus infenfible, en beuvant felon le langage du mefme Ifaïe le calice
de la colere du Seigneur, & en le beuvant jufques au fond : *Qui bibifti de manu Domini ca-*
licem iræ ejus, & ufque ad fundum calicis fopo-
ris bibifti.

Ifai. 51.

Le mal peut aller encore plus loin, & il y va.
Car cet affoupiffement conduit enfin à la mort;
& en cecy la deftinée du pecheur eft malheureufement femblable à celle de ce Prince reprouvé, dont il eft dit au livre des Juges, que
joignant la mort au fommeil il périt par un coup
du ciel dans le lieu mefme qui devoit luy fervir
d'azyle : *Qui foporem morti confocians, defecit*
& mortuus eft. Car de s'imaginer alors que la
vie de la grace puiffe long-temps fubfifter; de fe
flatter, que ne donnant prefque aucune marque
de religion & n'en pratiquant plus les œuvres,
on en puiffe conferver l'efprit; de croire qu'on
fe prefervera de cette feconde mort que caufe
le peché, fans faire paroiftre à l'égard de Dieu
nul figne de vie : abus, Chreftiens, & confiance prefomptueufe. On meurt donc, & l'on ceffe abfolument de vivre pour Dieu : & il n'eft
plus feulement vray de dire, *Lazarus dormit,*
Lazare dort; mais il faut adjoufter, *Lazarus*
mortuus eft, Lazare eft mort. Car le peché, j'entends le peché mortel, ou la mort de l'ame par
le peché fuccede à fon affoupiffement : une medifance griéve qui échappe, une haine fecrete

Judic. 4.

Joan. 11.

qu'on nourrit dans le cœur, un emportement de vengeance qu'on ne reprime pas, une injuſtice que l'on commet, un deſir criminel à quoy l'on conſent, mille autres ſortes de pechez contre leſquels on n'eſt point en garde, achevent d'étouffer dans l'ame chreſtienne cette étincelle de vie qui luy reſtoit. De là ce juſte en qui la grace produiſoit des operations ſaintes & meritoires, ce juſte qui malgré ſes relaſchemens avoit encore l'habitude de la charité, ce juſte qui tout mourant qu'il eſtoit, ne laiſſoit pas d'eſtre encore ami de Dieu & enfant de Dieu, depouillé de cette grace qui l'animoit, n'eſt plus devant Dieu qu'un triſte cadavre ſans action & ſans mouvement : *Lazarus mortuus eſt.* Le comble de la deſolation, c'eſt que l'on en vient ſouvent là ſans le ſçavoir; & que par un aveuglement qu'on ne comprend pas, parce qu'il n'a point d'exemple dans la nature, quoyque mort ſelon Dieu, l'on ſe croit toûjours vivant.

Voilà néanmoins, mes chers Auditeurs, ce qui ne manque preſque jamais d'arriver dans le cours d'une vie laſche; & tel fut l'eſtat de cet Eveſque à qui Dieu diſoit : *Scio opera tua, quia* *Apoc. 3.* *nomen habes quòd vivas, & mortuus es ;* je ſçais quelles ſont vos œuvres; vous paſſez dans le monde pour un homme vivant, & vous eſtes mort. Comme s'il luy euſt dit : je ſçais que vous vous eſtes acquis dans le monde une vaine eſtime; je ſçais qu'il y a des hommes trompez par

F f ij

la fauſſe apparence de voſtre vertu ; je ſçais qu'on vous croit de la probité & de la pieté ; mais je ſçais auſſi que vous n'avez de tout cela que le nom , *Nomen habes quòd vivas ;* je ſçais qu'avec tout ce merite qui ébloüit les yeux, un peché que la paſſion vous cache & ſur quoy elle vous aveugle ; un peché que vous ignorez, mais dont voſtre conſcience n'eſt pas moins chargée ; un peché que vous vous diſſimulez à vous-meſme, donne la mort à voſtre ame ; *Nomen habes quòd vivas, & mortuus es.* Or à combien de mes Auditeurs ce reproche ne peut-il pas convenir ! Combien de chreſtiens reputez juſtes, ont en effet tous les dehors d'une vie pure & innocente, & ſont toutefois, comme des ſepulchres blanchis, pleins de corruption & d'iniquité ! Combien de femmes prétenduës-regulieres & honneſtes, ſont à couvert de la cenſure ſur un certain honneur du monde , & dés là croyent avoir accompli toute juſtice & eſtre en aſſeûrance auprés de Dieu , quoyque mille pechez qu'elles ne comptent pour rien, immodeſties, luxe, folles depenſes, amour d'elles-meſmes, dureté envers les pauvres, oiſiveté molle, jeu ſans regle, divertiſſemens continuels & ſans meſure, ſoient pour elles autant de principes de mort! Combien d'hypocrites, dont la vie ſous le faux éclat de quelques actions ſaintes & vertueuſes, n'eſt qu'un phantoſme qui ſéduit! & combien d'autres trompez par eux-meſmes

& ne se connoissant pas , prennent pour sainteté , pour vertu , pour religion , ce qui dans l'i-
dée de Dieu n'est que vanité, n'est qu'interest ,
n'est qu'imperfection ! Tous, autant de sujets à
qui l'on peut dire : *Nomen habes quòd vivas ,*
& mortuus es. Tous dans la pensée de saint Augustin , autant de Lazares, sur qui il faut que
Jesus-Christ fasse agir sa grace toute-puissante,
pour leur rendre cette vie divine que le peché
leur a fait perdre.

Miracle, poursuit ce saint Docteur, toûjours
accompagné dans l'exécution, de difficultez &
d'obstacles : mais dont les obstacles & les difficultez sont encore bien plus insurmontables ,
quand l'ame ainsi morte par le peché, au lieu
de recourir promptement à l'auteur de la vie,
& de se mettre en estat par la penitence d'estre
spirituellement ressuscitée, s'ensevelit dans son
peché par l'habitude mesme du peché. Car voilà jusqu'où l'iniquité se porte; & s'il peut y avoir
de l'ordre dans le déreglement d'une ame qui
se pervertit , voilà l'ordre que le Saint Esprit
nous y fait remarquer. Ce peché, qui selon l'expression du Prophete Royal, est comme une fos-
se que l'impie s'est creusée, devient un tombeau
pour luy. Ce n'est plus seulement un mort de
quatre jours ; mais par le delay qu'il apporte à
sa conversion, par la tranquillité avec laquelle
il demeure dans la disgrace de Dieu, c'est peut-
estre un mort de quatre années , souvent mes-

mes de dix, de vingt années, & audelà. Voulez-vous, mes chers Auditeurs, que je vous represente en un mot, mais d'une maniere sensible, l'affreux estat où il se trouve alors! Figurez-vous l'estat de Lazare dans le tombeau. Il avoit, dit l'Evangeliste, les pieds & les mains liées, le corps enveloppé d'un suaire, serré de bandes, sous une pierre d'une énorme grosseur: *Ligatus pedes & manus institis, & facies illius sudario erat ligata.* Tel est l'homme du siecle plongé dans son habitude: mille engagemens le lient & l'attachent à la créature; mille embarras de conscience l'enveloppent, sans qu'il voye de jour pour en sortir; le poids d'une longue habitude l'accable, & met le comble à son malheur aussi bien qu'à sa malice. Ah! mes Freres, conclut saint Augustin, qu'il est difficile à un homme que le peché tient asservi de la sorte, de se degager & de se relever! *Quam difficilè surgit, quem tanta moles consuetudinis premit!* Si ce n'estoit qu'un simple mort, c'est à dire, un pecheur seulement pecheur, mais sans attachement à son peché, sans nulle obligation particuliere qu'il eust contractée par son peché, il pourroit plus aisément revenir; & à force de s'écrier avec l'Apostre, *In felix ego homo, quis me liberabit de corpore mortis hujus!* infortuné que je suis, qui me delivrera de ce corps de mort! il auroit lieu d'esperer un heureux retour à la vie. Mais quand aprés le peché il se voit é-

Joan. 11.

Aug.

Rom. 7.

troitement ſerré par les liens du peché : quand
le peché, outre la mort qu'il luy a cauſée, l'a fait
entrer en de malheureuſes intrigues ; l'a embarqué dans des commerces, d'où il ne luy eſt plus
libre de ſe retirer, ſans faire dans le monde des
éclats auſquels il ne peut ſe reſoudre ; l'a jetté
dans un gouffre & dans un labyrinthe d'affaires qui n'ont point de fin, l'a rendu perſonnellement reſponſable des crimes d'autruy : quand
le peché attire aprés ſoy des reſtitutions, des re-
parations, des ſatisfactions qui doivent couſter,
& dont rien néanmoins ne peut diſpenſer ; ah !
c'eſt alors qu'il faut à Jeſus-Chriſt toute la vertu de ſa grace, pour arracher cette ame du ſein
de la mort. C'eſt alors & en veûë d'une reſurrection ſi miraculeuſe, que cet homme-Dieu
reſſent les meſmes mouvemens, dont il fut agité à l'aſpect du tombeau de Lazare. C'eſt alors
qu'il a de quoy pleurer, de quoy frémir, de
quoy ſe troubler. Car qu'y a-t-il, dit ſaint Auguſtin, de plus digne des larmes d'un Dieu,
qu'une ame créée à l'image de Dieu & devenuë
l'eſclave du démon & du peché ! Quel ſujet plus
capable de troubler un Dieu Sauveur, que de
voir dans l'habitude du crime & dans le centre
de la perdition ce qu'il a ſauvé !

Enfin aprés la ſepulture, ſuit la corruption
du cadavre & l'infection meſme qui en ſort :
Domine, jam fœtet. Car un pecheur dont le Joan. 11.
fonds eſt gaſté & corrompu, ne s'en tient pas là ;

& quand il le voudroit, il ne le peut pas. Son
libertinage qu'il avoit intereft de cacher, fe repand malgré luy au dehors: peu à peu il fe fait
connoiftre; & à mefure qu'il fe fait connoiftre,
il devient contagieux. Comme il n'eft rien de
plus fubtil à fe communiquer que l'exemple,
chaque exemple qu'il donne porte avec foy cette odeur de mort dont parloit l'Apoftre: *Odor*
mortis in mortem. Et parce que le monde eft
plein d'ames foibles, qui n'ont pas la force de
refifter aux impreffions qu'elles recoivent, non
feulement il les fcandalife, mais il les corrompt.
Ainfi un pere vitieux pervertit fans le vouloir
mefmes, fes enfants. Ainfi une mere coquette
infpire l'air du monde à une fille qu'elle éleve.
Ainfi un maiftre debauché rend des domeftiques complices & imitateurs de fes debauches.
Ainfi une femme fans confcience déregle toute
une maifon. Ainfi un homme libertin & fans
religion, abufant de fon efprit & debitant fes
fauffes maximes, fuffit pour infecter toute une
Cour. Ah! mon Dieu, un ouvrage digne de
vous c'eft la converfion de ce pecheur. *Domi-*
ne, jam fœtet. C'eft un homme pernicieux &
pour luy mefme, & pour les autres; c'eft un
homme corrompu dans fes mœurs & dans fes
fentimens. Mais enfin tout corrompu qu'il eft,
il peut encore fervir de fujet à voftre grace. Je
fçais que pour le convertir il ne faut pas moins
qu'un miracle; mais ce miracle, Seigneur, eft

2. Cor. 2.

Joan. 11.

dans vos mains; il ne tient qu'à vous de le faire, & c'eft celuy, mes chers Auditeurs, que je
vais vous faire admirer dans la refurrection de
Lazare. Lazare mort, figure d'un jufte qui fe
pervertit. Lazare reffufcité, figure d'un pecheur
qui fe convertit, c'eft la feconde partie.

IL faut, dit faint Chryfoftome, que la con- **II. PARTIE.**
verfion d'un pecheur foit quelque chofe de plus
grand & de plus divin que la refurrection d'un
mort, puifque les Pharifiens qui refufoient à
Jefus-Chrift la qualité de Fils de Dieu, ne s'é-
tonnerent jamais qu'il reffufcitaft les morts, &
que toûjours au contraire ils fe fcandaliferent
de ce qu'il s'attribuoit le pouvoir de remettre les
pechez. Auffi eft-il vray que le Sauveur du monde n'ufa de cet empire abfolu qu'il avoit fur la
mort, en reffufcitant les morts, que pour marquer celuy qu'il avoit fur le peché, en convertiffant & en fanctifiant les pecheurs; & fon deffein, remarque faint Chryfoftome, fut toûjours que l'un fervift de preuve & de figure à
l'autre, & que le miracle vifible qu'il opéroit lorfqu'il commandoit aux morts de fortir de leurs
tombeaux, nous reprefentaft fenfiblement le
miracle invifible de fa grace, lorfqu'il commande à une ame criminelle de fortir de fon defordre & qu'il la tire en effet de la puiffance de l'enfer. Or c'eft, Chreftiens, ce qui paroift aujourd'-
huy dans l'exemple le plus authentique & le

plus fameux de l'Evangile. Appliquons-nous à
confiderer ce miracle. N'en perdons pas une
circonftance : & pour y obferver quelque ordre, voyons ce qui engagea le Fils de Dieu à
reffufciter Lazare ; voyons quelle condition il
exigea avant que de luy rendre la vie ; voyons
quelles paroles il employa pour accomplir ce
chef d'œuvre de fa toute-puiffance ; voyons de
quelle maniere Lazare, tout enfeveli qu'il eftoit, entendit fa voix & luy obéit ; enfin, voyons
ce qu'il ordonna à fes Apoftres, & ce que fes
Apoftres exécuterent au moment que le tombeau fut ouvert: De tout cela formons-nous
une idée de la converfion parfaite & de la juftification du pecheur.

Qui donc engagea le Fils de Dieu à reffufciter Lazare ! le zéle de Marthe & de Magdelaine ; l'inftante priére de ces deux fœurs en faveur de ce frere bien-aimé, qui faifoit le fujet de
leur douleur. Car c'eft pour cela qu'elles dé-
puterent d'abord vers Jefus-Chrift, & qu'elles
luy firent dire : Seigneur, celuy que vous aimez

Joan. 11.

eft malade : *Ecce quem amas, infirmatur.* C'eft
pour cela que Marthe alla audevant de luy,
qu'elle fe jetta à fes pieds, & luy dit : Seigneur,
fi vous euffiez efté prefent icy, mon frere ne fe-

Ibidem.

roit pas mort ; *Domine, fi fuiffes hic, frater
meus non effet mortuus.* C'eft pour cela qu'elle
luy marqua tant de foy & tant de confiance,
lors qu'elle luy répondit : oüy, Seigneur, je

crois que vous estes le Fils du Dieu vivant, & que rien ne vous est impossible; *Utique, Domine, ego credidi quia tu es Christus filius Dei vivi.* Ce n'est pas que le Sauveur du monde, pour d'autres raisons, n'eust déja resolu de faire ce miracle : mais il vouloit encore estre prié. Il vouloit que les pressantes sollicitations de Marthe & de Magdelaine fussent un des motifs qui l'y portoient. Il vouloit par là donner à connoistre ses sentimens pour elles. En un mot, il vouloit que Lazare fust redevable à ses sœurs de cette seconde vie, à laquelle il alloit renaistre; & par un secret de providence qu'il estoit important de nous réveler, il vouloit faire dépendre de l'intercession & de la charité de ces saintes ames ce qui ne dépendoit absolument que de luy-mesme.

Belle leçon, mes chers Auditeurs, qui non seulement authorise la créance Catholique touchant l'intercession des Saints, mais establit solidement & confirme un autre article de nostre foy, touchant la communion des Saints, je veux dire, touchant l'obligation de prier les uns pour les autres. Leçon d'autant plus necessaire dans le christianisme, qu'elle y paroist aujourd'huy, & qu'elle y est mesmes en effet plus negligée. Je m'explique. Nous avons des freres selon l'esprit, & peut-estre selon la chair, qui maintenant & au moment que je parle, égarez de la voye de Dieu, sont dans la voye de perdition & dans

Ibidem.

l'eftat du peché. Dieu veut les reffufciter par fa grace ; mais il veut au mefme temps que nous foyons auprés de luy les folliciteurs, les nego-tiateurs, les cooperateurs de cette refurrection fpirituelle. Il veut que nous la demandions a-vec ardeur, & que par nos vœux & nos lar-mes nous le forcions en quelque maniere à nous l'accorder. Sans cela il ne luy plaift pas d'ouvrir les trefors de cette grande mifericorde qui doit eftre le principe du falut & de la con-verfion des grands pecheurs. Ainfi, dit S. Ful-gence, l'Eglife n'auroit pas faint Paul, ce vaif-feau d'élection, fi faint Eftienne n'euft prié ; & j'adjoufte qu'elle n'auroit pas faint Auguftin, ce Docteur de la grace, fi fainte Monique n'euft pleuré. Il a fallu que cette mere zelée fentift une feconde fois, fi j'ofe m'exprimer de la forte, les douleurs de l'enfantement, pour régenerer fon fils à Dieu ; & que le premier des Martyrs em-ployaft la voix de fon fang, pour faire de fon perfecuteur un Apoftre de Jefus-Chrift. Ni Au-guftin, ni Paul n'eftant pas alors en difpofition d'interceder pour eux-mefmes, c'eftoit à ceux que Dieu avoit choifis & qui avoient grace pour cela, de leur rendre ce favorable office. Autre-ment, qui fçait fi ces deux hommes, les lumie-res du monde chreftien, ne feroient pas toû-jours demeurez dans les tenebres, l'un du vice, & l'autre de l'erreur ! Or ce qui a paru d'une maniere miraculeufe dans ces converfions écla-

tantes, se passe encore tous les jours à l'égard
de tant de pecheurs, sur qui Dieu ne repand ses
dons, que parce qu'il y a des justes charitables qui
luy offrent pour eux des sacrifices, & que sa providence se plaist à sanctifier les uns par l'entre-
mise & le secours des autres.

Ah ! mes chers Auditeurs, combien pensez-
vous qu'il y ait dans le monde d'ames perduës
& comme abandonnées de Dieu, parce qu'il
n'y a personne qui prie, ni qui s'interesse pour
leur salut ! Combien pourroient dire à Dieu, ce
que le paralitique disoit à Jesus-Christ : *Domi-* *Joan. 5.*
ne, hominem non habeo. Il y a tant d'années que
je suis dans l'estat deplorable de mon peché,
parce que je n'ay pas un homme, qui soit touché de ma misere & qui pense à m'aider. Si cette mere d'ailleurs passionnée pour son fils, l'a-
voit aimé en mere chrestienne ; à force de solliciter auprés de Dieu pour sa conversion, elle
l'auroit retiré de son libertinage & de ses debauches. Si cette femme mondaine, au lieu de certaines jalousies qui l'ont si cruellement tour-
mentée, & qui la piquent encore si vivement,
avoit eû une jalousie sainte & telle que l'avoit
l'Apostre, *Æmulor enim vos Dei æmulatione :* *2. Cor. 11.*
c'est à dire, si dans un vray desir de voir ce mari changer de conduite & quitter ses habitudes,
elle se fust addressée au ciel, elle auroit eû la
consolation de le ramener à Dieu. Si cet ami
foible & complaisant, s'estoit fait un poinct de

confcience de remettre fon ami dans l'ordre, &
qu'il euft eû recours aux autels, d'un impie il
en auroit fait un ferviteur de Dieu. Mais où font
maintenant ces amitiez folides ! où eft ce zéle
pur, cette charité divine ! On s'inquiéte, mais
d'une inquiétude toute payenne ; on a du zéle
pour des enfants, mais un zéle fondé fur le fang
& fur la chair. Que ce fils qu'on idolaftre, tombe dans une maladie dangereufe, on fait cent fois
à Dieu pour luy la priére de Marthe : *Domine,*
ecce quem amas, infirmatur. Mais eft-il dans un
engagement criminel, mais entretient-il un
commerce qui le perd, mais mene-t-il une vie
libertine & fcandaleufe, on y eft infenfible : c'eft
un jeune homme, dit-on, que le torrent du
monde entraifne; il en reviendra : cependant on
le laiffe dans fon defordre ; & il y vit, peut-eftre
pour n'en fortir jamais & pour y mourir.

Vous diray-je, Chreftiens, que cette infenfibilité eft un des articles dont nous aurons à répondre au jugement de Dieu; & que dans la rigueur de fa juftice, Dieu nous demandera compte de ces ames que nous aurons negligées lorfqu'il nous eftoit fi aifé de contribuer à leur converfion & de l'obtenir ! ce feroit une morale terrible pour vous, mais où je ne dois pas m'engager parce qu'elle eft trop étenduë & trop vaf-
te. Quoyqu'il en foit, toûjours eft-il vray que
dans l'ordre de la predeftination tel qu'il a plû
à Dieu de l'eftablir & de nous le declarer, la

converſion des pecheurs eſt communément attachée aux priéres des juſtes : que c'eſt ainſi,
mon cher Auditeur, que vous-meſme qui m'é-
coutez, avez peut-eſtre eſté autrefois tiré de l'a-
byſme ; & que vous ſeriez le plus méconnoiſ-
ſant des hommes, ſi vous ne faiſiez pas pour les
autres ce que l'on a fait pour vous ; que c'eſt en
cela que conſiſte le zéle chreſtien , & qu'au lieu
de tant declamer contre les impies , ſi par une
charité ſolide vous preniez ſoin de prier pour
eux, Dieu qui veut, tout impies qu'ils ſont,
les convertir , vous accorderoit la grace qui les
doit ſauver. Je ſçais qu'il y a des pechez pour
leſquels le diſciple meſme bien-aimé ne nous a
pas conſeillé de prier, parce que ce ſont des pechez atroces qui vont à la mort : *Eſt peccatum* Joan. 5.
ad mortem; non pro illo dico ut roget quis. Mais
alors, dit ſaint Auguſtin, il faut recourir à l'artifice de Marthe : il faut comme elle faire prier
Jeſus-Chriſt le grand Avocat des pecheurs auprés de ſon Pere, le ſouverain Preſtre, le mediateur par excellence, & luy dire avec cette bienheureuſe fille : *Sed & nunc ſcio, quia quæ-* Joan. 11.
cumque popoſceris à Deo , dabit tibi. Il eſt
vray, Seigneur ; il ne m'appartient pas de demander un miracle auſſi ſingulier que la converſion de ce pecheur endurci : mais je ſuis certain que ſi vous l'entreprenez, ſi vous employez
pour luy voſtre interceſſion toute-puiſſante,
rien ne vous ſera refuſé. Oüy, Chreſtiens , Je-

fus-Chrift, fi je puis parler de la forte, entrera
en caufe avec vous : ce cœur rebelle, ce cœur de
pierre fera tout à coup fléchi & attendri ; la grace y ranimera les fentimens de religion que le
peché fembloit y avoir étouffez ; ce pecheur ou-
vrira les yeux, il reconnoiftra fon injuftice, &
fon repentir l'effacera. On en fera furpris dans
le monde ; mais ce prodige viendra d'une ame
fidelle, d'une Marthe pieufe, d'une Magdelaine fervente qui fe fera profternée devant le Seigneur & qui l'aura touché par fes pleurs & par
fes gemiffemens.

Cecy toutefois ne fuffit point encore : car
pour reffufciter Lazare, le Fils de Dieu commanda qu'on levaft la pierre qui fermoit le tombeau ; & c'eft une circonftance que les Peres ont
remarquée, & d'où ils ont tiré une inftruction
bien importante pour nous. En effet, demande
faint Chryfoftome, pourquoy le Sauveur du
monde exigea-t-il cette condition ! Il ne fut
point neceffaire que la pierre fuft levée, lorfqu'a-
prés fa mort il voulut fe reffufciter luy-mefme
& fortir du fepulchre. Ne pouvoit-il pas faire à
l'égard de Lazare le mefme miracle ! D'ailleurs,
fi cette pierre qui couvroit Lazare eftoit un obftacle, ne pouvoit-il pas d'une parole lever tous
les obftacles ! Ah, mes Freres, répond ce faint
Docteur, Jefus-Chrift pouvoit l'un & l'autre ;
& quant à fon abfoluë puiffance, le miracle
qu'il alloit opérer ne dépendoit de nulle condition.

dition. Mais cet homme-Dieu qui difpofoit les chofes felon les veûës de fon adorable fageffe, & qui pretendoit que cette refurrection fuft pour nous un parfait modelle de converfion, ne voulut rien faire fans la cooperation de ceux qui s'intereffoient pour Lazare. Il voulut que les juifs qui attendoient ce miracle, y contribuaffent eux-mefmes, & que leur miniftere fervift à l'accompliffement de fes deffeins. Lever la pierre, c'eftoit de leur part une action poffible & facile : il voulut qu'ils commençaffent par là. Figure qui nous decouvre un des poincts les plus effentiels touchant la juftification des hommes. Car fi vous eftes mort felon Dieu, mon cher Auditeur, fi vous avez perdu la vie de la grace, le Sauveur du monde veut faire un miracle pour vous & en vous : mais il y a des obftacles, dit faint Auguftin, que vous devez auparavant & neceffairement lever. Il s'agit de reffufciter voftre ame, de vous tirer de l'abyfme du peché, de vous renouveller en efprit, & cet homme-Dieu le peut : mais il veut avant toutes chofes que vous leviez certaines pierres de fcandale, qui dans le cours de la vie font des obftacles à fa grace & qui luy tiennent voftre cœur fermé. Qu'arrive-t-il ! On voudroit qu'il fift l'un, fans demander l'autre. On voudroit qu'avec tous les obftacles que nous oppofons à noftre converfion, & qu'il nous plaift d'entretenir ou dans nous-mefmes ou hors de nous-

Tome II. ,G g

mefmes, il opéraft en nous les plus merveilleux effets de fa grace vivifiante. On le voudroit, mais envain. Jefus-Chrift eft le Dieu des miracles; mais ce n'eft point un Dieu aveugle, pour prodiguer fes miracles & pour les avilir. De tous les miracles, noftre converfion eft celuy qu'il fouhaite le plus ardemment; mais il la fouhaite felon les regles de cette fage mifericorde, à laquelle il prétend que nous repondions & qui doit eftre accompagnée de noftre fidelité. D'efperer, que pour parvenir à ce miracle, il fera toûjours difpofé à faire un autre miracle encore plus grand, qui feroit de nous convertir & de nous fauver fans nous, c'eft prendre plaifir à nous tromper nous-mefmes. *Tollite lapidem ;* levez la pierre : c'eft à dire, quittez ce commerce, retranchez ce luxe, renoncez à ce jeu, bruflez ce livre, fuyez ces fpectacles, évitez ces occafions; car tout cela ce font comme des pierres, qui vous rendent impenetrable aux traits de la grace. Mais dés que la grace ne trouvera plus tous ces obftacles, vous verrez auffi bien que Marthe la gloire de Dieu, & la vertu du trés-haut éclatera dans voftre converfion : *Videbis gloriam Dei.* Sans cela, ne comptez pas fur un double miracle, lorfqu'un feul miracle fuffit; & n'attendez pas que Dieu vous convertiffe, ni qu'il vous fauve à voftre gré. Quoyque vous en puiffiez penfer, il en faudra toûjours revenir à la parole de Jefus-Chrift,

Joan. 11.

Ibidem.

Tollite lapidem ; puisqu'il est constant dans les principes mesmes de la foy, que la premiere action de la grace est d'éloigner de nous tout ce qui luy fait obstacle, & que c'est en cela qu'elle fait d'abord sentir son efficace & qu'elle commence à estre victorieuse.

Aussi la pierre levée, que fait Jesus-Christ ! c'est alors qu'il se met en devoir d'agir. Il tourne les yeux & il tend les bras vers le ciel. Il rend graces à son Pere de l'avoir exaucé. D'une voix imperieuse il se fait entendre à Lazare, & luy ordonne de paroistre : *Clamavit voce magnâ :* Joan. 11. *Lazare, veni foràs.* Cette voix de majesté, qui selon le temoignage de Jesus-Christ mesme, pénetre jusques dans le creux des tombeaux, *Qui* Joan. 5. *in monumentis sunt, audient vocem filii Dei :* cette voix de tonnerre, qui selon l'expression du Prophete, brise les cedres du Liban, divise la flamme du feu, ébranle & fait trembler les deserts, c'est à dire, dompte l'orgueil de la plus fiére impieté, éteint l'ardeur de la plus vive cupidité, force la resistance de l'infidelité la plus obstinée : c'est cette voix qui frappe Lazare & qui le rappelle du sejour de la mort; & c'est pour obéir à cette voix, que Lazare sort au mesme instant de l'obscurité de son tombeau : *Et sta-* Joan. 11. *tim prodiit qui erat mortuus.* Tandis qu'il estoit caché dans ce lieu de tenebres, la vertu de Jesus-Christ demeuroit comme suspenduë : il faut qu'il sorte dehors, qu'il se produise, qu'il se

monſtre au jour, pour eſtre parfaitement reſſuſcité : *Laʒare, veni foràs.* Or voilà , mon Frere,
reprend S. Auguſtin, exhortant un pecheur &
l'inſtruiſant ſur les devoirs de la vraye penitence, voilà ſur quoy vous devez vous former & ce
que vous devez vous appliquer. Car tandis que
vous fuyez la lumiere, tandis que vous vous te-
nez enveloppé dans les ombres d'une conſcience criminelle, tandis que vous ne decouvrez pas
le fonds de voſtre ame, cette grace qui ranime
les morts, n'a dans vous ni pour vous nul effet
de vie. Il faut que vous vous faſſiez connoiſtre,
& que par une confeſſion ſincere de vos deſordres, vous ſortiez comme un autre Lazare hors
du tombeau; *Et ſtatim prodiit qui erat mortuus.*
Il faut que ce qu'il y a dans vous de plus interieur , ſoit revelé; & que ſans attendre le jugement de Dieu, vous comparoiſſiez devant le tribunal de ſes miniſtres; que vous leur declariez
avec humilité & ſans reſerve ce que ſi long-
temps peut-eſtre vous avez affecté de vous cacher à vous-meſme. Car tel eſt l'ordre de Dieu,
& c'eſt ainſi qu'il luy a plû d'attacher à cette declaration, la grace de voſtre ſanctification : *La-*
ʒare , veni foràs. Cela vous trouble, dites-vous,
& à peine y pouvez-vous penſer ſans frémir :
mais la choſe n'en eſt pour vous, ni moins ſalutaire, ni moins neceſſaire; & le trouble meſme
qu'elle vous cauſe, eſt une preuve de ſa neceſſité. Car pourquoy le Fils de Dieu ſe troubla-t-il

en reſſuſcitant Lazare, ſinon pour vous apprendre ce qui devoit vous troubler vous-meſme! *Quid enim eſt, quòd turbavit ſemetipſum, niſi* Aug. *ut ſignificaret tibi, quòd & tu turbari debeas!* ce ſont les paroles de ſaint Auguſtin. Il ſe troubla, adjouſte ce Pere, parce qu'il le voulut; & nous devons nous troubler parce qu'il le faut & que ce trouble nous convient : *Turbatus eſt,* Idem. *quia voluit; nos, quia decet & oportet.* Son trouble fut un temoignage de ſa charité & de ſa miſericorde, & le noſtre doit eſtre l'effet de noſtre contrition. Non, mon cher Auditeur, ne craignez point de vous troubler vous-meſme, quand vous eſtes dans l'eſtat du peché; mais craignez pluſtoſt de ne vous pas troubler aſſez, puiſqu'il n'y a que le ſeul trouble de la penitence chreſtienne, qui vous puiſſe ſauver. Troublez-vous, afin que Dieu, ſelon l'oracle de David, gueriſſe les playes de voſtre ame; & qu'émeû de voſtre douleur & de vos larmes, il en faſſe un remede à vos maux : *Sana contritiones ejus, quia com-* Pſalm. 59. *mota eſt.* Si c'eſt trop peu de vous troubler, fremiſſez à l'exemple de Jeſus-Chriſt; mais fremiſſez en eſprit & dans les veûës de la foy. Ne vous contentez pas d'une ſimple horreur qui paſſe, & qui n'eſt que dans le ſentiment. Car l'homme, dit admirablement ſaint Auguſtin, doit fremir contre luy-meſme, comment! en confeſſant ſes iniquitez; & pourquoy! afin que l'habitude du peché cede à la violence & à l'ef-

Gg iij

Aug.

ficace du repentir : *Homo enim quasi fremere sibi debet in confessione peccatorum, ut violentiæ pænitendi cedat consuetudo peccandi.*

Joan. 11.

Aprés cela, Chreſtiens, que reſtera-t-il, ſinon que les Preſtres repreſentez par les Apoſtres, ou pluſtoſt, repreſentant les Apoſtres & Jeſus-Chriſt meſme, vous délient comme Lazare! *Solvite eum, & ſinite abire.* C'eſt là qu'ils commenceront à exercer en voſtre faveur leur miniſtere ; & qu'en vertu de cette abſolution juridique dont la grace leur a eſté confiée, ils feront authoriſez de Dieu pour vous dégager des liens de voſtre peché : *Solvite eum.* Prenez garde : le Fils de Dieu ne dit pas ſeulement aux diſciples en leur monſtrant Lazare, declarez-le delié, mais déliez-le vous-meſmes; *Solvite :* pour nous marquer (c'eſt l'application que le ſaint Concile de Trente fait de cette figure, & ſes paroles doivent nous tenir lieu d'une deciſion expreſſe & infaillible) pour nous marquer que ce que nous appellons abſolution dans le Sacrement, n'eſt point une ſimple commiſſion ou d'annoncer l'Evangile ou de declarer les pechez remis; mais un acte de juriſdiction, par où le miniſtre & le lieutenant de Jeſus-Chriſt prononce, exécute, remet, juſtifie. C'eſt pour cela meſme que Jeſus-Chriſt, ſelon la ſolide remarque de l'Abbé Rupert, uſa dans cette occaſion du meſme terme dont il devoit ſe ſervir en faiſant aux miniſtres de ſon E-

glife cette promesse solemnelle : *Quodcumque* Matth. 26.
solveritis super terram, erit solutum & in cœlis;
tout ce que vous délierez sur la terre, sera delié dans le ciel. Promesse, où il ne prétendoit pas
précisement leur faire entendre que ce qu'ils auroient delié sur la terre seroit delié pour la terre, comme s'ils n'eussent dû absoudre que des
censures des hommes ; mais où il vouloit expressément s'engager à délier dans ciel tout ce
qu'ils auroient delié sur la terre, *Erit solutum*
& in cœlis : parce qu'en effet le grand privilege
de l'ordination & du sacerdoce devoit estre de
pouvoir délier les consciences par rapport au jugement de Dieu. O mes Freres, conclut saint
Augustin dans la paraphrase de nostre Evangile, quel bonheur & quel avantage pour nous,
si nous pouvions, en suivant ces regles, ressusciter les pecheurs & nous ressusciter nous-mesmes avec eux ! *O si possemus excitare homines* August.
mortuos, & cum ipsis pariter excitari ! En sorte, adjoustoit cet incomparable Docteur, que
nous fussions aussi touchez de l'amour de cette
vie bienheureuse qui ne doit jamais finir, que
le sont les gens du siecle de cette vie mortelle
qui leur échappe à tous les momens : *Ut tales* Idem.
essemus amatores vitæ permanentis, quales sunt
amatores hujus vitæ fugientis. Plaise à Dieu,
Chrestiens, qu'il y en ait parmi vous de ce caractere, & que ce ne soit pas envain que je
vous aye developpé ce grand miracle de la re-

furrection des ames! Plaife à Dieu qu'entre ceux
qui m'écoutent, il y ait quelque Lazare qui forte de fon tombeau, converti & juftifié! Peut-
eftre le plus endurci & le plus abandonné de
ceux à qui je parle, eft celuy que Dieu a deftiné pour cela. Peut-eftre celuy dont vous attendez moins ce merveilleux changement, & que
vous fçavez y avoir plus d'oppofition, eft l'heureux fujet que Dieu a choifi. Pourquoy ne l'efpererois-je pas! Pourquoy mettrois-je des bornes à la grace de mon Dieu! Le bras du Seigneur eft-il raccourci? Le Dieu d'Elie n'eft-il
pas encore le Dieu d'Ifraël? n'eft-il pas toûjours
le maiftre des cœurs? n'a-t-il pas le mefme pouvoir qu'il avoit lorfqu'il reffufcitoit les morts!
& n'eft-ce pas dans les plus grands pecheurs
qu'il fe plaift à faire éclater fa mifericorde! Faites, ô mon Dieu, que ce ne foit point là un
fimple fouhait; mais que l'effet réponde à ma
parole, ou pluftoft à la voftre. Opérez ce miracle, non feulement pour la converfion particuliere de celuy de mes Auditeurs que vous avez
en veûë, mais pour l'exemple de tous les autres.
Ainfi vous verifierez, ô divin Sauveur, ce que
vous fiftes dire à Magdelaine & à Marthe, que
la maladie de Lazare n'alloit point jufques à la
mort, mais qu'elle eftoit pour la gloire de Dieu
& du Fils unique de Dieu. *Infirmitas hæc non
est ad mortem, fed pro gloria Dei, ut glorificetur Filius Dei per eam.* Ou fi l'eftat de ce pe-

Jon. 11.

cheur eſt un eſtat de mort, cette mort paſſage-
re, reprend ſaint Auguſtin, n'ira point juſques
à une mort éternelle, mais elle ſervira à faire
paroiſtre & à faire admirer la vertu toute-puiſſante de Dieu : *Mors iſta non erit ad mortem*, *Aug.*
ſed ad miraculum. Contribuons nous-meſmes
à ce miracle. Par là nous glorifierons Dieu, &
nous rentrerons dans la voye de l'éternité bienheureuſe, où nous conduiſe &c.

TABLE
DES SERMONS,
A V E C
l'Abregé de chaque Sermon.

Sermon pour le Jeudy de la feconde Semaine, fur les Richeffes. *page 1.*

SUJET. *Or il arriva que le pauvre mourut, & qu'il fut emporté par les Anges dans le fein d'Abraham. Le riche mourut auffi, & il fut enfeveli dans l'enfer.* Voilà, dit faint Auguftin, un partage bien furprenant ; mais il ne doit aprés-tout, ni defefperer les riches, ni enfler les pauvres. Car s'il y a des riches dans l'enfer, on y verra pareillement des pauvres ; & s'il y a des páuvres dans le ciel, tous les riches n'en feront pas exclus, puifqu' Abraham luy-mefme nous eft aujourd'huy reprefenté dans la gloire, aprés avoir poffedé fur la terre , felon le temoignage de l'Ecriture, des biens immenfes. Il faut néanmoins convenir que l'opulence eft un plus grand obftacle au falut que la pauvreté : pourquoy ? c'eft ce que je vais vous apprendre dans ce difcours. p. 1. 2. 3.

DIVISION. Les richesses servent de matiere à trois malheureuses concupiscences que saint Jean nous a marquées : concupiscence des yeux, concupiscence de la chair, & orgueil de la vie. Pour mieux entendre ma pensée, il faut distinguer trois choses dans les richesses; l'acquisition, la possession & l'usage. Or l'acquisition des richesses, ou le desir d'acquerir des richesses est communément une occasion d'injustice, & voilà l'effet de la concupiscence des yeux : 1. Partie. La possession des richesses enfle naturellement une ame vaine, & rien n'est plus propre à luy inspirer ce que le bien-aimé disciple appelle orgueil de la vie : 2. Partie. Enfin, le mauvais usage des richesses entretient dans un cœur l'amour du plaisir, & fomente la concupiscence de la chair : 3. Partie. L'homme du siecle injuste, parce qu'il veut acquerir les biens de la terre. L'homme du siecle orgueilleux, parce qu'il possede les biens de la terre. L'homme du siecle voluptueux, parce qu'il use mal des biens de la terre. p. 3. 4. 5.

I. PARTIE. L'homme du siecle injuste, parce qu'il veut acquerir les biens de la terre. Tout riche, disoit saint Jerosme, est ou injuste dans sa personne, ou héritier de l'injustice d'autruy. Quoyque cette proposition ait paru dure, l'experience ne la verifie que trop. Parcourez les maisons & les familles distinguées par les richesses : à peine en trouverez-vous quelques-unes, où l'on ne vous fasse pas voir une succession d'injustice aussi bien que d'héritage. Je sçais quelles consequences s'en-suivent de là ; ou plustost, je sçais de quelles erreurs la pluspart des riches se laissent préoccuper sur cela : mais malheur à eux s'ils se livrent à une aveugle cupidité ; & malheur à moy si je leur dissimulois des veritez qui les doivent sauver. p. 5. 6. 7. 8.

Quoyqu'il en soit, je dis d'abord aprés l'Apostre, que le desir d'acquerir des richesses est communément une source d'injustice : pourquoy ? 1. c'est qu'on veut estre riche à quelque prix que ce soit. 2. c'est qu'on veut estre riche sans se proscrire de bornes. 3. c'est qu'on veut estre riche en peu de temps. Trois desirs capables de pervertir les Saints mesmes. p. 8. 9.

1. On veut estre riche à quelque prix que ce soit. Voilà la fin qu'on se propose. Des moyens, on en deliberera : mais il faut avoir. On voudroit bien y parvenir par des voyes honnestes; mais au défaut de ces voyes honnestes, on est disposé à prendre toutes les autres. C'est ce que le Satyrique de Rome reprochoit à ses Concitoyens, & ne peut-on pas bien nous faire le mesme reproche ? voilà, leur disoit-il, comment vous raisonnez : *Rem, si possis, rectè; si non, quocumque modo, rem.* Or supposons un homme dans cette disposition, que ne fera-t-il pas, & qui pourra l'arrester ? p. 9. 10. 11. 12.

2. On veut estre riche, sans se prescrire de bornes. Car où sont aujourd'huy les riches qui se tiennent dans une sage moderation ? Envain on leur represente tout ce qui peut amortir le feu de leur avare convoitise : ils se répondent secretement, qu'on n'en a jamais assez. Or quelles injustices cette passion effrenée ne doit-elle pas traisner aprés soy ? De là tant d'anathesmes que les Prophetes ont prononcez contre cette faim devorante. p. 12. 13. 14. 15.

3. On veut estre riche en peu de temps. S'enri-

chir par une longue épargne & par un travail affidu, c'eſtoit l'ancienne route que l'on ſuivoit dans
la ſimplicité des premiers ſiecles : mais dans la ſuite on a trouvé des chemins raccourcis & bien plus
commodes. Or il eſt de la foy que quiconque cherche à s'enrichir promptement , ne gardera pas ſon
innocence : *Qui feſtinat ditari, non erit innocens.*
Et certes il eſt incomprehenſible , par exemple ,
qu'avec des profits & des appointemens reglez, on
faſſe tout à coup des fortunes telles que nous en
voyons. Cela va, dites-vous , à damner bien des
gens d'honneur : mais 1. en quel ſens les appelle-
t-on gens d'honneur? 2. ſi ces prétendus gens d'honneur trouvent icy leur condamnation, c'eſt à eux à y
prendre garde. p. 15. 16. 17.

Faut-il s'étonner aprés cela que le Fils de Dieu
parlant des richeſſes, les appelle richeſſes d'iniquité ? Faut-il demander pourquoy le ſage cherchoit
par tout un homme juſte, qui n'euſt point couru a-
prés l'or & l'argent ; & pourquoy il le regardoit
comme un homme de miracles ? Mais, reprend ſaint
Auguſtin, s'il eſt rare de trouver un juſte deſinte-
reſſé, combien plus doit-il eſtre, je ne dis pas difficile, mais impoſſible, qu'un homme attaché à ſon
intereſt ſe maintienne dans l'eſtat de juſte ? Voulez-
vous, conclut ſaint Bernard, moderer cet injuſte deſir ? comprenez l'obligation de l'aumoſne. Ou vous
eſtes riche & vous avez du ſuperflu, & alors ce ſuperflu n'eſt pas pour vous, mais pour les pauvres ;
ou vous eſtes dans une fortune mediocre, & alors
que vous importe d'amaſſer ce que vous ne pourrez
garder ? p. 17. 18.

II. PARTIE. L'homme du ſiecle orgueilleux,

parce qu'il possede les biens de la terre. L'Apostre écrivant à son disciple Timothée, luy recommandoit particulierement d'ordonner aux riches de ne s'enorgueillir point de leur fortune. Car il sçavoit, dit saint Augustin, que l'esprit du christianisme est essentiellement opposé à l'esprit d'orgueil, & d'ailleurs il n'ignoroit pas que l'esprit d'orgueil est comme inseparable des richesses. p. 19. 20.

En effet, les richesses inspirent naturellement deux sentimens d'orgueil : l'un à l'égard des hommes, l'autre à l'égard de Dieu. 1. Orgueil envers les hommes, que nous appellons suffisance & fierté. 2. Orgueil envers Dieu, qui dégenere en libertinage & en impieté. p. 20.

1. Orgueil envers les hommes. C'est une suite de l'estat où le riche se trouve par son opulence. N'avoir besoin de personne, premier effet de l'opulence, & disposition prochaine à mépriser tout le monde. Qu'ay-je affaire de celuy-cy, dit un riche mondain, & que me reviendra-t-il d'avoir des égards pour celuy-la ? Plus d'affabilité, de douceur, de patience, de déference. p. 20. 21. 22.

Voir tout le monde dans la dépendance, c'est à dire, se voir recherché de tout le monde, redouté de tout le monde, obéi de tout le monde, autre effet de la richesse : & qu'y a-t-il de plus propre à entretenir la présomption d'une ame superbe? L'humiliation du riche seroit de penser quels sont ces serviteurs & ces amis dont il se glorifie : serviteurs & amis interessez. Mais il n'importe : c'est une gloire pour luy d'avoir sous ce nom d'amis beaucoup de mercenaires & beaucoup d'esclaves. p. 22. 23.

Estre en pouvoir de tout entreprendre & de tout

faire avec impunité, troifiéme effet de l'abondance pour qui fçait s'en prévaloir. Les loix font pour les miferables, difoit Salvien ; mais aux riches tout eft permis. Et voilà, felon la parole du Prophete Royal, ce qui les rend fiers & infolens. *Ideò tenuit eos fu-perbia.* p. 23. 24.

Avoir mefmes, quoyqu'on faffe, des approbateurs, quatriéme effet de l'opulence. Le pauvre parle avec fageffe, dit le Saint Efprit, & à peine le fouffre-t-on. Le riche parle mal à propos, & on l'écoute avec refpect : on loüe jufques *aux defirs de fon cœur.* Enfin, quiconque eft riche, eft éminemment toutes chofes, & fans merite il a tout merite. Ne fe-roit-ce donc pas une efpece de prodige, s'il fçavoit fe garentir de l'orgueil ? p. 24. 25.

2. Orgueil envers Dieu. S. Paul ne parle prefque jamais de l'avarice, qu'il ne la traite d'idolaftrie, *Quæ eft fimulacrorum fervitus.* Et en effet le Dieu du riche, c'eft fon argent, puifque c'eft fon argent qu'il aime & en fon argent qu'il fe confie au mépris du vray Dieu. Exemple de cet homme dont parle le Prophete Ofée, qui difoit : je fuis devenu riche, & dans mes richeffes j'ay trouvé mon idole : *Dives effectus fum : inveni idolum mihi.* Combien de ri-ches font dans ce fentiment ; & fans qu'ils s'en expliquent, leur conduite nous fait affez connoif-tre les veritables difpofitions de leur cœur. Qu'eft-ce qu'un riche dans l'ufage du fiecle ? Un homme, ou abfolument fans religion, ou qui n'a que la fur-face de la religion, ou qui n'a que trés peu de reli-gion. Je ne pretends pas néanmoins que tous les ri-ches foient de ce caractere : mais je dis que la pof-feffion des richeffes, fans une humilité héroïque,

conduit là & aboutit là. Le remede eſt de bien comprendre, 1. que ces richeſſes paſſeront; 2. que le
riche meſme n'en eſt par rapport à Dieu que le de-
poſitaire & le diſpenſateur; & qu'en vertu de l'o-
bligation indiſpenſable de l'aumoſne, il en doit
une partie aux pauvres. p. 25. 26. 27. 28. 29. 30.
31.

    III. PARTIE. L'homme du ſiecle voluptueux,
parce qu'il uſe mal des biens de la terre. Il paroiſt
étrange d'abord que le riche de noſtre Evangile ait
eſté ſi hautement condamné de Jeſus-Chriſt. Qu'a-
voit-il fait pour meriter de l'eſtre ? Il eſtoit veſtu
de pourpre & de lin; mais ſa condition ne le demandoit-elle pas ? Il ſe traitoit magnifiquement;
mais ſans cela que luy euſt ſervi ſon bien ? C'eſt ainſi que le monde en juge; & moy je réponds que le
monde ſe trompe, quand il ſe perſuade, que dés-là
qu'on eſt riche on ait droit de vivre plus ſomptueu-
ſement & plus voluptueuſement. La morale du paganiſme pourroit me fournir là-deſſus de quoy confondre bien des chreſtiens. Mais quoy qu'en ayent
penſé les payens meſmes, la morale de l'Evangile va
bien encore plus loin. Car elle nous apprend que plus
un chreſtien eſt riche, plus il doit eſtre penitent : &
cela par trois raiſons. 1. parce que le riche eſt beaucoup plus expoſé que le pauvre à la corruption des
ſens. 2. parce qu'il eſt communément plus chargé
d'offenſes & plus redevable à la juſtice de Dieu.
3. parce qu'il trouve dans ſa condition plus d'obſtacles à la penitence, qui néanmoins eſt la ſeule voye
par où il puiſſe retourner à Dieu & ſe ſauver. p. 31.
32. 33. 34 35. 36.

    Mais ſi cela eſt, que feray-je de mes revenus ?

                                    Ils

ils vous ferviront pour honorer Dieu, pour exercer la charité envers vos freres, pour racheter vos pechez. p. 36. 37.

Voilà l'ufage qu'il faudroit faire de vos richeffes : mais voicy celuy qu'on en fait. Je ne parle point de tant d'abominations, de tant de commerces infames, dont l'argent eft le lien & le foutien, & où font quelquefois employez les biens mefmes de l'Eglife. Laiffons toutes ces horreurs. Mais je parle de ce que la coutume & l'efprit du fiecle femblent avoir rendu, non feulement fupportable, mais loüable, tout oppofé qu'il eft aux maximes de l'Evangile. Parce qu'on a du bien on en veut joüir fans reftriction, & dans toute l'étenduë des defirs qu'un attachement infini à foy-mefme & à fa perfonne peut infpirer. On veut que le fruict des richeffes foit tout ce qui peut contribuer à une vie commode, pour ne pas dire delicieufe. Et de là il ne faut plus efperer que la chair foit jamais fujette à l'efprit, ni l'efprit à Dieu. p. 37. 38. 39. 40. 41.

Pleurez donc, mes Freres, concluoit l'Apoftre faint Jacques en parlant aux riches : car le temps viendra où vos biens vous feront enlevez, où vos richeffes porteront témoignage contre vous, & où ces tréfors d'iniquité feront pour vous des tréfors de colere & de vengeance. Mais pour en faire des tréfors de juftice & de fainteté, partagez-les avec les pauvres. Et vous, pauvres, apprenez à vous confoler dans voftre pauvreté, puifqu'elle vous met à couvert des dangers & du malheur des riches. Ne foyez pas feulement pauvres par neceffité, mais foyez-le de cœur. Car que vous ferviroit d'eftre depourveûs de biens, fi vous aviez le cœur plein de de-

1. La veûë des biens dont il aura fait un criminel ufage. Biens de fortune, dont il pouvoit fe fervir pour meriter le ciel en affiftant les pauvres, &
qu'au contraire il aura fait fervir à fa damnation par
fon avarice ou par fes folles dépenfes. Biens de fortune, biens periffables & paffagers, pour lefquels
il aura perdû fon vray bien, fon unique bien, un
bien éternel : *Guftans guftavi paululum mellis, &*
ecce morior. De plus, biens de la grace qui devoient
eftre pour luy des moyens de falut, & qu'il fe fera
rendus inutiles & mefmes préjudiciables : *Recorda-*
re. p. 49. 50. 51. 52. 53.

2. La veûë des maux qu'il aura commis. Il ne
faudra point de démons, dit faint Chryfoftome,
point de fpectres pour faire de l'enfer un lieu de
tourment. Ce que chacun y apportera de crimes,
voilà les démons aux quels il fera livré ; & les
payens eux-mefmes l'ont reconnu. Mais ces crimes ne feront plus : il eft vray, répond faint Bernard, ils ne feront plus dans la réalité de leur eftre,
mais ils feront encore dans la penfée & dans le fouvenir, & c'eft par le fouvenir & par la penfée qu'ils
feront fouffrir une ame reprouvée de Dieu. Ils ne
feront plus, mais ils auront efté ; & ils ne tourmentent, ni fur la terre, ni dans l'enfer, que parce
qu'ils ont efté. Et comme il fera toûjours vray qu'ils
auront efté, auffi tourmenteront-ils toûjours. Jugez de ce tourment par ce que nous voyons quelquefois dans la vie. Cette femme avoit de l'honneur,
mais dans une malheureufe rencontre elle s'eft ou-
bliée : cet homme paffoit pour homme de bien, & il
l'eftoit; mais dans un fafcheux moment la paffion
l'a tranfporté & luy a fait faire un mauvais coup. De

quels regrets sont-ils saisis l'un & l'autre, lorsqu'ils viennent à ouvrir les yeux & se reconnoistre? p. 53. 54. 55. 56.

Adjoustez que les crimes de la vie se presenteront tous à la fois aux yeux du reprouvé, & tous à la fois le tourmenteront. Il n'en a gousté la douceur que par parties, par ce qu'il ne les a commis que par intervalles & par succession : mais dans son tourment il n'y aura, ni succession, ni partage. Souvenez-vous de ce que nous éprouvons dans ces reveûës generales que nous faisons de nos consciences. Quelle honte quand tout à coup cette multitude innombrable de pechez se développe devant nous ! Or apprenez de là quelle sera donc la honte & le trouble des reprouvez : *Non est pax ossibus meis à facie peccatorum meorum.* p. 57. 58. 59.

Voilà nostre leçon. Sans qu'il soit necessaire que Lazare ni aucun des morts vienne nous instruire, l'exemple du mauvais riche suffit. Mais bien loin d'en profiter, nous ne profitons pas mesmes de nostre propre experience. Car dés cette vie nous avons une experience sensible du repentir des damnez, & quelle est-elle ? le trouble & le remords du peché dés que nous l'avons commis. Mais nous étouffons ce remords, ou plustost nous taschons à l'étouffer, en effaçant, autant qu'il est possible, de nostre esprit l'idée d'un Dieu vengeur & d'une vie immortelle. Cependant nous avons beau faire des efforts, ce ver du peché ne meurt point pour cela, & il se fait sentir aux Souverains mesmes & aux Monarques. Au lieu de l'étouffer ce remords, que fais-je si je suis fidelle à la grace ? je le réveille & je l'excite en moy par de solides reflexions ; je le de-

mande à Dieu ; je l'anticipe mesmes & je me dis :
quel fruict tireray-je de ce peché, & pourquoy faire maintenant ce que je voudray dans la suite n'avoir
jamais fait ? p. 59. 60. 61. 62. 63.

II. PARTIE. Estat malheureux du reprouvé,
que le present accable par la plus violente douleur.
Saint Bernard souhaitoit que pendant la vie les pecheurs descendissent en esprit dans l'enfer, afin de
n'y pas descendre après la mort. Mais pour l'entier
accomplissement du souhait de saint Bernard, il faudroit que nous y pussions descendre avec les mesmes
connoissances que les damnez. Du moins taschons
à nous former quelque idée de leur estat. Double
peine. 1. separation de Dieu. 2. tourment du feu. p.
64. 65.

1. Separation de Dieu. Le mauvais riche, du lieu
de son supplice, vit Abraham; mais il ne le vit que de
loin, *à longè* ; & s'il estoit si loin d'Abraham, dit
saint Ambroise, il estoit encore bien plus éloigné de
Dieu. Or qu'est-ce que d'estre separé de Dieu ? cette peine, répond saint Bernard, est aussi grande par
proportion, que Dieu est grand. Dés cette vie ce terrible mystere de la perte d'un Dieu, commence dans
la personne des pecheurs. Dieu & l'ame par le peché se separent, jusqu'à se renoncer l'un l'autre: mais
aprés-tout ils peuvent encore se rejoindre ; au lieu
que le divorce entre Dieu & le reprouvé est parfait
& sans retour. Dieu n'est plus à l'ame reprouvée,
& l'ame reprouvée n'est plus à Dieu : *Quia vos non*
populus meus, & ego non ero vester. p. 65. 66. 67. 68.
69.

Que dis-je? l'ame reprouvée sera encore à Dieu &
Dieu à elle. Dieu luy sera inseparablement uni, & elle

à Dieu : mais c'eſt cela meſme qui doit faire ſon malheur. Car ſon ſouverain malheur ſera d'eſtre privée
de Dieu en tant que Dieu eſtoit l'objet de ſa felicité,
& d'eſtre penetrée de Dieu en tant que Dieu ſera le
ſujet éternel de ſes plus violents tranſports. Malheureuſe d'avoir encore un Dieu, & malheureuſe
de n'en avoir plus : d'avoir encore un Dieu conjuré contre elle & ennemi, & de n'avoir plus de Dieu
favorable pour elle & ami. Elle eſtimera Dieu tel
qu'elle ne le poſſedera jamais ; & elle le haïra tel
qu'elle l'aura toûjours preſent. p. 69. 70.

2. Tourment du feu. Si je vous diſois que ce ſupplice ſurpaſſe, non ſeulement tout ce que les martyrs ont ſouffert, mais tout ce qu'il y a dans le monde & tout ce que noſtre imagination peut ſe figurer de plus douloureux, je ne vous dirois rien que ce
que nous ont dit tous les Peres. Mais je me contente de faire avec vous une reflexion. Car ce qui
m'étonne, c'eſt qu'une verité ſi touchante nous touche ſi peu ; c'eſt que la meſme foy qui nous enſeigne
qu'il y a un enfer où l'on eſt ſeparé de Dieu & où
l'on bruſle, nous dit encore qu'un ſeul peché nous
expoſe à l'un & à l'autre, & que le peché néanmoins nous ſoit ſi ordinaire. Croyons-nous ce
poinct fondamental du chriſtianiſme? ne le croyons-
nous pas ? Si nous le croyons, où eſt noſtre ſageſſe ?
ſi nous ne le croyons pas, où eſt noſtre religion ?
Quand la choſe ſeroit ſeulement douteuſe, faudroit-
il riſquer ſur un tel ſujet ? Et d'ailleurs ce que les
impies alleguent pour combattre cet article de noſtre foy, eſt-il comparable à tant de preuves ſur quoy
nous le trouvons eſtabli ? p. 71. 72. 73. 74. 75.

David diſoit : *Seigneur, vous m'avez éprouvé*

par le feu ; & ce feu m'a tellement purifié, qu'il ne s'eft plus trouvé en moy d'iniquité. Eprouvons-nous ainfi nous-mefmes par le feu de l'enfer. Que ce feu, reprend faint Auguftin, nous ferve à exciter dans nous une autre feu, qui eft le feu de la charité ; & à y éteindre encore un troifiéme feu, qui eft le feu de la cupidité. Tel eft l'ufage qu'en ont fait les Saints. p. 75. 76. 77.

III. PARTIE. Eftat malheureux du reprouvé, que l'avenir défole par le plus affreux defefpoir. C'eft un inftinct naturel à tous ceux qui fouffrent, de chercher dans l'avenir la confolation & le remede du prefent. Mais ce qui défole l'ame reprouvée dans l'enfer : 1. c'eft qu'elle defefpere d'obtenir jamais de Dieu aucune grace, quand elle le prieroit toute l'éternité. 2. c'eft qu'elle defefpere de fléchir jamais Dieu par la penitence, quand elle deteíteroit fon peché toute l'éternité. 3. c'eft qu'elle defefpere, non feulement d'acquitter, mais de diminuer jamais fes dettes par fes fouffrances, quoy qu'elle doive fouffrir toute l'éternité. p. 77. 78. 79.

1. Plus d'efperance d'obtenir jamais par fes priéres aucune grace. Le mauvais riche prie Abraham de luy accorder feulement pour toute grace une goute d'eau, & cette goute d'eau luy eft refufée. Envain donc le reprouvé s'écriera-t-il comme luy : *Miferere mei :* ah ! Ciel un peu de compaffion pour moy ; Dieu luy répondra comme à fon peuple : *Quid clamas ?* pourquoy vous plaignez-vous ? *Infanabilis dolor tuus ;* voftre mal eft fans remede : mais ne vous en prenez qu'à vous-mefme & à vos pechez ; *Propter dura peccata tua feci hæc tibi.* Ainfi s'accomplira cette parole de l'Evangile, que

Dieu n'écoute point les pecheurs. p. 79. 80.

2. Plus d'esperance de fléchir jamais Dieu par la penitence. Ce n'est pas qu'il n'y ait, selon le mot de la sagesse, une penitence dans l'enfer. Mais ce n'est plus qu'une penitence forcée, & par consequent qu'une penitence inutile. Le peché donc subsistera toûjours ; & tant que le peché subsistera, Dieu haïra le pecheur & le punira. *Magnum cahos inter nos & vos firmatum est.* Il y a, dit Abraham au riche reprouvé, un cahos insurmontable entre nous & vous. p. 81.

3. Plus d'esperance, non seulement d'acquitter, mais de diminuer jamais ses dettes par ses souffrances. Origene & d'autres comme luy ont voulu douter de cette éternité malheureuse, fondez sur la bonté & la justice de Dieu. Mais, répond saint Augustin, la bonté n'est pas seulement en Dieu misericorde, elle est encore sainteté : or la sainteté de Dieu est essentiellement ennemie du peché : donc le chastiment du peché sera éternel, puisque Dieu sera toûjours bon, toûjours saint, & que le peché durera toûjours. Dites le mesme de la justice. Le mauvais riche entendra éternellement cette parole foudroyante: *Nunc autem cruciaris*; maintenant vous souffrez. Ce *maintenant* ne finira jamais. p. 82. 83.

De vous donner une juste idée de cette éternité, c'est ce que je n'entreprends pas: & qui le pourroit? Je me prosterne seulement, Seigneur, devant vous, tandis qu'il est encore temps de vous fléchir. Je parle dans une Cour où je vois tant de mondains tout occupez du monde, sans penser à l'éternité. Ne pourrois - je pas dans une juste indignation vous presser enfin, Seigneur, de vous faire connoistre &

de faire éclater fur eux voftre juftice ? Mais je fçais
d'ailleurs que ce font des ames pretieufes & rachetées de voftre fang. Eclairez-les, mon Dieu, & dif-
fipez le charme qui les aveugle. O éternité, penfée
falutaire dans la vie, mais defefperante dans l'enfer!
Si nous ne voulons pas qu'elle foit le fujet de noftre
defefpoir, faifons en le motif de noftre penitence.
p. 83. 84. 85.

Sermon pour le Dimanche de la troifiéme Semaine, fur l'Impureté. *page 86.*

SUJET. *Lorfque l'efprit impur eft forti d'un
homme, il va par des lieux arides cherchant du
repos & il n'en trouve point. Alors il dit : je retourneray dans ma maifon d'où je fuis forti : & à
fon retour, il la trouve vuide, baliée, & ornée. Il
part auffitoft, & il va prendre avec foy fept autres
efprits encore plus mechants que luy; ils rentrent dans
cette maifon, & ils y habitent.* Il y a des démons
de plufieurs efpeces; mais entre tous les autres, celuy
que nous devons avoir particulierement en horreur,
c'eft le démon d'impureté dont il eft parlé dans noftre Evangile. Rien de plus ordinaire & de plus pernicieux que le vice qu'il entretient dans les cœurs,
& c'eft ce vice abominable que j'attaque dans ce difcours. p. 86. 87. 88.

DIVISION. Impureté, figne de la reprobation,
& principe de la reprobation. Signe vifible de la
reprobation, parce que rien ne nous reprefente mieux
dés cette vie l'eftat des reprouvez aprés la mort :
1. Partie. Principe efficace de la reprobation, parce

que rien ne nous expofe à un danger plus certain de tomber dans l'eftat des reprouvez aprés la mort : 2. Partie. p. 88. 89.

I. PARTIE. Impureté, figne de la reprobation. Quatre chofe marquées dans l'Ecriture, expriment parfaitement l'eftat des reprouvez dans l'enfer, fça-voir, les tenebres, le defordre, l'efclavage, & le ver de la confcience. Or de tous les pechez, l'impure-té eft celuy, 1. qui jette l'homme dans un plus pro-fond aveuglement d'efprit. 2. qui l'engage dans des defordres plus funeftes. 3. qui le captive davanta-ge fous l'empire du démon. 4. qui forme dans fon cœur un ver de confcience plus infupportable & plus piquant. p. 89. 90.

1. Aveuglement : car l'impureté rend l'homme tout charnel. Or de pretendre qu'un homme char-nel ait des connoiffances raifonnables, c'eft vou-loir que la chair foit efprit : *Animalis homo non percipit ea quæ Dei funt.* En effet, dit faint Ber-nard, l'impudique fe réduit à la condition des bef-tes, lorfqu'il fuit les mouvemens d'une paffion pré-dominante dans les beftes. Par confequent il n'a plus ces lumieres de l'efprit, qui nous diftinguent des beftes & qui nous font agir en hommes. Auffi voyons-nous tant de voluptueux, au moment que la paffion les follicite, fermer les yeux à toutes les confiderations divines & humaines. Venons au dé-tail. Ils perdent fur tout trois connoiffances: la con-noiffance d'eux-mefmes, la connoiffance de leur propre peché, & la connoiffance de Dieu. p. 90. 91. 92.

Ils perdent la connoiffance d'eux-mefmes & de ce qu'ils font. Exemple de ces deux vieillards, qui sans se souvenir de leur dignité & de leur age, tenterent la chaste Susanne. Aussi les Poëtes, selon la remarque de Clement Alexandrin, en décrivant les infames commerces de leurs fausses divinitez, les representoient toûjours deguisées, & souvent metamorphosées en bestes : pour nous faire entendre que ces Dieux pretendus n'avoient pû se porter à de telles extremitez sans se méconnoistre. Et certes n'est-il pas surprenant de voir jusques à quel poinct ce peché abrutit l'homme ? On oublie tout. Un pere oublie ce qu'il doit à ses enfants, un juge ce qu'il doit au public, un ami ce qu'il doit à son ami, un Prestre ce qu'il doit à Jesus-Christ, une femme ce qu'elle doit à son mari, une fille ce qu'elle se doit à elle-mesme. p. 92. 93. 94. 95.

Je dis plus. L'impudique perd la connoissance de son peché, ou plustost de la grieveté de son peché. Dans les regles communes, c'est par l'experience que nous parvenons à la connoissance des choses ; mais dans le peché dont je parle, il arrive tout le contraire. Car nous ne le connoissons jamais mieux que quand nous n'en avons nul usage, & nous n'en perdons la connoissance qu'autant que nous nous licentions à le commettre. Une ame encore innocente & pure le regarde comme un monstre ; mais un pecheur par estat le traite de galanterie, & s'en applaudit. Auroit-on jamais crû qu'il dust y avoir des chrestiens assez corrompus, pour traiter de simple galanterie un peché de cette consequence ? Et qu'est-ce encore que d'entendre des femmes dans le christianisme tenir de semblables discours, & regarder comme des bagatelles de vrays crimes ? Ces conversations libres, ces entretiens so-

crets & familiers, ces amitiez prétenduës honneſtes , ces commerces aſſidus de viſites & de lettres,
ces artifices de la vanité humaine , cette deteſtable
ambition d'avoir des adorateurs, ces douceurs vrayes
ou fauſſes temoignées à un homme mondain, ces
habillemens immodeſtes : tout cela n'eſt rien, dites-
vous ; mais la queſtion eſt de ſçavoir ſi Dieu en jugera de la ſorte , & ſi vous-meſmes lorſqu'il faudra comparoiſtre devant ſon tribunal, vous n'en jugerez pas autrement. p. 95. 96. 97. 98. 99. 100.

    Enfin, ce peché nous fait perdre la connoiſſan-
ce de Dieu. On peut dire que les impudiques ſont
communément des eſprits gaſtez en matiere de créance, & que le progrez de l'impieté ſuit preſque
toûjours le progrez du vice. La raiſon eſt, que la
veüë d'un Dieu troublant le voluptueux dans ſon
plaiſir, pour mieux gouſter ſon plaiſir il prend le
parti de renoncer Dieu ; & ce fut ainſi que Salomon devint idolaſtre. Les payens, ſelon la remarque de ſaint Auguſtin, ayant fait eux-meſmes leurs
Dieux, ils les ont faits ſelon leur caprice, & tels qu'ils
les ont voulu : des Dieux paſſionnez, emportez,
adulteres. Mais comme noſtre Dieu eſt indépendamment des hommes tout ce qu'il eſt, le voluptueux deſeſperant de le changer & le trouvant toûjours contraire à ſa paſſion, le deſavoüe. Or y a-t-il
rien de plus affreux dans les tenebres de l'enfer, que
cet aveuglement? Les tenebres de l'enfer ne ſont que
des tenebres exterieures , *In tenebras exteriores :* au
lieu que l'aveuglement de l'impudique eſt tout interieur. p. 100. 101. 102. 103. 104.

    2. Deſordre & confuſion. Dans le deſordre meſ-
me de l'enfer, il y a un ordre ſuperieur que la juſ-

tice divine y a eftabli, puifque c'eft là que Dieu punit ce qui eft puniffable : au lieu que le defordre de
l'impureté eft un pur defordre. Il confifte, felon
faint Auguftin, en ce que l'efprit fe laiffe gouverner
par les fens. Il confifte, felon faint Chryfoftome,
en ce que l'impureté porte l'homme à des excés,
où la fenfualité mefme des beftes ne fe porte pas.
Exemple de ces villes abominables dont il eft parlé
au livre de la Genefe, & fur qui Dieu fit éclater
fa colere. Enfin, felon Tertullien, il confifte en ce
que l'impureté a une liaifon prefque neceffaire avec
tous les autres vices , & que tous les autres vices
font, pour ainfi parler, à fes gages & à fa folde. De
là les guerres & les diffentions, les difcordes & les
haines irreconciliables , les prophanations & les
facrileges, les empoifonnemens & les affaffinats, les
trahifons & les noires impoftures, les injuftices &
les violences, les depenfes exceffives & la ruine des
familles. C'eft ainfi que l'impureté renverfe tout.
p. 104. 105. 106. 107. 108. 109. 110. 111. 112.

L'indignité eft qu'une femme perduë d'honneur
& de confcience, par un renverfement autrefois
inoüi, faffe elle-mefme les avances les plus criminelles & les plus honteufes. L'excés du defordre eft
que toutes les bienféances qui fervoient de rempart
à la pureté, foient maintenant bannies comme incommodes. Le comble du defordre eft que les
devoirs les plus inviolables chez les payens mefmes,
foient parmi nous des fujets de rifée. Un mari fenfible au deshonneur de fa maifon, eft le perfonnage
qu'on jouë fur le théatre. Quel defordre encore,
qu'un mari pourveû d'une femme prudente & accomplie, mais entefté d'une paffion bizarre , aime

avec obftination ce qui fouvent n'eft point aimable, & ne puiffe aimer par raifon ce qui merite tout fon amour ? p. 112. 113. 114. 115.

3. Efclavage. Point de peché qui rende l'homme plus efclave du démon. Dans les premiers fiecles de l'Eglife, remarque faint Auguftin, cet ennemi de noftre falut attaquoit les chreftiens par les perfecutions : pourquoy ? parce que les chreftiens alors vivoient dans une entiere pureté de mœurs, & que ne pouvant s'en rendre maiftre par l'amour du plaifir, il tafchoit à les vaincre par l'horreur des fupplices. Mais depuis qu'il a trouvé moyen de s'introduire par les voluptez fenfuelles, toutes les perfecutions ont ceffé. Car cette voye luy a paru bien plus courte & plus affeûrée. Trifte efclavage, où gémit fi long-temps faint Auguftin. p. 115. 116. 117. 118.

4. Ver de la confcience & trouble. Trouble du cofté de Dieu, que l'impudique envifage comme le juge de fes actions & de fa vie. Dans les autres pechez, on peut fe faire plus aifément une fauffe confcience, & le pecheur dans fa fauffe confcience trouve une efpece de repos. Mais l'impureté eft un vice trop groffier, pour fervir de fujet aux illufions d'une confcience erronée. Ainfi, pour peu qu'on ait encore de religion, il n'y a point de peché que le remords fuive de plus prés. Il eft vray que l'impudique perd affez communément la foy : mais en quelles incertitudes le jette alors fon infidelité mefme; & cette infidelité ne l'affeûrant de rien & luy faifant hazarder tout, de quel fecours luy peut-elle eftre pour avoir la paix ? Trouble encore plus fenfible du cofté de l'objet qu'il adore. Dans la naif

fance de cette paffion, quel tourment eft comparable à celuy d'un efprit bleffé qui aime & qui s'apperçoit qu'il n'eft pas aimé ? ou fi l'on répond à fes affiduitez, quelles craintes au moins qu'on n'y réponde pas également, qu'on n'y réponde pas fincerement, qu'on n'y réponde pas conftamment ? Dans le progrez de cette mefme paffion que ne faut-il pas effuyer ? caprices, fiertez, hauteurs, legeretez de la part de celle dont on a fait fon idole. Sur tout, fi la paffion fe tourne en jaloufie, comme il arrive prefqu'immanquablement, quel enfer ! Et quelle iffuë enfin, quel denoüement ordinaire ont ces criminelles intrigues ? La feule veüë de l'avenir n'eft-elle pas une peine continuelle & toûjours prefente, quand on fe dit à foy-mefme, & qu'on fe le dit avec affeûrance : cette paffion finira, & le fuccés le moins fafcheux que j'en puiffe attendre, c'eft qu'elle finira par quelque chofe de défagréable. Ah ! mon Dieu, nous ne le comprenions pas; mais nous fommes obligez de le reconnoiftre, que vous ne chaftiez jamais plus rigoureufement le pecheur, qu'en le livrant à fes appetits dereglez. p. 118. 119. 120. 121. 122. 123. 124. 125.

II. PARTIE. Impureté principe de la reprobation. Opérer la reprobation dans une ame, c'eft la conduire à l'impenitence finale. Or il n'y a point de peché qui femble plus éloigné de la penitence que l'impureté, & qui par confequent dans le cours ordinaire foit plus irremiffible. Je ne dis pas irremiffible dans le fens que l'a entendu Tertullien, lorfqu'il pretendoit que ce peché eftoit abfolument fans remede, & que quelques marques de penitence que donnaft le pecheur, l'Eglife ne le devoit & ne le pouvoit jamais recevoir : mais j'entends qu'entre les pechez, il n'y en a point de plus difficile à guérir, & que par ses engagemens criminels l'impudique se fait, pour ainsi parler, à luy-mesme un estat d'impenitence, d'où il pourroit, & d'où il ne veut presque jamais sortir. Voilà en quoy la verité que j'establis est differente de l'héresie de Tertullien. Héresie qui toute insoutenable qu'elle est, nous fait toûjours connoistre de quelle horreur on estoit alors prevenu contre le peché que je combats, & combien à l'égard de ce crime la discipline de l'Eglise estoit rigoureuse. Héresie fondée sur des raisons en elles-mesmes trés solides, mais dont Tertullien tira des consequences outrées. p. 126. 127. 128. 129. 130. 131. 132.

Sans donc porter la chose si loin, je dis que l'impureté conduit à l'impenitence finale : comment? 1. parce qu'il n'est point de peché qui rende le pecheur plus sujet à la rechute. 2. point de peché qui expose plus le pecheur à la tentation du desespoir. 3. point de peché qui tienne le pecheur plus étroitement lié par l'habitude. p. 133.

1. Rechute : *Je retourneray dans ma maison d'où je suis sorti,* dit l'esprit impur : je reprendray dans cette ame tous les avantages que j'y ay perdus, & *le dernier estat* où elle se trouvera, *sera pire que le premier.* J'en appelle, chrestiens, à vostre experience : & n'est-ce pas là ce qui nous rend vos confessions suspectes quand vous avez recours à nous dans le sacré Tribunal ? p. 133. 134.

2. Desespoir : *Desperantes semetipsos tradiderunt impudicitiæ.* Mais de quoy sur tout desespere l'impudique ? il desespere de sa conversion où il voit
des

des difficultez presque insurmontables. Il desespere de sa perseverance, témoin qu'il est de ses legeretez passées. Il desespere de Dieu, & il desespere de luy-mesme : de Dieu, parce qu'il a si souvent abusé de sa misericorde ; de luy-mesme, parce qu'il a de si sensibles convictions de sa foiblesse. p. 135. 136. 137.

3. Habitude : tout y contribuë, les occasions beaucoup plus frequentes, la facilité de commettre le peché beaucoup plus grande, les impressions qu'il laisse beaucoup plus fortes, le penchant beaucoup plus violent. Aussi combien voyons-nous d'impudiques par habitude & par profession, qui se convertissent ? une Magdelaine, un Augustin penitent, ce sont des especes de prodiges. Ce n'est pas que ces voluptueux ne se presentent quelquefois au Sacrement de la penitence : mais de la maniere dont ils s'y comportent, c'est plus pour leur condamnation qu'ils s'y presentent, que pour leur justification. Quand donc feront-ils penitence ? Dans cette vie ? ils ne s'y determinent jamais. Dans l'autre ? elle est inutile. A la mort ? c'est le peché qui les quitte, & non pas eux qui quittent le peché. p. 137. 138. 139. 140.

Cela seul me fait comprendre la verité de cette terrible parole de Jesus-Christ : *Beaucoup d'appellez & peu d'eslûs.* Car l'Apostre nous apprend que les impudiques ne seront jamais héritiers du Royaume de Dieu, & nous voyons d'ailleurs que le monde est plein de ces hommes sensuels & esclaves de leur plaisir. p. 140. 141.

C'est à vous, Chrestiens, à y prendre garde tandis qu'il est encore temps : car il est temps encore aprés tout, & je n'ay point prétendu dans ce dis-

cours vous ofter toute efperance, mais vous engager à une vigilance plus exacte, & vous porter à
faire de nouveaux efforts. Nous avons befoin pour
cela, Seigneur, d'une grace victorieufe & toute-
puiffante. Grace que je vous demandray fans ceffe,
à laquelle je me difpoferay, à laquelle je répon-
dray, & que je conferveray avec foin. p. 141. 142.
143.

Sermon pour le Lundy de la troifiéme Se-maine, fur le Zéle. *page 144.*

S U J E T. *Jefus-Chrift dit aux Pharifiens : fans
doute que vous m'appliquerez ce proverbe : Medecin, guériffez-vous vous-mefme.* Autant que ce
reproche eftoit foible contre Jefus-Chrift, autant
auroit-il de force contre nous, fi nous voulions
nous l'appliquer. Car ne puis-je pas bien vous dire dans le mefme fens : Chreftiens, n'ayez point
tant de zéle pour les autres, que vous n'en ayiez
encore plus pour vous-mefmes ; ou pluftoft mefurez le zéle que vous avez pour les autres, fur le zéle que vous devez avoir pour vous-mefmes. Telle eft
la folide leçon que je viens vous faire dans ce difcours. p. 144. 145.

D I V I S I O N. C'eft le zéle que nous aurons pour
nous-mefmes & pour noftre propre perfection,
qui doit authorifer noftre zéle pour le prochain,
1. Partie : rectifier noftre zéle pour le prochain, 2.
Partie : adoucir noftre zéle pour le prochain, 3. Partie. p. 146. 147.

I. P A R T I E. C'eft le zéle que nous aurons pour

nous-mefmes & pour noftre propre perfection, qüi
doit authorifer noftre zéle pour le prochain. Ce zéle & ce foin de nous reformer nous-mefmes eft le
premier de nos devoirs: fi donc nous tournons uniquement noftre zéle vers le prochain, c'eft un zéle chimerique & faux. 1. zéle alors fans authorité
de la part de celuy qui l'exerce. 2. zéle fans effet de
la part de ceux envers qui on l'exerce. p. 147. 148.
149.

1. Zéle fans authorité de la part de celuy qui
l'exerce : pourquoy ? c'eft qu'il n'y a que le bon
exemple que l'on donne, & le temoignage qu'on
fe rend d'avoir commencé par foy-mefme, qui puiffe authorifer une entreprife auffi delicate que celle
de reformer les autres. Vous vous inquietez de mille chofes que vous pretendez eftre des abus & des
injuftices : mais on vous répond que vous avez mauvaife grace de parler fi haut contre des defordres
étrangers, & de ne pas corriger certains defordres
qu'on remarque dans voftre conduite, & que vous
y pourriez remarquer. *Pourquoy voyez-vous une
paille dans l'œil de voftre frere*, difoit le Fils de
Dieu, *tandis que vous n'appercevez pas une poutre
dans le voftre ?* Auffi trouva-t-il mauvais que les
Pharifiens ofaffent accufer devant luy cette femme
furprife en adultere. Et pour les confondre, il fe contenta de leur dire : *Que celuy de vous qui eft fans
peché, jette la premiere pierre contre elle.* Argument
plaufible & convaincant dont ils fe fentirent fi vivement preffez, qu'ils fe retirerent fans rien repli-
quer. p. 149. 150. 151. 152.

Mais qu'y a-t-il néanmoins de plus commun
dans le monde que ce zéle Pharifaïque, qui con-

fiste à estre regulier pour les autres & sans regularité pour soy-mesme ? On peut bien appliquer à ces censeurs si zélez ce que Jesus-Christ dit à ces femmes de Jerusalem : *Ne pleurez point sur moy, mais sur vous-mesmes.* Saint Paul avoit peine à comprendre comment celuy qui n'a pas soin de sa maison, pouvoit prendre soin de l'Eglise de Dieu : mais jamais l'Eglise n'eut tant de ces sortes de reformateurs. Je sçais quel estoit le zéle des Saints; je sçais combien David & aprés luy saint Bernard estoient touchez des desordres qu'ils voyoient, & en quels termes ils s'en expliquoient. Mais faisons ce qu'ils ont fait, & nous aurons droit de dire ce qu'ils ont dit. p. 152. 153. 154. 155.

2. Zéle sans effet de la part de celuy envers qui on l'exerce. Car comme nous n'aimons pas à estre corrigez, nous nous attachons à examiner ceux qui voudroient sous une apparence de zéle prendre l'ascendant sur nous; & le moindre foible que nous y decouvrons, nous sert de pretexte pour éluder leurs remonstrances. De là vient que ceux qui par office sont chargez de répondre des autres & de les conduire, ont une obligation speciale de travailler d'abord à se reformer eux-mesmes. De là vient que l'Apostre parlant des pasteurs des ames, veut qu'ils soient irreprehensibles. Non pas qu'on ne dust toûjours leur obéir, quand mesmes ils seroient moins reglez, puisque leur caractere est independant du merite de leur vie : mais le commun des hommes n'est, ni assez spirituel, ni assez équitable pour faire cette précision. Que ne peut point pour la gloire de Dieu & pour le bien du prochain, un homme exemplaire & sans reproche ? Mais qu'un pere violent fasse à

fon fils des leçons de moderation, qu'une mere évaporée & mondaine prefche à fa fille la retraite,
quel fuccés en peut-on attendre ? p. 156. 157. 158.
159.

II. PARTIE. C'eft le zéle que nous aurons pour
nous - mefmes & pour noftre perfection, qui doit
rectifier noftre zéle pour le prochain : 1. par rapport à noftre raifon, parce qu'il fe peut faire que
ce ne foit pas un zéle felon la fcience. 2. par rapport
à noftre cœur ; car il arrive fouvent que ce n'eft pas
un zéle felon la charité. p. 159.

1. Par rapport à noftre raifon. Souvent noftre
zéle n'eft qu'un zéle erronée, un zéle bizarre, un
zéle borné. Zéle erronée : tel a efté celuy de tant
d'héretiques, qui ont voulu reformer l'Eglife. S'ils
avoient eû au mefme temps un autre zéle, je veux
dire le zéle de leur propre fanctification , & s'ils
s'eftoient d'abord appliquez à reformer leur orgueil
& leur opiniaftreté, la paffion ne les euft pas fait
tomber ên de fi funeftes égaremens. Zéle bizarre,
qui veut regler tout le monde par fes idées particulieres & quelquefois extravagantes, & qui par là
mefme renverfe tout. Le remede feroit de fe précautionner d'abord contre foy-mefme, & contre cet
efprit de fingularité qu'on fuit en aveugle, & dont
on fe fait mefmes un pretendu merite. De là zéle
borné & limité : ce qu'on a jugé bon & faint, on
veut qu'il foit bon & faint pour toutes fortes de perfonnes ; & hors du plan de reforme qu'on a conçeû,
tout paroift defordre & relafchement. Mais Dieu
n'a-t-il point d'autres idées du bien que celles que
vous propofez ? il auroit fallu de bonne heure vous
élever l'efprit, & vous faire une plus grande ame,

une ame capable d'eſtimer le bien par tout où il eſt, & de quelque part qu'il vienne. p. 60. 161. 162. 163. 164.

2. Par rapport à noſtre cœur. Souvent nous prenons pour zéle ce qui eſt chagrin, inquietude, intrigue, envie, ambition, intereſt. Mais qu'un homme ſe ſoit avant toutes choſes étudié luy-meſme pour connoiſtre les plus ſecrets mouvemens de ſon cœur, & qu'il ſe ſoit fait de ſaintes violences pour les regler, alors il ſera en eſtat de diſtinguer quel eſprit l'anime dans ſon zéle, & de le réduire aux termes de la raiſon & de l'équité. p. 164. 165. 166. 167.

III. Partie. C'eſt le zéle que nous aurons pour nous-meſmes & pour noſtre propre perfeſtion, qui doit adoucir noſtre zéle pour le prochain. Le zéle, s'il n'eſt temperé, nous porte à une ſeveriſté outrée. Severité que le Sauveur du monde condamna dans ces deux diſciples qui luy demanderent qu'il fiſt deſcendre le feu du ciel ſur les Samaritains. L'Apoſtre & tous les hommes apoſtoliques ont donc crû devoir humaniſer leur zéle, & luy donner un certain attrait d'où dépend ſon efficace & ſa force. Or je l'ay dit : le correſtif infaillible & ſeûr d'un zéle trop impetueux & trop vif pour les autres, eſt le zéle qu'on doit avoir pour ſoy-meſme. p. 167. 168. 169.

Car un homme zelé pour ſoy-meſme, quelque bien qu'il enviſage hors de ſoy, a toûjours en veûë de ne perdre jamais la charité. Or la charité a toutes les qualitez qui peuvent moderer & adoucir noſtre zéle à l'égard du prochain. Le zéle pour le prochain eſt naturellement impatient : on en vou-

droit voir d'abord le fuccés : mais la charité eft patiente, fur tout quand on confidere avec quelle patience le Dieu de la charité en ufe luy-mefme à noftre égard. p. 169. 170. 171. 172.

Comme noftre zéle eft impatient, il devient dur,
fafcheux, mortifiant, plein d'amertume. De vous
dire que le zéle du Sauveur du monde n'a point efté de cette nature, & que c'eft par un zéle tout dif-
ferent qu'il a gagné les cœurs, ce feroit une efpece
de demonftration dont il n'y a perfonne qui ne duft
eftre touché. Mais laiffant toute autre preuve, je
m'en tiens au mefme principe : car la charité eft
douce, fur tout quand on penfe avec quelle douceur
nous voulons qu'on nous traite nous-mefmes, quelle eft la foibleffe des malades dont nous entrepre-
nons la guérifon, & qu'un zéle enfin fans condef-
cendance & fans menagement ne fert qu'à leur donner horreur du remede & qu'à les rebutter. p. 172.
173. 174. 175.

Cette charité demande bien des reflexions, & un
grand empire fur foy-mefme ; j'en conviens : mais
fouvenez-vous qu'il s'agit du falut de voftre frere.
Allumez, Seigneur, dans nos cœurs ce feu divin,
ce faint zéle dont brufloit voftre Prophete & dont
vous avez bruflé vous-mefme fur la terre p. 175.
176.

Sermon pour le Mécredy de la troisiéme Semaine, fur la parfaite obfervation de la Loy. *page 177.*

S Uje t. *Des Docteurs & des Pharifiens venus de Jerufalem s'addrefferent à Jefus-Chrift, & luy dirent : Pourquoy vos difciples violent-ils les traditions des anciens? Mais il leur répondit : Pourquoy vous-mefmes violez-vous le commandement de Dieu pour fuivre voftre tradition?* Nous tombons dans un defordre tout oppofé à celuy des Pharifiens. Car le defordre des Pharifiens eftoit de s'attacher aux petites chofes & de negliger les grandes; & le noftre eft de nous borner quelquefois tellement aux grandes, que nous croyons pouvoir impunément méprifer les petites. Or fans parler des Pharifiens, mais de nous-mefmes, j'entreprends de vous faire voir dans ce difcours, que de manquer volontairement & habituellement aux moindres devoirs, c'eft s'expofer à violer bientoft & en mille rencontres les plus grands préceptes de la loy. Compliment à la Reine. p. 177. 178. 179. 180.

Division. L'homme eft orgueilleux, & il eft aveugle. Son orgueil le porte à l'independance, & luy donne un penchant fecret à s'affranchir de la loy. Son aveuglement l'empefche de bien connoiftre fes devoirs, & de bien difcerner ce qu'il y a de plus ou de moins effentiel dans la loy. Or je dis que de s'affujettir aux moindres obligations de la loy, c'eft un prefervatif neceffaire, & pour reprimer l'orgueil de noftre cœur; 1. Partie ; & pour corriger les erreurs de noftre efprit, ou pour én prevenir les fuites funeftes ; 2. Partie. p. 180. 181.

I. PARTIE. Fidelité aux moindres obligations de la loy, prefervatif neceffaire contre l'orgueil de noftre cœur. A remonter jufqu'à la fource de la corruption de l'homme, il eft évident que le premier de tous les defordres, c'eft l'orgueil; & que le premier effet de l'orgueil, c'eft l'amour de l'independance & de la liberté. Cependant il y a des loix d'une authorité fi venerable & d'une obligation fi bien fondée dans les principes de la raifon, que quelque paffion que nous ayions pour la liberté, nous ne pouvons prefque nous départir de l'attachement refpectueux & de la foumiffion qu'elles exigent de nous ; & ces loix font celles de la religion & de la confcience. Voilà donc comme une efpece de combat dans l'homme entre fon orgueil & fa raifon : fa raifon, qui veut qu'il fe foumette ; & fon orgueil, qui ne le veut pas. Qui l'emporte des deux? ni l'un ni l'autre, fi nous avons égard aux commencemens, parce que d'abord ils font prefque l'un & l'autre d'égale force. Mais voicy ce qui arrive, quand l'homme commence à quitter Dieu : c'eft qu'il obferve les grandes chofes avec quelque fidelité, & qu'il ne fe fait plus une regle de garder les petites. Pour ne pas abfolument fe fouftraire à la loy de Dieu, il fe foumet aux premieres; & pour ne pas auffi captiver entierement fa liberté, il neglige les autres. De là que s'enfuit-il ? c'eft que par cette liberté préfomptueufe, ou pour mieux dire, par ce libertinage qui luy fait negliger certaines obligations moins importantes & moins étroites, il vient enfin à tout entreprendre contre la loy de Dieu. p. 181. 182. 183. 184. 185. 186.

En effet, dit saint Bernard, le juste par estat & le pecheur par estat marchent de telle sorte dans le chemin ou du vice ou de la vertu, qu'ils n'en sont pas mesmes fatiguez. Mais il y en a qui souffrent, & ce sont ces chrestiens imparfaits qui voudroient tenir le milieu, c'est à dire, qui voudroient secoüer le joug de la conscience & de la religion dans les petites choses, & qui ne voudroient pas le rompre dans les grandes. Car ils ont à souffrir de tous les costez : du costé de la grace à laquelle ils resistent, & du costé de la passion qu'ils ne satisfont pas pleinement. Or prenez garde, poursuit saint Bernard, comme cet estat est un estat de violence, il ne peut pas durer. Bientost la passion & l'amour de la liberté prévaut; & voilà d'où sont venus presque tous les scandales, & tous les desordres qui ont éclaté dans le monde. p. 186. 187. 188.

De là les grands attentats de l'héresie. Exemple de Luther. Son obstination à refuser de se soumettre sur un poinct qui du reste n'estoit pas essentiel dans la religion & qui regardoit les indulgences, fit dans la suite, de ce catholique & de ce religieux, un apostat & un héresiarque. p. 188. 189. 190.

De là les prodigieux égaremens de l'impieté. Par où tant d'impies ont-ils commencé à perdre la foy ? par quelques railléries de cetaines devotions populaires, ou par quelque autre principe qui leur sembloit aussi leger, & qui pouvoit l'estre. p. 191. 192.

De là les affreux relaschemens de la discipline

de l'Eglife. Ils ne fe font pas introduits tout à coup
par un foulevement fubit & general des fidélles,
& par une rebellion formée contre les faintes loix
que l'Eglife leur prefcrivoit ; mais fuivant la remarque de faint Bernard, par des exemptions en
apparence refpectueufes, que chacun fous divers
pretextes a voulu s'accorder, ou mefmes a fçeû obtenir des puiffances fuperieures au préjudice du
droit commun. Difpenfes dont le mefme Pere fe
plaignoit fi hautement dans une lettre qu'il en écri-
vit à un grand Pape. p. 192. 193. 194. 195.

De là la ruine particuliere de tant d'ames. Car
on ne fe pervertit pas dans un moment; mais il y a ,
dit faint Gregoire Pape, un apprentiffage pour le
vice comme pour la vertu, & c'eft par la vanité que
nous nous laiffons conduire à l'iniquité: *A vanitate
ad iniquitatem.* Une parure immodefte, une lecture
agreable, mais dangereufe, une converfation libre,
un commerce honnefte en apparence avec telle perfonne ; voilà la vanité : mais c'eft ce qui vous remplira de l'amour de vous-mefme & de l'amour du
monde, ce qui vous retracera dans l'efprit les plus
fales idées, ce qui fera naiftre dans voftre cœur les
defirs les plus criminels, enfin ce qui allumera dans
vous une paffion dont vous ne ferez prefque plus le
maiftre, & qui vous emportera aux derniers excés.
p. 195. 196. 197. 198.

C'eft à quoy vous ne pouvez trop prendre garde. Il eft vray que pour obferver jufques aux moindres devoirs, il en doit coufter bien des violences :
mais l'Evangile ne nous enfeigne point d'autre voye
du falut que la voye étroite, & Jefus-Chrift nous
avertit qu'il faut faire effort pour entrer dans le

Royaume des cieux. N'efperons pas d'en élargir la porte ; mais difons pluftoft : le chemin du falut eft étroit ; je dois donc auffi refferrer ma confcience. Car il n'y a point de danger pour moy à me reftraindre dans les bornes de mon devoir ; au lieu que je dois tout craindre fi jo viens jamais à les franchir. Je ne puis eftre trop foumis à Dieu ; mais jo cours rifque de me perdre, fi je ne le fuis pas affez. Ah ! Chreftiens, on cherchoit autrefois des remedes pour bannir les fcrupules du monde ; & moy je voudrois que ce qui s'appelle le monde, fuft aujourd'huy rempli de fcrupules. p. 198. 199. 200.

I I. Partie. Fidelité aux moindres obligations de la loy, prefervatif neceffaire contre l'aveuglement de noftre efprit. Rien où les hommes foient plus fujets à fe tromper qu'en ce qui regarde la confcience & la religion. Si donc nous n'apportons un foin extreme à nous preferver des illufions où noftre aveuglement peut nous conduire, il eft immanquable que nous nous y tromperons. Et comment ? non pas, dit faint Bernard, en fuppofant pour grandes les fautes qui font legeres de leur nature ; car il eft rare que nos erreurs nous ménent-là : mais en fuppofant pour legeres celles qui font en effet griéves & importantes. Illufion trés commune. Et parce que cette ignorance ne nous juftifie pas, & que c'eft un aveuglement, ou affecté par malice, ou formé par negligence, on fe precipite, fans y penfer, dans l'abyfme de perdition. p. 200. 201. 202. 203.

Mais qu'un homme fe faffe une loy de ne rien negliger, jufqu'aux plus petits devoirs, cette loy le met à couvert de tout ; & quand il feroit du refte rempli d'erreurs, il ne s'égarera jamais, parce que la loy qu'il s'eſt preſcrite luy ſervira de guide. p. 204.

Nous n'avons que trop d'exemples qui nous monſtrent que le relaſchement ſur certains poinçts eſtimez peu neceſſaires, eſt un des piéges les plus dangereux pour nous ſurprendre & pour nous faire tomber dans les plus grands deſordres. En voulez-vous par rapport à la religion ? Exemple de ce catholique ignorant dont parle ſaint Auguſtin. Un Manichéen l'ayant fait convenir qu'un auſſi petit inſecte que la mouche n'avoit pas eſté créé de Dieu, & le conduiſant de l'un à l'autre, luy fit enfin avoüer que Dieu n'eſtoit pas le créateur de l'homme. Exemple de l'héreſie Arienne. Sur quoy rouloit alors tout le ſchiſme du monde chreſtien ? ſur un ſeul mot; ſçavoir, ſi le Verbe devoit eſtre appellé *conſubſtantiel* à ſon Pere, ou *ſemblable en ſubſtance.* Qu'importe, diſoient les uns, peu éclairez ? une difference ſi legere doit-elle troubler le repos de l'Egliſe ? Mais S. Athanaſe, mieux inſtruit, leur faiſoit voir qu'en negligeant un ſeul mot, ils ruinoient tout le fondement de la religion chreſtienne. Et n'eſt-ce pas ainſi qu'en mille rencontres les ennemis de l'Egliſe, pour éluder ſes deciſions ſur certains articles, les ont traitez de queſtions vaines & inutiles ? p. 204. 205. 206. 207.

Que n'ay-je le temps d'appliquer aux mœurs ce que j'ay dit de la foy ? Combien de pechez toûjours griefs dés qu'ils ſont volontaires, l'ignorance nous fait-elle mettre au nombre des petits pcchez ? Combien d'autres dont nous meſurons la grieveté ou la legereté, non ſuivant ce qu'ils ſont en effet dans les conjonctures prefentes, mais felon nos idées & les defirs de noftre cœur ? Exemples de ces deux genres de pechez. p. 207. 208. 209.

Le remede, ô mon Dieu, c'eft de ne me permettre jamais quoyque ce foit, qui puiffe en quelque forte bleffer voftre loy. Autrement ma perte eft inévitable. Car pour me garentir des chutes fatales dont je fuis menacé, il faudroit, ou que je ne fuffe plus expofé aux erreurs de mon efprit, ou qu'une étude conftante & affiduë fuppléaft aux lumieres qui me manquent. Or je ne puis efperer l'un, ni compter fur l'autre. Le plus court & le plus feûr eft de m'interdire tout peché. Alors je n'auray plus befoin, quand il s'agira de voftre loy, de l'examiner de fi prés. Je pourray compter fur vous & fur moy-mefme : fur vous, parce que vous n'abandonnez point une ame fidelle ; fur moy-mefme, parce que j'auray le plus affeûré prefervatif contre la fragilité & le penchant de mon cœur. p. 209. 210. 211.

Heureux, mes Freres, fi vous entrez dans ces fentimens. Mettez-vous en eftat par là d'entendre de la bouche de Jefus-Chrift cette confolante parole : Bon ferviteur, vous avez efté fidelle en peu de chofe ; prenez poffeffion de mon Royaume celefte, & gouftez y une felicité éternelle. p. 211. 212.

Sermon pour le Jeudy de la troisiéme Semaine, sur la Religion & la probité. *page 213.*

SUJET. *Tous ceux qui avoient des malades de diverses maladies, les amenoient à Jesus, & il les guérissoit tous en les touchant. Or les démons sortoient de plusieurs possedez, criant & disant : Vous estes le Fils de Dieu. Mais il les reprenoit, & ne leur permettoit pas de parler, parce qu'ils sçavoient qu'il estoit le Messie.* C'est le temoignage que rendoient les démons au Fils de Dieu : mais temoignage que ce Dieu-homme méprise & qu'il rejette, parce que ce n'estoit qu'un temoignage forcé, & que tandis qu'ils sembloient l'honorer d'une part, ils le blasphemoient de l'autre & le renonçoient. En vain donc rendons-nous à Dieu un culte apparent, si dans la pratique nous démentons pas nos mœurs ce que nous confessons de bouche, & si nous n'en devenons pas plus fidelles à nos devoirs. Je dis mesmes aux devoirs les plus communs de la societé, & les plus ordinaires dans l'usage de la vie & le commerce du monde. C'est ce qui m'engage à vous faire voir dans ce discours le rapport necessaire qu'il y a entre la religion & la probité. p. 213. 214. 215.

DIVISION, Quoyque la probité selon le monde, & la religion, soient trés differentes & dans leurs principes & dans leurs objets & dans les fins qu'elles se proposent, la liaison néanmoins est si étroite entre l'une & l'autre, qu'à les prendre dans toute l'étenduë qu'elles doivent avoir, on peut dire absolument qu'elles sont inseparables. Point de probité sans religion : 1. Partie. Point de religion sans probité : 2. Partie. 215. 216.

I. PARTIE. Point de probité sans religion : pourquoy ? 1. parce qu'il n'y a que la religion, qui puisse estre un principe universel & un fondement solide de tous les devoirs de la probité. 2. parce que tout autre motif que celuy de la religion, n'est point à l'épreuve de certaines tentations, où la vraye probité se trouve sans cesse exposée. 3. parce que quiconque a secoüé le joug de la religion, n'a plus de peine à s'émanciper de toutes les autres loix qui pouvoient le retenir dans l'ordre, ni à se défaire de tous les engagemens qu'il a dans la societé humaine & sans lesquels la probité ne peut subsister. p. 217.

1. La religion est le seul principe sur quoy tous les devoirs qui font la vraye probité peuvent estre solidement establis. Car c'est la religion, dit saint Thomas, qui nous lie à Dieu ; & c'est en Dieu, comme dans leur centre, que sont réünis tous les devoirs qui lient les hommes entre eux par le commerce d'une étroite societé. Ainsi en vertu de la loy que j'ay receüe & que je me fais de servir Dieu, je rends à chacun par une consequence necessaire tout ce qui luy est dû, parce qu'en Dieu seul je trouve ce qui m'oblige à tout cela. p. 217. 218. 219.

En effet, c'est cette veüe de Dieu & de sa loy, cette veüe de conscience qui fait que je me soumets, & que je ne manque à rien. Et voilà la preuve dont se servoit Tertullien, pour convaincre les payens
qu'ils

qu'ils devoient regarder noſtre religion comme une
religion utile à la ſeûreté & au bien commun. Car
c'eſt cette religion, leur diſoit-il, qui nous apprend
à prier pour vos Céſars, à ſervir fidellement dans
vos armées, à payer exactement & ſans fraude les
tributs & les impoſts publics. Et certes, ſi dans un
Eſtat toutes choſes ſe traitoient ſelon les loix du
chriſtianiſme, quel ordre n'y verroit-on pas &
quelle paix ? p. 219. 220. 221.

Mais que le principe de la religion, ce premier
mobile, vienne une fois à eſtre détruit ou alteré
dans un eſprit, plus de regle ni de conduite, plus
d'honneſteté de mœurs, du moins conſtante & generale. Car ſur quoy ſeroit-elle fondée ? Sur la raiſon ?
Mais qu'eſt-ce que la raiſon corrompuë par le peché & affoiblie par les paſſions ; & quels ſcandales
arriveroient, ſi chacun ſelon ſon caprice & ſelon ſon
ſens ſe faiſoit l'arbitre de ce qu'il peut, de ce qu'il
doit, de ce qui luy appartient, de ce qui luy eſt permis ? C'eſt pour cela que dans les affaires du monde,
dans les traitez, on exige des ſerments, qui ſont des
proteſtations publiques & ſolemnelles de religion :
preuve, dit ſaint Chryſoſtome, que ſans le ſçeau
de la religion, on ne croit pas pouvoir compter ſur
la raiſon des hommes. p. 221. 222. 223.

J'en appelle à voſtre propre ſentiment. Qui de
vous voudroit que ſa vie & ſa fortune fuſſent entre
les mains d'un homme ſans religion ? Un athée meſmes ſe confiera pluſtoſt à un homme qui a de la
religion, qu'à un impie comme luy. p. 223.

Vous me direz qu'indépendamment de la religion, il y a un certain amour de la juſtice que la
nature nous a inſpiré. Mais ſans examiner quel ſe-

roit cet amour de la juſtice, y auroit-il beaucoup
d'hommes dans le monde qui s'en piquaſſent, s'ils
eſtoient perſuadez qu'il n'y a ni Dieu ni religion ? Je me regarderois alors moy-meſme comme
ma fin; & par une conſequence neceſſaire, je rapporterois tout à moy , & je croirois avoir droit
de ſacrifier tout pour moy. Et c'eſt icy que je dois
vous faire remarquer l'extravagance de cette politique malheureuſe, dont un faux ſage de ces derniers
ſiecles s'eſt glorifié d'eſtre l'autheur. Politique qui
ne reçoit point de religion, qu'autant qu'il en faut
pour bien faire ſon perſonnage ſelon le monde, &
qui n'en retient que l'apparence & la figure. Sans
employer bien d'autres preuves contre une ſi deteſtable maxime, je me contente de dire que cette
damnable politique ſe détruit par elle-meſme. Car
elle reconnoiſt au moins la neceſſité d'une religion
apparente pour contenir les peuples dans le devoir,
& par là meſme elle convient, que la raiſon ſeule
n'eſt pas capable d'entretenir dans le monde cette
probité qui le doit regler. D'où je conclus moy la
neceſſité d'une vraye religion , puiſque la vraye
probité ne peut eſtre fondée ſur le menſonge. p.
224. 225. 226.

2. Tout autre motif que celuy de la religion, n'eſt
point à l'épreuve de certaines tentations delicates
où le devoir & la probité ſe trouvent ſans ceſſe expoſez. J'appelle tentations delicates, lorſque l'intereſt & la juſtice ſont en compromis, & qu'on peut
aux dépends de l'une ménager l'autre. N'eſt-ce pas
là que nous voyons tous les jours la raiſon ſuccom-
ber, ſi elle n'eſt ſoutenuë par la religion ? & de là
tant de deſordres dans tous les eſtats & toutes les

conditions de la vie, parce que dans tous les eſtats & toutes les conditions il y a peu de religion. p. 227. 228. 229. 230.

Auſſi quand le démon vint tenter Jeſus-Chriſt, par où ce Dieu-homme ſurmonta-t-il la tentation ? par la religion : *Dominum Deum tuum adorabis.* Au contraire, manquons de religion, il n'y aura point de tentation, point d'intereſt qui ne nous ſurmonte. Et cela eſt encore plus vray d'un deſerteur de la foy, lequel aprés avoir eû autrefois de la religion, n'en a plus maintenant. Car que ne peut-on pas craindre d'un homme qui s'eſt défait de la crainte de ſon Dieu ? p. 230. 231.

3. Un homme ſans religion n'a donc plus de peine à s'émanciper de toutes les autres loix qui pouvoient le retenir dans l'ordre, ni à renoncer aux engagemens les plus inviolables qu'il a dans la ſocieté humaine, & ſans quoy la probité ne peut ſubſiſter. Engagemens de dépendance, engagemens de juſtice, engagemens de fidelité, engagemens meſmes du ſang & de la nature. Ce qui apprend aux Rois & à tous les maiſtres du ſiecle à ne point ſouffrir auprés d'eux de libertins. Ce qui nous apprend à les combattre nous-meſmes, ou à les fuir. Honorons noſtre religion. Tandis qu'elle ſubſiſtera dans nous, Dieu ſera avec nous ; ou ſi le peché nous le fait perdre, nous aurons toûjours une voye pour le retrouver. Mais ſi nous laiſſons éteindre cette lumiere, quelle ſera noſtre reſſource ? p. 232. 233.

II. PARTIE. Point de religion ſans probité, je dis de vraye religion. Car toute noſtre religion, ſans la probité, n'eſt 1. qu'un phantoſme de religion, 2. qu'un scandale de religion. p. 233. 234.

1. Phantosme de religion. Si quelqu'un de vous, disoit saint Jacques, croit avoir de la religion, & que néanmoins il ne reprime pas sa langue, qu'il sçache que sa religion est vaine : *Hujus vana est religio.* Or si l'Apostre a pû parler ainsi de la medisance, que sera-ce de mille desordres encore plus essentiels qui détruisent entierement la probité dans le commerce des hommes, & que certains hommes prétendroient néanmoins pouvoir accorder avec la religion ? p. 235. 236. 237.

Comme la grace suppose la nature, & que la foy est entée, pour ainsi dire, sur la raison; aussi la religion a-t-elle pour base la probité. Car elle veut, dit saint Jerosme, un sujet digne d'elle & digne de Dieu. Estre juste, estre fidelle, estre desinteressé, estre sans reproche dans l'estime du monde; & pour soutenir, pour sanctifier toutes ces vertus, avoir de la religion & estre chrestien, voilà l'ordre invariable & au quel il faut que la religion se conforme. Sans cela Dieu reprouve vostre culte; & comment agréeroit-il ce qui mesmes devant les hommes est condamnable ? Mais nous renversons cet ordre, & nous nous formons de grandes idées de religion qui ne sont appuyées sur rien, parce qu'en mesme temps nous negligeons les premiers devoirs de la fidelité & de la justice. Qu'est-ce que cela, sinon un phantosme ? p. 237. 238. 239.

2. Scandale de religion. Car c'est-ce qui expose la religion au mépris & à la censure, ce qui donne au libertinage une espece de superiorité & d'ascendant sur elle. Je sçais qu'il faudroit distinguer la religion de ceux qui la professent : mais le monde est-

il affez équitable pour faire cette diftinction?Quand donc on voit des chreftiens fans probité, c'eft à dire, interreffez, coleres, violents, vindicatifs, impitoyables, diffimulez, artificieux, fourbes, impofteurs, quel avantage l'impieté n'en tire-t-elle pas? p. 240. 241.

Mais ayons de la probité; foyons bienfaifants, doux, affables, prévenants, humbles, integres, modeftes, patiens, fans detours, fans artifices, fans oftentation, fans hauteur, c'eft ce qui édifiera plus le monde que toutes nos ferveurs & toutes nos penitences. Tel eft, Seigneur, le temoignage que vous attendez de nous : & quelle honte pour un chreftien, de ne pas faire au moins en partie par la pureté de fes mœurs, ce que tant de martyrs ont fait par leur inébranlable conftance au milieu des plus rigoureux tourmens ! p. 242. 243.

Sermon pour le Vendredy de la troifiéme Semaine, fur la Grace. *page 244.*

SUJET. *Jefus luy répondit : Si vous connoiffiez le don de Dieu.* Ce don de Dieu que ne connoiffoit pas encore la femme Samaritaine, c'eft la grace. Don pretieux que nous ne connoiffons pas affez nous-mefmes , & que nous ne prenons pas foin de connoiftre : d'où vient que fouvent nous le recevons envain. Il eft donc important de vous en donner une jufte idée, & c'eft à quoy je vais travailler dans ce difcours. p. 244. 245. 246.

DIVISION. Difpofer tout avec douceur & tout

exécuter avec force, ce font les deux excellentes
proprietez que l'Ecriture attribuë à la fageſſe. Or
ce que l'Ecriture nous dit de la fageſſe de Dieu,
je puis le dire également de la grace, puiſque la
grace dont je parle, n'agit en nous que comme l'inſtrument de cette fageſſe ſouveraine, qui eſt en
Dieu la cauſe principale de noſtre ſalut. Douceur
de la grace : 1. Partie. Force de la grace : 2. Partie.
L'une & l'autre paroiſt dans la converſion de la Samaritaine p. 246. 247. 248.

  I. PARTIE. Douceur de la grace. C'eſt par là que
la grace touche le pecheur, & qu'elle devient victorieuſe. Or cette douceur conſiſte, 1. en ce que la grace nous attend. 2. en ce qu'elle prend les temps &
les occaſions favorables pour nous gagner. 3. en ce
qu'elle eſt toûjours la premiere à nous prevenir. 4. en
ce qu'elle nous demande ce qu'elle veut obtenir, &
qu'au lieu de le demander avec empire, elle ne l'obtient que par voye de ſollicitation & d'invitation.
5. en ce qu'elle s'accommode à nos inclinations &
aux qualitez de noſtre eſprit. 6. en ce qu'elle ne
nous engage à rien de difficile, où elle ne nous
faſſe trouver de l'attrait, & dont malgré nos repugnances, elle n'excite en nous le deſir. C'eſt ainſi
que le Fils de Dieu convertit la Samaritaine. p. 248.
249. 250.

  1. La grace nous attend. Voyez Jeſus-Chriſt fatigué & aſſis ſur le bord d'une fontaine. Qu'attend-il ? une pechereſſe. De quoy eſt-il fatigué ?
non ſeulement du chemin qu'il a fait, mais d'avoir
ſi long-temps ſupporté cette ame criminelle dans
ſes dereglemens. Cependant il ne ſe rebutte point,
& il eſt encore réſolu de l'attendre. Or combien y

a-t-il de pecheurs que Dieu attend de la forte ? Il n'y a que la patience d'un Dieu qui puiffe aller juf-ques-là. Celle des hommes qui n'a pas plus d'éten-duë que la petiteffe de leur cœur, eft bientoft à bout : mais Dieu eft patient, dit faint Auguftin, parce qu'il eft éternel, parce qu'il eft fort, parce qu'il eft Dieu. Du refte le pecheur doit-il fe faire de la patience de Dieu, une raifon pour differer fa penitence ? A Dieu ne plaife. Car eft-il rien de plus impie que de fe prévaloir de la grace de Dieu con-tre Dieu mefme ? D'ailleurs, il y en a que Dieu n'attend pas, ou du moins qu'il n'attend que juf-ques à un certain terme qui nous eft inconnu : & rien ne doit plus l'engager à ne nous pas atten-dre, que l'efperance préfomptueufe dont nous nous flattons qu'il nous attendra. p. 250. 251. 252. 253. 254.

2. La grace prend les temps & les occafions fa-vorables pour nous gagner. Ainfi le Sauveur du monde pour traiter avec la Samaritaine, prend le temps où elle doit venir felon fa coutume puifer de l'eau. Non pas que Dieu ait befoin de ces me-nagemens ; mais c'eft dans ces menagemens que nous devons admirer fa bonté. C'eft en cela mef-me auffi que de fçavants Théologiens ont fait con-fifter l'efficace de la grace, fondez fur ces paroles de l'Ecriture : *Tempore accepto exaudivi te, & in die falutis adjuvi te.* Y a-t-il un pecheur converti qui n'attribuë en partie fa converfion à certaines rencontres, & qui ne fe fouvienne que ce fut là que Dieu luy ouvrit les yeux & luy parla au cœur ? Exemple de faint Auguftin. Il eft donc de noftre fageffe d'obferver ces occafions & de ne les pas

manquer. Mais fi telle occafion , dites-vous, eft
une occafion de falut & que Dieu y ait attaché la
grace de ma converfion , il eft feûr que je me con-
vertiray. Je le veux: mais il n'eft pas moins feûr que
vous ne vous convertirez jamais fans un bon ufage de cette grace & de l'occafion où elle vous eft
preparée. p. 254. 255. 256. 257. 258. 259.

3. La grace eft la premiere à nous prevenir. C'eft
dans la doctrine des Peres ce qu'elle a de plus effentiel : car fi je la pouvois prévenir, dés-là elle ne
feroit plus grace, puifqu'elle fuppoferoit en moy le
merite de l'avoir prevenuë. Ainfi le Fils de Dieu
previent cette femme de Samarie : il l'aborde ,
il luy parle. Ainfi veut-il bien encore prevenir tous
les jours de viles créatures, & les rechercher lors
mefmes qu'elles s'éloignent de luy. Mais du moins,
Seigneur, puifque vous voulez bien commencer,
ne répondray-je point à voftre amour ? Oüy, mon
Dieu, cette bonté prevenante fera deformais pour
moy le plus puiffant motif d'une reconnoiffance
& d'une fidelité inviolable. p. 259. 260. 261.

4. Ce que veut obtenir la grace, elle nous le demande ; & au lieu de le demander avec empire, elle ne l'obtient que par voye de follicitation & d'invitation. Le Sauveur du monde pouvoit obliger la
Samaritaine à luy rendre d'abord une obéiffance forcée : mais il la prie de l'écouter & de le croire: *Mulier, crede mihi.* Je dis plus : Dieu par fa grace nous
demande peu, pour nous donner beaucoup. Que demande Jefus-Chrift à la Samaritaine ? un peu d'eau.
Que luy promet-il ? une eau falutaire & vivifiante
qui reiallira jufques dans la vie éternelle. Que nous
demande la grace ? fouvent, prefque rien. Mais ce

peu qu'elle nous demande, cette petite victoire, nous met en estat de recevoir la plenitude des dons celestes & d'éprouver toutes les misericordes du Seigneur. p. 262. 263. 264.

5. La grace mesme s'accommode à nos inclinations & aux qualitez de nostre esprit. La Samaritaine estoit curieuse, & se piquoit d'estre sçavante : Jesus-Christ ne dédaigne point de s'entretenir avec elle sur les plus hauts mysteres de la religion. Sommes-nous ardents & agissants ? la grace nous sanctifie par le zéle. Sommes-nous tendres & affectueux ? elle nous sanctifie par un amour sensible pour Dieu. Sommes-nous d'une humeur facile & condescendante ? elle rectifie cette facilité d'humeur, & la convertit en charité pour le prochain : *Multiformis gratia Dei.* p. 264. 265. 266.

6. La grace ne nous engage à rien de difficile, où elle ne nous fasse trouver de l'attrait, & dont malgré nos repugnances elle n'excite en nous le desir. Il est vray que Dieu par cette grace nous oblige à renoncer au monde ; mais c'est aprés nous en avoir fait connoistre par sa grace mesme la vanité & le danger. Il est vray que cette grace m'oblige à faire pour Dieu des choses contraires à la nature & quelquefois trés penibles : mais elle m'y porte par la grandeur des motifs qu'elle me propose, & par l'esperance des biens inestimables qu'elle me promet. Si vous sçaviez, dit Jesus-Christ à cette femme de nostre Evangile, quel est celuy qui vous parle, & ce que vous pouvez attendre de luy ! p. 266. 267. 268. 269.

Telle est la conduite de la grace. Telle doit estre par proportion la nostre, Prestres du Seigneur, dans le faint miniftere que nous exerçons pour la converfion & le falut des ames. Ce ne fera point par l'authorité, ni mefmes par l'habileté, mais par noftre douceur que nous les gagnerons. Je ne dis pas qu'il ne faille point ufer de feverité; mais je dis que ce doit eftre une feverité difcrete, une feverité compatiffante, une feverité qui fe faffe aimer & qui rende le joug de Dieu fupportable. p. 269. 270. 271. 272.

II. PARTIE. Force de la grace. Il m'a toûjours paru, & il me paroift encore, qu'une des preuves les plus convaincantes de la verité de noftre foy, eft de voir ce que la grace opére quelquefois en certaines ames : & quand je n'envifagerois que la converfion de la Samaritaine, je conclurois fans héfiter qu'il y a un principe furnaturel qui agit en nous : *Digitus Dei eft hîc.* Double miracle de la vertu toute-puiffante de la grace dans cette converfion, l'un par rapport à l'efprit, l'autre par rapport au cœur. 1. Miracle de la grace dans la victoire qu'elle remporte fur l'efprit de la Samaritaine. 2. Miracle de la grace dans le changement qu'elle fait du cœur de la Samaritaine. 3. L'un & l'autre, miracles de la grace opérez d'une maniere toute miraculeufe. p. 272. 273. 274.

1. Miracle de la grace & de fa force dans la victoire qu'elle remporte fur l'efprit de la Samaritaine. C'eftoit tout-enfemble une infidelle & une héretique. Or vous fçavez l'extrefme difficulté, pour ne pas dire l'impoffibilité morale de réduire un efprit, fur tout l'efprit d'une femme, quand elle eft de ce caractere. C'eft néanmoins ce que la grace opére aujourd'huy. Jefus-Chrift ramene d'abord cette femme de Samarie, à la pureté du culte juif; & il

en fait enfuite une chreftienne. *Hæc mutatio dexte-ræ excelfi.* p. 274. 275. 276.

2. Miracle de la grace & de fa force dans le changement du cœur de la Samaritaine. Elle eftoit impudique & dereglée dans fes mœurs. Elle vivoit dans un concubinage public. Elle .y eftoit depuis long-temps, & elle en avoit contracté l'habitude. Or s'il y a une maladie difficile à guérir, c'eft celle-la. Mais cette pecherefse, cette proftituée, cette femme efclave des plus fales pafsions eft enfin purifiée & fanctifiée. *Hæc mutatio dexteræ excelfi.* p. 277. 278.

3. Miracles opérez d'une maniere toute miraculeufe. Ils ne couftent au Sauveur du monde qu'un moment. Il ne dit qu'une parole à la Samaritaine, *Ego fum,* c'eft moy ; & tout à coup la voilà convaincuë, la voilà touchée, la voilà penetrée des plus faints & des plus vifs fentimens de penitence. Elle ne voit point faire de miracles à Jefus-Chrift; & cette converfion fans miracles n'eft-elle pas le plus grand miracle ? Elle ne fe convertit point à luy comme la Chananéenne, parce qu'il a delivré fa fille du démon; ni comme l'Hémorroïfse, parce qu'il luy a rendu la fanté : mais elle fe convertit, elle s'attache à luy pour luy feul. Enfin elle ne fe contente pas de fe connoiftre, elle le fait connoiftre aux autres; & de pecherefse qu'elle eftoit, dit faint Gregoire Pape, elle fe trouve transformée en Apoftre. *Hæc mutatio dexteræ excelfi.* p. 278. 279. 280. 281. 282.

Quelle conclufion ? Efperons tout de la grace; & quelques efforts qu'il y ait à faire pour retourner à Dieu, prenons confiance. Si Dieu par fa mifericorde vous a retirez de l'eſtat du peché, imitez le zéle de la Samaritaine, & travaillez comme elle a ramener autant de pecheurs que voſtre exemple eſt capable d'en attirer, mais ſur tout ceux qui furent les complices de voſtre deſordre. Dites leur comme David penitent : *Venite, audite, & narrabo quanta fecit anima mea.* Venez, écoutez, & je vous raconteray ce que le Seigneur a faiт pour moy, & ce qu'il veut faire pour vous. Inſpirez-nous ce zéle, ô mon Dieu, & rempliſſez-nous pour cela de voſtre eſprit, de cet eſprit de douceur, de cet eſprit de force. p. 282. 283. 284. 285. 286.

Sermon pour le Dimanche de la quatriéme Semaine, ſur la Providence. *page 287.*

SUJET. *Jeſus-Chriſt levant les yeux, & voyant qu'une grande foule de peuple venoit à luy, dit à Philippe : D'où pourrons-nous acheter aſſez de pain, pour donner à manger à tout ce peuple ? Or il diſoit cecy pour l'éprouver : car il ſçavoit bien ce qu'il alloit faire.* Ce miracle de la multiplication des pains nous apprend qu'il y a une providence qui gouverne le monde, & à laquelle nous devons nous ſoumettre. Verité fondamentale de noſtre religion qui fera la matiere de ce diſcours. p. 287. 288. 289.

DIVISION. Le devoir & l'intereſt nous engagent à reconnoiſtre une providence & à nous y ſoumettre. Voyons donc, & le deſordre de l'homme, & ſon malheur, lorſqu'il refuſe à Dieu cette ſoumiſſion. Le deſordre de l'homme, par rapport à ſon devoir ; le malheur de l'homme, par rapport à son interest. En deux mots, rien de plus criminel que l'homme du siecle, qui ne veut pas se soumettre à la providence : 1. Partie. Rien de plus malheureux que l'homme du siecle, qui ne veut pas se conformer à la conduite de la providence : 2. Partie. p. 289. 290.

I. PARTIE. Rien de plus criminel que l'homme du siecle qui ne veut pas se soumettre à la providence. Car il renonce à cette divine providenne, 1. ou par un esprit d'infidelité, parce qu'il ne la reconnoist pas & qu'il ne la croit pas. 2. ou par une simple revolte de cœur, parce qu'en la reconnoissant mesmes & en la croyant, il ne veut pas luy rendre la soumission qui luy est duë. p. 291.

1. Est-ce par un esprit d'infidelité, & parce qu'il ne croit pas la providence ? Mais quel desordre ? car il ne connoist donc plus de Dieu ; affreuse impieté ! ou bien il se fait un Dieu monstrueux, qui n'a nul soin de ses créatures ; qui n'est ni juste, ni bon, ni sage, puisqu'il ne peut rien estre de tout cela sans providence : autre supposition non moins impie, & qui réduit le mondain infidelle à estre plus que payen, puis qu'à peine il s'est trouvé quelques sectes payennes qui ayent nié la providence. Ce n'est pas assez : il se rend incredu'e & insensé contre sa raison mesme. Comment cela ? le voicy. Quand il voit un estat bien reglé, il conclut qu'il y a un maistre qui le gouverne ; & il ne veut pas ainsi raisonner à l'égard du monde entier. Adjoustez qu'il n'y a point d'homme qui dans sa vie ne puisse remarquer certaines conjonctures où il s'est trouvé, certains périls d'où il est échappé, certains évenemens

heureux ou malheureux, qui font pour luy autant de
preuves perfonnelles d'une providence. Or cela eft
vray fur tout de ceux qui font quelque figure dans
le monde, & qui entrent plus dans les intrigues du
monde. Toutefois ce font ceux-la mefmes qui ont
moins de foy à la providence, & qui femblent plus
la méconnoiftre. Leur aveuglement va encore plus
loin : car ils ne veulent pas rendre librement &
chreftiennement à la providence un aveu qu'ils luy
rendent fouvent par neceffité, ou pluftoft par emportement de chagrin & de defefpoir. Ce mondain qui
oublie Dieu dans la profperité, eft le premier à murmurer contre la providence quand il luy furvient
une difgrace. Voicy quelque chofe encore de plus
furprenant : c'eft que fouvent le libertin veut douter de la providence par les raifons mefmes qui prouvent invinciblement une providence. Car il fonde fes
doutes fur ce qu'il voit le monde rempli de defordres : mais pourquoy font-ce des defordres, répond
faint Chryfoftome, fi non parce qu'ils font contre
l'ordre ? & qu'eft-ce que cet ordre au quel ils repu-
gnent, finon la providence ? Defordres dont les
hommes fe fcandalifent ; & de ce que les hommes
s'en fcandalifent, n'eft-ce pas un temoignage authentique de la providence, qui ne permet pas que ces
chofes foient authorifées, & qui veut pour cela que
parmi les hommes elles ayent toûjours paffé, &
qu'elles paffent toûjours dans la fuite pour fcanda-
leufes ? Si les hommes ne fe fcandalifoient de rien,
l'iniquité prévaudroit ; & afin qu'elle ne prévale
pas, la providence fait qu'on fe fcandalife du vice
& qu'on aime la vertu. p. 292. 293. 294. 295. 296.
297. 298.

2. Est-ce par une simple revolte de cœur que le mondain s'éleve contre la providence : en sorte que la croyant mesmes, il refuse de se soumettre à elle ? autre desordre encore moins soutenable. Car quelle temerité ! croire une providence qui preside au gouvernement du monde, & ne vouloir pas se regler par elle & agir de concert avec elle. Tel est néanmoins le desordre du monde. On croit une providence, & l'on vit comme si l'on n'en croyoit pas. En effet, si l'on se conduisoit par la foy de la providence, on ne seroit, ni passionné, ni emporté, ni vain, ni inquiet, ni fier, ni jaloux, ni ingrat envers Dieu, ni injuste envers les hommes. Et pourquoy est-on tout cela? parce qu'on se retire des voyes de la providence. p. 298. 299. 300.

Mais en sortant des voyes de cette sage providence, quelles voyes prend-on ? Ou bien l'on ne vit plus qu'au hazard, & l'on suit en aveugle le cours de la fortune ; ou bien l'on entreprend de se gouverner selon les veües de la prudence humaine. Or l'un & l'autre est également injurieux à Dieu. N'avoir plus d'autre principe de sa conduite que le cours de la fortune, c'est tomber dans l'idolastrie des payens. Idolastrie que les Sages mesmes du paganisme condamnoient. Idolastrie que Dieu reprochoit aux Israëlites. Idolastrie si commune au milieu mesmes du christianisme, sur tout à la Cour. D'ailleurs, entreprendre de se conduire par la prudence humaine, c'est orgueil, c'est compter sur soy-mesme, c'est ne vouloir dependre que de soy-mesme; & ce qui est d'une consequence infinie, c'est se charger devant Dieu de toutes les suites fascheuses qui peuvent arriver, & en prendre sur soy tout le crime. Mais quand j'ay recours à Dieu, & qu'aprés avoir meûrement deliberé selon l'esprit de ma religion, je viens à conclure, je puis alors avoir cette confiance, ou que je conclus seûrement, ou que si je manque, Dieu suppléera à mon défaut. Voilà pourquoy le plus sage des hommes, Salomon, faisoit à Dieu cette excellente priére : *Donnez-moy, Seigneur, cette sagesse qui est assise avec vous sur vostre trosne, afin qu'elle travaille avec moy, & qu'elle me fasse connoistre ce qui vous est agreable.* p. 301. 302. 303. 304. 305. 306. 307.

II. PARTIE. Rien de plus malheureux que l'homme du siecle, qui ne veut pas se conformer à la conduite de la providence. Car alors, 1. il demeure sans conduite. 2. en quittant Dieu, il oblige Dieu pareillement à le quitter. 3. il se prive par là de la plus douce, ou pluftost de l'unique consolation qu'il peut avoir en certaines adversitez. 4. ne voulant pas dépendre de Dieu par une soumission libre & volontaire, il en dépend malgré luy par une soumission forcée. p. 307. 308. 309.

1. Il demeure sans conduite, je dis sans une conduite seûre & droite. Car il ne luy reste que l'un de ces deux partis, ou de n'avoir plus d'autre ressource que luy-mesme, ou de mettre son appuy dans les hommes. Or des deux coftez sa condition est également déplorable. D'estre réduit à n'avoir plus d'autre ressource que luy-mesme, qu'y a-t-il de plus terrible ? Si dans une affaire capitale, où il s'agiroit de ma vie, tout autre conseil que le mien me manquoit, je me croirois perdu. Et quel fonds l'homme peut-il faire sur luy-mesme, aussi aveugle, aussi inconstant qu'il est, aussi sujet à ses caprices & aussi escla-

esclave dé fes paffions ? Je fçais qu'il a une raifon dont il peut s'aider; mais cette raifon là mefme bornée à fes foibles lumieres, n'eft-elle pas plus propre à le tourmenter par mille reflexions chagrinantes, qu'à le foutenir ? p. 309. 310. 311. 312.

Que fera-t-il donc ? mettra-t-il fa confiance dans les hommes ? mais eft-il un efclavage plus honteux & plus dur que de dépendre des hommes ? A quels dédains, à quels changemens, à quels revers n'eft-on pas expofé ? n'eft-ce pas ce qu'éprouvent fans ceffe, auprés des Princes de la terre, ces adorateurs de la faveur ? y en a-t-il un feul qui ne convienne que fa condition a mille degoufts, mille deboires, mille mortifications inévitables, & que c'eft une perpetuelle captivité ? p. 312. 313. 314. 315.

2. En quittant Dieu, le mondain oblige Dieu pareillement à le quitter. Car Dieu a fon tour; & quand il entend cet homme rebuté & defolé, plaindre fon fort, il luy répond avec ces paroles du Deuteronome : *Ubi funt dii eorum, in quibus habebant fiduciam ? Surgant & opitulentur vobis* : où font ces Dieux dont vous vous teniez fi feûr? qu'ils viennent maintenant vous fecourir. p. 315.

3. De là nulle confolation pour un homme ainfi abandonné de Dieu, après qu'il a luy-mefme abandonné Dieu. Il y a des afflictions dans la vie, où l'on ne peut recevoir de la part du monde aucun foulagement. Or un chreftien foumis à la providence trouve alors dans fa foumiffion fon foutien : au lieu que l'impie frappé du coup qui l'atterre, fait en quelque forte le perfonnage d'un reprouvé, blafphemant contre le ciel, trouvant tout odieux,

fe defefperant & dans fon defefpoir gouftant toute l'amertume de la douleur. p. 316. 317. 318.

4. Que dis-je, & le mondain, tout rebelle qu'il eft, n'eft-il pas encore fous la domination de la providence ? Oüy : mais d'une providence de jufti-ce & de rigueur, qui fe fait fentir à luy par des vengeances, tantoft fecrettes & tantoft éclatantes, tantoft par des profperitez dont il eft enyvré & tantoft par des adverfitez dont il eft accablé. Ainfi Dieu a-t-il traité un Pharaon, un Nabuchodono-for, un Antiochus, & bien d'autres. Si donc nous avons quelque égard à noftre devoir & à noftre in-tereft, foumettons-nous à noftre Dieu & à fa pro-vidence. Demandons-luy que fa volonté s'accom-pliffe en nous, & fur la terre, & dans le ciel. p. 318. 319. 320.

Sermon pour le Lundy de la quatriéme Semaine, fur le Sacrifice de la Meffe. *page 321.*

S U J E T. *Or les Difciples fe fouvinrent de ce qui eft écrit : Le Zéle de voftre maifon me dévore.* Puifqu'il s'agiffoit de la maifon de Dieu, il ne faut pas s'étonner que le Sauveur du monde marquaft tant de zéle contre les prophanateurs du temple de Jerufalem. C'eft à ce premier temple que nos Egli-fes ont fuccedé; & ce qui les diftingue particuliere-ment, c'eft l'adorable facrifice que nous y offrons. Sacrifice de la Meffe, dont je veux, autant qu'il eft poffible, vous faire connoiftre dans ce difcours l'excellence & le prix, afin de vous apprendre par là mefme avec quel efprit vous y devez affifter. p. 321. 322. 323.

DIVISION. Sacrifice de la Meffe, facrifice fouverainement refpectable, pourquoy ? parce que c'eft à Dieu qu'il eft offert ; 1. Partie : parce que c'eft un Dieu qui y eft offert ; 2. Partie. p. 323. 324.

I. PARTIE. Sacrifice de la Meffe, facrifice fouverainement refpectable, parce que c'eft à Dieu qu'il eft offert. Y affifter, c'eft affifter, 1. à la plus grande action du chriftianifme : 2. à une action dont la fin immediate eft d'honorer Dieu : 3. à une action, qui prife dans fon fonds confifte fur-tout à humilier la créature devant Dieu : 4. à une action qui déformais eft l'unique par où ce culte d'adoration, je dis d'une adoration fuprefme, puiffe eftre exterieurement & authentiquement rendu à Dieu : 5. c'eft y affifter en toutes les manieres qui peuvent nous infpirer le refpect & la reverence duë à Dieu. p. 324. 325.

1. C'eft affifter à la plus grande action du chriftianifme. D'où vient que dans les anciennes liturgies le facrifice eft appellé action par excellence, & c'eft ainfi que nous l'appellons encore aujourd'huy. Toutefois nous nous y prefentons comme fi c'eftoit l'action la moins ferieufe, & qui puft eftre plus impunément negligée. p. 325. 326. 327.

2. C'eft affifter à une action dont la fin immediate eft d'honorer Dieu. Chaque action de pieté a fa fin particuliere, & la fin particuliere du facri-

fice eft l'honneur de Dieu. Dans tous les autres devoirs on peut prefque dire que l'homme agit pluftoft pour luy-mefme & pour fon intereft, que pour
l'intereft de Dieu : car fi je prie, par exemple, c'eft
pour m'attirer les graces de Dieu. Mais quand je
vais au facrifice, qu'eft-ce que j'envifage ? d'honorer Dieu. Que feroit-ce donc de faire fervir à le
deshonorer, ce qui doit fpecialement fervir à le glorifier ? p. 327. 328.

 3. C'eft affifter à une action qui prife dans fon
fonds confifte fur-tout à humilier la créature devant Dieu. Car qu'eft-ce que le facrifice ? une proteftation que nous faifons à Dieu de noftre dépendance & de noftre néant. L'oraifon en élevant nos
efprits à Dieu, nous éleve audeffus de nous-mefmes ; mais le facrifice nous rabbaiffe audeffous de
nous-mefmes en nous anéantiffant devant Dieu.
Comme donc je ne puis mieux m'humilier devant
Dieu qu'en luy offrant le facrifice, auffi ne puis-je
autrement avoir part au facrifice qu'en m'humiliant
devant Dieu. De là quel defordre lorfque des chreftiens viennent au facrifice du vray Dieu, non feulement fans cette humilité religieufe, mais avec tout
l'orgueil du libertinage & tout le fafte du monde ?
p. 328. 329. 330. 331. 332.

 4. C'eft affifter à une action qui deformais eft
l'unique par où ce culte d'adoration, je dis d'une
adoration fupreme, puiffe eftre exterieurement &
authentiquement rendu à Dieu. Dans toutes les autres actions je ne fais point cette proteftation publique & folemnelle de ma dépendance & de mon
néant. Le feul facrifice eft l'aveu juridique de ce

que je suis, & de ce que je dois à Dieu. Mais par un renversement bien deplorable, quel sujet ne donnons-nous pas aux payens & aux infidelles de nous faire la mesme demande que les ennemis du Seigneur faisoient à David : *Vbi est Deus tuus ?* où est vostre Dieu ? p. 332. 333. 334.

5. C'est y assister en toutes les manieres qui peuvent nous inspirer le respect & la reverence duë à Dieu. 1. Comme témoins ; honneur que l'Eglise ne fait qu'aux fidelles : mais au lieu de nous occuper de Dieu qui nous est present & à qui nous sommes presents, nous ne nous occupons que de vains objets, ou qui repaissent nostre curiosité, ou qui servent d'amusement à nostre oisiveté. 2. Comme ministres : car nous offrons tous le sacrifice avec le Prestre, sans estre néanmoins revestus du mesme caractere que le Prestre : fonction si sainte, que quelques-uns mesmes ont conclu de là, qu'un pecheur ne pouvoit assister au sacrifice de la Messe dans l'estat de son peché. Consequence erronée que je rejette : mais m'en tenant au principe sur quoy elle est establie, ne dois-je pas conclure, que puisque nous assistons au sacrifice en qualité de ministres, tant de crimes que l'on y commet, sont autant de prophanations ? Qui le croiroit qu'un chrestien choisi de Dieu pour luy offrir un sacrifice tout divin, voulust faire du temple mesme un lieu de plaisir & du plus infame plaisir ? Desordre que Tertullien & aprés luy saint Jerosme & saint Chrysostome reprochoient à leurs siecles, mais qui maintenant est plus commun qu'il ne l'a jamais esté. 3. Comme victimes : & en effet puisque nous ne faisons avec

Jefus-Chrift qu'un mefme corps, il s'enfuit, dit faint Thomas, que nous fommes immolez avec luy. Par confequent nous devons nous mettre dans l'eftat de ces anciennes victimes qu'on facrifioit au Seigneur. Elles eftoient liées, elles eftoient privées de l'ufage des fens, elles eftoient bruflées par le feu. Ainfi il faut que la religion nous lie & nous tienne refpectueufement appliquez au facrifice. Il faut qu'elle nous couvre les yeux & qu'elle les ferme à tous les objets de la terre. Il faut qu'elle nous confume par le feu de la charité. p. 334. 335. 336. 337. 338. 339 340. 341.

Mais n'eft-il pas furprenant, comme l'a remarqué Pic de la Mirande, que de tant de religions qui fe font repanduës dans le monde, il n'y ait eû que la religion du vray Dieu dont les temples & les facrifices ayent efté prophanez par fes propres fujets ? La raifon de cette difference eft que l'ennemi de noftre falut ne va point tenter les payens ni les troubler dans leurs facrifices, parce que ce font de faux facrifices ; au lieu qu'il employe toutes fes forces à nous detourner du facrifice de nos autels, parce que c'eft un facrifice également glorieux à Dieu & falutaire pour nous. p. 341. 342.

II. PARTIE. Sacrifice de la Meffe, facrifice fouverainement refpectable, parce que c'eft un Dieu qui y eft offert. Quand nous aurions vefcu fous l'ancienne loy, & que nous n'aurions point eû d'autres facrifices que ces facrifices imparfaits dont Dieu avoit eftabli l'ufage par le miniftere de Moyfe, il faudroit toûjours y affifter avec crainte & avec tremblement. Auffi avec quelle reverence Dieu vouloit-il que les juifs entraffent dans le Sanctuaire pour luy offrir leurs facrifices & le fang des animaux, & avec quel zéle & quelle fidelité ce peuple d'ailleurs fi indocile s'acquittoit-il de ce devoir ? Qu'euffent-ils donc penfé, & qu'euffent-ils fait, s'ils euffent eû comme nous à offrir le facrifice d'un Dieu ; & que devons-nous penfer, que devons-nous faire nous-mefmes ? Sur cela je me contente de trois confiderations. p. 343. 344. 345.

Premiere confideration. Quand je vais au facrifice que celebre l'Eglife, je vais au facrifice de la mort d'un Dieu; à un facrifice, dont réellement & fans figure la victime eft le Dieu mefme que j'adore. Si donc par de fenfibles outrages j'ofe encore luy infulter comme les juifs qui le crucifierent, ne fuis-je pas digne de fes plus rigoureufes vengeances? p. 346.

Seconde confideration. Pourquoy ce Dieu de mifericorde s'immole-t-il dans le facrifice de nos autels ? pour nous apprendre & pour nous aider à faire ce que nous ne pouvons faire fans luy & que par luy, je veux dire, à honorer Dieu autant que Dieu le merite & qu'il le demande. Car pour cela, dit faint Thomas, il a fallu un fujet d'un prix infini, & offert d'une maniere infinie. Mais tandis que Jefus-Chrift dans cet eftat de victime honore fon Pere, *Ego honorifico Patrem*; il femble que nous prenions à tafche de détruire par nos fcandales tout l'honneur qu'il luy rend par fes anéantiffemens. Faifons par proportion ce qu'il fait, fi nous voulons par proportion glorifier Dieu comme il le glorifie. p. 347. 348. 349. 350.

L l iiij

Troifiéme confideration. Que fait encore Jefus-Chrift dans ce facrifice ? non feulement il apprend aux hommes à honorer Dieu; mais il y traite
de leur reconciliation avec Dieu. Comme mediateur il plaide leur caufe, & il offre le prix de leur
redemption : *Ego pro eis fanctifico me ipfum.* Or,
reprend faint Bernard, fi je voyois le fils unique
d'un Prince de la terre mourir pour moy, m'arref-
terois-je, tandis qu'il meurt, à de vains amufe-
mens ? & lorfque le Fils unique de Dieu fe facrifie
pour mes interefts, feray-je affez infenfé pour faire un jeu du facrifice mefme de mon Sauveur ? Penfée touchante que faint Jean de Jerufalem exprimoit en des termes moins figurez, mais non moins
énergiques ni moins preffants. De là jugeons quels
fentimens nous doivent occuper dans ce facrifice
d'expiation. Ne font-ce pas ceux d'un pecheur contrit & d'un pecheur reconnoiffant ?. p. 350. 351.
352. 353.

Je n'ay en finiffant ce difcours qu'un feul raifonnement à vous oppofer. Ou vous croyez ce que
la foy nous enfeigne du facrifice de noftre religion,
ou vous ne le croyez pas. Si vous le croyez, comment ofez vous prophaner cet adorable facrifice, &
en cela mefme n'eftes-vous pas plus criminels que
les juifs & que les héretiques ? Si vous ne le croyez
pas, pourquoy y affiftez - vous ? Que dis-je ? &
veux-je vous en éloigner ? non, Chreftiens : allons-
y, mais pour y honorer Dieu, pour y édifier l'Eglife, & pour nous y fanctifier nous-mefmes. p. 353.
354. 355. 356.

Sermon pour le Mécredy de la quatriéme
Semaine , fur l'Aveuglement Spirituel.
page 357.

SUJET. *Lorfque Jefus paffoit, il vit un homme qui eftoit aveugle dés fa naiffance.* C'eſt
dans ce miracle que s'accomplit ce jugement adorable dont parloitle Fils de Dieu, lorfqu'il difoit :
*Je fuis venu dans le monde; & le jugement que j'y
dois exercer, eft que ceux qui ne voyent pas ver-
ront, & que ceux qui voyent cefferont de voir.*
Car comme Moyfe partagea autrefois tellement
l'Egypte, que tout ce qui eftoit habité par les E-
gyptiens fe trouva couvert de tenebres, tandis que
les Ifraëlites joüiffoient d'un jour pur & ferein ;
ainfi au mefme temps que Jefus-Chrift éclaire l'a-
veugle-né, il aveugle les Pharifiens qui eftoient les
fages & les fpirituels du judaïfme. Jugement qui fe
renouvelle encore tous les jours parmi nous. Mais
fans m'arrefter à ce qu'il a de favorable pour les uns
fur qui Dieu repand fa lumiere, je veux feulement
vous le reprefenter dans ce difcours, par ce qu'il a
de terrible & d'effrayant pour les autres que Dieu
frappe d'un aveuglement interieur qui va jufques à
l'ame, & qui la tient plongée dans les plus grof-
fieres & les plus funeftes erreurs. p. 357. 358. 359.
360.

DIVISION. Point de matiere fur laquelle l'E-
criture fe foit expliquée en des termes plus diffe-

rents que fur l'aveuglement fpirituel. Mais pour accorder enfemble tous ces textes de l'Ecriture, je diftingue avec faint Thomas, trois fortes d'aveuglemens : un aveuglement qui de luy-mefme eft peché, un aveuglement qui eft la caufe du peché, & un aveuglement qui eft l'effet du peché. Sur quoy je dis, que l'aveuglement qui de luy-mefme eft peché, eft de tous les pechez le plus pernicieux & le plus contraire au falut : 1. Partie. Que l'aveuglement qui eft caufe du peché, eft communément, pour fervir de pretexte au peché, l'excufe la plus frivole & la moins recevable : 2. Partie. Enfin, que l'aveuglement qui eft l'effet du peché, eft la peine la plus terrible dont Dieu dans cette vie puiffe punir le pecheur : 3. Partie. p. 360. 361. 362.

I. PARTIE. Aveuglement peché, c'eft à dire, qui de luy-mefme eft criminel, pourquoy ? parce qu'il eft volontaire & affecté. Tel eft l'aveuglement des libertins & des prétendus athées, qui dans eux-mefmes & dans les feules veûës naturelles ont des lumieres plus que fuffifantes pour connoiftre Dieu, & par confequent ne peuvent ceffer de croire en luy, que parce qu'ils ne veulent pas s'affujettir à luy, & qu'à force de l'offenfer ils parviennent enfin à l'oublier & enfuite à le méconnoiftre. Excellente idée que Tertullien donnoit autrefois de l'Athéifme. Tel eft l'aveuglement de certains héretiques de mauvaife foy, qui ne demeurent dans leur hérefie, que parce qu'ils font determinez à n'en revenir jamais. Tel eft l'aveuglement des fenfuels & des voluptueux, qui pour goufter avec moins de trouble leurs infames plaisirs, ne veulent pas mesmes entendre parler des veritez éternelles. Tel est l'aveuglement de certains esprits pleins d'eux-mesmes, qui par un effet pitoyable de leur orgueil, ne peuvent supporter la verité, dés que la verité les humilie ; qui non seulement ne veulent pas voir leurs défauts, quoyque grossiers, mais veulent mesmes qu'on leur applaudisse jusques dans leurs foiblesses. Tel est l'aveuglement d'une infinité de chrestiens qui ne veulent pas s'éclaircir sur certains faits, sur certains doutes, sur certains troubles de conscience, parce qu'ils sentent bien qu'ils ne sont pas dans la disposition d'accomplir des devoirs à quoy cet éclaircissement leur feroit voir qu'ils sont obligez: *Noluit intelligere ut benè ageret.* p.362.363. 364. 365. 366. 367. 368. 369. 370.

Or j'ay dit, & il est vray, que de tous les pechez dont l'homme est capable, il n'y en a point de plus pernicieux ni de plus contraire au salut. 1. Parce que cet aveuglement volontaire exclut la premiere de toutes les graces, qui est la lumiere divine; & par l'exclusion de cette premiere grace, arreste toutes les autres graces que Dieu tenoit en reserve dans les trésors de sa misericorde & par où il vouloit nous conduire & nous attacher à luy. 2. Parce que cet aveuglement volontaire nous oste non seulement la lumiere, mais le desir d'avoir la lumiere. 3. Parce que cet aveuglement nous donne mesmes une volonté toute opposée, & nous fait fuir la lumiere sans laquelle néanmoins nous ne pouvons parvenir au salut. p. 370. 371. 372. 373.

Ce peché donc met Dieu luy-mesme dans une

efpece d'impuiffance de nous fauver, & l'oblige à nous dire, quoyque dans un autre fens, ce que Jefus-Chrift dît à l'aveugle de Jérico : *Quid tibi vis faciam ?* que veux-tu, pecheur, que je faffe pour toy ? Que je te fauve fans grace ? cela ne fe peut. Que je te donne des graces fans lumiere ? il n'y en eût jamais de la forte. Que par des lumieres forcées, je te fauve malgré toy ? ce n'eft point l'ordre de ma providence. Que par un miracle fpecial je change les loix de cette providence ? ma juftice s'y oppofe, & ma mifericorde mefme ne l'exige pas. p. 373. 374.

Je fçais que Dieu malgré nous peut nous éclairer : mais il eft toûjours vray que quand nous haïffons, quand nous fuyons cette lumiere, nous formons tout l'obftacle à noftre falut, qu'une créature de fa part y peut former. Et voilà pourquoy je voudrois que tous ceux qui m'écoutent, fiffent tous les jours à Dieu cette priére que faifoit David : *Revela oculos meos*, Seigneur, éclairez-moy & ouvrez-moy les yeux. Si je vous demande voftre lumiere, ce n'eft point pour me rendre plus habile dans les affaires du monde ; mais pour n'ignorer rien dans ma condition de toutes vos volontez & de toutes mes obligations : *Da mihi intellectum, ut fciam juftificationes tuas.* p. 374. 375. 376. 377.

II. PARTIE. Aveuglement caufe du peché. Ainfi les juifs crucifierent Jefus-Chrift, parce qu'ils ne le connoiffoient pas. Aveuglement trés ordinaire dans le chriftianifme. Combien tous les jours commet-on de pechez contre la juftice, con-

tre la charité, contre la pureté, fans fçavoir, & parce qu'on ne fçait pas que ce font des pechez ? Or
on demande fi cet aveuglement qui eft la caufe du peché, peut toûjours devant Dieu nous tenir lieu d'excufe & nous juftifier ? mais fi cela eftoit, pourquoy David auroit-il demandé à Dieu
qu'il oubliaft fes ignorances paffées ? Je vais plus
loin, & je foutiens que non feulement noftre ignorance n'eft pas toûjours une legitime excufe, mais
qu'elle ne l'eft prefque jamais pour la plufpart des
chreftiens, parce que dans le fiecle où nous vivons
il y a trop de lumiere pour pouvoir s'authorifer
de ce pretexte. Si je ne vous avois pas parlé, difoit le Fils de Dieu aux juifs, voftre incredulité
feroit excufable ; mais maintenant que vous m'a-
vez entendu, vous n'avez plus d'excufe dans voftre peché. Appliquez - vous ce reproche. Combien avez-vous de predicateurs & de maiftres pour
vous inftruire ? p. 377. 378. 379. 380. 381. 382.

Mais enfin, me direz-vous, malgré cette abondance de lumieres on ignore cent chofes effentielles au falut, fur-tout à l'égard de certains devoirs.
Mais à cela je réponds ce que répondit l'aveugle-
né aux Pharifiens, qui luy difoient qu'ils ne connoiffoient pas Jefus-Chrift : *In hoc mirabile eft*
quia vos nefcitis undè fit, & aperuit oculos meos;
il eft étonnant que vous ne fçachiez pas d'où il eft,
& qu'il m'ait rendu la veûë. Ainfi, Chreftiens, eft-
il bien furprenant que nous pechions tous les jours
par ignorance, & que Dieu ait fi abondamment
pourveû à noftre inftruction : *In hoc mirabile eft.*
Ils ont Moyfe & les Prophetes, dît Abraham au

mauvais riche qui luy demandoit que quelqu'un des morts allaft inftruire fes freres : *Habent Moyfem & Prophetas*. Voilà ce que Dieu dit de nous-mefmes, ou nous dit à nous-mefmes pour noftre condamnation. Quand nous pechons alors par ignorance, noftre peché eft inexcufable : pourquoy ? parce que nous agiffons, ou contre nos propres lumieres, ou du moins contre nos doutes. Contre nos propres lumieres : car il nous refte toûjours dans noftre ignorance mefme certaines lumieres confufes qui nous fuffiroient pour éviter le peché, fi nous voulions nous en fervir, & qui ne nous deviennent inutiles que faute de reflexion. Contre nos doutes : car quand mefmes nous n'aurions pas affez de lumiere pour juger, nous en avons fouvent affez pour douter. p. 383. 384. 385. 386.

Souvenons-nous que la premiere de toutes les obligations eft de fçavoir. Examinons-nous fur ce principe ; & ne nous l'appliquons pas feulement à nous-mefmes, mais étendons le fur tous ceux dont Dieu nous a chargez. Vous avez des enfants, vous avez des domeftiques : leur ignorance ne les excufera pas ; mais elle vous excufera encore moins qu'eux. Car s'ils font obligez de s'inftruire, vous eftes obligez de pourvoir à ce qu'ils le foient. p. 386. 387. 388.

III. PARTIE. Aveuglement effet du peché. Il eft conftant que Dieu aveugle quelquefois les hommes, & quand l'aveuglement des hommes entre dans l'ordre des decrets divins, il eft de la foy que c'eft un effet du peché, parce que c'eft une des peines dont Dieu punit le peché, selon cette parole d'Isaïe : *Excæcavit Deus oculos eorum.* De sçavoir de quelle maniere s'accomplit une telle punition, c'est ce que je n'entreprends pas d'examiner. A prendre les termes de l'Ecriture dans toute leur rigueur, on diroit que Dieu par une action réelle & positive opére cet aveuglement interieur ; mais à les prendre dans la verité, il faut dire avec saint Augustin que si Dieu nous aveugle, c'est par voye de privation, en retirant ses lumieres, & non d'action, en nous imprimant l'erreur. Il y a plus, & j'adjouste aprés ce mesme saint Docteur, que Dieu jamais ne nous prive absolument de toutes les lumieres de sa grace ; mais seulement de certaines lumieres de faveur & de choix, avec lesquelles on agiroit, & sans lesquelles on n'agit point. p. 388. 389. 390. 391. 392. 393.

Or je pretends que cet aveuglement est le chastiment de Dieu le plus rigoureux. Aussi le Prophete Isaïe n'en demandoit point d'autre pour venger Dieu des infidelitez de son peuple : *Excæca cor populi hujus.* Ce qui le rend si terrible, c'est que l'aveuglement est un mal pur, sans aucun meslange de bien. Tous les autres maux de la vie peuvent estre, si nous le voulons, des moyens de salut, ou comme peines medicinales, ou comme peines satisfactoires, ou comme peines meritoires. Mais l'aveuglement est un mal sterile, qui ne nous sert ni de remede, ni de penitence, ni de merite. En quoy ce chastiment ressemble à celuy des reprouvez. p. 393. 394. 395. 396.

Aprés cela, conclut saint Augustin, dites que

Dieu dés cette vie ne punit pas fpecialement les pecheurs & les libertins. Si ce Dieu vengeur n'a pas
encore exercé fur vous cette juftice fi fevere, c'eft
qu'il a ufé envers vous de mifericorde. Mais qui
fçait s'il eft réfolu d'attendre davantage ? Qui ne
tremblera pas dans la penfée qu'il y a un peché que
Dieu a marqué comme le dernier terme de fa grace, je dis de fa grace efficace & victorieufe ? Quel
eft-il ce peché ? je n'en fçais rien. Mais ce que je
fçais, ô mon Dieu, c'eft que je ne dois rien oublier
pour prevenir le malheur dont vous me menacez,
p. 396. 397. 398.

Sermon pour le Jeudy de la quatriéme Se-maine, fur la preparation à la Mort. *page 399.*

S U J E T. *Lorfque Jefus-Chrift eftoit prés de la porte de la ville, on portoit en terre un mort, fils unique d'une femme veuve ; & cette femme ef-toit accompagnée d'une grande quantité de perfon-nes de la ville. Jefus-Chrift l'ayant veûë, il en fut touché, & il luy dit : Ne pleurez point.* Il y avoit
là fans doute de quoy toucher le Sauveur des hom-
mes : mais aprés tout, dit faint Chryfoftome, un
autre objet le touchoit encore bien plus fenfiblement ; & ce fut fur-tout le malheur de ce jeune
homme furpris par un accident impreveû & mort
fans preparation. Or n'eft-ce pas ainfi que meurent tous les jours tant de chreftiens, je veux dire, fans avoir penfé à la mort, fans s'eftre difpofez

fez à la mort ? Il eſt donc d'une extreſme conſequence de vous apprendre à prevenir un danger ſi
affreux, & c'eſt pour cela que je viens vous entretenir de la préparation à la mort. p. 399. 400.
401.

DIVISION. Saint Chryſoſtome fait particulierement conſiſter l'exercice de la préparation à la
mort en trois choſes ; ſçavoir, la perſuaſion de la
mort, la vigilance contre la mort, & la ſcience pratique de la mort. Nous craignons de mourir ; &
cependant quelque certaine & quelque prochaine
meſme que ſoit la mort, nous ne ſommes preſque
jamais perſuadez qu'il faut mourir : 1. Partie. Nous
craignons de mourir ; & cependant quelque incertaine d'ailleurs que ſoit la mort, nous prenons auſſi peu de précaution, que ſi nous eſtions pleinement
inſtruits & du temps & de l'eſtat où nous devons mourir : 2. Partie. Enfin nous craignons de
mourir ; & cependant malgré l'experience journaliere & ſi ſenſible que nous avons de la mort, nous
n'apprenons jamais dans l'uſage de la vie à mourir : 3. Partie. Ces trois poincts demandent à eſtre éclaircis : je vais m'expliquer. p. 401. 402.

I. PARTIE. Perſuaſion de la mort. Il eſt difficile que je me prépare à une choſe dont je ne ſuis
pas encore perſuadé ; & quand elle doit avoir des
ſuites auſſi irreparables, & auſſi terribles que celles
de la mort, il n'eſt pas moins difficile, ſi j'en ſuis
fortement perſuadé, que je ne m'applique pas de
tout mon pouvoir à m'y diſpoſer. Or rien ou preſque rien, dont nous ſoyons moins perſuadez que de
la mort. Voicy ma penſée. Nous ſçavons bien en

Tome II.   . M m

general que nous mourrons un jour ; mais nous
nous confolons dans l'efperance que ce ne fera pas
encore fitoft, que ce ne fera pas encore de cette maladie, que ce ne fera ni aujourd'huy ni demain.
Cependant obfervez avec moy, que ce qui nous difpofe à une bonne mort, n'eft pas de fçavoir en fpeculation qu'il faut mourir ; mais d'eftre actuellement touché de ce fentiment interieur, je mourray
& mon heure approche; je mourray, & ce fera dans
quelqu'une de ces années que je me promets envain ; je mourray, & ce fera dans l'âge & de la
maniere que j'auray le moins preveûs. p. 402. 403.
404.

Que fait donc l'ennemi de noftre falut ? Il ne
nous perfuade pas que nous ne mourrons jamais :
mais il nous perfuade que nous ne mourrons ni
cette femaine, ni ce mois, ni cette année : *Nequa-*
quam moriemini. Il femble que nous foyions mefmes en cela d'intelligence avec luy. Car non feulement nous ne fommes jamais bien perfuadez de la
mort dans le fens que je l'entends; mais nous ne voulons pas l'eftre, & nous éloignons toutes les penfées qui pourroient nous fervir à l'eftre. De là vient,
remarque faint Chryfoftome, que la plufpart des
hommes meurent fans croire mourir, & prefque
toûjours avec une affeûrance préfomptueufe de ne
pas mourir. De là vient, que ceux-la mefmes à qui
conftamment & vifiblement dans l'eftat, dans l'â-
ge où ils font, il refte moins de jours à vivre, font
toutefois ceux qui travaillent plus pour la vie. De
là vient, que les Grands du monde ne fçavent jamais où ils en font, quand ils font prefque au mo-

ment de la mort ; & cela, parce qu'on eſt prévenu
qu'ils ne le veulent pas ſçavoir, & que chacun conſpire à les tromper. Ni confeſſeur, ni medecin n'o-
ſent entreprendre de porter une parole qui contriſ-
teroit le mourant : ou ſi l'on ſe declare enfin, ce
n'eſt qu'en prenant de vaines précautions, & en
uſant de détours. Ce ne fut point ainſi que le Prophete parla au Roy Ezechias. Vous mourrez, luy
dit-il : *Morieris tu.* Mais où trouve-t-on maintenant des Prophetes, qui s'expliquent avec cette
ſainte liberté ? Je ne m'étonne point que dans des
accidens ſubits & inopinez, on meure ſans eſtre
perſuadé qu'on va mourir : mais que des mourants
à qui Dieu laiſſe tout le temps, & toute la connoiſſance neceſſaire, meurent ſans eſtre inſtruits de la
neceſſité actuelle & de la proximité de la mort ;
& que ce défaut de perſuaſion les faſſe mourir
ſans préparation, c'eſt ſur quoy je ne puis aſſez
gémir. p. 404. 405. 406. 407. 408. 409. 410. 411.

Quel remede ? trois maximes de ſaint Gregoire
Pape. 1. penſer ſouvent à la mort. 2. avoir un ami
ſincere & droit, qui vienne de bonne heure nous
avertir dans le danger. Mais où le chercherons
nous cet ami ? parmi les miniſtres de Jeſus-Chriſt.
3. s'affermir contre la crainte de la mort, parce
que c'eſt la crainte immoderée de la mort, qui nous
en rend la penſée ſi odieuſe & la perſuaſion ſi difficile. La combattre cette crainte, par les armes de
la foy, par les motifs de l'eſperance chreſtienne,
par les ſaintes ardeurs de la charité divine. p. 411.
412. 413. 414. 415.

I I. PARTIE. Vigilance contre la mort. Toute incertaine qu'eft la mort & qu'elle fera toûjours dans fes circonftances, je puis faire en forte qu'elle ne me furprenne jamais : comment cela ? en veillant fur moy-mefme : *Vigilate.* C'eft ce qui fit la difference des vierges fages & des vierges folles. p. 415. 416. 417.

Or c'eft icy que nous devons adorer la providence de noftre Dieu, qui nous cache, & l'heure, & le lieu, & le genre de noftre mort, pour nous obliger à nous tenir toûjours en garde & à fanctifier toute noftre vie. Eftre un moment hors de cette difpofition, je veux dire, hors de cette vigilance chreftienne, c'eft agir contre tous les principes de la fageffe, parce que c'eft commettre à un feul moment l'éternité toute entiere. p. 417.

Mais il s'enfuit donc que la plufpart des hommes, & mefmes des plus clairvoyants & des plus fages dans l'opinion commune, ne font néanmoins que des aveugles & des infenfez ? la confequence n'eft que trop jufte. Où eft aujourd'huy, felon l'expreffion de Jefus-Chrift, le ferviteur prudent & fidelle, qui veille pour eftre toûjours en difpofition de recevoir le maiftre qu'il attend, & dont il craint d'eftre furpris ? Eft-ce veiller que de remettre au temps de la mort, à s'acquitter de certains devoirs d'une obligation indifpenfable ? par exemple, à payer des dettes, à faire des reftitutions, à fatisfaire des domeftiques, à difcuter des articles embarraffants, à voir un ennemi, & à fe reconcilier avec luy ? Eft-ce veiller que de pratiquer fi peu de bonnes œuvres ; que de commettre fi aifément le peché, & d'y demeurer habituellement? p. 418. 419. 420.

Craignons la mort , mais que cette crainte nous ferve de défenfe contre la mort mefme. On n'attend pas à équipper un vaiffeau , quand il eft en pleine mer, battu des flots & de la tempefte : n'attendons pas à nous difpofer quand aux approches de la mort, nos fens feront troublez, & que nous en aurons perdu l'ufage. Jefus-Chrift ne nous dit pas de nous préparer alors, mais d'eftre prefts : *Eftote parati.* D'où je tire cette terrible conclufion, qu'il y a un temps où l'on peut fe préparer à la mort & eftre reprouvé de Dieu. p. 420. 421. 422.

Tenons-nous donc prefts , & toûjours prefts. Il eft vray que Dieu nous a donné des Pafteurs qui veillent fur nous : mais aprés-tout nous fommes nos premiers pafteurs, & en bien des rencontres nos uniques pafteurs. Mais quelle eft la pratique de cette vigilance fi neceffaire ? 1. fe tenir toûjours dans l'eftat où l'on voudroit mourir : dumoins n'eftre jamais dans un eftat où l'on auroit horreur de mourir. Suivant cette regle, fi je vous demandois : eftes-vous prefts ? qu'auriez-vous à me répondre ? c'eft ce que vous devez vous demander à vous-mefmes. 2. faire toutes fes actions en veûë de la mort, c'eft à dire, agir en tout comme l'on voudra l'avoir fait à la mort. 3. rentrer en foy-mefme pour fe bien connoiftre foy-mefme ; & ce que j'appelle fe bien connoiftre, c'eft connoiftre toutes fes obligations, tout le bien qu'on doit pratiquer & qu'on ne pratique pas, tout le mal qu'on doit éviter & qu'on n'évite pas, les dangers de fa condition & les moyens qu'on doit prendre pour s'en preferver. C'eft ainfi que noftre crainte de-

M m iij

vient noftre plus ferme appuy, parce qu'elle fert à exciter noftre vigilance : *Pofuifti firmamentum ejus formidinem.* p. 422. 423. 424. 425. 426.

III. PARTIE. Science pratique de la mort. Il y a un apprentiffage pour la mort, & nous pouvons dés la vie mefme apprendre à mourir. Les Saints font morts en faints, parce qu'ils poffedoient excellemment cette fcience. Sur quoy voicy trois veritez qui nous regardent auffi bien qu'eux, & que nous devons tous nous appliquer à nous-mefmes. 1. Nous mourons tous les jours; il nous eft donc aifé d'apprendre à mourir. 2. Toutes les créatures qui nous environnent, nous forment à mourir : noftre ignorance eft donc fans excufe, fi nous ne fçavons pas mourir. 3. La vie chreftienne où Dieu nous a appellez, eft une continuelle pratique de la mort; nous fommes donc bien coupables de n'eftre pas plus verfez dans l'art de mourir. p. 426. 427. 428.

1. Nous mourons tous les jours. L'arreft de mort porté contre le premier homme, s'exécuta felon la remarque de faint Irenée, dés le moment de fa défobeiffance. Car dés ce moment il devint fujet à toutes fortes d'infirmitez, & fon corps commença à déchoir & par confequent à mourir. Or c'eft ainfi que chaque jour nous mourons. Les payens mefmes l'ont bien reconnu, & faint Paul l'a dit encore plus expreffément : *Quotidiè morior.* Il eft vray, adjoufte faint Auguftin, que nos yeux font comme enchantez par la veûë des chofes prefentes : mais le remede eft de bien comprendre que ce corps qui nous paroift vivant,

est en effet un corps qui se détruit & un corps mourant : *Vides viventem, cogita morientem.* p. 428. 429. 430.

2. Toutes les créatures qui nous environnent, nous forment à mourir. Comment ? en nous quittant, en se separant de nous, en cessant d'estre à nous ; ce qui déja est comme une mort anticipée. p. 430. 431. 432.

3. La vie chrestienne où Dieu nous a appellez, est une continuelle pratique de la mort. De là ces leçons que faisoit l'Apostre aux premiers fidelles : *Mortui estis* ; vous estes morts : *Consepulti estis* ; vous estes ensevelis. Car à quoy vont toutes les maximes de la vie chrestienne ? à detacher l'ame du corps, c'est à dire, des plaisirs du corps, de la servitude & de l'esclavage du corps. p. 432. 433.

Detachons-nous donc dés-apresent de ce corps de peché. Vous demandez des pratiques pour bien mourir : en voicy une sans laquelle j'ose dire que toutes les autres sont vaines & chimeriques. Detachez vostre ame de tout ce que vous aimez hors de Dieu. Prevenez par une mortification & par un renoncement volontaire, ce que la mort fera par violence : voilà en deux mots la science de la mort. Et ne me répondez point qu'une telle vie est bien triste : car je dis 1. qu'une mort sainte dont elle est suivie, est un avantage qui ne peut estre acheté trop cher. 2. que tout compensé, la vie d'un chrestien mort au monde, est mille fois plus tranquille que celle de ces mondains si vifs pour le monde. Mais vivre de la sorte, c'est vivre comme si l'on ne vi-

voit pas. Et n'eft-ce pas auffi ce que demandoit l'A-
poftre aux premiers chreftiens, & ce que je dois vous
demander à vous-mefmes ? *Reliquum eft ut qui u-*
tuntur hoc mundo, tamquam non utantur. p. 433.
434. 435. 436.

Sermon pour le Vendredy de la quatriéme Semaine, fur l'éloignement de Dieu
& le retour à Dieu. *page 437.*

SUJET. *Ayant parlé de la forte, il cria à hau-*
te voix : Lazare, fortez : & à l'heure mefme
le mort fortit du tombeau. Pourquoy le Sauveur
du monde ne reffufcita-t-il pas Lazare avec la mefme facilité qu'il avoit reffufcité la fille du Prince de la Synagogue, & le fils de la veuve de Naïm ?
c'eft, dit faint Auguftin, que Lazare eftoit déja
dans le tombeau, & qu'il y eftoit depuis quatre
jours. Faire revivre un mort de quatre jours, ce devoit eftre le chef d'œuvre de la toute-puiffance du
Fils de Dieu. Or cette figure, reprend faint Auguftin, nous marque de grandes veritez touchant
une autre refurrection bien plus importante qui eft
la converfion de nos ames. p. 437. 438. 439.

DIVISION. Jefus-Chrift dans toutes les circonftances de ce miracle dont parle noftre Evangile, a voulu nous faire voir les deplorables fuites du
peché & les merveilleux effets de la grace. Venez
donc, juftes, & vous apprendrez quelles demarches
conduifent mefmes les amis de Dieu, à l'eftat de

perdition : 1. Partie. Venez, pecheurs, & vous apprendrez par quelles voyes vous pouvez parvenir à une solide & veritable conversion : 2. Partie. L'un representé dans la mort de Lazare, & l'autre dans sa resurrection. p. 439. 440.

I. PARTIE. Mort de Lazare, figure de la mort d'une ame par le peché, & de son éloignement de Dieu. L'homme dans le cours ordinaire ne se pervertit pas tout à coup, mais par degrez. Ainsi l'Evangeliste nous represente Lazare en cinq estats differents. 1. comme malade & dans la langueur : *Quidam languens.* 2. comme assoupi, & dans un sommeil letargique : *Dormit.* 3. comme mort : *Mortuus est.* 4. comme enseveli, & mesmes depuis quatre jours : *Quatriduanus est.* 5. comme infect & sentant mauvais : *Jam fœtet.* Juste idée d'une ame qui vient insensiblement à se separer de Dieu, & à se corrompre. p. 441. 442.

1. Le premier pas qui conduit à la mort, je dis à la mort de l'ame, c'est la langueur : *Erat quidam languens Lazarus.* Cette langueur volontaire, dont l'effet est qu'on se relasche, qu'on se rebute de ses devoirs & qu'on ne s'en acquite que très negligemment. Langueur injurieuse à Dieu, comme il s'en est si hautement declaré luy-mesme dans l'Ecriture. Car c'est pour cela que dans l'ancienne loy, il rejettoit les victimes qui paroissoient languissantes, lorsqu'on les conduisoit à l'Autel. Mais langueur non moins pernicieuse à l'homme : pourquoy ? parce que c'est une espece de maladie très difficile à guérir; parce que les consequences de ce mal sont d'autant plus funestes qu'on les craint

moins & qu'on n'en voit pas mesmes le peril; parce que c'est à l'ame tiéde, que le Saint Esprit a dit
ces étonnantes paroles : *Utinam frigidus esses aut
calidus!* plust au ciel que vous fussiez, ou tout à fait
à Dieu, ou tout à fait contre Dieu ! p. 442. 443.
444. 445. 446.

2. De la langueur on tombe dans l'assoupissement : *Dormit.* Quelque languissante que fust une
ame dans ce premier estat d'imperfection que je
viens de marquer, encore n'estoit-elle pas absolument insensible à tous les mouvemens de la grace :
mais icy l'on ne sent plus rien, parce que l'assoupissement est formé. Ce qui causoit de saints remords & de saintes frayeurs, n'en cause plus. On
est néanmoins encore, quant à l'essentiel, ami de
Dieu : mais on l'est comme Lazare, dont Jesus-
Christ disoit : *Lazarus amicus noster dormit.* Tel
fut l'assoupissement de ces trois disciples, qui ac-
compagnerent le Sauveur du monde au jardin.
Quoyqu'il les eust si fortement exhortez à se tenir sur leurs gardes & à veiller, il les trouva pro-
fondément endormis : *Et invenit eos dormientes.*
C'est souvent une punition de Dieu : *Miscuit vobis Dominus spiritum soporis.* Ce malheur commence d'abord par un assoupissement assez leger ;
mais enfin l'on s'endort : *Dormitaverunt omnes
& dormierunt.* Alors un Predicateur a beau declamer, un Confesseur a beau conjurer, avertir, menacer, on n'entend rien, non plus que Jonas au
milieu de la tempeste : *Dormiebat sopore gravi.* p.
446. 447. 448. 449.

3. Cet assoupissement conduit à la mort : *Mor-*

tuus eft. Car de s'imaginer que dans cet eftat la vie de la grace puiffe long-temps fubfifter, abus & confiance préfomptueufe. Mille fortes de pechez contre lefquels on n'eft point en garde, achevent d'étouffer dans une ame cette étincelle de vie qui luy reftoit. Le comble de la defolation eft qu'on en vient fouvent là fans le fçavoir : *Nomen habes quod vivas, & mortuus es.* Combien de chreftiens reputez juftes, mais féduits par la paffion, ont tous les dehors d'une vie pure & innocente, & font toutefois, comme des fepulchres blanchis, pleins de corruption & d'iniquité ?. p. 450. 451. 452. 453.

4. De là l'on s'enfevelit, pour ainfi dire, dans l'habitude : *Quatriduanus eft.* On y eft, comme Lazare dans le tombeau. Il avoit les pieds & les mains liez, le corps enveloppé d'un fuaire, ferré de bandes, fous une pierre d'une énorme groffeur. Tel eft l'homme du fiecle plongé dans fon habitude : mille engagemens le lient, mille embarras de confcience l'enveloppent, le poids de fes crimes l'accable. Ah ! dit faint Auguftin, qu'il eft difficile à un homme que le peché tient affervi de la forte, de fe degager & de fe relever : *Quàm difficilè furgit, quem tanta moles confuetudinis premit !* C'eft alors qu'il faut toute la grace de Jefus-Chrift, pour arracher cette ame du fein de la mort. C'eft alors & en veüe d'une refurrection fi miraculeufe, que cet homme-Dieu reffent les mefmes mouvemens dont il fut agité à l'afpect du tombeau de Lazare. p. 453. 454. 455.

5. Enfin, aprés la fepulture fuit l'infection : *Jam*

fœtet. Un pecheur corrompu corrompt les autres. Car il n'eſt rien de plus ſubtil à ſe communiquer que l'exemple, & l'exemple que donne un homme vitieux porte avec ſoy une odeur de mort, & repand par tout la contagion : *Odor mortis in mortem.* p. 455. 456.

II. PARTIE. Reſurrection de Lazare figure de la converſion d'une ame, & de ſon retour à Dieu. Voyons, 1. ce qui engagea Jeſus-Chriſt à reſſuſciter Lazare. 2. quelle condition il exigea avant que de luy rendre la vie. 3. ce qu'il dit à Lazare, & comment Lazare obéit à ſa voix. 4. ce qu'il ordonna à ſes Apoſtres, & ce que ſes Apoſtres exécuterent au moment que le tombeau fut ouvert. De tout cela formons-nous une idée de la converſion parfaite & de la juſtification du pecheur. p. 457. 458.

1. Qui donc engagea le Fils de Dieu à reſſuſciter Lazare ? le zéle de Marthe & de Magdelaine, & l'inſtante priére de ces deux ſœurs : *Ecce quem amas infirmatur.* Ce n'eſt pas que le Sauveur du monde, pour d'autres raiſons, n'euſt reſolu de le reſſuſciter : mais il vouloit encore eſtre prié. Belle leçon, qui non ſeulement authoriſe la créance catholique touchant l'interceſſion des Saints, mais eſtablit & confirme un autre article de noſtre foy touchant la communion des Saints, c'eſt à dire, touchant l'obligation de prier les uns pour les autres. Si ſaint Eſtienne n'euſt pas prié, dit ſaint Fulgence, l'Egliſe n'auroit pas ſaint Paul; & j'adjouſte qu'elle n'auroit pas ſaint Auguſtin, ſi ſainte Monique n'euſt pleuré. C'eſt ainſi que Dieu ſe plaiſt à ſanctifier les uns par l'entremiſe des autres; & com-

bien croyez-vous qu'il y ait dans le monde d'ames perduës, parce qu'il n'y a personne qui prie, ni qui s'interresse pour leur salut ? Une mere a du zéle pour son fils, une femme pour son mari, un ami pour son ami; mais un zéle fondé sur le sang & sur la chair, & qui n'a en veûë que des avantages temporels. De prier pour leur salut, de prier pour leur conversion, c'est à quoy l'on ne pense point. Je sçais qu'il y a des pechez pour lesquels le Disciple bien-aimé ne nous a pas conseillé de prier, parce que ce sont des pechez atroces, qui vont à la mort : *Est peccatum ad mortem ; non pro illo dico ut roget quis.* Mais alors, dit saint Augustin, il faut recourir à l'artifice de Marthe ; il faut comme elle faire prier Jesus - Christ le grand Avocat des pecheurs auprés de son Pere : *Sed & nunc scio, quia quæcumque poposceris à Deo, dabit tibi.* p.458. 459. 460. 461. 462. 463. 464.

2. Quelle condition exigea le Sauveur du monde avant que de ressusciter Lazare ? Il commanda qu'on levast la pierre qui fermoit le tombeau. Ne pouvoit-il pas ressusciter Lazare comme il devoit se ressusciter luy-mesme, sans que la pierre fust levée ? ou si cette pierre estoit un obstacle, ne pouvoit-il pas d'une parole lever tous les obstacles ? Oüy, il le pouvoit : mais il voulut que les juifs qui attendoient ce miracle, y contribuassent eux-mesmes. Ainsi, pecheur, Dieu veut faire un miracle pour vous & vous convertir ; mais il veut aussi que vous leviez vous-mesme, avec sa grace, certaines pierres de scandale. *Tollite lapidem :* quittez ce commerce, retranchez ce luxe, renoncez à ce jeu,

bruſlez ce livre, fuyez ces ſpectacles, évitez ces occaſions. Alors vous verrez la gloire de Dieu, &
la vertu du trés-Haut éclatera dans voſtre penitence : *Videbis gloriam Dei.* p. 464. 465. 466.
467.

3. Que dit Jeſus-Chriſt à Lazare, & comment
Lazare obéit-il à ſa voix ? *Clamavit voce magnâ :
Laʒare, veni foràs.* Le Fils de Dieu cria à haute
voix : Lazare ſortez ; & auſſiſtoſt Lazare parut,
Et ſtatim prodiit. De meſmes, reprend ſaint Auguſtin, il faut que vous ſortiez des tenebres, que
vous vous produiſiez, que vous decouvriez le fonds
de voſtre ame aux miniſtres de la penitence, & que
vous vous faſſiez connoiſtre à eux par une confeſſion ſincere de vos deſordres. Il faut de plus, pourſuit le meſme Pere, que vous vous troubliez comme le Sauveur du monde, mais d'un trouble ſalutaire & chreſtien. Il faut que vous fremiſſiez comme luy, mais en eſprit & dans les veûës de la foy,
afin que la violence de l'habitude céde à la violence du repentir : *Ut violentiæ pœnitendi cedat con-
ſuetudo peccandi.* p. 467. 468. 469. 470,

4. Aprés cela que reſtera-t-il, ſinon que les Preſtres repreſentez par les Apoſtres, ou pluſtoſt repreſentant les Apoſtres & Jeſus-Chriſt meſme, vous
délient comme Lazare : *Solvite eum, & ſinite abire.* Jeſus-Chriſt ne dit pas ſeulement aux Apoſtres,
declarez-le delié, mais déliez-le, *Solvite :* pour
nous marquer que l'abſolution dans le Sacrement
de penitence eſt un acte de juriſdiction, par où le
miniſtre prononce, exécute, remet, juſtifie. p. 470.
471.

Plaife à Dieu qu'il y ait parmi vous des pecheurs
ainfi convertis, & que ce ne foit pas envain que je
vous aye developpé ce grand miracle de la refurrection des ames ? Pourquoy ne l'efpererois-je pas ?
Le bras de Dieu n'eft point raccourci. Faites, Seigneur, que ce ne foit point là un fimple fouhait,
mais que l'effet réponde à ma parole, ou pluftoft
à la voftre : *Infirmitas hæc non eft ad mortem, fed
pro gloriâ Dei, ut glorificetur Filius Dei per eam.*
p. 471. 472. 473.

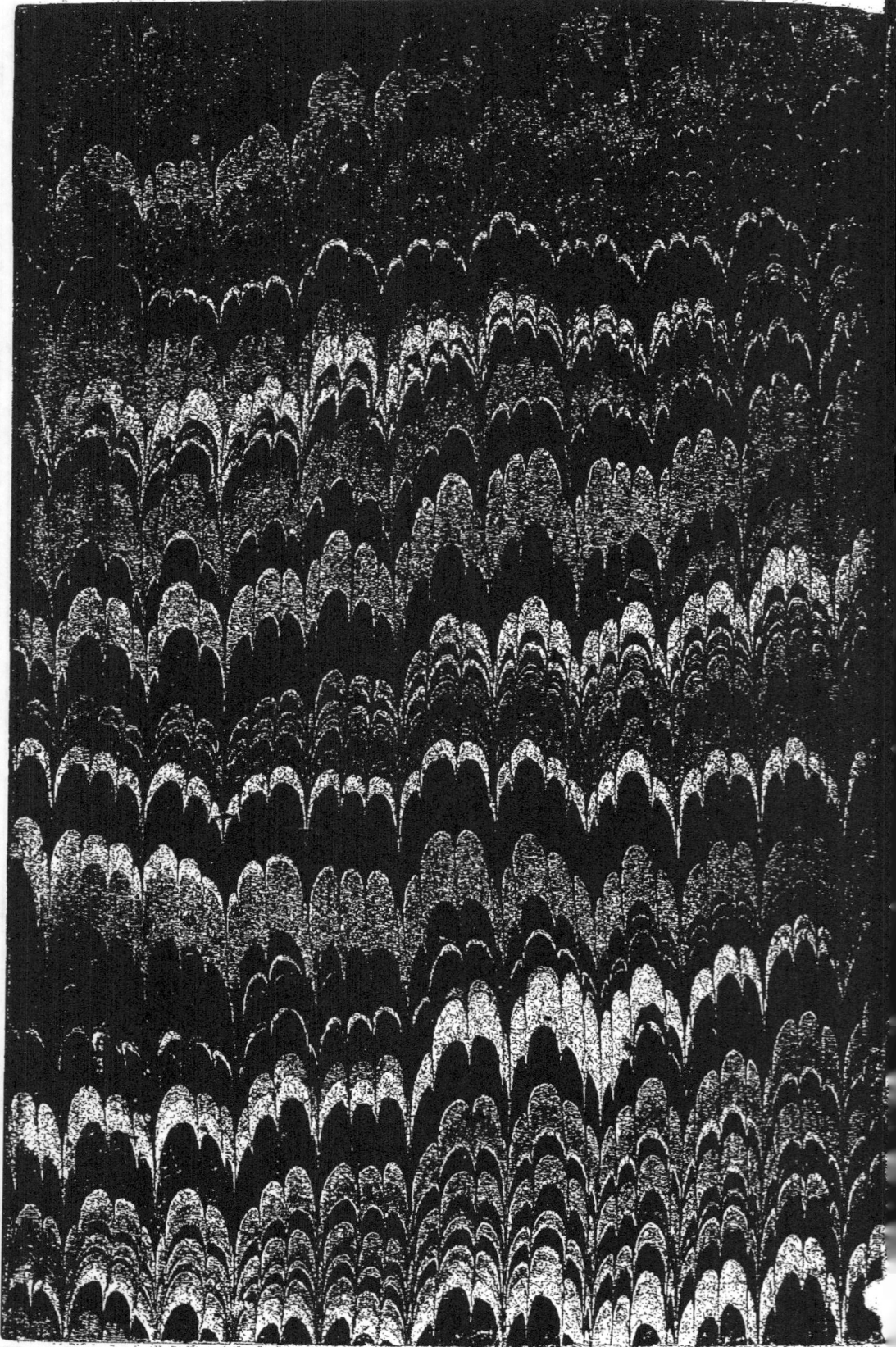

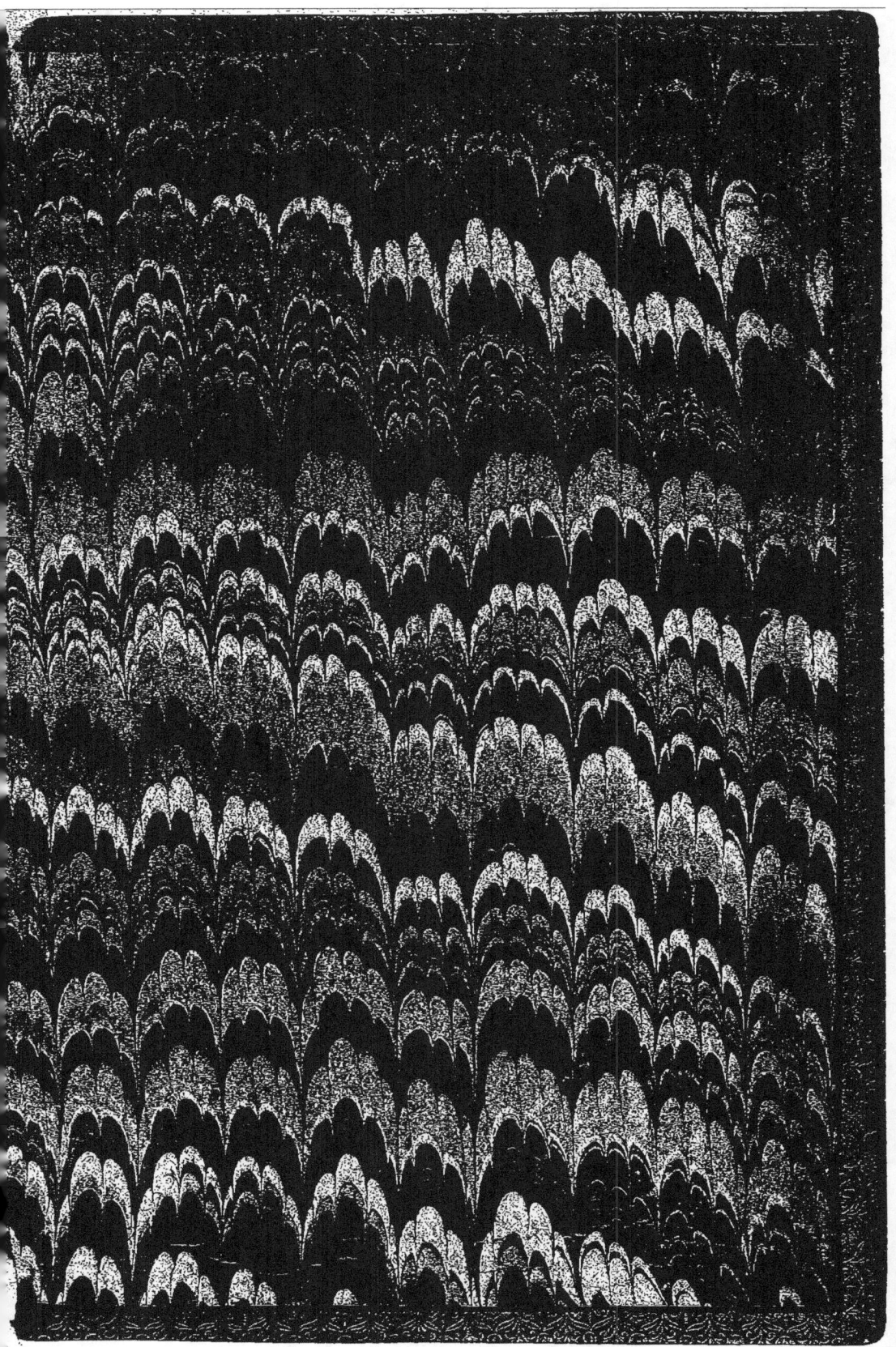

www.ingramcontent.com/pod-product-compliance
Lightning Source LLC
Chambersburg PA
CBHW061325050726
47504CB00013B/97